U0135571

〔漢〕許慎撰
〔宋〕徐鉉校定

說文解字

附檢字

中華書局影印

圖書在版編目(CIP)數據

說文解字/(漢)許慎撰;(宋)徐鉉校定. -北京:中華書局,2004重印

ISBN 7-101-00260-9

Ⅰ.說… Ⅱ.①許…②徐… Ⅲ.說文 Ⅳ.H161

中國版本圖書館CIP數據核字(98)第32007號

說文解字附檢字

〔漢〕許 慎撰

〔宋〕徐鉉校定

*

中 華 書 局 出 版 發 行

(北京市豐臺區太平橋西里38號 100073)

北京市白帆印務有限公司印刷

*

850×1168毫米 1/32・12½印張

1963年12月第1版 2004年2月北京第22次印刷

印數:751501-761500冊 定價:20.00元

ISBN 7-101-00260-9/H・24

前言

說文解字三十卷，後漢許愼撰。愼字叔重，汝南召陵（今河南郾城縣東）人。由郡功曹舉孝廉，再遷，除洨長，入爲太尉南閤祭酒。嘗從賈逵受古學，博通經籍，時人爲之語曰「五經無雙許叔重」。所著除說文解字外，尙有五經異義、淮南鴻烈解詁等書，今皆散逸。

許愼作說文解字，創稿於和帝永元十二年（公元一〇〇），至安帝建光元年（公元一二一）九月病中，始遣其子沖進上。從創稿至最後寫定歷時二十二年，爲生平最經心用意之作。成書之後，經過數百年之展轉傳寫，又經唐朝李陽冰之竄改，以致錯誤遺脫，違失本眞。宋太宗雍熙三年（公元九八六）命徐鉉等校定付國子監雕板，始得流傳於世。徐鉉弟鍇亦攻說文之學，作說文繫傳。故世稱鉉所校定者爲大徐本，繫傳爲小徐本。

徐鉉字鼎臣，本南唐舊臣，降宋後官至左散騎常侍。其校說文解字，除糾正本書脫誤外，又畧有增改。增改之迹，約有五端：

一、改易分卷。許愼原書分十四篇，又敍目一篇，許沖奏上時，以一篇爲一卷，故稱十五卷。徐鉉以其篇帙繁重，每卷又各分上下，共爲三十卷。敍目自「古者庖犧氏之王天下也」至「理而董之」（新印本三一九葉下一五行）本是一篇，目錄卽夾敍在自敍之中。鉉乃分「此十四篇」以下爲下卷，並誤增「敍曰」二字於下卷之首，遂使上卷之文無所歸屬。敍目後，自「召陵萬歲里」至「二十日戊午上」（新印本三二〇葉上一三行）爲許沖進書表，自「召上書者」至「敕勿謝」爲漢安帝詔，上下文接寫，亦欠明晰。

二、增加標目。古人著書，皆列敍目於本書之末。鉉乃徇時俗之例，別加標目於卷首，其文與第十五卷許愼自記者雷同。

三、增加反切。許愼時代尙無反切，故注音僅云「讀若某」而已。徐鉉始據孫愐唐韻加注反切於每字之下但與漢人讀音不符。

四、增加注釋。原注未備者，更爲補釋；時俗譌變之別體字與說文正字不同者，亦詳辨之，皆題「臣鉉等曰」爲別。間引李陽冰、徐鍇之說，亦各署姓名。

五、增加新附字。凡經典相承及時俗要用之字而本書不載者，皆補錄於每部之末，別題曰「新附字」。

三代典籍皆用篆籀古文繕寫，但諸侯異政，字體亦無統一規格。秦漢以降，分隸行草紛然雜出，反視篆籀古文爲奇怪之迹。許愼乃博綜篆籀古文之體，發明六書之指，因形見義；分別部居，作說文解字，使讀者可以因此上溯造字之原，下辨分隸行草遞變之跡，實爲中國文字學上第一部有系統之創作。今許書原本失傳，所見者惟徐鉉等校定之本。鉉等雖工篆書，但形聲相從之例不能悉通，增入會意之訓，不免穿鑿附會（錢大昕說）。清代學者以研究說文爲專門之學，段玉裁、桂馥、嚴可均及近人章太炎諸家均有重要補正。而地下陸續出土之甲骨文金文，尤可考訂許氏原文之失。故古文字學之研究，以後當續有進展，不能盡信前人之說爲定論。惟從事研究者，終當以說文解字爲基礎。

清嘉慶十四年（公元一八〇九），孫星衍覆刻宋本說文解字，世稱精善，但密行小字，連貫而下，不便閱讀。同治十二年（公元一八七三）番禺陳昌治復據孫星衍本改刻爲一篆一行本，以許書原文爲大字，徐鉉校注者爲雙行小字，每部後之新附字則低一格，如此乃覺眉目清朗，開卷瞭然。

新印本即以陳昌治刻本爲底本，併兩葉爲一葉而縮印之。又於每篆之首增加楷體。卷末附新編檢字，分三部：（1）檢部首諸字，（2）檢說文解字本文及新附字，（3）檢別體字，即徐鉉所注之俗別字也，三部皆依楷體筆畫爲次。惟由篆蛻化爲楷，孳生轉變，時有異同。今以楷代篆，用筆畫排次，難免有錯誤不妥之處，希望讀者隨時指正。

殷韻初

一九六三年十一月

孫氏重刊宋本說文序

唐虞三代五經文字燬于暴秦而存于說文說文不作幾于不知六義六義不通唐虞三代古文不可復識五經不得其本解說文未作巳前西漢諸儒得壁中古文書不能讀謂之逸十六篇禮記七十子之徒所作其釋孔悝鼎銘興舊耆欲及對揚以辟之勤大命或多不詞此其證也許叔重不妄作其九千三百五十三字卽史籒大篆九千字故云敍篆文合以古籒旣并倉頡爰歷博學凡將急就以成書又以壁經鼎彝古文爲之左證得重文一千一百六十三字其云古文籒文者明本字篆文其云篆文者本字

卽籒古文如古文爲弌爲弍必先有一字二字知本字卽古文而世人以說文爲大小篆非也倉頡之始作先有文而後有字六書象形指事多爲文會意諧聲多爲字轉注假借文字兼之象形如人爲大鳥爲於龜爲黽之屬有側視形正視形牛羊犬豕馬兕之屬有面視形後視旁視形如龍之類从肉指事以童省諧聲有形兼事又兼聲不一而足諧聲有省聲轉聲社土聲杏從可省聲之屬皆轉聲也指事別于會意者會合也二字相合爲會意故反正爲乏爲指事止戈爲武皿蟲爲蠱爲會意也轉注最廣建類一首如禎祥祉福祐同在示部也同意相受如禎祥也祥祉福也福祐也同義轉注以明之推廣之如爾雅釋詁肇祖元胎始也始爲建類一首肇祖元胎爲同意相受後人泥考老二字有左回右注之說是不求之注義而求其字形謬矣說文作後同時鄭康成注經晉灼注史已多引據其文三國時嚴畯六朝江式諸人多爲其學呂忱字林顧野王玉篇亦本此書增廣文字至唐李陽冰習篆書手爲寫定然不能墨守或改其筆蹟今戴侗六書故引唐本是也南唐徐鉉及弟鍇增修其文各執一見鍇有繫傳世無善本而諧聲讀若之字多于鉉本鉉不知轉聲卽加刪落又增新附及新修十九文用俗字作篆然唐人引說文有

在新附者豈鉉有所本與鍇又有五音韻譜依李舟切韻改亂次第不復分別新附僅有明刻舊本漢人之書多散佚獨說文有完帙蓋以歷代刻印得存而傳寫脫誤亦所不免大氐一曰巳下義多假借後人去之（如祖本始廟又爲祈請道神見初學記引嵇含祖道賦序渾本混流又爲測儀器也見太平御覽日本太陽之精又君象也見事類賦注苛本小草又曰尤劇也見一切經音義戲本偏軍又曰相弄也見太平御覽此類甚多姑舉一二）或節省其文（如稷田正也自商已來周弃主之見大觀本草唐本橘碧樹而冬生見韻會毋古人言毋猶今人言莫見尚書禮記疏山凡天下名山出銅之山四百六十七出鐵之山三千六百有九見爾雅釋文鰅一名江豚多膏少肉見晉書音義兕皮堅厚可以爲鎧嶓冢之山其獸多兕見藝文類聚）或失其要義（如月食則望日食則朔見史記正義當在有字下耤古者天子躬耕使民如借見初學記無底曰囊有底曰橐見詩釋文大曰潢小曰洿天生曰鹵

人生曰䀌見一切經音義桎所以質地梏所以告天見周禮釋文瓻瓦器受六合見史記索隱或引字移易如御覽引琛寶也乃珍字廣韻引睽耳不相聽也乃睽目不相聽也初學記引池陂也卽陂下一曰沱也一切經音義引總蜀布也乃縷解或妄改其文如坏丘一成也見水經注太平御覽今依僞孔傳改作再成墓兆域也葑大也見爾雅釋文及疏今葑作菆墓作邱也裹如表也見爾雅釋文今作表如裏也蟹六足二螯也見荀子楊倞注足當爲跪言足之屈折處今改八足二螯俱由增修者不通古義賴有唐人北宋書傳引據可以是正文字宋本亦有譌舛然長于今世所刊毛本者甚多如中而也而爲誤字然知而是內之譌今改作和也便失其意誠引周書曰不能誠于小民今依書作丕不丕俱語助詞矯揉箭箝也今本箝作箱此𡁜裂也今本作祭息喘也今本作端菊以秋華今本作似秋華揖攘也扶左也今本作讓作佐瘨腹張今本作脹或違說文本義或無其字毛晉初印本亦依宋大字本翻刊後以繫傳刓補反多紕

繆朱學士筠視學安徽閔文人之不能識字因刊舊本說文廣布江左右其學由是大行按其本亦同毛氏近有刻小字宋本者改大其字又依毛本校定無復舊觀吾友錢明經坫姚修撰文田嚴孝廉可均鈕居士樹玉及予手校本皆檢録書傳所引說文異字異義參考本文至嚴孝廉爲說文校議引證最備今刊宋本依其舊式卽有譌字不敢妄改庶存闕疑之意古人云誤書思之更是一適思其致誤之由有足正古本者舊本旣附以孫愐音切雖不合漢人聲讀傳之旣久亦姑仍之以傳注所引文字異同別爲條記附書而行又屬顧文學廣圻手摹篆文辨白然否校勘付梓其有遺漏舛錯俟海內知音正定之今世多深于說文之學者蒙以爲漢人完帙僅存此書次弟尚可循求倘加校訂不合亂其舊次增加俗字唐人引據多誤以字林爲說文張參唐元度不通六書所引不爲典要並不宜取以更改正文後有同志或鑒于斯嘉慶十四年太歲己巳陽湖孫星衍撰

說文解字標目

漢太尉祭酒許愼記

宋右散騎常侍徐鉉等校定

說文解字弟一

一 於悉切　丄 時掌切　示 神至切　三 穌甘切　王 雨方切　玉 魚欲切
玨 古岳切　气 去旣切　士 鉏里切　丨 古本切　屮 丑列切　艸 倉老切
蓐 而蜀切　茻 模朗切

說文解字弟二

小 私兆切　八 博拔切　釆 蒲莧切　半 博幔切　牛 語求切　犛 莫交切
告 古奧切　口 苦后切　凵 口犯切　吅 況袁切　哭 苦屋切　走 子苟切

止 諸市切　癶 北末切　步 薄故切　此 雌氏切　正 之盛切　是 承旨切
辵 丑略切　彳 丑亦切　廴 余忍切　㢟 丑連切　行 戶庚切　齒 昌里切
牙 五加切　足 卽玉切　疋 所菹切　品 丕飲切　龠 以灼切　冊 楚革切

說文解字弟三

㗊 阻立切　舌 食列切　干 古寒切　谷 其虐切　只 諸氏切　㕯 女滑切
句 古侯切　丩 居虯切　古 公戶切　十 是執切　卅 蘇沓切　言 語軒切
誩 渠慶切　音 於今切　䇂 去虔切　丵 士角切　菐 蒲沃切　𠬞 居竦切
𠬜 普班切　共 渠用切　異 羊吏切　舁 以諸切　𦥑 居玉切　䢅 食鄰切
爨 七亂切　革 古覈切　鬲 郎激切　䰜 郎激切　爪 側狡切　丮 几劇切
鬥 都豆切　又 于救切　𠂇 臧可切　史 疏士切　支 章移切　𦘒 尼輒切
聿 余律切　畫 胡麥切　隶 徒耐切　臤 苦閑切　臣 植鄰切　殳 市朱切
殺 所八切　几 市朱切　寸 倉困切　皮 符羈切　㼱 而兗切　攴 普木切
敎 古孝切　卜 博木切　用 余訟切　爻 胡茅切　㸚 力几切

說文解字弟四

旻 火劣切　目 莫六切　䀠 九遇切　眉 武悲切　盾 食閏切　自 疾二切
白 疾二切　鼻 父二切　皕 彼力切　習 似入切　羽 王矩切　隹 職追切
奞 息遺切　萑 胡官切　𦫳 工瓦切　苜 徒結切　羊 與章切　羴 式連切
瞿 九遇切　雔 市流切　雥 徂合切　鳥 都了切　烏 哀都切　𠦒 北潘切
冓 古候切　幺 於堯切　𢆶 於虯切　叀 職緣切　玄 胡涓切　予 余呂切
放 甫妄切　𠬪 平小切　𣦼 昨干切　歺 五割切　死 息姊切　冎 古瓦切

骨 古忽切　肉 如六切　筋 居銀切　刀 都牢切　刃 而振切　㓞 恪八切
丰 古拜切　耒 盧對切　角 古岳切

說文解字弟五

竹 陟玉切　箕 居之切　丌 居之切　左 則箇切　工 古紅切　㠭 知衍切
巫 武扶切　甘 古三切　曰 王伐切　乃 奴亥切　丂 苦浩切　可 肯我切
兮 胡雞切　号 胡到切　亏 羽俱切　旨 職雉切　喜 虛里切　壴 中句切
鼓 工戶切　豈 虛喜切　豆 徒候切　豊 盧啓切　豐 敷戎切　䖒 許羈切
虍 荒烏切　虎 呼古切　虤 五閑切　皿 武永切　凵 去魚切　去 丘據切
血 呼決切　丶 知庾切　丹 都寒切　青 倉經切　井 子郢切　皀 皮及切
鬯 丑諒切　食 乘力切　亼 秦入切　會 古外切　倉 七岡切　入 人汁切

缶方九切 矢式視切 高古牢切 冂古熒切 𩫏古博切 京舉卿切
亯許兩切 㫗胡口切 畗芳逼切 㐭力甚切 嗇所力切 來洛哀切
麥莫獲切 夊楚危切 舛昌兖切 䑞舒閏切 韋宇非切 弟時計切
夂陟侈切 久舉友切 桀渠列切

說文解字弟六

木莫卜切 東得紅切 林力尋切 才昨哉切 叒而灼切 之止而切
帀周荅切 出尺律切 𣎵普活切 生所庚切 乇陟格切 𠂹是爲切
𠌶況于切 華戶瓜切 𥝌古兮切 稽古兮切 巢鉏交切 桼親吉切
束書玉切 㯻胡本切 囗羽非切 員王權切 貝博蓋切 邑於汲切
𨛜胡絳切

說文解字弟七

日人質切 旦得案切 倝古案切 㫃於𢎘切 冥莫經切 晶子盈切
月魚厥切 有云九切 朙武兵切 囧俱永切 夕祥易切 多得何切
毌古丸切 𢎘乎感切 𣐺胡感切 𠧪徒遼切 齊徂兮切 朿七賜切
片匹見切 鼎都挺切 克苦得切 彔盧谷切 禾戶戈切 秝郎擊切
黍舒呂切 香許良切 米莫禮切 毇許委切 臼其九切 凶許容切
木匹刃切 𣏟匹卦切 麻莫遐切 尗式竹切 耑多官切 韭舉友切
瓜古華切 瓠胡誤切 宀武延切 宮居戎切 呂力舉切 穴胡決切
㝱莫鳳切 疒女戹切 冖莫狄切 𠔼莫保切 冃莫報切 㒳良獎切
网文紡切 襾呼訝切 巾居銀切 巿分勿切 帛旁陌切 白旁陌切

㡀毗祭切 黹陟几切

說文解字弟八

人如鄰切 匕呼跨切 匕卑履切 从疾容切 比毗至切 北博墨切
丘去鳩切 㐺魚音切 𡈼他鼎切 重柱用切 臥吾貨切 身失人切
㐆於機切 衣於稀切 裘巨鳩切 老盧晧切 毛莫袍切 毳充芮切
尸式脂切 尺昌石切 尾無斐切 履良止切 舟職流切 方府良切
儿如鄰切 兄許榮切 兂側岑切 皃莫教切 兜公戶切 先穌前切
禿他谷切 見古甸切 覞曳欠切 欠去劍切 㱃於錦切 次叙連切
旡居未切

說文解字弟九

頁胡結切 百書九切 面彌箭切 丏彌兖切 首書九切 県古堯切
須相俞切 彡所銜切 彣無分切 文無分切 髟必銜切 后胡口切
司息兹切 卮章移切 卪子結切 印於刃切 色所力切 卯去京切
辟必益切 勹布交切 包布交切 茍己力切 鬼居偉切 由敷勿切
厶息夷切 嵬五灰切 山所閒切 屾所臻切 屵五葛切 广魚儉切
厂呼旱切 丸胡官切 危魚爲切 石常隻切 長直良切 勿文弗切
冄而琰切 而如之切 豕式視切 㣇羊至切 彑居例切 豚徒魂切
豸池尒切 𤉡徐姊切 易羊益切 象徐兩切

說文解字弟十

馬莫下切 廌宅買切 鹿盧谷切 麤倉胡切 㲋丑略切 兔湯故切

萈胡官切 犬苦泫切 㹜語斤切 鼠書呂切 能奴登切 熊羽弓切
火呼果切 炎于廉切 黑呼北切 囪楚江切 焱以冄切 炙之石切
赤昌石切 大徒蓋切 亦羊益切 夨阻力切 夭於兆切 交古爻切
尣烏光切 壺戶吳切 壹於悉切 㚔尼輒切 奢式車切 亢古郎切
夲土刀切 夰古老切 大他達切 夫甫無切 立力入切 竝蒲迥切
囟息進切 思息兹切 心息林切 惢二累切

說文解字弟十一

水式軌切 沝之壘切 瀕符真切 𡿨姑泫切 巜古外切 川昌緣切
泉疾緣切 灥詳遵切 永于憬切 𠂢匹卦切 谷古祿切 仌筆陵切
雨王矩切 雲王分切 魚語居切 𩺰語居切 燕於甸切 龍力鍾切

飛甫微切 非甫微切 卂息晉切

說文解字弟十二

乞烏轄切 不方久切 至脂利切 西先稽切 鹵郎古切 鹽余廉切
戶侯古切 門莫奔切 耳而止切 𦣝與之切 手書九切 𠦬古懷切
女尼呂切 毋武扶切 民弥鄰切 丿房密切 𠂆余制切 乁弋支切
氏承旨切 氐丁礼切 戈古禾切 戉王伐切 我五可切 亅衢月切
珡巨今切 乚於謹切 亡武方切 匸胡礼切 匚府良切 曲丘玉切
甾側詞切 瓦五寡切 弓居戎切 弜其兩切 弦胡田切 系胡計切

說文解字弟十三

糸莫狄切 素桑故切 絲息兹切 率所律切 虫許偉切 䖵古䰟切
蟲直弓切 風方戎切 它託何切 龜居追切 黽莫杏切 卵盧管切
二而至切 土它魯切 垚吾聊切 堇巨斤切 里良止切 田待季切
畕居良切 黃乎光切 男那含切 力林直切 劦胡頰切

說文解字弟十四

金居音切 幵古賢切 勺之若切 几居履切 且千也切 斤舉欣切
斗當口切 矛莫浮切 車尺遮切 𠂤都回切 𨸏房九切 𨺅房九切
厽力軌切 四息利切 宁直呂切 叕陟劣切 亞衣駕切 五疑古切
六力竹切 七親吉切 九舉有切 禸人九切 嘼許救切 甲古狎切
乙於筆切 丙兵永切 丁當經切 戊莫候切 己居擬切 巴伯加切
庚古行切 辛息鄰切 辡方免切 壬如林切 癸居誄切 子即里切

了盧鳥切 孨旨兖切 𠫓他骨切 丑敕九切 寅弋真切 卯莫飽切
辰植鄰切 巳詳里切 午疑古切 未無沸切 申失人切 酉與久切
酋字秋切 戌辛聿切 亥胡改切

說文解字標目

說文解字弟一上

漢太尉祭酒許愼記

宋右散騎常侍徐鉉等校定

十四部　六百七十二文　重八十一

凡萬六百三十九字

文三十一 新附

一　惟初太始道立於一造分天地化成萬物凡一之屬皆从一 於悉切 弌 古文一

元　始也从一从兀 徐鍇曰元者善之長也故从一 愚袁切

天　顚也至高無上从一大 他前切

丕　大也从一不聲 敷悲切

吏　治人者也从一从史史亦聲 徐鍇曰吏之治人心主於一故从一 力置切

文五　重一

上　高也此古文上指事也凡丄之屬皆从丄 時掌切 上 篆文丄

帝　諦也王天下之號也从丄朿聲 都計切 𠑹 古文帝古文諸丄字皆从一篆文皆从二二古文上字辛示辰龍童音章皆从古文丄

旁　溥也从二闕方聲 步光切 𠀀 古文旁 𢃈 亦古文旁 𠫶 籀文

丅　底也指事 胡雅切 𠄟 篆文丅

文四　重七

示　天垂象見吉凶所以示人也从二 二古文上字 三垂日月星也觀乎天文以察時變示神事也凡示之屬皆从示 神至切 𡗕 古文示

祜　上諱 臣鉉等曰此漢安帝名也福也當从示古聲 侯古切

禮　履也所以事神致福也从示从豊豊亦聲 靈啓切 𥘺 古文禮

禧　禮吉也从示喜聲 許其切

禛　以眞受福也从示眞聲 側鄰切

祿　福也从示彔聲 盧谷切

褫　福也从示虒聲 息移切

禎　祥也从示貞聲 陟盈切

祥　福也从示羊聲一云善 似羊切

祉　福也从示止聲 敕里切

福　祐也从示畐聲 方六切

祐　助也从示右聲 于救切

祺　吉也从示其聲 渠之切 𥛓 籀文从基

祗　敬也从示氏聲 旨移切

禔　安福也从示是聲易曰禔既平 市支切

神　天神引出萬物者也从示申 食鄰切

祇　地祇提出萬物者也从示氏聲 巨支切

祕　神也从示必聲 兵媚切

齋　戒潔也从示齊省聲 側皆切 [𩆜] 籀文齋从𩇯省 𩇯音禱

禋　潔祀也一曰精意以享爲禋从示垔聲 於眞切 [𡨕] 籀文从宀

祭　祭祀也从示以手持肉 子例切

祀　祭無已也从示巳聲 詳里切 [禩] 祀或从異

祡　燒祡焚燎以祭天神从示此聲虞書曰至于岱宗祡 仕皆切 [𥛛] 古文祡从隋省

禷　以事類祭天神从示類聲 力遂切

祪　祔祪祖也从示危聲 過委切

祔　後死者合食於先祖从示付聲 符遇切

祖　始廟也从示且聲 則古切

鬃　門內祭先祖所以徬徨从示彭聲詩曰祝祭于鬃 補盲切 [祊] 鬃或从方

祰　告祭也从示从告聲 苦浩切

祏　宗廟主也周禮有郊宗石室一曰大夫以石爲主从示从石石亦聲 常隻切

𥙊　以豚祠司命从示比聲漢律曰祠𥙊司命 卑履切

祠　春祭曰祠品物少多文詞也从示司聲仲春之月祠不用犧牲用圭璧及皮幣 似茲切

礿　夏祭也从示勺聲 以灼切

禘　諦祭也从示帝聲周禮曰五歲一禘 特計切

祫　大合祭先祖親疏遠近也从示合周禮曰三歲一祫 侯夾切

祼　灌祭也从示果聲 古玩切

𥜶　數祭也从示毳聲讀若舂麥爲𥜶之𥜶 臣鉉等曰舂麥爲𥜶今無此語且非異文所未詳也 此芮切

祝　祭主贊詞者从示从人口一曰从兌省易曰兌爲口爲巫 之六切

䄍　祝䄍也从示畱聲 力救切

祓　除惡祭也从示犮聲 敷勿切

祈　求福也从示斤聲 渠稀切

禱　告事求福也从示壽聲 都浩切 [祷] 禱或省 [𥜄] 籀文禱

禜　設緜蕝爲營以禳風雨雪霜水旱癘疫於日月星辰山川也从示榮省聲一曰禜衞使灾不生禮記曰雩禜祭水旱 爲命切

禳　磔禳祀除癘殃也古者燧人禜子所造从示襄聲 汝羊切

禬 禪 禦 祮 禖 [示胥] 祳 祴 禡 禂 社 禓 祲 禍

切

禬 會福祭也从示从會會亦聲周禮曰禬之祝號古外切

禪 祭天也从示單聲時戰切

禦 祀也从示御聲魚舉切

祮 祀也从示昏聲古末切

禖 祭也从示某聲莫桮切

[示胥] 祭具也从示胥聲私呂切

祳 社肉盛以蜃故謂之祳天子所以親遺同姓从示辰聲春秋傳曰石尚來歸祳時忍切

祴 宗廟奏祴樂从示戒聲古哀切

禡 師行所止恐有慢其神下而祀之曰禡从示馬聲周禮曰禡於所征之地莫駕切

禂 禱牲馬祭也从示周聲詩曰既禡既禂都皓切 騆 或从馬壽省聲

社 地主也从示土春秋傳曰共工之子句龍爲社神周禮二十五家爲社各樹其土所宜之木常者切 䄕 古文社

禓 道上祭从示昜聲與章切

祲 精氣感祥从示侵省聲春秋傳曰見赤黑之祲子林切

禍 害也神不福也从示咼聲胡果切

祟 䄏 祘 禁 禫 禰 祧 祆 祚 三 王 閏

祟 神禍也从示从出雖遂切 𥜕 籀文祟从𩔿省

䄏 地反物爲䄏也从示芺聲於喬切

祘 明視以筭之从二示逸周書曰士分民之祘均分以祘之也讀若筭蘇貫切

禁 吉凶之忌也从示林聲居蔭切

禫 除服祭也从示覃聲徒感切

文六十 重十三

禰 親廟也从示爾聲一本云古文𥙆也泥米切

祧 遷廟也从示兆聲他彫切

祆 胡神也从示天聲火千切

祚 福也从示乍聲臣鉉等曰凡祭必受胙胙卽福也此字後人所加徂故切

文四 新附

三 天地人之道也从三數凡三之屬皆从三穌甘切 弎 古文三从弋

文一 重一

王 天下所歸往也董仲舒曰古之造文者三畫而連其中謂之王三者天地人也而參通之者王也孔子曰一貫三爲王凡王之屬皆从王李陽冰曰中畫近上王者則天之義雨方切 𤣪 古文王

閏 餘分之月五歲再閏告朔之禮天子居宗廟閏月居

門中从王在門中周禮曰閏月王居門中終月也 如順切

皇 大也从自自始也始皇者三皇大君也自讀若鼻今俗以始生子爲鼻子 胡光切

文三　重一

玉 石之美有五德潤澤以溫仁之方也䚡理自外可以知中義之方也其聲舒揚專以遠聞智之方也不橈而折勇之方也銳廉而不技絜之方也象三玉之連丨其貫也凡玉之屬皆从玉 陽冰曰三畫正均如貫玉也 魚欲切 古文玉

璙 玉也从玉尞聲 洛蕭切

瓘 玉也从玉雚聲春秋傳曰瓘斝 工玩切

璥 玉也从玉敬聲 居領切

琠 玉也从玉典聲 多殄切

瓇 玉也从玉夒聲讀若柔 耳由切

⿱毄玉 玉也从玉毄聲讀若鬲 郎擊切

璠 璵璠魯之寶玉从玉番聲孔子曰美哉璵璠遠而望之奐若也近而視之瑟若也一則理勝二則孚勝 附袁切

璵 璵璠也从玉與聲 以諸切

瑾 瑾瑜美玉也从玉堇聲 居隱切

瑜 瑾瑜美玉也从玉俞聲 羊朱切

玒 玉也从玉工聲 戶工切

㻏 㻏瓄玉也从玉來聲 落哀切

瓊 赤玉也从玉敻聲 渠營切 瓊或从矞 瓊或从巂 瓊或从旋省 臣鉉等曰今與璿同

珦 玉也从玉向聲 許亮切

⿰王剌 玉也从玉剌聲 盧達切

珣 醫無閭珣玗琪周書所謂夷玉也从玉旬聲一曰器讀若宣 相倫切

璐 玉也从玉路聲 洛故切

瓚 三玉二石也从玉贊聲禮天子用全純玉也上公用駹四玉一石侯用瓚伯用埒玉石半相埒也 徂贊切

瑛 玉光也从玉英聲 於京切

璑 三采玉也从玉無聲 武扶切

珛 朽玉也从玉有聲讀若畜牧之畜 許救切

璿 美玉也从玉睿聲春秋傳曰璿弁玉纓 似沿切 古文璿 籒文璿

球 玉聲也从玉求聲 巨鳩切 球或从翏

琳 美玉也从玉林聲 力尋切

璧 瑞玉圜也从玉辟聲 比激切

瑗 大孔璧人君上除陛以相引从玉爰聲爾雅曰好倍肉謂之瑗肉倍好謂之璧 王眷切

環 璧也肉好若一謂之環从玉睘聲 戶關切

璜 半璧也从玉黃聲 戶光切

琮 瑞玉大八寸似車釭从玉宗聲 藏宗切

琥 發兵瑞玉爲虎文从玉从虎虎亦聲春秋傳曰賜子家雙琥 呼古切

瓏 禱旱玉龍文从玉从龍龍亦聲 力鍾切

琬 圭有琬者从玉宛聲 於阮切

璋 剡上爲圭半圭爲璋从玉章聲禮六幣圭以馬璋以皮璧以帛琮以錦琥以繡璜以黼 諸良切

琰 璧上起美色也从玉炎聲 以冉切

玠 大圭也从玉介聲周書曰稱奉介圭 古拜切

瑒 圭尺二寸有瓚以祠宗廟者也从玉昜聲 丑亮切

瓛 桓圭公所執从玉獻聲 胡官切

珽 大圭長三尺抒上終葵首从玉廷聲 他鼎切

瑁 諸侯執圭朝天子天子執玉以冒之似犂冠周禮曰天子執瑁四寸从玉冒冒亦聲 莫報切 玥 古文省

璬 玉佩从玉敫聲 古了切

珩 佩上玉也所以節行止也从玉行聲 戶庚切

玦 玉佩也从玉夬聲 古穴切

瑞 以玉爲信也从玉耑 徐鍇曰耑諦也會意 是僞切

珥 瑱也从玉耳耳亦聲 仍吏切

瑱 以玉充耳也从玉眞聲詩曰玉之瑱兮 臣鉉等曰今充耳字更从玉旁充非是 他甸切 𦖋 瑱或从耳

琫 佩刀上飾天子以玉諸侯以金从玉奉聲 邊孔切

珌 佩刀下飾天子以玉从玉必聲 卑吉切

璏 劍鼻玉也从玉彘聲 直例切

瑵 車蓋玉瑵从玉蚤聲 側絞切

瑑 圭璧上起兆瑑也从玉篆省聲周禮曰瑑圭璧 直戀切

珇 琮玉之瑑从玉且聲 則古切

璂 弁飾往往冒玉也从玉綦聲 渠之切 琪 璂或从基

璪 玉飾如水藻之文从玉喿聲虞書曰璪火黺米 子皓切

瑬 垂玉也冕飾从玉流聲 力求切

璹 玉器也从玉𠷎聲讀若淑 殊六切

瓃 玉器也从玉畾聲 臣鉉等案靁字注象回轉之形畾不成字凡从畾者並當从靁省 魯回切

瑳 玉色鮮白从玉差聲 七何切

玼 玉色鮮也从玉此聲詩曰新臺有玼 千禮切

璱 玉英華相帶如瑟弦从玉瑟聲詩曰瑟彼玉瓚 所櫛切

瑮 玉英華羅列秩秩从玉㮚聲逸論語曰玉粲之璱兮其瑮猛也 力質切

瑩 玉色从玉熒省聲一曰石之次玉者逸論語曰如玉之瑩 烏定切

璊 玉䞓色也从玉㒼聲禾之赤苗謂之虋言璊玉色如之 莫奔切 玧 璊或从允

瑕 玉小赤也从玉叚聲 乎加切

琢 治玉也从玉豖聲 竹角切

琱 治玉也一曰石似玉从玉周聲 都寮切

理 治玉也从玉里聲 良止切

珍 寶也从玉㐱聲 陟鄰切

玩 弄也从玉元聲 五換切 貦 玩或从貝

玲 玉聲从玉令聲 郎丁切

瑲 玉聲也从玉倉聲詩曰鞗革有瑲 七羊切

玎 玉聲也从玉丁聲齊太公子伋謚曰玎公 當經切

琤 玉聲也从玉爭聲 楚耕切

瑣 玉聲也从玉𧴪聲 蘇果切

瑝 玉聲也从玉皇聲 乎光切

瑀 石之似玉者从玉禹聲 王矩切

玤 石之次玉者以爲系璧从玉丰聲讀若詩曰瓜瓞菶菶一曰若盒蚌 補蠓切

玪 玪⿱勒玉石之次玉者从玉今聲 古函切

⿱勒玉 玪⿱勒玉也从玉勒聲 盧則切

琚 瓊琚从玉居聲詩曰報之以瓊琚 九魚切

璓 石之次玉者从玉莠聲詩曰充耳璓瑩 息救切

玖 石之次玉黑色者从玉久聲詩曰貽我佩玖讀若芑或曰若人句脊之句 舉友切

⿰玉𦣝 石之似玉者从玉𦣝聲讀若貽 與之切

珢 石之似玉者从玉艮聲 語巾切

玴 石之似玉者从玉曳聲 余制切

璅 石之似玉者从玉巢聲 子浩切

璡 石之似玉者从玉進聲讀若津 將鄰切

⿰玉朁 石之似玉者从玉朁聲 側岑切

璁 石之似玉者从玉悤聲讀若蔥 倉紅切

⿰玉號 石之似玉者从玉號聲讀若鎬 乎到切

⿰玉⿱卝羍 石之似玉者从玉⿱卝羍聲讀若曷 胡捌切

⿱臤玉 石之似玉者从玉臤聲 烏貫切

⿰玉燮 石之次玉者从玉燮聲 穌叶切

玽 石之次玉者从玉句聲讀若苟 古厚切

琂　石之似玉者从玉言聲語軒切

璶　石之似玉者从玉盡聲徐刃切

琟　石之似玉者从玉隹聲讀若維以追切

瑦　石之似玉者从玉烏聲安古切

瑂　石之似玉者从玉眉聲讀若眉武悲切

璒　石之似玉者从玉登聲都騰切

玜　石之似玉者从玉厶聲讀與私同息夷切

玗　石之似玉者从玉于聲羽俱切

[illegible]　玉屬从玉𠬝聲讀若沒莫悖切

瑎　黑石似玉者从玉皆聲讀若諧戶皆切

碧　石之青美者从玉石白聲兵尺切

琨　石之美者从玉昆聲虞書曰揚州貢瑤琨古渾切　瑻　琨或从貫

珉　石之美者从玉民聲武巾切

瑤　玉之美者从玉䍃聲詩曰報之以瓊瑤余招切

珠　蚌之陰精从玉朱聲春秋國語曰珠以禦火災是也章俱切

玓　玓瓅明珠色从玉勺聲都歷切

瓅　玓瓅从玉樂聲郎擊切

玭　珠也从玉比聲宋弘云淮水中出玭珠玭珠之有聲步因切　蠙　夏書玭从虫賓

珕　蜃屬从玉劦聲禮佩刀士珕琫而珧珌臣鉉等曰劦亦音麗故以爲聲郎計切

珧　蜃甲也所以飾物也从玉兆聲禮云佩刀天子玉琫而珧珌余昭切

玫　火齊玫瑰也一曰石之美者从玉文聲莫桮切

瑰　玫瑰从玉鬼聲一曰圜好公回切

璣　珠不圜也从玉幾聲居衣切

琅　琅玕似珠者从玉良聲魯當切

玕　琅玕也从玉干聲禹貢雝州球琳琅玕古寒切　玕　古文玕

珊　珊瑚色赤生於海或生於山从玉刪省聲穌干切

瑚　珊瑚也从玉胡聲戶吳切

珋　石之有光璧珋也出西胡中从玉丣聲力求切

琀　送死口中玉也从玉从含含亦聲胡紺切

𪏽　遺玉也从玉歔聲以周切

璗　金之美者與玉同色从玉湯聲禮佩刀諸侯璗琫而璆珌徒朗切

靈　靈巫以玉事神从玉霝聲郎丁切　靈　靈或从巫

文一百二十六　重十七

珈璩琖琛璫琲珂玘珝璀　璨琡瑄珙　玨　班琟

珈 婦人首飾从玉加聲詩曰副笄六珈 古牙切

璩 環屬从玉豦聲見山海經 彊魚切

琖 玉爵也夏曰琖殷曰斝周曰爵从玉戔聲或从皿 阻限切

琛 寶也从玉深省聲 丑林切

璫 華飾也从玉當聲 都郎切

琲 珠五百枚也从玉非聲 普乃切

珂 玉也从玉可聲 苦何切

玘 玉也从玉己聲 去里切

珝 玉也从玉羽聲 況主切

璀 璀璨玉光也从玉崔聲 七罪切

璨 玉光也从玉粲聲 倉案切

琡 玉也从玉叔聲 昌六切

瑄 璧六寸也从玉宣聲 須緣切

珙 玉也从玉共聲 拘竦切

文十四 新附

玨 二玉相合為一玨凡玨之屬皆从玨 古岳切 瑴 玨或从㱿

班 分瑞玉从玨从刀 布還切

琟 車笭間皮篋古者使奉玉以藏之从車玨讀與服同 房六切

气氛　士　壻　壯墫　丨　中　㫃

文三　重一

气 雲气也象形凡气之屬皆从气 去既切

氛 祥气也从气分聲 符分切 雰 氛或从雨

文二　重一

士 事也數始於一終於十从一从十孔子曰推十合一為士凡士之屬皆从士 鉏里切

壻 夫也从士胥聲詩曰女也不爽士貳其行士者夫也讀與細同 穌計切 婿 壻或从女

壯 大也从士爿聲 側亮切

墫 舞也从士尊聲詩曰墫墫舞我 慈損切

文四　重一

丨 上下通也引而上行讀若囟引而下行讀若退凡丨之屬皆从丨 古本切

中 内也从口丨上下通 陟弓切 𠁧 古文中 𠁩 籀文中

㫃 旌旗杠皃从丨从㫃㫃亦聲 丑善切

文三　重二

說文解字弟一上

說文解字弟一下

漢 太 尉 祭 酒 許 愼 記

宋 右 散 騎 常 侍 徐 鉉 等校定

屮 艸木初生也象丨出形有枝莖也古文或以爲艸字讀若徹凡屮之屬皆从屮尹彤說 臣鉉等曰丨上下通也象艸木萌芽通徹地上也 丑列切

屯 難也象艸木之初生屯然而難从屮貫一一地也尾曲易曰屯剛柔始交而難生 陟倫切

每 艸盛上出也从屮母聲 臣鉉等案左傳原田每每今別作莓非是 武罪切

毒 厚也害人之艸往往而生从屮从毒 徒沃切 古文毒从刀菖

𡴂 艸初生其香分布从屮从分分亦聲 撫文切 𡴂或从艸

𡴆 菌𡴆地蕈叢生田中从屮六聲 力竹切 籀文𡴆从三𡴆

熏 火煙上出也从屮从黑屮黑熏黑也 許云切

文七 重三

艸 百芔也从二屮凡艸之屬皆从艸 倉老切

莊 上諱 臣鉉等曰此漢明帝名也从艸从壯未詳 側羊切 古文莊

蓏 在木曰果在地曰蓏从艸从㼌 郎果切

芝 神艸也从艸从之 止而切

萐 萐莆瑞艸也堯時生於庖廚扇暑而涼从艸疌聲 士洽切

莆 萐莆也从艸甫聲 方矩切

虋 赤苗嘉穀也从艸釁聲 莫奔切

荅 小尗也从艸合聲 都合切

萁 豆莖也从艸其聲 渠之切

藿 尗之少也从艸靃聲 虛郭切

莥 鹿藿之實名也从艸狃聲 敕久切

蓈 禾粟之𥝩生而不成者謂之蕫蓈从艸郎聲 魯當切

稂 蓈或从禾

莠 禾粟下生莠从艸秀聲讀若酉 与久切

萉 枲實也从艸肥聲 房未切 萉或从麻賁

芓 麻母也从艸子聲一曰芓卽枲也 疾吏切

䔲 芓也从艸異聲 羊吏切

蘇 桂荏也从艸穌聲 素孤切

荏 桂荏蘇从艸任聲 如甚切

苵 菜也从艸矢聲 失匕切

𧄍 菜之美者雲夢之𧄍从艸豈聲 驅喜切

葵 菜也从艸癸聲 彊惟切

薑　禦溼之菜也从艸彊聲 居良切

蓼　辛菜薔虞也从艸翏聲 盧鳥切

蒩　菜也从艸祖聲 則古切

藘　菜也似蘇者从艸豦聲 彊魚切

薇　菜也似藿从艸微聲 無非切　籒文薇省

蓶　菜也从艸唯聲 以水切

菦　菜類蒿从艸近聲周禮有菦菹 巨巾切

䖆　菜也从艸釀聲 女亮切

莧　莧菜也从艸見聲 侯澗切

芋　大葉實根駭人故謂之芋也从艸亐聲 徐鍇曰芋猶言吁吁驚辭故曰駭人 王遇切

說文一下　艸部　三

莒　齊謂芋爲莒从艸呂聲 居許切

蘧　蘧麥也从艸遽聲 彊魚切

菊　大菊蘧麥从艸匊聲 居六切

葷　臭菜也从艸軍聲 許云切

蘘　蘘荷也一名葍蒩从艸襄聲 汝羊切

菁　韭華也从艸青聲 子盈切

蘆　蘆菔也一曰薺根从艸盧聲 落乎切

菔　蘆菔似蕪菁實如小尗者从艸服聲 蒲北切

苹　蓱也無根浮水而生者从艸平聲 符兵切

茞　艸也从艸臣聲 稹鄰切

薲　大蓱也从艸賓聲 符眞切

藍　染青艸也从艸監聲 魯甘切

藼　令人忘憂艸也从艸憲聲詩曰安得藼艸 況袁切　或从煖　或从宣

营　营藭香艸也从艸宮聲 去弓切　司馬相如說营或从弓

藭　营藭也从艸窮聲 渠弓切

蘭　香艸也从艸闌聲 落干切

葌　艸出吳林山从艸姦聲 古顏切

說文一下　艸部　四

葰　薑屬可以香口从艸俊聲 息遺切

芄　芄蘭莞也从艸丸聲詩曰芄蘭之枝 胡官切

虈　楚謂之蘺晉謂之虈齊謂之茝从艸嚻聲 許嬌切

蘺　江蘺蘼蕪从艸離聲 呂之切

茝　虈也从艸𦣞聲 昌改切

蘼　蘼蕪也从艸麋聲 靡爲切

薰　香艸也从艸熏聲 許云切

䓯　水萹茿从艸从水毒聲讀若督 徒沃切

萹　萹茿也从艸扁聲 方沔切

茿　萹茿也从艸筑省聲 陟玉切

藒 芞輿也从艸楬聲 去謁切

芞 芞輿也从艸气聲 去訖切

苺 馬苺也从艸母聲 武辠切

茖 艸也从艸各聲 古額切

苷 甘艸也从艸从甘 古三切

芧 艸也从艸予聲可以爲繩 直呂切

藎 艸也从艸盡聲 徐刃切

蒁 艸也从艸述聲 食聿切

荵 荵冬艸从艸忍聲 而軫切

萇 萇楚跳弋一名羊桃从艸長聲 直良切

薊 芺也从艸魝聲 古詣切

荲 艸也从艸里聲讀若釐 里之切

藋 釐艸也一曰拜商藋从艸翟聲 徒弔切

芨 堇艸也从艸及聲讀若急 居立切

葥 山苺也从艸歬聲 子賤切

[艸婺] 毒艸也从艸婺聲 莫候切

蓩 卷耳也从艸務聲 亡考切

蓡 人蓡藥艸出上黨从艸濅聲 山林切

虊 鳧葵也从艸攣聲 洛官切

䓞 艸也可以染留黃从艸戾聲 郎計切

荍 蚍蚽也从艸收聲 渠遙切

[艸毗] 蕎也从艸毗聲 房脂切

萭 艸也从艸禹聲 王矩切

荑 艸也从艸夷聲 杜兮切

薛 艸也从艸辥聲 私列切

苦 大苦苓也从艸古聲 康杜切

菩 艸也从艸音聲 步乃切

[艸啻] 薏苢从艸啻聲一曰[艸啻]英 於力切

茅 菅也从艸矛聲 莫交切

菅 茅也从艸官聲 古顏切

蘄 艸也从艸斳聲江夏有蘄春亭 臣鉉等案說文無斳字他字書亦無此篇下有菥字注云江夏平春亭名疑相承誤重出一字 渠支切

莞 艸也可以作席从艸完聲 胡官切

藺 莞屬从艸閵聲 良刃切

蒢 黃蒢職也从艸除聲 直魚切

蒲 水艸也可以作席从艸浦聲 薄胡切

蒻 蒲子可以爲平席从艸弱聲 而灼切

[艸深] 蒲蒻之類也从艸深聲 式箴切

蓷 萑也从艸推聲詩曰中谷有蓷 他回切

萑 艸多皃从艸隹聲 職追切

茥 缺盆也从艸圭聲苦圭切

莙 井藻也从艸君聲讀若威渠殞切

[艹睆] 夫蘺也从艸睆聲胡官切

蒚 夫蘺上也从艸鬲聲力的切

苢 芣苢一名馬舄其實如李令人宜子从艸㠯聲周書所說羊止切

蕁 芜藩也从艸尋聲徒含切 薚 蕁或从爻

[艹毄] 艸也从艸毄聲古歷切

蓲 艸也从艸區聲去鳩切

[艹固] 艸也从艸固聲古慕切

[艹榦] 艸也从艸榦聲古案切

藷 藷蔗也从艸諸聲章魚切

蔗 藷蔗也从艸庶聲之夜切

[艹𩏂] 芊[艹𩏂]可以作縻綆从艸𩏂聲女庚切

[艹賜] 艸也从艸賜聲斯義切

[艹中] 艸也从艸中聲陟宮切

萯 王萯也从艸負聲房九切

芺 艸也味苦江南食以下气从艸夭聲烏皓切

[艹弦] 艸也从艸弦聲胡田切

[艹圝] 艸也从艸圝聲圝籀文囿于救切

莩 艸也从艸孚聲芳無切

蔩 兔苽也从艸寅聲翼真切

荓 馬帚也从艸并聲薄經切

蕕 水邊艸也从艸猶聲以周切

荌 艸也从艸安聲烏旰切

藄 綦月爾也从艸綦聲渠之切

莃 兔葵也从艸稀省聲香衣切

[艹夢] 灌渝从艸夢聲讀若萌莫中切

蕧 盜庚也从艸復聲房六切

苓 卷耳也从艸令聲郎丁切

[艹贛] 艸也从艸贛聲一曰薏苢古送切又古禫切

藑 茅葍也一名蕣从艸敻聲渠營切

䔰 葍也从艸富聲方布切

葍 䔰也从艸畐聲方六切

蓨 苗也从艸脩聲徒聊切又湯彫切

苗 蓨也从艸由聲徒歷切又他六切

[艹昜] 艸枝枝相值葉葉相當从艸昜聲楮羊切

薁 蘡薁也从艸奧聲於六切

葴 馬藍也从艸咸聲職深切

[艹魯] 艸也可以束从艸魯聲郎古切 蓾 [艹魯]或从鹵

蔽　艸也从艸㪿聲臣鉉等案說文無㪿字當是𢿱字之省而聲不相近未詳苦怪切

蔞　艸也可以亨魚从艸婁聲力朱切

藟　艸也从艸畾聲詩曰莫莫葛藟一曰秬鬯也力軌切

蒬　棘蒬也从艸冤聲於元切

茈　茈艸也从艸此聲將此切

藐　茈艸也从艸貌聲莫覺切

萴　烏喙也从艸則聲阻力切

蒐　茅蒐茹藘人血所生可以染絳从艸从鬼所鳩切

茜　茅蒐也从艸西聲倉見切

蕼　赤蕼也从艸肆聲息利切

薜　牡贊也从艸辟聲蒲計切

莣　杜榮也从艸忘聲武方切

苞　艸也南陽以爲麤履从艸包聲布交切

艾　冰臺也从艸乂聲五蓋切

蔁　艸也从艸章聲諸良切

芹　楚葵也从艸斤聲巨巾切

蘛　豕首也从艸甄聲側鄰切

蔦　寄生也从艸鳥聲詩曰蔦與女蘿都了切　樢　蔦或从木

芸　艸也似目宿从艸云聲淮南子說芸艸可以死復生王分切

𦶜　艸也从艸㪥聲麤最切

葎　艸也从艸律聲呂戌切

茦　莿也从艸朿聲楚革切

葀　苦婁果蓏也从艸昏聲古活切

葑　須從也从艸封聲府容切

薺　蒺棃也从艸齊聲詩曰牆有薺疾咨切又徂礼切

莿　茦也从艸刺聲七賜切

董　鼎董也从艸童聲杜林曰藕根多動切

蘻　狗毒也从艸繫聲古詣切

蓃　艸也从艸嫂聲蘇老切

苄　地黃也从艸下聲禮記鈃毛牛藿羊苄豕薇是侯古切

蘞　白蘞也从艸僉聲良冉切　蘝　蘞或从斂

菳　黃菳也从艸金聲具今切

芩　艸也从艸今聲詩曰食野之芩巨今切

藨　鹿藿也从艸麃聲讀若剽一曰蔽屬平表切

虉　綬也从艸鷊聲詩曰卭有旨虉是五狄切

蔆　芰也从艸淩聲楚謂之芰秦謂之薢茩力膺切　遴　司馬相如說蔆从遴

芰　蔆也从艸支聲奇記切　茤　杜林說芰从多

薢　薢茩也从艸解聲　胡買切

茩　薢茩也从艸后聲　胡口切

芡　雞頭也从艸欠聲　巨險切

蘜　日精也以秋華从艸𥷚省聲　居六切　蘜或省

蘥　爵麥也从艸龠聲　以勺切

藗　牡茅也从艸遬聲遬籀文速　桑谷切

⿱艹私　茅秀也从艸私聲　息夷切

蒹　雚之未秀者从艸兼聲　古恬切

薍　𦵼也从艸亂聲八月薍爲葦也　五患切

𦵼　雚之初生一曰薍一曰騅从艸剡聲　土敢切　𦵼或从炎

薕　蒹也从艸廉聲　力鹽切

薠　青薠似莎者从艸煩聲　附袁切

茚　昌蒲也从艸卬聲益州云　五剛切

䔑　茚䔑也从艸邪聲　以遮切

芀　葦華也从艸刀聲　徒聊切

茢　芀也从艸㓥聲　良辥切

菡　菡蔄也从艸圅聲　胡感切

蔄　菡蔄芙蓉華未發爲菡蔄已發爲芙蓉从艸閻聲　徒感切

蓮　芙蕖之實也从艸連聲　洛賢切

茄　芙蕖莖从艸加聲　古牙切

荷　芙蕖葉从艸何聲　胡哥切

蔤　芙蕖本从艸密聲　美必切

蕅　芙蕖根从艸水禺聲　五厚切

蘢　天蘥也从艸龍聲　盧紅切

蓍　蒿屬生十歲百莖易以爲數天子蓍九尺諸侯七尺大夫五尺士三尺从艸耆聲　式脂切

菣　香蒿也从艸臤聲　去刃切　菣或从堅

莪　蘿莪蒿屬从艸我聲　五何切

蘿　莪也从艸羅聲　魯何切

菻　蒿屬从艸林聲　力稔切

蔚　牡蒿也从艸尉聲　於胃切

蕭　艾蒿也从艸肅聲　蘇彫切

萩　蕭也从艸秋聲　七由切

芍　鳧茈也从艸勺聲　胡了切

䔧　王彗也从艸湔聲　昨先切

蔿　艸也从艸爲聲　于鬼切

⿱艹冘　艸也从艸冘聲　直深切

蘜　治牆也从艸鞠聲　居六切

蘠 蘠蘼虋冬也从艸牆聲 賤羊切

芪 芪母也从艸氏聲 常之切

菀 茈菀出漢中房陵从艸宛聲 於阮切

莔 貝母也从艸明省聲 武庚切

苿 山薊也从艸术聲 直律切

蓂 析蓂大薺也从艸冥聲 莫歷切

菋 荎藸也从艸味聲 无沸切

荎 荎藸艸也从艸至聲 直尼切

藸 荎藸也从艸豬聲 直魚切

葛 絺綌艸也从艸曷聲 古達切

蔓 葛屬从艸曼聲 無販切

䓘 葛屬白華从艸皋聲 古勞切

莕 菨餘也从艸杏聲 何梗切 荇 莕或从行同

菨 菨餘也从艸妾聲 子葉切

蘮 艸也从艸罽聲 古渾切

芫 魚毒也从艸元聲 愚袁切

蘦 大苦也从艸霝聲 郎丁切

蕛 蕛苵也从艸稊聲 大兮切

苵 蕛苵也从艸失聲 徒結切

艼 艼熒朐也从艸丁聲 天經切

蔣 苽蔣也从艸將聲 子良切又即兩切

苽 雕苽一名蔣从艸瓜聲 古胡切

䓁 艸也从艸育聲 余六切

䕏 艸也从艸罷聲 符羈切

䕼 艸也从艸難聲 如延切

莨 艸也从艸良聲 魯當切

葽 艸也从艸要聲詩曰四月秀葽劉向說此味苦苦葽也 於消切

薖 艸也从艸過聲 苦禾切

菌 地蕈也从艸囷聲 渠殞切

蕈 桑䓴从艸覃聲 慈衽切

䓴 木耳也从艸耎聲一曰萮茈 而兗切

葚 桑實也从艸甚聲 常衽切

蒟 果也从艸竘聲 俱羽切

芘 艸也一曰芘茮木从艸比聲 房脂切

蕣 木堇朝華暮落者从艸䑞聲詩曰顏如蕣華 舒閏切

萸 茱萸也从艸臾聲 羊朱切

茱 茱萸茮屬从艸朱聲 市朱切

茮 茮菉从艸尗聲 子寮切

莍 茮樧實裹如表者从艸求聲 巨鳩切

荊　楚木也从艸刑聲舉卿切　古文荊
菭　水衣从艸治聲徒哀切
芽　萌芽也从艸牙聲五加切
萌　艸芽也从艸明聲武庚切
茁　艸初生出地皃从艸出聲詩曰彼茁者葭鄒滑切
莖　枝柱也从艸巠聲戶耕切
莛　莖也从艸廷聲特丁切
葉　艸木之葉也从艸枼聲与涉切
蘮　艸之小者从艸𠚏聲𠚏古文銳字讀若芮居例切
芣　華盛从艸不聲一曰芣苢縛牟切

葩　華也从艸皅聲普巴切
芛　艸之葟榮也从艸尹聲羊捶切
蘳　黃華从艸黊聲讀若壞乎瓦切
蔈　苕之黃華也从艸㶾聲一曰末也方小切
英　艸榮而不實者一曰黃英从艸央聲於京切
薾　華盛从艸爾聲詩曰彼薾惟何兒氏切
萋　艸盛从艸妻聲詩曰菶菶萋萋七稽切
菶　艸盛从艸奉聲補蠓切
薿　茂也从艸疑聲詩曰黍稷薿薿魚己切
蕤　艸木華垂皃从艸甤聲儒隹切

葼　青齊沇冀謂木細枝曰葼从艸㚇聲子紅切
⿱艹移　艸萎⿱艹移从艸移聲弋支切
蒝　艸木形从艸原聲愚袁切
莢　艸實从艸夾聲古叶切
芒　艸耑从艸亾聲武方切
䔺　藍蓼秀从艸隨省聲羊捶切
蔕　瓜當也从艸帶聲都計切
荄　艸根也从艸亥聲古哀切又古諧切
荺　茇也茅根也从艸均聲于敏切
茇　艸根也从艸犮聲春艸根枯引之而發土爲撥故謂之茇一曰艸之白華爲茇北末切

芃　艸盛也从艸凡聲詩曰芃芃黍苗房戎切
⿱艹傅　華葉布从艸傅聲讀若傅方遇切
蓻　艸木不生也一曰茅芽从艸執聲姊入切
䓕　艸多皃从艸折聲江夏平春有䓕亭語斤切
茂　艸豐盛从艸戊聲莫候切
⿱艹暘　艸茂也从艸暘聲丑亮切
蔭　艸陰地从艸陰聲於禁切
⿱艹造　艸皃从艸造聲初救切
茲　艸木多益从艸茲省聲子之切

蔋 艸旱盡也从艸俶聲詩曰蔋蔋山川 徒歷切

⿱艹歊 艸皃从艸歊聲周禮曰轂獘不⿱艹歊 許嬌切

蔇 艸多皃从艸既聲 居味切

薋 艸多皃从艸資聲 疾茲切

蓁 艸盛皃从艸秦聲 側詵切

莦 惡艸皃从艸肖聲 所交切

芮 芮芮艸生皃从艸内聲讀若汭 而銳切

茬 艸皃从艸在聲濟北有茬平縣 仕甾切

薈 艸多皃从艸會聲詩曰薈兮蔚兮 烏外切

蓩 細艸叢生也从艸敄聲 莫候切

芼 艸覆蔓从艸毛聲詩曰左右芼之 莫抱切

蒼 艸色也从艸倉聲 七岡切

葻 艸得風皃从艸風讀若婪 盧含切

萃 艸皃从艸卒聲讀若瘁 秦醉切

蒔 更别種从艸時聲 時吏切

苗 艸生於田者从艸从田 武鑣切

苛 小艸也从艸可聲 乎哥切

蕪 薉也从艸無聲 武扶切

薉 蕪也从艸歲聲 於廢切

荒 蕪也从艸巟聲一曰艸淹地也 呼光切

薴 艸亂也从艸寍聲杜林說艸䔍藍皃 女庚切

䔍 䔍藍皃从艸爭聲 側莖切

落 凡艸曰零木曰落从艸洛聲 盧各切

蔽 蔽蔽小艸也从艸敝聲 必袂切

蘀 艸木凡皮葉落陊地爲蘀从艸擇聲詩曰十月隕蘀 它各切

蕰 積也从艸温聲春秋傳曰蕰利生孽 於粉切

蔫 菸也从艸焉聲 於乾切

菸 鬱也从艸於聲一曰痿也 央居切

⿱艹榮 艸旋皃也从艸榮聲詩曰葛纍⿱艹榮之 於營切

蔡 艸也从艸祭聲 蒼大切

茷 艸葉多从艸伐聲春秋傳曰晉糴茷 符發切

菜 艸之可食者从艸采聲 蒼代切

荋 艸多葉皃从艸而聲沛城父有楊荋亭 如之切

⿱艹乏 艸浮水中皃从艸乏聲 匹凡切

薄 林薄也一曰蠶薄从艸溥聲 旁各切

苑 所以養禽獸也从艸夗聲 於阮切

藪 大澤也从艸數聲九州之藪楊州具區荆州雲夢豫州甫田青州孟諸沇州大野雝州弦圃幽州奚養冀州楊紆并州昭餘祁是也 蘇后切

菑　不耕田也从艸甾易曰不菑畬徐鍇曰當言从艸从巛从田田不耕則艸塞之故从巛巛音災若从甾則下有甾缶字相亂側詞切　菑或省艸

蘨　艸盛皃从艸繇聲夏書曰厥艸惟蘨余招切

薙　除艸也明堂月令曰季夏燒薙从艸雉聲他計切

䓞　耕多艸从艸耒耒亦聲盧對切

⿱艹致　艸大也从艸致聲陟利切

蔪　艸相蔪苞也从艸斬聲書曰艸木蔪苞慈冄切　蔪或从槧

茀　道多艸不可行从艸弗聲分勿切

苾　馨香也从艸必聲毗必切

蔎　香艸也从艸設聲識列切

芳　香艸也从艸方聲敷方切

蕡　雜香艸从艸賁聲浮分切

藥　治病艸从艸樂聲以勺切

⿱艹麗　艸木相附⿱艹麗土而生从艸麗聲易曰百穀艸木⿱艹麗於地呂支切

蓆　廣多也从艸席聲祥易切

芟　刈艸也从艸从殳所銜切

荐　薦蓆也从艸存聲在甸切

藉　祭藉也一曰艸不編狼藉从艸耤聲慈夜切又秦昔切

蒩　茅藉也从艸租聲禮曰封諸侯以土蒩以白茅子余切

蕝　朝會束茅表位曰蕝从艸絕聲春秋國語曰致茅蕝表坐子說切

茨　以茅葦蓋屋从艸次聲疾茲切

葺　茨也从艸咠聲七入切

蓋　苫也从艸盍聲古太切

苫　蓋也从艸占聲失廉切

藹　蓋也从艸渴聲於蓋切

⿱艹屈　刷也从艸屈聲區勿切

藩　屏也从艸潘聲甫煩切

菹　酢菜也从艸沮聲側魚切　菹或从皿　或从缶

荃　芥脃也从艸全聲此緣切

⿱艹酤　韭鬱也从艸酤聲苦步切

蘫　瓜菹也从艸監聲魯甘切

⿱艹泜　菹也从艸泜聲直宜切　⿱艹泜或从皿皿器也

⿱艹橑　乾梅之屬从艸橑聲周禮曰饋食之籩其實乾⿱艹橑後漢長沙王始煮艸爲⿱艹橑盧晧切　⿱艹橑或从潦

⿱艹顡　煎茱萸从艸顡聲漢律會稽獻⿱艹顡一斗魚既切

⿱艹宰　羹菜也从艸宰聲阻史切

若　擇菜也从艸右右手也一曰杜若香艸而灼切

蓴 蒲叢也从艸專聲 常倫切

茜 以艸補缺从艸西聲讀若陸或以爲綴一曰約空也 直例切

蕁 叢艸也从艸尊聲 慈損切

莜 艸田器从艸條省聲論語曰以杖荷莜 今作蓧 徒弔切

萆 雨衣一曰衰衣从艸卑聲一曰萆藨似烏韭 扶歷切

蒫 艸也从艸是聲 是支切

苴 履中艸从艸且聲 子余切

⿱艹麤 艸履也从艸麤聲 倉胡切

蕢 艸器也从艸貴聲 求位切 古文蕢象形論語曰有荷臾而過孔氏之門

䔞 覆也从艸侵省聲 七朕切

茵 車重席从艸因聲 於眞切 鞇 司馬相如說茵从革

芻 刈艸也象包束艸之形 叉愚切

茭 乾芻从艸交聲一曰牛蘄艸 古肴切

荹 亂艸从艸步聲 薄故切

茹 飤馬也从艸如聲 人庶切

莝 斬芻从艸坐聲 麤臥切

萎 食牛也从艸委聲 於僞切

⿱艹敕 以穀萎馬置莝中从艸敕聲 楚革切

⿱艹曲 蠶薄也从艸曲聲 丘玉切

蔟 行蠶蓐从艸族聲 千木切

苣 束葦燒从艸巨聲 其呂切 臣鉉等曰今俗別作炬非是

蕘 薪也从艸堯聲 如昭切

薪 蕘也从艸新聲 息鄰切

蒸 折麻中榦也从艸烝聲 煑仍切 蒸或省火

蕉 生枲也从艸焦聲 卽消切

⿱艹⿴囗米 糞也从艸胃省 式視切

薶 瘞也从艸貍聲 莫皆切

⿱艹侵 喪藉也从艸侵聲 失廉切

折 斷也从斤斷艸譚長說 食列切 籀文折从艸在仌中仌寒故折 篆文折从手

卉 艸之總名也从艸屮 許偉切

艽 遠荒也从艸九聲詩曰至于艽野 巨鳩切

蒜 葷菜从艸祘聲 蘇貫切

左文五十三　重二大篆从茻

芥 菜也从艸介聲 古拜切

蔥 菜也从艸悤聲 倉紅切

⿱艹隺 艸也从艸隺聲詩曰食鬱及⿱艹隺 余六切

蕇 亭歷也从艸單聲 多殄切

苟　艸也从艸句聲古厚切

蕨　鼈也从艸厥聲居月切

莎　鎬侯也从艸沙聲蘇禾切

蓱　苹也从艸洴聲薄經切

蓳　艸也根如薺葉如細柳蒸食之甘从艸堇聲居隱切

菲　芴也从艸非聲芳尾切

芴　菲也从艸勿聲文弗切

𧅝　艸也从艸鷏聲呼旰切

萑　薍也从艸雈聲胡官切

葦　大葭也从艸韋聲于鬼切

葭　葦之未秀者从艸叚聲古牙切

萊　蔓華也从艸來聲洛哀切

荔　艸也似蒲而小根可作㕞从艸劦聲郎計切

蒙　王女也从艸冡聲莫紅切

薻　水艸也从艸从水巢聲詩曰于以采薻子皓切　藻　或从澡

菉　王芻也从艸彔聲詩曰菉竹猗猗力玉切

蓸　艸也从艸曹聲昨牢切

蓾　艸也从艸卤聲以周切

菬　艸也从艸沼聲昨焦切

𦸀　艸也从艸吾聲楚詞有𦸀蕭艸吾乎切

范　艸也从艸氾聲房𠃵切

艿　艸也从艸乃聲如乘切

𦬁　艸也从艸血聲呼決切

萄　艸也从艸匋聲徒刀切

芑　白苗嘉穀从艸已聲驅里切

藚　水舄也从艸賣聲詩曰言采其藚似足切

苳　艸也从艸冬聲都宗切

薔　薔虞蓼从艸嗇聲所力切

苕　艸也从艸召聲徒聊切

𦽗　艸也从艸楙聲莫厚切

萺　艸也从艸冒聲莫報切

茆　鳧葵也从艸丣聲詩曰言采其茆力久切

荼　苦荼也从艸余聲同都切臣鉉等曰此卽今之荼字

蘩　白蒿也从艸緐聲附袁切

蒿　菣也从艸高聲呼毛切

蓬　蒿也从艸逢聲薄紅切　𦳝　籀文蓬省

藜　艸也从艸𥝩聲郎奚切

蘬　薺實也从艸歸聲驅歸切

葆　艸盛皃从艸保聲博裒切

蕃 艸茂也从艸番聲甫煩切

茸 艸茸茸皃从艸聦省聲而容切

葏 艸皃从艸津聲子僊切

叢 艸叢生皃从艸叢聲徂紅切

草 草斗櫟實也一曰象斗子从艸早聲自保切臣鉉等曰今俗以此爲艸木之艸別作皁字爲黑色之皁案櫟實可以染帛爲黑色故曰草通用爲草棧字今俗書皁或从白从十或从白从七皆無意義無以下筆

菆 麻蒸也从艸取聲一曰蓐也側鳩切

蓄 積也从艸畜聲丑六切

萅 推也从艸从日艸春時生也屯聲昌純切

菰 艸多皃从艸狐聲江夏平春有菰亭古狐切

菿 艸木倒从艸到聲都盜切

文四百四十五　重三十一

芙 芙蓉也从艸夫聲方無切

蓉 芙蓉也从艸容聲余封切

薳 艸也左氏傳楚大夫薳子馮从艸遠聲韋委切

荀 艸也从艸旬聲臣鉉等案今人姓荀氏本郇侯之後宜用郇字相倫切

莋 越嶲縣名見史記从艸作聲在各切

蓀 香艸也从艸孫聲思渾切

蔬 菜也从艸疏聲所菹切

芊 艸盛也从艸千聲倉先切

茗 荼芽也从艸名聲莫迥切

薌 穀气也从艸鄉聲許良切

藏 匿也臣鉉等案漢書通用臧字从艸後人所加昨郎切

蕆 左氏傳以蕆陳事杜預注云蕆敕也从艸未詳丑善切

蘸 以物没水也此蓋俗語从艸未詳斬陷切

文十三　新附

蓐 陳艸復生也从艸辱聲一曰蔟也凡蓐之屬皆从蓐而蜀切　籒文蓐从茻

薅 拔去田艸也从蓐好省聲呼毛切　籒文薅省　茠薅或从休詩曰既茠荼蓼

文二　重三

茻 衆艸也从四屮凡茻之屬皆从茻讀與冈同模朗切

莫 日且冥也从日在茻中莫故切又慕各切

莽 南昌謂犬善逐菟艸中爲莽从犬从茻茻亦聲謀朗切

葬 藏也从死在茻中一其中所以薦之易曰古之葬者厚衣之以薪則浪切

文四

說文解字弟一下

說文解字弟二上

漢太尉祭酒許慎記

宋右散騎常侍徐鉉等校定

三十部　六百九十三文　重八十八

凡八千四百九十八字

文三十四新附

小　物之微也从八丨見而分之凡小之屬皆从小私兆切

少　不多也从小丿聲書沼切

尐　少也从小乀聲讀若輟子結切

文三

八　別也象分別相背之形凡八之屬皆从八博拔切

分　別也从八从刀刀以分別物也甫文切

尒　詞之必然也从入丨八八象气之分散兒氏切

曾　詞之舒也从八从曰㽞聲昨稜切

尚　曾也庶幾也从八向聲時亮切

㒸　从意也从八豕聲徐醉切

詹　多言也从言从八从厃臣鉉等曰厃高也八分也多故可分也職廉切

介　畫也从八从人人各有介古拜切

𠔁　分也从重八八別也亦聲孝經說曰故上下有別兵列切

公　平分也从八从厶音司八猶背也韓非曰背厶爲公古紅切

必　分極也从八弋弋亦聲卑吉切

余　語之舒也从八舍省聲以諸切　𠎝　二余也讀與余同

文十二　重一

釆　辨別也象獸指爪分別也凡釆之屬皆从釆讀若辨蒲莧切　古文釆

番　獸足謂之番从釆田象其掌附袁切　蹞　番或从足从煩　古文番

宷　悉也知宷諦也从宀从釆徐鍇曰宀覆也釆別也包覆而深別之宷悉也式荏切　審　篆文宷从番

悉　詳盡也从心从釆息七切　古文悉

釋　解也从釆釆取其分別物也从睪聲賞職切

文五　重五

半　物中分也从八从牛牛爲物大可以分也凡半之屬皆从半博幔切

胖　半體肉也一曰廣肉从半从肉半亦聲普半切

叛　半也从半反聲薄半切

文三

牛　大牲也牛件也件事理也象角頭三封尾之形凡牛

之屬皆从牛徐鍇曰件若言物一件二件也封高起也語求切

牡 畜父也从牛土聲莫厚切

犅 特牛也从牛岡聲古郎切

特 朴特牛父也从牛寺聲徒得切

牝 畜母也从牛匕聲易曰畜牝牛吉毗忍切

犢 牛子也从牛瀆省聲徒谷切

犻 二歲牛从牛市聲博蓋切

犙 三歲牛从牛參聲穌含切

牭 四歲牛从牛从四四亦聲息利切 𤛓 籀文牭从貳

犗 騬牛也从牛害聲古拜切

牻 白黑雜毛牛从牛尨聲莫江切

㹁 牻牛也从牛京聲春秋傳曰牻㹁呂張切

犡 牛白脊也从牛厲聲洛帶切

㻌 黃牛虎文从牛余聲讀若塗同都切

犖 駁牛也从牛勞省聲呂角切

⿰牛寽 牛白脊也从牛寽聲力輟切

⿰牛平 牛駁如星从牛平聲普耕切

犥 牛黃白色从牛麃聲補嬌切

犉 黃牛黑脣也从牛𦎧聲詩曰九十其犉如均切

⿰牛隺 白牛也从牛隺聲五角切

⿰牛畺 牛長脊也从牛畺聲居良切

⿰牛攴 牛徐行也从牛攴聲讀若滔土刀切

犨 牛息聲从牛雔聲一曰牛名赤周切

牟 牛鳴也从牛象其聲气从口出莫浮切

⿰牛產 畜牷也从牛產聲所簡切

牲 牛完全从牛生聲所庚切

牷 牛純色从牛全聲疾緣切

牽 引前也从牛象引牛之縻也玄聲苦堅切

牿 牛馬牢也从牛告聲周書曰今惟牿牛馬古屋切

牢 閑養牛馬圈也从牛冬省取其四周帀也魯刀切

犓 以芻莝養牛也从牛芻芻亦聲春秋國語曰犓豢幾何測愚切

犪 牛柔謹也从牛夒聲而沼切

犕 易曰犕牛乘馬从牛𤰈聲平祕切

犂 耕也从牛黎聲郎奚切

⿱非牛 兩壁耕也从牛非聲一曰覆耕種也讀若匪非尾切

⿰牛𠷎 牛羊無子也从牛𠷎聲讀若糗糧之糗徒刀切

牴 觸也从牛氐聲都禮切

⿱衛牛 牛踶衛也从牛衛聲于歲切

⿱臤牛 牛很不從引也从牛从臤臤亦聲一曰大皃讀若賢

喫善切

牼　牛厀下骨也从牛巠聲春秋傳曰宋司馬牼字牛（口莖切）

㸴　牛舌病也从牛今聲（巨禁切）

犀　南徼外牛一角在鼻一角在頂似豕从牛尾聲（先稽切）

牣　牣滿也从牛刃聲詩曰於牣魚躍（而震切）

物　萬物也牛爲大物天地之數起於牽牛故从牛勿聲（文弗切）

犧　宗廟之牲也从牛羲聲賈侍中說此非古字（許羈切）

文四十五　重一

犍　犗牛也从牛建聲亦郡名（居言切）

犝　無角牛也从牛童聲古通用僮（徒紅切）

文二　新附

犛　西南夷長髦牛也从牛𠩺聲凡犛之屬皆从犛（莫交切）

氂　犛牛尾也从犛省从毛（里之切）

斄　彊曲毛可以箸起衣从犛省來聲（洛哀切）　古文斄省

文三　重一

告　牛觸人角箸橫木所以告人也从口从牛易曰僮牛之告凡告之屬皆从告（古奧切）

嚳　急告之甚也从告學省聲（苦沃切）

文二

口　人所以言食也象形凡口之屬皆从口（苦后切）

噭　吼也从口敫聲一曰噭呼也（古弔切）

噣　喙也从口蜀聲（陟救切）

喙　口也从口彖聲（許穢切）

吻　口邊也从口勿聲（武粉切）　脗　吻或从肉从昏

嚨　喉也从口龍聲（盧紅切）

喉　咽也从口侯聲（乎鉤切）

噲　咽也从口會聲讀若快一曰嚵噲也（苦夬切）

吞　咽也从口天聲（土根切）

咽　嗌也从口因聲（烏前切）

嗌　咽也从口益聲（伊昔切）　𦤺　籒文嗌上象口下象頸脈理也

喗　大口也从口軍聲（牛殞切）

哆　張口也从口多聲（丁可切）

呱　小兒嗁聲从口瓜聲詩曰后稷呱矣（古乎切）

啾　小兒聲也从口秋聲（即由切）

喤　小兒聲从口皇聲詩曰其泣喤喤（乎光切）

咺　朝鮮謂兒泣不止曰咺从口宣省聲（況晚切）

唴 秦晉謂兒泣不止曰唴从口羌聲丘尚切

咷 楚謂兒泣不止曰噭咷从口兆聲徒刀切

喑 宋齊謂兒泣不止曰喑从口音聲於今切

⿰口疑 小兒有知也从口疑聲詩曰克岐克嶷魚力切

咳 小兒笑也从口亥聲戶來切 孩 古文咳从子

嗛 口有所銜也从口兼聲戶監切

咀 含味也从口且聲慈呂切

啜 嘗也从口叕聲一曰喙也昌說切

⿰口集 噍也从口集聲讀若集子入切

嚌 嘗也从口齊聲周書曰大保受同祭嚌在詣切

噍 齧也从口焦聲才肖切 嚼 噍或从爵又才爵切

吮 欶也从口允聲徂沇切

⿰口率 小歠也从口率聲讀若刷所劣切

嚵 小⿰口率也从口毚聲一曰喙也士咸切

噬 啗也喙也从口筮聲時制切

啗 食也从口臽聲讀與含同徒濫切

嘰 小食也从口幾聲居衣切

⿰口尃 噍皃从口尃聲補各切

含 嗛也从口今聲胡男切

哺 哺咀也从口甫聲薄故切

味 滋味也从口未聲無沸切

嚛 食辛嚛也从口樂聲火沃切

⿰口窡 口滿食从口窡聲丁滑切

噫 飽食息也从口意聲於介切

嘽 喘息也一曰喜也从口單聲詩曰嘽嘽駱馬他干切

唾 口液也从口垂聲湯臥切 涶 唾或从水

咦 南陽謂大呼曰咦从口夷聲以之切

呬 東夷謂息爲呬从口四聲詩曰犬夷呬矣虛器切

喘 疾息也从口耑聲昌沇切

呼 外息也从口乎聲荒烏切

吸 内息也从口及聲許及切

嘘 吹也从口虛聲朽居切

吹 嘘也从口从欠昌垂切

喟 大息也从口胃聲丘貴切 嘳 喟或从貴

啍 口气也从口𦎫聲詩曰大車啍啍他昆切

嚏 悟解气也从口疐聲詩曰願言則嚏都計切

⿰口質 野人言之从口質聲之日切

唫 口急也从口金聲巨錦切又牛音切

噤 口閉也从口禁聲巨禁切

名 自命也从口从夕夕者冥也冥不相見故以口自名

武幷切

吾　我自稱也从口五聲五乎切

哲　知也从口折聲陟列切　悊　哲或从心　嚞　古文哲从三吉

君　尊也从尹發號故从口舉云切　古文象君坐形

命　使也从口从令眉病切

咨　謀事曰咨从口次聲即夷切

召　評也从口刀聲直少切

問　訊也从口門聲亡運切

唯　諾也从口隹聲以水切

唱　導也从口昌聲尺亮切

和　相膺也从口禾聲戶戈切

咥　大笑也从口至聲詩曰咥其笑矣許旣切又直結切

啞　笑也从口亞聲易曰笑言啞啞於革切

噱　大笑也从口豦聲其虐切

唏　笑也从口稀省聲一曰哀痛不泣曰唏虛豈切

听　笑皃从口斤聲宜引切

呭　多言也从口世聲詩曰無然呭呭余制切

嘄　聲嘄嘄也从口梟聲古堯切

咄　相謂也从口出聲當沒切

唉　膺也从口矣聲讀若埃烏開切

哉　言之閒也从口𢦏聲祖才切

噂　聚語也从口尊聲詩曰噂沓背憎子損切

咠　聶語也从口从耳詩曰咠咠幡幡七入切

呷　吸呷也从口甲聲呼甲切

嘒　小聲也从口彗聲詩曰嘒彼小星呼惠切　𡁠　或从慧

嘫　語聲也从口然聲如延切

唪　大笑也从口奉聲讀若詩曰瓜瓞菶菶方蠓切

嗔　盛气也从口眞聲詩曰振旅嗔嗔待年切

嘌　疾也从口票聲詩曰匪車嘌兮撫招切

嘑　唬也从口虖聲荒烏切

喅　音聲喅喅然从口昱聲余六切

嘯　吹聲也从口肅聲穌弔切　歗　籒文嘯从欠

台　說也从口㠯聲與之切

嗂　喜也从口䍃聲余招切

启　開也从戶从口康禮切

嗿　聲也从口貪聲詩曰有嗿其饁他感切

咸　皆也悉也从口从戌戌悉也胡監切

呈　平也从口壬聲直貞切

右　助也从口从又徐鍇曰言不足以左復手助之于救切

啻 語時不啻也从口帝聲一曰啻諟也讀若鞮 施智切

吉 善也从士口 居質切

周 密也从用口 職留切 𠿝 古文周字从古文及

唐 大言也从口庚聲 徒郎切 啺 古文唐从口昜

𠷎 誰也从口𠷎又聲𠷎古文疇 直由切

嘾 含深也从口覃聲 徒感切

噎 飯窒也从口壹聲 烏結切

嗢 咽也从口昷聲 烏沒切

哯 不歐而吐也从口見聲 胡典切

吐 寫也从口土聲 他魯切

噦 气啎也从口歲聲 於月切

咈 違也从口弗聲周書曰咈其耇長 符弗切

嚘 語未定皃从口憂聲 於求切

吃 言蹇難也从口气聲 居乙切

嗜 嗜欲喜之也从口耆聲 常利切

啖 噍啖也从口炎聲一曰噉 徒敢切

哽 語爲舌所介也从口更聲讀若井級綆 古杏切

嘐 誇語也从口翏聲 古肴切

啁 啁嘐也从口周聲 陟交切

哇 諂聲也从口圭聲讀若醫 於佳切

𠵸 語相訶歫也从口歫辛辛惡聲也讀若櫱 五葛切

吺 讘吺多言也从口投省聲 當侯切

呧 苛也从口氐聲 都禮切

呰 苛也从口此聲 將此切

嗻 遮也从口庶聲 之夜切

唊 妄語也从口夾聲讀若莢 古叶切

嗑 多言也从口盍聲讀若甲 候榼切

嗙 訶聲嗙喻也从口旁聲司馬相如說淮南宋蔡舞嗙喻也 補盲切

噧 高气多言也从口蠆省聲春秋傳曰噧言 訶介切

𠮩 高气也从口九聲臨淮有𠮩猶縣 巨鳩切

嘮 嘮呶讙也从口勞聲 敕交切

呶 讙聲也从口奴聲詩曰載號載呶 女交切

叱 訶也从口七聲 昌栗切

噴 吒也从口賁聲一曰鼓鼻 普魂切

吒 噴也叱怒也从口乇聲 陟駕切

噊 危也从口矞聲 余律切

啐 驚也从口卒聲 七外切

唇 驚也从口辰聲 側鄰切

吁 驚也从口于聲 況于切

嘵　懼也从口堯聲詩曰唯予音之嘵嘵 許幺切

嘖　大呼也从口責聲 士革切 謮 嘖或从言

嗷　眾口愁也从口敖聲詩曰哀鳴嗷嗷 五牢切

唸　㕧也从口念聲詩曰民之方唸㕧 都見切

㕧　唸㕧呻也从口尸聲 馨伊切

⿰口嚴　呻也从口嚴聲 五銜切

呻　吟也从口申聲 失人切

吟　呻也从口今聲 魚音切 䪩 吟或从音 訡 或从言

嗞　嗟也从口茲聲 子之切

哤　哤異之言从口尨聲一曰雜語讀若尨 莫江切

叫　嘑也从口丩聲 古弔切

嘅　嘆也从口既聲詩曰嘅其嘆矣 苦蓋切

㖤　語㖤嘆也从口延聲 夕連切

嘆　吞歎也从口歎省聲一曰太息也 他案切

喝　㵣也从口曷聲 於介切

哨　不容也从口肖聲 才肖切

吪　動也从口化聲詩曰尚寐無吪 五禾切

噆　嗛也从口朁聲 子荅切

吝　恨惜也从口文聲易曰以往吝 臣鉉等曰今俗別作悋非是 良刃切

　古文吝从彣

各　異辭也从口夊夊者有行而止之不相聽也 古洛切

否　不也从口从不 方九切

唁　弔生也从口言聲詩曰歸唁衛侯 魚變切

哀　閔也从口衣聲 烏開切

嗁　號也从口虒聲 杜兮切

嗀　歐皃从口𣪊聲春秋傳曰君將嗀之 許角切

咼　口戾不正也从口冎聲 苦媧切

⿰口叔　嗼也从口叔聲 前歷切

嗼　⿰口叔嗼也从口莫聲 莫各切

𠯑　塞口也从口氒省聲 氒音厥 古活切 　古文从甘

嗾　使犬聲从口族聲春秋傳曰公嗾夫獒 穌奏切

吠　犬鳴也从犬口 符廢切

咆　嗥也从口包聲 薄交切

嗥　咆也从口皋聲 乎刀切 獋 譚長說嗥从犬

喈　鳥鳴聲从口皆聲一曰鳳皇鳴聲喈喈 古諧切

哮　豕驚聲也从口孝聲 許交切

喔　雞聲也从口屋聲 於角切

呝　喔也从口戹聲 烏格切

咮　鳥口也从口朱聲 章俱切

嚶　鳥鳴也从口嬰聲 烏莖切

啄 鳥食也从口豖聲竹角切

唬 唬聲也一曰虎聲从口从虎讀若暠呼訏切

呦 鹿鳴聲也从口幼聲伊虯切 𧮫 呦或从欠

噳 麌鹿羣口相聚皃从口虞聲詩曰麀鹿噳噳魚矩切

喁 魚口上見从口禺聲魚容切

局 促也从口在尺下復局之一曰博所以行棊象形徐鍇曰人之無涯者唯口故口在尺下則為局博局外有垠堮周限也渠綠切

台 山閒陷泥地从口从水敗皃讀若沇州之沇九州之渥地也故以沇名焉以轉切 㕣 古文台

文一百八十　重二十一

哦 吟也从口我聲五何切

嗃 嗃嗃嚴酷皃从口高聲呼各切

售 賣去手也从口雔省聲詩曰賈用不售承臭切

噞 噞喁魚口上見也从口僉聲魚檢切

唳 鶴鳴也从口戾聲郎計切

喫 食也从口契聲苦擊切

喚 評也从口奐聲古通用奐呼貫切

咍 蚩笑也从口从台呼來切

嘲 謔也从口朝聲漢書通用嘲陟交切

呀 張口皃从口牙聲許加切

文十新附

凵 張口也象形凡凵之屬皆从凵口犯切

文一

吅 驚嘑也从二口凡吅之屬皆从吅讀若讙臣鉉等曰或通用讙今俗別作喧非是况袁切

𤕦 亂也从爻工交吅一曰窒𤕦讀若禳徐鍇曰二口噂沓也爻物相交質也工人所作也已象交構形女庚切 籀文𤕦

嚴 教命急也从吅厰聲語杴切 古文

咢 譁訟也从吅屰聲五各切

單 大也从吅𠁥吅亦聲闕都寒切

喌 呼雞重言之从吅州聲讀若祝之六切

文六　重二

哭 哀聲也从吅獄省聲凡哭之屬皆从哭苦屋切

喪 亡也从哭从亡會意亡亦聲息郎切

文二

走 趨也从夭止夭止者屈也凡走之屬皆从走徐鍇曰走則足屈故从夭子苟切

趨 走也从走芻聲七逾切

赴 趨也从走仆省聲臣鉉等曰春秋傳赴告用此字今俗作訃非是芳遇切

趣 疾也从走取聲七句切

超 跳也从走召聲 敕宵切

趫 善緣木走之才从走喬聲讀若王子蹻 去嚻切

赳 輕勁有才力也从走丩聲讀若鐈 居黝切

[走支] 緣大木也一曰行皃从走支聲 巨之切

趮 疾也从走喿聲 臣鉉等曰今俗別作躁非是 則到切

趯 踊也从走翟聲 以灼切

[走厥] 蹶也从走厥聲 居月切

越 度也从走戉聲 王伐切

趁 𧻘也从走㐱聲讀若塵 丑刃切

𧻘 趁也从走亶聲 張連切

趞 趞趞也一曰行皃从走昔聲 七雀切

趬 行輕皃一曰趬舉足也从走堯聲 牽遥切

[走弦] 急走也从走弦聲 胡田切

趀 蒼卒也从走朿聲讀若資 取私切

[走票] 輕行也从走票聲 撫招切

[走臤] 行皃从走臤聲讀若菣 弃忍切

趥 行皃从走酋聲 千牛切

[走蜀] 行皃从走蜀聲讀若燭 之欲切

[走匠] 行皃从走匠聲讀若匠 疾亮切

[走叡] 走皃从走叡聲讀若紃 臣鉉等以爲叡聲遠疑从睿 祥遵切

[走薊] 走意从走薊聲讀若髽結之結 古屑切

[走困] 走意从走困聲 丘忿切

趖 走意从走坐聲 蘇和切

[走憲] 走意从走憲聲 許建切

[走臱] 走意从走臱聲 布賢切

[走𢦏] 走也从走𢦏聲讀若詩威儀秩秩 直質切

[走有] 走也从走有聲讀若又 子救切

[走烏] 走輕也从走烏聲讀若鄔 安古切

[走瞿] 走顧皃从走瞿聲讀若劬 其俱切

[走寋] 走皃从走蹇省聲 九輦切

赲 疑之等赲而去也从走才聲 倉才切

[走此] 淺渡也从走此聲 雌氏切

赹 獨行也从走匀聲讀若煢 渠營切

[走與] 安行也从走與聲 余呂切

起 能立也从走巳聲 墟里切 𢓊 古文起从辵

[走里] 畱意也从走里聲讀若小兒孩 戶來切

[走臭] 行也从走臭聲 香仲切

[走金] 低頭疾行也从走金聲 牛錦切

趌 趌𧼯怒走也从走吉聲 去吉切

𧼯 趌𧼯也从走曷聲 居謁切

⿺走瞏　疾也从走瞏聲讀若讙 況袁切
䞘　直行也从走气聲 魚訖切
⿺走翼　趨進⿺走翼如也从走翼聲 與職切
趹　踶也从走決省聲 古穴切
趩　行聲也一曰不行皃从走異聲讀若敕 丑亦切
趆　趨也从走氐聲 都禮切
趍　趨趙久也从走多聲 直离切
趙　趨趙也从走肖聲 治小切
赾　行難也从走斤聲讀若堇 丘堇切
⿺走𡕥　走意也从走𡕥聲讀若繘 居聿切

趠　遠也从走卓聲 敕角切
⿺走龠　趠⿺走龠也从走龠聲 以灼切
⿺走矍　大步也从走矍聲 丘縛切
⿺走契　超特也从走契聲 丑例切
⿺走幾　走也从走幾聲 居衣切
⿺走弗　走也从走弗聲 敷勿切
⿺走矞　狂走也从走矞聲 余律切
⿺走曼　行遲也从走曼聲 莫還切
⿺走出　走也从走出聲讀若無尾之屈 瞿勿切
趜　窮也从走匊聲 居六切

趑　趑趄行不進也从走次聲 取私切
趄　趑趄也从走且聲 七余切
⿺走虔　蹇行⿺走虔⿺走虔也从走虔聲讀若愆 去虔切
⿺走雚　行⿺走雚⿺走录也一曰行曲脊皃从走雚聲 巨員切
⿺走录　⿺走雚⿺走录也从走录聲 力玉切
⿺走夋　行⿺走朿⿺走夋也从走夋聲 七倫切
⿺走朿　側行也从走朿聲詩曰謂地蓋厚不敢不⿺走朿 資昔切
⿺走圭　半步也从走圭聲讀若跬同 丘弭切
⿺走虒　⿺走虒隲輕薄也从走虒聲讀若池 直离切
⿺走音　僵也从走音聲讀若匐 朋北切

⿺走斥　距也从走㡿省聲漢令曰⿺走斥張百人 車者切
⿺走樂　動也从走樂聲讀若春秋傳曰輔⿺走樂 郎擊切
趡　動也从走隹聲春秋傳曰盟于趡趡地名 千水切
⿺走亘　⿺走亘田易居也从走亘聲 羽元切
⿺走眞　走頓也从走眞聲讀若顛 都年切
⿺走甬　喪辟⿺走甬从走甬聲 余隴切
⿺走畢　止行也一曰竈上祭名从走畢聲 卑吉切
⿺走斬　進也从走斬聲 藏監切
趧　趧婁四夷之舞各自有曲从走是聲 都兮切
趒　雀行也从走兆聲 徒遼切

赶　舉尾走也从走干聲巨言切

文八十五　重一

止　下基也象艸木出有址故以止爲足凡止之屬皆从止諸市切

踵　跟也从止重聲之隴切

竮　歫也从止尚聲丑庚切

峙　䠧也从止寺聲直离切

歫　止也从止巨聲一曰搶也一曰超歫其呂切

前　不行而進謂之歬从止在舟上昨先切

歷　過也从止厤聲郎擊切

𣦻　至也从止叔聲昌六切

躄　人不能行也从止辟聲必益切

歸　女嫁也从止从婦省𠂤聲舉韋切　籒文省

疌　疾也从止从又又手也屮聲疾葉切

𡳾　機下足所履者从止从又入聲尼輒切

𣥂　蹈也从反止讀若撻他達切

歰　不滑也从四止色立切

文十四　重一

癶　足剌癶也从止𣥂凡癶之屬皆从癶讀若撥北末切

登　上車也从癶豆象登車形都滕切　籒文登从𠬞

癹　以足蹋夷艸从癶从殳春秋傳曰癹夷薀崇之普活切

文三　重一

步　行也从止𣥂相背凡步之屬皆从步薄故切

歲　木星也越歷二十八宿宣徧陰陽十二月一次从步戌聲律歷書名五星爲五步相銳切

文二

此　止也从止从匕匕相比次也凡此之屬皆从此雌氏切

啙　窳也闕將此切

𣦸　識也从此束聲一曰藏也遵誄切

文三

些　語辭也見楚辭从此从二其義未詳蘇箇切

文一　新附

說文解字弟二上

說文解字弟二下

漢太尉祭酒許愼記

宋右散騎常侍徐鉉等校定

正　是也从止一以止凡正之屬皆从正 徐鍇曰守一以止也 之盛切　古文正从二二古上字　古文正从一足足者亦止也

乏　春秋傳曰反正爲乏 房法切

文二　重二

是　直也从日正凡是之屬皆从是 承旨切　籒文是从古文正

韙　是也从是韋聲春秋傳曰犯五不韙 于鬼切　籒文韙从心

尟　是少也尟俱存也从是少賈侍中說 酥典切

文三　重二

辵　乍行乍止也从彳从止凡辵之屬皆从辵讀若春秋公羊傳曰辵階而走 丑略切

迹　步處也从辵亦聲 資昔切　或从足責　籒文迹从朿

⿺辶𡴘　無違也从辵𡴘聲讀若害 胡蓋切

⿺辶率　先道也从辵率聲 疏密切

邁　遠行也从辵蠆省聲 莫話切　邁或不省

巡　延行皃从辵川聲 詳遵切

⿺辶殷　恭謹行也从辵殷聲讀若九 居又切

辻　步行也从辵土聲 同都切

邎　行邎徑也从辵䌛聲 以周切

⿺辶正　正行也从辵正聲 諸盈切　⿺辶正或从彳

隨　从也从辵𡐦省聲 旬爲切

⿺辶市　行皃从辵市聲 蒲撥切

迋　往也从辵王聲春秋傳曰子無我迋 于放切

逝　往也从辵折聲讀若誓 時制切

⿺辶且　往也从辵且聲⿺辶且齊語 全徒切　⿺辶且或从彳　籒文从䖒

述　循也从辵术聲 食聿切　籒文从秫

遵　循也从辵尊聲 將倫切

適　之也从辵啻聲適宋魯語 施隻切

過　度也从辵咼聲 古禾切

遦　習也从辵貫聲 工患切

⿺辶賣　媟⿺辶賣也从辵賣聲 徒谷切

進　登也从辵閵省聲 即刃切

造　就也从辵告聲譚長說造上士也 七到切　古文造

从舟

逾 逾進也从辵俞聲周書曰無敢昏逾 羊朱切

遝 迨也从辵眔聲 徒合切

迨 遝也从辵合聲 侯閤切

迮 迮迮起也从辵作省聲 阻革切

造 迹造也从辵昔聲 倉各切

遄 往來數也从辵耑聲易曰已事遄往 市緣切

速 疾也从辵束聲 桑谷切 籒文从欶 古文从欶从言

迅 疾也从辵卂聲 息進切

适 疾也从辵𠯑聲讀與括同 古活切

逆 迎也从辵屰聲關東曰逆關西曰迎 宜戟切

迎 逢也从辵卬聲 語京切

䢒 會也从辵交聲 古肴切

遇 逢也从辵禺聲 牛具切

遭 遇也从辵曹聲一曰邐行 作曹切

遘 遇也从辵冓聲 古候切

逢 遇也从辵峯省聲 符容切

遻 相遇驚也从辵从㖾㖾亦聲 五各切

迪 道也从辵由聲 徒歷切

遞 更易也从辵虒聲 特計切

通 達也从辵甬聲 他紅切

𨑢 迻也从辵止聲 斯氏切 徙或从彳 古文徙

迻 遷徙也从辵多聲 弋支切

遷 登也从辵䙴聲 七然切 古文遷从手西

運 迻徙也从辵軍聲 王問切

遁 遷也一曰逃也从辵盾聲 徒困切

遜 遁也从辵孫聲 蘇困切

返 還也从辵从反反亦聲商書曰祖甲返 扶版切 春秋傳返从彳

還 復也从辵瞏聲 戶關切

選 遣也从辵巽巽遣之巽亦聲一曰選擇也 思沇切

送 遣也从辵倂省 蘇弄切 籒文不省

遣 縱也从辵𠳋聲 去衍切

邐 行邐邐也从辵麗聲 力紙切

逮 唐逮及也从辵隶聲 臣鉉等曰或作迨 徒耐切

遲 徐行也从辵犀聲詩曰行道遲遲 直尼切 遲或从𡰥 籒文遲从屖

邌 徐也从辵黎聲 郎奚切

遰 去也从辵帶聲 特計切

⿺辶⿱山㒳　行皃从辵⿱山㒳聲烏玄切

⿺辶鶨　不行也从辵鶨聲讀若住中句切

逗　止也从辵豆聲田候切

迟　曲行也从辵只聲綺戟切

逶　逶迤衺去之皃从辵委聲於爲切　或从虫爲

迆　衺行也从辵也聲夏書曰東迆北會于匯移尔切

遹　回避也从辵矞聲余律切

避　回也从辵辟聲毗義切

違　離也从辵韋聲羽非切

遴　行難也从辵粦聲易曰以往遴良刃切　或从人

逡　復也从辵夋聲七倫切

䢺　怒不進也从辵氐聲都禮切

達　行不相遇也从辵羍聲詩曰挑兮達兮徒葛切　達或从大或曰迭

逯　行謹逯逯也从辵录聲盧谷切

迵　迵迭也从辵同聲徒弄切

迭　更迭也从辵失聲一曰达徒結切

迷　或也从辵米聲莫兮切

連　員連也从辵从車力延切

逑　斂聚也从辵求聲虞書曰旁逑孱功又曰怨匹曰逑

巨鳩切

⿺辶貝　數也从辵貝聲周書曰我興受其退薄邁切

逭　逃也从辵官聲胡玩切　逭或从雚从兆

遯　逃也从辵从豚徒困切

逋　亾也从辵甫聲博孤切　籀文逋从捕

遺　亾也从辵貴聲以追切

遂　亾也从辵㒸聲徐醉切　古文遂

逃　亾也从辵兆聲徒刀切

追　逐也从辵𠂤聲陟隹切

逐　追也从辵从豚省徐鍇曰豚走而豕追之會意直六切

逎　迫也从辵酉聲字秋切　逎或从酋

近　附也从辵斤聲渠遴切　古文近

邋　搚也从辵巤聲良涉切

迫　近也从辵白聲博陌切

𨕥　近也从辵臸聲人質切

邇　近也从辵爾聲兒氏切　古文邇

遏　微止也从辵曷聲讀若桑蟲之蝎烏割切

遮　遏也从辵庶聲止車切

⿺辶羨　遮⿺辶羨也从辵羨聲子線切

迣　迾也晉趙曰迣从辵世聲讀若寘征例切

迾　遮也从辵列聲良辥切

迀　進也从辵干聲讀若干古寒切

𨓍　過也从辵侃聲去虔切

遱　連遱也从辵婁聲洛侯切

迊　前頡也从辵市聲賈侍中說一讀若拾又若郅北末切

迦　迦互令不得行也从辵枷聲徐鍇曰迦互猶犬牙左右相制也古牙切

𨒅　踰也从辵戉聲易曰雜而不𨒅王伐切

逞　通也从辵呈聲楚謂疾行爲逞春秋傳曰何所不逞欲丑郢切

遼　遠也从辵尞聲洛蕭切

遠　遼也从辵袁聲雲阮切　古文遠

逖　遠也从辵狄聲他歷切　古文逖

迥　遠也从辵同聲戶穎切

逴　遠也从辵卓聲一曰蹇也讀若棹苕之棹臣鉉等案棹苕今無此語未詳敕角切

迂　避也从辵于聲憶俱切

𨑹　目進極也从辵聿聲子僊切

邍　高平之野人所登从辵备录闕愚袁切

道　所行道也从辵从首一達謂之道徒皓切　古文道从首寸

遽　傳也一曰窘也从辵豦聲其倨切

迒　獸迹也从辵亢聲胡郎切　迒或从足从更

𨑩　至也从辵弔聲都歷切

邊　行垂崖也从辵臱聲布賢切

文一百一十八　重三十一

邂　邂逅不期而遇也从辵解聲胡懈切

逅　邂逅也从辵后聲胡遘切

遑　急也从辵皇聲或从彳胡光切

逼　近也从辵畐聲彼力切

邈　遠也从辵須聲莫角切

遐　遠也从辵叚聲臣鉉等曰或通用假字胡加切

迄　至也从辵气聲許訖切

迸　散走也从辵并聲北諍切

透　跳也過也从辵秀聲他候切

邏　巡也从辵羅聲郎左切

迢　迢遰也从辵召聲徒聊切

逍　逍遙猶翱翔也从辵肖聲臣鉉等案詩只用消搖此二字字林所加相邀切

遙　逍遙也又遠也从辵䍃聲余招切

文十三　新附

彳　小步也象人脛三屬相連也凡彳之屬皆从彳丑亦切

德 升也从彳悳聲 多則切
徑 步道也从彳巠聲 徐鍇曰道不容車故曰步道 居正切
復 往來也从彳复聲 房六切
猱 復也从彳从柔柔亦聲 人九切
徎 徑行也从彳呈聲 丑郢切
往 之也从彳㞷聲 于兩切 𢓸 古文从辵
忂 行皃从彳瞿聲 其俱切
彼 往有所加也从彳皮聲 補委切
徼 循也从彳敫聲 古堯切
循 行順也从彳盾聲 詳遵切

彶 急行也从彳及聲 居立切
𢕌 行皃从彳歰聲一曰此與馺同 穌合切
微 隱行也从彳𢼸聲春秋傳曰白公其徒微之 無非切
徥 徥徥行皃从彳是聲爾雅曰徥則也 是支切
徐 安行也从彳余聲 似魚切
𢓊 行平易也从彳夷聲 以脂切
𢕟 使也从彳㽬聲 普丁切
㣔 使也从彳夆聲讀若螽 敷容切
後 迹也从彳戔聲 慈衍切
㣵 附行也从彳旁聲 蒲浪切

徯 待也从彳奚聲 胡計切 蹊 徯或从足
待 竢也从彳寺聲 徒在切
油 行油油也从彳由聲 徒歷切
徧 帀也从彳扁聲 比薦切
徦 至也从彳叚聲 古雅切
復 卻也一曰行遲也从彳从日从夊 他內切 衲 復或从内 𢔝 古文从辵
後 遲也从彳幺夊者後也 徐鍇曰幺猶躐之也 胡口切 𢔝 古文後从辵
𢕝 久也从彳犀聲讀若遲 杜兮切

很 不聽从也一曰行難也一曰盭也从彳艮聲 胡懇切
種 相迹也从彳重聲 之隴切
得 行有所得也从彳㝵聲 多則切 𢔶 古文省彳
徛 舉脛有渡也从彳奇聲 去奇切
彴 行示也从彳勻聲司馬法斬以彴 詞閏切
律 均布也从彳聿聲 呂戌切
御 使馬也从彳从卸 徐鍇曰卸解車馬也或彳或卸皆御者之職 牛據切 馭 古文御从又从馬
亍 步止也从反彳讀若畜 丑玉切

文三十七　重七

廴　長行也从彳引之凡廴之屬皆从廴余忍切

廷　朝中也从廴壬聲特丁切

延　行也从廴正聲諸盈切

建　立朝律也从聿从廴臣鉉等曰聿律省也居萬切

文四

㢟　安步㢟㢟也从廴从止凡㢟之屬皆从㢟丑連切

延　長行也从㢟丿聲以然切

文二

行　人之步趨也从彳从亍凡行之屬皆从行戶庚切

術　邑中道也从行朮聲食聿切

街　四通道也从行圭聲古膎切

衢　四達謂之衢从行瞿聲其俱切

衝　通道也从行童聲春秋傳曰及衝以戈擊之昌容切

衕　通街也从行同聲徒弄切

𧗱　迹也从行戔聲才綫切

衙　行皃从行吾聲魚舉切又音牙

衎　行喜皃从行干聲空旱切

𧗳　行且賣也从行从言黃絢切　衒　𧗳或从玄

𧗾　將衛也从行率聲所律切

衞　宿衞也从韋帀从行行列衞也于歲切

文十二　重一

齒　口齗骨也象口齒之形止聲凡齒之屬皆从齒昌里切

𠚒　古文齒字

齗　齒本也从齒斤聲語斤切

齔　毀齒也男八月生齒八歲而齔女七月生齒七歲而齔从齒从七初堇切

𪘀　齒相值也一曰齧也从齒責聲春秋傳曰晳𪘀士革切

齜　齒相齗也一曰開口見齒之皃从齒柴省聲讀若柴仕街切

齘　齒相切也从齒介聲胡介切

齞　口張齒見从齒只聲研繭切

𪘒　齒差也从齒兼聲五銜切

齺　齒搚也一曰齰也一曰馬口中糜也从齒芻聲側鳩切

齵　齒不正也从齒禺聲五婁切

𪘏　齬齒也从齒虘聲側加切

齱　齵也从齒取聲側鳩切

齹　齒參差从齒差聲楚宜切

𪘂　齒差跌皃从齒佐聲春秋傳曰鄭有子𪘂臣鉉等曰說文無佐字此字當从左傳寫之誤昨何切

齤　缺齒也一曰曲齒从齒𠔉聲讀若權巨員切

齳 無齒也从齒軍聲魚吻切

齾 缺齒也从齒獻聲五鎋切

⿰齒巨 齗腫也从齒巨聲區主切

齯 老人齒从齒兒聲五雞切

齮 齧也从齒奇聲魚綺切

齜 齚齒也从齒出聲仕乙切

齰 齧也从齒昔聲側革切 齚 齰或从乍

⿰齒咸 齧也从齒咸聲工咸切

齦 齧也从齒艮聲康很切

⿰齒干 齒見皃从齒干聲五版切

⿰齒卒 齚齰也从齒卒聲昨沒切

⿰齒列 齒分骨聲从齒列聲讀若剌盧達切

齩 齧骨也从齒交聲五巧切

⿰齒屑 齒差也从齒屑聲讀若切千結切

⿰齒吉 齒堅聲从齒吉聲赫鎋切

⿰齒豈 齺牙也从齒豈聲五來切

齝 吐而噍也从齒台聲爾雅曰牛曰齝丑之切

齕 齧也从齒气聲戶骨切

⿱聯齒 齒見皃从齒聯聲力延切

齧 噬也从齒㓞聲五結切

齭 齒傷酢也从齒所聲讀若楚創舉切

齨 老人齒如臼也一曰馬八歲齒臼也从齒从臼臼亦聲其久切

齬 齒不相值也从齒吾聲魚舉切

齛 羊粻也从齒世聲私列切

齸 鹿麋粻从齒益聲伊昔切

⿰齒至 齒堅也从齒至聲陟栗切

⿰齒骨 齧骨聲从齒从骨骨亦聲戶八切

⿰齒舌 噍聲从齒昏聲古活切

⿰齒尃 噍堅也从齒博省聲補莫切

文四十四　重二

齡 年也从齒令聲臣鉉等案禮記夢帝與我九齡疑通用靈武王初聞九齡之語不達其義乃云西方有九國若當時有此齡字則武王豈不達也蓋後人所加郎丁切

文一　新附

牙 牡齒也象上下相錯之形凡牙之屬皆从牙五加切 古文牙

⿰牙奇 武牙也从牙从奇奇亦聲去奇切

⿰牙禹 齒蠹也从牙禹聲區禹切 齲 ⿰牙禹或从齒

文三　重二

足 人之足也在下从止口凡足之屬皆从足徐鍇曰口象股脛之

蹏　跟　踝　跖　踦　跪　跽　踧　躣　踖　踽　蹡　躖　趴　踰　䟵　蹻　跾　蹌

形即玉切

蹏 足也从足虒聲杜兮切

跟 足踵也从足皀聲古痕切　𧿹 跟或从止

踝 足踝也从足果聲胡瓦切

跖 足下也从足石聲之石切

踦 一足也从足奇聲去奇切

跪 拜也从足危聲去委切

跽 長跪也从足忌聲渠几切

踧 行平易也从足叔聲詩曰踧踧周道子六切

躣 行皃从足瞿聲其俱切

踖 長脛行也从足昔聲一曰踧踖資昔切

踽 疏行皃从足禹聲詩曰獨行踽踽區主切

蹡 行皃从足將聲詩曰管磬蹡蹡七羊切

躖 踐處也从足斷省聲徒管切

趴 趣越皃从足卜聲芳遇切

踰 越也从足俞聲羊朱切

䟵 輕也从足戉聲王伐切

蹻 舉足行高也从足喬聲詩曰小子蹻蹻居勺切

跾 疾也長也从足攸聲式竹切

蹌 動也从足倉聲七羊切

踊　躋　躍　跧　蹴　躡　跨　蹋　踄　蹈　躔　踐　踵　踔　蹛　蹩　踶　躗　𨄝　䟡

踊 跳也从足甬聲余隴切

躋 登也从足齊聲商書曰予顛躋祖雞切

躍 迅也从足翟聲以灼切

跧 蹴也一曰卑也絭也从足全聲莊緣切

蹴 躡也从足就聲七宿切

躡 蹈也从足聶聲尼輒切

跨 渡也从足夸聲苦化切

蹋 踐也从足易聲徒盍切

踄 蹈也从足步聲旁各切又音步

蹈 踐也从足舀聲徒到切

躔 踐也从足廛聲直連切

踐 履也从足戔聲慈衍切

踵 追也从足重聲一曰往來皃之隴切

踔 踶也从足卓聲知教切

蹛 踶也从足帶聲當蓋切

蹩 踶也从足敝聲一曰跛也蒲結切

踶 躗也从足是聲特計切

躗 衞也从足衞聲于歲切

𨄝 𨄝足也从足執聲徒叶切

䟡 尌也从足氐聲承旨切

蹢　住足也从足適省聲或曰蹢躅賈侍中說足垢也直隻切

躅　蹢躅也从足蜀聲直錄切

踤　觸也从足卒聲一曰駭也一曰蒼踤昨沒切

蹶　僵也从足厥聲一曰跳也亦讀若橜居月切　蹶或从闕

跳　蹶也从足兆聲一曰躍也徒遼切

䟴　動也从足辰聲側鄰切

躇　峙躇不前也从足屠聲直魚切

𨁎　跳也从足弗聲敷勿切

蹠　楚人謂跳躍曰蹠从足庶聲之石切

𨂃　䟕也从足荅聲他合切

䠛　跳也从足䍃聲余招切

䟕　進足有所擷取也从足及聲爾雅曰䟕謂之擷穌合切

䟺　步行獵跋也从足貝聲博蓋切

躓　跲也从足質聲詩曰載躓其尾陟利切

跲　躓也从足合聲居怯切

跇　述也从足世聲丑例切

蹎　跋也从足眞聲都年切

跋　蹎跋也从足犮聲北末切

蹐　小步也从足脊聲詩曰不敢不蹐資昔切

跌　踼也从足失聲一曰越也徒結切

踼　跌踼也从足昜聲一曰搶也徒郎切

蹲　踞也从足尊聲徂尊切

踞　蹲也从足居聲居御切

跨　踞也从足夸聲苦化切

躩　足躩如也从足矍聲丘縛切

踣　僵也从足音聲春秋傳曰晉人踣之蒲北切

跛　行不正也从足皮聲一曰足排之讀若彼布火切

蹇　跛也从足寒省聲臣鉉等案易王臣蹇蹇今俗作謇非九輦切

蹁　足不正也从足扁聲一曰拖後足馬讀若苹或曰徧部田切

跰　脛肉也一曰曲脛也从足𠔁聲讀若逵渠追切

踒　足跌也从足委聲烏過切

跣　足親地也从足先聲穌典切

跔　天寒足跔也从足句聲其俱切

䠐　瘃足也从足囷聲苦本切

距　雞距也从足巨聲其呂切

躧　舞履也从足麗聲所綺切　躧或从革

𨂝　足所履也从足叚聲乎加切

䠊跀趽趹趼路蹸跂蹮蹭蹬蹉跎蹙踸疋

䠊 跀也从足非聲讀若匪 扶味切

跀 斷足也从足月聲 魚厥切 𧿹 跀或从兀

趽 曲脛馬也从足方聲讀與彭同 薄庚切

趹 馬行皃从足決省聲 古穴切

趼 獸足企也从足幵聲 五甸切

路 道也从足从各 臣鉉等曰言道路人各有適也 洛故切

蹸 轢也从足粦聲 良忍切

跂 足多指也从足支聲 巨支切

文八十五　重四

蹮 蹁蹮旋行从足䙴聲 穌前切

蹭 蹭蹬失道也从足曾聲 七鄧切

蹬 蹭蹬也从足登聲 徒亘切

蹉 蹉跎失時也从足差聲 臣鉉等案經史通用差池此亦後人所加 七何切

跎 蹉跎也从足它聲 徒何切

蹙 迫也从足戚聲 臣鉉等案李善文選注通蹴字 子六切

踸 踸踔行無常皃从足甚聲 五甚切

文七　新附

疋 足也上象腓腸下从止弟子職曰問疋何止古文以爲詩大疋字亦以爲足字或曰胥字一曰疋記也凡疋之屬皆从疋 所菹切

𤴓㽰品嵒喿龠𪛆䶵龢龤冊嗣扁

𤴓 門戶疏窗也从疋疋亦聲㐭象𤴓形讀若疏 所菹切

㽰 通也从爻从疋疋亦聲 所菹切

文三

品 衆庶也从三口凡品之屬皆从品 丕飲切

嵒 多言也从品相連春秋傳曰次于嵒北讀與聶同 尼輒切

喿 鳥羣鳴也从品在木上 穌到切

文三

龠 樂之竹管三孔以和衆聲也从品侖侖理也凡龠之屬皆从龠 以灼切

𪛆 𪛆音律管壎之樂也从龠炊聲 昌垂切

䶵 管樂也从龠虒聲 直离切 篪 䶵或从竹

龢 調也从龠禾聲讀與和同 戶戈切

龤 樂和龤也从龠皆聲虞書曰八音克龤 戶皆切

文五　重一

冊 符命也諸侯進受於王也象其札一長一短中有二編之形凡冊之屬皆从冊 楚革切 笧 古文冊从竹

嗣 諸侯嗣國也从冊从口司聲 祥吏切 徐鍇曰冊必於廟史讀其冊故从口

孠 古文嗣从子

扁 署也从戶冊戶冊者署門戶之文也 方沔切

文三　重二

說文解字弟二下

說文二下　三十

說文解字弟三上

漢太尉祭酒許愼記

宋右散騎常侍徐鉉等校定

五十三部　六百三十文　重百四十五

凡八千六百八十四字

文十六新附

㗊　衆口也从四口凡㗊之屬皆从㗊讀若戢阻立切又讀若呶

嚚　語聲也从㗊臣聲語巾切　古文嚚

囂　聲也气出頭上从㗊从頁頁首也許嬌切　囂或省

嘂　高聲也一曰大呼也从㗊丩聲春秋公羊傳曰魯昭公叫然而哭古弔切

𡅅　呼也从㗊萈聲讀若讙呼官切

器　皿也象器之口犬所以守之去冀切

文六　重二

舌　在口所以言也別味也从干从口干亦聲凡舌之屬皆从舌徐鍇曰凡物入口必干於舌故从干食列切

𦧲　歠也从舌沓聲他合切

舓　以舌取食也从舌易聲神旨切　舓或从也

文三　重一

干　犯也从反入从一凡干之屬皆从干古寒切

羊　撖也从干入一爲干入二爲羊讀若能言稍甚也如審切

屰　不順也从干下屮屰之也魚戟切

文三

谷　口上阿也从口上象其理凡谷之屬皆从谷其虐切　谷或如此　或从肉从豦

西　舌皃从谷省象形他念切　古文西讀若三年導服之導一曰竹上皮讀若沾一曰讀若誓弼字从此

文二　重三

只　語巳詞也从口象气下引之形凡只之屬皆从只諸氏切

䛊　聲也从只甹聲讀若聲呼形切

文二

㕯　言之訥也从口从內凡㕯之屬皆从㕯女滑切

矞　以錐有所穿也从矛从㕯一曰滿有所出也余律切

商　从外知内也从㕯章省聲式陽切　古文商　亦古文商　籒文商

文三　重三

句　曲也从口丩聲凡句之屬皆从句古侯切又九遇切

拘　止也从句从手句亦聲舉朱切

笱　曲竹捕魚笱也从竹从句句亦聲古厚切

鉤　曲也从金从句句亦聲古侯切

文四

丩　相糾繚也一曰瓜瓠結丩起象形凡丩之屬皆从丩居虯切

𦬳　艸之相丩者从茻从丩丩亦聲居虯切

糾　繩三合也从糸丩居黝切

文三

古　故也从十口識前言者也凡古之屬皆从古臣鉉等曰十口所傳是前言也公戶切　古文古

嘏　大遠也从古叚聲古雅切

文二　重一

十　數之具也一爲東西丨爲南北則四方中央備矣凡十之屬皆从十是執切

丈　十尺也从又持十直兩切

千　十百也从十从人此先切

肸　響布也从十从𣎆臣鉉等曰𣎆振𣎆也羲乙切

卙　卙卙盛也从十从甚汝南名蠶盛曰卙子入切

博　大通也从十从尃尃布也補各切

协　材十人也从十力聲盧則切

廿　二十并也古文省人汁切

卙　詞之卙矣从十咠聲秦入切

文九

卅　三十并也古文省凡卅之屬皆从卅蘇沓切

世　三十年爲一世从卅而曳長之亦取其聲也舒制切

文二

言　直言曰言論難曰語从口䇂聲凡言之屬皆从言語軒切

譻　聲也从言賏聲烏莖切

謦　欬也从言殸聲殸籒文磬字去挺切

語　論也从言吾聲魚舉切

談　語也从言炎聲徒甘切

謂　報也从言胃聲于貴切

諒　信也从言京聲力讓切

詵　致言也从言从先先亦聲詩曰螽斯羽詵詵兮所臻切

請　謁也从言靑聲七井切

謁　白也从言曷聲於歇切

許　聽也从言午聲虚呂切

諾　譍也从言若聲奴各切

譍　以言對也从言雁聲於證切

讎　猶譍也从言雔聲市流切

諸　辯也从言者聲章魚切

詩　志也从言寺聲書之切　𧥒　古文詩省

讖　驗也从言韱聲楚蔭切

諷　誦也从言風聲芳奉切

誦　諷也从言甬聲似用切

讀　誦書也从言賣聲徒谷切

𧦝　快也从言从中於力切

訓　說教也从言川聲許運切

誨　曉教也从言每聲荒內切

譔　專教也从言巽聲此緣切

譬　諭也从言辟聲匹至切

謜　徐語也从言原聲孟子曰故謜謜而來魚怨切

詇　早知也从言央聲於亮切

諭　告也从言俞聲羊戍切

詖　辯論也古文以爲頗字从言皮聲彼義切

諄　告曉之孰也从言𦎧聲讀若庉章倫切

䛐　語諄䛐也从言屖聲直离切

詻　論訟也傳曰詻詻孔子容从言各聲五陌切

誾　和說而諍也从言門聲語巾切

謀　慮難曰謀从言某聲莫浮切　古文謀　亦古文

謨　議謀也从言莫聲虞書曰咎繇謨莫胡切　古文謨从口

訪　汎謀曰訪从言方聲敷亮切

諏　聚謀也从言取聲子于切

論　議也从言侖聲盧昆切

議　語也从言義聲宜寄切

訂　平議也从言丁聲他頂切

詳　審議也从言羊聲似羊切

諟　理也从言是聲承旨切

諦　審也从言帝聲都計切

識　常也一曰知也从言戠聲賞職切

訊　問也从言卂聲思晉切　古文訊从卤

詧　言微親詧也从言察省聲楚八切

謹　慎也从言堇聲居隱切

訒　厚也从言乃聲如乘切

諶　誠諦也从言甚聲詩曰天難諶斯是吟切

信　誠也从人从言會意息晉切　古文从言省　古文信

訦　燕代東齊謂信訦从言冘聲是吟切

誠　信也从言成聲氏征切

誡　敕也从言戒聲古拜切

誋　誡也从言忌聲渠記切

諱　誋也从言韋聲許貴切

誥　告也从言告聲古到切　古文誥

詔　告也从言从召召亦聲之紹切

誓　約束也从言折聲時制切

譣　問也从言僉聲周書曰勿以譣人息廉切

詁　訓故言也从言古聲詩曰詁訓公戶切

譪　臣盡力之美从言葛聲詩曰譪譪王多吉士於害切

誎　餔旋促也从言束聲桑谷切

諝　知也从言胥聲私呂切

証　諫也从言正聲之盛切

諫　証也从言柬聲古晏切

諗　深諫也从言念聲春秋傳曰辛伯諗周桓公式荏切

課　試也从言果聲苦臥切

試　用也从言式聲虞書曰明試以功式吏切

諴　和也从言咸聲周書曰不能諴于小民胡毚切

䚻　徒歌从言肉余招切

詮　具也从言全聲此緣切
訢　喜也从言斤聲許斤切
說　說釋也从言兌一曰談說失爇切又弋雪切
計　會也筭也从言从十古詣切
諧　詥也从言皆聲戶皆切
詥　諧也从言合聲候閤切
調　和也从言周聲徒遼切
話　合會善言也从言𠯑聲傳曰告之話言胡快切　譮　籒文話从會
諈　諈諉纍也从言垂聲竹寘切
諉　纍也从言委聲女恚切
警　戒也从言从敬敬亦聲居影切
謐　靜語也从言𥁑聲一曰無聲也彌必切
謙　敬也从言兼聲苦兼切
誼　人所宜也从言从宜宜亦聲儀寄切
詡　大言也从言羽聲況羽切
諓　善言也从言戔聲一曰謔也慈衍切
誐　嘉善也从言我聲詩曰誐以溢我五何切
詷　共也一曰譀也从言同聲周書曰在夏后之詷徒紅切
設　施陳也从言从殳殳使人也識列切

護　救視也从言蒦聲胡故切
譞　譞慧也从言圜省聲許緣切
誧　大也一曰人相助也从言甫聲讀若逋博孤切
諰　思之意从言从思胥里切
託　寄也从言乇聲他各切
記　疏也从言己聲居吏切
譽　偁也从言與聲羊茹切
譒　敷也从言番聲商書曰王譒告之補過切
謝　辤去也从言䠶聲辭夜切
謳　齊歌也从言區聲烏侯切
詠　歌也从言永聲爲命切　咏　詠或从口
諍　止也从言爭聲側迸切
評　召也从言乎聲荒烏切
謼　評謼也从言虖聲荒故切
訖　止也从言气聲居迄切
諺　傳言也从言彥聲魚變切
訝　相迎也从言牙聲周禮曰諸侯有卿訝發吾駕切　迓　訝或从辵
詣　候至也从言旨聲五計切
講　和解也从言冓聲古項切

謄　迻書也从言朕聲　徒登切

訒　頓也从言刃聲論語曰其言也訒　而振切

訥　言難也从言从内　内骨切

謯　謯娽也从言虘聲　側加切

⿱伿言　待也从言伿聲讀若餐　胡禮切

譥　痛呼也从言敫聲　古弔切

譊　恚呼也从言堯聲　女交切

謍　小聲也从言熒省聲詩曰謍謍青蠅　余傾切

諎　大聲也从言昔聲讀若笮　壯革切　唶　諎或从口

諛　諂也从言臾聲　羊朱切

讇　諛也从言閻聲　丑琰切　諂　讇或省

諼　詐也从言爰聲　況袁切

謷　不肖人也从言敖聲一曰哭不止悲聲謷謷　五牢切

訹　誘也从言术聲　思律切

詑　沇州謂欺曰詑从言它聲　託何切

謾　欺也从言曼聲　母官切

譇　譇拏羞窮也从言奢聲　陟加切

詐　慙語也从言作聲　鉏駕切

讋　讋譶也从言執聲　之涉切

謰　謰謱也从言連聲　力延切

謱　謰謱也从言婁聲　陟侯切

詒　相欺詒也一曰遺也从言台聲　與之切

謲　相怒使也从言參聲　倉南切

誑　欺也从言狂聲　居況切

譺　騃也从言疑聲　五介切

⿰言舁　相誤也从言舁聲　古罵切

訕　謗也从言山聲　所晏切

譏　誹也从言幾聲　居衣切

誣　加也从言巫聲　武扶切

誹　謗也从言非聲　敷尾切

謗　毀也从言旁聲　補浪切

譸　詶也从言壽聲讀若醻周書曰無或譸張爲幻　張流切

詶　譸也从言州聲　市流切

詛　詶也从言且聲　莊助切

⿰言由　詶也从言由聲　直又切

誃　離別也从言多聲讀若論語跢予之足周景王作洛陽誃臺　尺氏切

誖　亂也从言孛聲　蒲没切　悖　誖或从心　籒文誖从二或

䜌　亂也一曰治也一曰不絕也从言絲聲　呂員切　古文

緐

誤　謬也从言吳聲五故切

詿　誤也从言圭聲古賣切

誒　可惡之辭从言矣聲一曰誒然春秋傳曰誒誒出出許其切

譆　痛也从言喜聲火衣切

詯　膽气滿聲在人上从言自聲讀若反目相睞荒內切

謧　謧詍多言也从言离聲呂之切

詍　多言也从言世聲詩曰無然詍詍余制切

訾　不思稱意也从言此聲詩曰翕翕訿訿將此切

䛬　往來言也一曰小兒未能正言也一曰祝也从言匋聲大牢切　䛌　䛬或从包

䛁　䛁䛁多語也从言冄聲樂浪有䛁邯縣汝閻切

𧭿　語相反𧭿也从言遝聲他合切

誻　𧭿誻也从言沓聲徒合切

詽　諍語詽詽也从言开聲呼堅切

讗　言壯皃一曰數相怒也从言巂聲讀若畫呼麥切

訇　騃言聲从言勻省聲漢中西城有訇鄉又讀若玄虎橫切　籒文不省

諞　便巧言也从言扁聲周書曰截截善諞言論語曰友諞佞部田切

⿱頻言　匹也从言頻聲符眞切

⿰言口　扣也如求婦先⿰言口叕之从言从口口亦聲苦后切

誽　言相誽司也从言兒聲女家切

誂　相呼誘也从言兆聲徒了切

譄　加也从言从曾聲作滕切

詄　忘也从言失聲徒結切

諅　忌也从言其聲周書曰上不諅于凶德渠記切

譀　誕也从言敢聲下闞切　䜈　俗譀从忘

誇　譀也从言夸聲苦瓜切

誕　詞誕也从言延聲徒旱切　㢟　籒文誕省正

⿰言萬　譀也从言萬聲莫話切

謔　戲也从言虐聲詩曰善戲謔兮虛約切

詪　眼戾也从言艮聲乎懇切

訌　讃也从言工聲詩曰蟊賊內訌戶工切

⿰言貴　中止也从言貴聲司馬法曰師多則人⿰言貴⿰言貴止也胡對切

⿰言歲　聲也从言歲聲詩曰有⿰言歲其聲呼會切

諣　疾言也从言咼聲呼卦切

⿰言魋　譟也从言魋聲杜回切

譟　擾也从言喿聲蘇到切
訆　大呼也从言丩聲春秋傳曰或訆于宋大廟古弔切
諕　號也从言从虎乎刀切
讙　譁也从言雚聲呼官切
譁　讙也从言華聲呼瓜切
謣　妄言也从言雩聲羽俱切　䜉　謣或从荂
譌　譌言也从言爲聲詩曰民之譌言五禾切
詿　誤也从言佳省聲古賣切
誤　謬也从言吳聲五故切
謬　狂者之妄言也从言翏聲靡幼切

詤　夢言也从言巟聲呼光切
䜈　大呼自勉也从言暴省聲蒲角切
訬　訬擾也一曰訬獪从言少聲讀若毚楚交切
諆　欺也从言其聲去其切
譎　權詐也益梁曰謬欺天下曰譎从言矞聲古穴切
詐　欺也从言乍聲側駕切
訏　詭譌也从言于聲一曰訏䜊齊楚謂信曰訏況于切
䜐　咨也一曰痛惜也从言差聲子邪切
讋　失气言一曰不止也从言龖省聲傅毅讀若慴之涉切　𧮰　籒文讋不省

謵　言謵讋也从言習聲秦入切
䛩　相毁也从言亞聲一曰畏亞宛古切
譢　相毁也从言隨省聲雖遂切
𧮂　嗑也从言闒聲徒盍切
詾　說也从言匈聲許容切　訩　或省　𧧒　詾或从兇
訟　爭也从言公聲曰謌訟似用切　䛦　古文訟
謓　恚也从言眞聲賈侍中說謓笑一曰讀若振昌眞切
讘　多言也从言聶聲河東有狐讘縣之涉切
訶　大言而怒也从言可聲虎何切
𧦝　訐也从言臣聲讀若指職雉切

訐　面相厈罪相告訐也从言干聲居謁切
訴　告也从言厈省聲論語曰訴子路於季孫臣鉉等曰厈非聲蓋古之字音多與今異如皀亦音香𥃩亦音門乃亦音仍他皆放此古今失傳不可詳究桑故切　𧦅　訴或从言朔　愬　訴或从朔心
譖　愬也从言朁聲莊蔭切
讒　譖也从言毚聲士咸切
譴　謫問也从言遣聲去戰切
謫　罰也从言啻聲陟革切
諯　數也一曰相讓也从言耑聲讀若專尺絹切
讓　相責讓从言襄聲人漾切

譙 嬈譊也从言焦聲讀若嚼才肖切 𧬄 古文譙从肖周書曰亦未敢誚公

諫 數諫也从言朿聲七賜切

誶 讓也从言卒聲國語曰誶申胥雖遂切

詰 問也从言吉聲去吉切

諲 責望也从言望聲巫放切

詭 責也从言危聲過委切

證 告也从言登聲諸應切

詘 詰詘也一曰屈襞从言出聲區勿切 𧦝 詘或从屈

䛄 尉也从言夗聲於願切

詗 知處告言之从言回聲朽正切

讂 流言也从言夐聲火縣切

詆 苛也一曰訶也从言氐聲都禮切

誰 何也从言隹聲示隹切

諽 飾也一曰更也从言革聲讀若戒古覈切

讕 怟讕也从言闌聲洛干切 𧮳 讕或从閒

診 視也从言㐱聲直刃切又之忍切

訢 悲聲也从言斯省聲先稽切

訧 罪也从言尤聲周書曰報以庶訧羽求切

誅 討也从言朱聲陟輸切

討 治也从言从寸他皓切

諳 悉也从言音聲烏含切

讄 禱也累功德以求福論語云讄曰禱尔于上下神祇从言纍省聲力軌切 𧬌 讄或不省

諡 行之迹也从言兮皿闕徐鍇曰兮聲也神至切

誄 謚也从言耒聲力軌切

謑 恥也从言奚聲胡禮切 䚷 謑或从奊

詬 謑詬恥也从言后聲呼寇切 㖃 詬或从句

諜 軍中反閒也从言枼聲徒叶切

該 軍中約也从言亥聲讀若心中滿該古哀切

譯 傳譯四夷之言者从言睪聲羊昔切

訄 迫也从言九聲讀若求巨鳩切

謚 笑皃从言益聲伊昔切又呼狄切

譶 疾言也从三言讀若沓徒合切

文二百四十五　重三十三

詢 謀也从言旬聲相倫切

讜 直言也从言黨聲多朗切

譜 籍錄也从言普聲史記从並博古切

詎 詎猶豈也从言巨聲其呂切

謏 小也誘也从言叜聲禮記曰足以謏聞先鳥切

謎　隱語也从言迷迷亦聲莫計切

誌　記誌也从言志聲職吏切

訣　訣別也一日法也从言決省聲古穴切

文八　新附

誩　競言也从二言凡誩之屬皆从誩讀若競渠慶切

譱　吉也从誩从羊此與義美同意常衍切　篆文譱从言

競　彊語也一曰逐也从誩从二人渠慶切

讟　痛怨也从誩賣聲春秋傳曰民無怨讟徒谷切

文四　重一

音　聲也生於心有節於外謂之音宮商角徵羽聲絲竹金石匏土革木音也从言含一凡音之屬皆从音於今切

響　聲也从音鄉聲許兩切

韽　下徹聲从音酓聲恩甘切

韶　虞舜樂也書曰簫韶九成鳳皇來儀从音召聲市招切

章　樂竟爲一章从音从十十數之終也諸良切

竟　樂曲盡爲竟从音从人居慶切

文六

韻　和也从音員聲裴光遠云古與均同未知其審王問切

辛　辠也从干二二古文上字凡辛之屬皆从辛讀若愆張林說去虔切

文一　新附

童　男有辠曰奴奴曰童女曰妾从辛重省聲徒紅切　籀文童中與竊中同从廿廿以爲古文疾字

妾　有辠女子給事之得接於君者从辛从女春秋云女爲人妾妾不娉也七接切

文三　重一

丵　叢生艸也象丵嶽相竝出也凡丵之屬皆从丵讀若浞士角切

業　大版也所以飾縣鐘鼓捷業如鋸齒以白畫之象其鉏鋙相承也从丵从巾巾象版詩曰巨業維樅魚怯切　古文業

叢　聚也从丵取聲徂紅切

對　譍無方也从丵从口从寸都隊切　對或从士漢文帝以爲責對而爲言多非誠對故去其口以从士也

文四　重二

菐　瀆菐也从丵从廾廾亦聲凡菐之屬皆从菐蒲沃切　臣鉉等曰瀆讀爲煩瀆之瀆一本注云丵眾多也兩手奉之是煩瀆也

僕　給事者从人从菐菐亦聲蒲沃切　古文从臣

⿱丵八　賦事也从丵从八八分之也八亦聲讀若頒一曰讀若非 布還切

文三　重一

廾　竦手也从𠂇从又凡廾之屬皆从廾 居竦切 今變隸作廾

楊雄說廾从兩手

奉　承也从手从廾丰聲 扶隴切

丞　翊也从廾从卩从山山高奉承之義 署陵切

奐　取奐也一曰大也从廾敻省 臣鉉等曰敻營求也取之義也 呼貫切

弇　蓋也从廾从合 古南切 又一儉切　古文弇

⿱睪廾　引給也从廾睪聲 羊益切

說文三上　丵部　廾部　十二

⿱甶廾　舉也从廾甶聲春秋傳曰晉人或以廣墜楚人⿱甶廾之黃顥說廣車陷楚人為舉之杜林以為騏麟字 渠記切

异　舉也从廾㠯聲虞書曰岳曰异哉 羊吏切

弄　玩也从廾持玉 盧貢切

⿱𡗜廾　兩手盛也从廾𡗜聲 余六切

⿱釆廾　摶飯也从廾釆聲釆古文辨字讀若書卷 居券切

⿱肉廾　持弩拊从廾肉讀若逵 臣鉉等曰从肉未詳 渠追切

戒　警也从廾持戈以戒不虞 居拜切

兵　械也从廾持斤并力之皃 補明切　古文兵从人廾干　籀文

龏　愨也从廾龍聲 紀庸切

弈　圍棊也从廾亦聲論語曰不有博弈者乎 羊益切

具　共置也从廾从貝省古以貝為貨 其遇切

文十七　重四

𠬜　引也从反廾凡𠬜之屬皆从𠬜 普班切 今變隸作大　𠬜或从手从樊

樊　騺不行也从𠬜从棥棥亦聲 附袁切

奱　樊也从𠬜䜌聲 呂員切

文三　重一

共　同也从廿廾凡共之屬皆从共 渠用切　古文共

說文三上　廾部　𠬜部　共部　異部　舁部　十三

龔　給也从共龍聲 俱容切

文二　重一

異　分也从廾从畀畀予也凡異之屬皆从異 徐鍇曰將欲與物先分異之也禮曰賜君子小人不同日 羊吏切

戴　分物得增益曰戴从異𢦔聲 都代切　籀文戴

文二　重一

舁　共舉也从臼从廾凡舁之屬皆从舁讀若余 以諸切

䙴　升高也从舁囟聲 七然切　䙴或从卩　古文䙴

與　黨與也从舁从与 余呂切　古文與

興　起也从舁从同同力也 虛陵切

文四　重三

𦥑 叉手也从𠂢彐凡𦥑之屬皆从𦥑居玉切

要 身中也象人要自𦥑之形从𦥑交省聲於消切又於笑切 古文要

文二　重一

晨 早昧爽也从𦥑从辰辰時也辰亦聲丮夕爲㚏𦥑辰爲晨皆同意凡晨之屬皆从晨食鄰切

農 耕也从晨囟聲徐鍇曰當从囟乃得聲奴冬切 籀文農从林 古文農 亦古文農

文二　重三

爨 齊謂之炊爨𦥑象持甑冂爲竈口廾推林内火凡爨之屬皆从爨七亂切 籀文爨省

䰜 所以枝鬲者从爨省鬲省渠容切

釁 血祭也象祭竈也从爨省从酉酉所以祭也从分分亦聲臣鉉等曰分布也虛振切

文三　重一

說文解字弟三上

說文解字弟三下

漢　太　尉　祭　酒　許　愼　記

宋　右　散　騎　常　侍　徐　鉉　等　校　定

革 獸皮治去其毛革更之象古文革之形凡革之屬皆从革古覈切 古文革从三十三十年爲一世而道更也𦥑聲

鞹 去毛皮也論語曰虎豹之鞹从革郭聲苦郭切

靬 靬乾革也武威有麗靬縣从革干聲苦旰切

䩣 生革可以爲縷束也从革各聲盧各切

鞄 柔革工也从革包聲讀若朴周禮曰柔皮之工鮑氏鞄即鮑也蒲角切

韗 攻皮治鼓工也从革軍聲讀若運王問切 韗或从韋

鞣 耎也从革从柔柔亦聲耳由切

靼 柔革也从革从旦聲旨熱切 古文靼从亶

鞼 韋繡也从革貴聲求位切

鞶 大帶也易曰或錫之鞶帶男子帶鞶婦人帶絲从革般聲薄官切

鞏 以韋束也易曰鞏用黃牛之革从革巩聲居竦切

鞔 履空也从革免聲徐鍇曰履空猶言履殼也母官切

鞁 小兒履也从革及聲讀若沓 穌合切

䩕 䩕角鞮屬从革卬聲 五岡切

鞮 革履也从革是聲 都兮切

䩡 鞮䩡沙也从革从夾夾亦聲 古洽切

𩌏 鞮屬从革徙聲 所綺切

鞵 革生鞮也从革奚聲 戶佳切

靪 補履下也从革丁聲 當經切

鞠 蹋鞠也从革匊聲 居六切 䩰 鞠或从簕

鞀 鞀遼也从革召聲 徒刀切 鞉 鞀或从兆 鼗 鞀或从鼓从兆 𪔛 籀文鞀从殸召

鞔 量物之鞔一曰抒井鞔古以革从革冤聲 於袁切 䩩 鞔或从宛

鞞 刀室也从革卑聲 并頂切

鞎 車革前曰鞎从革艮聲 戶恩切

鞃 車軾也从革弘聲詩曰鞹鞃淺幭讀若穹 丘弘切

鞪 車軸束也从革敄聲 莫卜切

䩛 車束也从革必聲 毗必切

𩏂 車衡三束也曲轅𩏂縛直轅𨏗縛从革爨聲讀若論語鑽燧之鑽 借官切 𩏉 𩏂或从革贊

䩠 蓋杠絲也从革旨聲 徐鍇曰絲其繫也 脂利切

鞁 車駕具也从革皮聲 平祕切

鞥 轡鞥从革弇聲讀若譍一曰龍頭繞者 烏合切

靶 轡革也从革巴聲 必駕切

韅 著掖鞥也从革顯聲 呼典切

靳 當膺也从革斤聲 居近切

䩶 驂具也从革蚩聲讀若騁蜃 丑郢切

靷 引軸也从革引聲 余忍切 𩎉 籀文靷

䩪 車鞁具也从革官聲 古滿切

䩜 車鞁具也从革豆聲 田候切

𩊚 𩊚內環靼也从革于聲 羽俱切

䪁 車下索也从革專聲 補各切

䩢 車具也从革奄聲 烏合切

𩋸 車具也从革叕聲 陟劣切

鞌 馬鞁具也从革从安 烏寒切

䩸 鞌毳飾也从革茸聲 而隴切

鞊 鞌飾从革占聲 他叶切

鞈 防汗也从革合聲 古洽切

勒 馬頭絡銜也从革力聲 盧則切

鞙 大車縛軛靼从革肙聲 狂沇切

䩘 勒靼也从革面聲 彌沇切

靲　鞮也从革今聲 巨今切

鞬　所以戢弓矢从革建聲 居言切

韇　弓矢韇也从革賣聲 徒谷切

䪎　綏也从革巂聲 山垂切

⿰革亟　急也从革亟聲 紀力切

鞭　驅也从革便聲 卑連切　⿱人攴 古文鞭

鞅　頸靼也从革央聲 於兩切

韄　佩刀絲也从革蒦聲 乙白切

⿰革它　馬尾駝也从革它聲今之般緧 徒何切

⿰革見　繫牛脛也从革見聲 己彳切

文五十七　重十一

鞘　刀室也从革肖聲 私妙切

韉　馬鞁具也从革薦聲 則前切

鞾　鞮屬从革華聲 許騰切

靮　馬羈也从革勺聲 都歷切

文四 新附

鬲　鼎屬實五觳斗二升曰觳象腹交文三足凡鬲之屬皆从鬲 郎激切　⿰鬲瓦 鬲或从瓦　⿸厤瓦 漢令鬲从瓦厤聲

⿰鬲支　三足鍑也一曰滫米器也从鬲支聲 魚綺切

鬹　三足釜也有柄喙讀若嬀从鬲規聲 居隨切

鬷　釜屬从鬲㚇聲 子紅切

䰛　秦名土釜曰䰛从鬲干聲讀若過 古禾切

鬵　大釜也一曰鼎大上小下若甑曰鬵从鬲兓聲讀若岑 才林切　⿱兓甑 籒文鬵

䰝　鬵屬从鬲曾聲 子孕切

鬴　鍑屬从鬲甫聲 扶雨切　釜 鬴或从金父聲

鬳　鬲屬从鬲虍聲 牛建切

融　炊气上出也从鬲蟲省聲 以戎切　⿰鬲蟲 籒文融不省

⿱嚻鬲　炊气皃从鬲嚻聲 許嬌切

鬺　煑也从鬲羊聲 式羊切

⿱沸鬲　涫也从鬲沸聲 芳未切

文十三　重五

䰜　歷也古文亦鬲字象孰飪五味气上出也凡䰜之屬皆从䰜 郎激切

⿱侃䰜　鬻也从䰜侃聲 諸延切　⿰食衍 鬻或从食衍聲　飦 或从干聲　⿰食建 或从建聲

⿱米䰜　⿰食建也从䰜米聲 武悲切 臣鉉等曰今俗鬻作粥音之六切

⿱古䰜　⿰食建也从䰜古聲 戶吳切

⿱羔美䰜　五味盉羹也从䰜从羔詩曰亦有和鬻 古行切　⿱羔鬲 鬻或省　⿱羔美 或从美鬻省　羹 小篆从羔从美

鬻 鼎實惟葦及蒲陳畱謂𩞄爲鬻从䰜速聲桑谷切 [餗] 𩞄或从食束聲

鬻 鬻也从䰜毓聲余六切 [粥] 鬻或省从米

䰞 涼州謂鬻爲䰞从䰜穫聲莫結切 [𥹋] 䰞或省从末

鬻 粉餅也从䰜耳聲仍吏切 [餌] 鬻或从食耳聲

鬻 熬也从䰜芻聲臣鉉等曰今俗作𤎾別作炒非是尺沼切

鬻 内肉及菜湯中薄出之从䰜翟聲以勺切

鬻 孚也从䰜者聲章與切 [煮] 鬻或从火 [𤅢] 鬻或从水在其中

鬻 吹聲沸也从䰜孛聲蒲沒切

文十三 重十二

爪 丮也覆手曰爪象形凡爪之屬皆从爪側狡切

孚 卵孚也从爪从子一曰信也徐鍇曰鳥之孚卵皆如其期不失信也鳥裒恒以爪反覆其卵也芳無切 古文孚从禾禾古文保

爲 母猴也其爲禽好爪爪母猴象也下腹爲母猴形王育曰爪象形也薳支切 古文爲象兩母猴相對形

爫 亦丮也从反爪闕諸兩切

文四 重二

丮 持也象手有所丮據也凡丮之屬皆从丮讀若戟几劇切

埶 種也从坴丮持亟種之書曰我埶黍稷徐鍇曰坴土也魚祭切

孰 食飪也从丮𦎫聲易曰孰飪殊六切

𩰫 設飪也从丮从食才聲讀若載作代切

巩 褱也从丮工聲居竦切 [𢀜] 巩或加手

谻 相踦之也从丮谷聲其虐切

𢦏 擊踝也从丮从戈讀若踝胡瓦切

𠃬 拖持也从反丮闕居玉切

文八 重一

鬥 兩士相對兵杖在後象鬥之形凡鬥之屬皆从鬥都豆切

鬭 遇也从鬥斲聲都豆切

鬨 鬭也从鬥共聲孟子曰鄒與魯鬨下降切

鬮 經繆殺也从鬥翏聲力求切

䰗 鬭取也从鬥龜聲讀若三合繩糾古矦切

𩰬 智少力劣也从鬥爾聲奴礼切

𩰪 鬭連結𩰪紛相牽也从鬥燹聲臣鉉等案燹今先典切从豩聲豩呼還切蓋燹亦有豩音故得爲聲一本从㸒說文無㸒字擿文切

𩰲 鬭也从鬥賓省聲讀若賓匹賓切

鬩 恒訟也詩云兄弟鬩于牆从鬥从兒兒善訟者也許激切

鬩　試力士錘也从門从戈或从戰省讀若縣 胡畎切

文十

鬧　不靜也从市門 奴教切

文一 新附

又　手也象形三指者手之𠠸多略不過三也凡又之屬皆从又 于救切

右　手口相助也从又从口 臣鉉等曰今俗別作佑 于救切

厷　臂上也从又从古文 古薨切 𠃋 古文厷象形 肱 厷或从肉

叉　手指相錯也从又象叉之形 初牙切

叉　手足甲也从又象叉形 側狡切

父　矩也家長率教者从又舉杖 扶雨切

叜　老也从又从灾闕 穌后切 叜 籒文从寸 叜 叜或从人

燮　和也从言从又炎籒文燮从羊 羊音飪 讀若溼 臣鉉等案燮字義大孰也从炎从又即孰物可持也此燮蓋从燮省言語以和之也二字義相出入故也 穌叶切

曼　引也从又冒聲 無販切

𠬝　引也从又𦥔聲𦥔古文申 失人切

夬　分決也从又𠙴象決形 徐鍇曰𠙴物也丨所以決之 古賣切

尹　治也从又丿握事者也 余準切 尹 古文尹

𠭥　又卑也从又虘聲 側加切

𠭖　引也从又𠩺聲 里之切

㕞　拭也从又持巾在尸下 所劣切

及　逮也从又从人 徐鍇曰及前人也 巨立切 ㇆ 古文及秦刻石及如此 𠬢 亦古文及 𨑒 亦古文及

秉　禾束也从又持禾 兵永切

反　覆也从又厂反形 府遠切 反 古文

𠬝　治也从又从𠬝𠬝事之節也 房六切

叏　滑也詩云叏兮達兮从又中一曰取也 土刀切

𠭊　楚人謂卜問吉凶曰𠭊从又持祟祟亦聲讀若贅 之芮切

叔　拾也从又尗聲汝南名收芌爲叔 式竹切 叔 叔或从寸

𠬶　入水有所取也从又在回下回古文回回淵水也讀若沫 莫勃切

取　捕取也从又从耳周禮獲者取左耳司馬法曰載獻聝聝者耳也 七庾切

彗　掃竹也从又持甡 祥歲切 篲 彗或从竹 䨮 古文彗从竹从習

叚　借也闕 古雅切 叚 古文叚 叚 譚長說叚如此

友　同志爲友从二又相交友也云久切　古文友　亦古文友

度　法制也从又庶省聲徒故切

文二十八　重十六

ナ　ナ手也象形凡ナ之屬皆从ナ臧可切

卑　賤也執事也从ナ甲徐鍇曰右重而左卑故在甲下補移切

文二

史　記事者也从又持中中正也凡史之屬皆从史疏士切

事　職也从史之省聲鉏史切　古文事

文二　重一

支　去竹之枝也从手持半竹凡支之屬皆从支章移切　古文支

攲　持去也从支奇聲去奇切

文二　重一

聿　手之疌巧也从又持巾凡聿之屬皆从聿尼輒切

肄　習也从聿𣦼聲羊至切　籀文肄　篆文肄

肅　持事振敬也从聿在𣶒上戰戰兢兢也息逐切　古文肅从心从卪

文三　重三

聿　所以書也楚謂之聿吳謂之不律燕謂之弗从聿一聲凡聿之屬皆从聿余律切

筆　秦謂之筆从聿从竹徐鍇曰筆尚便疌故从聿鄙密切

𦘔　聿飾也从聿从彡俗語以書好爲𦘔讀若津將鄰切

書　箸也从聿者聲商魚切

文四

畫　界也象田四界聿所以畫之凡畫之屬皆从畫胡麥切　古文畫省　亦古文畫

晝　日之出入與夜爲界从畫省从日陟救切　籀文晝

文二　重三

隶　及也从又从尾省又持尾者从後及之也凡隶之屬皆从隶徒耐切

隸　及也从隶宲聲詩曰隸天之未陰雨臣鉉等曰宲非聲未詳徒耐切

隷　附箸也从隶柰聲郎計切　篆文隸从古文之體臣鉉等未詳古文所出

文三　重一

臤　堅也从又臣聲凡臤之屬皆从臤讀若鏗鏘之鏗古文以爲賢字苦閑切

緊　纏絲急也从臤从絲省糾忍切

堅　剛也从臤从土古賢切

豎　豎立也从臤豆聲臣庾切　籀文豎从殳

文四　重一

臣　牽也事君也象屈服之形凡臣之屬皆从臣 植鄰切

𦣝　乖也从二臣相違讀若誑 居況切

臧　善也从臣戕聲 則郎切　𦣞 籒文

文三　重一

殳　以杸殊人也禮殳以積竹八觚長丈二尺建於兵車車旅賁以先驅从又几聲凡殳之屬皆从殳 市朱切

祋　殳也从殳示聲或說城郭市里高縣羊皮有不當入而欲入者暫下以驚牛馬曰祋故从示殳詩曰何戈與祋 丁外切

杸　軍中士所持殳也从木从殳司馬法曰執羽从杸 市朱切

毄　相擊中也如車相擊故从殳从軎 古歷切

㱿　从上擊下也一曰素也从殳青聲 苦角切青 苦江切

𣪊　下擊上也从殳冘聲 知朕切

𣪘　繇擊也从殳豆聲古文祋如此 度侯切

𣪠　縣物殳擊从殳𠭚聲 市流切

豛　椎毄物也从殳豕聲 冬毒切

毆　捶毄物也从殳區聲 烏后切

毃　擊頭也从殳高聲 口卓切

殿　擊聲也从殳屍聲 堂練切

殹　擊中聲也从殳医聲 於計切

段　椎物也从殳耑省聲 徒玩切

𣪢　擊空聲也从殳宮聲 徒冬切 又火宮切

殽　相雜錯也从殳肴聲 胡茅切

毅　妄怒也一曰有決也从殳豙聲 魚既切

𣪏　揉屈也从殳从皀皀古文叀字廄字从此 臣鉉等曰叀小謹也亦屈服之意 居又切

役　戍邊也从殳从彳 臣鉉等曰彳步也彳亦聲 營隻切　𠈌 古文役从人

𣪆　𣪆改大剛卯也以逐精鬼从殳亥聲 古哀切

文二十　重一

殺　戮也从殳杀聲凡殺之屬皆从殺 臣鉉等曰說文無杀字相傳云音察未知所出 所八切　𢦐 古文殺　𣏂 古文殺　𢏹 古文殺　㣵 古文殺

弒　臣殺君也易曰臣弒其君从殺省式聲 式吏切

文二　重四

几　鳥之短羽飛几几也象形凡几之屬皆从几讀若殊 市朱切

㐱　新生羽而飛也从几从彡 之忍切

鳧　舒鳧鶩也从鳥几聲 房無切

文三

寸　十分也人手卻一寸動𧖴謂之寸口从又从一凡寸之屬皆从寸　倉困切

寺　廷也有法度者也从寸之聲　祥吏切

將　帥也从寸𤖕省聲　即諒切

㝷　繹理也从工从口从又从寸工口亂也又寸分理之彡聲此與𠭥同意度人之兩臂爲㝷八尺也　徐林切

專　六寸簿也从寸叀聲一曰專紡專　職緣切

尃　布也从寸甫聲　芳無切

導　導引也从寸道聲　徒皓切

文七

皮　剝取獸革者謂之皮从又爲省聲凡皮之屬皆从皮　符羈切　𠬛古文皮　𤿺籀文皮

皰　面生气也从皮包聲　旁教切

皯　面黑气也从皮干聲　古旱切

文二　重二

皸　足坼也从皮軍聲　矩云切

皴　皮細起也从皮夋聲　七倫切

文二　新附

㼱　柔韋也从北从皮省从夐省凡㼱之屬皆从㼱讀若耎一曰若儁　臣鉉等曰北者反覆柔治之也夐營也　而兖切　古文㼱　籀文㼱从夐省

𪋻　羽獵韋絝从㼱灷聲　而隴切　或从衣从朕虞書曰鳥獸𪋻毛

文三　重二

攴　小擊也从又卜聲凡攴之屬皆从攴　普木切

啟　教也从攴启聲論語曰不憤不啓　康礼切

徹　通也从彳从攴从育　丑列切　古文徹

肇　擊也从攴肇省聲　治小切

敏　疾也从攴每聲　眉殞切

敃　彊也从攴民聲　眉殞切

敄　彊也从攴矛聲　亡遇切

敀　迮也从攴白聲周書曰常敀常任　博陌切

整　齊也从攴从束从正正亦聲　之郢切

效　象也从攴交聲　胡教切

故　使爲之也从攴古聲　古慕切

政　正也从攴从正正亦聲　之盛切

𢻫　敷也从攴也聲讀與施同　式支切

敷　𢻫也从攴尃聲周書曰用敷遺後人　芳无切

敟　主也从攴典聲　多殄切

⿰麗攴　數也从攴麗聲（力米切）

數　計也从攴婁聲（所矩切）

⿰湅攴　辟潄鐵也从攴从湅（郎電切）

孜　汲汲也从攴子聲周書曰孜孜無怠（子之切）

攽　分也从攴分聲周書曰乃惟孺子攽亦讀與彬同（布還切）

⿰旱攴　止也从攴旱聲周書曰⿰旱攴我于艱（侯旰切）

敳　有所治也从攴豈聲讀若豤（五來切）

敞　平治高土可以遠望也从攴尚聲（昌兩切）

敒　理也从攴伸聲（直刃切）

改　更也从攴己（李陽冰曰己有過攴之卽改　古亥切）

變　更也从攴䜌聲（祕戀切）

更　改也从攴丙聲（古孟切又古行切）

敕　誡也臿地曰敕从攴束聲（恥力切）

⿰耴攴　使也从攴耴省聲（而涉切）

斂　收也从攴僉聲（良冉切）

敹　擇也从攴𠀤聲周書曰敹乃甲胄（洛簫切）

敿　繫連也从攴喬聲周書曰敿乃干讀若矯（居夭切）

敆　合會也从攴从合合亦聲（古沓切）

敶　列也从攴陳聲（直刃切）

敵　仇也从攴啻聲（徒歷切）

救　止也从攴求聲（居又切）

敓　彊取也周書曰敓攘矯虔从攴兌聲（徒活切）

斁　解也从攴睪聲詩云服之無斁斁猒也一曰終也（羊益切）

赦　置也从攴赤聲（始夜切）　⿰亦攴　赦或从亦

攸　行水也从攴从人水省（徐鍇曰攴入水所杖也　以周切）　⿰氵攸　秦刻石繹山文攸字如此

⿰亾攴　撫也从攴亾聲讀與撫同（芳武切）

敉　撫也从攴米聲周書曰亦未克敉公功讀若弭（緜婢切）　侎　敉或从人

敡　侮也从攴从易易亦聲（以豉切）

⿰韋攴　戾也从攴韋聲（羽非切）

敦　怒也詆也一曰誰何也从攴𦎫聲（都昆切又丁回切）

⿰羣攴　朋侵也从攴从羣羣亦聲（渠云切）

敗　毀也从攴貝敗賊皆从貝會意（薄邁切）　⿰賏攴　籀文敗从賏

⿰𤔔攴　煩也从攴从𤔔𤔔亦聲（郎段切）

寇　暴也从攴从完（徐鍇曰當其完聚而欲寇之　苦候切）

⿰蚩攴　刺也从攴蚩聲（豬几切）

㪍 閉也从攴度聲讀若杜徒古切 剫 㪍或从刀

敜 塞也从攴念聲周書曰敜乃穽奴叶切

𣀠 𣀠盡也从攴畢聲卑吉切

收 捕也从攴丩聲式州切

鼓 擊鼓也从攴从壴壴亦聲公戶切

攷 敂也从攴丂聲苦浩切

敂 擊也从攴句聲讀若扣苦候切

攻 擊也从攴工聲古洪切

敲 橫擿也从攴高聲口交切

豛 擊也从攴豖聲竹角切

𢼸 放也从攴㞷聲迂往切

𠩺 坼也从攴从厂厂之性坼果孰有味亦坼故謂之𠩺从未聲徐鍇曰厂厓也許其切

斀 去陰之刑也从攴蜀聲周書曰刖劅斀黥竹角切

敯 冒也从攴昬聲周書曰敯不畏死眉殞切

敔 禁也一曰樂器椌楬也形如木虎从攴吾聲魚舉切

敤 研治也从攴果聲舜女弟名敤首苦果切

鈙 持也从攴金聲讀若琴巨今切

𢿱 棄也从攴𠷎聲周書以爲討詩云無我𢿱兮市流切

畋 平田也从攴田周書曰畋尒田待年切

攺 毅改大剛卯以逐鬼魅也从攴巳聲讀若巳古亥切

敘 次弟也从攴余聲徐呂切

𢽴 毀也从攴卑聲辟米切

𢾺 毀也从攴兒聲五計切

牧 養牛人也从攴从牛詩曰牧人乃夢莫卜切

敇 擊馬也从攴朿聲楚革切

𣁋 小舂也从攴算聲初絭切

𢾫 繇田也从攴堯聲牽遙切

文七十七　重六

教 上所施下所效也从攴从孝凡教之屬皆从教古孝切

𢽈 古文教 𢻠 亦古文教

斅 覺悟也从教从冂冂尚矇也臼聲胡覺切 學 篆文斅省

文二　重二

卜 灼剝龜也象灸龜之形一曰象龜兆之從橫也凡卜之屬皆从卜博木切 𠧒 古文卜

卦 筮也从卜圭聲古壞切 臣鉉等曰圭字聲不相近當从桂省聲

叶 卜以問疑也从口卜讀與稽同書云叶疑古兮切

貞 卜問也从卜貝以爲贄一曰鼎省聲京房所說陟盈切

𠧩 易卦之上體也商書曰貞曰𠧩从卜每聲荒內切

占　視兆問也从卜从口職廉切

卲　卜問也从卜召聲市沼切

兆　灼龜坼也从卜兆象形治小切　古文兆省

文八　重二

用　可施行也从卜从中衞宏說凡用之屬皆从用臣鉉等曰卜中乃可用也余訟切　古文用

甫　男子美稱也从用父父亦聲方矩切

庸　用也从用从庚庚更事也易曰先庚三日余封切

葡　具也从用苟省臣鉉等曰苟急敕也會意平祕切

甯　所願也从用寧省聲乃定切

文五　重一

爻　交也象易六爻頭交也凡爻之屬皆从爻胡茅切

棥　藩也从爻从林詩曰營營青蠅止于棥附袁切

文二

㸚　二爻也凡㸚之屬皆从㸚力几切

爾　麗爾猶靡麗也从冂从㸚其孔㸚尒聲此與爽同意兒氏切

爽　明也从㸚从大徐鍇曰大其中隙縫光也疏兩切　篆文爽

文三　重一

說文解字弟三下

說文解字弟四上

漢　太　尉　祭　酒　許　愼　記

宋　右　散　騎　常　侍　徐　鉉　等　校　定

四十五部　七百四十八文　重百一十二

凡七千六百三十八字

文二十四新附

旻　舉目使人也从攴从目凡旻之屬皆从旻讀若颰火劣切

敻　營求也从旻从人在穴上商書曰高宗夢得說使百工敻求得之傅巖巖穴也徐鍇曰人與目隔穴經營而見之然後指使以求之攴所指畫也朽正切

闅　低目視也从旻門聲弘農湖縣有闅鄉汝南西平有闅亭無分切

夐　大視也从大旻讀若齤況晚切

文四

目　人眼象形重童子也凡目之屬皆从目莫六切　古文目

眼　目也从目皀聲五限切

矏　兒初生瞥者从目瞏聲邦免切

眩　目無常主也从目玄聲黃絢切

眥 目匡也从目此聲在詣切

睞 目旁毛也从目夾聲子葉切

𥇖 盧童子也从目縣聲胡畎切

⿰目喜 目童子精也从目喜聲讀若禧許其切

矏 目旁薄緻宀宀也从目臱聲武延切

⿱非目 大目也从目非聲芳微切

⿱臤目 大目也从目臤聲侯簡切

睅 大目也从目旱聲戶版切 睆 睅或从完

⿰目爰 大目也从目爰聲況晚切

瞞 平目也从目㒼聲母官切

睴 大目出也从目軍聲古鈍切

矕 目矕矕也从目䜌聲武版切

睔 目大也从目侖春秋傳有鄭伯睔古本切

盼 詩曰美目盼兮从目分聲匹莧切

盰 目多白也一曰張目也从目干聲古旱切

眅 多白眼也从目反聲春秋傳曰鄭游眅字子明普班切

睍 出目也从目見聲胡典切

矔 目多精也从目雚聲益州謂瞋目曰矔古玩切

瞵 目精也从目粦聲力珍切

窅 深目也从穴中目烏皎切

眊 目少精也从目毛聲虞書耄字从此亡報切

矘 目無精直視也从目黨聲他朗切

睒 暫視皃从目炎聲讀若白蓋謂之苫相似失冉切

眮 吳楚謂瞋目顧視曰眮从目同聲徒弄切

⿰目必 直視也从目必聲讀若詩云泌彼泉水兵媚切

瞴 瞴婁微視也从目無聲莫浮切

⿰目开 蔽人視也从目开聲讀若攜手一曰直視也又苦兮切 ⿱开目 ⿰目开目或在下

睌 睌⿱臤目目視皃从目免聲武限切

眂 眂皃从目氏聲承旨切

睨 衺視也从目兒聲研計切

⿰目冒 低目視也从目冒聲周書曰武王惟⿰目冒亡保切

眓 視高皃从目戉聲讀若詩曰施罛濊濊呼哲切

眈 視近而志遠从目冘聲易曰虎視眈眈丁含切

⿰目延 相顧視而行也从目从延延亦聲于線切

盱 張目也从目于聲一曰朝鮮謂盧童子曰盱況于切

睘 目驚視也从目袁聲詩曰獨行睘睘渠營切

⿰目亶 視而止也从目亶聲旨善切

⿰目勿 目冥遠視也从目勿聲一曰久也一曰旦明也莫佩切

眕 目有所恨而止也从目㐱聲之忍切

瞟　䀏　睹　眔　睽　眛　䁅　𥌛　眽　𥈊

瞟 瞭也从目票聲敷沼切
䀏 察也从目祭聲戚細切
睹 見也从目者聲當古切 覩 古文从見
眔 目相及也从目从隶省徒合切
睽 目不相聽也从目癸聲苦圭切
眛 目不明也从目末聲莫撥切
䁅 轉目視也从目般聲薄官切
𥌛 小兒白眼也从目辡聲蒲莧切
眽 目財視也从目𠂢聲莫獲切
𥈊 失意視也从目脩聲他歷切

𥉂　瞤　矉　眢　睢　旬　矆　睦　瞻　瞀

𥉂 謹鈍目也从目𦎧聲之閏切
瞤 目動也从目閏聲如勻切
矉 恨張目也从目賓聲詩曰國步斯矉符眞切
眢 目無明也从目夗聲一丸切
睢 仰目也从目隹聲許惟切
旬 目搖也从目勻省聲黃絢切 眴 旬或从旬
矆 大視也从目蒦聲許縛切
睦 目順也从目坴聲一曰敬和也莫卜切 𡙈 古文睦
瞻 臨視也从目詹聲職廉切
瞀 氐目謹視也从目敄聲莫候切

瞁　䁠　䁮　相　瞋　𥉈　睗　睊　䁯

瞁 小視也从目買聲莫佳切
䁠 視也从目監聲古銜切
䁮 省視也从目啓省聲苦系切
相 省視也从目从木易曰地可觀者莫可觀於木詩曰相鼠有皮息良切
瞋 張目也从目眞聲昌眞切 䀼 祕書瞋从戌
𥉈 目孰視也从目鳥聲讀若雕都僚切
睗 目疾視也从目易聲施隻切
睊 視皃从目肙聲於絢切
䁯 目深皃从目窅讀若易曰勿卹之卹於悅切

睼　矈　䀿　眷　督　睎　看　瞫　睡　瞑

睼 迎視也从目是聲讀若珥瑱之瑱他計切
矈 目相戲也从目晏聲詩曰矈婉之求於殄切
䀿 短深目皃从目取聲烏括切
眷 顧也从目𢍏聲詩曰乃眷西顧居倦切
督 察也一曰目痛也从目叔聲冬毒切
睎 望也从目稀省聲海岱之閒謂眄曰睎香衣切
看 睎也从手下目苦寒切 翰 看或从倝
瞫 深視也一曰下視也又竊見也从目覃聲式荏切
睡 坐寐也从目垂是僞切
瞑 翕目也从目冥冥亦聲武延切臣鉉等曰今俗別作眠非是

眚　目病生翳也从目生聲所景切

瞥　過目也又目翳也从目敝聲一曰財見也普滅切

眵　目傷眥也从目多聲一曰瞢兜叱支切

䁾　目眵也从目蔑省聲莫結切

眏　涓目也从目夬聲臣鉉等曰當从決省古穴切

䀶　目病也从目良聲力讓切

眛　目不明也从目未聲莫佩切

瞯　戴目也从目閒聲江淮之間謂眄曰瞯戶閒切

眯　艸入目中也从目米聲莫禮切

眺　目不正也从目兆聲他弔切

睞　目童子不正也从目來聲洛代切

睩　目睞謹也从目彔聲讀若鹿盧谷切

𥉂　眣也从目攸聲敕鳩切　䀺　𥉂或从丩

眣　目不正也从目失聲丑栗切

矇　童矇也一曰不明也从目蒙聲莫中切

眇　一目小也从目从少少亦聲亡沼切

眄　目偏合也一曰衺視也秦語从目丏聲莫甸切

䀰　眄也从目各聲盧各切

盲　目無牟子从目亡聲武庚切

䁍　目陷也从目咸聲苦夾切

瞽　目但有眹也从目鼓聲公戶切

瞍　無目也从目叜聲穌后切

䁝　惑也从目熒省聲戶扃切

睉　目小也从目坐聲臣鉉等曰案尚書元首叢脞哉叢脞猶細碎也今从肉非是昨禾切

𥄫　捾目也从目叉聲烏括切

睇　目小視也从目弟聲南楚謂眄曰睇特計切

瞚　開闔目數搖也从目寅聲臣鉉等曰今俗別作瞬非是舒問切

眙　直視也从目台聲丑吏切

眝　長眙也一曰張目也从目宁聲陟呂切

盻　恨視也从目兮聲胡計切

䀟　目不明也从目弗聲普未切

文百十三　重八

瞼　目上下瞼也从目僉聲居奄切

眨　動目也从目乏聲側洽切

眭　深目也亦人姓从目圭聲許規切

眹　目精也从目灷聲案勝字賸皆从朕聲疑古以朕爲眹直引切

眸　目童子也从目牟聲說文直作牟莫浮切

睚　目際也从目厓五隘切

文六　新附

䀠　左右視也从二目凡䀠之屬皆从䀠讀若拘又若良

士瞿瞿九遇切

䀠 目圍也从䀠丿讀若書卷之卷古文以爲醜字居倦切

奭 目衺也从䀠从大大人也舉朱切

文三

眉 目上毛也从目象眉之形上象頟理也凡眉之屬皆从眉武悲切

省 視也从眉省从屮臣鉉等曰屮通識也所景切 古文从少从囧

文二　重一

盾 瞂也所以扞身蔽目象形凡盾之屬皆从盾食閏切

瞂 盾也从盾犮聲扶發切

䀨 盾握也从盾圭聲苦圭切

文三

自 鼻也象鼻形凡自之屬皆从自疾二切 古文自

臱 宮不見也闕武延切

文二　重一

白 此亦自字也省自者詞言之气从鼻出與口相助也 凡白之屬皆从白疾二切

皆 俱詞也从比从白古諧切

魯 鈍詞也从白鮺省聲論語曰參也魯郎古切

者 別事詞也从白𣅀聲𣅀古文旅字之也切

𠷎 詞也从白𠷎聲𠷎與疇同虞書帝曰𠷎咨直由切

𥏼 識詞也从白从亏从知知義切 古文𥏼

百 十十也从一白數十百爲一貫相章也博陌切 古文百

文百从自

文七　重二

鼻 引气自畀也从自畀凡鼻之屬皆从鼻父二切

齅 以鼻就臭也从鼻从臭臭亦聲讀若畜牲之畜許救切

鼾 臥息也从鼻干聲讀若汗矦幹切

鼽 病寒鼻窒也从鼻九聲巨鳩切

齂 臥息也从鼻隶聲讀若虺許介切

文五

皕 二百也凡皕之屬皆从皕讀若祕彼力切

奭 盛也从大从皕皕亦聲此燕召公名讀若郝史篇名醜徐鍇曰史篇謂所作倉頡十五篇也詩亦切 古文奭

文二　重一

習 數飛也从羽从白凡習之屬皆从習似入切

翫 習猒也从習元聲春秋傳曰翫歲而愒日五換切

文二

羽 鳥長毛也象形凡羽之屬皆从羽王矩切

翨 鳥之彊羽猛者从羽是聲 俱豉切

翰 天雞赤羽也从羽倝聲逸周書曰大翰若翬雉一名鷐風周成王時蜀人獻之 侯幹切

翟 山雉尾長者从羽从隹 徒歷切

翡 赤羽雀也出鬱林从羽非聲 房味切

翠 青羽雀也出鬱林从羽卒聲 七醉切

翦 羽生也一曰矢羽从羽前聲 即淺切

翁 頸毛也从羽公聲 烏紅切

翄 翼也从羽支聲 施智切 𦐊 翄或从氏

⿰革羽 翅也从羽革聲 古翮切

翹 尾長毛也从羽堯聲 渠遙切

翭 羽本也一曰羽初生皃从羽侯聲 乎溝切

翮 羽莖也从羽鬲聲 下革切

翑 羽曲也从羽句聲 其俱切

羿 羽之羿風亦古諸侯也一曰射師从羽开聲 五計切

翥 飛舉也从羽者聲 章庶切

翕 起也从羽合聲 許及切

翾 小飛也从羽瞏聲 許緣切

翬 大飛也从羽軍聲一曰伊雒而南雉五采皆備曰翬詩曰如翬斯飛 臣鉉等曰當从揮省 許歸切

翏 高飛也从羽从㐱 力救切

翩 疾飛也从羽扁聲 芳連切

翜 捷也飛之疾也从羽夾聲讀若瀒一曰俠也 山洽切

翊 飛皃从羽立聲 與職切

⿱羽冃 飛盛皃从羽从曰 臣鉉等曰犯冒而飛是盛也 土盍切

⿱之羽 飛盛皃从羽之聲 侍之切

翱 翱翔也从羽皋聲 五牢切

翔 回飛也从羽羊聲 似羊切

翽 飛聲也从羽歲聲詩曰鳳皇于飛翽翽其羽 呼會切

翯 鳥白肥澤皃从羽高聲詩云白鳥翯翯 胡角切

⿱羽王 樂舞以羽翿自翳其首以祀星辰也从羽王聲讀若皇 胡光切

翇 樂舞執全羽以祀社稷也从羽犮聲讀若紱 分勿切

翿 翳也所以舞也从羽𠷎聲詩曰左執翿 徒到切

翳 華蓋也从羽殹聲 於計切

翣 棺羽飾也天子八諸侯六大夫四士二下垂从羽妾聲 山洽切

文三十四 重一

翻 飛也从羽番聲或从飛 孚袁切

翎 羽也从羽令聲 郎丁切

𦐇 飛聲从羽工聲戶公切

文三 新附

隹 鳥之短尾總名也象形凡隹之屬皆从隹職追切

雅 楚烏也一名鸒一名卑居秦謂之雅从隹牙聲臣鉉等曰今俗別作鴉非是五下切又烏加切

隻 鳥一枚也从又持隹持一隹曰隻二隹曰雙之石切

雒 鵋鵙也从隹各聲盧各切

閵 今閵似鴝鵒而黃从隹𠁁省聲良刃切 籀文不省

巂 周燕也从隹屮象其冠也冏聲一曰蜀王望帝婬其相妻慙亡去爲子巂鳥故蜀人聞子巂鳴皆起云望帝戶圭切

𨾴 鳥也从隹方聲讀若方府良切

雀 依人小鳥也从小隹讀與爵同卽略切

猚 鳥也从隹犬聲睢陽有猚水五加切

雗 雗鷽也从隹倝聲侯幹切

雉 有十四種盧諸雉喬雉鳪雉鷩雉秩秩海雉翟山雉翰雉卓雉伊洛而南曰翬江淮而南曰搖南方曰𩿨東方曰甾北方曰稀西方曰蹲从隹矢聲直几切 古文雉从弟

雊 雄雌鳴也雷始動雉鳴而雊其頸从隹从句句亦聲古候切

雞 知時畜也从隹奚聲古兮切 籀文雞从鳥

雛 雞子也从隹芻聲士于切 籀文雛从鳥

雡 鳥大雛也从隹翏聲一曰雉之莫子爲雡力救切

離 黃倉庚也鳴則蠶生从隹离聲呂支切

雕 鷻也从隹周聲都僚切 籀文雕从鳥

䧹 鳥也从隹瘖省聲或从人人亦聲徐鍇曰鷹隨人所指蹤故从人於凌切 籀文䧹从鳥

⿰氐隹 ⿰垂隹也从隹氐聲處脂切 籀文⿰氐隹从鳥

⿰垂隹 ⿰氐隹也从隹垂聲是僞切

雃 石鳥一名雝𪄻一曰精列从隹幵聲春秋傳秦有士雃苦堅切

雝 雝𪄻也从隹邕聲於容切

雂 鳥也从隹今聲春秋傳有公子苦雂巨淹切

雁 鳥也从隹从人厂聲讀若鴈臣鉉等曰雁知時鳥大夫以爲摯昏禮用之故从人五晏切

䨄 䨄黃也从隹黎聲一曰楚雀也其色黎黑而黃郎兮切

雐 鳥也从隹虍聲荒烏切

雓 牟母也从隹奴聲人諸切 雓或从鳥

雇 九雇農桑候鳥扈民不婬者也从隹戶聲春雇鳻盾

夏雇竊玄秋雇竊藍冬雇竊黃棘雇竊丹行雇唶唶宵雇嘖嘖桑雇竊脂老雇鷃也侯古切　[篆]雇或从雩

[篆]籀文雇从鳥

雜　[篆]雒屬从隹𦎧聲常倫切

䧱　[篆]雒屬从隹酓聲恩含切　[篆]籀文䧱从鳥

𨾙　[篆]鳥也从隹支聲一曰雄度章移切

琟　[篆]鳥肥大琟琟也从隹工聲戶工切　[篆]琟或从鳥

𨿽　[篆]繳𨿽也从隹椒聲一曰飛𨿽也臣鉉等曰繳之若切睯繳以取鳥也緐肝切

隿　[篆]繳射飛鳥也从隹弋聲與職切

雄　[篆]鳥父也从隹厷聲羽弓切

雌　[篆]鳥母也从隹此聲此移切

䍜　[篆]覆鳥令不飛走也从网隹讀若到都校切

雋　[篆]肥肉也从弓所以射隹長沙有下雋縣徂沇切

䧢　[篆]飛也从隹隓聲山垂切

文三十九　重十二

奞　[篆]鳥張毛羽自奮也从大从隹凡奞之屬皆从奞讀若睢息遺切

奪　[篆]手持隹失之也从又从奞徒活切

奮　[篆]翬也从奞在田上詩曰不能奮飛方問切

文三

萑　[篆]鴟屬从隹从𦫳有毛角所鳴其民有旤凡萑之屬皆从萑讀若和胡官切

蒦　[篆]規蒦商也从又持萑一曰視遽皃一曰蒦度也徐鍇曰商度也萑善度人禍福也乙虢切　[篆]蒦或从尋尋亦度也楚詞曰求矩彠之所同

雚　[篆]小爵也从萑吅聲詩曰雚鳴于垤工奐切

舊　[篆]雖舊舊留也从萑臼聲巨救切　[篆]舊或从鳥休聲

文四　重二

𦫳　[篆]羊角也象形凡𦫳之屬皆从𦫳讀若乖工瓦切

乖　[篆]戾也从𦫳而兆兆古文別臣鉉等曰兆兵列切篆文分別字也古懷切

𦫵　[篆]相當也闕讀若𡴎母官切

文三

苜　[篆]目不正也从𦫳从目凡苜之屬皆从苜𥄕从此讀若末徐鍇曰𦫳角戾也徒結切

瞢　[篆]目不明也从苜从旬旬目數搖也木空切

𥄕　[篆]火不明也从苜从火苜亦聲周書曰布重𥄕席織蒻席也讀與蔑同莫結切

蔑　[篆]勞目無精也从苜人勞則蔑然从戍莫結切

文四

羊　祥也从𦍌象頭角足尾之形孔子曰牛羊之字以形舉也凡羊之屬皆从羊與章切

芈　羊鳴也从羊象聲气上出與牟同意緜婢切

羔　羊子也从羊照省聲古牢切

羜　五月生羔也从羊宁聲讀若煑直呂切

䍮　六月生羔也从羊敄聲讀若霧已遇切又亡遇切

羍　小羊也从羊大聲讀若達他末切　羍或省

⿰羊兆　羊未卒歲也从羊兆聲或曰夷羊百斤左右爲⿰羊兆讀若春秋盟于洮治小切

羝　牡羊也从羊氐聲都兮切

羒　牂羊也从羊分聲符分切

牂　牡羊也从羊爿聲則郎切

羭　夏羊牡曰羭从羊俞聲羊朱切

羖　夏羊牡曰羖从羊殳聲公戶切

羯　羊羖犗也从羊曷聲居謁切

羠　騬羊也从羊夷聲徐姊切

羳　黃腹羊从羊番聲附袁切

羥　羊名从羊巠聲口莖切

⿱執羊　羊名从羊執聲汝南平輿有⿱執羊亭讀若晉臣鉉曰執非聲未詳即刃切

羸　瘦也从羊𣎆聲臣鉉等曰羊主給膳以瘦爲病故从羊力爲切

⿰羊委　羊相⿰羊責也从羊委聲於僞切

⿰羊責　⿰羊委⿰羊責也从羊責聲子賜切

羣　輩也从羊君聲臣鉉等曰羊性好羣故从羊渠云切

⿰羊垔　羣羊相⿰羊責也一曰黑羊从羊垔聲烏閑切

⿱此羊　羊名蹏皮可以割桼从羊此聲此思切

美　甘也从羊从大羊在六畜主給膳也美與善同意臣鉉等曰羊大則美故从大無鄙切

羌　西戎牧羊人也从人从羊羊亦聲南方蠻閩从虫北方狄从犬東方貉从豸西方羌从羊此六種也西南僰人僬僥从人蓋在坤地頗有順理之性唯東夷从大大人也夷俗仁仁者壽有君子不死之國孔子曰道不行欲之九夷乘桴浮於海有以也去羊切　古文羌如此

羑　進善也从羊久聲文王拘羑里在湯陰與久切

文二十六　重二

𦎫　羊臭也从三羊凡𦎫之屬皆从𦎫式連切　𦎫或从亶

羼　羊相厠也从𦎫在尸下尸屋也一曰相出前也初限切

文二　重一

瞿 鷹隼之視也从隹从䀠䀠亦聲凡瞿之屬皆从瞿讀若章句之句 九遇切 又音衢

矍 隹欲逸走也从又持之矍矍也讀若詩云穬彼淮夷之穬一曰視遽皃 九縛切

文二

雔 雙鳥也从二隹凡雔之屬皆从雔讀若醻 市流切

靃 飛聲也雨而雙飛者其聲靃然 呼郭切

雙 隹二枚也从雔又持之 所江切

文三

雥 羣鳥也从三隹凡雥之屬皆从雥 徂合切

𩁹 鳥羣也从雥淵聲 烏玄切

雧 羣鳥在木上也从雥从木 秦入切 集 雧或省

文三 重一

鳥 長尾禽總名也象形鳥之足似匕从匕凡鳥之屬皆从鳥 都了切

鳳 神鳥也天老曰鳳之象也鴻前麐後蛇頸魚尾鸛顙鴛思龍文虎背燕頷雞喙五色備舉出於東方君子之國翺翔四海之外過崐崘飲砥柱濯羽弱水莫宿風穴見則天下大安寧从鳥凡聲 馮貢切 古文鳳象形鳳飛羣鳥從以萬數故以爲朋黨字 亦古文鳳

鸞 亦神靈之精也赤色五采雞形鳴中五音頌聲作則至从鳥䜌聲周成王時氐羌獻鸞鳥 洛官切

鸑 鸑鷟鳳屬神鳥也从鳥獄聲春秋國語曰周之興也鸑鷟鳴於岐山江中有鸑鷟似鳧而大赤目 五角切

鷟 鸑鷟也从鳥族聲 士角切

鷫 鷫鷞也五方神鳥也東方發明南方焦明西方鷫鷞北方幽昌中央鳳皇从鳥肅聲 息逐切 司馬相如說从叜聲

鷞 鷫鷞也从鳥爽聲 所莊切

鳩 鶻鵃也从鳥九聲 居求切

鶌 鶌鳩也从鳥屈聲 九勿切

鵻 祝鳩也从鳥隹聲 思允切 隼 鵻或从隹一一曰鶉字

鶻 鶻鵃也从鳥骨聲 古忽切

鵃 鶻鵃也从鳥舟聲 張流切

𪁺 秸𪁺尸鳩从鳥𥷚聲 居六切 臣鉉等曰𥷚居六切與鞠同

鴿 鳩屬从鳥合聲 古沓切

鴠 渴鴠也从鳥旦聲 得案切

鵙 伯勞也从鳥狊聲 古闃切 䳢 鵙或从隹

鷚 天鸙也从鳥翏聲 力救切

鸒 卑居也从鳥與聲羊茹切

鷽 雗鷽山鵲知來事鳥也从鳥學省聲胡角切 雤 鷽或从隹

鷲 鳥黑色多子師曠曰南方有鳥名曰羌鷲黃頭赤目五色皆備从鳥就聲疾僦切

鴞 鴟鴞寧鴂也从鳥号聲于嬌切

鴂 寧鴂也从鳥夬聲古穴切

⿰祟鳥 鳥也从鳥祟聲辛聿切

鴋 澤虞也从鳥方聲分兩切

⿰截鳥 鳥也从鳥截聲子結切

⿰桼鳥 鳥也从鳥桼聲親吉切

鴩 鋪豉也从鳥失聲臣鉉等曰鋪豉鳥名徒結切

鶤 鶤雞也从鳥軍聲讀若運古渾切

⿰芺鳥 鳥也从鳥芺聲烏浩切

⿱臼鳥 鳥也从鳥臼聲居玉切

鷦 鷦⿰眇鳥桃蟲也从鳥焦聲即消切

⿰眇鳥 鷦⿰眇鳥也从鳥眇聲亡沼切

鶹 鳥少美長醜爲鶹離从鳥畱聲力求切

⿰堇鳥 鳥也从鳥堇聲那干切 難 ⿰堇鳥或从隹 古文⿰堇鳥 古文⿰堇鳥 古文⿰堇鳥

鶨 欺老也从鳥彖聲丑絹切

⿰兌鳥 鳥也从鳥說省聲弋雪切

⿰主鳥 鳥也从鳥主聲天口切

⿰昏鳥 鳥也从鳥昏聲武巾切

鷯 刀鷯剖葦食其中蟲从鳥尞聲洛簫切

鶠 鳥也其雌皇从鳥匽聲一曰鳳皇也於幰切

鴲 瞑鴲也从鳥旨聲旨夷切

鵅 烏鸔也从鳥各聲盧各切

鸔 烏鸔也从鳥暴聲蒲木切

鶴 鳴九皋聲聞于天从鳥隺聲下各切

鷺 白鷺也从鳥路聲洛故切

鵠 鴻鵠也从鳥告聲胡沃切

鴻 鴻鵠也从鳥江聲戸工切

⿰尗鳥 禿⿰尗鳥也从鳥尗聲臣鉉等曰尗非聲未詳七由切 鶖 ⿰尗鳥或从秋

鴛 鴛鴦也从鳥夗聲於袁切

鴦 鴛鴦也从鳥央聲於良切

鵽 鵽鳩也从鳥叕聲丁刮切

鵱 蔞鵱也从鳥坴聲力竹切

鴚 鴚鵝也从鳥可聲古俄切

鵝 鴚鵝也从鳥我聲五何切

鴈　鵝也从鳥人厂聲臣鉉等曰从人从厂義無所取當从雁省聲五晏切

鶩　舒鳧也从鳥敄聲莫卜切

鷖　鳧屬从鳥殹聲詩曰鳧鷖在梁烏雞切

𪃍　𪃍𪈁鳧屬从鳥契聲古節切

𪈁　𪃍𪈁也从鳥辥聲魚列切

鸏　水鳥也从鳥蒙聲莫紅切

鷸　知天將雨鳥也从鳥矞聲禮記曰知天文者冠鷸余律切　鷸或从遹

鷿　鷿鷈也从鳥辟聲普擊切

鷈　鷿鷈也从鳥虒聲土雞切

鸕　鸕鷀也从鳥盧聲洛乎切

鷀　鸕鷀也从鳥兹聲疾之切

鷧　鷀也从鳥壹聲乙冀切

鴔　鴔鵖也从鳥乏聲平立切

鵖　鴔鵖也从鳥皀聲彼及切

鴇　鳥也肉出尺胾从鳥𠂤聲博好切　鴇或从包

鸈　雝鸈也从鳥渠聲彊魚切

鷗　水鴞也从鳥區聲烏侯切

䳊　鳥也从鳥犮聲讀若撥蒲達切

鷛　鳥也从鳥庸聲余封切

鶂　鳥也从鳥兒聲春秋傳曰六鶂退飛五歷切　鶂或从鬲　司馬相如說鶂从赤

鴺　鴺胡污澤也从鳥夷聲杜兮切　鴺或从弟

鴗　天狗也从鳥立聲力入切

鶬　麋鴰也从鳥倉聲七岡切　鶬或从隹

鴰　麋鴰也从鳥昏聲古活切

鵁　鵁鶄也从鳥交聲一曰鵁鸕也古肴切

鶄　鵁鶄也从鳥青聲子盈切

鳽　鵁鶄也从鳥幵聲古賢切

鱵　鱵鴜也从鳥箴聲職深切

鴜　鱵鴜也从鳥此聲即夷切

鷻　雕也从鳥敦聲詩曰匪鷻匪鳶度官切

鳶　鷙鳥也从鳥屰聲臣鉉等曰屰非聲一本从𠦝疑从崔省今俗別作鳶非是與專切

鷳　鴟也从鳥閒聲戶閒切

鷂　鷙鳥也从鳥䍃聲弋笑切

鷢　白鷢王鴡也从鳥厥聲居月切

鴡　王鴡也从鳥且聲七余切

鸛　鸛專畐蹂如誰短尾射之銜矢射人从鳥雚聲呼官切

鸇　鷐風也从鳥亶聲諸延切　籀文鸇从廛

鷐　鷐風也从鳥晨聲植鄰切

鷙 擊殺鳥也从鳥執聲 脂利切

鴥 鸇飛皃从鳥穴聲詩曰鴥彼晨風 余律切

鶯 鳥也从鳥𤇾省聲詩曰有鶯其羽 烏莖切

鴝 鴝鵒也从鳥句聲 其俱切

鵒 鴝鵒也从鳥谷聲古者鴝鵒不踰泲 余蜀切 鵒或从隹从臾

鷩 赤雉也从鳥敝聲周禮曰孤服鷩冕 并列切

鵔 鵔鸃鷩也从鳥夋聲 私閏切

鸃 鵔鸃也从鳥義聲秦漢之初侍中冠鵔鸃冠 魚羈切

⿰啇鳥 雉屬戇鳥也从鳥適省聲 都歷切

鶡 似雉出上黨从鳥曷聲 胡割切

鴧 鳥似鶡而青出羌中从鳥介聲 古拜切

鸚 鸚䳇能言鳥也从鳥嬰聲 烏莖切

䳇 鸚䳇也从鳥母聲 文甫切

鷮 走鳴長尾雉也乘輿以爲防釳著馬頭上从鳥喬聲 巨嬌切

鷕 雌雉鳴也从鳥唯聲詩曰有鷕雉鳴 以沼切

鸓 鼠形飛走且乳之鳥也从鳥畾聲 力軌切 籒文鸓

鶾 雉肥鶾音者也从鳥倝聲魯郊以丹雞祝曰以斯鶾音赤羽去魯侯之咎 侯幹切

鴳 雇也从鳥安聲 烏諫切

鴆 毒鳥也从鳥冘聲一名運日 直禁切

鷇 鳥子生哺者从鳥𣪊聲 口豆切

鳴 鳥聲也从鳥从口 武兵切

鶱 飛皃从鳥寒省聲 虛言切

鳻 鳥聚皃一曰飛皃从鳥分聲 府文切

文百十六　重十九

鷓 鷓鴣鳥名从鳥庶聲 之夜切

鴣 鷓鴣也从鳥古聲 古乎切

鴨 鶩也俗謂之鴨从鳥甲聲 烏狎切

鶒 𪄠鶒水鳥从鳥式聲 恥力切

文四　新附

烏 孝鳥也象形孔子曰烏盱呼也取其助气故以爲烏呼凡烏之屬皆从烏 哀都切臣鉉等曰今俗作嗚非是 古文烏象形 象古文烏省

舄 䧿也象形 七雀切 篆文舄从隹𦣻

焉 焉鳥黃色出於江淮象形凡字朋者羽蟲之屬烏者日中之禽舄者知太歲之所在燕者請子之候作巢避戊己所貿者故皆象形焉亦是也 有乾切

文三　重三

說文解字弟四上

說文解字弟四下

漢太尉祭酒許愼記

宋右散騎常侍徐鉉等校定

華 箕屬所以推棄之器也象形凡華之屬皆从華官溥說北潘切

畢 田罔也从華象畢形微也或曰由聲臣鉉等曰由音弗畢吉切

糞 棄除也从廾推華棄釆也官溥說似米而非米者矢字方問切

棄 捐也从廾推華棄之从𠫓𠫓逆子也臣鉉等曰𠫓他忽切詰利切

古文棄 籀文棄

文四 重二

冓 交積材也象對交之形凡冓之屬皆从冓古候切

再 一舉而二也从冓省作代切

爯 并舉也从爪冓省處陵切

文三

幺 小也象子初生之形凡幺之屬皆从幺於堯切

幼 少也从幺从力伊謬切

文二

麼 細也从幺麻聲亡果切

文一 新附

丝 𢆶 微也从二幺凡𢆶之屬皆从𢆶 於虯切

幽 幽 隱也从山中𢆶𢆶亦聲 於虯切

幾 幾 微也殆也从𢆶从戍戍兵守也𢆶而兵守者危也 居衣切

文三

叀 叀 專小謹也从幺省屮財見也屮亦聲凡叀之屬皆从
叀 職緣切 𠀆 古文叀 𢆸 亦古文叀

惠 惠 仁也从心从叀 徐鍇曰爲惠者心專也 胡桂切 𢝊 古文惠从芔

疐 疐 礙不行也从叀引而止之也叀者如叀馬之鼻从此
與牽同意 陟利切

文三　重三

玄 玄 幽遠也黑而有赤色者爲玄象幽而入覆之也凡玄
之屬皆从玄 胡涓切 𢆯 古文玄

文二　重一

兹 兹 黑也从二玄春秋傳曰何故使吾水兹 子之切

玈 玈 黑色也从玄旅省聲義當用黸 洛乎切

文一　新附

予 予 推予也象相予之形凡予之屬皆从予 余呂切

舒 舒 伸也从舍从予予亦聲一曰舒緩也 傷魚切

幻 幻 相詐惑也从反予周書曰無或譸張爲幻 胡辦切

文三

放 放 逐也从攴方聲凡放之屬皆从放 甫妄切

敖 敖 出游也从出从放 五牢切

敫 敫 光景流也从白从放讀若龠 以灼切

文三

𠬪 𠬪 物落上下相付也从爪从又凡𠬪之屬皆从𠬪讀若
詩摽有梅 平小切

爰 爰 引也从𠬪从于籒文以爲車轅字 羽元切

𤔔 𤔔 治也幺子相亂𠬪治之也讀若亂同一曰理也 徐鍇曰
冂坰也界也 郎段切 𤔔 古文𤔔

受 受 相付也从𠬪舟省聲 殖酉切

𠬸 𠬸 撮也从𠬪从己 臣鉉等曰己者物也又爪撮取之指事 力輟切

爭 爭 引也从𠬪厂 臣鉉等曰厂音曳𠬪二手也而曳之爭之道也 側莖切

𤔌 𤔌 所依據也从𠬪工讀與隱同 於謹切

寽 寽 五指持也从𠬪一聲讀若律 呂戌切

𠭡 𠭡 進取也从𠬪古聲 古覽切 𣪏 籒文𠭡 𠭥 古文𠭡

文九　重三

𣦼 𣦼 殘穿也从又从歺凡𣦼之屬皆从𣦼讀若殘 昨干切

叡 叡 溝也从𣦼从谷讀若郝 呼各切 壑 叡或从土

𣦻 𣦻 𣦼探堅意也从𣦼从貝貝堅寶也讀若概 古代切

𣦸 坑也从𣦼从井井亦聲疾正切

叡 深明也通也从𣦼从目从谷省以芮切 𥈠古文叡

壡籀文叡从土

文五　重三

歺 列骨之殘也从半冎凡歺之屬皆从歺讀若蘖岸之蘖徐鍇曰冎剔肉置骨也歺殘骨也故从半冎臣鉉等曰義不應有中一秦刻石文有之五割切 𣦵古文歺

𣧌 病也从歺委聲於爲切

𣨙 瞀也从歺昏聲呼昆切

殰 胎敗也从歺賣聲徒谷切

歾 終也从歺勿聲莫勃切 𣩠歾或从叟

𣨛 大夫死曰𣨛从歺卒聲子聿切

殊 死也从歺朱聲漢令曰蠻夷長有罪當殊之市朱切

殟 胎敗也从歺𥁑聲烏沒切

殤 不成人也人年十九至十六死爲長殤十五至十二死爲中殤十一至八歲死爲下殤从歺傷省聲式陽切

殂 往死也从歺且聲虞書曰勛乃殂昨胡切 𣨏古文殂从歺从作

殛 殊也从歺亟聲虞書曰殛鯀于羽山已力切

殪 死也从歺壹聲於計切 𣩘古文殪从死

𣩵 死宗𣩵也从歺莫聲莫各切

殯 死在棺將遷葬柩賓遇之从歺从賓賓亦聲夏后殯於阼階殷人殯於兩楹之間周人殯於賓階必刃切

殔 瘞也从歺隶聲羊至切

殣 道中死人人所覆也从歺堇聲詩曰行有死人尚或殣之渠吝切

殠 腐气也从歺臭聲尺救切

殨 爛也从歺貴聲胡對切

𣦹 腐也从歺丂聲許久切 𣏌𣦹或从木

殆 危也从歺台聲徒亥切

殃 咎也从歺央聲於良切

殘 賊也从歺戔聲昨干切

殄 盡也从歺㐱聲徒典切 𠃉古文殄如此

殲 微盡也从歺韱聲春秋傳曰齊人殲于遂子廉切

殫 殛盡也从歺單聲都寒切

殬 敗也从歺睪聲商書曰彝倫攸殬當故切

㱻 畜產疫病也从歺从羸郎果切

㱖 殺羊出其胎也从歺豈聲五來切

𣧽 禽獸所食餘也从歺从肉昨干切

殖 脂膏久殖也从歺直聲常職切

殆　枯也从歺古聲苦孤切

殑　棄也从歺奇聲俗語謂死曰大殑去其切

文三十二　重六

死　澌也人所離也从歺从人凡死之屬皆从死息姊切

古文死如此

薨　公侯⿰女卒也从死瞢省聲呼肱切

薧　死人里也从死蒿省聲呼毛切

㱙　戰見血曰傷亂或爲惛死而復生爲㱙从死次聲咨四切

文四　重一

冎　剔人肉置其骨也象形頭隆骨也凡冎之屬皆从冎古瓦切

別　分解也从冎从刀憑列切

脾　別也从冎卑聲讀若罷府移切

文三

骨　肉之覈也从冎有肉凡骨之屬皆从骨古忽切

髑　髑髏頂也从骨蜀聲徒谷切

髏　髑髏也从骨婁聲洛侯切

髆　肩甲也从骨尃聲補各切

髃　肩前也从骨禺聲午口切

骿　并脅也从骨并聲晉文公骿脅臣鉉等曰骿胝字同今別作胼非部田切

髀　股也从骨卑聲并弭切　古文髀

髁　髀骨也从骨果聲苦臥切

⿰骨厥　臀骨也从骨厥聲居月切

髖　髀上也从骨寬聲苦官切

髕　厀耑也从骨賓聲毗忍切

䯏　骨耑也从骨昏聲古活切

⿰骨貴　厀脛間骨也从骨貴聲丘媿切

骹　脛也从骨交聲口交切

骭　骹也从骨干聲古案切

骸　脛骨也从骨亥聲戶皆切

髓　骨中脂也从骨隓聲息委切

䯝　骨閒黃汁也从骨易聲讀若易曰夕惕若厲他歷切

體　總十二屬也从骨豊聲他禮切

髍　㾐病也从骨麻聲莫鄱切

骾　食骨留咽中也从骨㪅聲古杏切

骼　禽獸之骨曰骼从骨各聲古覈切

骴　鳥獸殘骨曰骴骴可惡也从骨此聲明堂月令曰掩骼薶骴　骴或从肉資四切

骫　骨耑骫奊也从骨丸聲於詭切

䯤 骨擿之可會髮者从骨會聲詩曰䯤弁如星 古外切

文二十五　重一

肉 裁肉象形凡肉之屬皆从肉 如六切

腜 婦始孕腜兆也从肉某聲 莫桮切

肧 婦孕一月也从肉不聲 匹桮切

胎 婦孕三月也从肉台聲 土來切

肌 肉也从肉几聲 居夷切

臚 皮也从肉盧聲 力居切 籀文臚

肫 面頯也从肉屯聲 章倫切

䐀 頰肉也从肉幾聲讀若畿 居衣切

脣 口耑也从肉辰聲 食倫切 古文脣从頁

脰 項也从肉豆聲 徒候切

肓 心上鬲下也从肉亡聲春秋傳曰病在肓之下 呼光切

腎 水藏也从肉臤聲 時忍切

肺 金藏也从肉市聲 芳吠切

脾 土藏也从肉卑聲 符支切

肝 木藏也从肉干聲 古寒切

膽 連肝之府从肉詹聲 都敢切

胃 穀府也从肉圂象形 云貴切

脬 膀光也从肉孚聲 匹交切

腸 大小腸也从肉昜聲 直良切

膏 肥也从肉高聲 古勞切

肪 肥也从肉方聲 甫良切

膺 匈也从肉𤸰聲 於陵切

肊 匈骨也从肉乙聲 於力切 肊或从意

背 脊也从肉北聲 補妹切

脅 兩膀也从肉劦聲 虛業切

膀 脅也从肉旁聲 步光切 膀或从骨

脟 脅肉也从肉寽聲一曰脟腸閒肥也一曰膫也 力輟切

肋 脅骨也从肉力聲 盧則切

胂 夾脊肉也从肉申聲 矢人切

脢 背肉也从肉每聲易曰咸其脢 莫桮切

肩 髆也从肉象形 古賢切 俗肩从戶

胳 亦下也从肉各聲 古洛切

胠 亦下也从肉去聲 去劫切

臂 手上也从肉辟聲 卑義切

臑 臂羊矢也从肉需聲讀若襦 那到切

肘 臂節也从肉从寸寸手寸口也 陟柳切

䐡 朏䐡也从肉齊聲 徂兮切

腹 厚也从肉复聲 方六切

腴 腹下肥也从肉臾聲羊朱切

脽 屍也从肉隹聲示隹切

⿰月夬 孔也从肉決省聲讀若決水之決古穴切

胯 股也从肉夸聲苦故切

股 髀也从肉殳聲公戶切

腳 脛也从肉卻聲居勺切

脛 胻也从肉巠聲胡定切

胻 脛耑也从肉行聲戶更切

腓 脛腨也从肉非聲符飛切

腨 腓腸也从肉耑聲市沇切

胑 體四胑也从肉只聲章移切　胑或从支

胲 足大指毛也从肉亥聲古哀切

肖 骨肉相似也从肉小聲不似其先故曰不肖也私妙切

胤 子孫相承續也从肉从八象其長也从幺象重累也羊晉切　古文胤

胄 胤也从肉由聲直又切

肸 振肸也从肉八聲許訖切

膻 肉膻也从肉亶聲詩曰膻裼暴虎徒旱切

䐞 益州鄙言人盛諱其肥謂之䐞从肉襄聲如兩切

⿰月皆 臞也从肉皆聲古諧切

臞 少肉也从肉瞿聲其俱切

脫 消肉臞也从肉兌聲徒活切

脙 齊人謂臞脙也从肉求聲讀若休止巨鳩切

臠 臞也从肉䜌聲一曰切肉臠也詩曰棘人臠臠兮力沇切

膌 瘦也从肉脊聲資昔切　古文膌从疒从朿朿亦聲

⿱丞肉 騃也从肉丞聲讀若丞署陵切

胗 脣瘍也从肉㐱聲之忍切　籒文胗从疒

腄 瘢胝也从肉垂聲竹垂切

胝 腄也从肉氐聲竹尼切

肬 贅也从肉尤聲羽求切　籒文肬从黑

肒 搔生創也从肉丸聲胡岸切

腫 癰也从肉重聲之隴切

胅 骨差也从肉失聲讀與跌同徒結切

脪 創肉反出也从肉希聲香近切

⿰月引 瘢也从肉引聲一曰遽也羊晉切

臘 冬至後三戌臘祭百神从肉巤聲盧盍切

膢 楚俗以二月祭飲食也从肉婁聲一曰祈穀食新曰離膢力俱切

朓 祭也从肉兆聲土了切

胙 祭福肉也从肉乍聲臣鉉等曰今俗別作祚非是昨誤切

隋 裂肉也从肉从隓省徒果切

膳 具食也从肉善聲常衍切

腬 嘉善肉也从肉柔聲耳由切

肴 啖也从肉爻聲徐鍇曰謂已修庖之可食也胡茅切

腆 設膳腆腆多也从肉典聲他典切 古文腆

腯 牛羊曰肥豕曰腯从肉盾聲他骨切

䏟 肥肉也从肉必聲蒲結切

胡 牛顄垂也从肉古聲戶孤切

胘 牛百葉也从肉弦省聲胡田切

膍 牛百葉也从肉𣬉聲一曰鳥膍胵房脂切 膍或从比

胵 鳥胃也从肉至聲一曰胵五藏總名也處脂切

膘 牛脅後髀前合革肉也从肉㶾聲讀若繇敷紹切

𦞦 血祭肉也从肉帥聲呂戌切 𦞦或从率

膫 牛腸脂也从肉尞聲詩曰取其血膫洛蕭切 膫或从勞省聲

脯 乾肉也从肉甫聲方武切

脩 脯也从肉攸聲息流切

膎 脯也从肉奚聲戶皆切

脼 膎肉也从肉兩聲良奬切

膊 薄脯膊之屋上从肉尃聲匹各切

脘 胃府也从肉完聲讀若患舊云脯古卵切

朐 脯挺也从肉句聲其俱切

膴 無骨腊也楊雄說鳥腊也从肉無聲周禮有膴判讀若謨荒烏切

胥 蟹醢也从肉疋聲相居切

腒 北方謂鳥腊曰腒从肉居聲傳曰堯如腊舜如腒九魚切

肍 孰肉醬也从肉九聲讀若舊巨鳩切

䐹 乾魚尾䐹䐹也从肉肅聲周禮有腒䐹所鳩切

腝 有骨醢也从肉耎聲人移切 腝或从難

脠 生肉醬也从肉延聲丑連切

䏽 豕肉醬也从肉否聲薄口切

胹 爛也从肉而聲如之切

䐣 切孰肉內於血中和也从肉㒷聲讀若遜穌本切

胜 犬膏臭也从肉生聲一曰不孰也桑經切

臊 豕膏臭也从肉喿聲穌遭切

膮 豕肉羹也从肉堯聲許幺切

腥 星見食豕令肉中生小息肉也从肉从星星亦聲穌佞切

切

脂　戴角者脂無角者膏从肉旨聲旨夷切

䐿　膋也从肉𧴪聲穌果切

膩　上肥也从肉貳聲女利切

膜　肉閒胲膜也从肉莫聲慕各切

䐞　肉表革裏也从肉弱聲而勺切

臛　肉羹也从肉隺聲呼各切

膹　臛也从肉賁聲房吻切

臇　臛也从肉雋聲讀若纂子沇切　𤎩　臇或从火巽

胾　大臠也从肉𢦏聲側吏切

䐑　薄切肉也从肉枼聲直葉切

膾　細切肉也从肉會聲古外切

腌　漬肉也从肉奄聲於業切

脃　小耎易斷也从肉从絕省此芮切

膬　耎易破也从肉毳聲七絕切

散　雜肉也从肉㪔聲穌旰切

膞　切肉也从肉專聲市沇切

腏　挑取骨閒肉也从肉叕聲讀若詩曰啜其泣矣陟劣切

𦚻　食所遺也从肉仕聲易曰噬乾𦚻阻史切　胏　楊雄說𦚻从𠂔

䐄　食肉不猒也从肉臽聲讀若陷戶猪切

肰　犬肉也从犬肉讀若然如延切　古文肰　亦古文肰

文肰

䐜　起也从肉眞聲昌眞切

肬　肉汁滓也从肉冘聲他感切

膠　昵也作之以皮从肉翏聲古肴切

𦝫　或曰嘼名象形闕郎果切

胆　蝇乳肉中也从肉且聲七余切

肙　小蟲也从肉口聲一曰空也烏玄切臣鉉等曰口音韋

腐　爛也从肉府聲扶雨切

肎　骨閒肉肎肎箸也从肉从冎省一曰骨無肉也苦等切

古文肎

肥　多肉也从肉从卪臣鉉等曰肉不可過多故从卪符非切

文一百四十　重二十

䏿　肥腸也从肉啓省聲康禮切

朘　赤子陰也从肉夋聲或从血子回切

腔　內空也从肉从空空亦聲苦江切

朐　朐䏰蟲名漢中有朐䏰縣地下多此蟲因以爲名从肉旬聲考其義當作潤蠢如順切

䏰　朐䏰也从肉忍聲尺尹切

文五　新附

筋　肉之力也从力从肉从竹竹物之多筋者凡筋之屬皆从筋居銀切

笏　筋之本也从筋从夗省聲渠建切　笏或从肉建

䈆　手足指節鳴也从筋省勺聲北角切　䈆或省竹

文三　重三

刀　兵也象形凡刀之屬皆从刀都牢切

刀握也从刀缶聲方九切

㓵　刀劍刃也从刀咢聲臣鉉等曰今俗作鍔非是五各切　籒文㓵从㓞从各

削　鞞也一曰析也从刀肖聲息約切

鎌也从刀句聲古侯切

剴　大鎌也一曰摩也从刀豈聲五來切

剞　剞剧曲刀也从刀奇聲居綺切

剧　剞剧也从刀屈聲九勿切

利　銛也从刀和然後利从和省易曰利者義之和也力至切　古文利

剡　銳利也从刀炎聲以冉切

初　始也从刀从衣裁衣之始也楚居切

前　齊斷也从刀歬聲子善切

則　等畫物也从刀从貝貝古之物貨也子德切　古文則　亦古文則　籒文則从鼎

剛　彊斷也从刀岡聲古郎切　古文剛如此

剬　斷齊也从刀耑聲旨兖切

劊　斷也从刀會聲古外切

切　刌也从刀七聲千結切

刌　切也从刀寸聲倉本切

斷也从刀辥聲私列切

刉　劃傷也从刀气聲一曰斷也又讀若磑一曰刀不利於瓦石上刉之古外切

劌　利傷也从刀歲聲居衞切

刻　鏤也从刀亥聲苦得切

副　判也从刀畐聲周禮曰副辜祭芳逼切　籒文副

剖　判也从刀咅聲浦后切

辨　判也从刀辡聲蒲莧切

判　分也从刀半聲普半切

剫　判也从刀度聲徒洛切

刳　判也从刀夸聲苦孤切

列　分解也从刀𡿪聲良薛切

刊　剟也从刀干聲苦寒切

剟　刊也从刀叕聲陟劣切

刪　剟也从刀冊冊書也　所姦切
劈　破也从刀辟聲　普擊切
剝　裂也从刀从彔彔刻割也彔亦聲　北角切　𠛛　剝或从卜
割　剝也从刀害聲　古達切
𠝹　剝也劃也从刀𠇍聲　里之切
劃　錐刀曰劃从刀从畫畫亦聲　呼麥切
㓩　挑取也从刀肙聲一曰窐也　烏玄切
劀　刮去惡創肉也从刀矞聲周禮曰劀殺之齊　古鎋切
劑　齊也从刀从齊齊亦聲　在詣切

說文四下　刀部　六

刷　刮也从刀㕞省聲禮布刷巾　所劣切
刮　掊把也从刀𠯑聲　古八切
剽　砭刺也从刀㶾聲一曰剽劫人也　匹妙切
刲　刺也从刀圭聲易曰士刲羊　苦圭切
剉　折傷也从刀坐聲　麤臥切
劋　絕也从刀喿聲周書曰天用劋絕其命　子小切
刖　絕也从刀月聲　魚厥切
刜　擊也从刀弗聲　分勿切
𠜱　傷也从刀桼聲　親結切
劖　斷也从刀毚聲一曰剽也釗也　鉏銜切

刓　剸也从刀元聲一曰齊也　五丸切
釗　刓也从刀从金周康王名　止遙切
制　裁也从刀从未未物成有滋味可裁斷一曰止也　征例切　𠛐　古文制如此
㓠　缺也从刀占聲詩曰白圭之㓠　丁念切
罰　辠之小者从刀从詈未以刀有所賊但持刀罵詈則應罰　房越切
刵　斷耳也从刀从耳　仍吏切
劓　刑鼻也从刀臬聲易曰天且劓　魚器切　㓷　劓或从鼻
刑　剄也从刀幵聲　戶經切

說文四下　刀部　九

剄　刑也从刀巠聲　古零切
㔋　減也从刀尊聲　茲損切
魝　楚人謂治魚也从刀从魚讀若鍥　古屑切
券　契也从刀𢍏聲券別之書以刀判契其旁故曰契券　去願切
刺　君殺大夫曰刺刺直傷也从刀从朿朿亦聲　七賜切
剔　解骨也从刀易聲　他歷切

文六十二　重九

刎　剄也从刀勿聲　武粉切
剜　削也从刀宛聲　一丸切

劇　尤甚也从刀未詳豦聲渠力切

刹　柱也从刀未詳殺省聲初轄切

文四　新附

刃　刀堅也象刀有刃之形凡刃之屬皆从刃而振切

刅　傷也从刃从一楚良切　創　或从刀倉聲臣鉉等曰今俗別作瘡非是也

劒　人所帶兵也从刃僉聲居欠切　劍　籒文劒从刀

文三　重二

㓞　巧㓞也从刀丯聲凡㓞之屬皆从㓞恪八切

契　齘契刮也从㓞夬聲一曰契畫堅也古黠切

說文四下　刀部　刃部　㓞部　丯部　耒部　廿

栔　刻也从㓞从木苦計切

文三

丯　艸蔡也象艸生之散亂也凡丯之屬皆从丯讀若介古拜切

格　枝格也从丯各聲古百切

文二

耒　手耕曲木也从木推丯古者垂作耒梠以振民也凡耒之屬皆从耒盧對切

耕　犂也从耒井聲一曰古者井田古莖切

耦　耒廣五寸爲伐二伐爲耦从耒禺聲五口切

耤　帝耤千畝也古者使民如借故謂之耤从耒昔聲秦昔切

𦓼　冊叉可以劃麥河内用之从耒圭聲古攜切

䎣　除苗間穢也从耒員聲羽文切　䢵　䎣或从芸

耡　商人七十而耡耡耤税也从耒助聲周禮曰以興耡利萌牀倨切

文七　重一

角　獸角也象形角與刀魚相似凡角之屬皆从角古岳切

𧥄　揮角皃从角雚聲梁隱縣有雚亭又讀若縕況袁切

觻　角也从角樂聲張掖有觻得縣盧谷切

說文四下　耒部　角部　廿一

䚡　角中骨也从角思聲穌來切

觠　曲角也从角类聲巨員切

觬　角觬曲也从角兒聲西河有觬氏縣研啓切

觢　一角仰也从角㓞聲易曰其牛觢臣鉉等曰當从契省乃得聲尺制切

䚦　角傾也从角虒聲敕豕切

觭　角一俛一仰也从角奇聲去奇切

觓　角皃从角丩聲詩曰兕觵其觓渠幽切

䚹　角曲中也从角畏聲烏賄切

𧢳　角長皃从角爿聲士角切

𧤛　角有所觸發也从角厥聲居月切

觸 抵也从角蜀聲 尺玉切

觲 用角低仰便也从羊牛角詩曰觲觲角弓 息營切

䚗 舉角也从角公聲 古雙切

觷 治角也从角學省聲 胡角切

衡 牛觸橫大木其角从角从大行聲詩曰設其楅衡 戶庚切 㮕古文衡如此

𧣾 角𧣾獸也狀似豕角善爲弓出胡休多國从角耑聲 多官切

觰 觰拏獸也从角者聲一曰下大者也 陟加切

觤 羊角不齊也从角危聲 過委切

觟 牝牂羊生角者也从角圭聲 下瓦切

觡 骨角之名也从角各聲 古百切

觜 鴟舊頭上角觜也一曰觜觿也从角此聲 遵爲切

解 判也从刀判牛角一曰解廌獸也 佳買切又戶賣切

觿 佩角銳耑可以解結从角巂聲詩曰童子佩觿 戶圭切

觵 兕牛角可以飲者也从角黃聲其狀觵觵故謂之觵 古橫切 觥俗觵从光

觶 鄉飲酒角也禮曰一人洗舉觶觶受四升从角單聲 臣鉉等曰當从戰省乃得聲之義 𧣮觶或从辰 觗禮經觶

觛 小觶也从角旦聲 徒旱切

觴 觶實曰觴虛曰觶从角𥏻省聲 式陽切 𧢼籒文觴从爵省

觚 鄉飲酒之爵也一曰觴受三升者謂之觚从角瓜聲 古乎切

𧢲 角匕也从角亘聲讀若讙 臣鉉等曰亘音宣俗作古鄧切篆文有異況袁切

𧤟 杖耑角也从角敫聲 胡狄切

觼 環之有舌者从角夐聲 古穴切 鐍觼或从金矞

䚥 調弓也从角弱省聲 於角切

䚨 𩿨射收繳具也从角發聲 方肺切

䚰 𩿨射收繳具从角酋聲讀若鰌 字秋切

觳 盛觵卮也一曰射具从角殼聲讀若斛 胡谷切

觱 羌人所吹角屠觱以驚馬也从角𤇾聲𤇾古文誖字 卑吉切

文三十九　重六

說文解字弟四下

說文解字弟五上

漢太尉祭酒許愼記

宋右散騎常侍徐鉉等校定

六十三部　五百二十七文　重百二十二

凡七千二百七十三字

文十五新附

竹　冬生艸也象形下垂者箁箬也凡竹之屬皆从竹陟玉切

箭　矢也从竹前聲子賤切

箘　箘簬也从竹囷聲一曰博棊也渠隕切

簬　箘簬也从竹路聲夏書曰惟箘簬楛洛故切　古文簬从輅

筱　箭屬小竹也从竹攸聲先杳切

簜　大竹也从竹湯聲夏書曰瑤琨筱簜簜可爲幹筱可爲矢徒朗切

䉚　竹也从竹微聲無非切　籒文从微省

筍　竹胎也从竹旬聲思允切

箈　竹萌也从竹怠聲徒哀切

箁　竹箬也从竹音聲薄侯切

箬　楚謂竹皮曰箬从竹若聲而勺切

節　竹約也从竹即聲子結切

筡　折竹笢也从竹余聲讀若絮同都切

𥳓　筡也从竹爲聲武移切

笢　竹膚也从竹民聲武盡切

笨　竹裏也从竹本聲布忖切

䈵　竹皃从竹翁聲烏紅切

篸　差也从竹參聲所今切

篆　引書也从竹彖聲持兖切

籀　讀書也从竹擂聲春秋傳曰卜籒云直又切

篇　書也一曰關西謂榜曰篇从竹扁聲芳連切

籍　簿書也从竹耤聲秦昔切

篁　竹田也从竹皇聲戶光切

䈙　剖竹未去節謂之䈙从竹將聲即兩切

𥳊　籥也从竹枼聲與接切

籥　書僮竹笘也从竹龠聲以灼切

䉬　竹聲也从竹劉聲力求切

簡　牒也从竹閒聲古限切

笐　竹列也从竹亢聲古郎切

篰　𦿆爰也从竹部聲薄口切

等　齊簡也从竹从寺寺官曹之等平也多肯切

範　法也从竹竹簡書也氾聲古法有竹刑 防𢒊切

箋　表識書也从竹戔聲 則前切

符　信也漢制以竹長六寸分而相合从竹付聲 防無切

筮　易卦用蓍也从竹从𢍰𢍰古文巫字 時制切

笄　簪也从竹幵聲 古兮切

𥰭　取蟣比也从竹𦣞聲 居之切

籆　收絲者也从竹蒦聲 王縛切　𧤗 籆或从角从閒

筳　維絲筦也从竹廷聲 特丁切

筦　筟也从竹完聲 古滿切

筟　筳也从竹孚聲讀若春秋魯公子彄 芳無切

笮　迫也在瓦之下棼上从竹乍聲 阻厄切

簾　堂簾也从竹廉聲 力鹽切

簀　牀棧也从竹責聲 阻厄切

笫　牀簀也从竹𠂔聲 阻史切

筵　竹席也从竹延聲周禮曰度堂以筵筵一丈 以然切

簟　竹席也从竹覃聲 徒念切

籧　籧篨粗竹席也从竹遽聲 彊魚切

篨　籧篨也从竹除聲 直魚切

籭　竹器也可以取粗去細从竹麗聲 所宜切

籓　大箕也从竹潘聲一曰蔽也 甫煩切

籅　漉米籔也从竹奥聲 於六切

籔　炊籅也从竹數聲 蘇后切

箅　蔽也所以蔽甑底从竹畀聲 必至切

𥳓　飯筥也受五升从竹稍聲秦謂筥曰𥳓 山樞切

𥲍　陳留謂飯帚曰𥳓从竹捎聲一曰飯器容五升一曰宋魏謂箸筩爲𥳓 所交切

筥　𥳓也从竹呂聲 居許切

笥　飯及衣之器也从竹司聲 相吏切

簞　笥也从竹單聲漢律令簞小筐也傳曰簞食壺漿 都寒切

簁　簁箄竹器也从竹徙聲 所綺切

箄　簁箄也从竹卑聲 并弭切

篿　圜竹器也从竹專聲 度官切

箸　飯攲也从竹者聲 陟慮切又遲倨切

簍　竹籠也从竹婁聲 洛侯切

筤　籃也从竹良聲 盧黨切

籃　大篝也从竹監聲 魯甘切　𥫗 古文籃如此

篝　客也可熏衣从竹冓聲宋楚謂竹篝牆以居也 古侯切

笿　桮笿也从竹各聲 盧各切

𥬠　桮笿也从竹夅聲或曰盛箸籠 古送切

籢　鏡籢也从竹斂聲力鹽切

籫　竹器也从竹贊聲讀若纂一曰叢作管切

籯　笭也从竹嬴聲以成切

𥳑　竹器也从竹刪聲蘇旰切

簋　黍稷方器也从竹从皿从皀居洧切　古文簋从匚飢　古文簋或从軌　亦古文簋

簠　黍稷圜器也从竹从皿甫聲方矩切　古文簠从匚从夫

籩　竹豆也从竹邊聲布玄切　籒文籩

𥬞　篅也从竹屯聲徒損切

篅　以判竹圜以盛穀也从竹耑聲市緣切

簏　竹高篋也从竹鹿聲盧谷切　簏或从录

簜　大竹筩也从竹昜聲徒朗切

筩　斷竹也从竹甬聲徒紅切

箯　竹輿也从竹便聲旁連切

笯　鳥籠也从竹奴聲乃故切

竿　竹梃也从竹干聲古寒切

籗　罩魚者也从竹靃聲竹角切　籗或省

箇　竹枚也从竹固聲古賀切

筊　竹索也从竹交聲胡茅切

筰　筊也从竹作聲在各切

𥲤　蔽絮簀也从竹沾聲讀若錢昨鹽切

箑　扇也从竹疌聲山洽切　箑或从妾

籠　舉土器也一曰笭也从竹龍聲盧紅切

䉶　袌也从竹襄聲如兩切

𥫩　可以收繩也从竹象形中象人手所推握也胡誤切　互　𥫩或省

簝　宗廟盛肉竹器也从竹尞聲周禮供盆簝以待事洛蕭切

𥵒　飲牛筐也从竹豦聲方曰筐圜曰𥵒居許切

篼　飲馬器也从竹兜聲當侯切

籚　積竹矛戟矜也从竹盧聲春秋國語曰朱儒扶籚洛乎切

箝　籋也从竹拑聲巨淹切

籋　箝也从竹爾聲臣鉉等曰爾非聲未詳尼輒切

簦　笠蓋也从竹登聲都滕切

笠　簦無柄也从竹立聲力入切

箱　大車牝服也从竹相聲息良切

篚　車笭也从竹匪聲敷尾切

笭　車笭也从竹令聲一曰笭籯也郎丁切

⿱竹剡　搔馬也从竹剡聲 丑廉切

策　馬箠也从竹朿聲 楚革切

箠　擊馬也从竹垂聲 之壘切

⿱竹朵　箠也从竹朵聲 陟瓜切

笍　羊車騶箠也箸箴其耑長半分从竹内聲 陟衞切

籣　所以盛弩矢人所負也从竹闌聲 洛干切

箙　弩矢箙也从竹服聲周禮仲秋獻矢箙 房六切

⿱竹朱　棰雙也从竹朱聲 陟輸切

笘　折竹箠也从竹占聲潁川人名小兒所書寫爲笘 失廉切

笪　笞也从竹旦聲 當割切

笞　擊也从竹台聲 丑之切

籤　驗也一曰銳也貫也从竹韱聲 七廉切

⿱竹殿　榜也从竹殿聲 臣鉉等曰當从臀省聲 徒魂切

箴　綴衣箴也从竹咸聲 職深切

箾　以竿擊人也从竹削聲虞舜樂曰箾韶 所角切又音簫

竽　管三十六簧也从竹亏聲 羽俱切

笙　十三簧象鳳之身也笙正月之音物生故謂之笙大者謂之巢小者謂之和从竹生聲古者隨作笙 所庚切

簧　笙中簧也从竹黃聲古者女媧作簧 戶光切

⿱竹是　篪屬从竹是聲 是支切

簫　參差管樂象鳳之翼从竹肅聲 穌彫切

筒　通簫也从竹同聲 徒弄切

籟　三孔龠也大者謂之笙其中謂之籟小者謂之箹从竹賴聲 洛帶切

箹　小籟也从竹約聲 於角切

管　如篪六孔十二月之音物開地牙故謂之管从竹官聲 古滿切

琯　古者玉琯以玉舜之時西王母來獻其白琯前零陵文學姓奚於伶道舜祠下得笙玉琯夫以玉作音故神人以和鳳皇來儀也从玉官聲

篎　小管謂之篎从竹眇聲 亡沼切

笛　七孔筩也从竹由聲羌笛三孔 徐鍇曰當从胄省乃得聲 徒歷切

筑　以竹曲五弦之樂也从竹从巩巩持之也竹亦聲 張六切

箏　鼓弦竹身樂也从竹爭聲 側莖切

箛　吹鞭也从竹孤聲 古乎切

篍　吹筩也从竹秋聲 七肖切

籌　壺矢也从竹壽聲 直由切

簺　行棊相塞謂之簺从竹从塞塞亦聲 先代切

簙　局戲也六箸十二棊也从竹博聲古者烏胄作簙 補各切

切

篳 藩落也从竹畢聲春秋傳曰篳門圭窬 卑吉切

⿱竹愛 蔽不見也从竹愛聲 烏代切

⿱竹嚴 惟射所蔽者也从竹嚴聲 語杴切

篽 禁苑也从竹御聲春秋傳曰澤之目篽 魚舉切 䉛 篽或从又魚聲

筭 長六寸計歷數者从竹从弄言常弄乃不誤也 蘇貫切

算 數也从竹从具讀若筭 蘇管切

笑 此字本闕臣鉉等案孫愐唐韻引說文云喜也从竹从犬而不述其義今俗皆从犬又案李陽冰刊定說文从竹从夭義云竹得風其體夭屈如人之笑未知其審 私妙切

說文五上 竹部 九

文百四十四 重十五

簃 閣邊小屋也从竹移聲 說文通用誃 弋支切

筠 竹皮也从竹均聲 王春切

笏 公及士所搢也从竹勿聲案籀文作𦣻象形義云佩也古笏佩之此字後人所加 呼骨切

篦 導也今俗謂之篦从竹𣪘聲 邊兮切

篙 所以進船也从竹高聲 古牢切

文五 新附

箕 簸也从竹𠀠象形下其丌也凡箕之屬皆从箕 居之切 𠀠 古文箕省 亦古文箕 亦古文箕 亦古文箕 籀文箕 籀文箕

簸 揚米去糠也从箕皮聲 布火切

文二 重五

丌 下基也薦物之丌象形凡丌之屬皆从丌讀若箕同 居之切

迈 古之遒人以木鐸記詩言从辵从丌丌亦聲讀與記同 徐鍇曰遒人行而求之故从辵丌薦而進之於上也 居吏切

典 五帝之書也从冊在丌上尊閣之也莊都說典大冊也 多殄切 𠔤 古文典从竹

顨 巽也从丌从頭此易顨卦爲長女爲風者 臣鉉等曰頭之義亦選具也 蘇困切

說文五上 箕部 丌部 左部 十

畀 相付與之約在閣上也从丌甶聲 必至切

巽 具也从丌𢀳聲 臣鉉等曰庶物皆具丌以薦之 蘇困切 古文巽 篆文巽

奠 置祭也从酋酋酒也下其丌也禮有奠祭者 堂練切

文七 重三

左 手相左助也从𠂇工凡左之屬皆从左 臣鉉等曰今俗別作佐 則箇切

差 貳也差不相值也从左从𠂹 徐鍇曰左於事是不當值也 初牙切又楚佳切 籀文𢀩从二

文二 重一

工　巧飾也象人有規榘也與巫同意凡工之屬皆从工 徐鍇曰爲巧必遵規矩法度然後爲工否則目巧也巫事無形失在於詭亦當遵規榘故曰與巫同意 古紅切 古文工从彡

式　法也从工弋聲 賞職切

巧　技也从工丂聲 苦絞切

巨　規巨也从工象手持之 其呂切 榘 巨或从木矢矢者其中正也 古文巨

文四　重三

㠭　極巧視之也从四工凡㠭之屬皆从㠭 知衍切

𡪔　窒也从㠭从廾窒宀中㠭猶齊也 穌則切

文二

巫　祝也女能事無形以舞降神者也象人兩褎舞形與工同意古者巫咸初作巫凡巫之屬皆从巫 武扶切 古文巫

覡　能齋肅事神明也在男曰覡在女曰巫从巫从見 徐鍇曰能見神也 胡狄切

文二　重一

甘　美也从口含一一道也凡甘之屬皆从甘 古三切

甛　美也从甘从舌舌知甘者 徒兼切

㽌　和也从甘从麻麻調也甘亦聲讀若函 古三切

猒　飽也从甘从肰 於鹽切 猒或从目

甚　尤安樂也从甘从匹耦也 常枕切 古文甚

文五　重二

曰　詞也从口乙聲亦象口气出也凡曰之屬皆从曰 王代切

𣍘　告也从曰从冊冊亦聲 楚革切

曷　何也从曰匃聲 胡葛切

曶　出气詞也从曰象气出形春秋傳曰鄭太子曶 呼骨切 籒文曶一曰佩也象形

朁　曾也从曰兓聲詩曰朁不畏明 臣鉉等曰今俗有朁字蓋朁之譌 七感切

沓　語多沓沓也从水从曰遼東有沓縣 臣鉉等曰語多沓沓若水之流故从水會意 徒合切

曹　獄之兩曹也在廷東从𣍘治事者从曰 徐鍇曰以言詞治獄也故从曰 昨牢切

文七　重一

乃　曳詞之難也象气之出難凡乃之屬皆从乃 奴亥切 臣鉉等曰今隸書作乃 古文乃 籒文乃

𠧟　驚聲也从乃省西聲籒文𠧟不省或曰𠧟往也讀若仍 臣鉉等曰西非聲未詳 如乘切 古文𠧟

𠧪　气行皃从乃鹵聲讀若攸 以周切

文三　重三

丂　气欲舒出勹上礙於一也丂古文以爲亏字又以爲巧字凡丂之屬皆从丂苦浩切

甹　亟詞也从丂从由或曰甹俠也三輔謂輕財者爲甹臣鉉等曰由用也任俠用气也普丁切

寧　願詞也从丂寍聲奴丁切

丂　反丂也讀若呵虎何切

文四

可　肎也从口丂丂亦聲凡可之屬皆从可肯我切

奇　異也一曰不耦从大从可渠羈切

哿　可也从可加聲詩曰哿矣富人古我切

哥　聲也从二可古文以爲謌字古俄切

叵　不可也从反可普火切

文四　文一新附

兮　語所稽也从丂八象气越亏也凡兮之屬皆从兮胡雞切

𡕥　驚辭也从兮旬聲思允切　𡕥或从心

羲　气也从兮義聲許羈切

乎　語之餘也从兮象聲上越揚之形也戶吳切

文四　重一

号　痛聲也从口在丂上凡号之屬皆从号胡到切

號　呼也从号从虎乎刀切

文二

亏　於也象气之舒亏从丂从一一者其气平之也凡亏之屬皆从亏羽俱切今變隸作于

虧　气損也从亏雐聲去爲切　虧或从兮

粵　亏也審慎之詞者从亏从宷周書曰粵三日丁亥王伐切

吁　驚語也从口从亏亏亦聲臣鉉等案口部有吁此重出況于切

平　語平舒也从亏从八八分也爰禮說符兵切　古文平如此

文五　重二

旨　美也从甘匕聲凡旨之屬皆从旨職雉切　古文旨

嘗　口味之也从旨尚聲市羊切

文二　重一

喜　樂也从壴从口凡喜之屬皆从喜虛里切　古文喜从欠與歡同

憙　說也从心从喜喜亦聲許記切

嚭　大也从喜否聲春秋傳吳有太宰嚭匹鄙切

文三　重一

壴　陳樂立而上見也从屮从豆凡壴之屬皆从壴　中句切

尌　立也从壴从寸持之也讀若駐　常句切

鼜　夜戒守鼓也从壴蚤聲禮昏鼓四通爲大鼓夜半三通爲戒晨旦明五通爲發明讀若戚　倉歷切

彭　鼓聲也从壴彡聲　臣鉉等曰當从形省乃得聲　薄庚切

嘉　美也从壴加聲　古牙切

文五

鼓　郭也春分之音萬物郭皮甲而出故謂之鼓从壴支象其手擊之也周禮六鼓靁鼓八面靈鼓六面路鼓

四面鼖鼓臯鼓晉鼓皆兩面凡鼓之屬皆从鼓　徐鍇曰郭者覆冒之意　工戶切　籒文鼓从古聲

鼛　大鼓也从鼓咎聲詩曰鼛鼓不勝　古勞切

鼖　大鼓謂之鼖鼖八尺而兩面以鼓軍事从鼓賁省聲　符分切　鼖或从革賁不省

鼙　騎鼓也从鼓卑聲　部迷切

⿰隆鼓　鼓聲也从鼓隆聲　徒冬切

鼘　鼓聲也从鼓淵聲詩曰鼗鼓鼘鼘　烏玄切

鼞　鼓聲也从鼓堂聲詩曰擊鼓其鼞　土郎切

⿱鼓合　鼓聲也从鼓合聲　徒合切　古文⿱鼓合从革

⿱鼓咠　鼓無聲也从鼓咠聲　他叶切

⿱鼓缶　鼓鼙聲从鼓缶聲　土盍切

文十　重三

豈　還師振旅樂也一曰欲也登也从豆微省聲凡豈之屬皆从豈　墟喜切

愷　康也从心豈豈亦聲　苦亥切

⿰豈幾　⿹气幾也訖事之樂也从豈幾聲　臣鉉等曰說文無⿹气幾字从幾从气義無所取當是訖字之誤　渠稀切

文三

豆　古食肉器也从口象形凡豆之屬皆从豆　徒候切

古文豆

梪　木豆謂之梪从木豆　徒候切

⿱蒸豆　蠡也从豆蒸省聲　居隱切

⿱𢍏豆　豆屬从豆𢍏聲　居倦切

⿱夗豆　豆飴也从豆夗聲　一丸切

⿱⺼廾　禮器也从廾持肉在豆上讀若鐙同　都滕切

文六　重一

豊　行禮之器也从豆象形凡豊之屬皆从豊讀與禮同　盧啓切

豑　爵之次弟也从豊从弟虞書曰平豑東作　直質切

文二

豐　豆之豐滿者也从豆象形一曰鄉飲酒有豐侯者凡豐之屬皆从豐敷戎切　古文豐

豔　好而長也从豐豐大也盇聲春秋傳曰美而豔以贍切

文二　重一

䖒　古陶器也从豆虍聲凡䖒之屬皆从䖒許羈切

𧯞　土鍪也从䖒号聲讀若鎬胡到切

𥂕　器也从䖒宝宝亦聲闕直呂切

文三

虍　虎文也象形凡虍之屬皆从虍徐鍇曰象其文章屈曲也荒烏切

虞　騶虞也白虎黑文尾長於身仁獸食自死之肉从虍吳聲詩曰于嗟乎騶虞五俱切

虙　虎皃从虍必聲房六切

虔　虎行皃从虍文聲讀若矜臣鉉等曰文非聲未詳渠焉切

虘　虎不柔不信也从虍且聲讀若鄌縣昨何切

虖　哮虖也从虍兮聲荒烏切

虐　殘也从虍虎足反爪人也魚約切　古文虐如此

虨　虎文彪也从虍彬聲布還切

虡　鐘鼓之柎也飾爲猛獸从虍異象其下足其呂切　鐻　虡或从金豦聲　篆文虡省

文九　重三

虎　山獸之君从虍虎足象人足象形凡虎之屬皆从虎呼古切　古文虎　亦古文虎

𧇯　虎聲也从虎毄聲讀若隔古覈切

䖘　白虎也从虎昔省聲讀若鼏莫狄切

𧇛　䖘屬从虎去聲臣鉉等曰去非聲未詳呼濫切

虪　黑虎也从虎儵聲式竹切

虦　虎竊毛謂之虦苗从虎戔聲竊淺也昨閑切

彪　虎文也从虎彡象其文也甫州切

𧆞　虎皃从虎乂聲魚廢切

𧆸　虎皃从虎气聲魚迄切

虓　虎鳴也一曰師子从虎九聲許交切

𧇡　虎聲也从虎斤聲語斤切

虩　易履虎尾虩虩恐懼一曰蠅虎也从虎𡭴聲許隙切

虢　虎所攫畫明文也从虎寽聲古伯切

虒　委虒虎之有角者也从虎厂聲息移切

𧈂　黑虎也从虎騰聲徒登切

文十五　重二

虣　虐也急也从虎从武見周禮薄報切

𧈳　楚人謂虎爲烏𧈳从虎兔聲同都切

文二 新附

虤 虎怒也从二虎凡虤之屬皆从虤 五閑切

𧇡 兩虎爭聲从虤从曰讀若憖 臣鉉等曰曰口气出也 語巾切

贙 分別也从虤對爭貝讀若迴 胡畎切

皿 飯食之用器也象形與豆同意凡皿之屬皆从皿讀若猛 武永切

文三

盂 飯器也从皿亏聲 羽俱切

盌 小盂也从皿夗聲 烏管切

盛 黍稷在器中以祀者也从皿成聲 氏征切

齍 黍稷在器以祀者从皿齊聲 卽夷切

𥁕 小甌也从皿有聲讀若灰一曰若賄 子救切 𥁕或从右

盧 飯器也从皿𠾅聲 洛乎切 籒文盧

𥁘 器也从皿从缶古聲 公戶切

盄 器也从皿弔聲 止遙切

盎 盆也从皿央聲 烏浪切 㼜 盎或从瓦

盆 盎也从皿分聲 步奔切

盓 器也从皿宁聲 直呂切

盨 檳盨負戴器也从皿須聲 相庾切

𥂁 器也从皿漻聲 古巧切

𥁑 械器也从皿必聲 彌畢切

醯 酸也作醯以鬻以酒从鬻酒並省从皿皿器也 呼雞切

盉 調味也从皿禾聲 戶戈切

益 饒也从水皿皿益之意也 伊昔切

盈 滿器也从皿夃 臣鉉等曰夃古乎切益多之義也古者以買物多得爲夃故从夃 以成切

盡 器中空也从皿𡍮聲 慈刃切

盅 器虛也从皿中聲老子曰道盅而用之 直弓切

盦 覆蓋也从皿酓聲 臣鉉等曰今俗別作署非是 烏合切

昷 仁也从皿以食囚也官溥說 烏渾切

盥 澡手也从臼水臨皿春秋傳曰奉匜沃盥 古玩切

盪 滌器也从皿湯聲 徒朗切

文二十五 重三

盋 盋器盂屬从皿犮聲或从金从本 北末切

文一 新附

凵 凵盧飯器以柳爲之象形凡凵之屬皆从凵 去魚切

笶 凵或从竹去聲

文一 重一

去 人相違也从大凵聲凡去之屬皆从去 丘據切

朅 去也从去曷聲 丘竭切

⿰去夌 去也从去夌聲讀若陵 力膺切

文三

血 祭所薦牲血也从皿一象血形凡血之屬皆从血 呼決切

衁 血也从血亡聲春秋傳曰士刲羊亦無衁也 呼光切

衃 凝血也从血不聲 芳桮切

⿱聿血 气液也从血聿聲 將鄰切

⿱甹血 定息也从血甹省聲讀若亭 特丁切

衄 鼻出血也从血丑聲 女六切

⿱𦥯血 腫血也从血農省聲 奴冬切 膿 俗⿱𦥯血从肉農聲

⿱肬血 血醢也从血肬聲禮記有⿱肬血醢以牛乾脯粱䕯鹽酒也 臣鉉等曰肬肉汁滓也故从肬肬亦聲 他感切

⿱菹血 醢也从血菹聲 側余切 ⿱菹缶 ⿱菹血或从缶

⿱幾血 以血有所刏涂祭也从血幾聲 渠稀切

卹 憂也从血卩聲一曰鮮少也 徐鍇曰皿者言憂之切至也 辛聿切

衋 傷痛也从血聿皕聲周書曰民罔不衋傷心 許力切

衉 羊凝血也从血臽聲 苦紺切 ⿱贛血 衉或从贛

盇 覆也从血大 臣鉉等曰大象蓋覆之形 胡臘切

衊 污血也从血蔑聲 莫結切

文十五 重三

丶 有所絕止丶而識之也凡丶之屬皆从丶 知庾切

主 鐙中火主也从𡈼象形从丶丶亦聲 臣鉉等曰今俗別作炷非是 之庾切

咅 相與語唾而不受也从丶从否否亦聲 天口切 ⿰豆欠 或从豆从欠

文三 重一

說文解字弟五上

說文解字弟五下

漢太尉祭酒許愼記

宋右散騎常侍徐鉉等校定

丹　巴越之赤石也象采丹井丶象丹形凡丹之屬皆从丹都寒切　古文丹　亦古文丹

雘　善丹也从丹蒦聲周書曰惟其敷丹雘讀若隺烏郭切

彤　丹飾也从丹从彡彡其畫也徒冬切

文三　重二

青　東方色也木生火从生丹丹青之信言象然凡青之屬皆从青倉經切　古文青

靜　審也从青爭聲徐鍇曰丹青明審也疾郢切

文二　重一

井　八家一井象構韓形・罋之象也古者伯益初作井凡井之屬皆从井子郢切

⿱𤇾井　深池也从井瑩省聲烏迥切

阱　陷也从𨸏从井井亦聲疾正切　穽　阱或从穴　古文阱从水

𠛬　罰辠也从井从刀易曰井法也井亦聲戶經切

刱　造法刱業也从井办聲讀若創初亮切

文五　重二

皀　穀之馨香也象嘉穀在裹中之形匕所以扱之或說皀一粒也凡皀之屬皆从皀又讀若香皮及切

即　即食也从皀卪聲徐鍇曰卪節也子力切

既　小食也从皀旡聲論語曰不使勝食既居未切

冟　飯剛柔不調相著从皀冂聲讀若適施隻切

文四

鬯　以秬釀鬱艸芬芳攸服以降神也从凵凵器也中象米匕所以扱之易曰不喪匕鬯凡鬯之屬皆从鬯丑諒切

鬱　芳艸也十葉爲貫百廿貫築以煮之爲鬱从臼冂缶鬯彡其飾也一曰鬱鬯百艸之華遠方鬱人所貢芳艸合釀之以降神鬱今鬱林郡也迂勿切

爵　禮器也象爵之形中有鬯酒又持之也所以飮器象爵者取其鳴節節足足也即畧切　古文爵象形

⿱巨鬯　黑黍也一稃二米以釀也从鬯矩聲其呂切　秬　⿱巨鬯或从禾

⿰鬯吏　列也从鬯吏聲讀若迅疏吏切

文五　重二

食　一米也从皀亼聲或說亼皀也凡食之屬皆从食乘力切

餴　滫飯也从食奉聲臣鉉等曰奉音忽非聲疑奔字之誤府文切　饙　餴或从賁　餴　餴或从奔

餾　飯气蒸也从食畱聲力救切

飪　大孰也从食壬聲如甚切　恁　古文飪　𠆶　亦古文飪

饔　孰食也从食雝聲於容切

飴　米糱煎也从食台聲與之切　𩛿　籒文飴从異省

餳　飴和饊者也从食昜聲徐盈切

饊　熬稻粻𥹋也从食散聲穌旱切

餅　麪餈也从食并聲必郢切

餈　稻餅也从食次聲疾資切　䬵　餈或从齊　粢　餈或从

米

饘　糜也从食亶聲周謂之饘宋謂之餬諸延切

餱　乾食也从食侯聲周書曰峙乃餱粻乎溝切

餥　餱也从食非聲陳楚之閒相謁食麥飯曰餥非尾切

饎　酒食也从食喜聲詩曰可以饙饎昌志切　䬣　饎或从配　糦　饎或从米

籑　具食也从食算聲士戀切　饌　籑或从巽

養　供養也从食羊聲余兩切　𢼊　古文養

飯　食也从食反聲符萬切

𩚵　雜飯也从食丑聲女久切

飤　糧也从人食祥吏切

饡　以羹澆飯也从食贊聲則榦切

𩝻　晝食也从食象聲書兩切　𩟔　𩝻或从傷省聲

飧　餔也从夕食思魂切

餔　日加申時食也从食甫聲博狐切　𨢼　籒文餔从皿浦聲

餐　吞也从食𣦼聲七安切　湌　餐或从水

䭑　嗛也从食兼聲讀若風溓溓一曰廉潔也力鹽切

饁　餉田也从食盍聲詩曰饁彼南畝筠輒切

饟　周人謂餉曰饟从食襄聲人漾切

餉　饟也从食向聲式亮切

饋　餉也从食貴聲求位切

饗　鄉人飲酒也从食从鄉鄉亦聲許兩切

饛　盛器滿皃从食蒙聲詩曰有饛簋飧莫紅切

飵　楚人相謁食麥曰飵从食乍聲在各切

䬯　相謁食麥也从食占聲奴兼切

𩞄　秦人謂相謁而食麥曰𩞄𩜨从食㥯聲烏困切

𩜨　𩞄𩜨也从食豈聲五困切

餬　寄食也从食胡聲戶吳切

飶　食之香也从食必聲詩曰有飶其香毗必切

飫　飫燕食也从食芺聲詩曰飲酒之飫依據切

飽　飽猒也从食包聲博巧切　𩚏古文飽从采　𩛒亦古文飽从卯聲

䭇　䭇猒也从食肙聲烏玄切

饒　饒飽也从食堯聲如昭切

餘　餘饒也从食余聲以諸切

餀　餀食臭也从食艾聲爾雅曰餀謂之喙呼艾切

餞　餞送去也从食戔聲詩曰顯父餞之才線切

餫　餫野饋曰餫从食軍聲王問切

館　館客舍也从食官聲周禮五十里有市市有館館有積以待朝聘之客古玩切

饕　饕貪也从食號聲土刀切　叨饕或从口刀聲　𩟧籒文饕从號省

飻　飻貪也从食殄省聲春秋傳曰謂之饕飻他結切

饖　饖飯傷熱也从食歲聲於廢切

饐　饐飯傷溼也从食壹聲乙冀切

餲　餲飯餲也从食曷聲論語曰食饐而餲乙例切又烏介切

饑　饑穀不孰爲饑从食幾聲居衣切

饉　饉蔬不孰爲饉从食堇聲渠吝切

䬴　䬴飢也从食戹聲讀若楚人言恚人於革切

餧　餧飢也从食委聲一曰魚敗曰餧奴罪切

飢　飢餓也从食几聲居夷切

餓　餓飢也从食我聲五箇切

餽　餽吳人謂祭曰餽从食从鬼鬼亦聲俱位切又音饋

餟　餟祭酹也从食叕聲陟衛切

䬽　䬽小餟也从食兌聲輸芮切

䬬　䬬馬食穀多气流四下也从食夌聲里甑切

⿰飠末　⿰飠末食馬穀也从食末聲莫撥切

文六十二　重十八

餕　餕食之餘也从食夋聲子峻切

餻　餻餌屬从食羔聲古牢切

文二　新附

亼　亼三合也从入一象三合之形凡亼之屬皆从亼讀若集秦入切　臣鉉等曰此疑只象形非从入一也

合　合合口也从亼从口候閤切

僉　僉皆也从亼从吅从从虞書曰僉曰伯夷七廉切

侖　侖思也从亼从冊力屯切　𠎚籒文侖

今　今是時也从亼从乁乁古文及居音切

舍　舍市居曰舍从亼屮象屋也口象築也始夜切

文六　重一

會 合也从亼从曾省曾益也凡會之屬皆从會黃外切

古文會如此

朇 益也从會卑聲符支切

𣆶 日月合宿从辰从會从辰辰亦聲植鄰切

文三　重一

倉 穀藏也倉黃取而藏之故謂之倉从食省口象倉形凡倉之屬皆从倉七岡切

全 奇字倉

牄 鳥獸來食聲也从倉爿聲虞書曰鳥獸牄牄七羊切

文二　重一

入 內也象从上俱下也凡入之屬皆从入人汁切

內 入也从冂自外而入也奴對切

㒼 入山之深也从山从入闕鉏箴切

糴 市穀也从入从糴徒歷切

仝 完也从入从工疾緣切

全 篆文仝从玉純玉曰全

古文仝

从 二入也兩从此闕良奬切

文六　重二

缶 瓦器所以盛酒漿秦人鼓之以節謌象形凡缶之屬皆从缶方九切

㱿 未燒瓦器也从缶殸聲讀若筩莩又苦候切

匋 瓦器也从缶包省聲古者昆吾作匋案史篇讀與缶同徒刀切

罌 缶也从缶賏聲烏莖切

𦈢 小口罌也从缶𠂹聲池僞切

⿰缶咅 小缶也从缶咅聲蒲候切

缾 罋也从缶并聲薄經切

瓶 缾或从瓦

罋 汲缾也从缶雝聲烏貢切

⿰缶乏 下平缶也从缶乏聲讀若𦈎土盍切

罃 備火長頸缾也从缶熒省聲烏莖切

缸 瓨也从缶工聲下江切

⿰缶或 瓦器也从缶或聲于逼切

⿰缶薦 瓦器也从缶薦聲作甸切

䍃 瓦器也从缶肉聲臣鉉等曰當从䍃省乃得聲以周切

⿰缶霝 瓦器也从缶霝聲郎丁切

⿰缶占 缺也从缶占聲都念切

缺 器破也从缶決省聲傾雪切

罅 裂也从缶虖聲缶燒善裂也呼迓切

罄 器中空也从缶殸聲殸古文磬字詩云缾之罄矣苦定切

罊 器中盡也从缶毄聲苦計切

缿 受錢器也从缶后聲古以瓦今以竹 大口切又胡講切

文二十一　重一

罐 器也从缶雚聲古玩切

文一　新附

矢 弓弩矢也从入象鏑栝羽之形古者夷牟初作矢凡矢之屬皆从矢 式視切

䠶 弓弩發於身而中於遠也从矢从身 食夜切 射 篆文䠶从寸寸法度也亦手也

矯 揉箭箝也从矢喬聲 居夭切

矰 隿䠶矢也从矢曾聲 作滕切

侯 春饗所䠶侯也从人从厂象張布矢在其下天子䠶熊虎豹服猛也諸侯䠶熊豕虎大夫射麋麋惑也士射鹿豕爲田除害也其祝曰毋若不寧侯不朝于王所故伉而䠶汝也 乎溝切 古文侯

𥏼 傷也从矢昜聲 式陽切

短 有所長短以矢爲正从矢豆聲 都管切

矤 況也詞也从矢引省聲从矢取詞之所之如矢也 式忍切

知 詞也从口从矢 陟离切

矣 語已詞也从矢以聲 于已切

文十　重二

矮 短人也从矢委聲 烏蟹切

文一　新附

高 崇也象臺觀高之形从冂口與倉舍同意凡高之屬皆从高 古牢切

𩫖 小堂也从高省冋聲 去潁切 廎 𩫖或从广頃聲

亭 民所安定也亭有樓从高省丁聲 特丁切

亳 京兆杜陵亭也从高省乇聲 旁各切

文四　重一

冂 邑外謂之郊郊外謂之野野外謂之林林外謂之冂

象遠界也凡冂之屬皆从冂 古熒切 冋 古文冂从口象國邑 坰 冋或从土

市 買賣所之也市有垣从冂从㇇㇇古文及象物相及也之省聲 時止切

冘 淫淫行皃从人出冂 余箴切

央 中央也从大在冂之內大人也央旁同意一曰久也 於良切

隺 高至也从隹上欲出冂易曰夫乾隺然 胡沃切

文五　重二

𩫏 度也民所度居也从回象城𩫏之重兩亭相對也或

但从口 音韋 凡𩫖之屬皆从𩫖 古博切

𩫕 缺也古者城闕其南方謂之𩫕从𩫖缺省讀若拔物爲決引也 傾雪切

文二

京 人所爲絕高丘也从高省丨象高形凡京之屬皆从京 舉卿切

就 就高也从京从尤尤異於凡也 疾僦切 籒文就

文二 重一

亯 獻也从高省曰象進孰物形孝經曰祭則鬼亯之凡亯之屬皆从亯 許兩切又普庚切又許庚切 篆文亯

𦎧 孰也从亯从羊讀若純一曰鬻也 常倫切 篆文𦎧

𥬡 厚也从亯竹聲讀若篤 冬毒切

𩫏 用也从亯从自自知臭香所食也讀若庸 余封切

文四 重二

㫗 厚也从反亯凡㫗之屬皆从㫗 徐鍇曰亯者進上也以進上之具反之於下則厚也 胡口切

𦎫 長味也从㫗鹹省聲詩曰實覃實吁 徒含切 古文覃 篆文覃省

厚 山陵之厚也从㫗从厂 胡口切 古文厚从后土

文三 重三

畐 滿也从高省象高厚之形凡畐之屬皆从畐讀若伏 芳逼切

良 善也从畐省亡聲 徐鍇曰良甚也故从畐 呂張切 古文良 亦古文良 亦古文良

文二 重三

㐭 穀所振入宗廟粢盛倉黃㐭而取之故謂之㐭从入回象屋形中有戶牖凡㐭之屬皆从㐭 力甚切 㐭或从广从禾

稟 賜穀也从㐭从禾 筆錦切

亶 多穀也从㐭旦聲 多旱切

啚 嗇也从口㐭㐭受也 方美切 古文啚如此

文四 重二

嗇 愛濇也从來从㐭來者㐭而藏之故田夫謂之嗇夫凡嗇之屬皆从嗇 所力切 古文嗇从田

牆 垣蔽也从嗇爿聲 才良切 籒文从二禾 籒文亦从二來

文二 重三

來 周所受瑞麥來麰一來二縫象芒朿之形天所來也故爲行來之來詩曰詒我來麰凡來之屬皆从來 洛哀切

竢 詩曰不竢不來从來矣聲牀史切 俟 竢或从彳

文二　重一

麥 芒穀秋種厚薶故謂之麥麥金也金王而生火王而死从來有穗者从夊凡麥之屬皆从麥臣鉉等曰夊足也周受瑞麥來麰如行來故从夊莫獲切

麰 來麰麥也从麥牟聲莫浮切 𦼮 麰或从艸

麧 堅麥也从麥气聲乎沒切

䴭 小麥屑之覈从麥貟聲穌果切

䴾 䴭麥也从麥𡍮聲一曰擣也昨何切

麩 小麥屑皮也从麥夫聲甫無切 䴸 麩或从甫

麪 麥末也从麥丏聲彌箭切

𪎭 麥覈屑也十斤爲三斗从麥啻聲直隻切

麷 煑麥也从麥豐聲讀若馮敷戎切

麮 麥甘鬻也从麥去聲丘據切

𪎊 餅鞠也从麥殸聲讀若庫空谷切

𪌪 餅鞠也从麥穴聲戶八切

𪌬 餅鞠也从麥才聲昨哉切

文十三　重二

夊 行遲曳夊夊象人兩脛有所躧也凡夊之屬皆从夊楚危切

夋 行夋夋也一曰倨也从夊允聲七倫切

复 行故道也从夊畐省聲房六切

夌 越也从夊从兴兴高也一曰夌徲也力膺切

致 送詣也从夊从至陟利切

憂 和之行也从夊㥑聲詩曰布政憂憂於求切

愛 行皃从夊㤅聲烏代切

㚇 行㚇㚇也从夊闕讀若僕又卜切

竷 繇也舞也樂有章从章从夅从夊詩曰竷竷舞我苦感切

𡕒 瑙蓋也象皮包覆瑙下有兩臂而夊在下讀若范亡范切

夏 中國之人也从夊从頁从𦥑𦥑兩手夊兩足也胡雅切 𡕥 古文夏

畟 治稼畟畟進也从田人从夊詩曰畟畟良耜初力切

㚅 斂足也鵲鵙醜其飛也㚅从夊兇聲子紅切

夒 貪獸也一曰母猴似人从頁巳止夊其手足臣鉉等曰巳止皆象形也奴刀切

夔 神魖也如龍一足从夊象有角手人面之形渠追切

文十五　重一

夎 拜失容也从夊坐聲則臥切

文一　新附

舛　對卧也从夊㐄相背凡舛之屬皆从舛昌兖切　楊雄說舛从足春

舞　樂也用足相背从舛無聲文撫切　古文舞从羽亡

舝　車軸耑鍵也兩穿相背从舛𥎿省聲𥎿古文偰字胡夏切

文三　重二

舜　艸也楚謂之葍秦謂之藑蔓地連華象形从舛舛亦聲凡𠭊之屬皆从𠭊舒閏切今隸變作舜　古文𠭊

䑞　華榮也从舜生聲讀若皇爾雅曰䑞華也戶光切　葟䑞或从艸皇

文二　重二

韋　相背也从舛口聲獸皮之韋可以束枉戾相韋背故借以為皮韋凡韋之屬皆从韋宇非切　古文韋

韠　韍也所以蔽前以韋下廣二尺上廣一尺其頸五寸一命緼韠再命赤韠从韋畢聲卑吉切

韎　茅蒐染韋也一入曰韎从韋末聲莫佩切

韢　橐紐也从韋惠聲一曰盛虜頭橐也徐鍇曰謂戰伐以盛首級胡計切

韜　劒衣也从韋舀聲土刀切

韝　射臂決也从韋冓聲古侯切

韘　射決也所以拘弦以象骨韋系著右巨指从韋枼聲詩曰童子佩韘失涉切　弽韘或从弓

韣　弓衣也从韋蜀聲之欲切

韔　弓衣也从韋長聲詩曰交韔二弓丑亮切

⿰韋叚　履也从韋叚聲乎加切

⿰韋段　履後帖也从韋段聲徒玩切　⿰糸段⿰韋段或从糸

韤　足衣也从韋蔑聲望發切臣鉉等曰今俗作韈非是

⿰韋尃　軶裹也从韋尃聲匹各切

韏　革中辨謂之韏从韋𢍏聲九萬切

⿰韋焦　收束也从韋糕聲讀若酋臣鉉等曰糕側角切聲不相近未詳即由切　⿰韋焦或从要　⿰韋焦或从秋手

韓　井垣也从韋取其帀也倝聲胡安切

文十六　重五

韌　柔而固也从韋刃聲而進切

文一　新附

弟　韋束之次弟也从古字之象凡弟之屬皆从弟特計切　古文弟从古文韋省丿聲

罤　周人謂兄曰罤从弟从眔臣鉉等曰眔目相及也兄弟親比之義古竟切

文二　重一

夊 从後至也象人兩脛後有致之者凡夊之屬皆从夊讀若黹 陟侈切

𡕒 相遮要害也从夊丰聲南陽新野有𡕒亭 乎蓋切

夆 啎也从夊丰聲讀若縫 敷容切

夅 服也从夊午相承不敢竝也 下江切

夃 秦以市買多得爲夃从乃从夊益至也从乃詩曰我夃酌彼金罍 臣鉉等曰乃難意也古乎切

𡕢 跨步也从反夊䢍从此 苦瓦切

文六

久 以後灸之象人兩脛後有距也周禮曰久諸牆以觀其橈凡久之屬皆从久 舉友切

文一

桀 磔也从舛在木上也凡桀之屬皆从桀 渠列切

磔 辜也从桀石聲 陟格切

椉 覆也从入桀桀黠也軍法曰乘 食陵切 古文乘从几

文三 重一

說文解字弟五下

說文解字弟六上

漢 太 尉 祭 酒 許 愼 記

宋 右 散 騎 常 侍 徐 鉉 等校定

二十五部 七百五十三文 重六十一

凡九千四百四十三字

文二十 新附

木 冒也冒地而生東方之行从屮下象其根凡木之屬皆从木 徐鍇曰中者木始甲拆萬物皆始於微故木从中 莫卜切

橘 果出江南从木矞聲 居聿切

橙 橘屬从木登聲 丈庚切

柚 條也似橙而酢从木由聲夏書曰厥包橘柚 余救切

樝 果似棃而酢从木虘聲 側加切

棃 果名从木𥝢聲𥝢古文利 力脂切

梬 棗也似柹从木甹聲 以整切

柹 赤實果从木𠂔聲 鉏里切

枏 梅也从木冄聲 汝閻切

梅 枏也可食从木每聲 莫桮切 或从某

杏 果也从木可省聲 何梗切

柰 果也从木示聲 奴帶切

李 果也从木子聲 良止切 古文

桃　果也从木兆聲徒刀切

楙　冬桃从木敄聲讀若髦莫候切

亲　果實如小栗从木辛聲春秋傳曰女摯不過亲栗側詵切

楷　木也孔子冢蓋樹之者从木皆聲苦駭切

梫　桂也从木侵省聲七荏切

桂　江南木百藥之長从木圭聲古惠切

棠　牡曰棠牝曰杜从木尚聲徒郎切

杜　甘棠也从木土聲徒古切

槢　木也从木習聲似入切

樿　木也可以爲櫛从木單聲旨善切

椲　木也可屈爲杅者从木韋聲于鬼切

楢　柔木也工官以爲耎輪从木酋聲讀若糗以周切

桏　椐木也从木邛聲渠容切

棆　毋杶也从木侖聲讀若易卦屯陟倫切

楈　木也从木胥聲讀若芟刈之芟私閭切

柍　梅也从木央聲一曰江南橦材其實謂之柍於京切

楑　木也从木癸聲又度也求癸切

⿰木咎　木也从木咎聲讀若皓古老切

椆　木也从木周聲讀若丩職畱切

樕　樸樕木从木欶聲桑谷切

⿰木彝　木也从木彝聲羊皮切

梣　青皮木从木岑聲子林切　或从寑省寑籀文寑

棳　木也从木叕聲益州有棳縣職說切

⿰木號　木也从木號省聲乎刀切

棪　遬其也从木炎聲讀若三年導服之導以冉切

⿰木遄　木也从木遄聲市緣切

椋　即來也从木京聲呂張切

檍　杶也从木意聲於力切

橨　木也从木賁聲房未切

⿰木虖　木也从木虖聲丑居切

楀　木也从木禹聲王矩切

藟　木也从木藟聲力軌切　籀文

桋　赤楝也从木夷聲詩曰隰有杞桋以脂切

栟　栟櫚也从木并聲府盈切

椶　栟櫚也可作萆从木嵏聲子紅切

檟　楸也从木賈聲春秋傳曰樹六檟於蒲圃古雅切

椅　梓也从木奇聲於离切

梓　楸也从木宰省聲卽里切　或不省

楸　梓也从木秋聲七由切

檍 梓屬大者可爲棺椁小者可爲弓材从木𠶷聲 於力切

柀 檆也从木皮聲一曰折也 甫委切

檆 木也从木煔聲 臣鉉等曰今俗作杉非是 所銜切

榛 木也从木秦聲一曰菆也 側詵切

⿰木尻 山樗也从木尻聲 苦浩切

杶 木也从木屯聲夏書曰杶榦栝柏 敕倫切 櫄 或从熏 杻 古文杶

橁 杶也从木筍聲 相倫切

桵 白桵棫从木妥聲 臣鉉等曰當从綏省 儒隹切

棫 白桵也从木或聲 于逼切

⿰木息 木也从木息聲 相卽切

椐 樻也从木居聲 九魚切

樻 椐也从木貴聲 求位切

栩 ⿱予木也从木羽聲其皁一曰樣 況羽切

⿱予木 栩也从木予聲讀若杼 直呂切

樣 栩實从木羕聲 徐兩切

杙 劉劉杙从木弋聲 与職切

枇 枇杷木也从木比聲 房脂切

桔 桔梗藥名从木吉聲一曰直木 古屑切

柞 木也从木乍聲 在各切

⿰木乎 木出橐山从木乎聲 他乎切

榗 木也从木晉聲書曰竹箭如榗 子善切

⿰木㒸 羅也从木㒸聲詩曰隰有樹⿰木㒸 徐醉切

椵 木可作牀几从木叚聲讀若賈 古雅切

橞 木也从木惠聲 胡計切

楛 木也从木苦聲詩曰榛楛濟濟 侯古切

櫅 木也可以爲大車軸从木齊聲 祖雞切

杒 木也从木乃聲讀若仍 如乘切

櫇 木也从木頻聲 符眞切

樲 酸棗也从木貳聲 而至切

樸 棗也从木僕聲 博木切

橪 酸小棗从木然聲一曰染也 人善切

柅 木也實如棃从木尼聲 女履切

梢 木也从木肖聲 所交切

⿰木隸 木也从木隸聲 郎計切

⿰木寽 木也从木寽聲 力輟切

梭 木也从木夋聲 臣鉉等曰今人別音穌禾切以爲機杼之屬 私閏切

⿰木畢 木也从木畢聲 卑吉切

⿰木剌 木也从木剌聲 盧達切

枸 木也可爲醬出蜀从木句聲 俱羽切

樜　木出發鳩山从木庶聲之夜切

枋　木可作車从木方聲府良切

橿　枋也从木畺聲一曰鉏柄名居良切

樗　木也以其皮裹松脂从木雩聲讀若華乎化切　檴或从蒦

檗　黃木也从木辟聲博戹切

梤　香木也从木岁聲撫文切

榝　似茱萸出淮南从木殺聲所八切

槭　木可作大車輮从木戚聲子六切

楊　木也从木昜聲與章切

柽　河柳也从木聖聲敕貞切

桺　小楊也从木丣聲丣古文酉力九切

樳　大木可爲鉏柄从木㝷聲詳遵切

欒　木似欄从木䜌聲禮天子樹松諸侯柏大夫欒士楊洛官切

移　棠棣也从木多聲弋支切

棣　白棣也从木隶聲特計切

枳　木似橘从木只聲諸氏切

楓　木也厚葉弱枝善搖一名欇从木風聲方戎切

權　黃華木从木雚聲一曰反常巨員切

柜　木也从木巨聲其呂切

槐　木也从木鬼聲戶恢切

榖　楮也从木㱿聲古祿切

楮　榖也从木者聲丑呂切　柠楮或从宁

檵　枸杞也从木繼省聲一曰監木也古詣切

杞　枸杞也从木己聲墟里切

枒　木也从木牙聲一曰車輞會也五加切

檀　木也从木亶聲徒乾切

櫟　木也从木樂聲郎擊切

梂　櫟實一曰鑿首从木求聲巨鳩切

楝　木也从木柬聲郎電切

檿　山桑也从木厭聲詩曰其檿其柘於琰切

柘　桑也从木石聲之夜切

㭈　木可爲杖从木厀聲親吉切

櫏　櫏味稔棗从木還聲似沿切

梧　梧桐木从木吾聲一名櫬五胡切

榮　桐木也从木熒省聲一曰屋梠之兩頭起者爲榮永兵切

桐　榮也从木同聲徒紅切

橎　木也从木番聲讀若樊附轅切

楡　楡白枌从木俞聲羊朱切

枌　楡也从木分聲扶分切

梗　山枌楡有朿莢可爲蕪荑者从木更聲古杏切

樵　散也从木焦聲昨焦切

松　木也从木公聲祥容切　㮤　松或从容

樠　松心木从木㒼聲莫奔切

檜　柏葉松身从木會聲古外切

樅　松葉柏身从木從聲七恭切

柏　鞠也从木白聲博陌切

机　木也从木几聲居履切

枯　木也从木占聲息廉切

梇　木也从木弄聲益州有梇棟縣盧貢切

楰　鼠梓木从木臾聲詩曰北山有楰羊朱切

桅　黃木可染者从木危聲過委切

杒　桎杒也从木刃聲而震切

樨　榙樨木也从木遝聲徒合切

榙　榙樨果似李从木荅聲讀若嚃土合切

某　酸果也从木从甘闕莫厚切　槑　古文某从口

櫾　崐崘河隅之長木也从木繇聲以周切

樹　生植之總名从木尌聲常句切　尌　籒文

本　木下曰本从木一在其下徐鍇曰一記其處也本末朱皆同義布忖切　𣎵　古文

柢　木根也从木氐聲都禮切

朱　赤心木松柏屬从木一在其中章俱切

根　木株也从木艮聲古痕切

株　木根也从木朱聲陟輸切

末　木上曰末从木一在其上莫撥切

𣜬　細理木也从木畟聲子力切

果　木實也从木象果形在木之上古火切

樏　木實也从木絫聲力追切

杈　枝也从木叉聲初牙切

枝　木別生條也从木支聲章移切

朴　木皮也从木卜聲匹角切

條　小枝也从木攸聲徒遼切

枚　榦也可爲杖从木从攴詩曰施于條枚莫桮切

栞　槎識也从木㮯闕夏書曰隨山栞木讀若刊苦寒切　栞　篆文从幵

欇　木葉榣白也从木聶聲之涉切

栠　弱皃从木任聲如甚切

枖　木少盛皃从木夭聲詩曰桃之枖枖於喬切

槙 梃 ⿱驫木 標 杪 朶 桹 橌 枵

槙 木頂也从木眞聲一曰仆木也 都季切

梃 一枚也从木廷聲 徒頂切

⿱驫木 衆盛也从木驫聲逸周書曰疑沮事闕 所臻切

標 木杪末也从木㶾聲 敷沼切

杪 木標末也从木少聲 亡沼切

朶 樹木垂朶朶也从木象形此與采同意 丁果切

桹 高木也从木良聲 魯當切

橌 大木皃从木閒聲 古限切

枵 木根也从木号聲春秋傳曰歲在玄枵玄枵虛也 許嬌切

說文六上 木部 十

柖 榣 樛 朻 枉 橈 枎 檹 ⿰木小 橊

柖 樹搖皃从木召聲 止搖切

榣 樹動也从木䍃聲 余昭切

樛 下句曰樛从木翏聲 吉虯切

朻 高木也从木丩聲 吉虯切

枉 衺曲也从木㞷聲 迂往切

橈 曲木从木堯聲 女教切

枎 枎疏四布也从木夫聲 防無切

檹 木檹施从木旖聲賈侍中說檹即椅木可作琴 於离切

⿰木小 相高也从木小聲 私兆切

橊 高皃从木畱聲 呼骨切

槮 梴 橚 杕 ⿱㲋木 格 槷 枯 槀 樸

槮 木長皃从木參聲詩曰槮差荇菜 所今切

梴 長木也从木延聲詩曰松桷有梴 丑連切

橚 長木皃从木肅聲 山巧切

杕 樹皃从木大聲詩曰有杕之杜 特計切

⿱㲋木 木葉陊也从木㲋聲讀若薄 他各切

格 木長皃从木各聲 古百切

槷 木相摩也从木埶聲 魚祭切 槸 槷或从艸

枯 槀也从木古聲夏書曰唯箘輅枯木名也 苦孤切

槀 木枯也从木高聲 苦浩切

樸 木素也从木菐聲 匹角切

說文六上 木部 十一

楨 柔 柝 朸 材 柴 榑 杲 杳

楨 剛木也从木貞聲上郡有楨林縣 陟盈切

柔 木曲直也从木矛聲 耳由切

柝 判也从木㡿聲易曰重門擊㯤 他各切

朸 木之理也从木力聲平原有朸縣 盧則切

材 木梃也从木才聲 昨哉切

柴 小木散材从木此聲 臣鉉等曰師行野次豎散木爲區落名曰柴籬後人語譌轉入去聲又別作寨字非是 士佳切

榑 榑桑神木日所出也从木尃聲 防無切

杲 明也从日在木上 古老切

杳 冥也从日在木下 烏皎切

[木卻] 角械也从木卻聲一曰木下白也其逆切

栽 築牆長版也从木𢦏聲春秋傳曰楚圍蔡里而栽昨代切

築 擣也从木筑聲陟玉切 □古文

榦 築牆耑木也从木倝聲臣鉉等曰今别作幹非是矢榦亦同古案切

檥 榦也从木義聲魚羈切

構 蓋也从木冓聲杜林以爲椽桷字古后切

模 法也从木莫聲讀若嫫母之嫫莫胡切

桴 棟名从木孚聲附柔切

棟 極也从木東聲多貢切

說文六上　木部　圭

極 棟也从木亟聲渠力切

柱 楹也从木主聲直主切

楹 柱也从木盈聲春秋傳曰丹桓宮楹以成切

樘 衺柱也从木堂聲臣鉉等曰今俗别作撐非是丑庚切

榰 柱砥古用木今以石从木耆聲易榰恒凶章移切

楶 欂櫨也从木咨聲子結切

欂 壁柱从木薄省聲弼戟切

櫨 柱上柎也从木盧聲伊尹曰果之美者箕山之東青鳧之所有櫨橘焉夏孰也一曰宅櫨木出弘農山也落胡切

枅 屋櫨也从木幵聲古兮切

栵 栭也从木𠛱聲詩曰其灌其栵良辥切

栭 屋枅上標从木而聲爾雅曰栭謂之楶如之切

檼 棼也从木㥯聲於靳切

橑 椽也从木尞聲盧浩切

桷 榱也椽方曰桷从木角聲春秋傳曰刻桓宮之桷古岳切

椽 榱也从木彖聲直專切

榱 秦名爲屋椽周謂之榱齊魯謂之桷从木衰聲所追切

楣 秦名屋櫋聯也齊謂之檐楚謂之梠从木眉聲武悲切

說文六上　木部　圭

梠 楣也从木呂聲力舉切

㮰 梠也从木㿽聲讀若枇杷之枇房脂切

櫋 屋櫋聯也从木邊省聲武延切

檐 㮰也从木詹聲臣鉉等曰今俗作簷非是余廉切

橝 屋梠前也从木覃聲一曰蠶槌徒含切

樀 戶樀也从木啻聲爾雅曰檐謂之樀讀若滴都歷切

植 戶植也从木直聲常職切 𣝂或从置

樞 戶樞也从木區聲昌朱切

槏 戶也从木兼聲苦減切

樓 重屋也从木婁聲洛侯切

櫳　楯　櫺　杗　棟　杇　槾　椳　楣　梱

櫳　房室之疏也。从木龍聲。盧紅切

楯　闌楯也。从木盾聲。食允切

櫺　楯閒子也。从木霝聲。郎丁切

杗　棟也。从木亡聲。爾雅曰：杗廇謂之梁。武方切

棟　短椽也。从木束聲。丑錄切

杇　所以涂也。秦謂之杇，關東謂之槾。从木亏聲。哀都切

槾　杇也。从木曼聲。母官切

椳　門樞謂之椳。从木畏聲。烏恢切

楣　門樞之橫梁。从木冒聲。莫報切

梱　門橛也。从木困聲。苦本切

榍　柤　槍　楗　櫼　楔　柵　杝　欜　桓

榍　限也。从木屑聲。先結切

柤　木閑。从木且聲。側加切

槍　歫也。从木倉聲。一曰槍欀也。七羊切

楗　限門也。从木建聲。其獻切

櫼　楔也。从木韱聲。子廉切

楔　櫼也。从木契聲。先結切

柵　編樹木也。从木从冊，冊亦聲。楚革切

杝　落也。从木也聲。讀若他。池尒切

欜　夜行所擊者。从木橐聲。易曰：重門擊欜。他各切

桓　亭郵表也。从木亘聲。胡官切

楃　橦　杠　桯　桱　牀　枕　椷

楃　木帳也。从木屋聲。於角切

橦　帳極也。从木童聲。宅江切

杠　牀前橫木也。从木工聲。古雙切

桯　牀前几。从木呈聲。他丁切

桱　桱桯也。東方謂之蕩。从木巠聲。古零切

牀　安身之坐者。从木爿聲。徐鍇曰：左傳薳子馮詐病，掘地下冰而牀焉。至於恭坐則席也。故从爿，爿則爿之省。象人衺身有所倚箸。至於牆壯戕牀之屬，竝當从牀省聲。李陽冰言木右爲片，左爲爿，音牆。且說文無爿字，其書亦異，故知其妄。仕莊切

枕　臥所薦首者。从木冘聲。章衽切

椷　椷窬，褻器也。从木威聲。於非切

櫝　櫛　梳　㭘　槈　𣐈　茉　梠

櫝　匱也。从木賣聲。一曰木名。又曰：大梡也。徒谷切

櫛　梳比之總名也。从木節聲。阻瑟切

梳　理髮也。从木，疏省聲。所葅切

㭘　劒柙也。从木合聲。胡甲切

槈　薅器也。从木辱聲。奴豆切　鎒　或从金。

𣐈　茉臿也。从木入，象形，𥄎聲。舉朱切

茉　兩刃臿也。从木，丫象形。宋魏曰茉也。互瓜切　釫　或从金从于。

梠　臿也。从木㠯聲。一曰徙土輂，齊人語也。臣鉉等曰：今俗作耜。詳里切　梩　或从里。

枱　耒耑也从木台聲弋之切　或从金　籀文从辝

楎　六叉犂一曰犂上曲木犂轅从木軍聲讀若渾天之渾戶昆切

櫌　摩田器从木憂聲論語曰櫌而不輟於求切

欘　斫也齊謂之鎡錤一曰斤柄性自曲者从木屬聲陟玉切

櫡　斫謂之櫡从木箸聲張略切

杷　收麥器从木巴聲蒲巴切

椴　穜樓也一曰燒麥柃椴从木役聲與辟切

柃　木也从木令聲郎丁切

柫　擊禾連枷也从木弗聲敷勿切

枷　柫也从木加聲淮南謂之柍古牙切

杵　舂杵也从木午聲昌與切

槩　杚斗斛从木既聲工代切

杚　平也从木气聲古沒切

楇　木參交以枝炊籅者也从木省聲讀若驪駕臣鉉等曰驪駕未詳所綆切

柶　禮有柶柶匕也从木四聲息利切

桮　𠤳也从木否聲布回切　籀文桮

槃　承槃也从木般聲薄官切　古文从金　籀文从皿

榹　槃也从木虒聲息移切

案　几屬从木安聲烏旰切

檈　圜案也从木瞏聲似沿切

椷　篋也从木咸聲古咸切

枓　勺也从木从斗之庾切

杓　枓柄也从木从勺臣鉉等曰今俗作市若切以爲桮杓之杓甫搖切

櫑　龜目酒尊刻木作雲雷象象施不窮也从木畾聲魯回切　櫑或从缶　櫑或从皿　籀文櫑

椑　圜榼也从木卑聲部迷切

榼　酒器也从木盍聲枯蹋切

橢　車笭中橢橢器也从木隋聲徒果切

槌　關東謂之槌關西謂之㭙从木追聲直類切

㭙　槌也从木特省聲陟革切

栚　槌之橫者也關西謂之㯢从木灷聲臣鉉等曰當从朕省直衽切

槤　瑚槤也从木連聲臣鉉等曰今俗作璉非是里典切

櫎　所以几器从木廣聲一曰帷屏風之屬臣鉉等曰今別作幌非是胡廣切

梮　舉食者从木具聲俱燭切

檕　繘耑木也从木毄聲古詣切

檷　機　縢　杼　椱　楥　核　棚　棧　栫　槶　梯　棖　桊　椯　橜　樴　杖　柭　棓

檷　絡絲檷从木爾聲讀若柅　奴礼切

機　主發謂之機从木幾聲　居衣切

縢　機持經者从木朕聲　詩證切

杼　機之持緯者从木予聲　直呂切

椱　機持繒者从木复聲　扶富切

楥　履法也从木爰聲讀若指撝　吁券切

核　蠻夷以木皮爲篋狀如籢尊从木亥聲　古哀切

棚　棧也从木朋聲　薄衡切

棧　棚也竹木之車曰棧从木戔聲　士限切

栫　以柴木壅也从木存聲　徂悶切

槶　筐當也从木國聲　古悔切

梯　木階也从木弟聲　土雞切

棖　杖也从木長聲一曰法也　宅耕切

桊　牛鼻中環也从木𠔉聲　居倦切

椯　箠也从木耑聲一曰椯度也一曰剟也　兜果切

橜　弋也从木厥聲一曰門梱也　瞿月切

樴　弋也从木戠聲　之弋切

杖　持也从木丈聲　臣鉉等曰今俗別作仗非是　直兩切

柭　棓也从木犮聲　北末切

棓　棁也从木咅聲　步項切

椎　柯　棁　柄　柲　欑　杘　榜　檠　檃　桰　棊　椄　栙　栝　槽　臬　桶

椎　擊也齊謂之終葵从木隹聲　直追切

柯　斧柄也从木可聲　古俄切

棁　木杖也从木兌聲　他活切又之說切

柄　柯也从木丙聲　陂病切

棅　或从秉

柲　欑也从木必聲　兵媚切

欑　積竹杖也从木贊聲一曰穿也一曰叢木　在丸切

杘　籆柄也从木尸聲　女履切

柅　杘或从木尼聲　臣鉉等曰柅女氏切木若棃此重出

榜　所以輔弓弩从木旁聲　補盲切　臣鉉等案李舟切韻一音北孟切進船也又音北朗切木片也今俗作牓非

檠　榜也从木敬聲　巨京切

檃　栝也从木隱省聲　於謹切

桰　檃也从木昏聲一曰矢桰築弦處　古活切

棊　博棊从木其聲　渠之切

椄　續木也从木妾聲　子葉切

栙　栙雙也从木夅聲讀若鴻　下江切

栝　炊竈木从木舌聲　臣鉉等曰當从甛省乃得聲　他念切

槽　畜獸之食器从木曹聲　昨牢切

臬　射準的也从木从自　李陽冰曰自非聲从劓省　五結切

桶　木方受六升从木甬聲　他奉切

櫓 大盾也从木魯聲 郎古切 樐 或从鹵

樂 五聲八音總名象鼓鞞木虡也 玉角切

柎 闌足也从木付聲 甫無切

枹 擊鼓杖也从木包聲 甫無切

椌 柷樂也从木空聲 苦江切

柷 樂木空也所以止音爲節从木祝省聲 昌六切

槧 牘樸也从木斬聲 自琰切

札 牒也从木乙聲 側八切

檢 書署也从木僉聲 居奄切

檄 二尺書从木敫聲 胡狄切

棨 傳信也从木啟省聲 康礼切

楘 車歷録束文也从木敄聲詩曰五楘梁輈 莫卜切

枑 行馬也从木互聲周禮曰設梐枑再重 胡誤切

梐 梐枑也从木陛省聲 邊兮切

极 驢上負也从木及聲或讀若急 其輒切

⿰木去 极也从木去聲 去魚切

槅 大車枙从木鬲聲 古覈切

橾 車轂中空也从木喿聲讀若藪 山樞切

楇 盛膏器从木咼聲讀若過 乎臥切

枊 馬柱从木卬聲一曰堅也 吾浪切

棝 棝斗可射鼠从木固聲 古慕切

欙 山行所乘者从木纍聲虞書曰予乘四載水行乘舟陸行乘車山行乘欙澤行乘䡅 力追切

榷 水上横木所以渡者也从木隺聲 江岳切

橋 水梁也从木喬聲 巨驕切

梁 水橋也从木从水刅聲 呂張切 𣾰 古文

㮴 船總名从木叜聲 臣鉉等曰今俗別作艘非是 穌遭切

橃 海中大船从木發聲 臣鉉等曰今俗別作筏非是 房越切

楫 舟櫂也从木咠聲 子葉切

欚 江中大船名从木蠡聲 盧啓切

校 木囚也从木交聲 古孝切

樔 澤中守艸樓从木巢聲 鉏交切

采 捋取也从木从爪 倉宰切

柿 削木札樸也从木巿聲陳楚謂櫝爲柿 芳吠切

横 闌木也从木黃聲 戶盲切

梜 檢柙也从木夾聲 古洽切

桄 充也从木光聲 古曠切

槜 以木有所擣也从木雋聲春秋傳曰越敗吳於槜李 遵爲切

椓 擊也从木豕聲 竹角切

朾 橦也从木丁聲宅耕切

柧 棱也从木瓜聲又柧棱殿堂上最高之處也古胡切

棱 柧也从木夌聲魯登切

𣡌 伐木餘也从木獻聲商書曰若顛木之有甹𣡌五葛切 櫱或从木辥聲 古文𣡌从木無頭 亦古文𣡌

枰 平也从木从平平亦聲蒲兵切

柆 折木也从木立聲盧合切

槎 衺斫也从木差聲春秋傳曰山不槎側下切

柮 斷也从木出聲讀若爾雅貀無前足之貀女滑切

檮 斷木也从木𠷎聲春秋傳曰檮柮徒刀切

析 破木也一曰折也从木从斤先激切

棷 木薪也从木取聲側鳩切

梡 㮯木薪也从木完聲胡本切

㮯 梡木未析也从木圂聲胡昆切

楄 楄部方木也从木扁聲春秋傳曰楄部薦榦部田切

楅 以木有所逼束也从木畐聲詩曰夏而楅衡彼即切

枼 楄也枼薄也从木世聲臣鉉等曰當从卉乃得聲卉穌合切与涉切

槱 積火燎之也从木从火酉聲詩曰薪之槱之周禮以槱燎祠司中司命余救切 禉 柴祭天神或从示

休 息止也从人依木許尤切 庥 休或从广

𣓌 竟也从木恒聲古鄧切 古文𣓌

械 桎梏也从木戒聲一曰器之總名一曰持也一曰有盛爲械無盛爲器胡戒切

杽 械也从木从手手亦聲敕九切

桎 足械也从木至聲之日切

梏 手械也从木告聲古沃切

櫪 櫪撕椑指也从木歷聲郎擊切

撕 櫪撕也从木斯聲先稽切

檻 櫳也从木監聲一曰圈胡黯切

櫳 檻也从木龍聲盧紅切

柙 檻也以藏虎兕从木甲聲烏匣切 古文柙

棺 關也所以掩尸从木官聲古丸切

櫬 棺也从木親聲春秋傳曰士輿櫬初僅切

槥 棺櫝也从木彗聲祥歲切

椁 葬有木𩫏也从木𩫏聲古博切

楬 楬桀也从木曷聲春秋傳曰楬而書之其謁切

梟 不孝鳥也日至捕梟磔之从鳥頭在木上古堯切

棐 輔也从木非聲敷尾切

文四百二十一　重三十九

梔　木實可染从木卮聲章移切

榭　臺有屋也从木䠶聲詞夜切

槊　矛也从木朔聲所角切

椸　衣架也从木施聲以支切

榻　牀也从木㬪聲土盍切

櫍　柎也从木質聲之日切

櫂　所以進船也从木翟聲或从卓史記通用濯直教切

槔　桔槔汲水器也从木皋聲古牢切

椿　橛杙也从木春聲啄江切

櫻　果也从木嬰聲烏莖切

文十二　新附

梀　梀也从木策省聲所厄切

東　動也从木官溥說从日在木中凡東之屬皆从東得紅切

棘　二東曹从此闕

文二

林　平土有叢木曰林从二木凡林之屬皆从林力尋切

無　豐也从林奭或說規模字从大𣬛數之積也林者木之多也𣬛與庶同意商書曰庶草繁無徐鍇曰或說大𣬛爲規模之模諸部無者不審信也文甫切

鬱　木叢生者从林鬱省聲迂弗切

楚　叢木一名荊也从林疋聲創舉切

棽　木枝條棽儷皃从林今聲丑林切

楙　木盛也从林矛聲莫候切

麓　守山林吏也从林鹿聲一曰林屬於山爲麓春秋傳曰沙麓崩盧谷切　𣝣　古文从录

棼　複屋棟也从林分聲符分切

森　木多皃从林从木讀若曾參之參所今切

文九　重一

梵　出自西域釋書未詳意義扶泛切

文一　新附

才　艸木之初也从丨上貫一將生枝葉一地也凡才之屬皆从才徐鍇曰上一初生歧枝也下一地也昨哉切

文一

說文解字弟六上

說文解字弟六下

漢太尉祭酒許慎記

宋右散騎常侍徐鉉等校定

叒　日初出東方湯谷所登榑桑叒木也象形凡叒之屬皆从叒 而灼切 籀文

桑　蠶所食葉木从叒木 息郎切

文二　重一

之　出也象艸過屮枝莖益大有所之一者地也凡之之屬皆从之 止而切

㞢　艸木妄生也从之在土上讀若皇 徐鍇曰妄生謂非所宜生傳曰門上生莠从之在土上土上益高非所宜也 戶光切

文二　重一

帀　周也从反之而帀也凡帀之屬皆从帀周盛說 子荅切

師　二千五百人爲師从帀从𠂤𠂤四帀衆意也 疎夷切 古文師

文二　重一

出　進也象艸木益滋上出達也凡出之屬皆从出 尺律切

敖　游也从出从放 五牢切

賣　出物貨也从出从買 莫邂切

糶　出穀也从出从糬糬亦聲 他弔切

𣐺　槷𣐺不安也从出臬聲易曰槷𣐺 徐鍇曰物不安則出不在也 五結切

文五

朩　艸木盛朩朩然象形八聲凡朩之屬皆从朩讀若輩 普活切

𣎵　艸木𣎵孛之皃从朩畀聲 于貴切

索　艸有莖葉可作繩索从朩糸杜林說朩亦朱木字 蘇各切

孛　𣎵也从朩人色也从子論語曰色孛如也 蒲妹切

𠂔　止也从朩盛而一橫止之也 即里切

南　艸木至南方有枝任也从朩羊聲 那含切 古文

文六　重一

生　進也象艸木生出土上凡生之屬皆从生 所庚切

丰　艸盛丰丰也从生上下達也 敷容切

產　生也从生彥省聲 所簡切

隆　豐大也从生降聲 徐鍇曰生而不已益高大也 力中切

甤　草木實甤甤也从生豨省聲讀若綏 儒隹切

甡　衆生並立之皃从二生詩曰甡甡其鹿 所臻切

文六

乇　艸葉也从垂穗上貫一下有根象形凡乇之屬皆从乇 陟格切

文一

𠂹　艸木華葉𠂹象形凡𠂹之屬皆从𠂹是爲切　古文

文一　重一

𠌶　艸木華也从𠂹亏聲凡𠌶之屬皆从𠌶況于切　𠌶或从艸从夸

文一　重一

韡　盛也从𠌶韋聲詩曰蕚不韡韡于鬼切

文二　重一

華　榮也从艸从𠌶凡華之屬皆从華戶瓜切

皣　艸木白華也从華从白筠輒切

文二

禾　木之曲頭止不能上也凡禾之屬皆从禾古兮切

𥝌　多小意而止也从禾从支只聲一曰木也職雉切

𥝩　𥝌𥝩也从禾从又句聲又者从丑省一曰木名徐鍇曰丑者束縛也𥝌𥝩不伸之意俱羽切

文三

稽　畱止也从禾从尤旨聲凡稽之屬皆从稽古兮切

𥡴　特止也从稽省卓聲徐鍇曰特止卓立也竹角切

𥣔　𥣔𥝩而止也从稽省咎聲讀若皓賈侍中說稽𥡴𥣔三字皆木名古老切

文三

巢　鳥在木上曰巢在穴曰窠从木象形凡巢之屬皆从巢鉏交切

𢀩　傾覆也从寸臼覆之寸人手也从巢省杜林說以爲貶損之貶方斂切

文二

桼　木汁可以髹物象形桼如水滴而下凡桼之屬皆从桼親吉切

髤　桼也从桼髟聲許由切

𣜹　桼垸已復桼之从桼包聲匹皃切

文三

束　縛也从口木凡束之屬皆从束書玉切

柬　分別簡之也从束从八八分別也古限切

𣠔　小束也从束幵聲讀若繭古典切

剌　戾也从束从刀刀者剌之也徐鍇曰剌乖違也束而乖違者莫若刀也盧達切

文四

㯻　㯻也从束圂聲凡㯻之屬皆从㯻胡本切

橐　囊也从㯻省石聲他各切

囊　橐也从㯻省襄省聲奴當切

櫜　車上大㯻从㯻省咎聲詩曰載櫜弓矢古勞切

橐 囊張大皃从橐省匋省聲 符宵切

文五

口 回也象回帀之形凡口之屬皆从口 羽非切

圜 天體也从口瞏聲 王權切

團 圜也从口專聲 度官切

𡇒 規也从口肙聲 似沿切

囩 回也从口云聲 羽巾切

圓 圜全也从口員聲讀若員 王問切

回 轉也从口中象回轉形 戶恢切 古文

圖 畫計難也从口从啚啚難意也 徐鍇曰規畫之也故从口 同都切

圛 回行也从口睪聲尚書曰圛圛升雲半有半無讀若驛 羊益切

國 邦也从口从或 古惑切

壼 宮中道从口象宮垣道上之形詩曰室家之壼 苦本切

囷 廩之圜者从禾在口中圜謂之囷方謂之京 去倫切

圈 養畜之閑也从口卷聲 渠篆切

囿 苑有垣也从口有聲一曰禽獸曰囿 于救切 籒文囿

園 所以樹果也从口袁聲 羽元切

圃 穜菜曰圃从口甫聲 博古切

因 就也从口大 徐鍇曰左傳曰植有禮因重固能大者衆圍就之 於眞切

𡆸 下取物縮藏之从口从又讀若聶 女洽切

囹 獄也从口令聲 郎丁切

圄 守之也从口吾聲 魚舉切

囚 繫也从人在口中 似由切

固 四塞也从口古聲 古慕切

圍 守也从口韋聲 羽非切

困 故廬也从木在口中 苦悶切 古文困

圂 廁也从口象豕在口中也會意 胡困切

囮 譯也从口化率鳥者繫生鳥以來之名曰囮讀若譌 五禾切 囮或从繇 又音由

文二十六 重四

員 物數也从貝口聲凡員之屬皆从員 徐鍇曰古以貝爲貨故數之 王權切 籒文从鼎

䞓 物數紛䞓亂也从員云聲讀若春秋傳曰宋皇䞓 羽文切

文二 重一

貝 海介蟲也居陸名猋在水名蜬象形古者貨貝而寶龜周而有泉至秦廢貝行錢凡貝之屬皆从貝 博蓋切

𧴪 貝聲也从小貝 酥果切

賄　財也从貝有聲呼罪切

財　人所寶也从貝才聲昨哉切

貨　財也从貝化聲呼臥切

䝲　資也从貝爲聲或曰此古貨字讀若貴詭僞切

資　貨也从貝次聲卽夷切

贎　貨也从貝萬聲無販切

賑　富也从貝辰聲之忍切

賢　多才也从貝臤聲胡田切

賁　飾也从貝卉聲彼義切

賀　以禮相奉慶也从貝加聲胡箇切

貢　獻功也从貝工聲古送切

贊　見也从貝从兟臣鉉等曰兟音詵進也執贄而進有司贊相之則旰切

賮　會禮也从貝𦘔聲徐刃切

齎　持遺也从貝齊聲祖雞切

貸　施也从貝代聲他代切

貣　从人求物也从貝弋聲他得切

賂　遺也从貝各聲臣鉉等曰當从路省乃得聲洛故切

賸　物相增加也从貝朕聲一曰送也副也以證切

贈　玩好相送也从貝曾聲昨鄧切

貱　迻予也从貝皮聲彼義切

贛　賜也从貝竷省聲臣鉉等曰竷非聲未詳古送切　籀文贛

賚　賜也从貝來聲周書曰賚尒秬鬯洛帶切

賞　賜有功也从貝尚聲書兩切

賜　予也从貝易聲斯義切

貤　重次弟物也从貝也聲以豉切

贏　有餘賈利也从貝𣎆聲臣鉉等曰當从嬴省乃得聲以成切

賴　贏也从貝剌聲洛帶切

負　恃也从人守貝有所恃也一曰受貸不償房九切

貯　積也从貝宁聲直呂切

貳　副益也从貝弍聲弍古文二而至切

賓　所敬也从貝㝊聲必鄰切　古文

賖　貰買也从貝余聲式車切

貰　貸也从貝世聲神夜切

贅　以物質錢从敖貝敖者猶放貝當復取之也之芮切

質　以物相贅从貝从所闕之日切

貿　易財也从貝卯聲莫候切

贖　貿也从貝𧶠聲殊六切

費　散財用也从貝弗聲房未切

責　求也从貝朿聲側革切

賈　市也从貝襾聲一曰坐賣售也公戶切

賣　行賈也从貝商省聲　式陽切
販　買賤賣貴者从貝反聲　方願切
買　市也从网貝孟子曰登壟斷而网市利　莫蟹切
賤　賈少也从貝戔聲　才線切
賦　斂也从貝武聲　方遇切
貪　欲物也从貝今聲　他含切
貶　損也从貝从乏　方斂切
貧　財分少也从貝从分分亦聲　符巾切　[古文]古文从宀分
賃　庸也从貝任聲　尼禁切
賕　以財物枉法相謝也从貝求聲一曰戴質也　巨畱切

說文六下　貝部　九

購　以財有所求也从貝冓聲　古候切
⿰貝疋　齎財卜問為⿰貝疋从貝疋聲讀若所　疏舉切
貲　小罰以財自贖也从貝此聲漢律民不繇貲錢二十二　即夷切
賨　南蠻賦也从貝宗聲　徂紅切
賣　衒也从貝𧶠聲𧶠古文睦讀若育　余六切
貴　物不賤也从貝臾聲臾古文蕢　居胃切
賏　頸飾也从二貝　烏莖切

文五十九　重三

貺　賜也从貝兄聲　許訪切
賵　贈死者从貝从冒冒者衣衾覆冒之意　撫鳳切
賭　博簺也从貝者聲　當古切
貼　以物為質也从貝占聲　他叶切
貽　贈遺也从貝台聲經典通用詒　與之切
賺　重買也錯也从貝廉聲　佇陷切
賽　報也从貝塞省聲　先代切
賻　助也从貝尃聲　符遇切
贍　給也从貝詹聲　時豔切

文九　新附

說文六下　貝部　邑部　十

邑　國也从口先王之制尊卑有大小从卪凡邑之屬皆从邑　於汲切
邦　國也从邑丰聲　博江切　[古文字形]古文
郡　周制天子地方千里分為百縣縣有四郡故春秋傳曰上大夫受郡是也至秦初置三十六郡以監其縣从邑君聲　渠運切
都　有先君之舊宗廟曰都从邑者聲周禮距國五百里為都　當孤切
鄰　五家為鄰从邑粦聲　力珍切
酇　百家為酇酇聚也从邑贊聲南陽有酇縣　作管切又作旦切
鄙　五酇為鄙从邑啚聲　兵美切

郊 距國百里爲郊从邑交聲 古肴切
邸 屬國舍从邑氏聲 都禮切
郛 郭也从邑孚聲 甫無切
郵 境上行書舍从邑垂垂邊也 羽求切
䣆 國甸大夫稍稍所食邑从邑肖聲周禮曰任䣆地在天子三百里之內 所教切
鄯 鄯善西胡國也从邑从善善亦聲 時戰切
竆 夏后時諸侯夷羿國也从邑竆省聲 渠弓切
⿰契阝 周封黃帝之後於⿰契阝也从邑契聲讀若薊上谷有⿰契阝縣 古詣切
邰 炎帝之後姜姓所封周棄外家國从邑台聲右扶風斄縣是也詩曰有邰家室 土來切
⿰支阝 周文王所封在右扶風美陽中水鄉从邑支聲 巨支切 岐 ⿰支阝或从山支聲因岐山以名之也 𡶒 古文⿰支阝从枝从山
邠 周太王國在右扶風美陽从邑分聲 補巾切 豳 美陽亭即豳也民俗以夜市有豳山从山从豩闕
郿 右扶風縣从邑眉聲 武悲切
郁 右扶風郁夷也从邑有聲 於六切
鄠 右扶風縣名从邑雩聲 胡古切

扈 夏后同姓所封戰於甘者在鄠有扈谷甘亭从邑戶聲 胡古切 𡰪 古文扈从山弓
⿰崩阝 右扶風鄠鄉从邑崩聲沛城父有⿰崩阝鄉讀若陪 薄回切
⿰且阝 右扶風鄠鄉从邑且聲 子余切
郝 右扶風鄠盩厔鄉从邑赤聲 呼各切
酆 周文王所都在京兆杜陵西南从邑豐聲 敷戎切
鄭 京兆縣周厲王子友所封从邑奠聲宗周之滅鄭徙潧洧之上今新鄭是也 直正切
郃 左馮翊郃陽縣从邑合聲詩曰在郃之陽 候閤切
叩 京兆藍田鄉从邑口聲 苦后切
⿰樊阝 京兆杜陵鄉从邑樊聲 附袁切
鄜 左馮翊縣从邑麃聲 甫無切
⿰屠阝 左馮翊鄜陽亭从邑屠聲 同都切
邮 左馮翊高陵从邑由聲 徒歷切
⿰季阝 左馮翊谷口鄉从邑季聲讀若寧 奴顛切
邽 隴西上邽也从邑圭聲 古睢切
部 天水狄部从邑音聲 蒲口切
郖 弘農縣庾地从邑豆聲 當侯切
鄏 河南縣直城門官陌地也从邑辱聲春秋傳曰成王定鼎于郟鄏 而蜀切

鄻 周邑也从邑輦聲力展切

⿰祭阝 周邑也从邑祭聲側介切

邙 河南洛陽北亡山上邑从邑亡聲莫郎切

鄩 周邑也从邑尋聲徐林切

郗 周邑也在河内从邑希聲丑脂切

鄆 河内沁水鄉从邑軍聲魯有鄆地王問切

邶 故商邑自河内朝歌以北是也从邑北聲補妹切

邘 周武王子所封在河内野王是也从邑于聲又讀若區況于切

𨛍 殷諸侯國在上黨東北从邑𥝢聲𥝢古文利商書西伯戡𨛍郎奚切

邵 晉邑也从邑召聲寔照切

鄍 晉邑也从邑冥聲春秋傳曰伐鄍三門莫經切

鄐 晉邢侯邑从邑畜聲丑六切

鄇 晉之溫地从邑侯聲春秋傳曰爭鄇田胡遘切

邲 晉邑也从邑必聲春秋傳曰晉楚戰于邲毗必切

郤 晉大夫叔虎邑也从邑谷聲綺戟切

⿰邑非 河東聞喜縣从邑非聲薄回切

⿰虔阝 河東聞喜聚从邑虔聲渠焉切

邼 河東聞喜鄉从邑匡聲去王切

鄈 河東臨汾地即漢之所祭后土處从邑癸聲揆唯切

邢 周公子所封地近河内懷从邑幵聲戶經切

鄔 太原縣从邑烏聲安古切

祁 太原縣从邑示聲巨支切

鄴 魏郡縣从邑業聲魚怯切

郉 鄭地郉亭从邑井聲戶經切

邯 趙邯鄲縣从邑甘聲胡安切

鄲 邯鄲縣从邑單聲都寒切

郇 周武王子所封國在晉地从邑旬聲讀若泓相倫切

鄃 清河縣从邑俞聲式朱切

鄗 常山縣世祖所即位今爲高邑从邑高聲呼各切

鄡 鉅鹿縣从邑梟聲牽遙切

鄚 涿郡縣从邑莫聲慕各切

郅 北地郁郅縣从邑至聲之日切

鄋 北方長狄國也在夏爲防風氏在殷爲汪茫氏从邑叜聲春秋傳曰鄋瞞侵齊所鳩切

鄦 炎帝太嶽之胤甫侯所封在潁川从邑無聲讀若許虛呂切

邟 潁川縣从邑亢聲苦浪切

郾 潁川縣从邑匽聲於建切

郟　潁川縣。从邑夾聲。工洽切
郪　新郪，汝南縣。从邑妻聲。七稽切
鄎　姬姓之國。在淮北。从邑息聲。今汝南新鄎。相即切
郋　汝南邵陵里。从邑自聲。讀若奚。胡雞切
⿰旁阝　汝南鮦陽亭。从邑旁聲。步光切
郹　蔡邑也。从邑狊聲。春秋傳曰：郹陽封人之女奔之。古闃切
鄧　曼姓之國。今屬南陽。从邑登聲。徒亘切
鄾　鄧國地也。从邑憂聲。春秋傳曰：鄧南鄙鄾人攻之。於求切

⿰号阝　南陽淯陽鄉。从邑号聲。乎刀切
鄛　南陽棗陽鄉。从邑巢聲。鉏交切
⿰襄阝　今南陽穰縣是。从邑襄聲。汝羊切
⿰婁阝　南陽穰鄉。从邑婁聲。力朱切
⿰里阝　南陽西鄂亭。从邑里聲。良止切
⿰羽阝　南陽舞陰亭。从邑羽聲。王榘切
郢　故楚都。在南郡江陵北十里。从邑呈聲。以整切
郢　郢或省。
鄢　南郡縣。孝惠三年改名宜城。从邑焉聲。於乾切
鄳　江夏縣。从邑黽聲。莫杏切

⿰葛阝　南陽陰鄉。从邑葛聲。古達切
鄂　江夏縣。从邑咢聲。五各切
邔　南陽縣。从邑己聲。居擬切
邾　江夏縣。从邑朱聲。陟輸切
鄖　漢南之國。从邑員聲。漢中有鄖關。羽文切
鄘　南夷國。从邑庸聲。余封切
郫　蜀縣也。从邑卑聲。符支切
⿰壽阝　蜀江原地。从邑壽聲。市流切
⿰耤阝　蜀地也。从邑耤聲。秦昔切
⿰蔓阝　蜀廣漢鄉也。从邑蔓聲。讀若蔓。無販切

邡　什邡，廣漢縣。从邑方聲。府良切
⿰馬阝　存⿰馬阝，犍爲縣。从邑馬聲。莫駕切
鄨　牂牁縣。从邑敝聲。讀若鷩雉之鷩。必袂切
⿰包阝　地名。从邑包聲。布交切
那　西夷國。从邑冄聲。安定有朝那縣。諾何切
鄱　鄱陽，豫章縣。从邑番聲。薄波切
酃　長沙縣。从邑霝聲。郎丁切
郴　桂陽縣。从邑林聲。丑林切
⿰耒阝　今桂陽⿰耒阝陽縣。从邑耒聲。盧對切
鄮　會稽縣。从邑貿聲。莫候切

邿　附庸國在東平亢父邿亭从邑寺聲春秋傳曰取邿書之切

郰　魯下邑孔子之鄉从邑取聲側鳩切

郕　魯孟氏邑从邑成聲氏征切

𨛫　周公所誅𨛫國在魯从邑奄聲依檢切

酄　魯下邑从邑雚聲春秋傳曰齊人來歸酄呼官切

郎　魯亭也从邑良聲魯當切

邳　奚仲之後湯左相仲虺所封國在魯薛縣从邑丕聲敷悲切

鄣　紀邑也从邑章聲諸良切

邗　國也今屬臨淮从邑干聲一曰邗本屬吳胡安切

𨞛　臨淮徐地从邑義聲春秋傳曰徐𨞛楚魚羈切

郈　東平無鹽鄉从邑后聲胡口切

郯　東海縣帝少昊之後所封从邑炎聲徒甘切

郚　東海縣故紀侯之邑也从邑吾聲五乎切

酅　東海之邑从邑巂聲戶圭切

鄫　姒姓國在東海从邑曾聲疾陵切

邪　琅邪郡从邑牙聲以遮切

邞　琅邪縣一名純德从邑夫聲甫無切

䣛　齊地也从邑桼聲親吉切

鄞　會稽縣从邑堇聲語斤切

𨛍　沛郡从邑市聲博蓋切

郱　宋下邑从邑丙聲兵永切

䣜　沛國縣从邑虘聲昨何切

𨙻　地名从邑少聲書沼切

𨚕　地名从邑臣聲植鄰切

酁　宋地也从邑毚聲讀若讒士咸切

鄑　宋魯閒地从邑晉聲卽移切

郜　周文王子所封國从邑告聲古到切

鄄　衛地今濟陰鄄城从邑垔聲吉掾切

邛　邛地在濟陰縣从邑工聲渠容切

鄶　祝融之後妘姓所封潧洧之閒鄭滅之从邑會聲古外切

邧　鄭邑也从邑元聲虞遠切

郔　鄭地从邑延聲以然切

郠　琅邪莒邑从邑更聲春秋傳曰取郠古杏切

鄅　妘姓之國从邑禹聲春秋傳曰鄅人籍稻讀若規榘之榘王榘切

鄒　魯縣古邾國帝顓頊之後所封从邑芻聲側鳩切

𨛛　邾下邑地从邑余聲魯東有𨛛城讀若塗同都切

郭　齊之郭氏虛善善不能進惡惡不能退是以亡國也从邑𩫖聲古博切

郳　齊地从邑兒聲春秋傳曰齊高厚定郳田五雞切

郣　郣海地从邑孛聲一曰地之起者曰郣臣鉉等曰今俗作渤非是蒲沒切

⿰覃阝　國也齊桓公之所滅从邑覃聲臣鉉等曰今作譚非是說文注義有譚長疑後人傳寫之誤徒含切

邭　地名从邑句聲其俱切

郂　陳留鄉从邑亥聲古哀切

⿰𢦏阝　故國在陳留从邑𢦏聲作代切

《說文六下　邑部　九

酀　地名从邑燕聲烏前切

邱　地名从邑丘聲去鳩切

⿰如阝　地名从邑如聲人諸切

⿰丑阝　地名从邑丑聲女九切

⿰几阝　地名从邑几聲居履切

⿰翕阝　地名从邑翕聲希立切

⿰求阝　地名从邑求聲巨鳩切

⿰嬰阝　地名从邑嬰聲於郢切

⿰尙阝　地名从邑尙聲多朗切

郱　地名从邑并聲薄經切

⿰虖阝　地名从邑虖聲呼古切

邩　地名从邑火聲呼果切

鄝　地名从邑翏聲盧鳥切

鄬　地名从邑爲聲居爲切

邨　地名从邑屯聲臣鉉等曰今俗作村非是此尊切

⿰舍阝　地名从邑舍聲式車切

⿰盍阝　地名从邑盍聲胡蠟切

⿰乾阝　地名从邑乾聲古寒切

⿰㐭阝　地名从邑㐭聲讀若淫力荏切

邖　地名从邑山聲所閒切

《說文六下　邑部　䢽部　廿

⿰臺阝　地名从邑臺聲臺古堂字徒耶切

⿰馮阝　姬姓之國从邑馮聲房戎切

⿰蔽阝　汝南安陽鄉从邑蔽省聲苦怪切

郙　汝南上蔡亭从邑甫聲方矩切

酈　南陽縣从邑麗聲郎擊切

⿰䙴阝　地名从邑䙴聲七然切

𨙨　从反邑䢽字从此闕

文一百八十四　重六

䢽　鄰道也从邑从𨙨凡䢽之屬皆从䢽闕胡絳切今隸變作⿰乡阝

鄉　國離邑民所封鄉也嗇夫別治封圻之內六鄉六鄉

治之从𨛜皀聲許良切

巷 里中道从𨛜从共皆在邑中所共也胡絳切 篆文从𨛜省

文三　重一

說文解字弟六下

說文解字弟七上

漢 太 尉 祭 酒 許 愼 記

宋 右 散 騎 常 侍 徐 鉉 等校定

五十六部　七百一十四文　重百一十五

凡八千六百四十七字

文四十二 新附

日 實也太陽之精不虧从口一象形凡日之屬皆从日人質切 古文象形

旻 秋天也从日文聲虞書曰仁閔覆下則稱旻天武巾切

時 四時也从日寺聲市之切 古文時从之日

早 晨也从日在甲上子浩切

昒 尚冥也从日勿聲呼骨切

昧 爽旦明也从日未聲一曰闇也莫佩切

睹 旦明也从日者聲當古切

晢 昭晰明也从日折聲禮曰晰明行事旨熱切

昭 日明也从日召聲止遙切

晤 明也从日吾聲詩曰晤辟有摽五故切

的 明也从日勺聲易曰爲的顙都歷切

晄 明也从日光聲胡廣切

曠 明也从日廣聲苦謗切

旭 日旦出皃从日九聲若勖一曰明也臣鉉等曰九非聲未詳許玉切

晉 進也日出萬物進从日从臸易曰明出地上晉臣鉉等案臸到也會意即刃切

暘 日出也从日昜聲虞書曰暘谷與章切

晵 雨而晝姓也从日啓省聲康禮切

晹 日覆雲暫見也从日易聲羊益切

昫 日出溫也从日句聲北地有昫衍縣火于切又火句切

晛 日見也从日从見見亦聲詩曰見晛曰消胡甸切

晏 天清也从日安聲烏諫切

曣 星無雲也从日燕聲於甸切

景 光也从日京聲居影切

晧 日出皃从日告聲胡老切

暤 晧旰也从日皋聲胡老切

曄 光也从日从𠌶筠輒切

暉 光也从日軍聲許歸切

旰 晚也从日干聲春秋傳曰日旰君勞古案切

暆 日行暆暆也从日施聲樂浪有東暆縣讀若酏弋支切

晷 日景也从日咎聲居洧切

昃 日在西方時側也从日仄聲易曰日昃之離臣鉉等曰今俗別作昗非是阻力切

晚 莫也从日免聲無遠切

昏 日冥也从日氐省氐者下也一曰民聲呼昆切

曫 日且昏時从日䜌聲讀若新城䜌中洛官切

晻 不明也从日奄聲烏感切

暗 日無光也从日音聲烏紺切

晦 月盡也从日每聲荒內切

𣊰 埃𣊰日無光也从日能聲奴代切

曀 陰而風也从日壹聲詩曰終風且曀於計切

旱 不雨也从日干聲乎旰切

㫐 望遠合也从日匕匕合也讀若窈窕之窈徐鍇曰比相近也故日合也烏皎切

昴 白虎宿星从日卯聲莫飽切

曏 不久也从日鄉聲春秋傳曰曏役之三月許兩切

曩 曏也从日襄聲奴朗切

昨 壘日也从日乍聲在各切

暇 閑也从日叚聲胡嫁切

暫 不久也从日斬聲藏濫切

昪 喜樂皃从日弁聲皮變切

昌 美言也从日从曰一曰日光也詩曰東方昌矣臣鉉等曰曰亦言也尺良切 籀文昌

暀 光美也从日往聲 于放切
昄 大也从日反聲 補綰切
昱 明日也从日立聲 余六切
㬉 溫溼也从日赧省聲讀與赧同 女版切
暍 傷暑也从日曷聲 於歇切
暑 熱也从日者聲 舒呂切
㬮 安㬮溫也从日難聲 奴案切
㬎 衆微杪也从日中視絲古文以爲顯字或曰衆口皃讀若唫唫或以爲繭繭者絮中往往有小繭也 五合切
㬥 晞也从日从出从廾从米 薄報切 古文㬥从日麃

聲
曬 暴也从日麗聲 所智切
暵 乾也耕暴田曰暵从日堇聲易曰燥萬物者莫暵于離 臣鉉等曰當从漢省乃得聲 呼旰切
晞 乾也从日希聲 香衣切
昔 乾肉也从殘肉日以晞之與俎同意 思積切 籀文从肉
暱 日近也从日匿聲春秋傳曰私降暱燕 尼質切 暱或从尼
暬 日狎習相慢也从日執聲 私列切

𣆪 不見也从日否省聲 美畢切
昆 同也从日从比 徐鍇曰日日比之是同也 古渾切
晐 兼晐也从日亥聲 古哀切
普 日無色也从日从並 徐鍇曰日無光則遠近皆同故从並 滂古切
曉 明也从日堯聲 呼鳥切
昕 旦明日將出也从日斤聲讀若希 許斤切

文七十 重六

曈 曈曨日欲明也从日童聲 徒紅切
曨 曈曨也从日龍聲 盧紅切

昈 明也从日戶聲 侯古切
昉 明也从日方聲 分兩切
晙 明也从日夋聲 子峻切
晟 明也从日成聲 承正切
昶 日長也从日永會意 丑兩切
暈 日月气也从日軍聲 王問切
晬 周年也从日卒卒亦聲 子內切
映 明也隱也从日央聲 於敬切
曙 曉也从日署聲 常恕切
昳 日昃也从日失聲 徒結切
曇 雲布也从日雲會意 徒含切

曆　厤象也从日厤聲史記通用歷郎擊切

昻　舉也从日卬聲五岡切

昇　日上也从日升聲古只用升識蒸切

文十六　新附

旦　明也从日見一上一地也凡旦之屬皆从旦得案切

暨　日頗見也从旦旣聲其異切

文二

倝　日始出光倝倝也从旦㫃聲凡倝之屬皆从倝古案切

𠦝　闕

𦩻　旦也从倝舟聲陟遙切

文三

㫃　旌旗之游㫃蹇之皃从屮曲而下垂㫃相出入也讀若偃古人名㫃字子游凡㫃之屬皆从㫃於幰切　古文㫃字象形及象旌旗之游

旐　龜蛇四游以象營室游游而長从㫃兆聲周禮曰縣鄙建旐治小切

旗　熊旗五游以象罰星士卒以爲期从㫃其聲周禮曰率都建旗渠之切

旆　繼旐之旗也沛然而垂从㫃𣎵聲蒲蓋切

旌　游車載旌析羽注旄首所以精進士卒从㫃生聲子盈切

旟　錯革畫鳥其上所以進士衆旟旟衆也从㫃與聲周禮曰州里建旟以諸切

旂　旗有衆鈴以令衆也从㫃斤聲渠希切

旞　導車所以載全羽以爲允允進也从㫃遂聲徐醉切　旞或从遺

旝　建大木置石其上發以機以追敵也从㫃會聲春秋傳曰旝動而鼓詩曰其旝如林古外切

旃　旗曲柄也所以旃表士衆从㫃丹聲周禮曰通帛爲旃諸延切　旜　旃或从亶

㫍　旌旗之流也从㫃攸聲以周切

𣄠　旗屬从㫃要聲烏皎切

施　旗皃从㫃也聲亝欒施字子旗知施者旗也式支切

旖　旗旖施也从㫃奇聲於离切

旚　旌旗旚繇也从㫃票聲匹招切

𣄴　旌旗飛揚皃从㫃猋聲甫遙切

游　旌旗之流也从㫃汓聲以周切　𨒫　古文游

旇　旌旗披靡也从㫃皮聲敷羈切

旋　周旋旌旗之指麾也从㫃从疋疋足也徐鍇曰人足隨旌旗以周旋也似沿切

旄　幢也从㫃从毛毛亦聲莫袍切

旛　幅胡也从㫃番聲臣鉉等曰胡幅之下垂者也孚袁切

旅　軍之五百人爲旅从㫃从从从俱也力舉切　古文旅古文以爲魯衛之魯

族　矢鋒也束之族族也从㫃从矢昨木切

文二十三　重五

冥　幽也从日从六冖聲日數十十六日而月始虧幽也凡冥之屬皆从冥莫經切

鼆　冥也从冥黽聲讀若黽蛙之黽武庚切

文二

說文七上　㫃部　冥部　晶部　月部　八

晶　精光也从三日凡晶之屬皆从晶子盈切

曐　萬物之精上爲列星从晶生聲一曰象形从口古口復注中故與日同桑經切　古文星　曐或省

曑　商星也从晶㐱聲臣鉉等曰㐱非聲未詳所今切　曑或省

晨　房星爲民田時者从晶辰聲植鄰切　晨或省

疊　楊雄說以爲古理官決罪三日得其宜乃行之从晶从宜亡新以爲疊从三日太盛改爲三田徒叶切

文五　重四

月　闕也大陰之精象形凡月之屬皆从月魚厥切

朔　月一日始蘇也从月屰聲所角切

朏　月未盛之明从月出周書曰丙午朏普乃切又芳尾切

霸　月始生霸然也承大月二日承小月三日从月䨣聲周書曰哉生霸普伯切臣鉉等曰今俗作必駕切以爲霸王字　古文霸

朗　明也从月良聲盧黨切

朓　晦而月見西方謂之朓从月兆聲土了切

肭　朔而月見東方謂之縮肭从月内聲女六切

期　會也从月其聲渠之切　古文期从日丌

文八　重二

朦　月朦朧也从月蒙聲莫工切

朧　朦朧也从月龍聲盧紅切

文二新附

說文七上　月部　有部　明部　九

有　不宜有也春秋傳曰日月有食之从月又聲凡有之屬皆从有云九切

䧫　有文章也从有惑聲於六切

龓　兼有也从有龍聲讀若聾盧紅切

文三

朙　照也从月从囧凡朙之屬皆从朙武兵切　古文朙从日

𦝭　翌也从明亡聲呼光切

文二　重一

囧 窻牖麗廔闓明象形凡囧之屬皆从囧讀若獷賈侍中說讀與明同 俱永切

盟 周禮曰國有疑則盟諸侯再相與會十二歲一盟北面詔天之司愼司命盟殺牲歃血朱盤玉敦以立牛耳从囧从血 武兵切 篆文从朙 古文从明

文二 重二

夕 莫也从月半見凡夕之屬皆从夕 祥易切

夜 舍也天下休舍也从夕亦省聲 羊謝切

夢 不明也从夕瞢省聲 莫忠切又亡貢切

夗 轉臥也从夕从卪臥有卪也 於阮切

夤 敬惕也从夕寅聲易曰夕惕若夤 翼眞切 籒文夤

㚈 雨而夜除星見也从夕生聲 臣鉉等曰今俗別作晴非是 疾盈切

外 遠也卜尚平旦今夕卜於事外矣 五會切 古文外

𡖍 早敬也从丮持事雖夕不休早敬者也 臣鉉等曰今俗書作夙譌 息逐切 古文夙从人㐁 亦古文夙从人㐁宿从此

𡖏 宋也从夕莫聲 莫白切

文九 重四

多 重也从重夕夕者相繹也故爲多重夕爲多重日爲疊凡多之屬皆从多 得何切 古文多

夥 齊謂多爲夥从多果聲 乎果切

𡖈 大也从多圣聲 苦回切

𡖟 厚脣皃从多从尚 徐鍇曰多即厚也 陟加切

文四 重一

毌 穿物持之也从一橫貫象寶貨之形凡毌之屬皆从毌讀若冠 古丸切

貫 錢貝之貫从毌貝 古玩切

虜 獲也从毌从力虍聲 郎古切

文三

𢎘 嘾也艸木之華未發函然象形凡𢎘之屬皆从𢎘讀若含 乎感切

函 舌也象形舌體𢎘𢎘从𢎘𢎘亦聲 胡男切 俗函从肉今

𠧪 木生條也从𢎘由聲商書曰若顚木之有㽕枿古文言由枿 徐鍇曰說文無由字今尚書只作由枿蓋古文省𢎘而後人因省之通用爲因由等字从𢎘上象枝條華𢎘之形臣鉉等案孔安國注尚書直訓由作用也用枿之語不通 以州切

甬 艸木華甬甬然也从𢎘用聲 余隴切

𢎗 艸木𢎘盛也从二𢎘 胡先切

文五 重一

𣐺 木垂華實从木𢎘𢎘亦聲凡𣐺之屬皆从𣐺 胡感切

⿰東韋 束也从㯻韋聲徐鍇曰言束之象木華實之相累也千非切

文二

卤 艸木實垂卤卤然象形凡卤之屬皆从卤讀若調徒遼切 籀文三卤爲卤

㮚 木也从木其實下垂故从卤力質切 古文㮚从西从二卤徐巡說木至西方戰㮚

粟 嘉穀實也从卤从米孔子曰粟之爲言續也相玉切 籀文粟

文三　重三

齊 禾麥吐穗上平也象形凡亝之屬皆从亝徐鍇曰生而齊者莫若禾麥二地也兩傍在低處也徂兮切

䶒 等也从亝妻聲徂兮切

文二

朿 木芒也象形凡朿之屬皆从朿讀若刺七賜切

棗 羊棗也从重朿子皓切

棘 小棗叢生者从並朿己力切

文三

片 判木也从半木凡片之屬皆从片匹見切

版 判也从片反聲布綰切

⿰片畐 判也从片畐聲芳逼切

牘 書版也从片賣聲徒谷切

牒 札也从片枼聲徒叶切

牑 牀版也从片扁聲讀若邊方田切

牖 穿壁以木爲交窻也从片戶甫譚長以爲甫上日也非戶也牖所以見日與久切

牏 築牆短版也从片俞聲讀若俞一曰若紐度侯切

文八

鼎 三足兩耳和五味之寶器也昔禹收九牧之金鑄鼎荆山之下入山林川澤螭魅蝄蜽莫能逢之以協承天休易卦巽木於下者爲鼎象析木以炊也籀文以

鼎爲貞字凡鼎之屬皆从鼎都挺切

鼒 鼎之圜掩上者从鼎才聲詩曰鼐鼎及鼒子之切 鎡 俗鼒从金从茲

鼐 鼎之絕大者从鼎乃聲魯詩說鼐小鼎奴代切

鼏 以木橫貫鼎耳而舉之从鼎冂聲周禮廟門容大鼏七箇即易玉鉉大吉也莫狄切

文四　重一

克 肩也象屋下刻木之形凡克之屬皆从克徐鍇曰肩任也負何之名也與人肩膊之義通能勝此物謂之克苦得切 古文克 亦古文克

克

文一　重二

彔　刻木彔彔也象形凡彔之屬皆从彔 盧谷切

文一

禾　嘉穀也二月始生八月而孰得時之中故謂之禾禾木也木王而生金王而死从木从𠂹省𠂹象其穗凡禾之屬皆从禾 戶戈切

秀　上諱 漢光武帝名也徐鍇曰禾實也有實之象下垂也 息救切

稼　禾之秀實爲稼莖節爲禾从禾家聲一曰稼家事也一曰在野曰稼 古訝切

穡　穀可收曰穡从禾嗇聲 所力切

穜　埶也从禾童聲 之用切

稙　早穜也从禾直聲詩曰稙稚尗麥 常職切

種　先穜後孰也从禾重聲 直容切

稑　疾孰也从禾坴聲詩曰黍稷種稑 力竹切　稑或从翏

稺　幼禾也从禾犀聲 直利切

稹　穜概也从禾眞聲周禮曰稹理而堅 之忍切

稠　多也从禾周聲 直由切

概　稠也从禾既聲 几利切

稀　疏也从禾希聲 徐鍇曰當言从爻从巾無聲字爻者稀疏之義與爽同意巾象禾之根莖至於莃晞皆當从稀省何以知之說文無希字故也 香依切

⿰禾蔑　禾也从禾蔑聲 莫結切

穆　禾也从禾㣎聲 莫卜切

私　禾也从禾厶聲北道名禾主人曰私主人 息夷切

⿰禾糞　稻紫莖不黏也从禾糞聲讀若靡 扶沸切

稷　齋也五穀之長从禾畟聲 子力切　古文稷省

齋　稷也从禾齊聲 即夷切　齋或从次

秫　稷之黏者从禾朮象形 食聿切　秫或省禾

穄　穈也从禾祭聲 子例切

稻　稌也从禾舀聲 徒皓切

稌　稻也从禾余聲周禮曰牛宜稌 徒古切

稬　沛國謂稻曰稬从禾耎聲 奴亂切

稴　稻不黏者从禾兼聲讀若風廉之廉 力兼切

秔　稻屬从禾亢聲 古行切　秔或从更聲

秏　稻屬从禾毛聲伊尹曰飯之美者玄山之禾南海之秏 呼到切

穬　芒粟也从禾廣聲 古猛切

秜　稻今季落來季自生謂之秜从禾尼聲 里之切

稗　禾別也从禾卑聲琅邪有稗縣 旁卦切

移　禾相倚移也从禾多聲一曰禾名 臣鉉等曰多與移聲不相近蓋古有

此音弋支切

穎 禾末也从禾頃聲詩曰禾穎穟穟 余頃切

秾 齊謂麥秾也从禾來聲 洛哀切

采 禾成秀也人所以收从爪禾 徐醉切 穗 采或从禾惠聲

穟 禾采之皃从禾遂聲詩曰禾穎穟穟 徐醉切 䅎 穟或从艸

䄪 禾危穗也从禾勺聲 都了切

䅚 禾垂皃从禾耑聲讀若端 丁果切

䅛 禾舉出苗也从禾曷聲 居謁切

秒 禾芒也从禾少聲 亡沼切

穖 禾穖也从禾幾聲 居狶切

秠 一稃二米从禾丕聲詩曰誕降嘉穀惟秬惟秠天賜后稷之嘉穀也 敷悲切

秨 禾搖皃从禾乍聲讀若昨 在各切

穮 耕禾閒也从禾麃聲春秋傳曰是穮是衮 甫嬌切

案 轢禾也从禾安聲 烏旰切

秄 壅禾本从禾子聲 即里切

穧 穫刈也一曰撮也从禾齊聲 在詣切

穫 刈穀也从禾蒦聲 胡郭切

穦 積禾也从禾資聲詩曰穦之秩秩 即夷切

積 聚也从禾責聲 則歷切

秩 積也从禾失聲詩曰穦之秩秩 直質切

稇 絭束也从禾囷聲 苦本切

稞 穀之善者从禾果聲一曰無皮穀 胡瓦切

秳 舂粟不漬也从禾昏聲 戶括切

䄵 稭也从禾气聲 居气切

稃 𥢔也从禾孚聲 芳無切 粰 稃或从米付聲

𥢔 穅也从禾會聲 苦會切

穅 穀皮也从禾从米庚聲 苦岡切 康 穅或省

䅵 禾皮也从禾羔聲 臣鉉等曰羔聲不相近未詳之若切

稭 禾稾去其皮祭天以爲席从禾皆聲 古黠切

稈 禾莖也从禾旱聲春秋傳曰或投一秉稈 古旱切 秆 稈或从干

稾 稈也从禾高聲 古老切

秕 不成粟也从禾比聲 卑履切

䅌 麥莖也从禾肙聲 古玄切

梨 黍穰也从禾㓞聲 良薛切

穰 黍𥞤已治者从禾襄聲 汝羊切

秧 禾若秧穰也从禾央聲 於良切

䅊　䅊䅰穀名从禾旁聲蒲庚切

䅰　䅊䅰也从禾皇聲戶光切

秊　穀孰也从禾千聲春秋傳曰大有秊奴顚切

穀　續也百穀之總名从禾㱿聲古祿切

稔　穀孰也从禾念聲春秋傳曰鮮不五稔而甚切

租　田賦也从禾且聲則吾切

稅　租也从禾兌聲輸芮切

䆃　禾也从禾道聲司馬相如曰䆃一莖六穗徒到切

⿰禾荒　虛無食也从禾荒聲呼光切

穌　把取禾若也从禾魚聲素孤切

稍　出物有漸也从禾肖聲所教切

秋　禾穀孰也从禾龜省聲七由切　籀文不省

秦　伯益之後所封國地宜禾从禾舂省一曰秦禾名匠鄰切　籀文秦从秝

稱　銓也从禾爯聲春分而禾生日夏至晷景可度禾有秒秒秋分而秒定律數十二秒而當一分十分而寸其以爲重十二粟爲一分十二分爲一銖故諸程品皆从禾處陵切

科　程也从禾从斗斗者量也苦禾切

程　品也十髮爲程十程爲分十分爲寸从禾呈聲直貞切

稯　布之八十縷爲稯从禾㚇聲子紅切　籀文稯省

秭　五稯爲秭从禾𠂔聲一曰數億至萬曰秭將几切

秅　二秭爲秅从禾乇聲周禮曰二百四十斤爲秉四秉曰筥十筥曰稯十稯曰秅四百秉爲一秅宅加切

䄷　百二十斤也稻一䄷爲粟二十斗禾黍一䄷爲粟十六斗大半斗从禾石聲常隻切

稘　復其時也从禾其聲虞書曰稘三百有六旬居之切

文八十七　重十三

穩　蹂穀聚也一日安也从禾隱省古通用安隱烏本切

稕　束稈也从禾臺聲之閏切

文二　新附

秝　稀疏適也从二禾凡秝之屬皆从秝讀若歷郎擊切

兼　并也从又持秝兼持二禾秉持一禾古甜切

文二

黍　禾屬而黏者也以大暑而穜故謂之黍从禾雨省聲孔子曰黍可爲酒禾入水也凡黍之屬皆从黍舒呂切

䵉　穄也从黍麻聲靡爲切

䵄　黍屬从黍卑聲并弭切

黏　相箸也从黍占聲女廉切

䵚　黏也从黍古聲戶吳切　黏或从米

䵒 黏也从黍日聲春秋傳曰不義不䵒尼質切 䵒或从刃

黎 履黏也从黍𥝢省聲𥝢古文利作履黏以黍米郎奚切

䵑 治黍禾豆下潰葉从黍畐聲蒲北切

文八 重二

香 芳也从黍从甘春秋傳曰黍稷馨香凡香之屬皆从香許良切

馨 香之遠聞者从香殸聲殸籒文磬呼形切

文二

馥 香气芬馥也从香复聲房六切

文一 新附

米 粟實也象禾實之形凡米之屬皆从米莫禮切

粱 米名也从米梁省聲呂張切

䊗 早取穀也从米焦聲一曰小側角切

粲 稻重一䄷爲粟二十斗爲米十斗曰毇爲米六斗太半斗曰粲从米𣦼聲倉案切

糲 粟重一䄷爲十六斗太半斗舂爲米一斛曰糲从米萬聲洛帶切

精 擇也从米青聲子盈切

粺 毇也从米卑聲旁卦切

粗 疏也从米且聲徂古切

粊 惡米也从米北聲周書有粊誓兵媚切

糱 牙米也从米辥聲魚列切

粒 糂也从米立聲力入切 古文粒

釋 漬米也从米睪聲施隻切

糂 以米和羹也一曰粒也从米甚聲桑感切 籒文糂从朁 古文糂从參

䊭 炊米者謂之䊭从米辟聲博尼切

糜 糝也从米麻聲靡爲切

䊤 糜和也从米覃聲讀若鄲徒感切

𥹉 潰米也从米尼聲交阯有𥹉泠縣武夷切

䊫 酒母也从米䈞省聲驰六切 䊫或从麥鞠省聲

糟 酒滓也从米曹聲作曹切 籒文从酉

糒 乾也从米葡聲平祕切

糗 熬米麥也从米臭聲去九切

𥺁 舂糗也从臼米其九切

糈 糧也从米胥聲私呂切

糧 穀也从米量聲呂張切

粈 雜飯也从米丑聲女久切

䊔 穀也从米翟聲他弔切

穖 麩也从米蔑聲 莫撥切

粹 不雜也从米卒聲 雖遂切

氣 饋客芻米也从米气聲春秋傳曰齊人來氣諸侯 許既切 槩 氣或从既 餼 氣或从食

粠 陳臭米从米工聲 戶工切

粉 傅面者也从米分聲 方吻切

䊈 粉也从米卷聲 去阮切

䊝 䊛也从米悉聲 私列切

䊛 䊝䊛散之也从米殺聲 桑割切

䊳 碎也从米靡聲 摸臥切

竊 盜自中出曰竊从穴从米卨廿皆聲廿古文疾卨古文偰 千結切

文三十六　重七

粻 食米也从米長聲 陟良切

粕 糟粕酒滓也从米白聲 匹各切

粔 粔籹膏環也从米巨聲 其呂切

籹 粔籹也从米女聲 人渚切

糉 蘆葉裹米也从米㚇聲 作弄切

糖 飴也从米唐聲 徒郎切

文六 新附

毇 米一斛舂爲八斗也从臼从殳凡毇之屬皆从毇 許委切

糳 糲米一斛舂爲九斗曰糳从毇丵聲 則各切

文二

臼 舂也古者掘地爲臼其後穿木石象形中米也凡臼之屬皆从臼 其九切

舂 擣粟也从廾持杵臨臼上午杵省也古者雝父初作舂 書容切

𦦔 齊謂舂曰𦦔从臼屰聲讀若膊 匹各切

臿 舂去麥皮也从臼干所以臿之 楚洽切

舀 抒臼也从爪臼詩曰或簸或舀 以沼切 抭 舀或从手从宂 䑖 舀或从臼宂

臽 小阱也从人在臼上 戶猎切

文六　重二

凶 惡也象地穿交陷其中也凡凶之屬皆从凶 許容切

兇 擾恐也从人在凶下春秋傳曰曹人兇懼 許拱切

文二

說文解字弟七上

說文解字弟七下
漢 太 尉 祭 酒 許 愼 記
宋 右 散 騎 常 侍 徐 鉉 等校定
朩 朩分枲莖皮也从屮八象枲之皮莖也凡朩之屬皆从
朩匹刃切讀若髕
枲 枲麻也从朩台聲胥里切 𦬊籒文枲从𣏟从辝
文二 重一
𣏟 𣏟葩之總名也𣏟之爲言微也微纖爲功象形凡𣏟之
屬皆从𣏟匹卦切
檾 檾枲屬从𣏟熒省詩曰衣錦檾衣去穎切

㪔 㪔分離也从攴从𣏟𣏟分㪔之意也穌旰切
文三
麻 麻與𣏟同人所治在屋下从广从𣏟凡麻之屬皆从麻
莫遐切
⿸麻後 ⿸麻後未練治纑也从麻後聲臣鉉等曰後非聲疑復字譌當从復省乃得聲空谷切
⿸麻取 ⿸麻取麻藍也从麻取聲側鳩切
⿸麻俞 ⿸麻俞檾屬从麻俞聲度侯切
文四
尗 尗豆也象尗豆生之形也凡尗之屬皆从尗式竹切
敊 敊配鹽幽尗也从尗支聲是義切 豉俗敊从豆
文二 重一
耑 耑物初生之題也上象生形下象其根也凡耑之屬皆
从耑臣鉉等曰中地也多官切
文一
韭 韭菜名一種而久者故謂之韭象形在一之上一地也
此與耑同意凡韭之屬皆从韭舉友切
䪢 䪢齏也从韭隊聲徒對切
䪣 䪣䪢也从韭次𠂔皆聲祖雞切 齏䪢或从齊
䪥 䪥菜也葉似韭从韭叡聲胡戒切
韱 韱山韭也从韭𢦏聲息廉切

䪨 䪨小蒜也从韭番聲附袁切
文六 重一
瓜 瓜㼌也象形凡瓜之屬皆从瓜古華切
瓝 瓝小瓜也从瓜交聲臣鉉等曰交非聲未詳蒲角切
瓞 瓞瓝也从瓜失聲詩曰緜緜瓜瓞徒結切 𤬏瓞或从弗
㼨 㼨小瓜也从瓜熒省聲戶扃切
⿰䍃瓜 ⿰䍃瓜瓜也从瓜繇省聲余昭切
瓣 瓣瓜中實从瓜辡聲蒲莧切
㼌 㼌本不勝末微弱也从二瓜讀若庾以主切
文七 重一

瓠　匏也从瓜夸聲凡瓠之屬皆从瓠　胡誤切

瓢　蠡也从瓠省㶾聲　符宵切

文二

宀　交覆深屋也象形凡宀之屬皆从宀　武延切

家　居也从宀豭省聲　古牙切　古文家

宅　所託也从宀乇聲　場伯切　古文宅　亦古文宅

室　實也从宀从至至所止也　式質切

宣　天子宣室也从宀亘聲　須緣切

向　北出牖也从宀从口詩曰塞向墐戶　徐鍇曰牖所以通人气故从口　許諒切

宧　養也室之東北隅食所居从宀㔭聲　與之切

㝔　戶樞聲也室之東南隅从宀皀聲　烏皎切

奧　宛也室之西南隅从宀𡚁聲　臣鉉等曰𡚁非聲未詳　烏到切

宛　屈草自覆也从宀夗聲　於阮切　宛或从心

宸　屋宇也从宀辰聲　植鄰切

宇　屋邊也从宀于聲易曰上棟下宇　王榘切　籀文宇从禹

寷　大屋也从宀豐聲易曰寷其屋　敷戎切

寏　周垣也从宀奐聲　胡官切　寏或从𨸏　又爰眷切

宏　屋深響也从宀厷聲　戶萌切

宖　屋響也从宀弘聲　戶萌切

寪　屋皃从宀爲聲　韋委切

㝩　屋㝩㝗也从宀康聲　苦岡切

㝗　㝩也从宀良聲　音良又力康切

宬　屋所容受也从宀成聲　氏征切

寍　安也从宀心在皿上人之飲食器所以安人　奴丁切

定　安也从宀从正　徒徑切

寔　止也从宀是聲　常隻切

安　靜也从女在宀下　烏寒切

宓　安也从宀必聲　美畢切

㝣　靜也从宀契聲　於計切

宴　安也从宀妟聲　於甸切

㝐　無人聲从宀尗聲　前歷切　㝐或从言

察　覆也从宀祭　臣鉉等曰祭祀必天質明明察也故从祭　初八切

寴　至也从宀親聲　初僅切

完　全也从宀元聲古文以爲寬字　胡官切

富　備也一曰厚也从宀畐聲　方副切

實　富也从宀从貫貫貨貝也　神質切

宲　藏也从宀𥝌聲𥝌古文保周書曰陳宲赤刀　博褒切

容　盛也从宀谷　臣鉉等曰屋與谷皆所以盛受也　余封切　古文容从公

宂 㰦也。从宀，人在屋下無田事。周書曰：宮中之宂食。而隴切

𡨦 𡨦𡨦不見也。一曰𡨦𡨦不見省人。从宀㒼聲。武延切

寶 珍也。从宀从王从貝，缶聲。博皓切 𡧚 古文寶省貝。

宭 羣居也。从宀君聲。渠云切

宦 仕也。从宀从臣。胡慣切

宰 辠人在屋下執事者。从宀从辛。辛，辠也。作亥切

守 守官也。从宀从寸。寺府之事者。从寸。寸，法度也。書九切

寵 尊居也。从宀龍聲。丑壟切

宥 寬也。从宀有聲。于救切

宜 所安也。从宀之下，一之上，多省聲。魚羈切 𡧪 古文宜。 𡦼 亦古文宜。

寫 置物也。从宀舄聲。悉也切

宵 夜也。从宀，宀下冥也；肖聲。相邀切

宿 止也。从宀㐁聲。㐁，古文夙。息逐切

寑 臥也。从宀𠬶聲。七荏切 𡪢 籒文寑省。

𡧍 冥合也。从宀丏聲。讀若周書若藥不眄眩。莫甸切

寬 屋寬大也。从宀萈聲。苦官切

㝓 寤也。从宀吾聲。五故切

寁 居之速也。从宀疌聲。子感切

寡 少也。从宀从頒。頒，分賦也，故爲少。古瓦切

客 寄也。从宀各聲。苦格切

寄 託也。从宀奇聲。居義切

寓 寄也。从宀禺聲。牛具切 𢉖 寓或从广。

寠 無禮居也。从宀婁聲。其榘切

㝌 貧病也。从宀久聲。詩曰：煢煢在㝌。居又切

寒 凍也。从人在宀下，以茻薦覆之，下有仌。胡安切

害 傷也。从宀从口。宀、口，言从家起也。丰聲。胡蓋切

𡩡 入家搜也。从宀索聲。所責切

𡪤 窮也。从宀䈞聲。䈞與籟同。居六切 𥨎 𡪤或从穴。

宄 姦也。外爲盜，內爲宄。从宀九聲。讀若軌。居洧切 𡧊 古文宄。 𡩢 亦古文宄。

𡬅 塞也。从宀𢽸聲。讀若虞書曰𡬅三苗之𡬅。麤最切

宕 過也。一曰洞屋。从宀，碭省聲。汝南項有宕鄉。徒浪切

宋 居也。从宀从木。讀若送。臣鉉等曰：木者所以成室以居人也。蘇統切

𡪊 屋傾下也。从宀執聲。都念切

宗 尊祖廟也。从宀从示。作冬切

宔 宗廟宔祏。从宀主聲。之庾切

宙 舟輿所極覆也。从宀由聲。直又切

文七十一　重十六

寘　置也从宀眞聲支義切

寰　王者封畿內縣也从宀睘聲戶關切

寀　同地爲寀从宀采聲倉宰切

文三　新附

宮　室也从宀躳省聲凡宮之屬皆从宮居戎切

營　市居也从宮熒省聲余傾切

文二

呂　脊骨也象形昔太嶽爲禹心呂之臣故封呂矦凡呂之屬皆从呂力舉切　篆文呂从肉从旅

躳　身也从身从呂居戎切　躳或从弓

文二　重二

穴　土室也从宀八聲凡穴之屬皆从穴胡決切

𥥍　北方謂地空因以爲土穴爲𥥍戶从穴皿聲讀若猛武永切

窨　地室也从穴音聲於禁切

窯　燒瓦竈也从穴羔聲余招切

𥧰　地室也从穴復聲詩曰陶𥧰陶穴芳福切

竈　炊竈也从穴鼀省聲則到切　竈或不省

窐　甑空也从穴圭聲烏瓜切

突　深也一曰竈突从穴从火从求省式鍼切

穿　通也从牙在穴中昌緣切

寮　穿也从穴尞聲論語有公伯寮洛蕭切

𥥛　穿也从穴決省聲於決切

𥦗　深抉也从穴从抉於決切

竇　空也从穴瀆省聲徒奏切

𥨍　空皃从穴矞聲呼決切

窠　空也穴中曰窠樹上曰巢从穴果聲苦禾切

窻　通孔也从穴悤聲楚江切

窊　汚衺下也从穴瓜聲烏瓜切

竅　空也从穴敫聲牽料切

空　竅也从穴工聲苦紅切

𥥔　空也从穴巠聲詩曰瓶之𥥔矣去徑切

穵　空大也从穴乙聲烏黠切

窳　汚窬也从穴㼌聲朔方有窳渾縣以主切

窞　坎中小坎也从穴从臽臽亦聲易曰入于坎窞一曰旁入也徒感切

窌　窖也从穴卯聲匹皃切

窖　地藏也从穴告聲古孝切

窬　穿木戶也从穴俞聲一曰空中也羊朱切

窵　窵窅深也从穴鳥聲多嘯切

窺 小視也从穴規聲 去隓切

竀 正視也从穴中正見也正亦聲 敕貞切

窡 穴中見也从穴叕聲 丁滑切

窋 物在穴中皃从穴中出 丁滑切

窴 塞也从穴眞聲 待季切

窒 塞也从穴至聲 陟栗切

突 犬从穴中暫出也从犬在穴中一曰滑也 徒骨切

竄 墜也从鼠在穴中 七亂切

窣 从穴中卒出从穴卒聲 蘇骨切

窘 迫也从穴君聲 渠隕切

窕 深肆極也从穴兆聲讀若挑 徒了切

穹 窮也从穴弓聲 去弓切

究 窮也从穴九聲 居又切

竆 極也从穴躳聲 渠弓切

窅 冥也从穴皀聲 烏皎切

窔 窅窔深也从穴交聲 烏叫切

邃 深遠也从穴遂聲 雖遂切

窈 深遠也从穴幼聲 烏皎切

窱 杳窱也从穴條聲 徒弔切

竁 穿地也从穴毳聲一曰小鼠周禮曰大喪甫竁 充芮切

窆 葬下棺也从穴乏聲周禮曰及窆執斧 方驗切

窀 葬之厚夕从穴屯聲春秋傳曰窀穸从先君於地下 陟倫切

穸 窀穸也从穴夕聲 詞亦切

窜 入脈刺穴謂之窜从穴甲聲 烏狎切

文五十一　重一

㝱 寐而有覺也从宀从疒夢聲周禮以日月星辰占六㝱之吉凶一曰正㝱二曰咢㝱三曰思㝱四曰悟㝱五曰喜㝱六曰懼㝱凡㝱之屬皆从㝱 莫鳳切

寢 病臥也从㝱省𡬼省聲 七荏切

寐 臥也从㝱省未聲 蜜二切

寤 寐覺而有信曰寤从㝱省吾聲一曰晝見而夜㝱也 五故切 籀文寤

⿱宀⿰爿女 楚人謂寐曰⿱宀⿰爿女从㝱省女聲 依倨切

⿱宀⿰爿米 寐而未厭从㝱省米聲 莫禮切

⿱宀⿰爿水 孰寐也从㝱省水聲讀若悸 求癸切

寎 臥驚病也从㝱省丙聲 皮命切

寱 瞑言也从㝱省臬聲 牛例切

寣 臥驚也一曰小兒號寣寣一曰河内相評也从㝱省从言 火滑切

文十　重一

疒　倚也人有疾病象倚箸之形凡疒之屬皆从疒女戹切

疾　病也从疒矢聲秦悉切　𤕫古文疾　𤵃籀文疾

痛　病也从疒甬聲他貢切

病　疾加也从疒丙聲皮命切

瘣　病也从疒鬼聲詩曰譬彼瘣木一曰腫旁出也胡罪切

疴　病也从疒可聲五行傳曰時即有口痾烏何切

痡　病也从疒甫聲詩曰我僕痡矣普胡切

瘽　病也从疒堇聲巨斤切

瘵　病也从疒祭聲側介切

瘨　病也从疒真聲一曰腹張都季切

瘼　病也从疒莫聲慕各切

疛　腹中急也从疒丩聲古巧切

⿸疒員　病也从疒員聲王問切

癇　病也从疒閒聲戸閒切

⿸疒出　病也从疒出聲五忽切

疵　病也从疒此聲疾咨切

癈　固病也从疒發聲方肺切

瘏　病也从疒者聲詩曰我馬瘏矣同都切

瘲　病也从疒從聲即容切

⿸疒辛　寒病也从疒辛聲所臻切

⿸疒或　頭痛也从疒或聲讀若溝洫之洫吁逼切

痟　酸痟頭痛从疒肖聲周禮曰春時有痟首疾相邀切

疕　頭瘍也从疒匕聲卑履切

瘍　頭創也从疒昜聲與章切

痒　瘍也从疒羊聲似陽切

⿸疒馬　目病一曰惡气箸身也一曰蝕創从疒馬聲莫駕切

⿸疒斯　散聲从疒斯聲先稽切

⿸疒爲　口咼也从疒爲聲韋委切

疦　⿸疒爲也从疒決省聲古穴切

瘖　不能言也从疒音聲於今切

癭　頸瘤也从疒嬰聲於郢切

瘻　頸腫也从疒婁聲力豆切

⿸疒又　顫也从疒又聲于救切

瘀　積血也从疒於聲依倨切

疝　腹痛也从疒山聲所晏切

疛　小腹病从疒肘省聲陟柳切

⿸疒㬎　滿也从疒㬎聲平祕切

⿸疒付　俛病也从疒付聲方榘切

痀　曲脊也从疒句聲其俱切

瘚　屰气也从疒从屰从欠居月切　𤹭　瘚或省疒

痵　气不定也从疒季聲其季切

痱　風病也从疒非聲蒲罪切

瘤　腫也从疒畱聲力求切

痤　小腫也从疒坐聲一曰族絫臣鉉等曰今別作瘯蠡非是昨禾切

疽　癰也从疒且聲七余切

⿸疒麗　癰也从疒麗聲一曰瘦黑讀若隸郎計切

癰　腫也从疒雝聲於容切

瘜　寄肉也从疒息聲相即切

癬　乾瘍也从疒鮮聲息淺切

疥　搔也从疒介聲古拜切

痂　疥也从疒加聲古牙切

瘕　女病也从疒叚聲乎加切

癘　惡疾也从疒蠆省聲洛帶切

瘧　熱寒休作从疒从虐虐亦聲魚約切

痁　有熱瘧从疒占聲春秋傳曰齊侯疥遂痁失廉切

痎　二日一發瘧从疒亥聲古諧切

痳　疝病从疒林聲力尋切

痔　後病也从疒寺聲直里切

痿　痹也从疒委聲儒隹切

痹　溼病也从疒畀聲必至切

⿸疒畢　足气不至也从疒畢聲毗至切

瘃　中寒腫覈从疒豖聲陟玉切

⿸疒扁　半枯也从疒扁聲匹連切

瘇　脛气足腫从疒童聲詩曰既微且瘇時重切　𤺄　籀文从尣

⿸疒盍　跛病也从疒盍聲讀若脅又讀若掩烏盍切

疻　毆傷也从疒只聲諸氏切

痏　疻痏也从疒有聲榮美切

⿸疒雋　創裂也一曰疾⿸疒雋从疒雋聲以水切

⿸疒冄　皮剝也从疒冄聲赤占切　𤵸　籀文从及

癑　痛也从疒農聲奴動切

痍　傷也从疒夷聲以脂切

瘢　痍也从疒般聲薄切

痕　胝瘢也从疒艮聲戶恩切

痙　彊急也从疒巠聲其頸切

痋　動病也从疒蟲省聲徒冬切

瘦　臞也从疒叜聲所又切

疢　熱病也从疒从火臣鉉等曰今俗別作疹非是丑刃切

癉　勞病也从疒單聲丁榦丁賀二切

疸 黄病也从疒旦聲 丁幹切

⿸疒夾 病息也从疒夾聲 苦叶切

痞 痛也从疒否聲 符鄙切

瘍 脈瘍也从疒易聲 羊益切

⿸疒术 狂走也从疒术聲讀若欻 食聿切

疲 勞也从疒皮聲 符羈切

⿸疒𠂔 瑕也从疒𠂔聲 側史切

疷 病也从疒氏聲 渠支切

⿸疒及 病劣也从疒及聲 呼合切

⿸疒殹 劇聲也从疒殹聲 於賣切

癃 罷病也从疒隆聲 力中切 籀文癃省

疫 民皆疾也从疒役省聲 營隻切

⿸疒恝 小兒瘛瘲病也从疒恝聲 臣鉉等曰說文無恝字疑从疒从心契省聲 尺制切

痑 馬病也从疒多聲詩曰痑痑駱馬 丁可切

痥 馬脛瘍也从疒兌聲一曰將傷 徒活切

⿸疒樂 治也从疒樂聲 力照切 療 或从尞

⿸疒古 久病也从疒古聲 古慕切

瘌 楚人謂藥毒曰痛瘌从疒剌聲 盧達切

癆 朝鮮謂藥毒曰癆从疒勞聲 郎到切

瘥 瘉也从疒差聲 楚懈切又才他切

⿸疒衰 減也从疒衰聲一曰耗也 楚追切

瘉 病瘳也从疒俞聲 臣鉉等曰今別作愈非是 以主切

瘳 疾瘉也从疒翏聲 敕鳩切

癡 不慧也从疒疑聲 丑之切

文一百二 重七

冖 覆也从一下垂也凡冖之屬皆从冖 臣鉉等曰今俗作冪同 莫狄切

冠 絭也所以絭髮弁冕之總名也从冖从元元亦聲冠有法制从寸 徐鍇曰取其在首故从元 古丸切

冣 積也从冖从取取亦聲 才句切

⿱冖託 奠爵酒也从冖託聲周書曰王三宿三祭三⿱冖託 當故切

文四

冃 重覆也从冂一凡冃之屬皆从冃 莫保切 讀若艸苺苺

同 合會也从冃从口 臣鉉等曰同爵名也周書曰太保受同嚌故从口史籀亦从口李陽冰云从口非是 徒紅切

青 幬帳之象从冃㞢其飾也 苦江切

冢 覆也从冃豕 莫紅切

文四

冃 小兒蠻夷頭衣也从冂二其飾也凡冃之屬皆从冃 莫報切

冕 大夫以上冠也邃延垂瑬紞纊从冃免聲古者黃帝

初作冕亡辡切　絻冕或从糸

冑　兜鍪也从冃由聲直又切　䩜司馬法冑从革

冒　冡而前也从冃从目莫報切　𡱝古文冒

最　犯而取也从冃从取祖外切

文五　重三

㒳　再也从冂闕易曰參天㒳地凡㒳之屬皆从㒳良獎切

兩　二十四銖爲一兩从一㒳平分亦聲良獎切

㒼　平也从廿五行之數二十分爲一辰㒳㒼平也讀若

蠻母官切

文三

网　庖犧所結繩以漁从冂下象网交文凡网之屬皆从

网今經典變隸作罒文紡切　罔网或从亡　𦉪网或从糸　㓁

古文网　𦉳籒文网

罨　罕也从网奄聲於業切

罕　网也从网干聲呼旱切

䍐　网也从网䋣䋣亦聲一曰綰也古眩切

䍙　网也从网每聲莫桮切

𦊓　网也从网巽聲思沇切　䟢逸周書曰不卵不𦊓以成

鳥獸𦊓者䍐獸足也故或从足

䍘　周行也从网米聲詩曰䍘入其阻武移切　冞䍘或从

冖

罩　捕魚器也从网卓聲都教切

罾　魚网也从网曾聲作騰切

罪　捕魚竹网从网非秦以罪爲辠字徂賄切

罽　魚网也从网㓹聲㓹籒文銳居例切

罛　魚罟也从网瓜聲詩曰施罛濊濊古胡切

罟　网也从网古聲公戶切

罶　曲梁寡婦之笱魚所留也从网留留亦聲力九切　䈆

罶或从婁春秋國語曰溝罛䈆

罜　罜䍡魚罟也从网主聲之庾切

䍡　罜䍡也从网鹿聲盧谷切

罧　積柴水中以聚魚也从网林聲所今切

罠　釣也从网民聲武巾切

羅　以絲罟鳥也从网从維古者芒氏初作羅魯何切

罬　捕鳥覆車也从网叕聲陟劣切　輟罬或从車

罿　罬也从网童聲尺容切

𦉼　覆車也从网包聲詩曰雉離于𦉼縛牟切　罦𦉼或从

孚

罻　捕鳥网也从网尉聲於位切

罘　兔罟也从网否聲臣鉉等曰隸書作罘縛牟切

⿱罒互 罟也从网互聲 胡誤切

罝 兔网也从网且聲 子邪切 罝或从糸 籀文从虘

⿱罒舞 牖中网也从网舞聲 文甫切

署 部署有所网屬从网者聲 徐鍇曰署置之言羅絡之若罘网也 常恕切

罷 遣有辠也从网能言有賢能而入网而貫遣之周禮曰議能之辟 薄蟹切

置 赦也从网直 徐鍇曰从直與罷同意 陟吏切

罯 覆也从网音聲 烏感切

詈 罵也从网从言网辠人 力智切

罵 詈也从网馬聲 莫駕切

⿱罒馬 馬絡頭也从网从馬馬馬絆也 居宜切 ⿱罒馬或从革

文三十四 重十二

罭 魚網也从网或聲 于逼切

罳 罘罳屏也从网思聲 息茲切

罹 心憂也从网未詳古多通用離 呂支切

文三 新附

襾 覆也从冂上下覆之凡襾之屬皆从襾 呼訝切 讀若晋

覂 反覆也从襾乏聲 方勇切

覈 實也考事襾笮邀遮其辤得實曰覈从襾敫聲 下革切

覈或从雨

覆 覂也一曰蓋也从襾復聲 敷救切

文四 重一

巾 佩巾也从冂丨象糸也凡巾之屬皆从巾 居銀切

⿱分巾 楚謂大巾曰⿱分巾从巾分聲 撫文切

帥 佩巾也从巾𠂤 所律切 帥或从兌又音稅

⿱埶巾 禮巾也从巾从埶 輸芮切

帗 一幅巾也从巾犮聲讀若撥 北末切

⿰巾刃 枕巾也从巾刃聲 而振切

幋 覆衣大巾从巾般聲或以為首鞶 薄官切

帤 巾帤也从巾如聲一曰幣巾 女余切

幣 帛也从巾敝聲 毗祭切

幅 布帛廣也从巾畐聲 方六切

⿰巾㐬 設色之工治絲練者从巾⿱亠厶聲一曰⿰巾㐬隔讀若荒 呼光切

帶 紳也男子鞶帶婦人帶絲象繫佩之形佩必有巾从巾 當蓋切

幘 髮有巾曰幘从巾責聲 側革切

⿰巾旬 領耑也从巾旬聲 相倫切

帔 弘農謂帬帔也从巾皮聲 披義切

常 下帬也从巾尙聲 市羊切 常或从衣

帬 下裳也从巾君聲 渠云切 帬或从衣

帴 帬也一曰帗也一曰婦人脅衣从巾戔聲讀若末殺之殺 所八切

⿰巾軍 幒也从巾軍聲 古渾切 ⿰巾軍或从衣

幒 ⿰巾軍也从巾忽聲一曰帗 職茸切 幒或从松

⿰巾監 楚謂無緣衣也从巾監聲 魯甘切

幎 幔也从巾冥聲周禮有幎人 莫狄切

幔 幕也从巾曼聲 莫半切

幬 禪帳也从巾𠷎聲 直由切

㡘 帷也从巾兼聲 力鹽切

帷 在旁曰帷从巾隹聲 洧悲切 古文帷

帳 張也从巾長聲 知諒切

幕 帷在上曰幕覆食案亦曰幕从巾莫聲 慕各切

⿰巾匕 ⿰巾祭裂也从巾匕聲 卑履切

⿰巾祭 殘帛也从巾祭聲 所例切

⿰巾俞 正耑裂也从巾俞聲 山樞切

帖 帛書署也从巾占聲 他叶切

帙 書衣也从巾失聲 直質切 帙或从衣

⿰巾前 幡幟也从巾前聲 則前切

徽 幟也以絳徽帛箸於背从巾微省聲春秋傳曰揚徽者公徒 許歸切

幖 幟也从巾㶾聲 方招切

帵 幡也从巾夗聲 於袁切

幡 書兒拭觚布也从巾番聲 甫煩切

⿰巾剌 㓨也从巾剌聲 盧達切

⿰巾韱 拭也从巾韱聲 精廉切

幝 車獘皃从巾單聲詩曰檀車幝幝 昌善切

幏 蓋衣也从巾冡聲 莫紅切

幭 蓋幭也从巾蔑聲一曰禪被 莫結切

幠 覆也从巾無聲 荒烏切

飾 㕞也从巾从人食聲讀若式一曰襐飾 賞隻切

幃 囊也从巾韋聲 許歸切

帣 囊也今鹽官三斛爲一帣从巾𢍏聲 居倦切

帚 糞也从又持巾埽冂內古者少康初作箕帚秫酒少康杜康也葬長垣 支手切

席 藉也禮天子諸侯席有黼繡純飾从巾庶省 臣鉉等曰席以待賓客之禮賓客非一人故从庶 祥易切 古文席从石省

幐 囊也从巾朕聲 徒登切

⿰巾奮 以囊盛穀大滿而裂也从巾奮聲 方吻切

㡒 載米齡也从巾盾聲讀若易屯卦之屯 陟倫切

𢃃 蒲席齡也从巾及聲讀若蛤 古沓切

幩 馬纏鑣扇汗也从巾賁聲詩曰朱幩鑣鑣 符分切

𢅥 墀地以巾撋之从巾夒聲讀若水溫㬈也一曰箸也 乃昆切

帑 金幣所藏也从巾奴聲 乃都切

布 枲織也从巾父聲 博故切

幏 南郡蠻夷賨布从巾家聲 古訝切

𢄼 布出東萊从巾弦聲 胡田切

𢅿 髮布也一曰車上衡衣从巾敄聲讀若項 莫卜切

說文七下 巾部 卅三

幦 髮布也从巾辟聲周禮曰駹車大幦 莫狄切

㡇 領耑也从巾耴聲 陟葉切

文六十二　重八

幢 旌旗之屬从巾童聲 宅江切

幟 旌旗之屬从巾戠聲 昌志切

帟 在上曰帟从巾亦聲 羊益切

幗 婦人首飾从巾國聲 古對切

幧 斂髮也从巾喿聲 七搖切

帒 囊也从巾代聲或从衣 徒耐切

帊 帛三幅曰帊从巾巴聲 普駕切

幞 帊也从巾菐聲 房玉切

幰 車幔也从巾憲聲 虛偃切

文九 新附

巿 韠也上古衣蔽前而已巿以象之天子朱巿諸侯赤巿大夫葱衡从巾象連帶之形凡巿之屬皆从巿 分勿切 韍 篆文巿从韋从犮 臣鉉等曰今俗作紱非是

𢃀 士無巿有𢃀制如榼缺四角爵弁服其色韎賤不得與裳同司農曰裳纁色从巿合聲 古洽切 韐 𢃀或从韋

文二　重二

說文七下 巾部 巿部 帛部 白部 卅四

帛 繒也从巾白聲凡帛之屬皆从帛 旁陌切

錦 襄邑織文从帛金聲 居飲切

文二

白 西方色也陰用事物色白从入合二二陰數凡白之屬皆从白 旁陌切 𣅀 古文白

皎 月之白也从白交聲詩曰月出皎兮 古了切

皢 日之白也从白堯聲 呼鳥切

皙 人色白也从白析聲 先擊切

皤 老人白也从白番聲易曰賁如皤如 薄波切 𩑶 皤或从頁

皠　鳥之白也从白隺聲胡沃切

皚　霜雪之白也从白豈聲五來切

皅　艸華之白也从白巴聲普巴切

皦　玉石之白也从白敫聲古了切

𤾊　際見之白也从白上下小見起戟切

皛　顯也从三白讀若皎烏皎切

文十一　重二

㡀　敗衣也从巾象衣敗之形凡㡀之屬皆从㡀毗祭切

敝　帗也一曰敗衣从攴从㡀㡀亦聲毗祭切

文二

黹　箴縷所紩衣从㡀丵省凡黹之屬皆从黹臣鉉等曰丵眾多也言箴縷之工不一也陟几切

𪓐　合五采鮮色从黹虘聲詩曰衣裳𪓐𪓐創舉切

黼　白與黑相次文从黹甫聲方榘切

黻　黑與青相次文从黹犮聲分勿切

𪓑　會五采繒色从黹綷省聲子對切

黺　衮衣山龍華蟲黺畫粉也从黹从粉省衞宏說方吻切

文六

說文解字弟七下

說文解字弟八上

漢太尉祭酒許愼記

宋右散騎常侍徐鉉等校定

三十七部　六百一十一文　重六十三

凡八千五百三十九字

文三十五新附

人　天地之性最貴者也此籒文象臂脛之形凡人之屬皆从人如鄰切

僮　未冠也从人童聲徒紅切

保　養也从人从𤓽省𤓽古文孚博褎切　𠈃古文保　㑓古文保不省

仁　親也从人从二臣鉉等曰仁者兼愛故从二如鄰切　忎古文仁从千心　𡰥古文仁或从尸

企　舉踵也从人止聲去智切　𨀁古文企从足

仞　伸臂一尋八尺从人刃聲而震切

仕　學也从人从士鉏里切

佼　交也从人从交下巧切

僎　具也从人巽聲士勉切

俅　冠飾皃从人求聲詩曰弁服俅俅巨鳩切

佩　大帶佩也从人从凡从巾佩必有巾巾謂之飾臣鉉等曰

今俗別作珮非是蒲妹切

儒　柔也術士之偁从人需聲人朱切

俊　材千人也从人夋聲子峻切

傑　傲也从人桀聲渠列切

僤　人姓从人軍聲吾昆切

伋　人名从人及聲居立切

伉　人名从人亢聲論語有陳伉苦浪切

伯　長也从人白聲博陌切

仲　中也从人从中中亦聲直眾切

伊　殷聖人阿衡尹治天下者从人从尹於脂切　古文伊从古文死

偰　高辛氏之子堯司徒殷之先从人契聲私列切

倩　人字从人青聲東齊壻謂之倩倉見切

伃　婦官也从人予聲以諸切

伀　志及眾也从人公聲職茸切

儇　慧也从人瞏聲許緣切

倓　安也从人炎聲讀若談徒甘切　倓或从剡

侚　疾也从人旬聲辭閏切

傛　不安也从人容聲一曰華余隴切

僷　宋衞之閒謂華僷僷从人葉聲與涉切

佳　善也从人圭聲古膎切

侅　奇侅非常也从人亥聲古哀切

傀　偉也从人鬼聲周禮曰大傀異公回切　瓌　傀或从玉褢聲

偉　奇也从人韋聲于鬼切

份　文質僣也从人分聲論語曰文質份份府巾切　彬　古文份从彡林林者从焚省聲臣鉉等曰今俗作斌非是

僚　好皃从人尞聲力小切

佖　威儀也从人必聲詩曰威儀佖佖毗必切

僝　具也从人孨聲讀若汝南潺水虞書曰㫄救僝功士戀切

儠　長壯儠儠也从人巤聲春秋傳曰長儠者相之良涉切

儦　行皃从人麃聲詩曰行人儦儦甫嬌切

儺　行人節也从人難聲詩曰佩玉之儺諾何切

倭　順皃从人委聲詩曰周道倭遲於爲切

僓　嫺也从人貴聲一曰長皃吐猥切又魚罪切

僑　高也从人喬聲巨嬌切

俟　大也从人矣聲詩曰伾伾俟俟牀史切

侗　大皃从人同聲詩曰神罔時侗他紅切

佶　正也从人吉聲詩曰既佶且閑巨乙切

俁仜僤健倞傲仡倨儼傪

俁 大也从人吴聲詩曰碩人俁俁 魚禹切

仜 大腹也从人工聲讀若紅 戸工切

僤 疾也从人單聲周禮曰句兵欲無僤 徒案切

健 伉也从人建聲 渠建切

倞 彊也从人京聲 渠竟切

傲 倨也从人敖聲 五到切

仡 勇壯也从人气聲周書曰仡仡勇夫 魚訖切

倨 不遜也从人居聲 居御切

儼 昂頭也从人嚴聲一曰好皃 魚儉切

傪 好皃从人參聲 倉含切

俚伴俺僩伾偲倬侹倗傓

俚 聊也从人里聲 良止切

伴 大皃从人半聲 薄滿切

俺 大也从人奄聲 於業切

僩 武皃从人閒聲詩曰瑟兮僩兮 下簡切

伾 有力也从人丕聲詩曰以車伾伾 敷悲切

偲 彊力也从人思聲詩曰其人美且偲 倉才切

倬 箸大也从人卓聲詩曰倬彼雲漢 竹角切

侹 長皃一曰箸地一曰代也从人廷聲 他鼎切

倗 輔也从人朋聲讀若陪位 步崩切

傓 熾盛也从人扇聲詩曰豔妻傓方處 式戰切

儆俶傭僾仿佛僁僟佗何

儆 戒也从人敬聲春秋傳曰儆宮 居影切

俶 善也从人叔聲詩曰令終有俶一曰始也 昌六切

傭 均直也从人庸聲 余封切

僾 仿佛也从人愛聲詩曰僾而不見 烏代切

仿 相似也从人方聲 妃罔切　㑂 籀文仿从丙

佛 見不審也从人弗聲 敷勿切

僁 聲也从人悉聲讀若屑 私列切

僟 精謹也从人幾聲明堂月令數將僟終 巨衣切

佗 負何也从人它聲 臣鉉等案史記匈奴奇畜有橐佗今俗譌誤謂之駱駝非是 徒何切

何 儋也从人可聲 臣鉉等曰儋何即負何也借爲誰何之何今俗別作擔荷非是 胡歌切

儋供儲偫備位儐偓佺㒩

儋 何也从人詹聲 都甘切

供 設也从人共聲一曰供給 俱容切

儲 偫也从人諸聲 直魚切

偫 待也从人从待 直里切

備 慎也从人𤰈聲 平祕切　𠈁 古文備

位 列中庭之左右謂之位从人立 于備切

儐 導也从人賓聲 必刃切　擯 儐或从手

偓 佺也从人屋聲 於角切

佺 偓佺仙人也从人全聲 此緣切

㒩 心服也从人聶聲 齒涉切

仢 約也从人勺聲往歷切

儕 等輩也从人齊聲春秋傳曰吾儕小人仕皆切

倫 輩也从人侖聲一曰道也田屯切

侔 齊等也从人牟聲莫浮切

偕 彊也从人皆聲詩曰偕偕士子一曰俱也古諧切

俱 偕也从人具聲舉朱切

儹 最也从人贊聲作管切

併 並也从人并聲卑正切

傅 相也从人尃聲方遇切

侙 惕也从人式聲春秋國語曰於其心侙然恥力切

俌 輔也从人甫聲讀若撫芳武切

倚 依也从人奇聲於綺切

依 倚也从人衣聲於稀切

仍 因也从人乃聲如乘切

佽 便利也从人次聲詩曰決拾既佽一曰遞也七四切

佴 佽也从人耳聲仍吏切

倢 佽也从人疌聲子葉切

侍 承也从人寺聲時吏切

傾 仄也从人从頃頃亦聲去營切

側 旁也从人則聲阻力切

侒 宴也从人安聲烏寒切

侐 靜也从人血聲詩曰閟宮有侐況逼切

付 與也从寸持物對人臣鉉等曰寸手也方遇切

俜 使也从人甹聲普丁切

俠 俜也从人夾聲胡頰切

儃 儃何也从人亶聲徒干切

侁 行皃从人先聲所臻切

仰 舉也从人从卬魚兩切

侸 立也从人豆聲讀若樹常句切

儽 垂皃从人纍聲一曰嬾解落猥切

侳 安也从人坐聲則臥切

偁 揚也从人爯聲處陵切

伍 相參伍也从人从五疑古切

什 相什保也从人十是執切

佰 相什伯也从人百博陌切

佸 會也从人昏聲詩曰曷其有佸一曰佸佸力皃古活切

佮 合也从人合聲古沓切

𢼸 妙也从人从攴豈省聲臣鉉等案豈字从敳省敳不應从豈省葢傳寫之誤疑从耑省耑物初生之題尚敳也無非切

傆 黠也从人原聲魚怨切

作　起也从人从乍　則洛切
假　非眞也从人叚聲　古疋切　一曰至也虞書曰假于上下　古頟切
借　假也从人昔聲　資昔切
侵　漸進也从人又持帚若埽之進又手也　七林切
價　賣也从人賣聲　余六切
候　伺望也从人矦聲　胡遘切
償　還也从人賞聲　食章切
僅　材能也从人堇聲　渠吝切
代　更也从人弋聲　臣鉉等曰弋非聲說文忒字與此義訓同疑兼有忒音　徒耐切

儀　度也从人義聲　魚羈切
傍　近也从人旁聲　步光切
佀　象也从人㠯聲　詳里切
便　安也人有不便更之从人更　房連切
任　符也从人壬聲　如林切
俔　譬諭也一曰間見从人从見詩曰俔天之妹　苦甸切
優　饒也从人憂聲一曰倡也　於求切
僖　樂也从人喜聲　許其切
偆　富也从人春聲　尺允切
俒　完也逸周書曰朕實不明以俒伯父从人从完　胡困切

儉　約也从人僉聲　巨險切
偭　鄉也从人面聲少儀曰尊壺者偭其鼻　彌箭切
俗　習也从人谷聲　似足切
俾　益也从人卑聲一曰俾門侍人　并弭切
倪　俾也从人兒聲　五雞切
億　安也从人意聲　於力切
使　伶也从人吏聲　疏士切
𠊧　𠊧左右兩視从人癸聲　其季切
伶　弄也从人令聲益州有建伶縣　郎丁切
儷　棽儷也从人麗聲　呂支切

傳　遽也从人專聲　直戀切
倌　小臣也从人从官詩曰命彼倌人　古患切
价　善也从人介聲詩曰价人惟藩　古拜切
仔　克也从人子聲　子之切
㑥　送也从人灷聲呂不韋曰有侁氏以伊尹㑥女古文以爲訓字　臣鉉等曰灷不成字當从朕省案勝字从朕聲疑古者朕或音㑥以證切
徐　緩也从人余聲　似魚切
偋　僻寠也从人屏聲　防正切
伸　屈伸从人申聲　失人切
伹　拙也从人且聲　似魚切

㒹 意膬也从人然聲臣鉉等曰膬耎易破也人善切

偄 弱也从人从耎奴亂切

倍 反也从人咅聲薄亥切

傿 引爲賈也从人焉聲於建切

僭 假也从人朁聲子念切

儗 僭也一曰相疑从人从疑魚己切

偏 頗也从人扁聲芳連切

倀 狂也从人長聲一曰什也楮羊切

儚 惛也从人夢聲呼肱切

儔 翳也从人壽聲直由切

侜 有廱蔽也从人舟聲詩曰誰侜予美張流切

俴 淺也从人戔聲慈衍切

佃 中也从人田聲春秋傳曰乘中佃一轅車堂練切

㑯 小兒从人囟聲詩曰㑯㑯彼有屋斯氏切

侊 小兒从人光聲春秋國語曰侊飯不及一食古橫切

佻 愉也从人兆聲詩曰視民不佻土彫切

僻 避也从人辟聲詩曰宛如左僻一曰从旁牽也普擊切

伭 很也从人弦省聲胡田切

伎 與也从人支聲詩曰籥人伎忒渠綺切

侈 掩脅也从人多聲一曰奢也尺氏切

佁 癡兒从人台聲讀若騃夷在切

㑴 㑴驕也从人蚤聲穌遭切

僞 詐也从人爲聲危睡切

伿 隋也从人只聲以豉切

佝 務也从人句聲苦候切

僄 輕也从人票聲匹妙切

倡 樂也从人昌聲尺亮切

俳 戲也从人非聲步皆切

僐 作姿也从人善聲堂演切

儳 儳互不齊也从人毚聲士咸切

佚 佚民也从人失聲一曰佚忽也夷質切

俄 行頃也从人我聲詩曰仄弁之俄五何切

傜 喜也从人䍃聲自關以西物大小不同謂之傜余招切

㑻 徼御受屈也从人御聲其虐切

傞 醉舞皃从人差聲詩曰屢舞傞傞素何切

僛 醉舞皃从人欺聲詩曰屢舞僛僛去其切

侮 傷也从人每聲文甫切　㑄 古文从母

㑊 妎也从人疾聲一曰毒也秦悉切　嫉 㑊或从女

偒 輕也从人易聲一曰交傷以豉切

俙 訟面相是从人希聲喜皆切

僨 僵也从人賁聲 匹問切

僵 僨也从人畺聲 居良切

仆 頓也从人卜聲 芳遇切

偃 僵也从人匽聲 於幰切

傷 創也从人煬省聲 少羊切

倄 刺也从人肴聲一曰痛聲 胡茅切

侉 備詞从人夸聲 苦瓜切

催 相儔也从人崔聲詩曰室人交徧催我 倉回切

俑 痛也从人甬聲 他紅切又余隴切

伏 司也从人从犬 臣鉉等曰司今人作伺 房六切

促 迫也从人足聲 七玉切

例 比也从人𠛱聲 力制切

係 絜束也从人从系系亦聲 胡計切

伐 擊也从人持戈一曰敗也 房越切

俘 軍所獲也从人孚聲春秋傳曰以爲俘聝 芳無切

但 裼也从人旦聲 徒旱切

傴 僂也从人區聲 於武切

僂 尪也从人婁聲周公韈僂或言背僂 力主切

僇 癡行僇僇也从人翏聲讀若雡一曰且也 力救切

仇 讎也从人九聲 巨鳩切

儡 相敗也从人畾聲讀若雷 魯回切

咎 災也从人从各各者相違也 其久切

仳 別也从人比聲詩曰有女仳離 芳比切

倃 毀也从人咎聲 其久切

倠 仳倠醜面从人隹聲 許惟切

值 措也从人直聲 直吏切

侂 寄也从人庑聲庑古文宅 他各切

僔 聚也从人尊聲詩曰僔沓背僧 慈損切

像 象也从人从象象亦聲讀若養 徐兩切

倦 罷也从人卷聲 渠眷切

傮 終也从人曹聲 作曹切

偶 桐人也从人禺聲 五口切

弔 問終也古之葬者厚衣之以薪从人持弓會敺禽 多嘯切

佋 廟佋穆父爲佋南面子爲穆北面从人召聲 市招切

㑗 神也从人身聲 失人切

僊 長生僊去从人从䙴䙴亦聲 相然切

僰 犍爲蠻夷从人棘聲 蒲北切

仚 人在山上从人从山 呼堅切

僥 南方有焦僥人長三尺短之極从人堯聲 五聊切

儯　帀也从人對聲　都隊切

偟　遠行也从人狂聲　居況切

件　分也从人从牛牛大物故可分　其輦切

文二百四十五　重十四

侶　徒侶也从人呂聲　力舉切

侲　僮子也从人辰聲　章刃切

倅　副也从人卒聲　七內切

傔　從也从人兼聲　苦念切

倜　倜儻不羈也从人从周未詳　他歷切

儻　倜儻也从人黨聲　他朗切

佾　舞行列也从人佾聲　夷質切

倒　仆也从人到聲　當老切

儈　合市也从人會會亦聲　古外切

低　下也从人氐氐亦聲　都兮切

債　債負也从人責責亦聲　側賣切

價　物直也从人賈賈亦聲　古訝切

停　止也从人亭聲　特丁切

僦　賃也从人就就亦聲　即就切

伺　候望也从人司聲　相吏切　自低已下六字从人皆後人所加

僧　浮屠道人也从人曾聲　穌曾切

佇　久立也从人从宁　直呂切

偵　問也从人貞聲　丑鄭切

文十八　新附

匕　變也从到人凡匕之屬皆从匕　呼跨切

𠤕　未定也从匕吴聲吴古文矢字　語期切

眞　僊人變形而登天也从匕从目从乚音隱八所乘載也　側鄰切

𥄕　古文眞

化　教行也从匕从人匕亦聲　呼跨切

文四　重一

匕　相與比敘也从反人匕亦所以用比取飯一名柶凡匕之屬皆从匕　卑履切

匙　匕也从匕是聲　是支切

𠤜　相次也从匕从十鴇从此　博抱切

𠤢　頃也从匕支聲匕頭頃也詩曰跂彼織女　去智切

頃　頭不正也从匕从頁　臣鉉等曰匕者有所比附不正也　去營切

𡿭　頭髓也从匕匕相匕著也巛象髮囟象𡿭形　奴皓切

卬　望欲有所庶及也从匕从卪詩曰高山卬止　伍岡切

卓　高也早匕爲卓匕卪爲卬皆同義　竹角切

𠦝　古文卓

艮　很也从匕目匕目猶目相匕不相下也易曰𥃩其限匕目爲𥃩匕目爲眞也　古恨切

文九　重一

从　相聽也从二人凡从之屬皆从从疾容切

從　隨行也从辵从从亦聲慈用切

幷　相從也从从幵聲一曰从持二爲幷府盈切

文三

比　密也二人爲从反从爲比凡比之屬皆从比毗至切

古文比

毖　愼也从比必聲周書曰無毖于卹兵媚切

文二　重一

北　菲也从二人相背凡北之屬皆从北博墨切

冀　北方州也从北異聲几利切

文二

丘　土之高也非人所爲也从北从一一地也人居在丘南故从北中邦之居在崐崘東南一曰四方高中央下爲丘象形凡丘之屬皆从丘去鳩切今隸變作丘

古文从土

虛　大丘也崐崘丘謂之崐崘虛古者九夫爲井四井爲邑四邑爲丘丘謂之虛从丘虍聲臣鉉等曰今俗別作墟非是丘如切又朽居切

屔　反頂受水丘从丘泥省聲奴低切

文三　重一

乑　眾立也从三人凡乑之屬皆从乑讀若欽崟魚音切

眾　多也从乑目眾意之仲切

聚　會也从乑取聲邑落云聚才句切

臮　眾詞與也从乑自聲虞書曰臮咎繇其冀切

古文臮

文四　重一

𡈼　善也从人士士事也一曰象物出地挺生也凡𡈼之屬皆从𡈼臣鉉等曰人在土上𡈼然而立也他鼎切

徵　召也从微省𡈼爲徵行於微而文達者即徵之陟陵切

古文徵

朢　月滿與日相望以朝君也从月从臣从𡈼𡈼朝廷也無放切

古文朢省

㸒　近求也从爪𡈼𡈼徼幸也余箴切

文四　重二

重　厚也从𡈼東聲凡重之屬皆从重徐鍇曰𡈼者人在土上故爲厚也柱用切

量　稱輕重也从重省曏省聲呂張切

古文量

文二　重一

臥　休也从人臣取其伏也凡臥之屬皆从臥吾貨切

監　臨下也从臥䘓省聲古銜切　古文監从言

臨　監臨也从臥品聲力尋切

𦣞　楚謂小兒嬾𦣞从臥食尼見切

文四　重一

身　躳也象人之身从人厂聲凡身之屬皆从身失人切

軀　體也从身區聲豈俱切

文二

㐆　歸也从反身凡㐆之屬皆从㐆徐鍇曰古人所謂反身修道故曰歸也於機切

殷　作樂之盛稱殷从㐆从殳易曰殷薦之上帝於身切

文二

衣　依也上曰衣下曰裳象覆二人之形凡衣之屬皆从衣於稀切

裁　制衣也从衣𢦏聲昨哉切

衮　天子享先王卷龍繡於下幅一龍蟠阿上鄉从衣公聲古本切

𧚐　丹縠衣从衣𤣩聲知扇切

褕　翟羽飾衣从衣俞聲一曰直裾謂之襜褕羊朱切

袗　玄服从衣㐱聲之忍切　袗或从辰

表　上衣也从衣从毛古者衣裘以毛爲表陂矯切　古文表从麃

裏　衣内也从衣里聲良止切

襁　負兒衣从衣強聲居兩切

襋　衣領也从衣棘聲詩曰要之襋之己力切

襮　黼領也从衣暴聲詩曰素衣朱襮蒲沃切

衽　衣裣也从衣壬聲如甚切

褸　衽也从衣婁聲力主切

褽　衽也从衣尉聲於胃切

𧚦　裣緣也从衣疌聲七入切

裣　交衽也从衣金聲居音切

褘　蔽厀也从衣韋聲周禮曰王后之服褘衣謂畫袍許歸切

𧘝　襲𧘝也从衣夫聲甫無切

襲　左衽袍从衣龖省聲似入切　籀文襲不省

袍　襺也从衣包聲論語曰衣弊緼袍薄褒切

襺　袍衣也从衣繭聲以絮曰襺以緼曰袍春秋傳曰盛夏重襺古典切

褋　南楚謂禪衣曰褋从衣枼聲徒叶切

袤　衣帶以上从衣矛聲一曰南北曰袤東西曰廣莫候切　籀文袤从楙

襘　帶所結也从衣會聲春秋傳曰衣有襘古外切

褧　檾也詩曰衣錦褧衣示反古从衣耿聲去穎切

袛　袛裯短衣从衣氐聲都兮切

裯　衣袂袛裯从衣周聲都牢切

襤　裯謂之襤褸襤無緣也从衣監聲魯甘切

裿　無袂衣謂之裿从衣惰省聲徒臥切

䘚　衣躬縫从衣毒聲讀若督冬毒切

袪　衣袂也从衣去聲一曰袪褱也褱者㒌也袪尺二寸春秋傳曰披斬其袪去魚切

褎　袂也从衣𥝌聲似又切　袖　俗褎从由

袂　袖也从衣夬聲彌弊切

褢　袖也一曰藏也从衣鬼聲戶乖切

褱　俠也从衣眔聲一曰橐臣鉉等曰眔非聲未詳戶乖切

袌　褱也从衣包聲臣鉉等曰今俗作抱非是抱與捊同薄保切

襜　衣蔽前从衣詹聲處占切

袥　衣衸从衣石聲他各切

衸　袥也从衣介聲胡介切

襗　絝也从衣睪聲徒各切

袉　裾也从衣它聲論語曰朝服袉紳唐左切

裾　衣袍也从衣居聲讀與居同九魚切

衧　諸衧也从衣于聲羽俱切

褰　絝也从衣寒省聲春秋傳曰徵褰與襦去虔切

襱　絝踦也从衣龍聲丈冢切　襩　襱或从賣

袑　絝上也从衣召聲市沼切

襑　衣博大从衣尋聲他感切

褒　衣博裾从衣保省聲保古文保博毛切

褅　緥也从衣啻聲詩曰載衣之褅臣鉉等曰緥即襁緥也今俗別作褓非是他計切

褍　衣正幅从衣耑聲多官切

𧝝　重衣皃从衣圍聲爾雅曰𧝝𧝝𧟀𧟀臣鉉等曰說文無𧟀字爾雅亦

無此語疑後人所加羽非切

複　重衣皃从衣复聲一曰褚衣方六切

褆　衣厚褆褆从衣是聲杜兮切

襛　衣厚皃从衣農聲詩曰何彼襛矣汝容切

裻　新衣聲一曰背縫从衣叔聲冬毒切

袳　衣張也从衣多聲春秋傳曰公會齊侯于袳尺氏切

裔　衣裾也从衣冏聲臣鉉等曰冏非聲疑象衣裾之形余制切　𧘇　古文裔

衯　長衣皃从衣分聲撫文切

袁　長衣皃从衣叀省聲羽元切

䙚　短衣也从衣鳥聲春秋傳曰有空䙚都僚切

褺　重衣也从衣執聲巴郡有褺虹縣徒叶切

裵　長衣皃从衣非聲臣鉉等案漢書裵回用此今俗作徘徊非是薄回切

襡　短衣也从衣蜀聲讀若蜀市玉切

⿱斲衣　衣至地也从衣斲聲竹角切

襦　短衣也从衣需聲一曰㬈衣人朱切

褊　衣小也从衣扁聲方沔切

袷　衣無絮从衣合聲古洽切

襌　衣不重从衣單聲都寒切

襄　漢令解衣耕謂之襄从衣𤔔聲息良切　[古文] 古文襄

被　寑衣長一身有半从衣皮聲平義切

衾　大被从衣今聲去音切

襐　飾也从衣象聲徐兩切

衵　日日所常衣从衣从日日亦聲人質切

褻　私服从衣埶聲詩曰是褻袢也臣鉉等曰从熱省乃得聲私列切

衷　裏褻衣从衣中聲春秋傳曰皆衷其衵服陟弓切

袾　好佳也从衣朱聲詩曰靜女其袾昌朱切

袓　事好也从衣且聲才與切

裨　接益也从衣卑聲府移切

袢　無色也从衣半聲一曰詩曰是紲袢也讀若普博幔切

雜　五彩相會从衣集聲徂合切

裕　衣物饒也从衣谷聲易曰有孚裕無咎羊孺切

襞　韏衣也从衣辟聲臣鉉等曰韏革中辨也衣襞積如辨也必益切

衦　摩展衣从衣干聲古案切

裂　繒餘也从衣𠛱聲良辥切

⿱奴衣　弊衣从衣奴聲女加切

袒　衣縫解也从衣旦聲丈莧切

補　完衣也从衣甫聲博古切

⿰衤黹　紩衣也从衣黹黹亦聲豬几切

褫　奪衣也从衣虒聲讀若池直离切

臝　袒也从衣𣎆聲郎果切　裸　臝或从果

裎　袒也从衣呈聲丑郢切

裼　袒也从衣易聲先擊切

衺　𧙃也从衣牙聲似嗟切

襭　以衣衽扱物謂之襭从衣頡聲胡結切　擷　襭或从手

袺　執衽謂之袺从衣吉聲格八切

褿　帴也从衣曹聲昨牢切又七刀切

裝　裹也从衣壯聲側羊切

裹　纏也从衣果聲古火切

裛　書囊也从衣邑聲於業切

齌　緶也从衣齊聲即夷切

⿰衤區　編枲衣从衣區聲一曰頭⿰衤區一曰次裹衣於武切又於侯切

裋　豎使布長襦从衣豆聲常句切

褐　編枲韤一曰粗衣从衣曷聲胡葛切

褗　褗領也从衣匽聲於幰切

裺　褗謂之裺从衣奄聲依檢切

衰　艸雨衣秦謂之萆从衣象形穌禾切　古文衰

卒　隸人給事者衣爲卒卒衣有題識者臧沒切

褚　卒也从衣者聲一曰製衣丑呂切

製　裁也从衣从制征例切

袚　蠻夷衣从衣犮聲一曰蔽厀北末切

襚　衣死人也从衣遂聲春秋傳曰楚使公親襚徐醉切

⿰衤弔　棺中縑裏从衣弔讀若雕都僚切

裞　贈終者衣被曰裞从衣兌聲輸芮切

褮　鬼衣从衣熒省聲讀若詩曰葛藟縈之一曰若靜女其袾之袾於營切

⿰衤延　車溫也从衣延聲式連切

褭　以組帶馬也从衣从馬奴鳥切

文一百一十六　重十一

袨　盛服也从衣玄聲黃絢切

衫　衣也从衣彡聲所銜切

襖　裘屬从衣奧聲烏皓切

文三　新附

裘　皮衣也从衣求聲一曰象形與衰同意凡裘之屬皆从裘巨鳩切　古文省衣

⿰鬲裘　裘裏也从裘鬲聲讀若擊楷革切

文二　重一

老　考也七十曰老从人毛匕言須髮變白也凡老之屬皆从老盧皓切

耋　年八十曰耋从老省从至徒結切

⿱耂蒿　年九十曰⿱耂蒿从老从蒿省莫報切

耆　老也从老省旨聲渠脂切

耇　老人面凍黎若垢从老省句聲古厚切

⿱耂占　老人面如點也从老省占聲讀若耿介之耿丁念切

⿱耂易　老人行才相逮从老省易省行象讀若樹常句切

壽　久也从老省𠷎聲殖酉切

考　老也从老省丂聲苦浩切

孝　善事父母者从老省从子子承老也呼教切

文十

毛　眉髮之屬及獸毛也象形凡毛之屬皆从毛莫袍切

⿰毛隼　毛盛也从毛隼聲虞書曰鳥獸⿰毛隼髦而尹切又人勇切

韓 獸豪也从毛倝聲侯幹切

毨 仲秋鳥獸毛盛可選取以爲器用从毛先聲讀若選穌典切

𣯶 以毳爲瀱色如虋故謂之𣯶虋禾之赤苗也从毛㒼聲詩曰毳衣如𣯶莫奔切

氈 撚毛也从毛亶聲諸延切

文六

毦 羽毛飾也从毛耳聲仍吏切

氍 氍毹毾㲪皆氈緂之屬蓋方言也从毛瞿聲其俱切

毹 氍毹也从毛俞聲羊朱切

毾 毾㲪也从毛㬱聲士盍切

㲪 毾㲪也从毛登聲都滕切

毬 鞠丸也从毛求聲巨鳩切

氅 析鳥羽爲旗纛之屬从毛敞聲昌兩切

文七 新附

毳 獸細毛也从三毛凡毳之屬皆从毳此芮切

𣰎 毛紛紛也从毳非聲甫微切

文二

尸 陳也象臥之形凡尸之屬皆从尸式脂切

𡲬 待也从尸奠聲堂練切

居 蹲也从尸古者居从古臣鉉等曰居从古者言法古也九魚切 踞 俗居从足

𡰪 臥息也从尸自臣鉉等曰自古者以爲鼻字故从自許介切

屑 動作切切也从尸㑹聲私列切

展 轉也从尸𧝍省聲知衍切

屆 行不便也一曰極也从尸凷聲古拜切

尻 脽也从尸九聲苦刀切

𡱂 髀也从尸下丌居几臣鉉等曰丌几皆所以凥止也徒魂切 脽 𡱂或从肉隼 𩪋 𡱂或从骨殿聲

屍 尻也从尸旨聲詰利切

尼 從後近之从尸匕聲女夷切

𡳐 從後相臿也从尸从臿楚洽切

𡰻 𡳐尼也从尸乏聲直立切

𡰥 柔皮也从申尸之後尸或从又臣鉉等曰注似闕脫未詳人善切

屒 伏皃从尸辰聲一曰屋宇珍忍切

屖 屖遲也从尸辛聲先稽切

屝 履也从尸非聲扶沸切

屍 終主从尸从死式脂切

屠 刳也从尸者聲同都切

屟 履中薦也从尸枼聲穌叶切

屋 居也从尸尸所主也一曰尸象屋形从至至所至止室屋皆从至烏谷切 籀文屋从厂 古文屋

屏 屏蔽也从尸并聲必郢切

層 重屋也从尸曾聲昨稜切

文二十三 重五

屢 數也案今之婁字本是屢空字此字後人所加从尸未詳丘羽切

文一 新附

說文解字弟八上

說文解字弟八下

漢 太 尉 祭 酒 許 愼 記

宋 右 散 騎 常 侍 徐 鉉 等校定

尺 十寸也人手卻十分動脈爲寸口十寸爲尺尺所以指尺規榘事也从尸从乙乙所識也周制寸尺咫尋常仞諸度量皆以人之體爲法凡尺之屬皆从尺昌石切

咫 中婦人手長八寸謂之咫周尺也从尺只聲諸氏切

文二

尾 微也从到毛在尸後古人或飾系尾西南夷亦然凡尾之屬皆从尾無斐切今隸變作尾

屬 連也从尾蜀聲之欲切

屈 無尾也从尾出聲九勿切

尿 人小便也从尾从水奴弔切

文四

履 足所依也从尸从彳从夊舟象履形一曰尸聲凡履之屬皆从履良止切 古文履从頁从足

屨 履也从履省婁聲一曰鞮也九遇切

⿸履歷 履下也从履省歷聲郎擊切

⿸履予 履屬从履省予聲徐呂切

屩　屐也从履省喬聲（居勺切）
屐　屩也从履省支聲（奇逆切）
文六　重一

舟　船也古者共鼓貨狄刳木爲舟剡木爲楫以濟不通象形凡舟之屬皆从舟（職流切）
俞　空中木爲舟也从亼从舟从巜巜水也（羊朱切）
船　舟也从舟鉛省聲（食川切）
彤　船行也从舟彡聲（丑林切）
舳　艫也从舟由聲漢律名船方長爲舳艫一曰舟尾（臣鉉等曰當从胄省乃得聲　直六切）

艫　舳艫也一曰船頭从舟盧聲（洛乎切）
𦨶　船行不安也从舟从刖省讀若兀（五忽切）
艐　船著不行也从舟㚇聲讀若莘（子紅切）
朕　我也闕（直禁切）
舫　船師也明堂月令曰舫人習水者从舟方聲（甫妄切）
般　辟也象舟之旋从舟从殳殳所以旋也（北潘切）　古文般从支
服　用也一曰車右騑所以舟旋从舟𠬝聲（房六切）　古文服从人
文十二　重二

舸　舟也从舟可聲（古我切）
艇　小舟也从舟廷聲（徒鼎切）
艅　艅艎舟名从舟余聲經典通用餘（以諸切）
艎　艅艎也从舟皇聲（胡光切）
文四　新附

方　併船也象兩舟省總頭形凡方之屬皆从方（府良切）
　方或从水
斻　方舟也从方亢聲禮天子造舟諸侯維舟大夫方舟士特舟（臣鉉等曰今俗別作航非是　胡郎切）
文二　重一

儿　仁人也古文奇字人也象形孔子曰在人下故詰屈凡儿之屬皆从儿（如鄰切）
兀　高而上平也从一在人上讀若敻茂陵有兀桑里（五忽切）
兒　孺子也从儿象小兒頭囟未合（汝移切）
允　信也从儿㠯聲（樂準切）
兌　說也从儿㕣聲（臣鉉等曰㕣古文兗字非聲當从口从八象气之分散易曰兌爲巫爲口　大外切）
充　長也高也从儿育省聲（昌終切）
文六

兄 長也从儿从口凡兄之屬皆从兄許榮切

競 競也从二兄二兄競意从丰聲讀若矜一曰兢敬也居陵切

文二

兂 首笄也从人匕象簪形凡兂之屬皆从兂側岑切 簪 俗兂从竹从朁

兓 朁朁鋭意也从二兂子林切

文二　重一

皃 頌儀也从人白象人面形凡皃之屬皆从皃莫教切 貌 皃或从頁豹省聲 貌 籒文皃从豹省

覍 冕也周曰覍殷曰吁夏曰收从皃象形皮變切 覍 籒文覍从廾上象形 弁 或覍字

文二　重四

兜 廱蔽也从人象左右皆蔽形凡兜之屬皆从兜讀若瞽公户切

兜 兜鍪首鎧也从兜从皃省皃象人頭也當侯切

文二

先 前進也从儿从之凡先之屬皆从先臣鉉等曰之人上是先也穌前切

兟 進也从二先贊从此闕所臻切

文二

禿 無髮也从人上象禾粟之形取其聲凡禿之屬皆从禿王育說蒼頡出見禿人伏禾中因以制字未知其審他谷切

穨 禿皃从禿貴聲杜回切

文二

見 視也从儿从目凡見之屬皆从見古甸切

視 瞻也从見示神至切 眎 古文視 眡 亦古文視

覼 求也从見麗聲讀若池郎計切

覣 好視也从見委聲於爲切

𧡈 旁視也从見兒聲五計切

覶 好視也从見𤔔聲洛戈切

𧡈 笑視也从見彔聲力玉切

𧡈 大視也从見㚇聲況晚切

覝 察視也从見宍聲讀若鎌力鹽切

𧡈 外博衆多視也从見員聲讀若運王問切

觀 諦視也从見雚聲古玩切 古文觀从囧

㝵 取也从見从寸寸度之亦手也臣鉉等案彳部作古文得字此重出多則切

覽 觀也从見監監亦聲盧敢切

䚕 內視也从見來聲 洛代切

䚋 顯也从見是聲 杜兮切

䚦 目有察省見也从見票聲 方小切

䚢 䚢覷闚觀也从見朿聲 七四切

覷 拘覷未致密也从見虘聲 七句切

覭 小見也从見冥聲爾雅曰覭髳弗離 莫經切

𧡊 內視也从見甚聲 丁含切

覯 遇見也从見冓聲 古后切

𧢦 注目視也从見歸聲 渠追切

覘 窺也从見占聲春秋傳曰公使覘之信 敕豔切

覹 司也从見微聲 無非切

覢 暫見也从見炎聲春秋公羊傳曰覢然公子陽生 失冉切

覾 暫見也从見賓聲 必刃切

𧢄 𧢄覾也从見樊聲讀若幡 附袁切

𧠟 病人視也从見氏聲讀若迷 莫兮切

𧡎 下視深也从見卤聲讀若攸 以周切

𧡡 私出頭視也从見彤聲讀若郴 丑林切

𧠈 突前也从見冃 臣鉉等曰冃重覆也犯冃而見是突前也 莫紅亡荻二切

覬 𣄼幸也从見豈聲 几利切

覦 欲也从見俞聲 羊朱切

𧡾 視不明也一曰直視从見春聲 丑尨切

𧢩 視誤也从見龠聲 弋笑切

覺 寤也从見學省聲一曰發也 古岳切

𧢝 目赤也从見衘省聲 臣鉉等曰衘非聲未詳 才的切

靚 召也从見青聲 疾正切

親 至也从見亲聲 七人切

覲 諸侯秋朝曰覲勞王事从見堇聲 渠吝切

覜 諸侯三年大相聘曰覜覜視也从見兆聲 他弔切

覒 擇也从見毛聲讀若苗 莫袍切

覕 蔽不相見也从見必聲 莫結切

𧠛 司人也从見它聲讀若馳 式支切

𧡛 目蔽垢也从見䀠聲讀若兜 當侯切

文四十五　重三

覿 見也从見賣聲 徒歷切

文一　新附

覞 並視也从二見凡覞之屬皆从覞 弋笑切

𧢈 很視也从覞肩聲齊景公之勇臣有成𧢈者 苦閑切

𧢤 見雨而比息从覞从雨讀若欷 虛器切

文三

欠 張口气悟也象气从人上出之形凡欠之屬皆从欠 去劒切

欽 欠皃从欠金聲 去音切

𣤶 欠皃从欠䜌聲 洛官切

欯 喜也从欠吉聲 許吉切

吹 出气也从欠从口 臣鉉等案口部已有吹噓此重出 昌垂切

欨 吹也一曰笑意从欠句聲 況于切

歑 溫吹也从欠虖聲 虎烏切

𣢜 吹气也从欠或聲 於六切

歟 安气也从欠與聲 以諸切

歙 翕气也从欠翕聲 虛業切

歕 吹气也从欠賁聲 普魂切

歇 息也一曰气越泄从欠曷聲 許謁切

歡 喜樂也从欠雚聲 呼官切

欣 笑喜也从欠斤聲 許斤切

弞 笑不壞顏曰弞从欠引省聲 式忍切

款 意有所欲也从欠窾省 臣鉉等曰窾塞也意有所欲而猶塞款款然也 苦管切

𣢟 款或从柰

㰟 㚔也从欠气聲一曰口不便言 居气切

欲 貪欲也从欠谷聲 余蜀切

歌 詠也从欠哥聲 古俄切

謌 謌或从言

歂 口气引也从欠耑聲讀若車輇 市緣切

歍 心有所惡若吐也从欠烏聲一曰口相就 哀都切

䶣 歍䶣也从欠鼀聲 才六切

噈 俗䶣从口从就

𣢾 惄然也从欠尗聲孟子曰曾西𣢾然 才六切

欦 含笑也从欠今聲 丘嚴切

歋 人相笑相歋瘉从欠虒聲 以支切

歊 歊歊气出皃从欠高高亦聲 許嬌切

欻 有所吹起从欠炎聲讀若忽 許物切

𣢑 𣢑𣢑戲笑皃从欠之聲 許其切

歗 吟也从欠肅聲詩曰其歗也謌 臣鉉等案口部此籀文嘯字此重出 穌弔切

𣣞 𣣞𣣞气出皃从欠䍃聲 余招切

歎 吟也从欠𪄿省聲 池案切

𣤜 籒文歎不省

歖 卒喜也从欠从喜 許其切

欸 訾也从欠矣聲 凶戒切又烏開切

𣢼 歐也从欠此聲 前智切

歐 吐也从欠區聲 烏后切

歔 欷也从欠虛聲一曰出气也 朽居切

欷 歔也从欠稀省聲 香衣切

歜　盛气怒也从欠蜀聲 尺玉切

⿰鹵欠　言意也从欠从鹵鹵亦聲讀若酉 與久切

㵣　欲歠歠从欠渴聲 苦葛切

⿰皃欠　所謌也从欠噭省聲讀若叫呼之叫 古弔切

歒　悲意从欠啻聲 火力切

⿰樵欠　盡酒也从欠樵聲 子肖切

⿰緘欠　監持意口閉也从欠緘聲 古咸切

⿸厂⿰辰欠　指而笑也从欠辰聲讀若蜃 時忍切

⿰鰥欠　昆干不可知也从欠鰥聲 古渾切

歃　歠也从欠臿聲春秋傳曰歃而忘 山洽切

欶　吮也从欠束聲 所角切

歁　食不滿也从欠甚聲讀若坎 苦感切

欿　欲得也从欠臽聲讀若貪 他含切

欱　歠也从欠合聲 呼合切

歉　歉食不滿从欠兼聲 苦簟切

⿰骨欠　咽中息不利也从欠骨聲 烏八切

欭　嚘也从欠因聲 乙冀切

欬　屰气也从欠亥聲 苦蓋切

⿰毄欠　且唾聲一曰小笑从欠毄聲 許壁切

歙　縮鼻也从欠翕聲丹陽有歙縣 許及切

⿰咎欠　蹴鼻也从欠咎聲讀若爾雅曰麔豭短脰 於糾切

⿰幼欠　愁皃从欠幼聲 臣鉉等案口部呦字或作⿰幼欠此重出 於糾切

欪　咄欪無慙一曰無腸意从欠出聲讀若卉 丑律切

欥　詮詞也从欠从曰曰亦聲詩曰欥求厥寧 余律切

次　不前不精也从欠二聲 七四切　（古文）古文次

⿰康欠　飢虛也从欠康聲 苦岡切

欺　詐欺也从欠其聲 去其切

歆　神食气也从欠音聲 許今切

文六十五　重五

歈　歌也从欠俞聲 切韻云巴歈歌也案史記渝水之人善歌舞漢高祖采其聲後人因加此字 羊朱切

文一 新附

㱃　歠也从欠酓聲凡㱃之屬皆从㱃 於錦切　（古文）古文㱃从今水　（古文）古文㱃从今食

歠　㱃也从㱃省叕聲 昌說切　（或體）歠或从口从夬

文二　重三

㳄　慕欲口液也从欠从水凡㳄之屬皆从㳄 叙連切　次或从侃　（籀文）籀文㳄

羨　貪欲也从㳄从羑省羑呼之羑文王所拘羑里 似面切

⿸厂㳄　㱃也从㳄厂聲讀若移 以支切

盜 𥁋私利物也从次次欲皿者徒到切

文四　重二

旡 㱃食气屰不得息曰旡从反欠凡旡之屬皆从旡居未切今變隸作旡 古文旡

㒹 屰惡驚詞也从旡咼聲讀若楚人名多夥乎果切

琼 事有不善言琼也爾雅琼薄也从旡京聲臣鉉等曰今俗隸書作亮力讓切

文三　重一

說文解字弟八下

說文八下　次部　旡部　十二

說文解字弟九上

漢　太　尉　祭　酒　許　愼　記

宋　右　散　騎　常　侍　徐　鉉　等校定

四十六部　四百九十六文　重六十三

凡七千二百四十七字

文三十八新附

頁 頭也从𦣻从儿古文䭫首如此凡頁之屬皆从頁𦣻者䭫首字也胡結切

頭 首也从頁豆聲度侯切

顏 眉目之閒也从頁彥聲五姦切 籒文

頌 皃也从頁公聲余封切又似用切 籒文

頊 顱也从頁毛聲徒谷切

顱 頊顱首骨也从頁盧聲洛乎切

顨 顛頂也从頁巺聲魚怨切

顛 頂也从頁眞聲都季切

頂 顛也从頁丁聲都挺切 或从𩠐作 籒文从鼎

顙 頟也从頁桑聲蘇朗切

題 頟也从頁是聲杜兮切

頟 顙也从頁各聲臣鉉等曰今俗作額五陌切

頞 鼻莖也从頁安聲烏割切 或从鼻曷

說文八上　頁部　一

頯 權也从頁弅聲渠追切

頰 面旁也从頁夾聲古叶切 籒文頰

頣 頰後也从頁臣聲古恨切

頷 顄也从頁合聲胡感切

顄 頤也从頁函聲胡男切

頸 頭莖也从頁巠聲居郢切

領 項也从頁令聲良郢切

項 頭後也从頁工聲胡講切

䪼 項枕也从頁冘聲章衽切

顀 出額也从頁隹聲直追切

頛 曲頤也从頁不聲薄回切

顩 𩔯皃从頁僉聲魚檢切

䫃 面目不正皃从頁尹聲余準切

頵 頭頵頵大也从頁君聲於倫切

䪿 面色顚䪿皃从頁員聲讀若隕于閔切

𩓞 頭頰長也从頁兼聲五咸切

碩 頭大也从頁石聲常隻切

頒 大頭也从頁分聲一曰鬢也詩曰有頒其首布還切

顒 大頭也从頁禺聲詩曰其大有顒魚容切

𩒨 大頭也从頁羔聲口么切

顝 大頭也从頁骨聲讀若魁苦骨切

願 大頭也从頁原聲魚怨切

顤 高長頭从頁堯聲五弔切

䫨 䫨顤高也从頁敖聲五到切

𩑟 面前岳岳也从頁岳聲五角切

頪 昧前也从頁𣬉聲讀若昧莫佩切

𩕐 面瘦淺𩕐𩕐也从頁霝聲郎丁切

顡 頭蔽顡也从頁豙聲五怪切

頑 梱頭也从頁元聲五還切

𩓺 小頭𩓺𩓺也从頁枝聲讀若規又已恚切

顆 小頭也从頁果聲苦惰切

頢 短面也从頁𠯑聲五活切又下括切

頲 狹頭頲也从頁廷聲他挺切

頠 頭閑習也从頁危聲語委切

頷 面黃也从頁含聲胡感切

𩓳 面不正也从頁爰聲于反切

頍 舉頭也从頁支聲詩曰有頍者弁丘弭切

𩑺 内頭水中也从頁𠬛𠬛亦聲烏沒切

顧 還視也从頁雇聲古慕切

順 理也从頁从巛食閏切

𩒐 顏色𩒐䫰愼事也从頁㐱聲之忍切

䫰 𩒐䫰也从頁粦聲一曰頭少髮良忍切

顓 頭顓顓謹皃从頁耑聲職緣切

頊 頭頊頊謹皃从頁玉聲許玉切

顉 低頭也从頁金聲春秋傳曰迎于門顉之而已五感切

頓 下首也从頁屯聲都困切

頫 低頭也从頁逃省太史卜書頫仰字如此楊雄曰人面頫臣鉉等曰頫首者逃亡之皃故从逃省今俗作俯非是方矩切 頫或从人免

頣 舉目視人皃从頁臣聲式忍切

𩖃 倨視人也从頁善聲旨善切

頡 直項也从頁吉聲胡結切

𩑶 頭頡𩑶也从頁出聲讀又若骨之出切

顥 白皃从頁从景楚詞曰天白顥顥南山四顥白首人也臣鉉等曰景日月之光明白也胡老切

䪿 大醜皃从頁樊聲附袁切

䫄 好皃从頁爭聲詩所謂䫄首疾正切

頨 頭妍也从頁翩省聲讀若翩王矩切臣鉉等曰从翩聲又讀若翩則是古今異音也

顗 謹莊皃从頁豈聲魚豈切

顅 頭鬢少髮也从頁肩聲周禮數目顅脰苦閑切

𩔂 無髮也一曰耳門也从頁囷聲苦昆切

䫗 禿也从頁气聲苦骨切

頛 頭不正也从頁从耒耒頭傾也讀又若春秋陳夏齧之齧盧對切

顊 傾首也从頁卑聲匹米切

𩔊 司人也一曰恐也从頁契聲讀若禊胡計切

𩕢 頭不正也从頁鬼聲口猥切

頗 頭偏也从頁皮聲滂禾切

𩑔 顫也从頁尤聲于救切 𩑔或从疒

顫 頭不正也从頁亶聲之繕切

顑 飯不飽面黃起行也从頁咸聲讀若戇下感下坎二切

顲 面顑顲皃从頁㐭聲盧感切

煩 熱頭痛也从頁从火一曰焚省聲附袁切

顡 癡不聰明也从頁豙聲五怪切

頪 難曉也从頁米一曰鮮白皃从粉省臣鉉等曰難曉亦不聰之義盧對切

顦 顦顇也从頁焦聲昨焦切

顇 顦顇也从頁卒聲秦醉切

䫉 繫頭殟也从頁昏聲莫奔切

頦 醜也从頁亥聲 戶來切

頪 醜也从頁其聲今逐疫有頪頭 去其切

顲 呼也从頁籥聲讀與籥同商書曰率顲眾戚 羊戍切

顯 頭明飾也从頁㬎聲 臣鉉等曰㬎古以爲顯字故从㬎聲 呼典切

頭 選具也从二頁 士戀切

文九十三 重八

預 安也案經典通用豫从頁未詳 羊洳切

文一 新附

百 頭也象形凡百之屬皆从百 書九切

脜 面和也从百从肉讀若柔 耳由切

文二

面 顏前也从百象人面形凡面之屬皆从面 彌箭切

靦 面見也从面見見亦聲詩曰有靦面目 他典切 𩈈 或从旦

䩉 頰也从面甫聲 符遇切

醮 面焦枯小也从面焦 即消切

文四 重一

靨 姿也从面厭聲 於叶切

文一 新附

丏 不見也象壅蔽之形凡丏之屬皆从丏 彌兗切

文一

首 百同古文百也巛象髮謂之鬊鬊即巛也凡𩠐之屬皆从𩠐 書九切

文一

䭫 下首也从𩠐旨聲 康禮切

𩠐斷 截也从𩠐从斷 大丸切 𠟭 或从刀專聲

文三 重一

県 到首也賈侍中說此斷首到縣県字凡県之屬皆从県 古堯切

縣 繫也从系持県 臣鉉等曰此本是縣挂之縣借爲州縣之縣今俗加心別作懸義無所取 胡涓切

文二

須 面毛也从頁从彡凡須之屬皆从須 臣鉉等曰此本須鬢之須頁首也彡毛飾也借爲所須之須俗書从水非是 相俞切

頿 口上須也从須此聲 臣鉉等曰今俗別作髭非是 即移切

顊 頰須也从須从冄冄亦聲 臣鉉等曰今俗別作髯非是 汝鹽切

𩓺 須髮半白也从須卑聲 府移切

䫋 短須髮皃从須否聲 敷悲切

文五

彡 毛飾畫文也象形凡彡之屬皆从彡 所銜切

形 象形也从彡幵聲 戶經切

㐱 稠髮也从彡从人詩曰㐱髮如雲 之忍切 鬒 㐱或从髟眞聲

修 飾也从彡攸聲 息流切

彰 文彰也从彡从章章亦聲 諸良切

彫 琢文也从彡周聲 都僚切

𢒈 清飾也从彡青聲 疾郢切

㣎 細文也从彡㝵省聲 莫卜切

弱 橈也上象橈曲彡象毛氂橈弱也弱物幷故从二弓 而勺切

文九　重一

彩 文章也从彡采聲 倉宰切

文一　新附

彣 䩙也从彡从文凡彣之屬皆从彣 無分切

彥 美士有文人所言也从彣厂聲 魚變切

文二

文 錯畫也象交文凡文之屬皆从文 無分切

斐 分別文也从文非聲易曰君子豹變其文斐也 敷尾切

辬 駁文也从文辡聲 布還切

𢾭 微畫也从文𠩺聲 里之切

文四

髟 長髮猋猋也从長从彡凡髟之屬皆从髟 必凋切又所銜切

髮 根也从髟犮聲 方伐切 䯩 髮或从首 𩠐 古文

鬢 頰髮也从髟賓聲 必刃切

鬗 髮長也从髟㒼聲讀若蔓 母官切

䰐 髮長也从髟監聲讀若春秋黑肱以濫來奔 魯甘切

䰈 髮好也从髟差聲 千可切

鬈 髮好也从髟卷聲詩曰其人美且鬈 衢員切

髦 髮也从髟从毛 莫袍切

𩮜 髮皃从髟㝵聲讀若宀 莫賢切

𩭧 髮多也从髟周聲 直由切

鬎 髮皃从髟爾聲讀若江南謂酢母爲䤚 奴礼切

䯽 髮皃从髟音聲 步矛切

髳 髮至眉也从髟敄聲詩曰紞彼兩髳 亡牢切 髳 髳或省漢令有髳長

鬋 女鬢垂皃从髟前聲 作踐切

鬑 鬋也一曰長皃从髟兼聲讀若慊 力鹽切

䰗 束髮少也从髟截聲 子結切

鬄 髮也从髟易聲 先彳切又大計切 髢 鬄或从也聲

髲 鬄也从髟皮聲 平義切

𩬜 用梳比也从髟次聲 七四切

髺 潔髮也从髟昏聲古活切

䰉 臥結也从髟般聲讀若槃薄官切

⿱髟付 結也从髟付聲方遇切

鬕 帶結飾也从髟莫聲莫駕切

⿱髟貴 屈髮也从髟貴聲丘媿切

⿱髟介 簪結也从髟介聲古拜切

鬣 髮鬣鬣也从髟巤聲良涉切 鬣或从毛 或从豕

⿱髟盧 鬣也从髟盧聲洛乎切

髴 髴若似也从髟弗聲敷勿切

鬞 亂髮也从髟茸省聲而容切

鬌 髮隋也从髟隋省直追切

鬊 鬊髮也从髟春聲舒閏切

鬜 鬜禿也从髟閒聲苦閑切

鬄 鬀髮也从髟从刀易聲他歷切

髡 鬄髮也从髟兀聲苦昆切 或从元

鬀 鬄髮也从髟弟聲大人曰髡小人曰鬀盡及身毛曰鬄臣鉉等曰今俗別作剃非是他計切

⿱髟竝 ⿱髟彔也从髟竝聲蒲浪切

⿱髟彔 ⿱髟竝也忽見也从髟彔聲彔籒文魅亦忽見意芳未切

髽 喪結禮女子髽衰弔則不髽魯臧武仲與齊戰于狐鮐魯人迎喪者始髽从髟坐聲莊華切

文三十八　重六

鬐 馬鬣也从髟耆聲渠脂切

髫 小兒垂結也从髟召聲徒聊切

髻 總髮也从髟吉聲古通用結古詣切

鬟 總髮也从髟瞏聲案古婦人首飾琢玉爲兩瞏此二字皆後人所加戶關切

文四　新附

后 繼體君也象人之形施令以告四方故厂之从一口發號者君后也凡后之屬皆从后胡口切

⿰口后 厚怒聲从口后后亦聲呼后切

文二

司 臣司事於外者从反后凡司之屬皆从司息茲切

詞 意內而言外也从司从言似茲切

文二

卮 圜器也一名觛所以節飲食象人卪在其下也易曰君子節飲食凡卮之屬皆从卮章移切

⿰卮專 小卮有耳蓋者从卮專聲市沇切

⿰卮耑 小卮也从卮耑聲讀若捶擊之捶旨沇切

文三

卪 瑞信也守國者用玉卪守都鄙者用角卪使山邦者

用虎卪土邦者用人卪澤邦者用龍卪門關者用符卪貨賄用璽卪道路用旌卪象相合之形凡卪之屬皆从卪子結切

令 發號也从亼卪徐鍇曰號令者集而爲之卪制也力正切

𠨍 輔信也从卪比聲虞書曰𠨍成五服毗必切

卶 有大度也从卪多聲讀若侈充豉切

𠨔 宰之也从卪必聲兵媚切

卲 高也从卪召聲寔照切

厄 科厄木節也从卪厂聲賈侍中說以爲厄裹也一曰厄蓋也臣鉉等曰厂非聲未詳五果切

厀 脛頭卪也从卪桼聲臣鉉等曰今俗作膝非是息七切

卷 厀曲也从卪𢍏聲居轉切

卻 節欲也从卪谷聲去約切

卸 舍車解馬也从卪止午讀若汝南人寫書之寫臣鉉等曰午馬也故从午司夜切

𠨬 二卪也巽从此闕士戀切

𠨎 卪也闕則候切

文十三

印 執政所持信也从爪从卪凡印之屬皆从印於刃切

𠨘 按也从反印於棘切 抑 俗从手

文二 重一

色 顏气也从人从卪凡色之屬皆从色所力切 𥹒 古文

艴 色艴如也从色弗聲論語曰色艴如也蒲没切

艵 縹色也从色并聲普丁切

文三 重一

卯 事之制也从卪𠂎凡卯之屬皆从卯闕去京切

卿 章也六卿天官冢宰地官司徒春官宗伯夏官司馬秋官司寇冬官司空从卯皀聲去京切

文二

辟 法也从卪从辛節制其辠也从口用法者也凡辟之

屬皆从辟必益切

𨐨 治也从辟从井周書曰我之不𨐨必益切

𨐬 治也从辟乂聲虞書曰有能俾𨐬魚廢切

文三

勹 裹也象人曲形有所包裹凡勹之屬皆从勹布交切

𠣐 曲脊也从勹籍省聲巨六切

匍 手行也从勹甫聲簿乎切

匐 伏地也从勹畐聲蒲北切

匊 在手曰匊从勹米臣鉉等曰今俗作掬非是居六切

勻 少也从勹二羊倫切

勼　聚也从勹九聲讀若鳩居求切

旬　徧也十日爲旬从勹日詳遵切　古文

勽　覆也从勹覆人薄皓切

匈　聲也从勹凶聲許容切　匈或从肉

𠣘　帀徧也从勹舟聲職流切

匌　帀也从勹从合合亦聲侯閤切

匓　飽也从勹𣪘聲民祭祝曰厭匓巳又切又乙庶切

𠣞　重也从勹復聲扶富切　或省彳

冢　高墳也从勹豖聲知隴切

文十五　重三

包　象人褢妊巳在中象子未成形也元气起於子子人所生也男左行三十女右行二十俱立於巳爲夫婦褢妊於巳巳爲子十月而生男起巳至寅女起巳至申故男秊始寅女秊始申也凡包之屬皆从包布交切

胞　兒生裹也从肉从包匹交切

匏　瓠也从包从夸聲包取其可包藏物也薄交切

文三

茍　自急敕也从羊省从包省从口口猶慎言也从羊羊與義善美同意凡茍之屬皆从茍己力切　古文羊不省

敬　肅也从攴茍居慶切

文二　重一

鬼　人所歸爲鬼从人象鬼頭鬼陰气賊害从厶凡鬼之屬皆从鬼居偉切　古文从示

䰠　神也从鬼申聲食鄰切

魂　陽气也从鬼云聲戶昆切

魄　陰神也从鬼白聲普百切

䰡　厲鬼也从鬼失聲丑利切

魖　耗神也从鬼虛聲朽居切

魃　旱鬼也从鬼犮聲周禮有赤魃氏除牆屋之物也詩曰旱魃爲虐蒲撥切

鬽　老精物也从鬼彡彡鬼毛密祕切　或从未聲　古文　籒文从彖首从尾省聲

鬾　鬼服也一曰小兒鬼从鬼支聲韓詩傳曰鄭交甫逢二女鬾服奇寄切

⿰鬼虎　鬼皃从鬼虎聲虎烏切

𩴵　鬼俗也从鬼幾聲淮南傳曰吳人鬼越人𩴵居衣切

⿰鬼需　鬼彪聲⿰鬼需⿰鬼需不止也从鬼需聲奴豆切

⿰鬼化　鬼變也从鬼化聲呼駕切

⿰鬼𦰩　見鬼驚詞从鬼難省聲讀若詩受福不儺諾何切

䰱 鬼皃从鬼賓聲符真切

醜 可惡也从鬼酉聲昌九切

魋 神獸也从鬼隹聲杜回切

文十七　重四

魑 鬼屬从鬼从离离亦聲丑知切

魔 鬼也从鬼麻聲莫波切

魘 㝱驚也从鬼厭聲於琰切

文三　新附

甶 鬼頭也象形凡甶之屬皆从甶敷勿切

畏 惡也从甶虎省鬼頭而虎爪可畏也於胃切 古文省

禺 母猴屬頭似鬼从甶从内牛具切

文三　重一

厶 姦衺也韓非曰蒼頡作字自營爲厶凡厶之屬皆从厶息夷切

篡 屰而奪取曰篡从厶算聲初官切

羑 相訹呼也从厶从美與久切 或从言秀 或如此 古文臣鉉等案羊部有羑羑進善也此古文重出

文三　重三

嵬 高不平也从山鬼聲凡嵬之屬皆从嵬五灰切

巍 高也从嵬委聲牛威切臣鉉等曰今人省山从爲魏國之魏語韋切

文二

說文解字弟九上

說文解字弟九下

漢太尉祭酒許愼記

宋右散騎常侍徐鉉等校定

山　宣也宣气散生萬物有石而高象形凡山之屬皆从山所閒切

嶽　東岱南靃西華北恆中泰室王者之所以巡狩所至从山獄聲五角切　古文象高形

岱　太山也从山代聲徒耐切

島　海中往往有山可依止曰島从山鳥聲讀若詩曰蔦與女蘿都皓切

峱　山在齊地从山狃聲詩曰遭我于峱之閒兮奴刀切

嶧　葛嶧山在東海下邳从山睪聲夏書曰嶧陽孤桐羊益切

嵎　封嵎之山在吳楚之閒汪芒之國从山禺聲噳俱切

嶷　九嶷山舜所葬在零陵營道从山疑聲語其切

𡸣　山在蜀湔氐西徼外从山敄聲武巾切

𡵓　山也或曰弱水之所出从山几聲居履切

巀　巀嶭山在馮翊池陽从山截聲才葛切

嶭　巀嶭山也从山辥聲五葛切

崋　山在弘農華陰从山華省聲胡化切

崞　山在鴈門从山𩫖聲古博切

崵　崵山在遼西从山昜聲一曰嵎鐵崵谷也與章切

岵　山有草木也从山古聲詩曰陟彼岵兮侯古切

屺　山無草木也从山己聲詩曰陟彼屺兮墟里切

嶨　山多大石也从山學省聲胡角切

嶅　山多小石也从山敖聲五交切

岨　石戴土也从山且聲詩曰陟彼岨矣七余切

岡　山骨也从山网聲古郎切

岑　山小而高从山今聲鉏箴切

崟　山之岑崟也从山金聲魚音切

崒　崒危高也从山卒聲醉綏切

巒　山小而銳从山䜌聲洛官切

密　山如堂者从山宓聲美畢切

岫　山穴也从山由聲似又切　𡹔　籒文从穴

𡾞　高也从山陖聲私閏切　峻　𡾞或省

嶞　山之嶞嶞者从山从憜省聲讀若相推落之憜徒果切

嶘　尤高也从山棧聲士限切

崛　山短高也从山屈聲衢勿切

𡾰　巍高也从山蠆聲讀若厲力制切

峯　山耑也从山夆聲敷容切

巖 巖岸也从山嚴聲 五緘切

嵒 山巖也从山品讀若吟 臣鉉等曰从品象巖厓連屬之形 五咸切

⿱絫山 ⿱辠山也从山絫聲 落猥切

⿱辠山 山皃从山辠聲 徂賄切

峼 山皃一曰山名从山告聲 古到切

嶞 山皃从山隓聲 徒果切臣鉉等案陸與嶞同嶞今亦音徒果切則是陸兼有此音

嵯 山皃从山𡽪聲 昨何切

峨 嵯峨也从山我聲 五何切

崝 嶸也从山青聲 臣鉉等曰今俗別作崢非是 七耕切

嶸 崝嶸也从山榮聲 戶萌切

⿰山巠 谷也从山巠聲 戶經切

⿰山朋 山壞也从山朋聲 北滕切

古文从𨸏

岪 山脅道也从山弗聲 敷勿切

嵍 山名从山敄聲 亡遇切

嶢 焦嶢山高皃从山堯聲 古僚切

⿱山戕 山陵也从山戕聲 慈良切

嵏 九嵏山在馮翊谷口从山㚇聲 子紅切

岊 陬隅高山之節从山从卪 子結切

崇 嵬高也从山宗聲 鉏弓切

崔 大高也从山隹聲 胙回切

文五十三 重四

嶙 嶙峋深崖皃从山粦聲 力珍切

峋 嶙峋也从山旬聲 相倫切

岌 山高皃从山及聲 魚汲切

嶠 山銳而高也从山喬聲古通用喬 渠廟切

嵌 山深皃从山歁省聲 口銜切

嶼 島也从山與聲 徐呂切

嶺 山道也从山領聲 良郢切

嵐 山名从山嵐省聲 盧含切

嵩 中岳嵩高山也从山从高亦从松 韋昭國語注云古通用崇字 息弓切

崑 崑崙山名从山昆聲 漢書楊雄文通用昆侖 古渾切

崙 崑崙也从山侖聲 盧昆切

嵇 山名从山稽省聲 奚氏避難特造此字非古 胡雞切

文十二 新附

屾 二山也凡屾之屬皆从屾 所臻切

嵞 會稽山一曰九江當嵞也民以辛壬癸甲之日嫁娶从屾余聲虞書曰予娶嵞山 同都切

文二

屵 岸高也从山厂厂亦聲凡屵之屬皆从屵 五葛切

岸 水厓而高者从屵干聲 五旰切

崖 高邊也从屵圭聲五佳切
嵟 高也从屵隹聲都回切
嶏 崩也从屵肥聲符鄙切
𡿪 崩聲从屵配聲讀若費蒲没切

文六

广 因广爲屋象對刺高屋之形凡广之屬皆从广讀若儼然之儼魚儉切
府 文書藏也从广付聲臣鉉等曰今藏腑字俗書从肉非是方矩切
廱 天子饗飲辟廱从广雝聲於容切
庠 禮官養老夏曰校殷曰庠周曰序从广羊聲似陽切

廬 寄也秋冬去春夏居从广盧聲力居切
庭 宮中也从广廷聲特丁切
廇 中庭也从广畱聲力救切
庉 樓牆也从广屯聲徒損切
庌 廡也从广牙聲周禮曰夏庌馬五下切
廡 堂下周屋从广無聲文甫切 籀文从舞
⿸广虜 廡也从广虜聲讀若鹵郎古切
庖 廚也从广包聲薄交切
廚 庖屋也从广尌聲直株切
庫 兵車藏也从車在广下苦故切

廄 馬舍也从广𣪘聲周禮曰馬有二百十四匹爲廄廄有僕夫居又切 古文从九
序 東西牆也从广予聲徐呂切
廦 牆也从广辟聲比激切
廣 殿之大屋也从广黃聲古晃切
廥 芻藁之藏从广會聲古外切
庾 水槽倉也从广臾聲一曰倉無屋者以主切
庰 蔽也从广并聲必郢切
廁 清也从广則聲初吏切
廛 一畝半一家之居从广里八土直連切

𢇛 屋牝瓦下一曰維綱也从广閱省聲讀若環戶關切
⿸广悤 屋階中會也从广悤聲倉紅切
㢋 廣也从广侈聲春秋國語曰俠溝而㢋我尺氏切
廉 仄也从广兼聲力兼切
⿸广秅 開張屋也从广秅聲濟陰有⿸广秅縣宅加切
龐 高屋也从广龍聲薄江切
底 山居也一曰下也从广氐聲都礼切
庢 礙止也从广至聲陟栗切
廮 安止也从广嬰聲鉅鹿有廮陶縣於郢切
废 舍也从广犮聲詩曰召伯所废蒲撥切

庳　中伏舍从广卑聲一曰屋庳或讀若逋　便俾切
庇　蔭也从广比聲　必至切
庶　屋下衆也从广炗炗古文光字　臣鉉等曰光亦衆盛也商署切
庤　儲置屋下也从广寺聲　直里切
廙　行屋也从广異聲　與職切
廔　屋麗廔也从广婁聲一曰種也　洛侯切
𢈞　屋从上傾下也从广隹聲　都回切
廢　屋頓也从广發聲　方肺切
庮　久屋朽木从广酉聲周禮曰牛夜鳴則庮臭如朽木　與久切

廑　少劣之居从广堇聲　巨斤切
廟　尊先祖皃也从广朝聲　眉召切　庿　古文
𢇍　人相依𢇍也从广且聲　子余切
𢉥　屋迫也从广曷聲　於歇切
㡿　卻屋也从广屰聲　昌石切
廞　陳輿服於庭也从广欽聲讀若歆　許今切
廫　空虛也从广膠聲　臣鉉等曰今別作寥非是洛蕭切

文四十九　重三

廈　屋也从广夏聲　胡雅切
廊　東西序也从广郎聲漢書通用郎　魯當切
廂　廊也从广相聲　息良切
庪　祭山曰庪縣从广技聲　過委切
庱　地名从广未詳　丑拼切
廖　人姓从广未詳當是省廫字尔　力救切

文六　新附

厂　山石之厓巖人可居象形凡厂之屬皆从厂　呼旱切　㡯　籀文从干
厓　山邊也从厂圭聲　五佳切
厜　厜㕒山顛也从厂垂聲　姊宜切
㕒　厜㕒也从厂義聲　魚羇切

厰　崟也一曰地名从厂敢聲　魚音切
厬　仄出泉也从厂晷聲讀若軌　居洧切
厎　柔石也从厂氐聲　職雉切　砥　厎或从石
厥　發石也从厂欮聲　俱月切
厲　旱石也从厂蠆省聲　力制切　𠪚　或不省
厱　厱諸治玉石也从厂僉聲讀若藍　魯甘切
厤　治也从厂秝聲　郎擊切
𠪱　石利也从厂異聲讀若枲　胥里切
𠩵　美石也从厂古聲　侯古切
厗　唐厗石也从厂屖省聲　杜兮切

𠩂 石聲也从厂立聲 盧苔切

𠩢 石地惡也从厂兒聲 五歷切

𠪚 石地也从厂金聲讀若紟 巨今切

𠪋 石閒見从厂甫聲讀若敷 芳無切

厝 厲石也从厂㫺聲詩曰他山之石可以爲厝 倉各切又七互切

厖 石大也从厂尨聲 莫江切

屵 岸上見也从厂从之省讀若躍 以灼切

㕅 辟也从厂夾聲 胡甲切

仄 側傾也从人在厂下 阻力切 籀文从夨夨亦聲

說文九下　厂部　丸部　九

𠪹 仄也从厂辟聲 普擊切

厞 隱也从厂非聲 扶沸切

厭 笮也从厂猒聲一曰合也 於輒切又一琰切

厃 仰也从人在厂上一曰屋梠也秦謂之桷齊謂之厃 魚毀切

文二十七　重四

丸 圜傾側而轉者从反仄凡丸之屬皆从丸 胡官切

𠁗 鷙鳥食已吐其皮毛如丸从丸咼聲讀若骫 於跪切

𡛚 丸之孰也从丸而聲 奴禾切

𡛧 闕 芳萬切

文四

危 在高而懼也从厃自卪止之凡危之屬皆从危 魚爲切

𢼸 𢼸嶇也从危支聲 去其切

文二

石 山石也在厂之下口象形凡石之屬皆从石 常隻切

磺 銅鐵樸石也从石黃聲讀若穬 古猛切 古文磺周禮有卝人

碭 文石也从石昜聲 徒浪切

碝 石次玉者从石耎聲 而沇切

砮 石可以爲矢鏃从石奴聲夏書曰梁州貢砮丹春秋國語曰肅愼氏貢楛矢石砮 乃都切

說文九下　危部　石部　十

礜 毒石也出漢中从石與聲 羊茹切

碣 特立之石東海有碣石山从石曷聲 渠列切 古文

磏 厲石也一曰赤色从石兼聲讀若鎌 力鹽切

碬 厲石也从石叚聲春秋傳曰鄭公孫碬字子石 乎加切

礫 小石也从石樂聲 郎擊切

䂬 水邊石从石巩聲春秋傳曰闕䂬之甲 居竦切

磧 水陼有石者从石責聲 七迹切

碑 豎石也从石卑聲 府眉切

䃂 陊也从石㒸聲 徒對切

磒 落也从石員聲春秋傳曰磒石于宋五 于敏切

⿰石炙 碎石隕聲从石炙聲 所責切

硞 石聲从石告聲 苦角切

硍 石聲从石良聲 魯當切

礐 石聲从石學省聲 胡角切

硈 石堅也从石吉聲一曰突也 格八切

磕 石聲从石盍聲 口太切又若盍切

硻 餘堅者从石堅省 口莖切

磿 石聲也从石厤聲 郎擊切

磛 礹石也从石斬聲 鉏銜切

礹 石山也从石嚴聲 五銜切

礊 堅也从石毄聲 楷革切

确 礊石也从石角聲 臣鉉等曰今俗作確非是胡角切 㱿 确或从㱿

磽 礊石也从石堯聲 口交切

硪 石巖也从石我聲 五何切

碞 磛碞也从石品周書曰畏于民碞讀與巖同 臣鉉等曰从品與品同意 五銜切

磬 樂石也从石殸象縣虡之形殳擊之也古者毋句氏作磬 苦定切 殸 籒文省 硜 古文从巠

礙 止也从石疑聲 五溉切

硩 上摘巖空青珊瑚墮之从石折聲周禮有硩蔟氏 丑列切

硟 以石扞繒也从石延聲 尺戰切

碎 䃺也从石卒聲 蘇對切

破 石碎也从石皮聲 普過切

礱 䃺也从石龍聲天子之桷椓而礱之 盧紅切

研 䃺也从石幵聲 五堅切

䃺 石磑也从石靡聲 模臥切

磑 䃺也从石豈聲古者公輸班作磑 五對切

碓 舂也从石隹聲 都隊切

⿰石沓 舂已復擣之曰⿰石沓从石沓聲 徒合切

磻 以石箸隿繳也从石番聲 博禾切

⿰石箸 斫也从石箸聲 張略切

硯 石滑也从石見聲 五甸切

砭 以石刺病也从石乏聲 方彡切又方驗切

碥 石也惡也从石鬲聲 下革切

砢 磊砢也从石可聲 來可切

磊 眾石也从三石 落猥切

文四十九 重五

礪 䃺也从石厲聲經典通用厲力制切

碏 左氏傳衞大夫石碏唐韻云敬也从石未詳昔聲七削切

磯 大石激水也从石幾聲居衣切

碌 石皃从石彔聲盧谷切

砧 石柎也从石占聲知林切

砌 階甃也从石切聲千計切

礩 柱下石也从石質聲之日切

礎 礩也从石楚聲創舉切

硾 擣也从石垂聲直類切

文九　新附

長 久遠也从兀从匕兀者高遠意也久則變化亾聲𠂆者倒亾也凡長之屬皆从長臣鉉等曰倒亾不亡也長久之義也直良切

上古文長　亦古文長

肆 極陳也从長隶聲息利切　或从髟

镾 久長也从長爾聲武夷切

镻 蛇惡毒長也从長失聲徒結切

文四　重三

勿 州里所建旗象其柄有三游雜帛幅半異所以趣民故遽稱勿勿凡勿之屬皆从勿文弗切　勿或从㫃

昜 開也从日一勿一曰飛揚一曰長也一曰彊者眾皃與章切

文二　重一

冄 毛冄冄也象形凡冄之屬皆从冄而琰切

文一

而 頰毛也象毛之形周禮曰作其鱗之而凡而之屬皆从而臣鉉等曰今俗別作髵非是如之切

耏 罪不至髡也从而从彡奴代切　或从寸諸法度字从寸

文二　重一

豕 彘也竭其尾故謂之豕象毛足而後有尾讀與豨同桉今世字誤以豕爲彘以彘爲豕何以明之爲啄琢从豕蠡从彘皆取其聲以是明之臣鉉等曰此語未詳或後人所加

凡豕之屬皆从豕式視切　古文

豬 豕而三毛叢居者从豕者聲陟魚切

豰 小豚也从豕㱿聲步角切

豯 生三月豚腹豯豯皃也从豕奚聲胡雞切

豵 生六月豚从豕從聲一曰一歲豵尚叢聚也子紅切

豝 牝豕也从豕巴聲一曰一歲能相把拏也詩曰一發五豝伯加切

豣 三歲豕肩相及者从豕幵聲詩曰並驅从兩豣兮古賢切

豶 羠豕也从豕賁聲 符分切
豭 牡豕也从豕叚聲 古牙切
㺩 上谷名豬豭从豕役省聲 營隻切
⿰豕隋 豶也从豕隋聲 臣鉉等曰當从隨省 以水切
豤 齧也从豕皀聲 康很切
豷 豕息也从豕壹聲春秋傳曰生敖及豷 許利切
豧 豕息也从豕甫聲 芳無切
豢 以穀圈養豕也从豕𢍏聲 胡慣切
豠 豕屬从豕且聲 疾余切
豲 逸也从豕原聲周書曰豲有爪而不敢以撅讀若桓 胡官切

豨 豕走豨豨从豕希聲古有封豨脩虵之害 虛豈切
豖 豕絆足行豕豖从豕繫二足 丑六切
豦 鬬相丮不解也从豕虍豕虍之鬬不解也讀若蘮蒘草之蘮司馬相如說豦封豕之屬一曰虎兩足舉 強魚切
豙 豕怒毛豎一曰殘艾也从豕辛 臣鉉等曰从辛未詳 魚既切
豩 二豕也豳从此闕 伯貧切又呼關切

文二十二　重一

𢑚 脩豪獸一曰河内名豕也从彑下象毛足凡𢑚之屬皆从𢑚讀若弟 羊至切 籒文 古文
𢑛 𢑚屬从𢑚曶聲 呼骨切
𢑟 豕鬣如筆管者出南郡从𢑚高聲 乎刀切 籒文从豕 臣鉉等曰今俗別作毫非是
彙 蟲似豪豬者从𢑚胃省聲 于貴切 或从虫
𢑡 𢑚屬从二𢑚 息利切 古文𢑡虞書曰𢑡類于上帝

文五　重五

彑 豕之頭象其銳而上見也凡彑之屬皆从彑讀若罽 居例切
彘 豕也後蹏發謂之彘从彑矢聲从二匕彘足與鹿足同 直例切

彖 豕也从彑从豕讀若弛 式視切
𧰙 豕也从彑下象其足讀若瑕 乎加切
彖 豕走也从彑从豕省 通貫切

文五

豚 小豕也从彖省象形从又持肉以給祠祀凡豚之屬皆从豚 徒魂切 篆文从肉豕
⿰豚衛 豚屬从豚衛聲讀若罽 于歲切

文二　重一

𧰨 獸長脊行𧰨𧰨然欲有所司殺形凡𧰨之屬皆从𧰨

池爾切司殺讀若伺候之伺

豹 似虎圜文从豸勺聲北教切

貙 貙獌似貍者从豸區聲敕俱切

貚 貙屬也从豸單聲徒干切

貔 豹屬出貉國从豸㲋聲詩曰獻其貔皮周書曰如虎如貔貔猛獸房脂切 豼或从比

豺 狼屬狗聲从豸才聲士皆切

貐 猰貐似貙虎爪食人迅走从豸俞聲以主切

貘 似熊而黃黑色出蜀中从豸莫聲莫白切

𧳜 猛獸也从豸庸聲余封切

說文九下　豸部　十七

貜 㚟貜也从豸瞿聲王縛切

貀 獸無前足从豸出聲漢律能捕豺貀購百錢女滑切

貈 似狐善睡獸从豸舟聲論語曰狐貈之厚以居臣鉉等曰舟非聲未詳下各切

豻 胡地野狗从豸干聲五旰切 犴 豻或从犬詩曰宜犴宜獄

貂 鼠屬大而黃黑出胡丁零國从豸召聲都僚切

貉 北方豸種从豸各聲孔子曰貉之爲言惡也莫白切

貆 貉之類从豸亘聲胡官切

貍 伏獸似貙从豸里聲里之切

貒 獸也从豸耑聲讀若湍他耑切

貛 野豕也从豸雚聲呼官切

貁 鼠屬善旋从豸穴聲余救切

文二十　重二

貓 貍屬从豸苗聲莫交切

文一　新附

𤉡 如野牛而青象形與禽离頭同凡𤉡之屬皆从𤉡徐姊切 兕 古文从儿

文一　重一

易 蜥易蝘蜓守宮也象形祕書說日月爲易象陰陽也一曰从勿凡易之屬皆从易羊益切

說文九下　豸部　𤉡部　易部　象部　十八

文一

象 長鼻牙南越大獸三季一乳象耳牙四足之形凡象之屬皆从象徐兩切

豫 象之大者賈侍中說不害於物从象予聲羊茹切 𧰼 古文

文二　重一

說文解字弟九下

說文解字弟十上

漢 太 尉 祭 酒 許 愼 記

宋 右 散 騎 常 侍 徐 鉉 等 校 定

四十部 八百一十文 重八十七

凡萬四字

文三十一 新附

馬 怒也武也象馬頭髦尾四足之形凡馬之屬皆从馬 莫下切 古文 籀文馬與影同有髦

騭 牡馬也从馬陟聲讀若郅 之日切

馬 馬一歲也从馬一絆其足讀若弦一曰若環 戶關切

駒 馬二歲曰駒三歲曰駣从馬句聲 舉朱切

⿰馬八 馬八歲也从馬从八 博拔切

⿰馬閒 馬一目白曰⿰馬閒二目白曰魚从馬閒聲 戶閒切

騏 馬青驪文如博棊也从馬其聲 渠之切

驪 馬深黑色从馬麗聲 呂支切

駽 青驪馬从馬肙聲詩曰駜彼乘駽 火玄切

騩 馬淺黑色从馬鬼聲 俱位切

騮 赤馬黑毛尾也从馬畱聲 力求切

騢 馬赤白雜毛从馬叚聲謂色似鰕魚也 乎加切

騅 馬蒼黑雜毛从馬隹聲 職追切

駱 馬白色黑鬣尾也从馬各聲 盧各切

駰 馬陰白雜毛黑从馬因聲詩曰有駰有騢 於眞切

驄 馬青白雜毛也从馬悤聲 倉紅切

驈 驪馬白胯也从馬矞聲詩曰有驈有騜 食聿切

駹 馬面顙皆白也从馬尨聲 莫江切

騧 黃馬黑喙从馬咼聲 古華切 籀文騧

驃 黃馬發白色一曰白髦尾也从馬𤐫聲 毗召切

駓 黃馬白毛也从馬丕聲 敷悲切

驖 馬赤黑色从馬𢧜聲詩曰四驖孔阜 他結切

⿰馬岸 馬頭有發赤色者从馬岸聲 五旰切

馰 馬白頟也从馬的省聲一曰駿也易曰爲的顙 都歷切

駁 馬色不純从馬爻聲 臣鉉等曰爻非聲疑象駁文 北角切

馵 馬後左足白也从馬二其足讀若注 之戍切

驔 驪馬黃脊从馬覃聲讀若簟 徒玷切

驠 馬白州也从馬燕聲 於甸切

騽 馬豪骭也从馬習聲 似入切

⿱倝馬 馬毛長也从馬倝聲 侯旰切

騑 馬逸足也从馬从飛司馬法曰飛衞斯輿 甫微切

驁 駿馬以壬申日死乘馬忌之从馬敖聲 五到切

驥 千里馬也孫陽所相者从馬冀聲天水有驥縣 几利切

駿　馬之良材者从馬夋聲子峻切

驍　良馬也从馬堯聲古堯切

䮑　馬小皃从馬垂聲讀若箠之壘切　籀文从𠂹

驕　馬高六尺爲驕从馬喬聲詩曰我馬唯驕一曰野馬舉喬切

騋　馬七尺爲騋八尺爲龍从馬來聲詩曰騋牝驪牡洛哀切

驩　馬名从馬雚聲呼官切

驗　馬名从馬僉聲魚窆切

䮟　馬名从馬此聲雌氏切

⿰馬休　馬名从馬休聲許尤切

馼　馬赤鬣縞身目若黃金名曰媽吉皇之乘周文王時犬戎獻之从馬从文文亦聲春秋傳曰媽馬百駟畫馬也西伯獻紂以全其身無分切

馶　馬彊也从馬支聲章移切

駜　馬飽也从馬必聲詩云有駜有駜毗必切

駫　馬盛肥也从馬光聲詩曰四牡駫駫古熒切

騯　馬盛也从馬㫄聲詩曰四牡騯騯薄庚切

䭴　䭴䭴馬怒皃从馬卬聲吾浪切

驤　馬之低仰也从馬襄聲息良切

驀　上馬也从馬莫聲莫白切

騎　跨馬也从馬奇聲渠羈切

駕　馬在軛中从馬加聲古訝切　籀文駕

騑　驂旁馬从馬非聲甫微切

駢　駕二馬也从馬幷聲部田切

驂　駕三馬也从馬參聲倉含切

駟　一乘也从馬四聲息利切

駙　副馬也从馬付聲一曰近也一曰疾也符遇切

䮙　馬和也从馬皆聲戶皆切

騀　馬搖頭也从馬我聲五可切

駊　駊騀也从馬皮聲普火切

䮷　馬行皃从馬舀聲土刀切

篤　馬行頓遟从馬竹聲冬毒切

騤　馬行威儀也从馬癸聲詩曰四牡騤騤渠追切

⿱𦥯馬　馬行徐而疾也从馬學省聲於角切

駸　馬行疾也从馬侵省聲詩曰載驟駸駸子林切

馺　馬行相及也从馬从及讀若爾雅小山馺大山峘蘇荅切

馮　馬行疾也从馬仌聲房戎切　臣鉉等曰本音皮冰切經典通用爲依馮之馮今別作憑非是

䮔 馬步疾也从馬耴聲尼輒切

騃 馬行仡仡也从馬矣聲五駭切

驟 馬疾步也从馬聚聲鉏又切

⿰馬匃 馬疾走也从馬匃聲古達切

颿 馬疾步也从馬風聲臣鉉等曰舟船之颿本用此字今別作帆非是符嚴切

驅 馬馳也从馬區聲豈俱切 敺 古文驅从攴

馳 大驅也从馬也聲直离切

騖 亂馳也从馬敄聲亡遇切

⿱列馬 次弟馳也从馬𠛱聲力制切

騁 直馳也从馬甹聲丑郢切

駾 馬行疾來皃从馬兌聲詩曰昆夷駾矣他外切

⿰馬失 馬有疾足从馬失聲大結切

駻 馬突也从馬旱聲侯旰切

駧 馳馬洞去也从馬同聲徒弄切

驚 馬駭也从馬敬聲舉卿切

駭 驚也从馬亥聲侯楷切

⿰馬巟 馬奔也从馬巟聲呼光切

騫 馬腹縶也从馬寒省聲去虔切

駐 馬立也从馬主聲中句切

馴 馬順也从馬川聲詳遵切

駗 馬載重難也从馬㐱聲張人切

驙 駗驙也从馬亶聲易曰乘馬驙如張連切

驇 馬重皃从馬執聲陟利切

驧 馬曲脊也从馬鞠聲巨六切

騬 犗馬也从馬乘聲食陵切

馻 系馬尾也从馬介聲古拜切

騷 擾也一曰摩馬从馬蚤聲穌遭切

馽 絆馬也从馬口其足春秋傳曰韓厥執馽前讀若輒陟立切 縶 馽或从糸執聲

駘 馬銜脫也从馬台聲徒哀切

駔 牡馬也从馬且聲一曰馬蹲駔也子朗切

騶 廏御也从馬芻聲側鳩切

驛 置騎也从馬睪聲羊益切

馹 驛傳也从馬日聲人質切

騰 傳也从馬朕聲一曰騰犗馬也徒登切

⿰馬隺 苑名一曰馬白頟从馬隺聲下各切

駉 牧馬苑也从馬冋聲詩曰在駉之野古熒切

駪 馬衆多皃从馬先聲所臻切

駮 獸如馬倨牙食虎豹从馬交聲北角切

駃 駃騠馬父驘子也从馬夬聲臣鉉等曰今俗與快同用古穴切

騠　駃騠也从馬是聲杜兮切

驘　驢父馬母从馬羸聲洛戈切　贏或从羸

驢　似馬長耳从馬盧聲力居切

䮝　驢子也从馬冡聲莫紅切

驒　驒騱野馬也从馬單聲一曰青驪白鱗文如鼉魚代何切

騱　驒騱馬也从馬奚聲胡雞切

騊　騊駼北野之良馬从馬匋聲徒刀切

駼　騊駼也从馬余聲同都切

驫　衆馬也从三馬甫虯切

文一百一十五　重八

駛　疾也从馬吏聲疏吏切

駥　馬高八尺从馬戎聲如融切

騣　馬鬣也从馬㚇聲子紅切

馱　負物也从馬大聲此俗語也唐佐切

騂　馬赤色也从馬觲省聲息營切

文五　新附

廌　解廌獸也似山牛一角古者決訟令觸不直象形从豸省凡廌之屬皆从廌宅買切

𢊁　解廌屬从廌孝聲闕古孝切

薦　獸之所食艸从廌从艸古者神人以廌遺黃帝帝曰何食何處曰食薦夏處水澤冬處松柏作甸切

灋　刑也平之如水从水廌所以觸不直者去之从去方乏切　法今文省　佱古文

文四　重二

鹿　獸也象頭角四足之形鳥鹿足相似从匕凡鹿之屬皆从鹿盧谷切

麚　牡鹿从鹿叚聲以夏至解角古牙切

麟　大牝鹿也从鹿粦聲力珍切

䴨　鹿麛也从鹿耎聲讀若偄弱之偄奴亂切

䴫　鹿迹也从鹿速聲桑谷切

麛　鹿子也从鹿弭聲莫兮切

麉　鹿之絕有力者从鹿幵聲古賢切

麒　仁獸也麋身牛尾一角从鹿其聲渠之切

麐　牝麒也从鹿吝聲力珍切

麋　鹿屬从鹿米聲麋冬至解其角武悲切

麎　牝麋也从鹿辰聲植鄰切

麔　大麋也狗足从鹿旨聲居履切　麂或从几

麇　麞也从鹿囷省聲居筠切　麕籀文不省

麞　麋屬从鹿章聲諸良切

麔 麋牡者从鹿咎聲 其久切

麠 大鹿也牛尾一角从鹿畺聲 舉卿切 或从京

麃 麠屬从鹿票省聲 薄交切

麈 麋屬从鹿主聲 之庾切

麑 狻麑獸也从鹿兒聲 五雞切

麙 山羊而大者細角从鹿咸聲 胡毚切

麢 大羊而細角从鹿霝聲 郎丁切

⿸鹿圭 鹿屬从鹿圭聲 古攜切

麝 如小麋臍有香从鹿䠶聲 神夜切

䴸 似鹿而大也从鹿與聲 羊茹切

麗 旅行也鹿之性見食急則必旅行从鹿丽聲禮麗皮納聘蓋鹿皮也 郎計切 古文 篆文麗字

麀 牝鹿也从鹿从牝省 於虯切 或从幽聲

文二十六　重六

麤 行超遠也从三鹿凡麤之屬皆从麤 倉胡切

𪋻 鹿行揚土也从麤从土 直珍切 籀文

文二　重一

㲋 獸也似兔青色而大象形頭與兔同足與鹿同凡㲋之屬皆从㲋 丑略切 篆文

毚 狻兔也兔之駿者从㲋兔 土咸切

⿱㲋吾 獸名从㲋吾聲讀若寫 司夜切

⿱㲋夬 獸也似牲牲从㲋夬聲 古穴切

文四　重一

兔 獸名象踞後其尾形兔頭與㲋頭同凡兔之屬皆从兔 湯故切

逸 失也从辵兔兔謾訑善逃也 夷質切

冤 屈也从兔从冂兔在冂下不得走益屈折也 於袁切

娩 兔子也娩疾也从女兔 芳萬切

⿱兔⿰兔兔 疾也从三兔闕 芳遇切

文五

⿰兔夋 狻兔也从兔夋聲 七旬切

文一　新附

莧 山羊細角者从兔足苜聲凡莧之屬皆从莧讀若丸寬字从此 臣鉉等曰苜徒結切非聲疑象形 胡官切

文一

犬 狗之有縣蹏者也象形孔子曰視犬之字如畫狗也凡犬之屬皆从犬 苦泫切

狗 孔子曰狗叩也叩气吠以守从犬句聲 古厚切

獀 南越名犬獿獀从犬叜聲 所鳩切

尨 犬之多毛者从犬从彡詩曰無使尨也吠 莫江切

狡　少狗也从犬交聲匈奴地有狡犬巨口而黑身古巧切

獪　狡獪也从犬會聲古外切

𤢊　犬惡毛也从犬農聲奴刀切

猲　短喙犬也从犬曷聲詩曰載獫猲獢爾雅曰短喙犬謂之猲獢許謁切

獢　猲獢也从犬喬聲許喬切

獫　長喙犬一曰黑犬黃頭从犬僉聲虛檢切

㹟　黃犬黑頭从犬主聲讀若注之戍切

猈　短脛狗从犬卑聲薄蟹切

猗　犗犬也从犬奇聲於离切

狊　犬視皃从犬目古闃切

𤞣　竇中犬聲从犬从音音亦聲乙咸切

默　犬暫逐人也从犬黑聲讀若墨莫北切

猝　犬从艸暴出逐人也从犬卒聲麤沒切

猩　猩猩犬吠聲从犬星聲桑經切

㺌　犬吠不止也从犬兼聲讀若檻一曰兩犬爭也胡黯切

獥　小犬吠从犬敫聲南陽新亭有獥鄉荒檻切

猥　犬吠聲从犬畏聲烏賄切

獿　獿獶也从犬夒聲女交切

𤢏　犬獿獿咳吠也从犬翏聲火包切

𤡹　犬容頭進也从犬參聲一曰賊疾也山檻切

獎　嗾犬厲之也从犬將省聲即兩切

𤞩　齧也从犬戔聲初版切

狦　惡健犬也从犬刪省聲所晏切

狠　吠鬭聲从犬艮聲五還切

𤞼　犬鬭聲从犬番聲附袁切

狋　犬怒皃从犬示聲一曰犬難得代郡有狋氏縣讀又若銀語其切

𤝞　犬吠聲从犬斤聲語斤切

獡　犬獡獡不附人也从犬舄聲南楚謂相驚曰獡讀若愬式略切

獷　犬獷獷不可附也从犬廣聲漁陽有獷平縣古猛切

狀　犬形也从犬爿聲鉏亮切

奘　妄彊犬也从犬从壯壯亦聲徂朗切

獒　犬如人心可使者从犬敖聲春秋傳曰公嗾夫獒五牢切

獳　怒犬皃从犬需聲讀若槈奴豆切又乃侯切

狧　犬食也从犬从舌讀若比目魚鰈之鰈他合切

狎　犬可習也从犬甲聲胡甲切

狃　犬性驕也从犬丑聲女久切

犯 侵也从犬巳聲 防險切
猜 恨賊也从犬青聲 倉才切
猛 健犬也从犬孟聲 莫杏切
犺 健犬也从犬亢聲 苦浪切
㹤 多畏也从犬去聲 去劫切 杜林說㹤从心
獜 健也从犬粦聲詩曰盧獜獜 力珍切
獧 疾跳也一曰急也从犬睘聲 古縣切
倏 走也从犬攸聲讀若叔 式竹切
狟 犬行也从犬亘聲周書曰尚狟狟 胡官切
㹃 過弗取也从犬市聲讀若孛 蒲没切

[犭易] 犬張耳皃从犬易聲 陟革切
㹞 犬張齗怒也从犬來聲讀又若銀 魚僅切
犮 走犬皃从犬而丿之曳其足則剌犮也 蒲撥切
戾 曲也从犬出戶下戾者身曲戾也 郎計切
獨 犬相得而鬭也从犬蜀聲羊爲羣犬爲獨也一曰北嚻山有獨浴獸如虎白身豕鬣尾如馬 徒谷切
[犭谷] 獨浴獸也从犬谷聲 余蜀切
獮 秋田也从犬璽聲 息淺切 獮或从豕宗廟之田也故从豕示
獵 放獵逐禽也从犬巤聲 良涉切

獠 獵也从犬尞聲 力昭切
狩 犬田也从犬守聲易曰明夷于南狩 書究切
臭 禽走臭而知其迹者犬也从犬从自 臣鉉等曰自古鼻字犬走以鼻知臭故从自 尺救切
獲 獵所獲也从犬蒦聲 胡伯切
獘 頓仆也从犬敝聲春秋傳曰與犬犬獘 毗祭切 獘或从死
獻 宗廟犬名羹獻犬肥者以獻之从犬鬳聲 許建切
犴 獟犬也从犬幵聲一曰逐虎犬也 五甸切
獟 犴犬也从犬堯聲 五弔切

狾 狂犬也从犬折聲春秋傳曰狾犬入華臣氏之門 征例切
狂 狾犬也从犬㞷聲 巨王切 古文从心
類 種類相似唯犬爲甚从犬頪聲 力遂切
狄 赤狄本犬種狄之爲言淫辟也从犬亦省聲 徒歷切
狻 狻麑如虦貓食虎豹者从犬夋聲見爾雅 素官切
玃 母猴也从犬矍聲爾雅云玃父善顧攫持人也 俱縛切
猶 玃屬从犬酋聲一曰隴西謂犬子爲猷 以周切
狙 玃屬从犬且聲一曰狙犬也暫齧人者一曰犬不齧人也 親去切

猴　夒也从犬矦聲乎溝切

⿱㱿犬　犬屬䯒已上黃䯒已下黑食母猴从犬㱿聲讀若構或曰㱿似牂羊出蜀北嚻山中犬首而馬尾火屋切

狼　似犬銳頭白頰高前廣後从犬良聲魯當切

狛　如狼善驅羊从犬白聲讀若蘖䈁䉮讀之若淺泊匹各切

獌　狼屬从犬曼聲爾雅曰貙獌似貍舞販切

狐　䄏獸也鬼所乘之有三德其色中和小前大後死則丘首从犬瓜聲戶吳切

獺　如小狗也水居食魚从犬賴聲他達切

猵　獺屬从犬扁聲布玆切　獱或从賓

猋　犬走皃从三犬甫遙切

文八十三　重五

狘　獸走皃从犬戉聲許月切

⿰犭軍　獸名从犬軍聲許韋切

狷　褊急也从犬肙聲古縣切

猰　猰貐獸名从犬契聲烏黠切

文四　新附

㹜　兩犬相齧也从二犬凡㹜之屬皆从㹜語斤切

⿲犭臣犬　司空也从㹜臣聲復說獄司空息茲切

獄　确也从㹜从言二犬所以守也魚欲切

文三

鼠　穴蟲之總名也象形凡鼠之屬皆从鼠書呂切

䶉　鼠也从鼠番聲讀若樊或曰鼠婦附袁切

⿰鼠各　鼠出胡地皮可作裘从鼠各聲下各切

鼢　地行鼠伯勞所作也一曰偃鼠从鼠分聲芳吻切　蚡或从虫分

⿰鼠平　鼮令鼠从鼠平聲薄經切

鼶　鼠也从鼠虒聲息移切

⿰鼠畱　竹鼠也如犬从鼠畱省聲力求切

鼫　五技鼠也能飛不能過屋能緣不能窮木能游不能渡谷能穴不能掩身能走不能先人从鼠石聲常隻切

鼨　豹文鼠也从鼠冬聲職戎切　𪕒籒文省

⿰鼠益　鼠屬从鼠益聲於革切　⿰豸益或从豸

鼷　小鼠也从鼠奚聲胡雞切

鼩　精鼩鼠也从鼠句聲其俱切

鼸　䶄也从鼠兼聲丘檢切

䶄　鼠屬从鼠今聲讀若含胡男切

鼬　如鼠赤黃而大食鼠者从鼠由聲余救切

⿰鼠勺　胡地風鼠从鼠勺聲之若切

⿰鼠穴　鼠屬从鼠穴聲而隴切

鼶 鼠似雞鼠尾从鼠此聲 即移切

鼲 鼠出丁零胡皮可作裘从鼠軍聲 乎昆切

𪕷 斬𪕷鼠黑身白腰若帶手有長白毛似握版之狀類蝯蜼之屬从鼠胡聲 戶吴切

文二十　重三

能 熊屬足似鹿从肉㠯聲能獸堅中故稱賢能而彊壯稱能傑也凡能之屬皆从能 臣鉉等曰㠯非聲疑皆象形 奴登切

文一

熊 獸似豕山居冬蟄从能炎省聲凡熊之屬皆从熊 羽弓切

文一

羆 如熊黃白文从熊罷省聲 彼爲切 𥁄 古文从皮

文二　重一

火 燬也南方之行炎而上象形凡火之屬皆从火 呼果切

炟 上諱 臣鉉等曰漢章帝名也唐韻曰火起也从火旦聲當割切

㶿 火也从火尾聲詩曰王室如㶿 許偉切

燬 火也从火毀聲春秋傳曰衞侯燬 許偉切

燹 火也从火豩聲 穌典切

焌 然火也从火夋聲周禮曰遂籥其焌焌火在前以焞焯龜 子寸切又倉聿切

尞 柴祭天也从火从昚昚古文愼字祭天所以愼也 力照切

切

然 燒也从火肰聲 臣鉉等曰今俗別作燃蓋後人增加 如延切 𤏳 或从艸難 臣鉉等案艸部有𧄼注云艸也此重出

爇 燒也从火蓺聲春秋傳曰爇僖負羈 臣鉉等曰說文無蓺字當从火从艸熱省聲 如劣切

燔 爇也从火番聲 附袁切

燒 爇也从火堯聲 式昭切

烈 火猛也从火𠛱聲 良辥切

炪 火光也从火出聲商書曰予亦炪謀讀若巧拙之拙 職悅切

熚 熚𤌰火皃从火畢聲 卑吉切

𤌰 熚𤌰也从火𩰲聲𩰲籒文悖字 敷勿切

烝 火气上行也从火丞聲 煑仍切

烰 烝也从火孚聲詩曰烝之烰烰 縛牟切

煦 烝也一曰赤皃一曰溫潤也从火昫聲 香句切

熯 乾皃从火漢省聲詩曰我孔熯矣 人善切

炥 火皃从火弗聲 普活切

熮 火皃从火翏聲逸周書曰味辛而不熮 洛蕭切

㶾 火皃从火㒼省聲讀若粦 良刃切

㷳 火色也从火鴈聲讀若鴈 五晏切

熲　火光也从火頃聲古迥切

爚　火飛也从火龠聲一曰䕬也以灼切

熛　火飛也从火㶾聲讀若摽甫遙切

熇　火熱也从火高聲詩曰多將熇熇臣鉉等曰高非聲當从嗃省火屋切

烄　交木然也从火交聲古巧切

灵　小熱也从火干聲詩曰憂心灵灵臣鉉等曰干非聲未詳直廉切

燋　所以然持火也从火焦聲周禮曰以明火爇燋也即消切

炭　燒木餘也从火岸省聲他案切

⿱差火　東炭也从火差省聲讀若齹楚宜切

⿱效火　交灼木也从火教省聲讀若狡古巧切

炦　火气也从火犮聲蒲撥切

灰　死火餘㶳也从火从又又手也火既滅可以執持呼恢切

炱　灰炱煤也从火台聲徒哀切

煨　盆中火从火畏聲烏灰切

熄　畜火也从火息聲亦曰滅火相即切

烓　行竈也从火圭聲讀若冋口迥切

煁　烓也从火甚聲氏任切

燀　炊也从火單聲春秋傳曰燀之以薪充善切

炊　爨也从火吹省聲昌垂切

烘　尞也从火共聲詩曰卬烘于煁呼東切

齌　炊餔疾也从火齊聲在詣切

熹　炙也从火喜聲許其切

煎　熬也从火前聲子仙切

熬　乾煎也从火敖聲五牢切　熬或从麥

炮　毛炙肉也从火包聲薄交切

⿴衣火　炮肉以微火溫肉也从火衣聲烏痕切

⿱曾火　置魚筩中炙也从火曾聲作滕切

⿱稫火　以火乾肉从火稫聲臣鉉等案說文無稫字當从𥢶省疑傳寫之誤符逼切　籀文不省

爆　灼也从火暴聲蒲木切臣鉉等曰今俗音豹火裂也

煬　炙燥也从火昜聲余亮切

⿰火隺　灼也从火隺聲胡沃切

爤　孰也从火蘭聲郎旰切　或从閒

爢　爛也从火靡聲靡爲切

尉　从上案下也从𡰥又持火以尉申繒也臣鉉等曰今俗別作熨非是於胃切

⿰火龜　灼龜不兆也从火从龜春秋傳曰龜⿰火龜不兆讀若焦即消切

灸 灼也从火久聲舉友切

灼 炙也从火勺聲之若切

煉 鑠治金也从火柬聲郎電切

燭 庭燎火燭也从火蜀聲之欲切

熜 然麻蒸也从火悤聲作孔切

灺 燭㶳也从火也聲徐野切

㶳 火餘也从火聿聲一曰薪也臣鉉等曰聿非聲疑从𦘒省今俗别作燼非是徐刃切

焠 堅刀刃也从火卒聲七內切

煣 屈申木也从火柔柔亦聲人久切

樊 燒田也从火棥棥亦聲附袁切

熑 火煣車網絕也从火兼聲周禮曰煣牙外不嫌力鹽切

燎 放火也从火尞聲力小切

㶾 火飛也从火㘡與䙴同意方昭切

㷮 焦也从火曹聲作曹切

𤓰 火所傷也从火雥聲即消切 焦 或省

烖 天火曰烖从火𢦏聲祖才切 灾 或从宀火 𤆎 古文从才 災 籀文从巛

煙 火气也从火垔聲烏前切 烟 或从因 𡏖 古文 𠖂 籀文从宀

焆 焆焆煙皃从火肙聲因悅切

熅 鬱煙也从火𥁕聲於云切

𤆍 望火皃从火皀聲讀若馰顙之馰都歷切

燂 火熱也从火覃聲火甘切又徐鹽切

焞 明也从火𦎫聲春秋傳曰焞燿天地他昆切

炳 明也从火丙聲兵永切

焯 明也从火卓聲周書曰焯見三有俊心之若切

照 明也从火昭聲之少切

煒 盛赤也从火韋聲詩曰彤管有煒于鬼切

烗 盛火也从火从多昌氏切

熠 盛光也从火習聲詩曰熠熠宵行羊入切

煜 熠也从火昱聲余六切

燿 照也从火翟聲弋笑切

煇 光也从火軍聲況韋切

煌 煌煇也从火皇聲胡光切

焜 煌也从火昆聲孤本切

炯 光也从火冋聲古迥切

爗 盛也从火𣉻聲詩曰爗爗震電筠輒切

爓 火門也从火閻聲余廉切

炫 爓燿也从火玄聲胡畎切

光　明也从火在人上光明意也古皇切　古文　古文

熱　溫也从火埶聲如列切

熾　盛也从火戠聲昌志切　古文熾

燠　熱在中也从火奧聲烏到切

煖　溫也从火爰聲況袁切

煗　溫也从火耎聲乃管切

炅　見也从火日古迥切

炕　乾也从火亢聲苦浪切

燥　乾也从火喿聲穌到切

威　滅也从火戌火死於戌陽氣至戌而盡詩曰赫赫宗周褒似威之許劣切

焅　旱气也从火告聲苦沃切

燽　溥覆照也从火壽聲徒到切

爟　取火於日官名舉火曰爟周禮曰司爟掌行火之政令从火雚聲古玩切　烜　或从亘

熢　燧候表也邊有警則舉火从火逢聲敷容切

爝　苣火祓也从火爵聲呂不韋曰湯得伊尹爝以爟火釁以犧豭子肖切

熭　暴乾火也从火彗聲于歲切

熙　燥也从火巸聲許其切

文一百一十二　重十五

爞　旱气也从火蟲聲直弓切

煽　熾盛也从火扇聲式戰切

烙　灼也从火各聲盧各切

爍　灼爍光也从火樂聲書藥切

燦　燦爛明瀞皃从火粲聲倉案切

煥　火光也从火奐聲呼貫切

文六　新附

炎　火光上也从重火凡炎之屬皆从炎于廉切

燄　火行微燄燄也从炎臽聲以冉切

⿰炎舌　火光也从炎舌聲臣鉉等曰舌非聲當从甛省以冉切

⿱炎㐭　侵火也从炎㐭聲讀若桑葚之葚力荏切

煔　火行也从炎占聲舒贍切

燅　於湯中爚肉从炎从熱省徐鹽切　或从炙

燮　大熟也从又持炎辛辛者物熟味也蘇俠切

粦　兵死及牛馬之血爲粦粦鬼火也从炎舛良刃切徐鍇曰案博物志戰鬬死亡之處有人馬血積中爲粦著地入艸木如霜露不可見有觸者著人體後有光拂拭即散無數又有吒聲如鬻豆舛者人足也言光行著人

文八　重一

黑　火所熏之色也从炎上出囧囧古窻字凡黑之屬皆从黑呼北切

黸　齊謂黑爲黸从黑盧聲洛乎切

黤　沃黑色从黑會聲惡外切

黯　深黑也从黑音聲乙減切

黶　申黑也从黑猒聲於琰切

黳　小黑子从黑殹聲烏雞切

黮　白而有黑也从黑旦聲五原有莫黮縣當割切

黵　雖晳而黑也从黑箴聲古人名黵字晳古咸切

黝　赤黑也从黑易聲讀若煬餘亮切

黲　淺青黑也从黑參聲七感切

黤　青黑也从黑奄聲於檻切

黝　微青黑色从黑幼聲爾雅曰地謂之黝於糾切

黗　黃濁黑从黑屯聲他衮切

點　小黑也从黑占聲多忝切

黚　淺黃黑也从黑甘聲讀若染繒中束緅黚巨淹切

黔　黃黑也从黑金聲古咸切

黦　黑有文也从黑冤聲讀若飴盌字於月切

黰　黃黑而白也从黑算聲一曰短黑讀若以芥爲齏名曰芥荃也初刮切

䵧　黑皴也从黑幵聲古典切

黠　堅黑也从黑吉聲胡八切

黔　黎也从黑今聲秦謂民爲黔首謂黑色也周謂之黎民易曰爲黔喙巨淹切

黕　滓垢也从黑冘聲都感切

黨　不鮮也从黑尚聲多朗切

黷　握持垢也从黑賣聲易曰再三黷徒谷切

黵　大污也从黑詹聲當敢切

黴　中久雨青黑从黑微省聲武悲切

黜　貶下也从黑出聲丑律切

䲣　䲣姍下哂从黑般聲薄官切

黱　畫眉也从黑朕聲徒耐切

儵　青黑繒縫白色也从黑攸聲式竹切

黬　羔裘之縫从黑或聲于逼切

黭　黭謂之垽垽滓也从黑殿省聲堂練切

黮　桑葚之黑也从黑甚聲他感切

黭　果實黭黯黑也从黑弇聲烏感切

黥　墨刑在面也从黑京聲渠京切　剽黥或从刀

黝　黝者忘而息也从黑敢聲於檻切

黟　黑木也从黑多聲丹陽有黟縣烏雞切

文三十七　重一

說文解字弟十上

説文解字弟十下

漢 太 尉 祭 酒 許 愼 記

宋 右 散 騎 常 侍 徐 鉉 等校定

囪　在牆曰牖在屋曰囪象形凡囪之屬皆从囪　楚江切

窗　或从穴　古文

文二　重二

恖　多遽恖恖也从心囪囪亦聲　倉紅切

焱　火華也从三火凡焱之屬皆从焱　以冄切

熒　屋下鐙燭之光从焱冂　戶扃切

燊　盛皃从焱在木上讀若詩莘莘征夫一曰役也　所臻切

文三

炙　炮肉也从肉在火上凡炙之屬皆从炙　之石切　籒文

𤎅　宗廟火孰肉从炙番聲春秋傳曰天子有事𤎅焉以饋同姓諸侯　附袁切

⿰炙尞　炙也从炙尞聲讀若䜍燎　力照切

文三　重一

赤　南方色也从大从火凡赤之屬皆从赤　昌石切　古文从炎土

赨　赤色也从赤蟲省聲　徒冬切

𧹞 日出之赤从赤穀省聲 火沃切

赧 面慙赤也从赤𠬝聲周失天下於赧王 女版切

赬 赤色也从赤巠聲詩曰魴魚赬尾 敕貞切 䞓 赬或从貞 𧹛 或从丁

浾 棠棗之汁或从水 泟 浾或从正

赭 赤土也从赤者聲 之也切

𧹥 赤色也从赤倝聲讀若浣 胡玩切

赫 火赤皃从二赤 呼格切

文八　重五

赩 大赤也从赤色色亦聲 許力切

赮 赤色也从赤叚聲 乎加切

文二　新附

大 天大地大人亦大故大象人形古文大（他達切）也凡大之屬皆从大 徒蓋切

奎 兩髀之閒从大圭聲 苦圭切

夾 持也从大俠二人 古狎切

奄 覆也大有餘也又欠也从大从申申展也 依檢切

夸 奢也从大于聲 苦瓜切

㚌 奢㚌也从大亘聲 胡官切

㚈 㚈大也从大瓜聲 烏瓜切

奯 空大也从大歲聲讀若詩施罛濊濊 呼括切

戴 大也从大𢦏聲讀若詩戴戴大猷 直質切

奅 大也从大卯聲 匹貌切

夽 大也从大云聲 魚吻切

奃 大也从大氐聲讀若氐 都兮切

乔 大也从大介聲讀若蓋 古拜切

𡘋 瞋大也从大此聲 火戒切

𡙇 大也从大弗聲讀若予違汝弼 房密切

𡘙 大也从大屯聲讀若鶉 常倫切

契 大約也从大从㓞易曰後代聖人易之以書契 苦計切

夷 平也从大从弓東方之人也 以脂切

文十八

亦 人之臂亦也从大象兩亦之形凡亦之屬皆从亦 臣鉉等曰今別作腋非是 羊益切

夾 盜竊褱物也从亦有所持俗謂蔽人俾夾是也弘農陝字从此 失冉切

文二

夨 傾頭也从大象形凡夨之屬皆从夨 阻力切

𡗈 頭傾也从夨吉聲讀若孑 古屑切

奊 頭衺骫奊態也从夨圭聲 胡結切

吳　姓也亦郡也一曰吳大言也从夨口五乎切徐鍇曰大言故夨口以出聲詩曰不吳不揚今寫詩者改吳作吳又音乎化切其謬甚矣　𡗿古文如此

文四　重一

夭　屈也从大象形凡夭之屬皆从夭於兆切

喬　高而曲也从夭从高省詩曰南有喬木巨嬌切

幸　吉而免凶也从屰从夭夭死之事故死謂之不幸胡耿切

奔　走也从夭賁省聲與走同意俱从夭博昆切

文四

交　交脛也从大象交形凡交之屬皆从交古爻切

𡙍　衺也从交韋聲羽非切

絞　縊也从交从糸古巧切

文三

尣　𡯂曲脛也从大象偏曲之形凡尣之屬皆从尣烏光切　尪古文从㞷

尳　厀病也从尣从骨骨亦聲戶骨切

𡯌　蹇也从尣皮聲布火切

𡯃　𡯃𡯃行不正从尣左聲則箇切

尦　行不正也从尣艮聲讀若燿弋笑切

尲　不正也从尣兼聲古咸切

尬　尲尬也从尣介聲公八切又古拜切

尥　行脛相交也从尣勺聲牛行腳相交為尥力弔切

𡯭　𡯭不能行為人所引曰𡯭𡯸从尣从爪是聲都兮切

𡯸　𡯭𡯸也从尣从爪巂聲戶圭切

𡯄　股𡯄也从尣于聲乙于切

𡰯　厀中病也从尣从羸郎果切

文十二　重一

壺　昆吾圜器也象形从大象其蓋也凡壺之屬皆从壺戶吳切

壼　壹壺也从凶从壺不得泄凶也易曰天地壹壺於云切

文二

壹　專壹也从壺吉聲凡壹之屬皆从壹於悉切

懿　專久而美也从壹从恣省聲乙冀切

文二

㚔　所以驚人也从大从羊一曰大聲也凡㚔之屬皆从㚔一曰讀若瓠一曰俗語以盜不止為㚔㚔讀若籋尼輒切

睪　目視也从橫目从㚔令吏將目捕罪人也羊益切

執　捕罪人也从丮从㚔㚔亦聲之入切

圉　囹圄所以拘罪人从㚔从口一曰圉垂也一曰圉人

掌馬者魚舉切

盩　引擊也从㚔攴見血也扶風有盩厔縣張流切

報　當罪人也从㚔从𠬝𠬝服罪也博号切

簐　窮理罪人也从㚔从人从言竹聲居六切　𥷚　或省言

文七　重一

奢　張也从大者聲凡奢之屬皆从奢式車切　奓　籀文臣鉉等曰今俗作陟加切以爲奓厚之奓非是

奲　富奲奲皃从奢單聲丁可切

文二　重一

亢　人頸也从大省象頸脈形凡亢之屬皆从亢古郎切　頏　亢或从頁

𩑶　直項莽𩑶皃从亢从夋夋倨也亢亦聲岡朗切又胡朗切

文二　重一

夲　進趣也从大从十大十猶兼十人也凡夲之屬皆从夲讀若滔土刀切

𠦬　疾也从夲卉聲拜从此呼骨切

暴　疾有所趣也从日出夲廾之薄報切

𠷎　進也从夲从中允聲易曰𠷎升大吉余準切

奏　奏進也从夲从廾从中中上進之義則候切　𡗜　古文　𢍜　亦古文

皋　气皋白之進也从夲从白禮祝曰皋登謌曰奏故皋奏皆从夲周禮曰詔來鼓皋舞皋告之也古勞切

文六　重二

夰　放也从大而八分也凡夰之屬皆从夰古老切

䁇　舉目驚䁇然也从夰从䀠䀠亦聲九遇切

𦣞　嫚也从百从夰夰亦聲虞書曰若丹朱𦣞讀若傲論語𦣞湯舟五到切

昦　春爲昦天元气昦昦从日夰夰亦聲胡老切

臩　驚走也一曰往來也从夰臦周書曰伯臩古文臦古文囧字臣鉉等曰臦居況切臦猶乖也臦亦聲言古囧字未詳具往切

文五

亣　籀文大改古文亦象人形凡大之屬皆从大他達切

奕　大也从大亦聲詩曰奕奕梁山羊益切

奘　駔大也从大从壯壯亦聲徂朗切

臭　大白澤也从大从白古文以爲澤字古老切

奚　大腹也从大𫋲省聲𫋲籀文系字胡雞切

耎　稍前大也从大而聲讀若畏偄而沇切

𡙡　大皃从大𥄳聲或曰拳勇字一曰讀若傿乙獻切

奰　壯大也从三大三目二目爲𥄳三目爲奰益大也一曰迫也讀若易虙羲氏詩曰不醉而怒謂之奰平祕切

文八

夫　丈夫也从大一以象簪也周制以八寸爲尺十尺爲丈人長八尺故曰丈夫凡夫之屬皆从夫甫無切

規　有法度也从夫从見居隨切

扶　竝行也从二夫輦字从此讀若伴侶之伴薄旱切

文三

立　住也从大立一之上臣鉉等曰大人也一地也會意凡立之屬皆从立力入切

𥪕　臨也从立从隶力至切

䇹　磊䇹重聚也从立臺聲丁罪切

端　直也从立耑聲多官切

竱　等也从立專聲春秋國語曰竱本肇末旨兗切

竦　敬也从立从束束自申束也息拱切

竫　亭安也从立爭聲疾郢切

靖　立竫也从立青聲一曰細皃疾郢切

竢　待也从立矣聲牀史切　或从巳

竘　健也一曰匠也从立句聲讀若齲逸周書有竘匠丘羽切

竵　不正也从立𥜍聲火鼃切

竭　負舉也从立曷聲渠列切

𥫑　待也从立須聲相俞切　或从芻聲

𥫅　㜲也从立嬴聲力臥切

竣　偓竣也从立夋聲國語曰有司已事而竣七倫切

𥩟　見鬼魅皃从立从彔彔籒文魅字讀若虙羲氏之虙房六切

䇐　驚皃从立昔聲七雀切

𥪂　短人立𥪂𥪂皃从立卑聲傍下切

竲　北地高樓無屋者从立曾聲七耕切

文十九　重二

竝　併也从二立凡竝之屬皆从竝蒲迥切

普　廢一偏下也从竝白聲他計切　或从曰　或从兟从曰臣鉉等曰今俗作替非是

文二　重二

囟　頭會㛴蓋也象形凡囟之屬皆从囟息進切　或从肉宰　古文囟字

巤　毛巤也象髮在囟上及毛髮巤巤之形此與籒文子字同良涉切

𣬉　人臍也从囟囟取气通也从比聲房脂切

文三　重二

思　容也从心囟聲凡思之屬皆从思息茲切

慮 謀思也从思虍聲 良據切

文二

心 人心土藏在身之中象形博士說以爲火藏凡心之屬皆从心 息林切

息 喘也从心从自自亦聲 相即切

情 人之陰气有欲者从心青聲 疾盈切

性 人之昜气性善者也从心生聲 息正切

志 意也从心之聲 職吏切

意 志也从心察言而知意也从心从音 於記切

恉 意也从心旨聲 職雉切

悳 外得於人内得於已也从直从心 多則切 [古文] 古文

應 當也从心雁聲 於陵切

慎 謹也从心眞聲 時刃切 [古文] 古文

忠 敬也从心中聲 陟弓切

愨 謹也从心㱿聲 苦角切

⿱須心 美也从心須聲 莫角切

快 喜也从心夬聲 苦夬切

愷 樂也从心豈聲 臣鉉等曰豈部已有此重出 苦亥切

㥦 快心从心匧聲 苦叶切

念 常思也从心今聲 奴店切

怤 思也从心付聲 甫無切

憲 敏也从心从目害省聲 許建切

憕 平也从心登聲 直陵切

戁 敬也从心難聲 女版切

忻 闓也从心斤聲司馬法曰善者忻民之善閉民之惡 許斤切

⿰忄重 遲也从心重聲 直隴切

惲 重厚也从心軍聲 於粉切

惇 厚也从心享聲 都昆切

忼 慨也从心亢聲一曰易忼龍有悔 臣鉉等曰今俗別作慷非是 苦浪切

又口朗切

慨 忼慨壯士不得志也从心既聲 古漑切

悃 愊也从心困聲 苦本切

愊 誠志也从心畐聲 芳逼切

愿 謹也从心原聲 魚怨切

慧 儇也从心彗聲 胡桂切

憭 慧也从心尞聲 力小切

恔 憭也从心交聲 下交切又古了切

瘱 靜也从心痰聲 臣鉉等曰痰非聲未詳 於計切

悊 敬也从心折聲 陟列切

悰　樂也从心宗聲藏宗切
恬　安也从心甛省聲徒兼切
恢　大也从心灰聲苦回切
恭　肅也从心共聲俱容切
憼　敬也从心从敬敬亦聲居影切
恕　仁也从心如聲商署切　古文省
怡　和也从心台聲與之切
慈　愛也从心茲聲疾之切
忯　愛也从心氏聲巨支切
𢡮　忯𢡮不憂事也从心虒聲讀若移移尔切
恮　謹也从心全聲此緣切
恩　惠也从心因聲烏痕切
慸　高也一曰極也一曰困劣也从心帶聲特計切
憖　問也謹敬也从心猌聲一曰說也一曰甘也春秋傳曰昊天不憖又曰兩君之士皆未憖魚覲切
懬　闊也一曰廣也大也一曰寬也从心从廣廣亦聲苦謗切
悈　飾也从心戒聲司馬法曰有虞氏悈於中國古拜切
㥯　謹也从心𢀖聲於靳切
慶　行賀人也从心从夊吉禮以鹿皮爲贄故从鹿省丘竟切

愃　寬嫺心腹皃从心宣聲詩曰赫兮愃兮况晚切
愻　順也从心孫聲唐書曰五品不愻蘇困切
𡨄　實也从心塞省聲虞書曰剛而𡨄先則切
恂　信心也从心旬聲相倫切
忱　誠也从心冘聲詩曰天命匪忱氏任切
惟　凡思也从心隹聲以追切
懷　念思也从心褱聲戶乖切
惀　欲知之皃从心侖聲盧昆切
想　冀思也从心相聲息兩切
𢡊　深也从心㒸聲徐醉切
慉　起也从心畜聲詩曰能不我慉許六切
意　滿也从心𡇑聲一曰十萬曰意於力切　籒文省
悹　憂也从心官聲古玩切
憀　憀然也从心翏聲洛蕭切
愙　敬也从心客聲春秋傳曰以陳備三愙臣鉉等曰今俗作恪苦各切
愯　懼也从心雙省聲春秋傳曰駟氏愯息拱切
懼　恐也从心瞿聲其遇切　古文
怙　恃也从心古聲侯古切

恃 賴也从心寺聲 時止切

慒 慮也从心曹聲 藏宗切

悟 覺也从心吾聲 五故切 古文悟

憮 愛也韓鄭曰憮一曰不動从心無聲 文甫切

㤅 惠也从心先聲 烏代切 古文

㥏 知也从心胥聲 私呂切

慰 安也从心尉聲一曰恚怒也 於胃切

⿱𣪠心 謹也从心𣪠聲讀若毳 此芮切

⿱篤心 篤箸也从心篤聲 直由切

怞 朗也从心由聲詩曰憂心且怞 直又切

⿰忄某 撫也从心某聲讀若侮 亡甫切

忞 彊也从心文聲周書曰在受德忞讀若旻 武巾切

慔 勉也从心莫聲 莫故切

愐 勉也从心面聲 弥殄切

怈 習也从心曳聲 余制切

懋 勉也从心楙聲虞書曰時惟懋哉 莫候切 或省

慕 習也从心莫聲 莫故切

悛 止也从心夋聲 此緣切

⿰忄隶 肆也从心隶聲 他骨切

⿱與心 趣步⿱與心⿱與心也从心與聲 余呂切

慆 說也从心舀聲 土刀切

懕 安也从心厭聲詩曰懕懕夜飲 於鹽切

憺 安也从心詹聲 徒敢切

怕 無爲也从心白聲 匹白切又葩亞切

恤 憂也收也从心血聲 辛聿切

忓 極也从心干聲 古寒切

懽 喜款也从心雚聲爾雅曰懽懽愮愮憂無告也 古玩切

⿰忄禺 懽也琅邪朱虛有⿰忄禺亭从心禺聲 噳俱切

惄 飢餓也一曰憂也从心叔聲詩曰惄如朝飢 奴歷切

⿰忄卻 勞也从心卻聲 其虐切

憸 憸詖也憸利於上佞人也从心僉聲 息廉切

愒 息也从心曷聲 臣鉉等曰今別作憩非是 去例切

⿱毳心 精戇也从心毳聲 千短切

⿱冊心 疾利口也从心从冊詩曰相時⿱冊心民 徐鍇曰冊言衆也 息廉切

急 褊也从心及聲 居立切

⿲辛心辛 憂也从心辡聲一曰急也 方沔切

⿰忄亟 疾也从心亟聲一曰謹重皃 己力切

懁 急也从心睘聲讀若絹 古縣切

⿰忄巠 恨也从心巠聲 胡頂切

⿱弦心 急也从心从弦弦亦聲河南密縣有⿱弦心亭 胡田切

慓　疾也从心票聲　敷沼切

懦　駑弱者也从心需聲　人朱切

恁　下齎也从心任聲　如甚切

㤵　失常也从心代聲　他得切

怚　驕也从心且聲　子去切

悒　不安也从心邑聲　於汲切

悆　忘也嘾也从心余聲周書曰有疾不悆悆喜也　羊茹切

忒　更也从心弋聲　他得切

憪　愉也从心閒聲　戶閒切

愉　薄也从心俞聲論語曰私覿愉愉如也　羊朱切

懱　輕易也从心蔑聲商書曰以相陵懱　莫結切

愚　戇也从心从禺禺猴屬獸之愚者　麌俱切

戇　愚也从心贛聲　陟絳切

㥒　姦也从心采聲　倉宰切

惷　愚也从心春聲　丑江切

懝　騃也从心从疑疑亦聲一曰惶也　五溉切

忮　很也从心支聲　之義切

悍　勇也从心旱聲　侯旰切

態　意也从心从能　徐鍇曰心能其事然後有態度也　他代切　或从人

怪　異也从心圣聲　古壞切

像　放也从心象聲　徒朗切

慢　惰也从心曼聲一曰慢不畏也　謀晏切

怠　慢也从心台聲　徒亥切

懈　怠也从心解聲　古隘切

憜　不敬也从心嫷省春秋傳曰執玉憜　徒果切　憜或省𠂤　古文

慫　驚也从心從聲讀若悚　息拱切

怫　鬱也从心弗聲　符弗切

忿　忽也从心介聲孟子曰孝子之心不若是忿　呼介切

忽　忘也从心勿聲　呼骨切

忘　不識也从心从亡亡亦聲　武方切

𢡔　忘也𢡔兜也从心㒼聲　母官切

恣　縱也从心次聲　資四切

愓　放也从心昜聲一曰平也　徒朗切

憧　意不定也从心童聲　尺容切

悝　啁也从心里聲春秋傳有孔悝一曰病也　苦回切

憰　權詐也从心矞聲　古穴切

㤮　誤也从心狂聲　居況切

怳　狂之皃从心況省聲　許往切

恑　變也从心危聲　過委切

⿰忄巂 有二心也从心巂聲 戶圭切

悸 心動也从心季聲 其季切

憿 幸也从心敫聲 古堯切

懖 善自用之意也从心銛聲商書曰今汝懖懖 古活切

古文从耳

忨 貪也从心元聲春秋傳曰忨歲而激日 五換切

惏 河內之北謂貪曰惏从心林聲 盧含切

懜 不明也从心夢聲 武亘切

愆 過也从心衍聲 去虔切 或从寒省 籒文

慊 疑也从心兼聲 戶兼切

惑 亂也从心或聲 胡國切

怋 怓也从心民聲 呼昆切

怓 亂也从心奴聲詩曰以謹惛怓 女交切

惷 亂也从心春聲春秋傳曰王室曰惷惷焉一曰厚也 尺允切

惛 不憭也从心昏聲 呼昆切

忥 癡皃从心气聲 許既切

⿱衛心 㝱言不慧也从心衛聲 于歲切

憒 亂也从心貴聲 胡對切

忌 憎惡也从心己聲 渠記切

忿 悁也从心分聲 敷粉切

悁 忿也从心肙聲一曰憂也 於緣切 籒文

⿱黎心 恨也从心黎聲一曰怠也 郎尸切

恚 恨也从心圭聲 於避切

怨 恚也从心夗聲 於願切 古文

怒 恚也从心奴聲 乃故切

憝 怨也从心敦聲周書曰凡民罔不憝 徒對切

慍 怒也从心昷聲 於問切

惡 過也从心亞聲 烏各切

憎 惡也从心曾聲 作滕切

⿰忄市 恨怒也从心市聲詩曰視我⿰忄市⿰忄市 蒲昧切

⿱刀心 怒也从心刀聲讀若顡 李陽冰曰刀非聲當从刈省魚既切

⿰忄彖 怨恨也从心彖聲讀若膎 臣鉉等曰彖非聲未詳戶佳切

恨 怨也从心艮聲 胡艮切

懟 怨也从心對聲 丈淚切

悔 悔恨也从心每聲 荒內切

憘 小怒也从心喜聲 充世切

怏 不服懟也从心央聲 於亮切

懣 煩也从心从滿 莫困切

憤 懣也从心賁聲 房吻切

悶 懣也从心門聲莫困切

惆 失意也从心周聲敕鳩切

悵 望恨也从心長聲丑亮切

愾 大息也从心从氣氣亦聲詩曰愾我寤歎許既切

懆 愁不安也从心喿聲詩曰念子懆懆七早切

愴 傷也从心倉聲初亮切

怛 憯也从心旦聲得案切又當割切 悬 或从心在旦下詩曰信誓悬悬

憯 痛也从心朁聲七感切

慘 毒也从心參聲七感切

悽 痛也从心妻聲七稽切

恫 痛也一曰呻吟也从心同聲他紅切

悲 痛也从心非聲府眉切

惻 痛也从心則聲初力切

惜 痛也从心昔聲思積切

愍 痛也从心敃聲眉殞切

慇 痛也从心殷聲於巾切

㤥 痛聲也从心依聲孝經曰哭不㤥於豈切

𢡱 簡存也从心簡省聲讀若簡古限切

慅 動也从心蚤聲一曰起也穌遭切

感 動人心也从心咸聲古禫切

忧 不動也从心尤聲讀若祐于救切

㤹 怨仇也从心咎聲其久切

愪 憂皃从心員聲王分切

怮 憂皃从心幼聲於虯切

忦 憂也从心介聲五介切

恙 憂也从心羊聲余亮切

惴 憂懼也从心耑聲詩曰惴惴其慄之瑞切

㤕 憂也从心匀聲常倫切

怲 憂也从心丙聲詩曰憂心怲怲兵永切

惔 憂也从心炎聲詩曰憂心如惔徒甘切

惙 憂也从心叕聲詩曰憂心惙惙一曰意不定也陟劣切

慯 憂也从心殤省聲式亮切

愁 憂也从心秋聲士尤切

愵 憂皃从心弱聲讀與怒同奴歷切

惂 憂困也从心臽聲苦感切

悠 憂也从心攸聲以周切

悴 憂也从心卒聲讀與易萃卦同秦醉切

慁 憂也从心圂聲一曰擾也胡困切

𢡁 楚潁之間謂憂曰𢡁从心埶聲力至切

忓 憂也从心干聲讀若吁 況于切
忡 憂也从心中聲詩曰憂心忡忡 敕中切
悄 憂也从心肖聲詩曰憂心悄悄 親小切
慽 憂也从心戚聲 倉歷切
慐 愁也从心从頁 徐鍇曰慐形於顏面故从頁 於求切
患 憂也从心上貫吅吅亦聲 胡丱切 古文从關省 亦古文患
恇 怯也从心匡匡亦聲 去王切
㥦 思皃从心夾聲 苦叶切
懾 失气也从心聶聲一曰服也 之涉切

憚 忌難也从心單聲一曰難也 徒案切
悼 懼也陳楚謂懼曰悼从心卓聲 臣鉉等曰卓非聲當从罩省 徒到切
恐 懼也从心巩聲 丘隴切 古文
慴 懼也从心習聲讀若疊 之涉切
怵 恐也从心术聲 丑律切
惕 敬也从心易聲 他歷切 或从狄
㤨 戰慄也从心共聲 戶工切又工恐切
㤥 苦也从心亥聲 胡槩切
惶 恐也从心皇聲 胡光切
悑 惶也从心甫聲 普故切 或从布聲

慹 悑也从心執聲 之入切
𢡅 悑也从心殸聲 苦計切
𢟍 𢡅也从心葡聲 蒲拜切 或从疒
惎 毒也从心其聲周書曰來就惎惎 渠記切
恥 辱也从心耳聲 敕里切
㥫 青徐謂慙曰㥫从心典聲 他典切
忝 辱也从心天聲 他點切
慙 媿也从心斬聲 昨甘切
恧 慙也从心而聲 女六切
怍 慙也从心作省聲 在各切

憐 哀也从心粦聲 落賢切
𢙈 泣下也从心連聲易曰泣涕𢙈如 力延切
忍 能也从心刃聲 而軫切
𢘮 厲也一曰止也从心弭聲讀若沔 弥兖切
𢗾 懲也从心乂聲 魚肺切
懲 𢗾也从心徵聲 直陵切
憬 覺寤也从心景聲詩曰憬彼淮夷 俱永切

文二百六十三　重二十二

慵 嬾也从心庸聲 蜀容切
悱 口悱悱也从心非聲 敷尾切

怩　忸怩慙也从心尼聲女夷切

惉　惉懘煩聲也从心沾聲尺詹切

懘　惉懘也从心滯聲尺制切

懇　悃也从心豤聲康恨切

忖　度也从心寸聲倉本切

怊　悲也从心召聲敕宵切

慟　大哭也从心動聲徒弄切

惹　亂也从心若聲人者切

恰　用心也从心合聲苦狹切

悌　善兄弟也从心弟聲經典通用弟特計切

懌　說也从心睪聲經典通用釋羊益切

文十三　新附

惢　心疑也从三心凡惢之屬皆从惢讀若易旅瑣瑣又才規才累二切

縈　垂也从惢糸聲如壘切

文二

說文解字弟十下

說文解字弟十一上

漢太尉祭酒許愼記

宋右散騎常侍徐鉉等校定

二十一部　六百八十五文　重六十二

凡九千七百六十九字

文三十一　新附

水　準也北方之行象衆水並流中有微陽之气也凡水之屬皆从水式軌切

汃　西極之水也从水八聲爾雅曰西至汃國謂四極府巾切

河　水出焞煌塞外昆侖山發原注海从水可聲乎哥切

泑　澤在昆侖下从水幼聲讀與妳同於糾切

涷　水出發鳩山入於河从水東聲德紅切

涪　水出廣漢剛邑道徼外南入漢从水咅聲縛牟切

潼　水出廣漢梓潼北界南入墊江从水童聲徒紅切

江　水出蜀湔氐徼外崏山入海从水工聲古雙切

沱　江別流也出崏山東別爲沱从水它聲臣鉉等曰沱沼之沱通用此字今別作池非是徒何切

浙　江水東至會稽山陰爲浙江从水折聲旨熱切

涐　水出蜀汶江徼外東南入江从水我聲五何切

湔　水出蜀郡緜虒玉壘山東南入江从水前聲一曰手瀚之子仙切

洙　水出蜀西徼外東南入江从水末聲莫割切

溫　水出犍爲涪南入黔水从水昷聲烏魂切

灊　水出巴郡宕渠西南入江从水鬵聲昨鹽切

沮　水出漢中房陵東入江从水且聲子余切

滇　益州池名从水眞聲都年切

涂　水出益州牧靡南山西北入澠从水余聲同都切

沅　水出牂牁故且蘭東北入江从水元聲愚袁切

淹　水出越嶲徼外東入若水从水奄聲英廉切

溺　水自張掖刪丹西至酒泉合黎餘波入于流沙从水弱聲桑欽所說而灼切

洮　水出隴西臨洮東北入河从水兆聲土刀切

涇　水出安定涇陽幵頭山東南入渭雝州之川也从水巠聲古靈切

渭　水出隴西首陽渭首亭南谷東入河从水胃聲杜林說夏書以爲出鳥鼠山雝州浸也云貴切

漾　水出隴西相道東至武都爲漢从水羕聲余亮切　瀁　古文从養

漢　漾也東爲滄浪水从水難省聲臣鉉等曰从難省當作堇而前作相承去土从大疑兼从古文省呼旰切　㵄　古文

浪　滄浪水也南入江从水良聲來宕切

沔　水出武都沮縣東狼谷東南入江或曰入夏水从水丏聲彌兗切

湟　水出金城臨羌塞外東入河从水皇聲乎光切

汧　水出扶風汧縣西北入渭从水幵聲苦堅切

澇　水出扶風鄠北入渭从水勞聲魯刀切

漆　水出右扶風杜陵岐山東入渭一曰入洛从水桼聲親吉切

滻　水出京兆藍田谷入霸从水產聲所簡切

洛　水出左馮翊歸德北夷界中東南入渭从水各聲盧各切

淯　水出弘農盧氏山東南入海从水育聲或曰出酈山西余六切

汝　水出弘農盧氏還歸山東入淮从水女聲人渚切

潩　水出河南密縣大隗山南入潁从水異聲与職切

汾　水出太原晉陽山西南入河从水分聲或曰出汾陽北山冀州浸符分切

澮　水出霍山西南入汾从水會聲古外切

沁　水出上黨羊頭山東南入河从水心聲七鴆切

沾　沾水出壺關東入淇一曰沾益也从水占聲臣鉉等曰今别作添非是他兼切

潞　潞冀州浸也上黨有潞縣从水路聲洛故切

漳　漳濁漳出上黨長子鹿谷山東入淸漳淸漳出沾山大要谷北入河南漳出南郡臨沮从水章聲諸良切

淇　淇水出河内共北山東入河或曰出隆慮西山从水其聲渠之切

蕩　蕩水出河内蕩陰東入黄澤从水𦸈聲徒朗切

沇　沇水出河東東垣王屋山東爲泲从水允聲以轉切　㕣古文沇臣鉉等曰口部已有此重出

泲　泲沇也東入于海从水𠂔聲子礼切

洈　洈水出南郡高城洈山東入繇从水危聲過委切

溠　溠水在漢南从水差聲荆州浸也春秋傳曰脩涂梁溠側駕切

洭　洭水出桂陽縣盧聚山洭浦關爲桂水从水匡聲去王切

潓　潓水出廬江入淮从水惠聲胡計切

灌　灌水出廬江雩婁北入淮从水雚聲古玩切

漸　漸水出丹陽黟南蠻中東入海从水斬聲慈冉切

泠　泠水出丹陽宛陵西北入江从水令聲郎丁切

潷　潷水在丹陽从水箄聲匹卦切

說文十一上　水部　四

溧　溧水出丹陽溧陽縣从水栗聲力質切

湘　湘水出零陵陽海山北入江从水相聲息良切

汨　汨長沙汨羅淵屈原所沈之水从水冥省聲莫狄切

溱　溱水出桂陽臨武入匯从水秦聲側詵切

深　深水出桂陽南平西入營道从水罙聲式針切

潭　潭水出武陵鐔成玉山東入鬱林从水覃聲徒含切

油　油水出武陵孱陵西東南入江从水由聲以周切

[氵買]　[氵買]水出豫章艾縣西入湘从水買聲莫蟹切

湞　湞水出南海龍川西入溱从水貞聲陟盈切

溜　溜水出鬱林郡从水畱聲力救切

瀷　瀷水出河南密縣東入潁从水翼聲與職切

潕　潕水出南陽舞陽東入潁从水無聲文甫切

滶　滶水出南陽魯陽入城父从水敖聲五勞切

瀙　瀙水出南陽舞陽中陽山入潁从水親聲七吝切

淮　淮水出南陽平氏桐柏大復山東南入海从水隹聲戸乖切

滍　滍水出南陽魯陽堯山東北入汝从水蚩聲直几切

澧　澧水出南陽雉衡山東入汝从水豊聲盧啓切

溳　溳水出南陽蔡陽東入夏水从水員聲王分切

淠　淠水出汝南弋陽垂山東入淮从水畀聲匹備切又匹制切

說文十一上　水部　五

澺 水出汝南上蔡黑閭澗入汝从水意聲 於力切

㴝 水出汝南新郪入潁从水囟聲 穌計切

灈 水出汝南吳房入瀙从水瞿聲 其俱切

潁 水出潁川陽城乾山東入淮从水頃聲豫州浸 余頃切

洧 水出潁川陽城山東南入潁从水有聲 榮美切

濦 水出潁川陽城少室山東入潁从水㥯聲 於謹切

渦 水受淮陽扶溝浪湯渠東入淮从水過聲 古禾切

泄 水受九江博安洵波北入氐从水世聲 余制切

汳 水受陳畱浚儀陰溝至蒙爲雝水東入于泗从水反聲 臣鉉等曰今作汴非是 皮變切

溱 水出鄭國从水秦聲詩曰溱與洧方渙渙兮 側詵切

淩 水在臨淮从水夌聲 力膺切

濮 水出東郡濮陽南入鉅野从水僕聲 博木切

濼 齊魯閒水也从水樂聲春秋傳曰公會齊侯于濼 盧谷切

漷 水在魯从水郭聲 苦郭切

淨 魯北城門池也从水爭聲 士耕切又才性切

濕 水出東郡東武陽入海从水㬎聲桑欽云出平原高唐 他合切

泡 水出山陽平樂東北入泗从水包聲 匹交切

菏 菏澤水在山陽胡陵禹貢浮于淮泗達于菏从水苛聲 古俄切

泗 受泲水東入淮从水四聲 息利切

洹 水在齊魯閒从水亘聲 羽元切

灉 河灉水在宋从水雝聲 於容切

澶 澶淵水在宋从水亶聲 市連切

洙 水出泰山蓋臨樂山北入泗从水朱聲 市朱切

沭 水出青州浸从水朮聲 食聿切

沂 水出東海費東西入泗从水斤聲一曰沂水出泰山蓋青州浸 魚衣切

洋 水出齊臨朐高山東北入鉅定从水羊聲 似羊切

濁 水出齊郡厲嬀山東北入鉅定从水蜀聲 直角切

溉 水出東海桑瀆覆甑山東北入海一曰灌注也从水既聲 古代切

濰 水出琅邪箕屋山東入海徐州浸夏書曰濰淄其道从水維聲 以追切

浯 水出琅邪靈門壺山東北入濰从水吾聲 五乎切

汶 水出琅邪朱虛東泰山東入濰从水文聲桑欽說汶水出泰山萊蕪西南入泲 亡運切

治 水出東萊曲城陽丘山南入海从水台聲 直之切

寖 水出魏郡武安東北入呼沱水从水𡨦聲𡨦籀文寑字子鴆切

湡 水出趙國襄國之西山東北入寖从水禺聲噳俱切

㴲 水出趙國襄國東入湡从水虒聲息移切

渚 水在常山中丘逢山東入湡从水者聲爾雅曰小洲曰渚章与切

洨 水出常山石邑井陘東南入于泜从水交聲祁國有洨縣下交反

濟 水出常山房子贊皇山東入泜从水齊聲子礼切

泜 水在常山从水氐聲直尼切

濡 水出涿郡故安東入漆涑从水需聲人朱切

灅 水出右北平浚靡東南入庚从水壘聲力軌切

沽 水出漁陽塞外東入海从水古聲古胡切

沛 水出遼東番汗塞外西南入海从水巿聲普蓋切

浿 水出樂浪鏤方東入海从水貝聲一曰出浿水縣普拜切

瀤 北方水也从水褱聲戶乖切

㶟 水出鴈門陰館累頭山東入海或曰治水也从水纍聲力追切

㴙 水出北地直路西東入洛从水虘聲側加切

泒 水起鴈門葰人戍夫山東北入海从水瓜聲古胡切

滱 水起北地靈丘東入河从水寇聲滱水即漚夷水并州川也苦候切

淶 水起北地廣昌東入河从水來聲并州浸洛哀切

泥 水出北地郁郅北蠻中从水尼聲奴低切

湳 西河美稷保東北水从水南聲乃感切

漹 水出西河中陽北沙南入河从水焉聲乙乾切

涶 河津也在西河西从水垂聲土禾切

㵪 水也从水旟聲以諸切

洵 過水中也从水旬聲相倫切

涻 水出北嚻山入邙澤从水舍聲始夜切

汈 水也从水刃聲乃見切

淔 水也从水直聲恥力切

淁 水也从水妾聲七接切

涺 水也从水居聲九魚切

⿰氵臮 水也从水臮聲其冀切

沋 水也从水尤聲羽求切

洇 水也从水因聲於真切

淉 水也从水果聲古火切

⿰氵貨 水也从水貨聲讀若瑣穌果切

浝　水也从水尨聲　莫江切

汎　水也从水乳聲　乃后切

汷　水也从水夂聲夂古文終　職戎切

洦　淺水也从水百聲　匹白切

汗　水也从水千聲　倉先切

洍　水也从水匝聲詩曰江有洍　詳里切

澥　郣澥海之別也从水解聲一說澥即澥谷也　胡買切

漠　北方流沙也一曰清也从水莫聲　慕各切

海　天池也以納百川者从水每聲　呼改切

溥　大也从水尃聲　滂古切

灛　水大至也从水闇聲　乙感切

洪　洚水也从水共聲　戶工切

洚　水不遵道一曰下也从水夅聲　戶工切又下江切

衍　水朝宗于海也从水从行　以淺切

淖　水朝宗于海从水朝省　臣鉉等曰隸書不省　直遙切

濥　水脈行地中濥濥也从水夤聲　弋刃切

滔　水漫漫大皃从水舀聲　土刀切

涓　小流也从水肙聲爾雅曰汝爲涓　古玄切

混　豐流也从水昆聲　胡本切

潒　水潒瀁也从水象聲讀若蕩　徒朗切

漦　順流也一曰水名从水𠩺聲　俟甾切

汭　水相入也从水从内内亦聲　而銳切

潚　深清也从水肅聲　子叔切

演　長流也一曰水名从水寅聲　以淺切

渙　流散也从水奐聲　呼貫切

泌　俠流也从水必聲　兵媚切

活　水流聲从水𠯑聲　古活切　活或从聒

湝　水流湝湝也从水皆聲一曰湝湝寒也詩曰風雨湝湝　古諧切

泫　湝流也从水玄聲上黨有泫氏縣　胡畎切

淲　水流皃从水彪省聲詩曰淲池北流　皮彪切

淢　疾流也从水或聲　于逼切

瀏　流清皃从水劉聲詩曰瀏其清矣　力久切

濊　礙流也从水歲聲詩云施罟濊濊　呼括切

滂　沛也从水旁聲　臣鉉等曰今俗別作霶霈非是　普郎切

汪　深廣也从水𡈼聲一曰汪池也　烏光切

漻　清深也从水翏聲　洛蕭切

泚　清也从水此聲　千礼切

況　寒水也从水兄聲　許訪切

沖　涌搖也从水中讀若動　直弓切

汎　浮皃从水凡聲孚梵切

沄　轉流也从水云聲讀若混王分切

浩　澆也从水告聲虞書曰洪水浩浩胡老切

沆　莽沆大水也从水亢聲一曰大澤皃胡朗切

泬　水从孔穴疾出也从水从穴穴亦聲呼穴切

濞　水暴至聲从水鼻聲匹備切

瀱　水小聲从水爵聲士角切

潝　水疾聲从水翕聲許及切

滕　水超涌也从水朕聲徒登切

潏　涌出也一曰水中坻人所爲爲潏一曰潏水名在京兆杜陵从水矞聲古穴切

洸　水涌光也从水从光光亦聲詩曰有洸有潰古黃切

波　水涌流也从水皮聲博禾切

澐　江水大波謂之澐从水雲聲王分切

瀾　大波爲瀾从水闌聲洛干切

漣　瀾或从連臣鉉等曰今俗音力延切

淪　小波爲淪从水侖聲詩曰河水清且淪漪一曰沒也力迍切

漂　浮也从水票聲匹消切又匹妙切

浮　氾也从水孚聲縛牟切

濫　氾也从水監聲一曰濡上及下也詩曰觱沸濫泉一曰清也盧瞰切

氾　濫也从水㔾聲孚梵切

泓　下深皃从水弘聲烏宏切

湋　回也从水韋聲羽非切

測　深所至也从水則聲初側切

湍　疾瀨也从水耑聲他耑切

淙　水聲也从水宗聲藏宗切

激　水礙衺疾波也从水敫聲一曰半遮也古歷切

洞　疾流也从水同聲徒弄切

瀿　大波也从水旛聲孚袁切

洶　涌也从水匈聲許拱切

涌　滕也从水甬聲一曰涌水在楚國余隴切

湁　湁湒鬻也从水拾聲丑入切

涳　直流也从水空聲苦江切又哭工切

汋　激水聲也从水勺聲井一有水一無水謂之瀱汋市若切

瀱　井一有水一無水謂之瀱汋从水罽聲居例切

渾　混流聲也从水軍聲一曰洿下皃戶昆切

洌　水清也从水列聲易曰井洌寒泉食良辥切

淑 清湛也从水叔聲 殊六切
溶 水盛也从水容聲 余隴切又音容
澂 清也从水徵省聲 臣鉉等曰今俗作澄非是直陵切
清 朖也澂水之皃从水青聲 七情切
湜 水清底見也从水是聲詩曰湜湜其止 常職切
潣 水流浼浼皃从水閔聲 眉殞切
滲 下漉也从水參聲 所禁切
潿 不流濁也从水圍聲 羽非切
溷 亂也一曰水濁皃从水圂聲 胡困切
淈 濁也从水屈聲一曰滒泥一曰水出皃 古忽切

㳬 回泉也从水旋省聲 似沿切
漼 深也从水崔聲詩曰有漼者淵 七罪切
淵 回水也从水象形左右岸也中象水皃 烏玄切 𣶒 淵或省水 囦 古文从口水
濔 滿也从水爾聲 奴礼切
澹 水搖也从水詹聲 徒濫切
潯 旁深也从水尋聲 徐林切
泙 谷也从水平聲 符兵切
泏 水皃从水出聲讀若窋 竹律切又口兀切
瀳 水至也从水薦聲讀若尊 在甸切

潪 土得水沮也从水智聲讀若麵 竹隻切
滿 盈溢也从水㒼聲 莫旱切
滑 利也从水骨聲 戶八切
濇 不滑也从水嗇聲 色立切
澤 光潤也从水睪聲 丈伯切
淫 侵淫隨理也从水㸒聲一曰久雨爲淫 余箴切
瀸 漬也从水韱聲爾雅曰泉一見一否爲瀸 子廉切
泆 水所蕩泆也从水失聲 夷質切
潰 漏也从水貴聲 胡對切
沴 水不利也从水㐱聲五行傳曰若其沴作 郎計切

淺 不深也从水戔聲 七衍切
洔 水暫益且止未減也从水寺聲 直里切
渻 少減也一曰水門又水出丘前謂之渻丘从水省聲 息井切
淖 泥也从水卓聲 奴教切
濢 小溼也从水翠聲 遵誄切
溽 溼暑也从水辱聲 而蜀切
涅 黑土在水中也从水从土日聲 奴結切
滋 益也从水茲聲一曰滋水出牛飲山白陘谷東入呼沱 子之切

淴　青黑色从水曶聲 呼骨切

浥　溼也从水邑聲 於及切

沙　水散石也从水从少水少沙見楚東有沙水 所加切

譚長說沙或从尐 尐子結切

瀨　水流沙上也从水賴聲 洛帶切

濆　水厓也从水賁聲詩曰敦彼淮濆 符分切

涘　水厓也从水矣聲周書曰王出涘 牀史切

汻　水厓也从水午聲 臣鉉等曰今作滸非是呼古切

氿　水厓枯土也从水九聲爾雅曰水醮曰氿 居洧切

漘　水厓也从水脣聲詩曰寘河之漘 常倫切

浦　瀕也从水甫聲 滂古切

沚　小渚曰沚从水止聲詩曰于沼于沚 諸市切

沸　滭沸濫泉从水弗聲 分勿切又方未切

潨　小水入大水曰潨从水从眾詩曰鳧鷖在潨 徂紅切

派　別水也从水从𠂢𠂢亦聲 匹賣切

汜　水別復入水也一曰汜窮瀆也从水巳聲詩曰江有汜 詳里切臣鉉等案前洍字音義同葢或體也

湀　湀辟深水處也从水癸聲 求癸切

濘　滎濘也从水寧聲 乃定切

滎　絕小水也从水熒省聲 戶扃切

洼　深池也从水圭聲 一佳切又於瓜切

漥　清水也一曰窊也从水窐聲 一穎切又屋瓜切

潢　積水池从水黃聲 乎光切

沼　池水从水召聲 之少切

湖　大陂也从水胡聲揚州浸有五湖浸川澤所仰以灌溉也 戶吳切

汥　水都也从水支聲 章移切

洫　十里為成成閒廣八尺深八尺謂之洫从水血聲論語曰盡力于溝洫 況逼切

溝　水瀆廣四尺深四尺从水冓聲 古侯切

瀆　溝也从水賣聲一曰邑中溝 徒谷切

渠　水所居从水渠省聲 彊魚切

瀶　谷也从水臨聲讀若林一曰寒也 力尋切

湄　水艸交為湄从水眉聲 武悲切

洐　溝水行也从水从行 戶庚切

澗　山夾水也从水閒聲一曰澗水出弘農新安東南入洛 古莧切

澳　隈厓也其內曰澳其外曰隈从水奧聲 於六切

澩　夏有水冬無水曰澩从水學省聲讀若學 胡角切

澩或不省

灘 水濡而乾也从水鷬聲詩曰灘其乾矣 呼旰切又他干切 灘 俗灘从隹
汕 魚游水皃从水山聲詩曰蒸然汕汕 所晏切
決 行流也从水从夬廬江有決水出於大別山 古穴切
灓 漏流也从水䜌聲 洛官切
滴 水注也从水啻聲 都歷切
注 灌也从水主聲 之戍切
泆 溉灌也从水芺聲 烏鵠切
湝 所以攤水也从水昔聲漢律曰及其門首洒湝 所責切
澨 埤增水邊土人所止者从水筮聲夏書曰過三澨 時制切

津 水渡也从水𦘔聲 將鄰切 𦨈 古文津从舟从淮
淜 無舟渡河也从水朋聲 皮冰切
潢 小津也从水橫聲一曰以船渡也 戶孟切
泭 編木以渡也从水付聲 芳無切
渡 濟也从水度聲 徒故切
沿 緣水而下也从水㕣聲春秋傳曰王沿夏 与專切
泝 逆流而上曰泝洄泝向也水欲下違之而上也从水㡿聲 桑故切 𣵽 泝或从朔
洄 泝洄也从水从回 戶灰切

泳 潛行水中也从水永聲 爲命切
潛 涉水也一曰藏也一曰漢水爲潛从水朁聲 昨鹽切
淦 水入船中也一曰泥也从水金聲 古暗切 汵 淦或从今
泛 浮也从水乏聲 孚梵切
汓 浮行水上也从水从子古或以汓爲没 似由切 泅 汓或从囚聲
砅 履石渡水也从水从石詩曰深則砅 力制切 濿 砅或从厲
湊 水上人所會也从水奏聲 倉奏切

湛 没也从水甚聲一曰湛水豫章浸 宅減切 𣵿 古文
湮 没也从水垔聲 於眞切
休 没也从水从人 奴歷切
没 沈也从水从𠬛 莫勃切
渨 没也从水畏聲 烏恢切
滃 雲气起也从水翁聲 烏孔切
泱 滃也从水央聲 於良切
淒 雲雨起也从水妻聲詩曰有渰淒淒 七稽切
渰 雲雨皃从水弇聲 衣檢切
溟 小雨溟溟也从水冥聲 莫經切

涑　小雨零皃从水束聲所責切
瀑　疾雨也一曰沫也一曰瀑資也从水暴聲詩曰終風且瀑平到切
澍　時雨澍生萬物从水尌聲常句切
湒　雨下也从水咠聲一曰沸涌皃姊入切
澬　久雨涔資也一曰水名从水資聲才私切又卽夷切
潦　雨水大皃从水尞聲盧皓切
濩　雨流霤下从水蒦聲胡郭切
涿　流下滴也从水豖聲上谷有涿縣竹角切　𤅊　奇字涿从日乙
瀧　雨瀧瀧皃从水龍聲力公切
渿　沛之也从水柰聲奴帶切
滈　久雨也从水高聲乎老切
漊　雨漊漊也从水婁聲一曰汝南謂飲酒習之不醉爲漊力主切
溦　小雨也从水微省聲無非切
濛　微雨也从水蒙聲莫紅切
沈　陵上滈水也从水冘聲一曰濁黕也臣鉉等曰今俗別作沉冗不成字非是直深切又尸甚切
洅　雷震洅洅也从水再聲作代切

淊　泥水淊淊也一曰繅絲湯也从水臽聲胡感切
涵　水澤多也从水函聲詩曰僭始既涵胡男切
⿰氵挈　漸溼也从水挈聲人庶切
瀀　澤多也从水憂聲詩曰既瀀既渥於求切
涔　漬也一曰涔陽渚在郢中从水岑聲鉏箴切
漬　漚也从水責聲前智切
漚　久漬也从水區聲烏候切
浞　濡也从水足聲士角切
渥　霑也从水屋聲於角切
㴫　灌也从水隺聲口角切又公沃切
洽　霑也从水合聲侯夾切
濃　露多也从水農聲詩曰零露濃濃女容切
瀌　雨雪瀌瀌从水麃聲甫嬌切
溓　薄水也一曰中絕小水从水兼聲力鹽切
泐　水石之理也从水从阞周禮曰石有時而泐徐鍇曰言石因其脈理而解裂也盧則切
滯　凝也从水帶聲直例切
汦　著止也从水氏聲直尼切
㶁　水裂去也从水虢聲古伯切
澌　水索也从水斯聲息移切

汔 水涸也或曰泣下从水气聲詩曰汔可小康 許訖切

涸 渴也从水固聲讀若狐貈之貈 下各切 涸亦从水鹵舟

消 盡也从水肖聲 相幺切

潐 盡也从水焦聲 子肖切

渴 盡也从水曷聲 苦葛切

漮 水虛也从水康聲 苦岡切

溼 幽溼也从水一所以覆也覆而有土故溼也㬎省聲 失入切

湆 幽溼也从水音聲 去急切

洿 濁水不流也一曰窳下也从水夸聲 哀都切

浼 汙也从水免聲詩曰河水浼浼孟子曰汝安能浼我 武辠切

汙 薉也一曰小池爲汙一曰涂也从水于聲 烏故切

湫 隘下也一曰有湫水在周地春秋傳曰晏子之宅秋隘安定朝那有湫泉从水秋聲 子了切又即由切

潤 水曰潤下从水閏聲 如順切

準 平也从水隼聲 之允切

汀 平也从水丁聲 他丁切 汀或从平

沑 水吏也又溫也从水丑聲 人九切

瀵 水浸也从水糞聲爾雅曰瀵大出尾下 方問切

滜 新也从水辠聲 七辠切

瀞 無垢薉也从水靜聲 疾正切

瀎 拭滅皃从水蔑聲 莫達切

泧 瀎泧也从水戉聲讀若椒樧之樧 又火活切

洎 灌釜也从水自聲 其冀切

湯 熱水也从水昜聲 土郎切

渜 湯也从水耎聲 乃管切

洝 渜水也从水安聲 烏旰切

洏 洝也一曰煑孰也从水而聲 如之切

涚 財溫水也从水兌聲周禮曰以涚漚其絲 輸芮切

涫 瀋也从水官聲酒泉有樂涫縣 古丸切

涾 涫溢也今河朔方言謂沸溢爲涾从水沓聲 徒合切

汏 淅㵎也从水大聲 代何切又徒蓋切

㵎 淅也从水簡聲 古限切

淅 汏米也从水析聲 先擊切

滰 浚乾漬米也从水竟聲孟子曰夫子去齊滰淅而行 其兩切

溲 浸渼也从水叜聲 疏有切

浚 杼也从水夋聲 私閏切

瀝　浚也从水歷聲一曰水下滴瀝郎擊切

漉　浚也从水鹿聲盧谷切　淥　漉或从录

潘　淅米汁也一曰水名在河南滎陽从水番聲普官切

瀾　潘也从水蘭聲洛干切

泔　周謂潘曰泔从水甘聲古三切

滫　久泔也从水脩聲息流切又思酒切

澱　滓滋也从水殿聲堂練切

淤　澱滓濁泥从水於聲依據切

滓　澱也从水宰聲阻史切

淰　濁也从水念聲乃忝切

瀹　漬也从水龠聲以灼切

𤄷　釃酒也一曰浚也从网从水焦聲讀若夏書天用勦絕臣鉉等曰以縑帛漉酒故从网子小切

漀　側出泉也从水殸聲殸籀文磬字去挺切

湑　莤酒也一曰浚也一曰露皃从水胥聲詩曰有酒湑我又曰零露湑兮私呂切

湎　沈於酒也从水面聲周書曰罔敢湎于酒彌兗切

𣲞　酢𣲞也从水將省聲即良切　𣲞　古文𣲞省

涼　薄也从水京聲呂張切

淡　薄味也从水炎聲徒敢切

涒　食已而復吐之从水君聲爾雅曰太歲在申曰涒灘他昆切

澆　𣳫也从水堯聲古堯切

液　盡也从水夜聲羊益切

汁　液也从水十聲之入切

滒　多汁也从水哥聲讀若哥古俄切

灝　豆汁也从水顥聲乎老切

溢　器滿也从水益聲夷質切

洒　滌也从水西聲古文爲灑埽字先禮切

滌　洒也从水條聲徒歷切

濈　和也从水戢聲阻立切

瀋　汁也从水審聲春秋傳曰猶拾瀋昌枕切

渳　飲也从水弭聲緜婢切

𣻜　飲歃也一曰吮也从水算聲衫洽切又先活切

漱　盪口也从水敕聲所右切

泂　滄也从水同聲戶褧切

滄　寒也从水倉聲七岡切

瀞　冷寒也从水靚聲七定切

淬　滅火器也从水卒聲七內切

沐　濯髮也从水木聲莫卜切

沫　洒面也从水未聲荒内切　湏古文沫从頁

浴　洒身也从水谷聲余蜀切

澡　洒手也从水喿聲子晧切

洗　洒足也从水先聲穌典切

汲　引水於井也从水从及及亦聲居立切

淳　渌也从水𦎫聲常倫切

淋　以水沃也从水林聲一曰淋淋山下水皃力尋切

渫　除去也从水枼聲私列切

澣　濯衣垢也从水倝聲胡玩切　浣澣或从完

濯　澣也从水翟聲直角切

涑　澣也从水束聲河東有涑水速矦切

潎　於水中擊絮也从水敝聲匹蔽切

浝　涂也从水从土尨聲讀若隴又亡江切

灑　汛也从水麗聲山豉切

汛　灑也从水卂聲息晉切

染　以繒染爲色从水杂聲徐鍇曰說文無杂字裴光遠云从木木者所以染梔茜之屬也从九九者染之數也未知其審而琰切

泰　滑也从廾从水大聲他蓋切臣鉉等曰本音他達切今左氏傳作汏輣非是　夳古文泰

潤　海岱之間謂相汙曰潤从水閻聲余廉切

濽　汙灑也一曰水中人从水贊聲則旰切

𣽌　腹中有水气也从水从愁愁亦聲士尤切

湩　乳汁也从水重聲多貢切

洟　鼻液也从水夷聲他計切

潸　涕流皃从水散省聲詩曰潸焉出涕所姦切

汗　人液也从水干聲矦旰切

泣　無聲出涕曰泣从水立聲去急切

涕　泣也从水弟聲他禮切

湅　𤀹也从水柬聲郎甸切

𤅊　議辠也从水獻與法同意魚列切

渝　變汙也从水俞聲一曰渝水在遼西臨俞東出塞羊朱切

減　損也从水咸聲古斬切

滅　盡也从水威聲亡列切

漕　水轉轂也一曰人之所乘及船也从水曹聲在到切

泮　諸矦鄉射之宮西南爲水東北爲牆从水从半半亦聲普半切

漏　以銅受水刻節晝夜百刻从水屚聲盧后切

澒　丹沙所化爲水銀也从水項聲呼孔切

萍　苹也水艸也从水苹苹亦聲薄經切

濊　汩　瀼　漙　汍　泯　瀣　瀘　瀟　瀛　滁　洺　潺　湲　濤　漵　港　瀦　瀰

濊　水多皃从水歲聲呼會切

汩　治水也从水曰聲于筆切

文四百六十八　重二十二

瀼　露濃皃从水襄聲汝羊切

漙　露皃从水專聲度官切

汍　泣淚皃从水丸聲胡官切

泯　滅也从水民聲武盡切

瀣　沆瀣气也从水䪥省聲胡介切

瀘　水名从水盧聲洛乎切

瀟　水名从水蕭聲相邀切

瀛　水名从水嬴聲以成切

滁　水名从水除聲直魚切

洺　水名从水名聲武幷切

潺　水聲从水孱聲昨閑切

湲　潺湲水聲从水爰聲王權切

濤　大波也从水壽聲徒刀切

漵　水浦也从水敘聲徐呂切

港　水派也从水巷聲古項切

瀦　水所亭也从水豬聲陟魚切

瀰　大水也从水爾聲武移切

淼　潔　浹　溘　潠　涯

淼　大水也从三水或作渺亡沼切

潔　瀞也从水絜聲古屑切

浹　洽也从水夾聲子協切

溘　奄忽也从水盍聲口荅切

潠　含水噴也从水巽聲穌困切

涯　水邊也从水从厓厓亦聲魚羈切

文二十三　新附

說文解字弟十一上

說文解字弟十一下

漢太尉祭酒許愼記

宋右散騎常侍徐鉉等校定

沝 二水也闕凡沝之屬皆从沝 之壘切

𣻃 水行也从沝㐬㐬突忽也 力求切 篆文从水

𣦼 徒行厲水也从沝从步 時攝切 篆文从水

文三 重二

瀕 水厓人所賓附頻蹙不前而止从頁从涉凡瀕之屬皆从瀕 臣鉉等曰今俗別作水濱非是 符眞切

顰 涉水顰蹙从瀕卑聲 符眞切

く 水小流也周禮匠人爲溝洫梠廣五寸二梠爲耦一耦之伐廣尺深尺謂之く倍く謂之遂倍遂曰溝倍溝曰洫倍洫曰巜凡く之屬皆从く 姑泫切 古文く从田从川 篆文く从田犬聲六畎爲一畝

文一 重二

巜 水流澮澮也方百里爲巜廣二尋深二仞凡巜之屬皆从巜 古外切

粼 水生厓石閒粼粼也从巜粦聲 力珍切

文二

川 貫穿通流水也虞書曰濬く巜距川言深く巜之水會爲川也凡川之屬皆从川 昌緣切

巠 水脈也从川在一下一地也壬省聲一曰水冥巠也 古靈切 古文巠不省

巟 水廣也从川亡聲易曰包巟用馮河 呼光切

𡿧 水流也从川或聲 于逼切

𡿥 水流也从川曰聲 于筆切

𡿬 水流𡿬𡿬也从川列省聲 臣鉉等曰列字从𡿬此疑誤當从歺省 良辥切

邕 四方有水自邕城池者从川从邑 於容切 籒文邕

𡿦 害也从一雝川春秋傳曰川雝爲澤凶 祖才切

侃 剛直也从㐰㐰古文信从川取其不舍晝夜論語曰

子路侃侃如也 空旱切

州 水中可居曰州周遶其旁从重川昔堯遭洪水民居水中高土或曰九州詩曰在河之州一曰州疇也各疇其土而生之 臣鉉等曰今別作洲非是 職流切 古文州

文十 重三

泉 水原也象水流出成川形凡泉之屬皆从泉 疾緣切

𩆟 泉水也从泉緐聲讀若飯 符萬切

文二

灥 三泉也闕凡灥之屬皆从灥 詳遵切

厵 水泉本也从灥出厂下 愚袁切 篆文从泉 臣鉉等曰今別

作源非是

文二　重一

永 長也象水巠理之長詩曰江之永矣凡永之屬皆从永于憬切

羕 水長也从永羊聲詩曰江之羕矣余亮切

𠂢 水之衺流別也从反永凡𠂢之屬皆从𠂢讀若稗縣徐鍇曰永長流也反即分𠂢也匹卦切

衇 血理分衺行體者从𠂢从血莫獲切 脈 衇或从肉 䘑 籒文

覛 衺視也从𠂢从見莫狄切 𧢼 籒文

文三　重三

谷 泉出通川爲谷从水半見出於口凡谷之屬皆从谷古祿切

谿 山瀆无所通者从谷奚聲苦兮切

𧮫 通谷也从谷害聲呼括切

𧯝 空谷也从谷翏聲洛蕭切

豅 大長谷也从谷龍聲讀若聾盧紅切

谹 谷中響也从谷厷聲戶萌切

容 深通川也从谷从𣦼𣦼殘地阬坎意也虞書曰容畎澮距川私閏切 濬 容或从水 濬 古文容

𧮰 望山谷𧮰𧮰青也从谷千聲倉絢切

文八　重二

仌 凍也象水凝之形凡仌之屬皆从仌筆陵切

冰 水堅也从仌从水魚陵切臣鉉等曰今作筆陵切以爲冰凍之冰 凝 俗冰从疑

凛 寒也从仌廩聲力稔切

凊 寒也从仌青聲七正切

凍 仌也从仌東聲多貢切

𣺌 仌出也从仌朕聲詩曰納于𣺌陰力膺切 凌 𣺌或从夌

凘 流仌也从仌斯聲息移切

凋 半傷也从仌周聲都僚切

冬 四時盡也从仌从夂夂古文終字都宗切 𠖡 古文冬从日

冶 銷也从仌台聲羊者切

凔 寒也从仌倉聲初亮切

冷 寒也从仌令聲魯打切

𠗕 寒也从仌函聲胡男切

滭 風寒也从仌畢聲卑吉切

冹 一之日滭冹从仌犮聲分勿切

凓　寒也从仌栗聲力質切

瀨　寒也从仌賴聲洛帶切

文十七　重三

雨　水从雲下也一象天冂象雲水霝其間也凡雨之屬皆从雨王矩切　古文

靁　陰陽薄動靁雨生物者也从雨畾象回轉形魯回切　古文靁　古文靁　籀文靁閒有回回靁聲也

霣　雨也齊人謂靁爲霣从雨員聲一曰雲轉起也于敏切　古文霣

霆　雷餘聲也鈴鈴所以挺出萬物从雨廷聲特丁切

霅　霅霅震電皃一曰眾言也从雨譶省聲丈甲切

電　陰陽激燿也从雨从申堂練切　古文電

震　劈歷振物者从雨辰聲春秋傳曰震夷伯之廟臣鉉等曰今俗別作霹靂非是章刃切　籀文震

䨮　凝雨說物者从雨彗聲相絕切

霄　雨霓爲霄从雨肖聲齊語也相邀切

霰　稷雪也从雨散聲穌甸切　霰或从見

雹　雨冰也从雨包聲蒲角切　古文雹

霝　雨零也从雨㗊象零形詩曰霝雨其濛郎丁切

𩃬　雨零也从雨各聲盧各切

零　餘雨也从雨令聲郎丁切

𩆵　小雨財零也从雨鮮聲讀若斯息移切

霢　霢霂小雨也从雨脈聲莫獲切

霂　霢霂也从雨沐聲莫卜切

𩅸　小雨也从雨酸聲素官切

𩃭　微雨也从雨𢦔聲又讀若芟子廉切

𩅟　小雨也从雨眾聲明堂月令曰𩅟雨職戎切

霃　久陰也从雨沈聲直深切

䨸　久雨也从雨兼聲力鹽切

𩃩　久雨也从雨圅聲胡男切

霖　雨三日已往从雨林聲力尋切

䨢　霖雨也南陽謂霖䨢从雨㐺聲銀箴切

𩃎　雨聲从雨眞聲讀若資即夷切

𩂣　雨皃方語也从雨禹聲讀若禹王矩切

𩅉　小雨也从雨僉聲子廉切

霑　雨䨟也从雨沾聲張廉切

䨟　濡也从雨染聲而琰切

霤　屋水流也从雨畱聲力救切

屚　屋穿水下也从雨在尸下尸者屋也盧后切

䨣　雨濡革也从雨从革讀若膊 匹各切

霽　雨止也从雨齊聲 子計切

霋　霋謂之霎从雨妻聲 七稽切

霩　雨止雲罷皃从雨郭聲 臣鉉等曰今別作廓非是 苦郭切

露　潤澤也从雨路聲 洛故切

霜　喪也成物者从雨相聲 所莊切

霚　地气發天不應从雨敄聲 臣鉉等曰今俗从務 亡遇切　籀文省

霾　風雨土也从雨貍聲詩曰終風且霾 莫皆切

霿　天气下地不應曰霿霿晦也从雨瞀聲 莫弄切

霓　屈虹青赤或白色陰气也从雨兒聲 五雞切

䨘　寒也从雨執聲或曰早霜讀若春秋傳墊阨 都念切

雩　夏祭樂于赤帝以祈甘雨也从雨于聲 羽俱切　或从羽雩羽舞也

需　䇓也遇雨不進止䇓也从雨而聲易曰雲上於天需 臣鉉等案李陽冰據易雲上於天云當从天然諸本及前作所書皆从而無有从天者 相俞切

䨞　水音也从雨羽聲 王矩切

文四十七　重十一

霞　赤雲气也从雨叚聲 胡加切

霏　雨雲皃从雨非聲 芳非切

霎　小雨也从雨妾聲 山洽切

䨴　黮䨴雲黑皃从雨對聲 徒對切

靄　雲皃从雨藹省聲 於蓋切

文五　新附

雲　山川气也从雨云象雲回轉形凡雲之屬皆从雲 王分切　古文省雨　亦古文雲

霠　雲覆日也从雲今聲 於今切　古文或省　亦古文霠

文二　重四

魚　水蟲也象形魚尾與燕尾相似凡魚之屬皆从魚 語居切

鰖　魚子已生者从魚憜省聲 徒果切　籀文

鮞　魚子也一曰魚之美者東海之鮞从魚而聲讀若而 如之切

魼　魚也从魚去聲 去魚切

魶　魚似鼈無甲有尾無足口在腹下从魚納聲 奴荅切

鰨　虛鰨也从魚昜聲 土盍切

鱒　赤目魚从魚尊聲 慈損切

鱗　魚也从魚粦聲 力珍切

鰫　魚也从魚容聲 余封切

䱬 魚也。从魚胥聲 相居切

鮪 鮥也。周禮春獻王鮪。从魚有聲 榮美切

䱝 鯍也。周禮謂之䱝。从魚恆聲 古恆切

鯍 䱝鯍也。从魚巟聲 武登切

鮥 叔鮪也。从魚各聲 盧各切

鯀 魚也。从魚系聲 臣鉉等曰系非聲疑从孫省 古本切

鰥 魚也。从魚眔聲 李陽冰曰當从罤省 古頑切

鯉 鱣也。从魚里聲 良止切

鱣 鯉也。从魚亶聲 張連切　籀文鱣

鱄 魚也。从魚專聲 旨兖切

鮦 魚名。从魚同聲。一曰鱶也。讀若絝襱 直隴切

鱶 鮦也。从魚蠡聲 盧啓切

䲏 魚名。一名鯉。一名鰜。从魚婁聲 洛侯切

鰜 魚名。从魚兼聲 古甜切

鯈 魚名。从魚攸聲 直由切

䱏 魚名。从魚豆聲 天口切

鯾 魚名。从魚便聲 房連切　鯿 鯾又从扁

魴 赤尾魚。从魚方聲 符方切　鰟 魴或从旁

鱮 魚名。从魚與聲 徐呂切

鰱 魚名。从魚連聲 力延切

鮍 魚名。从魚皮聲 敷羈切

䱂 魚名。从魚幼聲。讀若幽 於糾切

鮒 魚名。从魚付聲 符遇切

鯅 魚名。从魚巠聲 仇成切

鰿 魚名。从魚脊聲 資昔切

鱺 魚名。从魚麗聲 郎兮切

鰻 魚名。从魚曼聲 母官切

鱯 魚名。从魚蒦聲 胡化切

魾 大鱯也。其小者名鮡。从魚丕聲 敷悲切

鱧 鱯也。从魚豊聲 盧啓切

䱹 鱧也。从魚果聲 胡瓦切

鱨 揚也。从魚嘗聲 市羊切

鱏 魚名。从魚覃聲。傳曰伯牙鼓琴鱏魚出聽 余箴切

鯢 刺魚也。从魚兒聲 五雞切

鰼 鰌也。从魚習聲 似入切

鰌 鰼也。从魚酋聲 七由切

鯇 魚名。从魚完聲 戶版切

魠 哆口魚也。从魚乇聲 他各切

鮆 飲而不食刀魚也。九江有之。从魚此聲 徂礼切

鮀 鮎也。从魚它聲 徒何切

鮎 鰋也从魚占聲 奴兼切

⿰魚晏 鮀也从魚晏聲 於幰切 鰋或从匽

鮷 大鮎也从魚弟聲 杜兮切

鱱 魚名从魚賴聲 洛帶切

⿰魚朁 魚名从魚朁聲 鉏箴切

⿰魚翁 魚名从魚翁聲 烏紅切

⿰魚臽 魚名从魚臽聲 戶賺切

鱖 魚名从魚厥聲 居衞切

鯫 白魚也从魚取聲 士垢切

鱓 魚名皮可爲鼓从魚單聲 常演切

鮸 魚名出薉邪頭國从魚免聲 亾辡切

魵 魚名出薉邪頭國从魚分聲 符分切

⿰魚虜 魚名出樂浪潘國从魚虜聲 郎古切

鰸 魚名狀似蝦無足長寸大如叉股出遼東从魚區聲 豈俱切

鯜 魚名出樂浪潘國从魚妾聲 七接切

⿰魚巿 魚名出樂浪潘國从魚巿聲 博蓋切

⿰魚匊 魚名出樂浪潘國从魚匊聲一曰⿰魚匊魚出江東有兩乳 居六切

魦 魚名出樂浪潘國从魚沙省聲 所加切

鱳 魚名出樂浪潘國从魚樂聲 盧谷切

鮮 魚名出貉國从魚羴省聲 相然切

鰅 魚名皮有文出樂浪東暆神爵四年初捕收輸考工周成王時揚州獻鰅从魚禺聲 魚容切

鱅 魚名从魚庸聲 蜀容切

鰂 烏鰂魚名从魚則聲 昨則切 鰂或从即

鮐 海魚名从魚台聲 徒哀切

鮊 海魚名从魚白聲 旁陌切

鰒 海魚名从魚复聲 蒲角切

鮫 海魚皮可飾刀从魚交聲 古肴切

⿰魚畺 海大魚也从魚畺聲春秋傳曰取其⿰魚畺鯢 渠京切 ⿰魚畺或从京

鯁 魚骨也从魚更聲 古杏切

鱗 魚甲也从魚粦聲 力珍切

鮏 魚臭也从魚生聲 臣鉉等曰今俗作鯹 桑經切

鱢 鮏臭也从魚喿聲周禮曰膳膏鱢 穌遭切

鮨 魚胳醬也出蜀中从魚旨聲一曰鮪魚名 旨夷切

鮺 藏魚也南方謂之魿北方謂之鮺从魚差省聲 側下切

魿 鮺也一曰大魚爲鮺小魚爲魿从魚今聲 徂慘切

鮑 饐魚也从魚包聲 薄巧切

魿 蟲連行紆行者从魚令聲 郎丁切

鰕 魵也从魚叚聲 乎加切

鰝 大鰕也从魚高聲 胡到切

鯦 當互也从魚咎聲 其久切

魧 大貝也一曰魚膏从魚亢聲讀若岡 古郎切

鮩 蚌也从魚丙聲 兵永切

鮚 蚌也从魚吉聲漢律會稽郡獻鮚䱒 巨乙切

鮅 魚名从魚必聲 毗必切

鱹 魚名从魚瞿聲 九遇切

鯸 魚名从魚侯聲 乎鉤切

鯛 骨耑脃也从魚周聲 都僚切

鯙 烝然鯙鯙从魚卓聲 都教切

鮁 鱣鮪鮁鮁从魚犮聲 北末切

鮇 鯕魚出東萊从魚夫聲 甫無切

鯕 魚名从魚其聲 渠之切

鮡 魚名从魚兆聲 治小切

魮 魚名从魚匕聲 呼跨切

鱻 新魚精也从三魚不變魚 徐鍇曰三眾也眾而不變是鱻也 相然切

文一百三　重七

鰈 比目魚也从魚枼聲 土盍切

魮 文魮魚名从魚比聲 房脂切

鰩 文鰩魚名从魚䍃聲 余招切

文三　新附

𩺰 二魚也凡𩺰之屬皆从𩺰 語居切

𤅄 捕魚也从𩺰从水 語居切　漁 篆文𤅄从魚

文二　重一

燕 玄鳥也籋口布翄枝尾象形凡燕之屬皆从燕 於甸切

文一

龍 鱗蟲之長能幽能明能細能巨能短能長春分而登天秋分而潛淵从肉飛之形童省聲 臣鉉等曰象宛轉飛動之皃

凡龍之屬皆从龍 力鍾切

龗 龍也从龍霝聲 郎丁切

龕 龍皃从龍合聲 口含切

䶬 龍耆脊上䶬䶬从龍幵聲 古賢切

龖 飛龍也从二龍讀若沓 徒合切

文五

飛 鳥翥也象形凡飛之屬皆从飛 甫微切

𩙺 翄也从飛異聲 與職切　翼 篆文𩙺从羽

文二　重一

非 違也从飛下翄取其相背凡非之屬皆从非 甫微切

靟　別也从非己聲 非尾切

靡　披靡也从非麻聲 文彼切

靠　相違也从非告聲 苦到切

陛　牢也所以拘非也从非陛省聲 邊兮切

文五

卂　疾飛也从飛而羽不見凡卂之屬皆从卂 息晉切

煢　回疾也从卂營省聲 渠營切

文二

說文解字弟十一下

說文解字弟十二上

漢太尉祭酒許慎記

宋右散騎常侍徐鉉等校定

三十六部　七百七十九文　重八十四

凡九千二百三字

文三十 新附

乚　玄鳥也齊魯謂之乚取其鳴自呼象形凡乚之屬皆从乚 徐鍇曰此與甲乙之乙相類其形舉首下曲與甲乙字少異 烏轄切　鳦 乚或从鳥

孔　通也从乚从子乚請子之候鳥也乚至而得子嘉美之也古人名嘉字子孔 康董切

乳　人及鳥生子曰乳獸曰産从孚从乚乚者玄鳥也明堂月令玄鳥至之日祠于高禖以請子故乳从乚請子必以乚至之日者乚春分來秋分去開生之候鳥帝少昊司分之官也 而主切

文三　重一

不　鳥飛上翔不下來也从一一猶天也象形凡不之屬皆从不 方久切

否　不也从口从不不亦聲 徐鍇曰不可之意見於言故从口 方久切

文二

至 鳥飛从高下至地也从一一猶地也象形不上去而至下來也凡至之屬皆从至脂利切 古文至

到 至也从至刀聲都悼切

臻 至也从至秦聲側詵切

𡐄 忿戾也从至至而復遜遜遁也周書曰有夏氏之民叨𡐄𡐄讀若摯丑利切

臺 觀四方而高者从至从之从高省與室屋同意徒哀切

𦤳 到也从二至人質切

文六　重一

西 鳥在巢上象形日在西方而鳥棲故因以爲東西之西凡西之屬皆从西先稽切 西或从木妻 古文西 籒文西

㔳 姓也从西圭聲戶圭切

文二　重三

鹵 西方鹹地也从西省象鹽形安定有鹵縣東方謂之㡿西方謂之鹵凡鹵之屬皆从鹵郎古切

䰝 鹹也从鹵差省聲河内謂之䰝沛人言若虘昨河切

鹹 銜也北方味也从鹵咸聲胡毚切

文三

鹽 鹹也从鹵監聲古者宿沙初作煑海鹽凡鹽之屬皆从鹽余廉切

盬 河東鹽池袤五十一里廣七里周百十六里从鹽省古聲公戶切

鹼 鹵也从鹽省僉聲魚欠切

文三

戶 護也半門曰戶象形凡戶之屬皆从戶侯古切 古文戶从木

扉 戶扇也从戶非聲甫微切

扇 扉也从戶从翄聲式戰切

房 室在旁也从戶方聲符方切

戾 輜車旁推戶也从戶大聲讀與釱同徒蓋切

戹 隘也从戶乙聲於革切

肁 始開也从戶从聿臣鉉等曰聿者始也治矯切

扆 戶牖之閒謂之扆从戶衣聲於豈切

㦿 閉也从戶劫省聲口盍切

扃 外閉之關也从戶冋聲古熒切

文十　重一

門 聞也从二戶象形凡門之屬皆从門莫奔切

閶 天門也从門昌聲楚人名門曰閶闔尺量切

闈 宮中之門也从門韋聲羽非切

閻　閻謂之𢵧𢵧廟門也从門詹聲余廉切
閎　巷門也从門厷聲戶萌切
閨　特立之戶上圜下方有似圭从門圭聲古攜切
閤　門旁戶也从門合聲古沓切
闒　樓上戶也从門𦐇聲徒盍切
閈　門也从門干聲汝南平輿里門曰閈侯旰切
閭　里門也从門呂聲周禮五家爲比五比爲閭閭侶也二十五家相羣侶也力居切
閻　里中門也从門臽聲余廉切　壛　閻或从土
闠　市外門也从門貴聲胡對切

闉　城内重門也从門垔聲詩曰出其闉闍於眞切
闍　闉闍也从門者聲當孤切
闕　門觀也从門欮聲去月切
閞　門欂櫨也从門弁聲皮變切
𨳲　門扇也从門介聲胡介切
闔　門扇也一曰閉也从門盇聲胡臘切
闑　門梱也从門臬聲魚列切
閾　門榍也从門或聲論語曰行不履閾于逼切　古文閾从洫
閬　門高也从門良聲巴郡有閬中縣來宕切

闢　開也从門辟聲房益切　虞書曰闢四門从門从𠬞
⿵門爲　闢門也从門爲聲國語曰⿵門爲門而與之言韋委切
闡　開也从門單聲易曰闡幽昌善切
開　張也从門从幵苦哀切　古文
闓　開也从門豈聲苦亥切
閜　大開也从門可聲大杯亦爲閜火下切
閘　開閉門也从門甲聲烏甲切
閟　閉門也从門必聲春秋傳曰閟門而與之言兵媚切
閣　所以止扉也从門各聲古洛切
閒　隟也从門从月徐鍇曰夫門夜閉閉而見月光是有閒隟也古閑切　古文閒

⿵門阿　門傾也从門阿聲烏可切
閼　遮攤也从門於聲烏割切
⿵門繇　開閉門利也从門繇聲一曰縷十紘也臣鉉等曰繇非聲未詳旨沇切
⿵門曷　門聲也从門曷聲乙鎋切
闀　門響也从門鄉聲許亮切
闌　門遮也从門柬聲洛干切
閑　闌也从門中有木戶閒切
閉　闔門也从門才所以歫門也博計切

閡　外閉也。从門亥聲。五溉切

闇　閉門也。从門音聲。烏紺切

關　以木橫持門戶也。从門丱聲。古還切

闟　關下牡也。从門龠聲。以灼切

闐　盛皃。从門眞聲。待季切

闛　闛闛，盛皃。从門堂聲。徒郎切

閹　豎也。宮中奄閽閉門者。从門奄聲。英廉切

閽　常以昏閉門隸也。从門从昏，昏亦聲。呼昆切

闚　閃也。从門規聲。去隓切

𨷺　妄入宮掖也。从門䜌聲。讀若闌。洛干切

𨳇　登也。从門二。二，古文下字。讀若軍敶之敶。臣鉉等曰：下言自下而登上也，故从下。商書曰：若升高必自下。直刃切

閃　闚頭門中也。从人在門中。失冉切

閱　具數於門中也。从門，說省聲。弋雪切

闋　事已閉門也。从門癸聲。傾雪切

闞　望也。从門敢聲。苦濫切

闊　疏也。从門活聲。苦括切

閔　弔者在門也。从門文聲。臣鉉等曰：今別作憫，非是。眉殞切

閔　古文閔

闖　馬出門皃。从馬在門中。讀若郴。丑禁切

文五十七　重六

闤　市垣也。从門瞏聲。戶關切

闥　門也。从門達聲。他達切

閌　閌閬，高門也。从門亢聲。苦浪切

閥　閥閱，自序也。从門伐聲。義當通用伐。房越切

闃　靜也。从門狊聲。臣鉉等案：易：窺其戶，闃其無人。窺，小視也。狊，大張目也。言始小視之，雖大張目亦不見人也。義當只用狊字。苦狊切

文五　新附

耳　主聽也。象形。凡耳之屬皆从耳。而止切

耴　耳垂也。从耳下垂。象形。春秋傳曰：秦公子輒者，其耳下垂，故以爲名。陟葉切

𦔻　小垂耳也。从耳占聲。丁兼切

耽　耳大垂也。从耳冘聲。詩曰：士之耽兮。丁含切

聃　耳曼也。从耳冄聲。他甘切

𦕈　聃或从甘。

聸　垂耳也。从耳詹聲。南方瞻耳之國。都甘切

耿　耳箸頰也。从耳，烓省聲。杜林說：耿，光也。从光，聖省。凡字皆左形右聲。杜林非也。徐鍇曰：凡字多右形左聲。此說或後人所加，或傳寫之誤。古杏切

聯　連也。从耳，耳連於頰也；从絲，絲連不絕也。力延切

聊　耳鳴也。从耳卯聲。洛蕭切

聖　通也从耳呈聲 式正切

聰　察也从耳悤聲 倉紅切

聽　聆也从耳悳壬聲 他定切

聆　聽也从耳令聲 郎丁切

職　記微也从耳戠聲 之弋切

聒　讙語也从耳昏聲 古活切

聥　張耳有所聞也从耳禹聲 王矩切

聲　音也从耳殸聲殸籒文磬 書盈切

聞　知聞也从耳門聲 無分切　䎽　古文从昏

聘　訪也从耳甹聲 匹正切

聾　無聞也从耳龍聲 盧紅切

聳　生而聾曰聳从耳從省聲 息拱切

䏆　益梁之州謂聾爲䏆秦晉聽而不聞聞而不達謂之䏆从耳宰聲 作亥切

聵　聾也从耳貴聲 五怪切　聵或从欳 臣鉉等曰當从蔽省義見蔽字注

聉　無知意也从耳出聲讀若孼 五滑切

䏉　吳楚之外凡無耳者謂之䏉言若斷耳爲盟从耳闋聲 五滑切

聅　軍法以矢貫耳也从耳从矢司馬法曰小罪聅中罪刖大罪剄 恥列切

聝　軍戰斷耳也春秋傳曰以爲俘聝从耳或聲 古獲切　聝或从首

𦔮　墮耳也从耳月聲 魚厥切

乘輿金馬耳也从耳麻聲讀若渳水一曰若月令靡草之靡 亡彼切

耹　國語曰回祿信於耹遂闕 巨今切

聑　安也从二耳 丁帖切

聶　附耳私小語也从三耳 尼輒切

文三十二　重四

聱　不聽也从耳敖聲 五交切

文一 新附

𦣝　顄也象形凡𦣝之屬皆从𦣝 與之切　篆文𦣝　籒文从首

巸　廣𦣝也从𦣝巳聲 與之切　古文巸从戶 臣鉉等曰今俗作𢍪史切以爲階𢍪之𢍪

文二　重三

手　拳也象形凡手之屬皆从手 書九切　古文手

掌　手中也从手尚聲 諸兩切

拇　將指也从手母聲 莫厚切

指　手指也从手旨聲職雉切

拳　手也从手𢍏聲巨員切

掔　手掔也楊雄曰掔握也从手臤聲烏貫切

攕　好手皃詩曰攕攕女手从手韱聲所咸切

揱　人臂皃从手削聲周禮曰輻欲其揱徐鍇曰人臂梢長纖好也所角切

摳　繑也一曰摳衣升堂从手區聲口矦切

攐　摳衣也从手寋聲去虔切

撎　舉手下手也从手壹聲於計切

揖　攘也从手咠聲一曰手箸胷曰揖伊入切

攘　推也从手襄聲汝羊切

拱　斂手也从手共聲居竦切

撿　拱也从手僉聲良冉切

𢷎　首至地也从手𠦪𠦪音忽徐鍇曰𠦪進趣之疾也故拜从之博怪切　拜　楊雄說拜从兩手下　𢪒　古文拜

捾　搯捾也从手官聲一曰援也烏括切

搯　捾也从手臽聲周書曰師乃搯搯者拔兵刃以習擊刺詩曰左旋右搯土刀切

𢪇　擁也从手巩聲居竦切臣鉉等案𢀜部有𢀜與巩同此重出

推　排也从手隹聲他回切

捘　推也从手夋聲春秋傳曰捘衛侯之手子寸切

排　擠也从手非聲步皆切

擠　排也从手齊聲子計切

抵　擠也从手氐聲丁礼切

摧　擠也从手崔聲一曰挏也一曰折也昨回切

拉　摧也从手立聲盧合切

挫　摧也从手坐聲則臥切

扶　左也从手夫聲防無切　𢪃　古文扶

𢪊　扶也从手爿聲七良切

持　握也从手寺聲直之切

挈　縣持也从手㓞聲苦結切

拑　脅持也从手甘聲巨淹切

揲　閱持也从手枼聲今折切

摯　握持也从手从執脂利切

操　把持也从手喿聲七刀切

𢸍　爪持也从手瞿聲臣鉉等曰今俗別作掬非是居玉切

捦　急持衣裣也从手金聲巨今切　襟　捦或从禁

搏　索持也一曰至也从手尃聲補各切

據　杖持也从手豦聲居御切

攝　引持也从手聶聲書涉切

抩　并持也。从手冄聲。他含切
抪　捫持也。从手布聲。普胡切
挾　俾持也。从手夾聲。胡頰切
捫　撫持也。从手門聲。詩曰：莫捫朕舌。莫奔切
擥　撮持也。从手監聲。盧敢切
擸　理持也。从手巤聲。良涉切
握　搤持也。从手屋聲。於角切　古文握
撣　提持也。从手單聲。讀若行遲驒驒。徒旱切
把　握也。从手巴聲。搏下切
搹　把也。从手鬲聲。於革切　搹或从戹

拏　牽引也。从手奴聲。女加切
攜　提也。从手巂聲。戶圭切
提　挈也。从手是聲。杜兮切
𢭏　拈也。从手耴聲。丁愜切
拈　𢭏也。从手占聲。奴兼切
摛　舒也。从手离聲。丑知切
捨　釋也。从手舍聲。書冶切
擪　一指按也。从手厭聲。於協切
按　下也。从手安聲。烏旰切
控　引也。从手空聲。詩曰：控于大邦。匈奴名引弓控弦。苦貢切

揗　摩也。从手盾聲。食尹切
掾　緣也。从手彖聲。以絹切
拍　拊也。从手百聲。普百切
拊　揗也。从手付聲。芳武切
掊　把也。今鹽官入水取鹽爲掊。从手咅聲。父溝切
捋　取易也。从手寽聲。郎括切
撩　理也。从手尞聲。洛蕭切
措　置也。从手昔聲。倉故切
插　刺肉也。从手从臿。楚洽切

掄　擇也。从手侖聲。盧昆切
擇　柬選也。从手睪聲。丈伯切
捉　搤也。从手足聲。一曰握也。側角切
搤　捉也。从手益聲。於革切
挻　長也。从手从延，延亦聲。式連切
揃　搣也。从手前聲。即淺切
搣　批也。从手威聲。亡列切
批　捽也。从手此聲。側氏切
揤　捽也。从手即聲。魏郡有揤裴侯國。子力切
捽　持頭髮也。从手卒聲。昨沒切

撮 四圭也一曰兩指撮也从手最聲 倉括切

鞠 撮也从手𥷚省聲 居六切

摕 撮取也从手帶聲讀若詩曰螮蝀在東 都計切 或从折从示兩手急持人也

捊 引取也从手孚聲 步侯切 抱 捊或从包 臣鉉等曰今作薄報切以爲褱袌字非是

揜 自關以東謂取曰揜一曰覆也从手弇聲 衣檢切

授 予也从手从受受亦聲 殖酉切

承 奉也受也从手从卪从𠬞 臣鉉等曰謹節其事承奉之義也故从卪署陵切

⿰扌臣 給也从手臣聲一曰約也 章刃切

說文十二上　手部　十四

⿰扌堇 拭也从手堇聲 居焮切

攩 朋羣也从手黨聲 多朗切

接 交也从手妾聲 子葉切

⿰扌巿 摚也从手巿聲 普活切

挏 攤引也漢有挏馬官作馬酒从手同聲 徒總切

招 手呼也从手召 止搖切

撫 安也从手無聲一曰循也 芳武切 古文从辵亡

捪 撫也从手昏聲一曰摹也 武巾切

揣 量也从手耑聲度高曰揣一曰捶之 徐鍇曰此字與耑聲不相近如喘遄之類皆當从瑞省 初委切

抧 開也从手只聲讀若抵掌之抵 諸氏切

摜 習也从手貫聲春秋傳曰摜瀆鬼神 古患切

投 擿也从手从殳 度侯切

擿 搔也从手適聲一曰投也 直隻切

搔 括也从手蚤聲 穌遭切

扴 刮也从手介聲 古黠切

摽 擊也从手票聲一曰挈門壯也 符少切

挑 撓也从手兆聲一曰摷也國語曰郤至挑天 土凋切

抉 挑也从手夬聲 於說切

撓 擾也从手堯聲一曰捄也 奴巧切

說文十二上　手部　十五

擾 煩也从手夒聲 而沼切

挶 戟持也从手局聲 居玉切

据 戟挶也从手居聲 九魚切

擖 刮也从手葛聲一曰撻也 口八切

摘 拓果樹實也从手啻聲一曰指近之也 臣鉉等曰當从適省乃得聲 他歷切又竹戹切

搳 擖也从手害聲 胡秸切

摲 暫也从手斬聲 昨甘切

拹 摺也从手劦聲一曰拉也 虛業切

摺 敗也从手習聲 之涉切

揫　束也从手秋聲詩曰百祿是揫即由切

摟　曳聚也从手婁聲洛侯切

抎　有所失也春秋傳曰抎子辱矣从手云聲于敏切

披　从旁持曰披从手皮聲敷羈切

瘳　引縱曰瘳从手瘛省聲尺制切

𢪛　積也詩曰助我舉𢪛揻頰旁也从手此聲前智切

掉　搖也从手卓聲春秋傳曰尾大不掉徒弔切

搖　動也从手䍃聲余招切

搈　動搈也从手容聲余隴切

𢴋　當也从手貳聲直異切

揂　聚也从手酋聲卽由切

掔　固也从手臤聲讀若詩赤舃掔掔臣鉉等曰今別作慳非是苦閑切

捀　奉也从手夆聲敷容切

擧　對舉也从手輿聲以諸切

揚　飛舉也从手昜聲與章切　敭　古文

舉　對舉也从手與聲居許切

掀　舉出也从手欣聲春秋傳曰掀公出於淖虛言切

揭　高舉也从手曷聲去例切又基竭切

抍　上舉也从手升聲易曰抍馬壯吉蒸上聲　撜　抍或从登臣鉉等曰今俗別作拯非是

振　舉救也从手辰聲一曰奮也章刃切

扛　橫關對舉也从手工聲古雙切

扮　握也从手分聲讀若粉房吻切

撟　舉手也从手喬聲一曰撟擅也居少切

捎　自關已西凡取物之上者爲撟捎从手肖聲所交切

擁　抱也从手雝聲於隴切

擩　染也从手需聲周禮六曰擩祭而主切

揄　引也从手俞聲羊朱切

搫　搫獲不正也从手般聲薄官切

擭　搫擭也一曰布擭也一曰握也从手蒦聲一虢切

拚　拊手也从手弁聲皮變切

擅　專也从手亶聲時戰切

揆　葵也从手癸聲求癸切

擬　度也从手疑聲魚已切

損　減也从手員聲穌本切

失　縱也从手乙聲式質切

挩　解挩也从手兌聲他括切

撥　治也从手發聲北末切

挹　抒也从手邑聲於汲切

抒　挹也从手予聲神與切

抯攫扟拓攈拾掇擐揯摍

抯 挹也从手且聲讀若樝梨之樝側加切
攫 扟也从手矍聲居縛切
扟 从上挹也从手卂聲讀若莘所臻切
拓 拾也陳宋語从手石聲之石切 摭 拓或从庶
攈 拾也从手麇聲居運切
拾 掇也从手合聲是執切
掇 拾取也从手叕聲都括切
擐 貫也从手睘聲春秋傳曰擐甲執兵胡慣切
揯 引急也从手恆聲古恆切
摍 蹴引也从手宿聲所六切

⿰扌虔援⿰扌畱擢拔揠擣攣挺搴

⿰扌虔 相援也从手虔聲巨言切
援 引也从手爰聲雨元切
⿰扌畱 引也从手畱聲敕鳩切 抽 ⿰扌畱或从由 ⿰扌秀 ⿰扌畱或从秀
擢 引也从手翟聲直角切
拔 擢也从手犮聲蒲八切
揠 拔也从手匽聲烏黠切
擣 手推也一曰築也从手𠷎聲都皓切
攣 係也从手䜌聲呂員切
挺 拔也从手廷聲徒鼎切
搴 拔取也南楚語从手寒聲楚詞曰朝搴批之木蘭九輦切

探撢捼撆揻搦掎揮

切
探 遠取之也从手罙聲他含切
撢 探也从手覃聲他紺切
捼 推也从手委聲一曰兩手相切摩也臣鉉等曰今俗作挼非是奴禾切
撆 別也一曰擊也从手敝聲芳滅切
揻 搖也从手咸聲臣鉉等曰今別作撼非是胡感切
搦 按也从手弱聲尼革切
掎 偏引也从手奇聲居綺切
揮 奮也从手軍聲許歸切

摩⿰扌㲋攪搑撞⿰扌因扔括抲擘

摩 研也从手麻聲莫婆切
⿰扌㲋 反手擊也从手㲋聲匹齊切
攪 亂也从手覺聲詩曰祇攪我心古巧切
搑 推擣也从手茸聲而隴切
撞 卂擣也从手童聲宅江切
⿰扌因 就也从手因聲於眞切
扔 因也从手乃聲如乘切
括 絜也从手昏聲古活切
抲 抲撝也从手可聲周書曰盡執抲虎何切
擘 撝也从手辟聲博厄切

撝 捇 扐 技 摹 拙 揩 摶 掴 捄

撝 裂也从手爲聲一曰手指也許歸切

捇 裂也从手赤聲呼麥切

扐 易筮再扐而後卦从手力聲盧則切

技 巧也从手支聲渠綺切

摹 規也从手莫聲莫胡切

拙 不巧也从手出聲職說切

揩 縫指揩也一曰韜也从手沓聲讀若眔徒合切

摶 圜也从手專聲度官切

掴 手推之也从手圂聲戶骨切

捄 盛土於梩中也一曰擾也詩曰捄之陾陾从手求聲舉朱切

拮 搰 掘 掩 摡 揟 播 挃 㨖

拮 手口共有所作也从手吉聲詩曰予手拮据古屑切

搰 掘也从手骨聲戶骨切

掘 搰也从手屈聲衢勿切

掩 斂也小上曰掩从手奄聲衣檢切

摡 滌也从手既聲詩曰摡之釜鬵古代切

揟 取水沮也从手胥聲武威有揟次縣相居切

播 種也一曰布也从手番聲補過切　𢿌古文播

挃 穫禾聲也从手至聲詩曰穫之挃挃陟栗切

㨖 刺也从手致聲一曰刺之財至也陟利切

扤 抈 摎 撻 掕 抨 捲 扱

扤 動也从手兀聲五忽切

抈 折也从手月聲魚厥切

摎 縛殺也从手翏聲居求切

撻 鄉飲酒罰不敬撻其背从手達聲他達切　𨔍古文撻　周書曰撻以記之

掕 止馬也从手夌聲里甑切

抨 撣也从手平聲普耕切

捲 气勢也从手卷聲國語曰有捲勇一曰捲收也臣鉉等曰今俗作居轉切以爲捲舒之捲巨員切

扱 收也从手及聲楚洽切

摷 挨 撲 㩉 扚 抶 扺 抰 𢹑 捭

摷 拘擊也从手巢聲子小切

挨 擊背也从手矣聲於駭切

撲 挨也从手菐聲蒲角切

㩉 旁擊也从手敫聲苦弔切

扚 疾擊也从手勺聲都了切

抶 笞擊也从手失聲敕栗切

扺 側擊也从手氏聲諸氏切

抰 以車鞅擊也从手央聲於兩切

𢹑 衣上擊也从手保聲方苟切

捭 兩手擊也从手卑聲北買切

捶　以杖擊也。从手垂聲。之壘切

搉　敲擊也。从手隺聲。苦角切

摬　中擊也。从手竟聲。一敬切

拂　過擊也。从手弗聲。徐鍇曰：擊而過之也。敷物切

摼　擣頭也。从手堅聲。讀若鏗尔舍瑟而作。口莖切

抌　深擊也。从手冘聲。讀若告言不正曰抌。竹甚切

擊　傷擊也。从手毀，毀亦聲。許委切

擊　攴也。从手毄聲。古歷切

扞　忮也。从手干聲。侯旰切

抗　扞也。从手亢聲。苦浪切

杭　抗或从木。臣鉉等曰：今俗作胡郎切

捕　取也。从手甫聲。薄故切

簎　刺也。从手籍省聲。周禮曰：簎魚鼈。士革切

撚　執也。从手然聲。一曰蹂也。乃殄切

挂　畫也。从手圭聲。古賣切

拕　曳也。从手它聲。託何切

捈　臥引也。从手余聲。同都切

抴　捈也。从手世聲。余制切

揙　撫也。从手扁聲。婢沔切

撅　从手有所把也。从手厥聲。居月切

攎　挐持也。从手盧聲。洛乎切

挐　持也。从手如聲。女加切

搵　沒也。从手𥁕聲。烏困切

搒　掩也。从手旁聲。北孟切

挌　擊也。从手各聲。古覈切

拲　兩手同械也。从手从共，共亦聲。周禮：上辠梏拲而桎。居竦切

𣚍　拲或从木

掫　夜戒守有所擊。从手取聲。春秋傳曰：賓將掫。子侯切

捐　棄也。从手肙聲。與專切

掤　所以覆矢也。从手朋聲。詩曰：抑釋掤忌。筆陵切

扜　指麾也。从手亏聲。億俱切

𢾆　旌旗所以指麾也。从手靡聲。許為切

捷　獵也。軍獲得也。从手疌聲。春秋傳曰：齊人來獻戎捷。疾葉切

扣　牽馬也。从手口聲。丘后切

掍　同也。从手昆聲。古本切

搜　衆意也。一曰求也。从手叜聲。詩曰：束矢其搜。所鳩切

換　易也。从手奐聲。胡玩切

掖　以手持人臂投地也。从手夜聲。一曰臂下也。羊益切

文二百六十五　重十九

摦　橫大也。从手瓠聲。胡化切

攙　攙 刺也从手毚聲楚銜切

搢　搢 插也从手晉聲搢紳前史皆作薦紳即刃切

掠　掠 奪取也从手京聲本音亮唐韻或作擽離灼切

掐　掐 爪刺也从手臽聲苦洽切

捻　捻 指捻也从手念聲奴協切

拗　拗 手拉也从手幼聲於絞切

摵　摵 捎也从手戚聲沙劃切

捌　捌 方言云無齒杷从手別聲百轄切

攤　攤 開也从手難聲他干切

拋　拋 棄也从手从尤从力或从手尥聲案左氏傳通用摽詩摽有梅摽落也義亦同匹交切

摴　摴 舒也又摴蒱戲也从手雩聲丑居切

打　打 擊也从手丁聲都挺切

文十三　新附

𠦬　𠦬 背呂也象脅肋也凡𠦬之屬皆从𠦬古懷切

脊　脊 背呂也从𠦬从肉資昔切

文二

說文解字弟十二上

說文解字弟十二下

漢　太　尉　祭　酒　許　愼　記

宋　右　散　騎　常　侍　徐　鉉　等　校　定

女　女 婦人也象形王育說凡女之屬皆从女尼呂切

姓　姓 人所生也古之神聖母感天而生子故稱天子从女从生生亦聲春秋傳曰天子因生以賜姓息正切

姜　姜 神農居姜水以爲姓从女羊聲居良切

姬　姬 黃帝居姬水以爲姓从女𦣞聲居之切

姞　姞 黃帝之後百鰷姓后稷妃家也从女吉聲巨乙切

嬴　嬴 少昊氏之姓从女𣎵省聲以成切

姚　姚 虞舜居姚虛因以爲姓从女兆聲或爲姚嬈也史篇以爲姚易也余招切

嬀　嬀 虞舜居嬀汭因以爲氏从女爲聲居爲切

妘　妘 祝融之後姓也从女云聲王分切　䢵 籀文妘从員

姺　姺 殷諸侯爲亂疑姓也从女先聲春秋傳曰商有姺邳所臻切

㜣　㜣 人姓也从女然聲奴見切

妞　妞 人姓也从女丑聲商書曰無有作妞呼到切

娸　娸 人姓也从女其聲杜林說娸醜也去其切

奼　奼 少女也从女乇聲坼下切

媒　謀也謀合二姓从女某聲莫桮切

妁　酌也斟酌二姓也从女勺聲市勺切

嫁　女適人也从女家聲古訝切

娶　取婦也从女从取取亦聲七句切

婚　婦家也禮娶婦以昏時婦人陰也故曰婚从女从昏昏亦聲呼昆切　籒文婚

姻　壻家也女之所因故曰姻从女从因因亦聲於真切　籒文姻从𣶒

妻　婦與夫齊者也从女从屮从又又持事妻職也臣鉉等曰屮者進也齊之義也故从屮七稽切　古文妻从肖女肖古文貴字

婦　服也从女持帚灑埽也房九切

妃　匹也从女己聲芳非切

媲　妃也从女𣬈聲匹計切

妊　孕也从女从壬壬亦聲如甚切

娠　女妊身動也从女辰聲春秋傳曰后緡方娠一曰宮婢女隸謂之娠失人切

媰　婦人妊身也从女芻聲周書曰至于媰婦側鳩切

嬔　生子齊均也从女从生免聲芳萬切

嫛　婗也从女殹聲烏雞切

婗　嫛婗也从女兒聲一曰婦人惡皃五雞切

母　牧也从女象褱子形一曰象乳子也莫后切

嫗　母也从女區聲衣遇切

媼　女老偁也从女𥁕聲讀若奧烏皓切

姁　嫗也从女句聲況羽切

姐　蜀謂母曰姐淮南謂之社从女且聲兹也切

姑　夫母也从女古聲古胡切

威　姑也从女从戌漢律曰婦告威姑徐鍇曰土盛於戌土陰之主也故从戌於非切

妣　殁母也从女比聲卑履切　籒文妣省

姊　女兄也从女𠂔聲將几切

妹　女弟也从女未聲莫佩切

娣　女弟也从女从弟弟亦聲徒禮切

媦　楚人謂女弟曰媦从女胃聲公羊傳曰楚王之妻媦云貴切

嫂　兄妻也从女叜聲穌老切

姪　兄之女也从女至聲徒結切

姨　妻之女弟同出爲姨从女夷聲以脂切

妿　女師也从女加聲杜林說加教於女也讀若阿烏何切

娒　女師也从女每聲讀若母莫后切

媾　重婚也从女冓聲易曰匪寇婚媾古候切

姼　美女也从女多聲（尺氏切）姼或从氏

妭　婦人美也从女犮聲（蒲撥切）

㜎　女隸也从女奚聲（胡雞切）

婢　女之卑者也从女从卑卑亦聲（便俾切）

奴　奴婢皆古之辠人也周禮曰其奴男子入于辠隸女子入于舂藁从女从又（臣鉉等曰又手也乃都切）古文奴从人

㚤　婦官也从女弋聲（與職切）

媊　甘氏星經曰太白上公妻曰女媊女媊居南斗食厲天下祭之曰明星从女前聲（昨先切）

媧　古之神聖女化萬物者也从女咼聲（古蛙切）籀文媧从㔲

娀　帝高辛之妃偰母號也从女戎聲詩曰有娀方將（息弓切）

娥　帝堯之女舜妻娥皇字也秦晉謂好曰娙娥从女我聲（五何切）

嫄　台國之女周棄母字也从女原聲（愚袁切）

嬿　女字也从女燕聲（於甸切）

婀　女字也从女可聲讀若阿（烏何切）

媭　女字也楚詞曰女媭之嬋媛賈侍中說楚人謂姊爲媭从女須聲（相俞切）

婕　女字也从女疌聲（子葉切）

嬩　女字也从女與聲讀若余（以諸切）

孁　女字也从女霝聲（郎丁切）

嫽　女字也从女尞聲（洛蕭切）

㛄　女字也从女衣聲讀若衣（於稀切）

婤　女字也从女周聲（職流切）

姶　女字也从女合聲春秋傳曰嬖人婤姶一曰無聲（烏合切）

妀　女字也从女己聲（居擬切）

妵　女字也从女主聲（天口切）

㚻　女字也从女久聲（舉友切）

㚷　女號也从女耳聲（仍吏切）

始　女之初也从女台聲（詩止切）

媚　說也从女眉聲（美祕切）

嫵　媚也从女無聲（文甫切）

媄　色好也从女从美美亦聲（無鄙切）

㜅　媚也从女畜聲（丑六切）

嫷　南楚之外謂好曰嫷从女隋聲（臣鉉等曰今俗省作㛊唐韻作妥非是徒果切）

姝 好也从女朱聲 昌朱切

好 美也从女子 徐鍇曰子者男子之美偁會意 呼皓切

嬹 說也从女興聲 許應切

嬮 好也从女厭聲 於鹽切

㚼 好也从女殳聲詩曰靜女其㚼 昌朱切

姣 好也从女交聲 胡茅切

嬽 好也从女䙴聲讀若蜀郡布名 委員切

娧 好也从女兌聲 杜外切

媌 目裏好也从女苗聲 莫交切

嫿 靜好也从女畫聲 呼麥切

婠 體德好也从女官聲讀若楚郤宛 一完切

娙 長好也从女巠聲 五莖切

嫧 白好也从女贊聲 則旰切

𡠣 順也从女𤔔聲詩曰婉兮𡠣兮 力沇切 籀文𡠣

妴 婉也从女夗聲 於阮切

婉 順也从女宛聲春秋傳曰太子痤婉 於阮切

㛦 直項皃从女同聲 他孔切

嫣 長皃从女焉聲 於建切

姌 弱長皃从女冄聲 而琰切

嫋 姌也从女从弱 奴鳥切

孅 銳細也从女韱聲 息廉切

嫇 嬰嫇也从女冥聲一曰嫇嫇小人皃 莫經切

媱 曲肩行皃从女䍃聲 余招切

嬛 材緊也从女瞏聲春秋傳曰嬛嬛在疚 許緣切

姽 閑體行姽姽也从女危聲 過委切

委 委隨也从女从禾 臣鉉等曰委曲也取其禾穀垂穗委曲之皃故从禾 於詭切

婐 婐𡜊也一曰女侍曰婐讀若騧或若委从女果聲孟軻曰舜爲天子二女婐 烏果切

𡜊 婐𡜊也一曰弱也从女厄聲 五果切

㚲 小弱也一曰女輕薄善走也一曰多技藝也从女占聲或讀若占 齒懾切

𡟖 姈也从女沾聲 丑廉切

姈 𡟖姈也一曰善笑皃从女今聲 火占切

𡤯 竦身也从女簋聲讀若詩糾糾葛屨 居夭切

婧 竦立也从女青聲一曰有才也讀若韭菁 七正切

妌 靜也从女井聲 疾正切

姂 婦人皃从女乏聲 房法切

嫙 好也从女旋聲 似沿切

齌 材也从女齊聲 祖雞切

姡 面醜也从女昏聲 古活切

嬥　直好皃一曰嬈也从女翟聲徒了切
嫢　媞也从女規聲讀若癸秦晉謂細爲嫢居隨切
媞　諦也一曰妍黠也一曰江淮之閒謂母曰媞从女是聲承旨切
婺　不繇也从女敄聲亡遇切
嫺　雅也从女閒聲戶閒切
嫛　說樂也从女𦣞聲許其切
婜　美也从女臤聲苦閑切
娛　樂也从女吳聲噳俱切
娭　戲也从女矣聲一曰卑賤名也遏在切

媅　樂也从女甚聲丁含切
娓　順也从女尾聲讀若媚無匪切
嫡　孎也从女啻聲都歷切
孎　謹也从女屬聲讀若人不孫爲孎之欲切
⿰女冤　宴⿰女冤也从女冤聲於願切
媕　女有心媕媕也从女弇聲衣檢切
媣　諟也从女染聲而琰切
嫥　壹也从女專聲一曰嫥嫥職緣切
如　从隨也从女从口徐鍇曰女子从父之教从夫之命故从口會意人諸切
嫧　齊也从女責聲側革切

娕　謹也从女束聲讀若謹敕數數測角切
嬐　敏疾也一曰莊敬皃从女僉聲息廉切
嬪　服也从女賓聲符眞切
⿱執女　至也从女執聲周書曰大命不⿱執女讀若摯同一曰虞書雉⿱執女脂利切
⿰女沓　俛伏也从女沓聲一曰伏意他合切
妟　安也从女日詩曰以妟父母烏諫切
嬗　緩也从女亶聲一曰傳也時戰切
嫴　保任也从女辜聲古胡切
媻　奢也从女般聲臣鉉等曰今俗作婆非是薄波切

娑　舞也从女沙聲詩曰市也媻娑素何切
姷　耦也从女有聲讀若祐于救切　侑　姷或从人
姰　鈞適也男女併也从女旬聲居勻切
姕　婦人小物也从女此聲詩曰屢舞姕姕卽移切
妓　婦人小物也从女支聲讀若跂行渠綺切
嬰　頸飾也从女賏賏其連也於盈切
㛯　三女爲㛯㛯美也从女奴省聲倉案切
媛　美女也人所援也从女从爰爰引也詩曰邦之媛兮玉眷切
娉　問也从女甹聲匹正切

娽　隨從也从女彔聲力玉切

妝　飾也从女牀省聲側羊切

孌　慕也从女䜌聲力沇切

媟　嬻也从女枼聲私列切

嬻　媟嬻也从女賣聲徒谷切

⿱竂女　短面也从女竂聲丁滑切

嬖　便嬖愛也从女辟聲博計切

⿱毄女　難也从女毄聲苦賣切

妎　妒也从女介聲胡蓋切

妒　婦妒夫也从女戶聲當故切

媢　夫妒婦也从女冒聲一曰相視也莫報切

⿰女芺　巧也一曰女子笑皃詩曰桃之⿰女芺⿰女芺从女芺聲於喬切

佞　巧讇高材也从女信省臣鉉等曰女子之信近於佞也乃定切

嫈　小心態也从女熒省聲烏莖切

嫪　婟也从女翏聲郎到切

婟　嫪也从女固聲胡誤切

姿　態也从女次聲即夷切

⿰女虘　嬌也从女虘聲將預切

妨　害也从女方聲敷方切

妄　亂也从女亡聲巫放切

媮　巧黠也从女俞聲託侯切

⿱污女　⿱污女鹵貪也从女污聲胡古切

娋　小小侵也从女肖聲息約切

婐　量也从女朶聲丁果切

妯　動也从女由聲徐鍇曰當从胄省徒歷切

嫌　不平於心也一曰疑也从女兼聲戶兼切

媘　減也从女省聲所景切

婼　不順也从女若聲春秋傳曰叔孫婼丑略切

婞　很也从女幸聲楚詞曰鯀婞直胡頂切

嫳　易使怒也从女敝聲讀若擊擎匹滅切

嫸　好枝格人語也一曰靳也从女善聲旨善切

娺　疾悍也从女叕聲讀若唾丁滑切

⿰女酓　含怒也一曰難知也从女酓聲詩曰碩大且⿰女酓五感切

娿　⿰女酓娿也从女阿聲烏何切

姸　技也一曰不省錄事一曰難侵也一曰惠也一曰安也从女幵聲讀若研五堅切

娃　圜深目皃或曰吳楚之閒謂好曰娃从女圭聲於佳切

⿱陝女　不媚前却⿱陝女⿱陝女也从女陝聲失冉切

妜　鼻目閒皃讀若煙火炔炔从女決省聲於說切

⿰女巂　愚戇多態也从女巂聲讀若隓式吹切

婎　不說也从女恚聲於避切

嫼　怒皃从女黑聲呼北切

娍　輕也从女戉聲王伐切

嫖　輕也从女㶾聲匹招切

娙　訬疾也从女坙聲昨禾切

姎　女人自偁我也从女央聲烏浪切

媁　不說皃从女韋聲羽非切

婎　姿婎姿也从女隹聲一曰醜也許惟切

㛹　有守也从女弦聲胡田切

媥　輕皃从女扁聲芳連切

嫚　侮易也从女曼聲謀患切

𡝊　疾言失次也从女臿聲讀若懾丑聶切

嬬　弱也一曰下妻也从女需聲相俞切

婄　不肖也从女否聲讀若竹皮箁匹才切

嬯　遲鈍也从女臺聲闒嬯亦如之徒哀切

𡡞　下志貪頑也从女覃聲讀若深乃忝切

嬠　婪也从女參聲七感切

婪　貪也从女林聲杜林說卜者黨相詐驗爲婪讀若潭盧含切

嬾　懈也怠也一曰臥也从女賴聲洛旱切

婁　空也从毌中女空之意也一曰婁務也洛侯切　㒼　古文

娎　娎婡也从女折聲許列切

婡　得志婡婡一曰婡息也一曰少气也从女夾聲呼帖切

嬈　苛也一曰擾戲弄也一曰嬥也从女堯聲奴鳥切

㜫　惡也一曰人皃从女毀聲許委切

姍　誹也一曰翼便也从女删省聲所晏切

㛒　醜也一曰老嫗也从女酋聲讀若蹴七宿切

嫫　嫫母都醜也从女莫聲莫胡切

婓　往來婓婓也一曰醜皃从女非聲芳非切

孃　煩擾也一曰肥大也从女襄聲女良切

嬒　女黑色也从女會聲詩曰嬒兮蔚兮古外切

媆　好皃从女耎聲而沇切臣鉉等案切韻又音奴困切今俗作嫩非是

媕　誣挐也从女奄聲依劒切

㜮　過差也从女監聲論語曰小人窮斯濫矣盧瞰切

嫯　侮易也从女敖聲五到切

婬　私逸也从女㸒聲余箴切

姘　除也漢律齊人予妻婢姦曰姘从女并聲普耕切

奸　犯婬也从女从干干亦聲古寒切

姅　婦人污也从女半聲漢律曰見姅變不得侍祠博幔切

娗　女出病也从女廷聲徒鼎切

婥　女病也从女卓聲奴教切

婎　諉也从女垂聲竹恚切

嫍　有所恨也从女𡿺聲今汝南人有所恨曰嫍臣鉉等曰𡿺古囟字非聲當从嫍省奴皓切

媿　慙也从女鬼聲俱位切　媿或从恥省

奻　訟也从二女女還切

姦　私也从三女古顏切　古文姦从心旱聲

文二百三十八　重十三

嬙　婦官也从女牆省聲才良切

妲　女字妲己紂妃从女旦聲當割切

嬌　姿也从女喬聲舉喬切

嬋　嬋娟態也从女單聲市連切

娟　嬋娟也从女肙聲於緣切

嫠　無夫也从女𠩺聲里之切

姤　偶也从女后聲古候切

文七新附

毋　止之也从女有奸之者凡毋之屬皆从毋武扶切

毐　人無行也从士从毋賈侍中說秦始皇母與嫪毐淫坐誅故世罵淫曰嫪毐讀若娭遏在切

文二

民　眾萌也从古文之象凡民之屬皆从民彌鄰切　古文民

氓　民也从民亡聲讀若盲武庚切

文二　重一

丿　右戾也象左引之形凡丿之屬皆从丿徐鍇曰其爲文舉首而申體也房密切

乂　芟艸也从丿从乀相交魚廢切　乂或从刀

弗　撟也从丿从乀从韋省分勿切臣鉉等曰韋所以束枉戾也

乀　左戾也从反丿讀與弗同分勿切

文四　重一

厂　抴也明也象抴引之形凡厂之屬皆从厂虒字从此徐鍇曰象厂而不舉首余制切

文二

弋　橜也象折木衺銳著形从厂象物挂之也與職切

文二

乀　流也从反厂讀若移凡乀之屬皆从乀弋支切

也　女陰也象形羊者切　秦刻石也字

文二　重一

氏　巴蜀山名岸脅之旁箸欲落墯者曰氏氏崩聞數百里象形乀聲凡氏之屬皆从氏楊雄賦響若氏隤承旨切

切

氒 木本。从氏。大於末。讀若厥。居月切

文二

氐 至也。从氏下箸一。一，地也。凡氐之屬皆从氐。丁礼切

⿰氐垔 臥也。从氐垔聲。於進切

⿰氐失 觸也。从氐失聲。徒結切

⿱𦥑氐 闕。臣鉉等案：今篇韻音皓，又音效，注云：誤也。

文四

戈 平頭戟也。从弋，一橫之。象形。凡戈之屬皆从戈。古禾切

肈 上諱。臣鉉等曰：後漢和帝名也。案李舟切韻云：擊也。从戈肁聲。直小切

戎 兵也。从戈从甲。如融切

戣 周禮：侍臣執戣，立于東垂。兵也。从戈癸聲。渠追切

𢧀 盾也。从戈旱聲。侯旰切

戟 有枝兵也。从戈倝。周禮：戟長丈六尺。讀若棘。臣鉉等曰：倝非聲。義當从榦省。榦，枝也。紀逆切

戛 戟也。从戈从百。讀若棘。古黠切

賊 敗也。从戈則聲。昨則切

戍 守邊也。从人持戈。傷遇切

戰 鬭也。从戈單聲。之扇切

戲 三軍之偏也。一曰兵也。从戈䖒聲。香義切

戜 利也。一曰剔也。从戈呈聲。徒結切

或 邦也。从口从戈以守一。一，地也。于逼切　臣鉉等曰：今俗作胡國切，以爲疑或不定之意。

域 或又从土。臣鉉等曰：今無復或音。

截 斷也。从戈雀聲。昨結切

𢦟 殺也。从戈今聲。商書曰：西伯既𢦟黎。口含切

戕 搶也。他國臣來弒君曰戕。从戈爿聲。士良切

戮 殺也。从戈翏聲。力六切

戡 刺也。从戈甚聲。竹甚、口含二切

戭 長槍也。从戈寅聲。春秋傳有擣戭。弋刃、以淺二切

𢦏 傷也。从戈才聲。祖才切

戩 滅也。从戈晉聲。詩曰：實始戩商。即淺切

𢧵 絕也。一曰田器。从从持戈。古文讀若咸。讀若詩云：攕攕女手。臣鉉等曰：从，銳意也。故从从。子廉切

武 楚莊王曰：夫武，定功戢兵。故止戈爲武。文甫切

戢 藏兵也。从戈咠聲。詩曰：載戢干戈。阻立切

戠 闕。从戈从音。之弋切

戔 賊也。从二戈。周書曰：戔戔巧言。徐鍇曰：兵多則殘也，故从二戈。昨千切

文二十六　重一

戉 斧也。从戈𠄌聲。司馬法曰：夏執玄戉，殷執白戚，周左杖黃戉，右秉白髦。凡戉之屬皆从戉。王伐切　臣鉉等曰：今俗別作鉞，非是。

伐切

戚 戉也从戉尗聲 倉歷切

文二

我 施身自謂也或說我頃頓也从戈从𠂓𠂓或說古垂字一曰古殺字凡我之屬皆从我 徐鍇曰从戈者取戈自持也五可切

古文我

義 己之威儀也从我羊 臣鉉等曰此與善同意故从羊宜寄切 墨翟書義从弗魏郡有羛陽鄉讀若錡今屬鄴本內黃北二十里

文二 重二

《說文十二下 我部 亅部 珡部 大

亅 鉤逆者謂之亅象形凡亅之屬皆从亅讀若橜 衢月切

𠄌 鉤識也从反亅讀若捕鳥罬 居月切

文二

琴 禁也神農所作洞越練朱五弦周加二弦象形凡珡之屬皆从珡 巨今切 古文珡从金

瑟 庖犧所作弦樂也从珡必聲 所櫛切 古文瑟

文二 重二

琵 琵琶樂器从珡比聲 房脂切

琶 琵琶也从珡巴聲 義當用枇杷 蒲巴切

文二 新附

乚 匿也象迟曲隱蔽形凡乚之屬皆从乚讀若隱 於謹切

直 正見也从乚从十从目 徐鍇曰乚隱也今十目所見是直也除力切 古文直

文二 重一

亡 逃也从入从乚凡亡之屬皆从亡 武方切

乍 止也一曰亡也从亡从一 徐鍇曰出亡得一則止暫止也鉏駕切

望 出亡在外望其還也从亡朢省聲 巫放切

無 亡也从亡無聲 武扶切 奇字无通於元者王育說天屈西北爲无

文五 重一

《說文十二下 乚部 亡部 匸部 九

匃 气也逯安說亡人爲匃 古代切

匸 衺徯有所俠藏也从乚上有一覆之凡匸之屬皆从匸讀與傒同 胡礼切

區 踦區藏匿也从品在匸中品衆也 豈俱切

匿 亡也从匸若聲讀如羊騶箠 女力切

㔷 側逃也从匸丙聲一曰箕屬 臣鉉等曰丙非聲義當从內會意疑傳寫之誤 盧候切

匽 匿也从匸晏聲 於蹇切

医 盛弓弩矢器也从匸从矢國語曰兵不解医 於計切

匹 四丈也从八匸八揲一匹八亦聲 普吉切

文七

匚　受物之器象形凡匚之屬皆从匚讀若方府良切　籀文匚

匠　木工也从匚从斤斤所以作器也疾亮切

匧　藏也从匚夾聲苦叶切　匧或从竹

匡　飲器筥也从匚㞷聲去王切　匡或从竹

匜　似羹魁柄中有道可以注水从匚也聲移尔切

匴　渌米籔也从匚算聲穌管切

⿷匚贛　小桮也从匚贛聲古送切　⿷匚贛或从木

匪　器似竹筐从匚非聲逸周書曰實玄黃于匪非尾切

⿷匚倉　古器也从匚倉聲七岡切

⿷匚攸　田器也从匚攸聲徒聊切

⿷匚異　田器也从匚異聲與職切

匫　古器也从匚曶聲呼骨切

匬　甌器也从匚俞聲度侯切

匱　匣也从匚貴聲求位切

匵　匱也从匚賣聲徒谷切

匣　匵也从匚甲聲胡甲切

匯　器也从匚淮聲胡罪切

柩　棺也从匚从木久聲巨救切　籀文柩

匰　宗廟盛主器也周禮曰祭祀共匰主从匚單聲都寒切

文十九　重五

曲　象器曲受物之形或說曲蠶薄也凡曲之屬皆从曲丘玉切　古文曲

⿱曲玉　骩曲也从曲玉聲丘玉切

⿰舀曲　古器也从曲舀聲土刀切

文三　重一

甾　東楚名缶曰甾象形凡甾之屬皆从甾側詞切　古文

疀　㪺也古田器也从甾疌聲楚洽切

畚　𤳆屬蒲器也所以盛種从甾弁聲布忖切

𤳆　帗也从甾并聲杜林以爲竹筥楊雄以爲蒲器讀若軿薄經切

⿸虍甾　⿰缶⿸虍甾也从甾虍聲讀若盧同洛乎切　篆文⿸虍甾　籀文盧

文五　重三

瓦　土器已燒之總名象形凡瓦之屬皆从瓦五寡切

瓬　周家摶埴之工也从瓦方聲讀若抵破之抵臣鉉等曰抵音瓦非聲未詳分兩切

甄　匋也从瓦垔聲居延切

甍 屋棟也从瓦夢省聲 徐鍇曰所以承瓦故从瓦 莫耕切

甑 甗也从瓦曾聲 子孕切 〔籀文〕籀文甑从䰞

甗 甑也一曰穿也从瓦鬳聲讀若言 魚蹇切

瓵 甌瓿謂之瓵从瓦台聲 與之切

瓽 大盆也从瓦尚聲 丁浪切

甌 小盆也从瓦區聲 烏侯切

瓮 罌也从瓦公聲 烏貢切

瓨 似罌長頸受十升讀若洪从瓦工聲 古雙切

㼝 小盂也从瓦夗聲 臣鉉等曰今俗別作椀非是 烏管切

瓴 瓮似瓶也从瓦令聲 郎丁切

說文十二下 瓦部 圭

㼰 罌謂之㼰从瓦卑聲 部迷切

甂 似小瓿大口而卑用食从瓦扁聲 芳連切

瓿 甂也从瓦咅聲 蒲口切

⿰容瓦 器也从瓦容聲 與封切

甓 瓴甓也从瓦辟聲詩曰中唐有甓 扶歷切

甃 井壁也从瓦秋聲 側救切

甈 康瓠破罌从瓦臬聲 魚例切 〔或體〕甈或从埶

⿰爽瓦 瑳垢瓦石从瓦爽聲 初兩切

⿰耎瓦 蹈瓦聲从瓦耎聲 零帖切

瓰 治橐榦也从瓦今聲 胡男切

⿰卒瓦 破也从瓦卒聲 穌對切

瓪 敗也从瓦反聲 布綰切

文二十五 重二

瓷 瓦器从瓦次聲 疾資切

瓻 酒器从瓦稀省聲 丑脂切

文二 新附

弓 以近窮遠象形古者揮作弓周禮六弓王弓弧弓以射甲革甚質夾弓庾弓以射干侯鳥獸唐弓大弓以授學射者凡弓之屬皆从弓 居戎切

弴 畫弓也从弓𦎧聲 都昆切

說文十二下 瓦部 弓部 圭

弭 弓無緣可以解轡紛者从弓耳聲 緜婢切 〔或體〕弭或从兒

弲 角弓也洛陽名弩曰弲从弓肙聲 烏玄切

弧 木弓也从弓瓜聲一曰往體寡來體多曰弧 戶吳切

弨 弓反也从弓召聲詩曰彤弓弨兮 尺招切

⿰弓雚 弓曲也从弓雚聲 九院切

彄 弓弩耑弦所居也从弓區聲 恪侯切

⿰弓繇 弓便利也从弓繇聲讀若燒 火招切

張 施弓弦也从弓長聲 陟良切

彏 弓急張也从弓矍聲 許縛切

弸　弓彊皃从弓朋聲父耕切

彊　弓有力也从弓畺聲巨良切

彎　持弓關矢也从弓䜌聲烏關切

引　開弓也从弓丨臣鉉等曰象引弓之形余忍切

弙　滿弓有所鄉也从弓于聲哀都切

弘　弓聲也从弓厶聲厶古文肱字胡肱切

彌　弛弓也从弓璽聲斯氏切

弛　弓解也从弓从也施氏切　㢮　弛或从虒

弢　弓衣也从弓从㲋㲋垂飾與鼓同意土刀切

弩　弓有臂者周禮四弩夾弩庾弩唐弩大弩从弓奴聲奴古切

彀　張弩也从弓𣪊聲古候切

彍　弩滿也从弓黃聲讀若郭苦郭切

彃　䠶也从弓畢聲楚詞曰彃焉彈日卑吉切

彈　行丸也从弓單聲徒案切　𢏾　彈或从弓持丸

發　䠶發也从弓發聲方伐切

羿　帝嚳䠶官夏少康滅之从弓幵聲論語曰羿善䠶五計切

文二十七　重三

弜　彊也从二弓凡弜之屬皆从弜其兩切

弼　輔也重也从弜西聲徐鍇曰西舌也非聲舌柔而弜剛以柔从剛輔弼之意房密切　𢐇　弼或如此　𢐈　𢐉　並古文弼

文二　重三

弦　弓弦也从弓象絲軫之形凡弦之屬皆从弦臣鉉等曰今別作絃非是胡田切

盭　弼戾也从弦省从盩讀若戾臣鉉等曰盩者擊罪人見血也弼戾之意郎計切

玅　急戾也从弦省少聲於霄切

𢐀　不成遂急戾也从弦省曷聲讀若瘞葬於罽切

文四

系　繫也从糸丿聲凡系之屬皆从系胡計切　𣪠　系或从毄處　𦃇　籀文系从爪絲

孫　子之子曰孫从子从系系續也思魂切

緜　聯微也从系从帛武延切

繇　隨從也从系䍃聲臣鉉等曰今俗从䍃余招切

文四　重二

說文解字弟十二下

說文解字弟十三上

漢太尉祭酒許愼記

宋右散騎常侍徐鉉等校定

二十三部　六百九十九文　重一百二十三

凡八千三百九十八字

文三十七新附

糸　細絲也象束絲之形凡糸之屬皆从糸讀若覛徐鍇曰一蠶所吐爲忽十忽爲絲糸五忽也莫狄切　𢆯古文糸

繭　蠶衣也从糸从虫黹省古典切　𥾵古文繭从糸見

繅　繹繭爲絲也从糸巢聲穌遭切

繹　抽絲也从糸睪聲羊益切

緒　絲耑也从糸者聲徐呂切

緬　微絲也从糸面聲弭沇切

純　絲也从糸屯聲論語曰今也純儉常倫切

綃　生絲也从糸肖聲相幺切

䋙　大絲也从糸皆聲口皆切

䋶　絲曼延也从糸巟聲呼光切

紇　絲下也从糸气聲春秋傳有臧孫紇下没切

𥿻　絲滓也从糸氐聲都兮切

絓　繭滓絓頭也一曰以囊絮練也从糸圭聲胡卦切

纅　絲色也从糸樂聲以灼切

繀　著絲於筟車也从糸崔聲穌對切

經　織也从糸巠聲九丁切

織　作布帛之總名也从糸戠聲之弋切

𢇍　樂浪挈令織从糸从式臣鉉等曰挈令蓋律令之書也

紝　機縷也从糸壬聲如甚切　𦇔紝或从任

綜　機縷也从糸宗聲子宋切

綹　緯十縷爲綹从糸咎聲讀若柳力久切

緯　織横絲也从糸韋聲云貴切

緷　緯也从糸軍聲王問切

繢　織餘也从糸貴聲胡對切

統　紀也从糸充聲他綜切

紀　絲別也从糸己聲居擬切

繈　觕類也从糸强聲居兩切

纇　絲節也从糸頪聲盧對切

紿　絲勞即紿从糸台聲徒亥切

納　絲溼納納也从糸内聲奴荅切

紡　網絲也从糸方聲妃兩切

絕　斷絲也从糸从刀从卩情雪切　𠤉古文絕象不連體絕二絲

繼　續也从糸㡭一曰反𢇍爲繼古詣切

續　連也从糸賣聲似足切　賡　古文續从庚貝臣鉉等曰今俗作古行切

纘　繼也从糸贊聲作管切

紹　繼也从糸召聲一曰紹緊糾也市沼切　綤　古文紹从邵

䌶　偏緩也从糸羨聲昌善切

䋼　緩也从糸盈聲讀與聽同他丁切　䋻　䋼或从呈

縱　緩也一曰舍也从糸從聲足用切

紓　緩也从糸予聲傷魚切

緓　絲勞也从糸然聲如延切

紆　詘也从糸于聲一曰縈也億俱切

緈　直也从糸幸聲讀若陘胡頂切

纖　細也从糸韱聲息廉切

細　微也从糸囟聲穌計切

緢　旄絲也从糸苗聲周書曰惟緢有稽武儦切

縒　參縒也从糸差聲楚宜切

繙　冕也从糸番聲附袁切

縮　亂也从糸宿聲一曰蹴也所六切

紊　亂也从糸文聲商書曰有條而不紊亡運切

級　絲次弟也从糸及聲居立切

總　聚束也从糸悤聲臣鉉等曰今俗作摠非是作孔切

䋮　約也从糸具聲居玉切

約　纏束也从糸勺聲於略切

繚　纏也从糸尞聲盧鳥切

纏　繞也从糸廛聲直連切

繞　纏也从糸堯聲而沼切

紾　轉也从糸㐱聲之忍切

繯　落也从糸瞏聲胡畎切

辮　交也从糸辡聲頻犬切

結　締也从糸吉聲古屑切

縎　結也从糸骨聲古忽切

締　結不解也从糸帝聲特計切

縛　束也从糸尃聲符钁切

繃　束也从糸崩聲墨子曰禹葬會稽桐棺三寸葛以繃之補盲切

絿　急也从糸求聲詩曰不競不絿巨鳩切

絅　急引也从糸冋聲古熒切

䋔　散絲也从糸𠂢聲匹卦切

䌴　不均也从糸羸聲力臥切

給 相足也从糸合聲 居立切

綝 止也从糸林聲讀若郴 丑林切

縪 止也从糸畢聲 卑吉切

紈 素也从糸丸聲 胡官切

終 絿絲也从糸冬聲 職戎切 𠔇 古文終

𦇯 合也从糸从集讀若捷 姊入切

繒 帛也从糸曾聲 疾陵切 綷 籀文繒从宰省揚雄以爲漢律祠宗廟丹書告

緭 繒也从糸胃聲 云貴切

絩 綺絲之數也漢律曰綺絲數謂之絩布謂之總綬組謂之首从糸兆聲 治小切

綺 文繒也从糸奇聲 袪彼切

縠 細縳也从糸㱿聲 胡谷切

縳 白鮮色也从糸專聲 持沇切

縑 幷絲繒也从糸兼聲 古甜切

綈 厚繒也从糸弟聲 杜兮切

練 湅繒也从糸柬聲 郎甸切

縞 鮮色也从糸高聲 古老切

纚 粗緒也从糸𤋱聲 臣鉉等曰今俗別作絁非是 式支切

紬 大絲繒也从糸由聲 直由切

綮 緻繒也一曰徽幟信也有齒从糸攴聲 康礼切

綾 東齊謂布帛之細曰綾从糸夌聲 力膺切

縵 繒無文也从糸曼聲漢律曰賜衣者縵表白裏 莫半切

繡 五采備也从糸肅聲 息救切

絢 詩云素以爲絢兮从糸旬聲 臣鉉等案論語注絢文貌 許掾切

繪 會五采繡也虞書曰山龍華蟲作繪論語曰繪事後素从糸會聲 黃外切

緀 白文皃詩曰緀兮斐兮成是貝錦从糸妻聲 七稽切

絲 繡文如聚細米也从糸从米米亦聲 莫礼切

絹 繒如麥稍从糸肙聲 吉掾切

綠 帛青黃色也从糸彔聲 力玉切

縹 帛青白色也从糸票聲 敷沼切

𦃃 帛青經縹緯一曰育陽染也从糸育聲 余六切

絑 純赤也虞書丹朱如此从糸朱聲 章俱切

纁 淺絳也从糸熏聲 許云切

絀 絳也从糸出聲 丑律切

絳 大赤也从糸夅聲 古巷切

綰 惡也絳也从糸官聲一曰綃也讀若雞卵 烏版切

縉 帛赤色也春秋傳縉雲氏禮有縉緣从糸晉聲 即刃切

綪 赤繒也从茜染故謂之綪从糸青聲 倉絢切

緹 帛丹黃色从糸是聲他禮切 衹 緹或从氏

縓 帛赤黃色一染謂之縓再染謂之赬三染謂之纁从糸原聲七絹切

紫 帛青赤色从糸此聲將此切

紅 帛赤白色从糸工聲戶公切

繱 帛青色从糸蔥聲倉紅切

紺 帛深青揚赤色从糸甘聲古暗切

綥 帛蒼艾色从糸畀聲詩縞衣綥巾未嫁女所服一曰不借綥渠之切 綦 綥或从其

繰 帛如紺色或曰深繒从糸喿聲讀若喿親小切

緇 帛黑色也从糸甾聲側持切

纔 帛雀頭色一曰微黑色如紺纔淺也讀若讒从糸毚聲七咸切

𦅾 帛騅色也从糸剡聲詩曰毳衣如𦅾臣鉉等曰今俗別作毯非是土敢切

綟 帛戾艸染色从糸戾聲郎計切

紑 白鮮衣皃从糸不聲詩曰素衣其紑匹丘切

緂 白鮮衣皃从糸炎聲謂衣采色鮮也充三切

繻 繒采色从糸需聲讀若易繻有衣臣鉉等曰漢書傳符帛也相俞切

縟 繁采色也从糸辱聲而蜀切

纚 冠織也从糸麗聲所綺切

紘 冠卷也从糸厷聲戶萌切 𥿋 紘或从弘

紞 冕冠塞耳者从糸冘聲臣鉉等曰今俗別作髧非是都感切

纓 冠系也从糸嬰聲於盈切

紻 纓卷也从糸央聲於兩切

緌 系冠纓也从糸委聲儒隹切

緄 織帶也从糸昆聲古本切

紳 大帶也从糸申聲失人切

繟 帶緩也从糸單聲昌善切

綬 韍維也从糸受聲植酉切

組 綬屬其小者以爲冕纓从糸且聲則古切

緺 綬紫青也从糸咼聲古蛙切

縌 綬維也从糸逆聲宜戟切

纂 似組而赤从糸算聲作管切

紐 系也一曰結而可解从糸丑聲女久切

綸 青絲綬也从糸侖聲古還切

綎 系綬也从糸廷聲他丁切

絙 緩也从糸亘聲胡官切

繐 細疏布也从糸惠聲私銳切

[㬥糸] 頸連也从糸暴省聲補各切

紟 紟衣系也从糸今聲居音切 䘳 籒文从金

緣 緣衣純也从糸彖聲以絹切

纀 纀裳削幅謂之纀从糸僕聲博木切

絝 絝脛衣也从糸夸聲苦故切

繑 繑絝紐也从糸喬聲牽搖切

緥 緥小兒衣也从糸保聲臣鉉等曰今俗作褓非是博抱切

繜 繜薉貉中女子無絝以帛爲脛空用絮補核名曰繜衣狀如襜褕从糸尊聲子昆切

紴 紴絛屬从糸皮聲讀若被或讀若水波之波博禾切

絛 絛扁緒也从糸攸聲土刀切

絨 絨采彰也一曰車馬飾从糸戉聲王伐切

縱 縱絨屬从糸从從省聲足容切

紃 紃圜采也从糸川聲詳遵切

緟 緟增益也从糸重聲直容切

纕 纕援臂也从糸襄聲汝羊切

纗 纗維綱中繩从糸巂聲讀若畫或讀若維戶圭切

綱 綱維紘繩也从糸岡聲古郎切 㭃 古文綱

縜 縜持綱紐也从糸員聲周禮曰縜寸臣鉉等曰縜長寸也爲贇切

綅 綅綘綫也从糸侵省聲詩曰貝冑朱綅子林切

縷 縷綫也从糸婁聲力主切

綫 綫縷也从糸戔聲私箭切 線 古文綫

𥿋 𥿋縷一枚也从糸穴聲乎決切

縫 縫以鍼紩衣也从糸逢聲符容切

緁 緁緶衣也从糸疌聲七接切 𦃇 緁或从習

紩 紩縫也从糸失聲直質切

緛 緛衣戚也从糸耎聲而沇切

䋎 䋎補縫也从糸旦聲丈莧切

繕 繕補也从糸善聲時戰切

絬 絬論語曰絬衣長短右袂从糸舌聲私列切

纍 纍綴得理也一曰大索也从糸畾聲力追切

縭 縭以絲介履也从糸离聲力知切

緱 緱刀劒緱也从糸侯聲古侯切

繄 繄戟衣也从糸殹聲一曰赤黑色繒烏雞切

縿 縿旌旗之斿也从糸參聲所銜切

徽 徽衺幅也一曰三糾繩也从糸微省聲許歸切

𥿫 𥿫扁緒也一曰弩署鉤帶从糸折聲并列切

紉 紉繟繩也从糸刃聲女鄰切

繩 繩索也从糸蠅省聲食陵切

𦀓 𦀓紆未縈繩一曰急弦之聲从糸爭聲讀若旌側莖切

縈 縈收韏也从糸熒省聲於營切

絇　纑繩絇也从糸句聲讀若鳩其俱切
縋　以繩有所縣也春秋傳曰夜縋納師从糸追聲持僞切
絭　攘臂繩也从糸𢍏聲居願切
緘　束篋也从糸咸聲古咸切
縢　緘也从糸朕聲徒登切
編　次簡也从糸扁聲布玄切
維　車蓋維也从糸隹聲以追切
絥　車絥也从糸伏聲平祕切　絥或从艸　絥或从革葡聲
⿰糸正　乘輿馬飾也从糸正聲諸盈切
綊　⿰糸正綊也从糸夾聲胡頰切
緐　馬髦飾也从糸每聲春秋傳曰可以稱旌緐乎附袁切　緐或从𢍏𢍏籒文弁
繮　馬紲也从糸畺聲居良切
紛　馬尾韜也从糸分聲撫文切
紂　馬緧也从糸肘省聲除柳切
緧　馬紂也从糸酋聲七由切
絆　馬縶也从糸半聲博幔切
⿰糸須　絆前兩足也从糸須聲漢令蠻夷卒有⿰糸須相主切
紖　牛系也从糸引聲讀若矤直引切

說文十三上　糸部　十一

縼　以長繩繫牛也从糸旋聲辭戀切
縻　牛轡也从糸麻聲靡爲切　縻或从多
紲　系也从糸世聲春秋傳曰臣負羈紲私列切　紲或从枼
纆　索也从糸黑聲莫北切
緪　大索也一曰急也从糸恆聲古恆切
繘　綆也从糸矞聲余聿切　古文从絲　籒文繘
綆　汲井綆也从糸更聲古杏切
絠　彈彄也从糸有聲弋宰切又古亥切
繳　生絲縷也从糸敫聲之若切
繴　繴謂之罿罿謂之罬罬謂之䍐捕鳥覆車也从糸辟聲博尼切

說文十三上　糸部　十二

緍　釣魚繁也从糸昏聲吳人解衣相被謂之緍武巾切
絮　敝緜也从糸如聲息據切
絡　絮也一曰麻未漚也从糸各聲盧各切
纊　絮也从糸廣聲春秋傳曰皆如挾纊苦謗切　纊或从光
紙　絮一苫也从糸氏聲諸氏切
⿰糸咅　治敝絮也从糸咅聲芳武切
⿱奴糸　絜縕也一曰敝絮从糸奴聲易曰需有衣⿱奴糸女余切

繫　繫繫䌃也一曰惡絮从糸毄聲古詣切

䌃　䌃繫䌃也一曰維也从糸虒聲郎兮切

緝　緝績也从糸咠聲七入切

絘　絘績所緝也从糸次聲七四切

績　績緝也从糸責聲則歷切

纑　纑布縷也从糸盧聲洛乎切

紨　紨布也一曰粗紬从糸付聲防無切

繐　繐蜀細布也从糸彗聲祥歲切

絺　絺細葛也从糸希聲丑脂切

綌　綌粗葛也从糸谷聲綺戟切　峪綌或从巾

縐　縐絺之細也詩曰蒙彼縐絺一曰蹴也从糸芻聲側救切

絟　絟細布也从糸全聲此緣切

紵　紵檾屬細者爲絟粗者爲紵从糸宁聲直呂切　緒紵或从緒省

緦　緦十五升布也一曰兩麻一絲布也从糸思聲息茲切　古文緦从糸省

緆　緆細布也从糸易聲先擊切　𦃘緆或从麻

緰　緰緰貲布也从糸俞聲度侯切

縗　縗服衣長六寸博四寸直心从糸衰聲倉回切

絰　絰喪首戴也从糸至聲臣鉉等曰當从姪省乃得聲徒結切

緶　緶交枲也一曰緁衣也从糸便聲房連切

⿱戶糸　⿱戶糸履也一曰青絲頭履也讀若阡陌之陌从糸戶聲亡百切

⿰糸封　⿰糸封枲履也从糸封聲博蠓切

緉　緉履兩枚也一曰絞也从糸从兩兩亦聲力讓切

絜　絜麻一耑也从糸韧聲古屑切

繆　繆枲之十絜也一曰綢繆从糸翏聲武彪切

綢　綢繆也从糸周聲直由切

縕　縕紼也从糸𥁕聲於云切

紼　紼亂系也从糸弗聲分勿切

絣　絣氐人殊縷布也从糸幷聲北萌切

紕　紕氐人𦆠也讀若禹貢玭珠从糸比聲卑履切

𦆠　𦆠西胡毳布也从糸罽聲居例切

縊　縊經也从糸益聲春秋傳曰夷姜縊於賜切

綏　綏車中把也从糸从妥徐鍇曰禮升車必正立執綏所以安也當从爪从安省說文無妥字息遺切

彝　彝宗廟常器也从糸糸綦也廾持米器中寶也彑聲此與爵相似周禮六彝雞彝鳥彝黃彝虎彝蟲彝斝彝以待祼將之禮以脂切　𢑱𢑭皆古文彝

緻　緻密也从糸致聲直利切

文二百四十八　重三十一

緗　帛淺黃色也从糸相聲息良切

緋　帛赤色也从糸非聲甫微切

緅　帛青赤色也从糸取聲子侯切

繖　蓋也从糸散聲穌旱切

練　布屬从糸束聲所葅切

綷　事也从糸卒聲子代切

繾　繾綣不相離也从糸遣聲去演切

綣　繾綣也从糸卷聲去阮切

文九　新附

素　白緻繒也从糸𠂹取其澤也凡素之屬皆从素桑故切

⿱素収　素屬从素収聲居玉切

䋈　白約縞也从素勺聲以灼切

⿰素率　素屬从素率聲所律切

⿰素卓　⿰素爰也从素卓聲昌約切　綽　⿰素卓或省

⿰素爰　⿰素卓也从素爰聲胡玩切　緩　⿰素爰或省

文六　重二

絲　蠶所吐也从二糸凡絲之屬皆从絲息茲切

轡　馬轡也从絲从軎與連同意詩曰六轡如絲兵媚切

𢇍　織絹从糸貫杼也从絲省廾聲古還切　臣鉉等曰廾古磺字

文三

率　捕鳥畢也象絲罔上下其竿柄也凡率之屬皆从率所律切

文一

虫　一名蝮博三寸首大如擘指象其臥形物之微細或行或毛或蠃或介或鱗以虫爲象凡虫之屬皆从虫許偉切

蝮　虫也从虫复聲芳目切

螣　神蛇也从虫朕聲徒登切

蚺　大蛇可食从虫冄聲人占切

螼　螾也从虫堇聲弃忍切

螾　側行者从虫寅聲余忍切　蚓　螾或从引

螉　蟲在牛馬皮者从虫翁聲烏紅切

蜙　蜙蝑也从虫從聲子紅切

蠁　知聲蟲也从虫鄉聲許兩切　蚼　司馬相如蠁从向

蛁　蟲也从虫召聲都僚切

⿱㲋虫　蟲也从虫㲋聲祖外切

蛹　繭蟲也从虫甬聲余隴切

螝　蛹也从虫鬼聲讀若潰胡罪切

蛕　腹中長蟲也从虫有聲戶恢切

蟯 腹中短蟲也从虫堯聲 如招切

雖 似蜥蜴而大从虫唯聲 息遺切

虺 虺以注鳴詩曰胡爲虺蜥从虫兀聲 臣鉉等曰兀非聲未詳 許偉切

蜥 蜥易也从虫析聲 先擊切

蝘 在壁曰蝘蜓在艸曰蜥易从虫匽聲 於殄切 蝘或从䖵

蜓 蝘蜓也从虫廷聲一曰螾蜓 徒典切

蚖 榮蚖蛇醫以注鳴者从虫元聲 愚袁切

蠸 蟲也一曰大螫也讀若蜀都布名从虫雚聲 巨員切

螟 蟲食穀葉者吏冥冥犯法卽生螟从虫从冥冥亦聲 莫經切

蟘 蟲食苗葉者吏乞貸則生蟘从虫从貸貸亦聲詩曰去其螟蟘 臣鉉等曰今俗作蚮非是 徒得切

蟣 蝨子也一曰齊謂蛭曰蟣从虫幾聲 居狶切

蛭 蟣也从虫至聲 之日切

蝚 蛭蝚至掌也从虫柔聲 耳由切

蛣 蛣蚰蝎也从虫吉聲 去吉切

蚰 蛣蚰也从虫出聲 區勿切

蟫 白魚也从虫覃聲 余箴切

蛵 丁蛵負勞也从虫巠聲 戶經切

蜭 毛蠹也从虫臽聲 乎感切

蟜 蟲也从虫喬聲 居夭切

蛓 毛蟲也从虫𢦏聲 千志切

蛙 蠆也从虫圭聲 烏蝸切

蚳 蠆也从虫氏聲 巨支切

蠆 毒蟲也象形 丑芥切 蠆或从䖵

蝤 蝤蠀也从虫酋聲 字秋切

蠀 蠀蠾也从虫齊聲 徂兮切

蝎 蝤蠀也从虫曷聲 胡葛切

強 蚚也从虫弘聲 徐鍇曰弘與强聲不相近秦刻石文从口疑从籒文省 巨良切 籒文强从䖵从彊

蚚 强也从虫斤聲 巨衣切

蜀 葵中蠶也从虫上目象蜀頭形中象其身蜎蜎詩曰蜎蜎者蜀 市玉切

蠲 馬蠲也从虫目益聲勹象形明堂月令曰腐艸爲蠲 古玄切

螕 齧牛蟲也从虫𣬉聲 邊兮切

蠖 尺蠖屈申蟲从虫蒦聲 烏郭切

蝝 復陶也劉歆說蝝蚍蜉子董仲舒說蝗子也从虫彖聲 與專切

螻　螻蛄也从虫婁聲一曰螜天螻洛侯切

蛄　螻蛄也从虫古聲古乎切

蠪　丁螘也从虫龍聲盧紅切

蛾　羅也从虫我聲臣鉉等案爾雅蛾羅蠶蛾也䖵部已有蠿或作䖸此重出五何切

螘　蚍蜉也从虫豈聲魚綺切

蚳　螘子也从虫氐聲周禮有蚳醢讀若祁直尼切　籒文蚳从䖵　古文蚳从辰土

蠜　𠂤蠜也从虫樊聲附袁切

䘁　悉䘁也从虫帥聲臣鉉等曰今俗作蟀非是所律切

蝒　馬蜩也从虫面聲武延切

蟷　蟷蠰不過也从虫當聲都郎切

蠰　蟷蠰也从虫襄聲汝羊切

蜋　堂蜋也从虫良聲一名蚚父魯當切

蛸　蟲蛸堂蜋子从虫肖聲相邀切

蛢　蟠蟥以翼鳴者从虫并聲薄經切

蟠　蟠蟥也从虫矞聲余律切

蟥　蟠蟥也从虫黃聲乎光切

蟴　蛅蟴強芊也从虫施聲式支切

蛅　蛅斯墨也从虫占聲職廉切

蜆　縊女也从虫見聲胡典切

蜰　盧蜰也从虫肥聲符非切

蝍　渠蝍一曰天社从虫却聲其虐切

𧓍　𧓍蠃蒲盧細要土蠭也天地之性細要純雄無子詩曰螟䗿有子𧓍蠃負之从虫𩫏聲古火切　𧓍或从果

蠃　𧓍蠃也从虫㬴聲一曰虒蝓郎果切

䗿　螟䗿桑蟲也从虫霝聲郎丁切

蛺　蛺蜨也从虫夾聲兼叶切

蜨　蛺蜨也从虫疌聲臣鉉等曰今俗作蝶非是徒叶切

蚩　蟲也从虫之聲赤之切

螌　螌蝥毒蟲也从虫般聲布還切

蝥　螌蝥也从虫敄聲臣鉉等曰今俗作蟊非是蟊即蠿蟊蜘蛛之別名也莫交切

蟠　鼠婦也从虫番聲附袁切

蛜　蛜威委黍委黍鼠婦也从虫伊省聲於脂切

蜙　蜙蝑以股鳴者从虫松聲息恭切　蜙或省臣鉉等曰今俗作古紅切以爲蜈蚣蟲名

蝑　蜙蝑也从虫胥聲相居切

蟅　蟲也从虫庶聲之夜切

蝗　螽也从虫皇聲乎光切

蜩　蟬也从虫周聲詩曰五月鳴蜩徒聊切　蜩或从舟

蟬　以旁鳴者从虫單聲　市連切

蜺　寒蜩也从虫兒聲　五雞切

螇　螇鹿蛁蟟也从虫奚聲　胡雞切

蚗　蚜蚗蛁蟟也从虫夬聲　於悅切

蛃　蚜蚗蟬屬讀若周天子赧从虫丙聲　武延切

蛚　蜻蛚也从虫列聲　良薛切

蜻　蜻蛚也从虫青聲　子盈切

蛉　蜻蛉也从虫令聲一名桑根　郎丁切

蠓　蠛蠓也从虫蒙聲　莫孔切

蟘　螶蟘也一曰蜉游朝生莫死者从虫𠭥聲　离灼切

蜹　秦晉謂之蜹楚謂之蚊从虫芮聲　而銳切

蟰　蟰蛸長股者从虫肅聲　穌彫切

蛸　蟲也从虫省聲　息正切

蛶　商何也从虫寽聲　力輟切

蜡　蠅胆也周禮蜡氏掌除骴从虫昔聲　鉏駕切

蝡　動也从虫耎聲　而沇切

蚑　行也从虫支聲　巨支切

蠉　蟲行也从虫瞏聲　香沇切

蚩　蟲曳行也从虫屮聲讀若騁　丑善切

螸　螽醜螸垂腴也从虫欲聲　余足切

蝙　蠅醜蝙搖翼也从虫扇聲　式戰切

蛻　蛇蟬所解皮也从虫捝省　輸芮切

蠚　螫也从虫若省聲　呼各切

螫　蟲行毒也从虫赦聲　施隻切

蝁　䖹也从虫亞聲　烏各切

蛘　搔蛘也从虫羊聲　余兩切

蝕　敗創也从虫人食食亦聲　乘力切

蛟　龍之屬也池魚滿三千六百蛟來爲之長能率魚飛置笱水中卽蛟去从虫交聲　古肴切

螭　若龍而黃北方謂之地螻从虫离聲或云無角曰螭　丑知切

虯　龍子有角者从虫丩聲　渠幽切

蜦　蛇屬黑色潛于神淵能興風雨从虫侖聲讀若戾艸　力屯切　蜦或从戾

螊　海蟲也長寸而白可食从虫兼聲讀若嗛　力鹽切

蜃　雉入海化爲蜃从虫辰聲　時忍切

盒　蜃屬有三皆生於海千歲化爲盒秦謂之牡厲又云百歲燕所化魁盒一名復絫老服翼所化从虫合聲　古沓切

螷　階也脩爲螷圜爲蠇从虫庳　臣鉉等曰今俗作蜌或作蠯非是　蒲猛切

蝸　蝸蠃也从虫咼聲亡華切

蚌　蜃屬从虫丰聲步項切

蠇　蚌屬似螊微大出海中今民食之从虫萬聲讀若賴力制切

蝓　虒蝓也从虫俞聲羊朱切

蜎　蜎也从虫肙聲狂沇切

蟺　夗蟺也从虫亶聲常演切

蚴　蚴蟉也从虫幽聲於糾切

蟉　蚴蟉也从虫翏聲力幽切

蟄　藏也从虫執聲直立切

蛈　青蛈水蟲可還錢从虫夫聲房無切

蝌　蝌鼀詹諸以脰鳴者从虫匊聲居六切

蝦　蝦蟆也从虫叚聲乎加切

蟆　蝦蟆也从虫莫聲莫遐切

蠵　大龜也以胃鳴者从虫巂聲戶圭切　蠵　司馬相如說蠵从敻

螹　螹離也从虫漸省聲慈染切

蟹　有二敖八足旁行非蛇鮮之穴無所庇从虫解聲胡買切　蠏　蟹或从魚

蛫　蟹也从虫危聲過委切

蜮　短狐也似鼈三足以气射害人从虫或聲于逼切　蟈　蜮又从國臣鉉等曰今俗作古獲切以爲蝦蟆之別名

蚸　似蜥易長一丈水潛吞人卽浮出日南从虫屰聲吾各切

蛧　蛧蜽山川之精物也淮南王說蛧蜽狀如三歲小兒赤黑色赤目長耳美髮从虫网聲國語曰木石之怪夔蛧蜽文兩切

蜽　蛧蜽也从虫兩聲臣鉉等曰今俗別作魍魎非是良獎切

蝯　善援禺屬从虫爰聲臣鉉等曰今俗別作猨非是雨元切

蠗　禺屬从虫翟聲直角切

蜼　如母猴卬鼻長尾从虫隹聲余季切

蚼　北方有蚼犬食人从虫句聲古厚切

蛩　蛩蛩獸也一曰秦謂蟬蛻曰蛩从虫巩聲渠容切

蟨　鼠也一曰西方有獸前足短與蛩蛩巨虛比其名謂之蟨从虫厥聲居月切

蝙　蝙蝠也从虫扁聲布玄切

蝠　蝙蝠服翼也从虫畐聲方六切

蠻　南蠻蛇穜从虫䜌聲莫還切

閩　東南越蛇穜从虫門聲武巾切

虹　螮蝀也狀似蟲从虫工聲明堂月令曰虹始見戶工切

籒文虹从申申電也

螮蝀虹也从虫帶聲都計切

螮蝀也从虫東聲多貢切

衣服歌謠艸木之怪謂之祅禽獸蟲蝗之怪謂之蠥从虫辥聲魚列切

文一百五十三　重十五

南方夷也从虫延聲徒旱切

蟪蛄蟬也从虫惠聲胡桂切

蠛蠓細蟲也从虫蔑聲亡結切

虴蜢艸上蟲也从虫乇聲陟格切

虴蜢也从虫孟聲莫杏切

蟋蟀也从虫悉聲息七切

螳螂也从虫堂聲徒郎切

文七　新附

說文解字弟十三上

說文解字弟十三下

漢太尉祭酒許慎記

宋右散騎常侍徐鉉等校定

蟲之總名也从二虫凡蚰之屬皆从蚰讀若昆古䰟切

任絲也从蚰朁聲昨含切

蠶化飛蟲从蚰我聲五何切　或从虫

齧人跳蟲从蚰叉聲叉古爪字子皓切　蚤或從虫

齧人蟲从蚰卂聲所櫛切

蝗也从蚰夂聲夂古文終字職戎切　螽或从虫眾聲

蟲也从蚰展省聲知衍切

小蟬蜩也从蚰截聲子列切

蠿蟊作罔蛛蟊也从蚰㡭聲㡭古絕字側八切

蠿蟊也从蚰矛聲莫交切

蟲也从蚰寍聲奴丁切

齏蠤也从蚰曹聲財牢切

螻蛄也从蚰韋聲胡葛切

蠯蛸也从蚰卑聲匹標切　蠯或从虫

飛蟲螫人者从蚰逢聲敷容切　古文省

蠭甘飴也一曰螟子从蚰鼏聲彌必切　蠠或从宓

𧓍　𧓍蠩也从䖵巨聲強魚切

蟁　齧人飛蟲从䖵民聲無分切　𧍪蟁或从昏以昏時出也　蚊俗蟁从虫从文

𧖅　齧人飛蟲从䖵亡聲武庚切

蠹　木中蟲从䖵橐聲當故切　蠹或从木象蟲在木中形譚長說

蠡　蟲齧木中也从䖵彖聲盧啓切　古文

𧖸　多足蟲也从䖵求聲巨鳩切　𧖸或从虫

𧒽　蚍𧒽也从䖵橐聲縛牟切　蜉𧒽或从虫从孚

𧐍　蟲食也从䖵雋聲子兖切

說文十三下　䖵部　蟲部　二

蠢　蟲動也从䖵春聲尺尹切　古文蠢从𢦏周書曰我有𢦏于西

文二十五　重十三

蟲　有足謂之蟲無足謂之豸从三虫凡蟲之屬皆从蟲直弓切

蟊　蟲食艸根者从蟲象其形吏抵冒取民財則生徐鍇曰唯此一字象蟲形不从矛書者多誤莫浮切　蟊或从敄臣鉉等按虫部已有莫交切作蝥蟊蟲此重出　古文蟊从虫从牟

𧖋　蚍蜉大螘也从蟲𣬉聲房脂切　蚍𧖋或从虫比聲

𧕑　蟲也从蟲冂聲武巾切

𧔥　臭蟲負蠜也从蟲非聲房未切　蜚𧔥或从虫

蠱　腹中蟲也春秋傳曰皿蟲爲蠱晦淫之所生也臬桀死之鬼亦爲蠱从蟲从皿皿物之用也公戶切

文六　重四

風　八風也東方曰明庶風東南曰清明風南方曰景風西南曰涼風西方曰閶闔風西北曰不周風北方曰廣莫風東北曰融風風動蟲生故蟲八日而化从虫凡聲凡風之屬皆从風方戎切　古文風

𩗗　北風謂之𩗗从風涼省聲呂張切

䬍　小風也从風术聲翾聿切

說文十三下　蟲部　風部　三

飆　扶搖風也从風猋聲甫遙切　飑飆或从包

飄　回風也从風票聲撫招切

颯　翔風也从風立聲穌合切

飂　高風也从風翏聲力求切

𩗴　疾風也从風从忽忽亦聲呼骨切

𩗺　大風也从風胃聲王勿切

䬆　大風也从風日聲于筆切

颺　風所飛揚也从風昜聲與章切

𩗭　風雨暴疾也从風利聲讀若栗力質切

颲　烈風也从風列聲讀若列良薛切

文十三　重二

颸　涼風也从風思聲息茲切

颼　颼飂也从風叜聲所鳩切

颭　風吹浪動也从風占聲隻冉切

文三　新附

它　虫也从虫而長象冤曲垂尾形上古艸居患它故相問無它乎凡它之屬皆从它託何切　蛇　它或从虫臣鉉等曰今俗作食遮切

文一　重一

龜　舊也外骨內肉者也从它龜頭與它頭同天地之性廣肩無雄龜鼈之類以它爲雄象足甲尾之形凡龜之屬皆从龜居追切　古文龜

𪚧　龜名从龜夂聲夂古文終字徒冬切

䶬　龜甲邊也从龜冄聲天子巨䶬尺有二寸諸侯尺大夫八寸士六寸汝閻切

文三　重一

黽　鼃黽也从它象形黽頭與它頭同臣鉉等曰象其腹也凡黽之屬皆从黽莫杏切　籀文黽

鼈　甲蟲也从黽敝聲并列切

黿　大鼈也从黽元聲愚袁切

鼃　蝦蟇也从黽圭聲烏媧切

鼀　圥鼀詹諸也其鳴詹諸其皮鼀鼀其行圥圥从黽从圥圥亦聲七宿切　䵱　鼀或从酋

𪓿　𪓿䵶詹諸也詩曰得此𪓿䵶言其行𪓿𪓿从黽爾聲式支切

鼉　水蟲似蜥易長大从黽單聲徒何切

䵸　水蟲也薉貉之民食之从黽奚聲胡雞切

䵶　鼅屬頭有兩角出遼東从黽句聲其俱切

蠅　營營青蠅蟲之大腹者从黽从虫余陵切

鼅　鼅鼄鼄也从黽𣫞省聲陟离切　蜘　或从虫

鼄　鼅鼄也从黽朱聲陟輸切　蛛　鼄或从虫

鼂　匽鼂也讀若朝楊雄說匽鼂蟲名杜林以爲朝旦非是从黽从旦臣鉉等曰今俗作晁直遥切　篆文从皀

文十三　重五

鼇　海大鼈也从黽敖聲五牢切

文一　新附

卵　凡物無乳者卵生象形凡卵之屬皆从卵盧管切

毈　卵不孚也从卵段聲徒玩切

文二

二　地之數也从偶一凡二之屬皆从二而至切　古文

亟 敏疾也从人从口从又从二二天地也徐鍇曰承天之時因地之利口謀之手執之時不可失疾也紀力切又去吏切

恒 常也从心从舟在二之閒上下心以舟施恒也胡登切

𠀆 古文恒从月詩曰如月之恒

亘 求亘也从二从囘囘古文回象亘回形上下所求物也徐鍇曰回風回轉所以宣陰陽也須緣切

竺 厚也从二竹聲冬毒切

凡 最括也从二二偶也从乃乃古文及浮芝切

文六 重二

土 地之吐生物者也二象地之下地之中物出形也凡土之屬皆从土它魯切

地 元气初分輕清陽爲天重濁陰爲地萬物所陳列也从土也聲徒內切

𡒢 籒文地从隊

坤 地也易之卦也从土从申土位在申苦昆切

垓 兼垓八極地也國語曰天子居九垓之田从土亥聲古哀切

墺 四方土可居也从土奥聲於六切

𡋿 古文墺

堣 堣夷在冀州陽谷立春日日值之而出从土禺聲尚書曰宅堣夷噳俱切

坶 朝歌南七十里地周書武王與紂戰于坶野从土母聲莫六切

坡 阪也从土皮聲滂禾切

坪 地平也从土从平平亦聲皮命切

均 平徧也从土从勻勻亦聲居勻切

壤 柔土也从土襄聲如兩切

塙 堅不可拔也从土高聲苦角切

墽 磽也从土敫聲口交切

壚 剛土也从土盧聲洛乎切

垶 赤剛土也从土觲省聲息營切

埴 黏土也从土直聲常職切

坴 土塊坴坴也从土圥聲讀若逐一曰坴梁力竹切

𡋯 土也洛陽有大𡋯里从土軍聲戶昆切

墣 塊也从土菐聲匹角切

圤 墣或从卜

凷 墣也从土一屈象形苦對切

塊 凷或从鬼

堛 凷也从土畐聲芳逼切

堫 穜也一曰内其中也从土㚇聲子紅切

塍 稻中畦也从土朕聲食陵切

坺 治也一曰臿土謂之坺詩曰武王載坺一曰塵皃从土犮聲蒲撥切

坄 陶竈窻也从土役省聲營隻切

基 牆始也从土其聲 居之切

垣 牆也从土亘聲 雨元切 籒文垣从𩫖

圪 牆高也詩曰崇墉圪圪从土乞聲 魚迄切

堵 垣也五版爲一堵从土者聲 當古切 籒文从𩫖

壁 垣也从土辟聲 比激切

㙩 周垣也从土尞聲 力沼切

堨 壁間隙也从土曷聲讀若謁 魚列切

埒 卑垣也从土寽聲 力輟切

堪 地突也从土甚聲 口含切

堀 突也詩曰蜉蝣堀閱从土屈省聲 苦骨切

堂 殿也从土尚聲 徒郎切 古文堂 籒文堂从高省

垛 堂塾也从土朵聲 丁果切

坫 屏也从土占聲 都念切

[illegible] 涂也从土浝聲 臣鉉等案水部已有此重出 力歱切

垷 涂也从土見聲 胡典切

墐 涂也从土堇聲 渠吝切

塈 仰涂也从土既聲 其冀切

堊 白涂也从土亞聲 烏各切

墀 涂地也从土犀聲禮天子赤墀 直泥切

墼 瓴適也一曰未燒也从土毄聲 古歷切

坌 埽除也从土弁聲讀若糞 方問切

埽 棄也从土从帚 穌老切

在 存也从土才聲 昨代切

坐 止也从土从畱省土所止也此與畱同意 徂臥切 古文坐

坻 箸也从土氐聲 諸氏切

填 塞也从土真聲 陟鄰切 待季切

坦 安也从土旦聲 他但切

坒 地相次比也衞大夫貞子名坒从土比聲 毗至切

堤 滯也从土是聲 丁礼切

壎 樂器也以土爲之六孔从土熏聲 況袁切

封 爵諸侯之土也从之从土从寸守其制度也公侯百里伯七十里子男五十里 徐鍇曰各之其土也會意 府容切 古文封省 籒文从𡉚

璽 王者印也所以主土从土爾聲 斯氏切 籒文从玉

墨 書墨也从土从黑黑亦聲 莫北切

垸 以桼和灰而髹也从土完聲一曰補垸 胡玩切

型 鑄器之法也从土刑聲 戶經切

埻 射臬也从土𦎫聲讀若準 之允切

塒　雞棲垣爲塒从土時聲市之切

城　以盛民也从土从成成亦聲氏征切　籒文城从𩫏

墉　城垣也从土庸聲余封切　古文墉

堞　城上女垣也从土葉聲徒叶切

坎　陷也从土欠聲苦感切

墊　下也春秋傳曰墊隘从土執聲都念切

坻　小渚也詩曰宛在水中坻从土氐聲直尼切　坻或从水从夊　坻或从水从耆

𡑞　下入也从土㬎聲敕立切

垎　水乾也一曰堅也从土各聲胡格切

垐　以土增大道上从土次聲疾資切　古文垐从土即虞書曰龍朕堲讒說殄行堲疾惡也

增　益也从土曾聲作滕切

埤　增也从土卑聲符支切

坿　益也从土付聲符遇切

塞　隔也从土从𡨄先代切

圣　汝潁之閒謂致力於地曰圣从土从又讀若兔窟苦骨切

垍　堅土也从土自聲讀若泉其冀切

埱　气出土也一曰始也从土叔聲昌六切

埵　堅土也从土垂聲讀若朵丁果切

埐　地也从土㑴聲子林切

埾　土積也从土从聚省才句切

壔　保也高土也从土𠷎聲讀若毒都皓切

培　培敦土田山川也从土咅聲薄回切

埩　治也从土爭聲疾郢切

墇　擁也从土章聲之亮切

⿰土則　遏遮也从土則聲初力切

垠　地垠也一曰岸也从土艮聲語斤切　垠或从斤

墠　野土也从土單聲常衍切

垑　恃也从土多聲尺氏切

壘　軍壁也从土畾聲力委切

垝　毁垣也从土危聲詩曰乘彼垝垣過委切　垝或从自

圮　毁也虞書曰方命圮族从土己聲符鄙切　圮或从手从非配省聲

垔　塞也尙書曰鯀垔洪水从土西聲於眞切　古文垔

塹　阬也一曰大也从土斬聲七豔切

埂　秦謂阬爲埂从土更聲讀若井汲綆古杏切

壙　塹穴也一曰大也从土廣聲苦謗切

塏 高燥也从土豈聲 苦亥切

毀 缺也从土毀省聲 許委切 𡊇 古文毀从王

壓 壞也一曰塞補从土厭聲 烏狎切

壞 敗也从土褱聲 下怪切 𡊼 古文壞省 𣀓 籀文壞 臣鉉等按攴部有𣀓此重出

坷 坎坷也梁國寧陵有坷亭从土可聲 康我切

㙤 坼也从土虖聲 呼訝切 𨼗 㙤或从𨸏

坼 裂也詩曰不坼不疈从土㡿聲 丑格切

坱 塵埃也从土央聲 於亮切

塺 塵也从土麻聲 亡果切

塿 塺土也从土婁聲 洛矦切

坋 塵也从土分聲一曰大防也 房吻切

𡋾 塵也从土非聲 房未切

埃 塵也从土矣聲 烏開切

𡏖 塵埃也从土殹聲 烏雞切

垽 澱也从土沂聲 魚僅切

垢 濁也从土后聲 古厚切

㙪 天陰塵也詩曰㙪㙪其陰从土壹聲 於計切

坏 丘再成者也一曰瓦未燒从土不聲 芳桮切

垤 螘封也詩曰鸛鳴于垤从土至聲 徒結切

坥 益州部謂螾場曰坥从土且聲 七余切

埍 徒隸所居也一曰女牢一曰亭部从土肙聲 古泫切

𡒄 囚突出也从土𣪊聲 胡八切

瘞 幽薶也从土㾜聲 於罽切

堋 喪葬下土也从土朋聲春秋傳曰朝而堋禮謂之封周官謂之窆虞書曰堋淫于家 方鄧切

垗 畔也爲四時界祭其中周禮曰垗五帝於四郊从土兆聲 治小切

塋 墓也从土熒省聲 余傾切

墓 丘也从土莫聲 莫故切

墳 墓也从土賁聲 符分切

壟 丘壠也从土龍聲 力歱切

壇 祭場也从土亶聲 徒干切

場 祭神道也一曰田不耕一曰治穀田也从土昜聲 直良切

圭 瑞玉也上圜下方公執桓圭九寸矦執信圭伯執躬圭皆七寸子執穀璧男執蒲璧皆五寸以封諸矦从重土楚爵有執圭 古畦切 珪 古文圭从玉

圯 東楚謂橋爲圯从土巳聲 與之切

垂 遠邊也从土𠂹聲 是爲切

堀　兔堀也从土屈聲苦骨切

文一百三十一　重二十六

塗　泥也从土涂聲同都切

塓　塗也从土冥聲莫狄切

埏　八方之地也从土延聲以然切

場　疆也从土易聲羊益切

境　疆也从土竟聲經典通用竟居領切

塾　門側堂也从土孰聲殊六切

墾　耕也从土豤聲康很切

塘　隄也从土唐聲徒郎切

坳　地不平也从土幼聲於交切

壒　塵也从土蓋聲於蓋切

墜　陊也从土隊聲古通用硺直類切

塔　西域浮屠也从土荅聲土盍切

坊　邑里之名从土方聲古通用埅府良切

文十三　新附

垚　土高也从三土凡垚之屬皆从垚吾聊切

堯　高也从垚在兀上高遠也吾聊切　□古文堯

文二　重一

堇　黏土也从土从黃省凡堇之屬皆从堇巨斤切　□□皆古文堇

艱　土難治也从堇艮聲古閑切　□籀文艱从喜

文二　重三

里　居也从田从土凡里之屬皆从里良止切

釐　家福也从里孷聲里之切

野　郊外也从里予聲羊者切　□古文野从里省从林

文三　重一

田　陳也樹穀曰田象四囗十阡陌之制也凡田之屬皆从田待季切

町　田踐處曰町从田丁聲他頂切

⿰田耎　城下田也一曰⿰田耎郤也从田耎聲而緣切

疇　耕治之田也从田象耕屈之形直由切　□疇或省

疁　燒穜也漢律曰疁田茠艸从田翏聲力求切

畬　三歲治田也易曰不菑畬田从田余聲以諸切

⿰田柔　和田也从田柔聲耳由切

畸　殘田也从田奇聲居宜切

⿰田差　殘田也詩曰天方薦⿰田差从田差聲昨何切

畮　六尺爲步步百爲畮从田每聲莫厚切　□畮或从田十久臣鉉等曰十四方也久聲

甸　天子五百里地从田包省堂練切

畿 天子千里地以遠近言之則言畿也从田幾省聲巨衣切

畦 田五十畝曰畦从田圭聲戶圭切

畹 田三十畝也从田宛聲於阮切

畔 田界也从田半聲薄半切

畍 境也从田介聲古拜切

㽘 境也一曰陌也趙魏謂陌爲㽘从田亢聲古郎切

畷 兩陌閒道也廣六尺从田叕聲陟劣切

畛 井田閒陌也从田㐱聲之忍切

畤 天地五帝所基址祭地从田寺聲右扶風有五時好時鄜時皆黃帝時祭或曰秦文公立也周市切

說文十三下 田部 夫

略 經略土地也从田各聲烏約切

當 田相值也从田尚聲都郎切

畯 農夫也从田夋聲子峻切

甿 田民也从田亡聲武庚切

疄 轢田也从田粦聲良刃切

畱 止也从田丣聲力求切

畜 田畜也淮南子曰玄田爲畜丑六切 𤲬 魯郊禮畜从田从茲茲益也

疃 禽獸所踐處也詩曰町疃鹿場从田童聲土短切

畼 不生也从田昜聲臣鉉等曰借爲通暢之暢今俗別作暢非是丑亮切

文二十九 重三

畕 比田也从二田凡畕之屬皆从畕居良切

畺 界也从畕三其界畫也居良切 疆 畺或从彊土

文二 重一

黃 地之色也从田从炗炗亦聲炗古文光凡黃之屬皆从黃乎光切 𡕛 古文黃

䵍 赤黃也一曰輕易人䵍姁也从黃夾聲許兼切

䵎 黃黑色也从黃耑聲他耑切

䵋 青黃色也从黃有聲呼辠切

黇 白黃色也从黃占聲他兼切

黊 鮮明黃也从黃圭聲戶圭切

文六 重一

說文十三下 畕部 黃部 男部 力部

男 丈夫也从田从力言男用力於田也凡男之屬皆从男那含切

舅 母之兄弟爲舅妻之父爲外舅从男臼聲其久切

甥 謂我舅者吾謂之甥也从男生聲所更切

文三

力 筋也象人筋之形治功曰力能圉大災凡力之屬皆从力林直切

勳 能成王功也从力熏聲許云切 古文勳从員

功 以勞定國也从力从工工亦聲古紅切

助 左也从力且聲牀倨切

勴 助也从力从非慮聲良倨切

勑 勞也从力來聲洛代切

劼 慎也从力吉聲周書曰汝劼毖殷獻臣巨乙切

務 趣也从力敄聲亡遇切

勥 迫也从力强聲巨良切 古文从彊

勱 勉力也周書曰用勱相我邦家讀若萬从力萬聲莫話切

⿸厥力 勥也从力厥聲瞿月切

勍 彊也春秋傳曰勍敵之人从力京聲渠京切

勁 彊也从力巠聲吉正切

勉 彊也从力免聲亡辨切

劭 勉也从力召聲讀若舜樂韶寔照切

勖 勉也周書曰勖哉夫子从力冒聲許玉切

勸 勉也从力雚聲去願切

勝 任也从力朕聲識蒸切

勶 發也从力从徹徹亦聲臣鉉等曰今俗作撤非是丑列切

勠 幷力也从力翏聲力竹切

勨 緐緩也从力象聲余兩切

動 作也从力重聲徒總切 古文動从辵

⿰畾力 推也从力畾聲盧對切

劣 弱也从力少聲力輟切

勞 劇也从力熒省熒火燒冂用力者勞魯刀切 古文勞从悉

勮 務也从力豦聲其據切

勀 尤極也从力克聲苦得切

勩 勞也詩曰莫知我勩从力貰聲余制切

勦 勞也春秋傳曰安用勦民从力巢聲小子切又楚交切

券 勞也从力卷省聲臣鉉等曰今俗作倦義同渠卷切

勤 勞也从力堇聲巨巾切

加 語相增加也从力从口古牙切

⿱敖力 健也从力敖聲讀若豪五牢切

勇 气也从力甬聲余隴切 勇或从戈用 古文勇从心

勃 排也从力孛聲蒲沒切

勡 劫也从力票聲匹眇切

劫 人欲去以力脅止曰劫或曰以力止去曰劫居怯切

飭 致堅也从人从力食聲讀若敕恥力切

劾 法有辠也从力亥聲 胡槩切

募 廣求也从力莫聲 莫故切

文四十 重六

劬 勞也从力句聲 其俱切

勢 盛力權也从力埶聲 經典通用埶 舒制切

勘 校也从力甚聲 苦紺切

辦 致力也从力辡聲 蒲莧切

文四 新附

劦 同力也从三力山海經曰惟號之山其風若劦凡劦之屬皆从劦 胡頰切

協 同心之和从劦从心 胡頰切

勰 同思之和从劦从思 胡頰切

協 衆之同和也从劦从十 臣鉉等曰十衆也胡頰切 叶 古文協从曰十 叶或从口

文一 重五

說文解字弟十三下

說文解字弟十四上

漢太尉祭酒許愼記

宋右散騎常侍徐鉉等校定

五十一部 六百三文 重七十四

凡八千七百一十七字

文十八 新附

金 五色金也黃爲之長久薶不生衣百鍊不輕从革不違西方之行生於土从土左右注象金在土中形今聲凡金之屬皆从金 居音切 金 古文金

銀 白金也从金艮聲 語巾切

鐐 白金也从金尞聲 洛蕭切

鋈 白金也从金𣳚省聲 烏酷切

鉛 青金也从金㕣聲 與專切

錫 銀鉛之閒也从金易聲 先擊切

鈏 錫也从金引聲 羊晉切

銅 赤金也从金同聲 徒紅切

鏈 銅屬从金連聲 力延切

鐵 黑金也从金𢧜聲 天結切 鐵 鐵或省 銕 古文鐵从夷

鍇 九江謂鐵曰鍇从金皆聲 苦駭切

鋚　鐵也一曰轡首銅从金攸聲以周切

鏤　剛鐵可以刻鏤从金婁聲夏書曰梁州貢鏤一曰鏤釜也盧候切

鐼　鐵屬从金賁聲讀若熏火運切

銑　金之澤者一曰小鑿一曰鐘兩角謂之銑从金先聲穌典切

鋻　剛也从金臤聲古甸切

鑗　金屬一曰剝也从金黎聲郎兮切

錄　金色也从金彔聲力玉切

鑄　銷金也从金壽聲之戍切

銷　鑠金也从金肖聲相邀切

鑠　銷金也从金樂聲書藥切

鍊　冶金也从金柬聲郎甸切

釘　鍊鉼黃金从金丁聲當經切

錮　鑄塞也从金固聲古慕切

鑲　作型中腸也从金襄聲汝羊切

鎔　冶器法也从金容聲余封切

鋏　可以持冶器鑄鎔者从金夾聲讀若漁人莢魚之莢一曰若挾持古叶切

鍛　小冶也从金段聲丁貫切

鋌　銅鐵樸也从金廷聲徒鼎切

⿰金曉　鐵文也从金曉聲呼鳥切

鏡　景也从金竟聲居慶切

鉹　曲鉹也从金多聲一曰鬵鼎讀若擿一曰詩云侈兮哆兮尺氏切

鈃　似鍾而頸長从金幵聲戶經切

鍾　酒器也从金重聲職容切

鑑　大盆也一曰監諸可以取明水於月从金監聲革懺切

鐈　似鼎而長足从金喬聲巨嬌切

鐆　陽鐆也从金隊聲徐醉切

鋞　温器也圜直上从金巠聲戶經切

鑴　瓽也从金巂聲戶圭切

鑊　鑴也从金蒦聲胡郭切

鍑　釜大口者从金复聲方副切

鍪　鍑屬从金敄聲莫浮切

錪　朝鮮謂釜曰錪从金典聲他典切

銼　鍑也从金坐聲昨禾切

⿰金羸　銼⿰金羸也从金羸聲魯戈切

鉶　器也从金荆聲戶經切

鎬　温器也从金高聲武王所都在長安西上林苑中字

亦如此 平老切

鏖　温器也一曰金器从金麀聲 於刀切

銚　温器也一曰田器从金兆聲 以招切

鋀　酒器也从金盟象器形 大口切　盟　盟或省金

鋗　小盆也从金肙聲 火玄切

鐎　鐎斗也从金焦聲 即消切

鏏　鼎也从金彗聲讀若彗 于歲切

鍵　鉉也一曰車轄从金建聲 渠偃切

鉉　舉鼎也易謂之鉉禮謂之鼏从金玄聲 胡犬切

鋊　可以句鼎耳及鑪炭从金谷聲一曰銅屑讀若浴 余足切

鎣　器也从金熒省聲讀若銑 烏定切

鑯　鐵器也一曰鐫也从金韱聲 臣鉉等曰今俗作尖非是 子廉切

錠　鐙也从金定聲 丁定切

鐙　錠也从金登聲 臣鉉等曰錠中置燭故謂之鐙今俗別作燈非是 都滕切

鏶　鍱也从金集聲 秦入切　鍓　鏶或从咠

鍱　鏶也从金葉聲齊謂之鍱 與涉切

鏟　鏶也一曰平鐵从金產聲 初限切

鑪　方鑪也从金盧聲 臣鉉等曰今俗別作爐非是 洛胡切

鏇　圜鑪也从金旋聲 辭戀切

𨭆　器也从金虒聲 杜兮切

鐪　煎膠器也从金虜聲 郎古切

釦　金飾器口从金从口口亦聲 苦厚切

錯　金涂也从金昔聲 倉各切

䥏　鉏䥏也从金御聲 魚舉切　鋙　䥏或从吾

錡　鉏䥏也从金奇聲江淮之間謂釜曰錡 魚綺切

鍤　郭衣鍼也从金臿聲 楚洽切

鉥　綦鍼也从金朮聲 食聿切

鍼　所以縫也从金咸聲 臣鉉等曰今俗作針非是 職深切

鈹　大鍼也一曰劒如刀裝者从金皮聲 敷羈切

鎩　鈹有鐔也从金殺聲 所拜切

鈕　印鼻也从金丑聲 女久切　玒　古文鈕从玉

銎　斤釜穿也从金巩聲 曲恭切

鈭　鈭錍釜也从金此聲 即移切

錍　鈭錍也从金卑聲 府移切

鏨　小鑿也从金从斬斬亦聲 藏濫切

鐫　穿木鐫也从金雋聲一曰琢石也讀若瀸 子全切

鑿　穿木也从金糳省聲 在各切

銛　鍤屬从金舌聲讀若棪桑欽讀若鐮 息廉切

鈂　臿屬从金冘聲 直深切

⿰金危　⿰金危臿屬从金危聲一曰瑩鐵也讀若跛行過委切

鐅　鐅河内謂臿頭金也从金敝聲芳滅切

錢　錢銚也古田器从金戔聲詩曰庤乃錢鎛即淺切又昨先切

钁　钁大鉏也从金矍聲居縛切

鈐　鈐鈐⿰金隋大犂也一曰類梠从金今聲巨淹切

⿰金隋　⿰金隋鈐⿰金隋也从金隋聲徒果切

鏺　鏺兩刃木柄可以刈艸从金發聲讀若撥普活切

鉵　鉵梠屬从金蟲省聲讀若同徒冬切

鉏　鉏立薅所用也从金且聲士魚切

䥯　䥯梠屬从金罷聲讀若嬀彼爲切

鎌　鎌鍥也从金兼聲力鹽切

鍥　鍥鎌也从金契聲苦結切

鉊　鉊大鐵也从金召聲鎌謂之鉊張徹説止搖切

銍　銍穫禾短鎌也从金至聲陟栗切

鎮　鎮博壓也从金眞聲陟刃切

鉆　鉆鐵銸也从金占聲一曰膏車鐵鉆敕淹切

銸　銸鉆也从金耴聲陟葉切

鉗　鉗以鐵有所劫束也从金甘聲巨淹切

釱　釱鐵鉗也从金大聲特計切

鋸　鋸槍唐也从金居聲居御切

鐕　鐕可以綴著物者从金朁聲則參切

錐　錐銳也从金隹聲藏追切

鑱　鑱銳也从金毚聲士銜切

銳　銳芒也从金兌聲以芮切　𠝤籀文銳从厂剡

鏝　鏝鐵杇也从金曼聲母官切　槾鏝或从木臣鉉等案木部已有此重出

鑽　鑽所以穿也从金贊聲借官切

鑢　鑢錯銅鐵也从金慮聲良據切

銓　銓衡也从金全聲此緣切

銖　銖權十分黍之重也从金朱聲市朱切

鋝　鋝十銖二十五分之十三也从金寽聲周禮曰重三鋝北方以二十兩爲鋝力輟切

鍰　鍰鋝也从金爰聲罰書曰列百鍰戶關切

錙　錙六銖也从金甾聲側持切

錘　錘八銖也从金垂聲直垂切

鈞　鈞三十斤也从金勻聲居勻切　銞古文鈞从旬

鈀　鈀兵車也一曰鐵也司馬法晨夜内鈀車从金巴聲伯加切

鐲　鐲鉦也从金蜀聲軍法司馬執鐲直角切

鈴　鈴令丁也从金从令令亦聲郎丁切

鉦 鐃也似鈴柄中上下通从金正聲 諸盈切

鐃 小鉦也軍法卒長執鐃从金堯聲 女交切

鐸 大鈴也軍法五人爲伍五伍爲兩兩司馬執鐸从金睪聲 徒洛切

鑮 大鐘淳于之屬所以應鐘磬也堵以二金樂則鼓鑮應之从金薄聲 匹各切

鏞 大鐘謂之鏞从金庸聲 余封切

鐘 樂鐘也秋分之音物穜成从金童聲古者垂作鐘 職茸切 銿 鐘或从甬

鈁 方鐘也从金方聲 府良切

鎛 鎛鱗也鐘上橫木上金華也一曰田器从金尃聲詩曰庤乃錢鎛 補各切

鍠 鐘聲也从金皇聲詩曰鐘鼓鍠鍠 乎光切

鎗 鐘聲也从金倉聲 楚庚切

鏓 鎗鏓也一曰大鑿平木者从金悤聲 倉紅切

錚 金聲也从金爭聲 側莖切

鏜 鐘鼓之聲从金堂聲詩曰擊鼓其鏜 土郎切

鑋 金聲也从金輕聲讀若春秋傳曰蹔而乘它車 苦定切

鐔 劒鼻也从金覃聲 徐鍇曰劒鼻人握處之下也 徐林切

鏌 鏌釾也从金莫聲 慕各切

釾 鏌釾也从金牙聲 以遮切

鏢 刀削末銅也从金票聲 撫招切

鈒 鋋也从金及聲 穌合切

鋋 小矛也从金延聲 市連切

鈗 侍臣所執兵也从金允聲周書曰一人冕執鈗讀若允 余準切

鉈 短矛也从金它聲 食遮切

鏦 矛也从金從聲 七恭切 臣鉉等曰今音楚江切 𨱳 鏦或从彖

錟 長矛也从金炎聲讀若老耼 徒甘切

鏠 兵耑也从金逢聲 敷容切

錞 矛戟柲下銅鐏也从金𦎫聲詩曰厹矛沃錞 徒對切

鐏 柲下銅也从金尊聲 徂寸切

鏐 弩眉也一曰黃金之美者从金翏聲 力幽切

鍭 矢金鏃翦羽謂之鍭从金侯聲 乎鉤切

鏑 矢鏠也从金啻聲 都歷切

鎧 甲也从金豈聲 苦亥切

釬 臂鎧也从金干聲 侯旰切

錏 錏鍜頸鎧也从金亞聲 烏牙切

鍜 錏鍜也从金叚聲 乎加切

鐧 車軸鐵也从金間聲 古莧切

釭　車轂中鐵也从金工聲古雙切

銴　車樘結也一曰銅生五色也从金折聲讀若誓時制切

釳　乘輿馬頭上防釳插以翟尾鐵翮象角所以防網羅釳去之从金乞聲許訖切

鑾　人君乘車四馬鑣八鑾鈴象鸞鳥聲和則敬也从金从鸞省洛官切

鉞　車鑾聲也从金戉聲詩曰鑾聲鉞鉞臣鉉等曰今俗作鐬以鉞作斧戉之戉非是呼會切

鍚　馬頭飾也从金陽聲詩曰鉤膺鏤鍚一曰鍱車輪鐵臣鉉等曰今經典作鍚與章切

銜　馬勒口中从金从行銜行馬者也戶監切

鑣　馬銜也从金麃聲補嬌切　鑣或从角

鉣　組帶鐵也从金劫省聲讀若劫居怯切

鈇　莝斫刀也从金夫聲甫無切

釣　鉤魚也从金勺聲多嘯切

⿱埶金　羊箠耑有鐵从金埶聲讀若至脂利切

鋃　鋃鐺瑣也从金良聲魯當切

鐺　鋃鐺也从金當聲都郎切

鋂　大瑣也一環貫二者从金每聲詩曰盧重鋂莫桮切

鍡　鍡鑸不平也从金畏聲烏賄切

鑸　鍡鑸也从金壘聲洛猥切

鎎　怒戰也从金氣聲春秋傳曰諸侯敵王所鎎許既切

鋪　箸門鋪首也从金甫聲普胡切

鐉　所以鉤門戶樞也一曰治門戶器也从金巽聲此緣切

鈔　叉取也从金少聲臣鉉等曰今俗別作抄楚交切

錔　以金有所冒也从金沓聲他荅切

銽　斷也从金昏聲古活切

鉻　鬄也从金各聲盧各切

⿰金亶　伐擊也从金亶聲旨善切

鏃　利也从金族聲作木切

鈌　刺也从金夬聲於決切

鏉　利也从金欶聲所右切

鐂　殺也徐鍇曰說文無劉字偏旁有之此字又史傳所不見疑此即劉字也从金从丣刀字屈曲傳寫誤作田尔力求切

鍲　業也賈人占鍲从金昏聲武巾切

鉅　大剛也从金巨聲其呂切

鎕　鎕銻火齊从金唐聲徒郎切

銻　鎕銻也从金弟聲杜兮切

鈋　吪圜也从金化聲五禾切

⿱敦金　下垂也一曰千斤椎从金敦聲都回切

鍒　鐵之耎也从金从柔柔亦聲 耳由切

錭　鈍也从金周聲 徒刀切

鈍　錭也从金屯聲 徒困切

鈽　利也从金朿聲讀若齊 徂奚切

錗　側意从金委聲 女恚切

文一百九十七　重十三

鑺　兵器也从金瞿聲 其俱切

銘　記也从金名聲 莫經切

鎖　鐵鎖門鍵也从金貨聲 穌果切

鈿　金華也从金田聲 待年切

釧　臂環也从金川聲 尺絹切

釵　笄屬从金叉聲本只作叉此字後人所加 楚佳切

釽　裂也从金爪 普擊切

文七　新附

幵　平也象二干對構上平也凡幵之屬皆从幵 徐鉉曰幵但象物平無音義也 古賢切

文一

勺　挹取也象形中有實與包同意凡勺之屬皆从勺 之若切

与　賜予也一勺爲与此与與同 余呂切

文二

几　踞几也象形周禮五几玉几雕几彤几髹几素几凡几之屬皆从几 居履切

凭　依几也从几从任周書凭玉几讀若馮 臣鉉等曰人之依馮几所勝載故从任 皮冰切

尻　處也从尸得几而止孝經曰仲尼尻尻謂閒居如此 九魚切

処　止也得几而止从几从夊 昌與切　處　処或从虍聲

文四　重二

且　薦也从几足有二横一其下地也凡且之屬皆从且 子余切又千也切

俎　禮俎也从半肉在且上 側呂切

䣜　且往也从且虘聲 昨誤切

文三

斤　斫木也象形凡斤之屬皆从斤 舉欣切

斧　斫也从斤父聲 方矩切

斨　方銎斧也从斤爿聲詩曰又缺我斨 七羊切

斫　擊也从斤石聲 之若切

斪　斫也从斤句聲 其俱切

斸　斫也从斤屬聲 陟玉切

斲　斫也从斤𣃔臣鉉等曰𣃔器也斤以斲之竹角切　斲或从畫从𠬞

釿　劑斷也从斤金宜引切

所　伐木聲也从斤戶聲詩曰伐木所所疏舉切

斯　析也从斤其聲詩曰斧以斯之息移切

斮　斬也从斤昔聲側略切

斷　截也从斤从𢇍𢇍古文絕徒玩切　古文斷从𠁥𠁥古文叀字周書曰𠱩𠱩猗無他技　亦古文

㪿　柯擊也从斤良聲來可切

新　取木也从斤新聲息鄰切

斦　二斤也从二斤語斤切

文十五　重三

斗　十升也象形有柄凡斗之屬皆从斗當口切

斛　十斗也从斗角聲胡谷切

斝　玉爵也夏曰琖殷曰斝周曰爵从吅从斗冂象形與爵同意或說斝受六升古雅切

料　量也从斗米在其中讀若遼洛蕭切

斞　量也从斗臾聲周禮曰泰三斞以主切

斡　蠡柄也从斗倝聲揚雄杜林說皆以爲軺車輪斡烏括切

魁　羹斗也从斗鬼聲苦回切

斠　平斗斛也从斗冓聲古岳切

斟　勺也从斗甚聲職深切

斜　抒也从斗余聲讀若荼似嗟切

𣄩　挹也从斗奭聲舉朱切

㪵　量物分半也从斗从半半亦聲博幔切

㪣　量溢也从斗㫄聲普郎切

𣄴　抒滿也从斗䜌聲俱願切

斣　相易物俱等爲斣从斗蜀聲易六切

㪹　斛旁有㪹从斗庣聲一曰突也一曰利也尒疋曰㪹謂之疀古田器也臣鉉等曰說文無庣字疑厂象形兆聲今俗別作鍫非是土雕切

升　十龠也从斗亦象形識蒸切

文十七

矛　酋矛也建於兵車長二丈象形凡矛之屬皆从矛莫浮切　古文矛从戈

𥎦　矛屬从矛良聲魯當切

𥎮　矛屬从矛害聲苦蓋切

矠　矛屬从矛昔聲讀若笮士革切

矜　矛柄也从矛今聲居陵切又巨巾切

䂇　刺也从矛丑聲女久切

文六　重一

車軒輜軿轀輬軺輕輶輣軘䡴轈輿輯䡬軓軾

車 輿輪之總名夏后時奚仲所造象形凡車之屬皆从車尺遮切 𨏥 籀文車

軒 曲輈藩車从車干聲虚言切

輜 軿車前衣車後也从車甾聲側持切

軿 輜車也从車并聲薄丁切

轀 臥車也从車𥁕聲烏魂切

輬 臥車也从車京聲呂張切

軺 小車也从車召聲以招切

輕 輕車也从車巠聲去盈切

輶 輕車也从車酋聲詩曰輶車鑾鑣以周切

說文十四上 車部 十六

輣 兵車也从車朋聲薄庚切

軘 兵車也从車屯聲徒魂切

䡴 陷敶車也从車童聲尺容切

轈 兵高車加巢以望敵也从車巢聲春秋傳曰楚子登轈車鉏交切

輿 車輿也从車舁聲以諸切

輯 車和輯也从車咠聲秦入切

䡬 衣車蓋也从車曼聲莫半切

軓 車軾前也从車凡聲周禮曰立當前軓

軾 車前也从車式聲賞職切

輅較𨊻轛輢輒䡇轖軨輑軫轐𨎹軸輹軔輮

輅 車軨前橫木也从車各聲臣鉉等曰各非聲當从路省洛故切

較 車騎上曲銅也从車爻聲古岳切

𨊻 車耳反出也从車从反反亦聲府遠切

轛 車橫軨也从車對聲周禮曰參分軹圍去一以爲轛圍追萃切

輢 車旁也从車奇聲於綺切

輒 車兩輢也从車耴聲陟葉切

䡇 車約䡇也从車川聲周禮曰孤乘夏䡇一日下棺車曰䡇敕倫切

轖 車籍交錯也从車嗇聲所力切

說文十四上 車部 十七

軨 車轖間橫木从車令聲郎丁切 𨏷 軨或从霝司馬相如說

輑 軺車前橫木也从車君聲讀若帬又讀若褌牛尹切

軫 車後橫木也从車㐱聲之忍切

轐 車伏兔也从車菐聲周禮曰加軫與轐焉博木切

𨎹 車伏兔下革也从車𢚩聲𢚩古昏字讀若閔眉殞切

軸 持輪也从車由聲徐鍇曰當从胄省直六切

輹 車軸縛也从車复聲易曰輿脫輹芳六切

軔 礙車也从車刃聲而振切

輮 車軔也从車柔聲人九切

⿱𤇾車 車輮規也一曰一輪車从車熒省聲讀若熒 張營切

轂 輻所湊也从車㱿聲 古祿切

輥 轂齊等皃从車昆聲周禮曰望其轂欲其輥 古本切

軝 長轂之軝也以朱約之从車氏聲詩曰約軝錯衡 渠支切 𩋾 軝或从革

軹 車輪小穿也从車只聲 諸氏切

軎 車軸耑也从車象形杜林說 徐鍇曰指事于濊切 轊 軎或从彗

輻 輪轑也从車畐聲 方六切

轑 蓋弓也一曰輻也从車尞聲 盧皓切

說文十四上　車部　十八

軑 車輨也从車大聲 特計切

輨 轂端沓也从車官聲 古滿切

轅 輈也从車袁聲 雨元切

輈 轅也从車舟聲 張流切 𨏔 籀文輈

輂 直轅車轒也从車具聲 居玉切

軏 車轅耑持衡者从車元聲 魚厥切

軶 轅前也从車戹聲 於革切

⿰車軍 軶軥也从車軍聲 乎昆切

軥 軶下曲者从車句聲 古候切

轙 車衡載轡者从車義聲 魚綺切 钀 轙或从金从獻

軜 驂馬內轡繫軾前者从車內聲詩曰洪以觼軜 奴荅切

⿴行車 車搖也从車从行一曰衍省聲 古絢切

⿱丞車 軺車後登也从車丞聲讀若易抍馬之抍 署陵切

載 乘也从車𢦏聲 作代切

軍 圜圍也四千人爲軍从車从包省軍兵車也 舉云切

軷 出將有事於道必先告其神立壇四通樹茅以依神爲軷既祭軷轢於牲而行爲範軷詩曰取羝以軷从車犮聲 蒲撥切

範 範軷也从車笵省聲讀與犯同 音犯

⿰車巘 載高皃从車巘省聲 五葛切

說文十四上　車部　十九

轄 車聲也从車害聲一曰轄鍵也 胡八切

轉 運也从車專聲 知戀切

輸 委輸也从車俞聲 式朱切

輖 重也从車周聲 職流切

輩 若軍發車百兩爲一輩从車非聲 補妹切

軋 輾也从車乙聲 烏轄切

輾 轢也从車𡰪聲 尼展切

轢 車所踐也从車樂聲 郎擊切

軌 車徹也从車九聲 居洧切

⿰車從 車迹也从車從省聲 臣鉉等曰今俗別作蹤非是 即容切

軼 車相出也从車失聲 夷質切

⿰車眞 車⿰車眞鉏也从車眞聲讀若論語鏗尔舍瑟而作又讀若掔 苦閑切

⿱埶車 抵也从車埶聲 陟利切

軭 車戾也从車匡聲 巨王切

輟 車小缺復合者从車叕聲 臣鉉等按网部輟與罬同此重出 陟劣切

⿰車多 礙也从車多聲 康禮切

轚 車轄相擊也从車从毄毄亦聲周禮曰舟輿擊互者 古歷切

⿱算車 治車軸也从車算聲 所眷切

說文十四上 車部 卅

軻 接軸車也从車可聲 康我切

⿱殸車 車堅也从車殸聲 口莖切

軵 反推車令有所付也从車从付讀若胥 而隴切

輪 有輻曰輪無輻曰輇从車侖聲 力屯切

輇 蕃車下庳輪也一曰無輻也从車全聲讀若饌 市緣切

輗 大車轅耑持衡者从車兒聲 五雞切 輗或从宐

棿 輗或从木

軧 大車後也从車氐聲 丁禮切

轃 大車簀也从車秦聲讀若臻 側詵切

轒 淮陽名車穹隆轒从車賁聲 符分切

⿰車宛 大車後壓也从車宛聲 於云切

輂 大車駕馬也从車共聲 居玉切

⿱差車 連車也一曰却車抵堂爲⿱差車从車差省聲讀若遲 士皆切

輦 輓車也从車从扶在車前引之 力展切

輓 引之也从車免聲 無遠切

軖 紡車也一曰一輪車从車㞷聲讀若狂 巨王切

轘 車裂人也从車睘聲春秋傳曰轘諸栗門 臣鉉等曰睘渠營切非聲當从還省 胡慣切

斬 截也从車从斤斬法車裂也 側減切

說文十四上 車部 𠂤部 卅一

輀 喪車也从車而聲 如之切

輔 人頰車也从車甫聲 扶雨切

轟 羣車聲也从三車 呼宏切

文九十九 重八

轏 車名从車孱聲 士限切

轔 車聲从車粦聲 力珍切

轍 車迹也从車徹省聲本通用徹後人所加 直列切

文三 新附

𠂤 小𠂤也象形凡𠂤之屬皆从𠂤 臣鉉等曰今俗作堆 都回切

𡴎 危高也从𠂤屮聲讀若臬 魚列切

官　官史事君也从宀从𠂤𠂤猶眾也此與師同意古丸切

文三

說文解字弟十四上

說文解字弟十四下

漢太尉祭酒許慎記

宋右散騎常侍徐鉉等校定

𨸏　𨸏大陸山無石者象形凡𨸏之屬皆从𨸏房九切　𠂤古文

陵　陵大𨸏也从𨸏夌聲力膺切

𨺅　𨺅大𨸏也从𨸏鯀聲胡本切

阞　阞地理也从𨸏力聲盧則切

陰　陰闇也水之南山之北也从𨸏侌聲於今切

陽　陽高明也从𨸏昜聲與章切

陸　陸高平地从𨸏从坴坴亦聲力竹切　𨺵籀文陸

阿　阿大陵也一曰曲𨸏也从𨸏可聲烏何切

陂　陂阪也一曰池也从𨸏皮聲彼爲切

阪　阪坡者曰阪一曰澤障一曰山脅也从𨸏反聲府遠切

陬　陬阪隅也从𨸏取聲子侯切

隅　隅陬也从𨸏禺聲噳俱切

險　險阻難也从𨸏僉聲虛檢切

限　限阻也一曰門榍从𨸏艮聲乎簡切

阻　阻險也从𨸏且聲側吕切

陮　陮陮隗高也从𨸏隹聲都辠切

隗 陮隗也从𨸏鬼聲五辠切

阭 高也一曰石也从𨸏允聲余準切

𨺅 磊也从𨸏𡭴聲洛猥切

陗 陖也从𨸏肖聲七笑切

陖 陗高也从𨸏夋聲私閏切

隥 仰也从𨸏登聲都鄧切

陋 阸陜也从𨸏㔷聲盧候切

陜 隘也从𨸏夾聲臣鉉等曰今俗从山非是侯夾切

陟 登也从𨸏从步竹力切 古文陟

陷 高下也一曰陊也从𨸏从臽臽亦聲戶猪切

隰 阪下溼也从𨸏㬎聲似入切

[阝區] 敧也从𨸏區聲臣鉉等曰今俗作崎嶇非是豈俱切

隤 下隊也从𨸏貴聲杜回切

隊 從高隊也从𨸏㒸聲徒對切

降 下也从𨸏夅聲古巷切

隕 從高下也从𨸏員聲易曰有隕自天于敏切

隉 危也从𨸏从毀省徐巡以爲隉凶也賈侍中說隉法度也班固說不安也周書曰邦之阢隉讀若虹蜺之蜺五結切

阤 小崩也从𨸏也聲丈尒切

隓 敗城𨸏曰隓从𨸏𡿨聲臣鉉等曰說文無𡿨字蓋二左也眾力左之故从二左今俗作隳非是許規切 篆文

[阝頃] 仄也从𨸏从頃頃亦聲去營切

陊 落也从𨸏多聲臣鉉等曰今俗作墮非是徒果切

阬 門也从𨸏亢聲客庚切臣鉉等曰今俗作坑非是

隫 通溝也从𨸏賣聲讀若瀆徒谷切 古文隫从谷

防 隄也从𨸏方聲符方切 防或从土

隄 唐也从𨸏是聲都兮切

阯 基也从𨸏止聲諸市切 址 阯或从土

陘 山絕坎也从𨸏巠聲戶經切

附 附婁小土山也从𨸏付聲春秋傳曰附婁無松柏符又切

阺 秦謂陵阪曰阺从𨸏氐聲丁禮切

阢 石山戴土也从𨸏从兀兀亦聲五忽切

隒 崖也从𨸏兼聲讀若儼魚檢切

阸 塞也从𨸏厄聲於革切

隔 障也从𨸏鬲聲古覈切

障 隔也从𨸏章聲之亮切

隱 蔽也从𨸏㥯聲於謹切

隩 水隈崖也从𨸏奧聲烏到切

隈　水曲隩也从𨸏畏聲烏恢切

書　書商小塊也从𨸏从臾臣鉉等曰臾古文蕢字去衍切

𨻵　水衡官谷也从𨸏解聲一曰小谿胡買切

隴　天水大阪也从𨸏龍聲力鍾切

𨸹　酒泉天依阪也从𨸏衣聲於希切

陜　弘農陜也古虢國王季之子所封也从𨸏夾聲失冉切

𨹷　弘農陝東陬也从𨸏無聲武扶切

𨻵　河東安邑陬也从𨸏卷聲居遠切

陭　上黨陭氏阪也从𨸏奇聲於离切

隃　北陵西隃鴈門是也从𨸏俞聲傷遇切

阮　代郡五阮關也从𨸏元聲虞遠切

浩　大𨸏也一曰右扶風郿有浩𨸏从𨸏告聲苦浩切

陚　丘名从𨸏武聲方遇切

𨺿　丘名从𨸏貞聲陟盈切

阝丁　丘名从𨸏丁聲讀若丁當經切

𨼊　鄭地阪从𨸏爲聲春秋傳曰將會鄭伯于𨼊許爲切

陼　如渚者陼丘水中高者也从𨸏者聲當古切

陳　宛丘舜後嬀滿之所封从𨸏从木申聲臣鉉等曰陳者大昊之虛畫八卦之所木德之始故从木直珍切　古文陳

陶　再成丘也在濟陰从𨸏匋聲夏書曰東至于陶丘陶丘有堯城堯嘗所居故堯號陶唐氏徒刀切

𨹈　耕以臿浚出下壚土也一曰耕休田也从𨸏从土召聲之少切

阽　壁危也从𨸏占聲余廉切

除　殿陛也从𨸏余聲直魚切

階　陛也从𨸏皆聲古諧切

阼　主階也从𨸏乍聲昨誤切

陛　升高階也从𨸏坒聲旁禮切

陔　階次也从𨸏亥聲古哀切

際　壁會也从𨸏祭聲子例切

隙　壁際孔也从𨸏从𡭴𡭴亦聲綺戟切

陪　重土也一曰滿也从𨸏咅聲薄回切

隊　道邊庳垣也从𨸏彖聲徒玩切

陾　築牆聲也从𨸏耎聲詩云捄之陾陾如乘切

陴　城上女牆俾倪也从𨸏卑聲符支切　籀文陴从𩫏

隍　城池也有水曰池無水曰隍从𨸏皇聲易曰城復于隍乎光切

阹　依山谷爲牛馬圈也从𨸏去聲去魚切

陲　危也从𨸏垂聲是爲切

隖　小障也一曰庳城也从𨸏烏聲安古切

院 堅也从𨸏完聲 臣鉉等按宀部已有此重出王眷切

陯 山𨸏陷也从𨸏侖聲 盧昆切

陙 水𨸏也从𨸏辰聲 食倫切

陵 水𨸏也从𨸏夌聲 慈衍切

文九十二　重九

阠 陵名从𨸏卂聲 所臻切

阡 路東西爲陌南北爲阡从𨸏千聲 倉先切

文二新附

𨺅 兩𨸏之間也从二𨸏凡𨺅之屬皆从𨺅 房九切

𨽌 𨸏突也从𨺅決省聲 於決切

說文十四下 𨸏部 𨺅部 厽部 四部　六

隘 陋也从𨺅𦬊聲𦬊籀文嗌字 烏懈切 隘 籀文隘从𨸏益

隧 塞上亭守𤏩火者从𨺅从火遂聲 徐醉切 隧 篆文省

文四　重二

厽 絫坺土爲牆壁象形凡厽之屬皆从厽 力軌切

絫 增也从厽从糸絫十黍之重也 力軌切

垒 絫墼也从厽从土 力軌切

文三

四 陰數也象四分之形凡四之屬皆从四 息利切 𦉭 古文四 亖 籀文四

文一　重二

宁 辨積物也象形凡宁之屬皆从宁 直呂切

𡬜 𢅊也所以載盛米从宁从甾甾缶也 陟呂切

文二

叕 綴聯也象形凡叕之屬皆从叕 陟劣切

綴 合著也从叕从糸 陟衞切

文二

亞 醜也象人局背之形賈侍中說以爲次弟也凡亞之屬皆从亞 衣駕切

𢀳 闕 衣駕切

說文十四下 宁部 叕部 亞部 五部 六部 七部　七

文二

五 五行也从二陰陽在天地閒交午也凡五之屬皆从五 臣鉉等曰二天地也疑古切 ㄨ 古文五省

文一　重一

六 易之數陰變於六正於八从入从八凡六之屬皆从六 力竹切

文一

七 陽之正也从一微陰从中衺出也凡七之屬皆从七 親吉切

文一

九 九陽之變也象其屈曲究盡之形凡九之屬皆从九舉有切

馗 馗九達道也似龜背故謂之馗馗高也从九从首渠追切 逵馗或从辵从坴

文二　重一

内 内獸足蹂地也象形九聲尒疋曰狐貍貛貉醜其足蹞其迹厹凡厹之屬皆从厹人九切 蹂篆文从足柔聲

禽 禽走獸緫名从厹象形今聲禽离兕頭相似巨今切

离 离山神獸也从禽頭从厹从屮歐陽喬說离猛獸也臣鉉等曰从屮義無所取疑象形呂支切

萬 萬蟲也从厹象形無販切

禹 禹蟲也从厹象形王矩切 禹古文禹

䦔 䦔周成王時州靡國獻䦔人身反踵自笑笑即上脣掩其目食人北方謂之土螻尒疋云䦔䦔如人被髮一名梟陽从厹象形符未切

禼 禼蟲也从厹象形讀與偰同私列切 禼古文禼

文七　重三

嘼 嘼㹌也象耳頭足厹地之形古文嘼下从厹凡嘼之屬皆从嘼許救切

獸 獸守備者从嘼从犬舒救切

文二

甲 甲東方之孟陽气萌動从木戴孚甲之象一曰人頭宜爲甲甲象人頭凡甲之屬皆从甲古狎切 甲古文甲始於十見於千成於木之象

文一　重一

乙 乙象春艸木冤曲而出陰气尚彊其出乙乙也與丨同意乙承甲象人頸凡乙之屬皆从乙於筆切

乾 乾上出也从乙乙物之達也倝聲渠焉切又古寒切 乾籒文乾

亂 亂治也从乙乙治之也从𤔔郎段切

尤 尤異也从乙又聲徐鍇曰乙欲出而見閡見閡則顯其尤異也羽求切

文四　重一

丙 丙位南方萬物成炳然陰气初起陽气將虧从一入冂一者陽也丙承乙象人肩凡丙之屬皆从丙徐鍇曰陽功成入於冂冂門也天地陰陽之門也兵永切

文一

丁 丁夏時萬物皆丁實象形丁承丙象人心凡丁之屬皆从丁當經切

文一

戊 戊中宮也象六甲五龍相拘絞也戊承丁象人脅凡戊

之屬皆从戊莫候切

成　就也从戊丁聲氏征切　古文成从午徐鍇曰戊中宮成於中也

文二　重一

己　中宮也象萬物辟藏詘形也己承戊象人腹凡己之屬皆从己居擬切　古文己

巹　謹身有所承也从己丞讀若詩云赤舄己己居隱切

㠱　長踞也从己其聲讀若杞暨己切

文三　重一

巴　蟲也或曰食象蛇象形凡巴之屬皆从巴徐鍇曰一所吞也指事伯加切

𢒼　𢪙擊也从巴帚闕博下切

文二

庚　位西方象秋時萬物庚庚有實也庚承己象人齎凡庚之屬皆从庚古行切

文一

辛　秋時萬物成而孰金剛味辛辛痛即泣出从一从辛辛辠也辛承庚象人股凡辛之屬皆从辛息鄰切

辠　犯法也从辛从自言辠人蹙鼻苦辛之憂秦以辠似皇字改爲罪臣鉉等曰言自古者以爲鼻字故从自徂賄切

辜　辠也从辛古聲古乎切　古文辜从死

辥　辠也从辛𡴀聲私列切

辤　不受也从辛从受受辛宜辤之似茲切　籀文辤从台

辭　訟也从𤔔𤔔猶理辜也𤔔理也似茲切　籀文辭从司

文六　重三

辡　辠人相與訟也从二辛凡辡之屬皆从辡方免切

辯　治也从言在辡之間符蹇切

文二

壬　位北方也陰極陽生故易曰龍戰于野戰者接也象人褢妊之形承亥壬以子生之敘也與巫同意壬承辛象人脛脛任體也凡壬之屬皆从壬如林切

文一

癸　冬時水土平可揆度也象水從四方流入地中之形癸承壬象人足凡癸之屬皆从癸居誄切　籀文从癶从矢

文一　重一

子　十一月陽气動萬物滋人以爲偁象形凡子之屬皆从子李陽冰曰子在襁緥中足併也即里切　古文子从巛象髮也　籀文子囟有髮臂脛在几上也

孕　裹子也从子从几徐鍇曰取象於裹妊也以證切

㝃　生子免身也从子从免徐鍇曰說文無免字疑此字从㝃省以免身之義通用爲解免之免晚冕之類皆當从㝃省芳萬切臣鉉等曰今俗作亾辯切

字　乳也从子在宀下子亦聲疾置切

㝅　乳也从子㱿聲一曰㝅瞀也古候切

孿　一乳兩子也从子䜌聲生患切

孺　乳子也一曰輸也輸尚小也从子需聲而遇切

季　少偁也从子从稚省稚亦聲居悸切

孟　長也从子皿聲莫更切　古文孟

孽　庶子也从子辥聲魚列切

孳　汲汲生也从子茲聲子之切　籒文孳从絲

孤　無父也从子瓜聲古乎切

存　恤問也从子才聲徂尊切

𡥈　放也从子爻聲古肴切

疑　惑也从子止匕矢聲徐鍇曰止不通也㚖古矢字反匕之幼子多惑也語其切

文十五　重四

了　尥也从子無臂象形凡了之屬皆从了盧鳥切

孑　無右臂也从了乚象形居桀切

孓　無左臂也从了亅象形居月切

文三

孨　謹也从三子凡孨之屬皆从孨讀若翦旨兖切

孱　迮也一曰呻吟也从孨在尸下臣鉉等曰尸者屋也士連切

孴　盛皃从孨从日讀若薿薿一曰若存魚紀切　籒文孴从二子一曰㠯即奇字晉

文三　重一

𠫓　不順忽出也从到子易曰突如其來如不孝子突出不容於内也凡𠫓之屬皆从𠫓他骨切　或从到古文子即易突字

育　養子使作善也从𠫓肉聲虞書曰教育子徐鍇曰𠫓不順子也不順子亦敎之況順者乎余六切　育或从每

㽥　通也从㐬从疋疋亦聲所菹切

文三　重二

丑　紐也十二月萬物動用事象手之形時加丑亦舉手時也凡丑之屬皆从丑敕九切

𦙍　食肉也从丑从肉女久切

羞　進獻也从羊羊所進也从丑丑亦聲息流切

文三

寅　髕也正月陽气動去黄泉欲上出陰尚彊象宀不達髕寅於下也凡寅之屬皆从寅徐鍇曰髕斥之意人陽气銳而出上閡於宀臼所以擯之也弋眞切　古文寅

文一　重一

卯　冒也二月萬物冒地而出象開門之形故二月爲天門凡卯之屬皆从卯莫飽切　古文卯

文一　重一

辰　震也三月陽气動靁電振民農時也物皆生从乙匕象芒達厂聲也辰房星天時也从二二古文上字凡辰之屬皆从辰徐鍇曰匕音化乙艸木萌初出曲卷也臣鉉等曰三月陽气成艸木生上徹於土故从匕厂非聲疑亦象物之出植鄰切　古文辰

辱　恥也从寸在辰下失耕時於封畺上戮之也辰者農之時也故房星爲辰田候也而蜀切

文二　重一

巳　巳也四月陽气巳出陰气巳藏萬物見成文章故巳爲蛇象形凡巳之屬皆从巳詳里切

文二

㠯　用也从反巳賈侍中說巳意巳實也象形羊止切

文二

午　啎也五月陰气午逆陽冒地而出此予矢同意凡午之屬皆从午疑古切

啎　逆也从午吾聲五故切

文二

未　味也六月滋味也五行木老於未象木重枝葉也凡未之屬皆从未無沸切

文一

申　神也七月陰气成體自申束从臼自持也吏臣餔時聽事申旦政也凡申之屬皆从申失人切　古文申

籀文申

䡊　擊小鼓引樂聲也从申柬聲羊晉切

臾　束縛捽抴爲臾从申从乙臣鉉等曰乙屈也羊朱切

曳　臾曳也从申丿聲余制切

文四　重二

酉　就也八月黍成可爲酎酒象古文酉之形凡酉之屬皆从酉與久切　古文酉从卯卯爲春門萬物已出

酉爲秋門萬物已入一閉門象也

酒　就也所以就人性之善惡从水从酉酉亦聲一曰造也吉凶所造也古者儀狄作酒醪禹嘗之而美遂疏儀狄杜康作秫酒子酉切

𨡕　䴷生衣也从酉冡聲莫紅切

䣼　孰䴷也从酉甚聲余箴切

釀　醞也作酒曰釀从酉襄聲女亮切

醞　釀也从酉𥁑聲於問切

䤈　酒疾孰也从酉弁聲芳萬切

酴　酴酒母也从酉余聲讀若廬同都切

釃　釃下酒也一曰醇也从酉麗聲所綺切

䣼　䣼䤄酒也从酉肙聲古玄切

䤄　䤄䣼也从酉鬲聲郎擊切

醴　醴酒一宿孰也从酉豊聲盧啓切

醪　醪汁滓酒也从酉翏聲魯刀切

醇　醇不澆酒也从酉䇝聲常倫切

醹　醹厚酒也从酉需聲詩曰酒醴惟醹而主切

酎　酎三重醇酒也从酉从時省明堂月令曰孟秋天子飲酎除柳切

醠　醠濁酒也从酉盎聲烏浪切

醲　醲厚酒也从酉農聲女容切

䣷　䣷酒也从酉茸聲而容切

酤　酤一宿酒也一曰買酒也从酉古聲古乎切

𧗿　𧗿酒也从酉銜省陟离切

䤌　䤌泛齊行酒也从酉監聲盧瞰切

䤓　䤓酒味淫也从酉竷省聲讀若春秋傳曰美而豔古禫切

酷　酷酒厚味也从酉告聲苦沃切

醰　醰酒味苦也从酉覃聲徒紺切

䣹　䣹酒色也从酉市聲普活切

配　配酒色也从酉己聲臣鉉等曰己非聲當从妃省滂佩切

䣢　䣢酒色也从酉弋聲與職切

醆　醆爵也一曰酒濁而微清也从酉戔聲阻限切

酌　酌盛酒行觴也从酉勺聲之若切

醮　醮冠娶禮祭从酉焦聲子肖切　𥜩醮或从示

䤃　䤃猷酒也从酉朁聲子朕切

酳　酳少少飲也从酉勻聲余刃切

醻　醻主人進客也从酉𠷎聲市流切　酬醻或从州

醋　醋客酌主人也从酉昔聲在各切臣鉉等曰今俗作倉故切

䤉　䤉飲酒俱盡也从酉𥁑聲迷必切

釂　釂飲酒盡也从酉嚼省聲子肖切

酣　酣酒樂也从酉从甘甘亦聲胡甘切

酖　酖樂酒也从酉冘聲丁含切

醧　醧私宴飲也从酉區聲依倨切

醵　醵會飲酒也从酉豦聲其虐切　𨠪醵或从巨

酺　酺王德布大歓酒也从酉甫聲薄乎切

醅　醅醉飽也从酉咅聲匹回切

醉　醉卒也卒其度量不至於亂也一曰潰也从酉从卒將遂切

醺　醺醉也从酉熏聲詩曰公尸來燕醺醺許云切

醟 酌也从酉熒省聲 為命切

酌 醉醟也从酉句聲 香遇切

醒 病酒也一曰醉而覺也从酉呈聲 直貞切

醫 治病工也殹惡姿也醫之性然得酒而使从酉王育說一曰殹病聲酒所以治病也周禮有醫酒古者巫彭初作醫 於其切

莤 禮祭束茅加于祼圭而灌鬯酒是為莤象神歆之也一曰莤榼上塞也从酉从艸春秋傳曰尒貢包茅不入王祭不供無以莤酒 所六切

醨 薄酒也从酉离聲讀若離 呂支切

⿰酉韱 酢也从酉韱聲 初減切

酸 酢也从酉夋聲關東謂酢曰酸 素官切 籒文酸从畯

酨 酢漿也从酉𢦏聲 徒奈切

醶 酢漿也从酉僉聲 臣鉉等曰今俗作釅非是魚窆切

酢 醶也从酉乍聲 倉故切臣鉉等曰今俗作在各切

酏 黍酒也从酉也聲一曰甛也賈侍中說酏為鬻清 移尒切

醬 醢也从肉从酉酒以和醬也爿聲 即亮切 古文 籒文

醢 肉醬也从酉㿻 臣鉉等曰㿻所以盛醢 呼改切 籒文

⿱敄酉 ⿱敄酉⿰酉俞榆醬也从酉敄聲 莫候切

⿰酉俞 ⿱敄酉⿰酉俞也从酉俞聲 田候切

酹 餟祭也从酉寽聲 郎外切

⿰酉畢 擣榆醬也从酉畢聲 蒲計切

⿰酉矞 醬也从酉矞聲 居律切

⿰酉京 雜味也从酉京聲 力讓切

⿱斬酉 闕 慈冉切

⿱隹酉 闕 而琰切

文六十七　重八

酪 乳漿也从酉各聲 盧各切

醐 醍醐酪之精者也从酉胡聲 戶吳切

酩 酩酊醉也从酉名聲 莫迥切

酊 酩酊也从酉丁聲 都挺切

醒 醉解也从酉星聲按醒字注云一曰醉而覺也則古醒亦音醒也 桑經切

醍 清酒也从酉是聲 它禮切

文六 新附

酋 繹酒也从酉水半見於上禮有大酋掌酒官也凡酋之屬皆从酋 字秋切

尊 酒器也从酋廾以奉之周禮六尊犧尊象尊著尊壺

尊太尊山尊以待祭祀賓客之禮祖昆切 𢍜 尊或从寸 臣鉉等曰今俗以尊作尊卑之尊别作罇非是

文二　重一

戌 滅也九月陽气微萬物畢成陽下入地也五行土生於戊盛於戌从戊含一凡戌之屬皆从戌 辛聿切

文一

亥 荄也十月微陽起接盛陰从二二古文上字一人男一人女也从乙象裹子咳咳之形春秋傳曰亥有二首六身凡亥之屬皆从亥 胡改切 𠀅 古文亥爲豕與豕同亥而生子復從一起

文一　重一

說文解字弟十四下

說文解字弟十五上

漢 太 尉 祭 酒 許 慎 記

宋 右 散 騎 常 侍 徐 鉉 等 校定

古者庖犧氏之王天下也仰則觀象於天俯則觀法於地視鳥獸之文與地之宜近取諸身遠取諸物於是始作易八卦以垂憲象及神農氏結繩爲治而統其事庶業其繁飾僞萌生黃帝之史倉頡見鳥獸蹏迒之迹知分理之可相別異也初造書契百工以乂萬品以察蓋取諸夬夬揚于王庭言文者宣教明化於王者朝廷君子所以施祿及下居德則忌也倉頡之初作書蓋依類象形故謂之文其後形聲相益即謂之字字者言孳乳而浸多也著於竹帛謂之書書者如也以迄五帝三王之世改易殊體封于泰山者七十有二代靡有同焉周禮八歲入小學保氏教國子先以六書一曰指事指事者視而可識察而可見上下是也二曰象形象形者畫成其物隨體詰詘日月是也三曰形聲形聲者以事爲名取譬相成江河是也四曰會意會意者比類合誼以見指撝武信是也五曰轉注轉注者建類一首同意相受考老是也六曰假借假借者本無其字依聲託事令長是也及宣王太史籀著大篆十五篇與古文或異至孔子書六經左丘明述春秋傳皆以古文厥

意可得而說其後諸侯力政不統於王惡禮樂之害己而皆去其典籍分爲七國田疇異畮車涂異軌律令異法衣冠異制言語異聲文字異形秦始皇帝初兼天下丞相李斯乃奏同之罷其不與秦文合者斯作倉頡篇中車府令趙高作爰歷篇太史令胡毋敬作博學篇皆取史籒大篆或頗省改所謂小篆者也是時秦燒滅經書滌除舊典大發隸卒興役戍官獄職務繁初有隸書以趣約易而古文由此絕矣徐鍇曰王僧虔云秦獄吏程邈善大篆得辠繫雲陽獄增絕大篆去其繁複始皇善之出爲御史名其書曰隸書班固云謂施之於徒隸也卽今之隸書而無點畫俯仰之勢自爾秦書有八體一曰大篆二曰小篆三曰刻符四曰蟲書徐鍇曰案漢書注蟲書卽鳥書以書幡信首象鳥形即下云鳥蟲是也五曰摹印蕭子良以刻符摹印合爲一體徐鍇以爲符者竹而中剖之字形半分理應別爲一體摹印屈曲塡密則秦璽文也子良誤合之六曰署書蕭子良云署書漢高六年蕭何所定以題蒼龍白虎二闕羊欣云何覃思累月然後題之七曰殳書徐鍇曰書於殳也殳體八觚隨其勢而書之八曰隸書漢興有艸書徐鍇曰案書傳多云張芝作艸又云齊相杜探作據說文則張芝之前已有矣蕭子良云藁書者董仲舒欲言災異藁艸未上卽爲藁書藁者艸之初也史記上官奪屈原藁艸今云漢興有艸知所言藁艸是創艸非艸書也尉律徐鍇曰尉律漢律篇名學僮十七巳上始試諷籒書九千字乃得爲吏又以八體試之郡移太史幷課最者以爲尚書史書或不正輒舉劾之今雖有尉律不課小學不修莫達其說久矣孝宣時召通倉頡讀者張敞從受之涼州刺史杜業沛人爰禮講學大夫

秦近亦能言之孝平時徵禮等百餘人令說文字未央廷中以禮爲小學元士黃門侍郎楊雄采以作訓纂篇凡倉頡巳下十四篇凡五千三百四十字羣書所載略存之矣及亡新居攝使大司空甄豐等校文書之部自以爲應制作頗改定古文時有六書一曰古文孔子壁中書也二曰奇字即古文而異者也三曰篆書即小篆秦始皇帝使下杜人程邈所作也徐鍇曰李斯雖改史篇爲秦篆而程邈復同作也四曰佐書即秦隸書五曰繆篆所以摹印也六曰鳥蟲書所以書幡信也壁中書者魯恭王壞孔子宅而得禮記尚書春秋論語孝經又北平侯張倉獻春秋左氏傳郡國亦往往於山川得鼎彝其銘即前代之古文皆自相似雖叵復見遠流其詳可得略說也而世人大共非訾以爲好奇者也故詭更正文鄉壁虛造不可知之書變亂常行以燿於世諸生競說字解經誼稱秦之隸書爲倉頡時書云父子相傳何得改易乃猥曰馬頭人爲長人持十爲斗虫者屈中也廷尉說律至以字斷法苛人受錢苛之字止句也若此者甚衆皆不合孔氏古文謬於史籒俗儒啚夫翫其所習蔽所希聞不見通學未嘗覩字例之條怪舊埶而善野言以其所知爲祕妙究洞聖人之微恉又見倉頡篇中幼子承詔因號古帝之所作也其辭有神僊之術焉其迷誤不諭豈不

悖哉書曰予欲觀古人之象言必遵修舊文而不穿鑿孔子曰吾猶及史之闕文今亡也夫蓋非其不知而不問人用己私是非無正巧說衺辭使天下學者疑蓋文字者經藝之本王政之始前人所以垂後後人所以識古故曰本立而道生知天下之至嘖而不可亂也今敘篆文合以古籀博采通人至于小大信而有證稽譔其說將以理羣類解謬誤曉學者達神恉（徐鍇曰恉即意旨字）分別部居不相雜廁（徐鍇曰分部相從自許始也）萬物咸覩靡不兼載厥誼不昭爰明以諭其偁易孟氏書孔氏詩毛氏禮周官春秋左氏論語孝經皆古文也其於所不知蓋闕如也

說文解字弟一

一 部一　丄 部二　示 部三　三 部四　王 部五　玉 部六
玨 部七　气 部八　士 部九　丨 部十　屮 部十一　艸 部十二
蓐 部十三　茻 部十四

說文解字弟二

小 部十五　八 部十六　釆 部十七　半 部十八　牛 部十九　犛 部二十
告 部二十一　口 部二十二　凵 部二十三　吅 部二十四　哭 部二十五　走 部二十六
止 部二十七　癶 部二十八　步 部二十九　此 部三十　正 部三十一　是 部三十二
辵 部三十三　彳 部三十四　廴 部三十五　㢟 部三十六　行 部三十七　齒 部三十八
牙 部三十九　足 部四十　疋 部四十一　品 部四十二　龠 部四十三　冊 部四十四

說文解字弟三

㗊 部四十五　舌 部四十六　干 部四十七　𧮫 部四十八　只 部四十九　㕯 部五十
句 部五十一　丩 部五十二　古 部五十三　十 部五十四　卅 部五十五　言 部五十六
誩 部五十七　音 部五十八　䇂 部五十九　丵 部六十　菐 部六十一　𠬞 部六十二
𠬜 部六十三　共 部六十四　異 部六十五　舁 部六十六　𦥑 部六十七　䢅 部六十八
爨 部六十九　革 部七十　鬲 部七十一　䰜 部七十二　爪 部七十三　丮 部七十四
鬥 部七十五　又 部七十六　𠂇 部七十七　史 部七十八　支 部七十九　𦘒 部八十
聿 部八十一　畫 部八十二　隶 部八十三　臤 部八十四　臣 部八十五　殳 部八十六
殺 部八十七　几 部八十八　寸 部八十九　皮 部九十　㼱 部九十一　攴 部九十二
教 部九十三　卜 部九十四　用 部九十五　爻 部九十六　㸚 部九十七

說文解字弟四

𥄎 部九十八　目 部九十九　䀠 部一百　眉 部一百一　盾 部一百二　自 部一百三
白 部一百四　鼻 部一百五　皕 部一百六　習 部一百七　羽 部一百八　隹 部一百九
奞 部一百十　雈 部一百十一　𦫳 部一百十二　苜 部一百十三　羊 部一百十四　羴 部一百十五
瞿 部一百十六　雔 部一百十七　雥 部一百十八　鳥 部一百十九　烏 部一百二十　𠦒 部一百二十一
冓 部一百二十二　幺 部一百二十三　𢆶 部一百二十四　叀 部一百二十五　玄 部一百二十六　予 部一百二十七
放 部一百二十八　受 部一百二十九　𣦼 部一百三十　歺 部一百三十一　死 部一百三十二　冎 部一百三十三
骨 部一百三十四　肉 部一百三十五　筋 部一百三十六　刀 部一百三十七　刃 部一百三十八　㓞 部一百三十九
丯 部一百四十　耒 部一百四十一　角 部一百四十二

說文解字弟五

竹部一百四十三　箕部一百四十四　丌部一百四十五　左部一百四十六　工部一百四十七　㠭部一百四十八
巫部一百四十九　甘部一百五十　曰部一百五十一　乃部一百五十二　丂部一百五十三　可部一百五十四
兮部一百五十五　号部一百五十六　亏部一百五十七　旨部一百五十八　喜部一百五十九　壴部一百六十
鼓部一百六十一　豈部一百六十二　豆部一百六十三　豊部一百六十四　豐部一百六十五　䖒部一百六十六
虍部一百六十七　虎部一百六十八　虤部一百六十九　皿部一百七十　凵部一百七十一　去部一百七十二
血部一百七十三　丶部一百七十四　丹部一百七十五　青部一百七十六　井部一百七十七　皀部一百七十八
鬯部一百七十九　食部一百八十　亼部一百八十一　會部一百八十二　倉部一百八十三　入部一百八十四
缶部一百八十五　矢部一百八十六　高部一百八十七　冂部一百八十八　𩫏部一百八十九　京部一百九十
亯部一百九十一　㫗部一百九十二　畗部一百九十三　㐭部一百九十四　嗇部一百九十五　來部一百九十六
麥部一百九十七　夊部一百九十八　舛部一百九十九　舜部二百　韋部二百一　弟部二百二

說文十五上　六

夂部二百三　久部二百四　桀部二百五

說文解字弟六

木部二百六　東部二百七　林部二百八　才部二百九　叒部二百十　之部二百十一
帀部二百十二　出部二百十三　𣎵部二百十四　生部二百十五　乇部二百十六　𠂹部二百十七
𠌶部二百十八　華部二百十九　𥝌部二百二十　稽部二百二十一　巢部二百二十二　桼部二百二十三
束部二百二十四　㯻部二百二十五　囗部二百二十六　員部二百二十七　貝部二百二十八　邑部二百二十九
𨛜部二百三十

說文解字弟七

日部二百三十一　旦部二百三十二　倝部二百三十三　㫃部二百三十四　冥部二百三十五　晶部二百三十六
月部二百三十七　有部二百三十八　朙部二百三十九　囧部二百四十　夕部二百四十一　多部二百四十二

毌部二百四十三　𢎘部二百四十四　東部二百四十五　卤部二百四十六　齊部二百四十七　朿部二百四十八
片部二百四十九　鼎部二百五十　克部二百五十一　彔部二百五十二　禾部二百五十三　秝部二百五十四
黍部二百五十五　香部二百五十六　米部二百五十七　毇部二百五十八　臼部二百五十九　凶部二百六十
朩部二百六十一　林部二百六十二　麻部二百六十三　尗部二百六十四　耑部二百六十五　韭部二百六十六
瓜部二百六十七　瓠部二百六十八　宀部二百六十九　宮部二百七十　呂部二百七十一　穴部二百七十二
㝱部二百七十三　疒部二百七十四　冖部二百七十五　𠔼部二百七十六　冃部二百七十七　㒳部二百七十八
网部二百七十九　襾部二百八十　巾部二百八十一　巿部二百八十二　帛部二百八十三　白部二百八十四
㡀部二百八十五　黹部二百八十六

說文解字弟八

人部二百八十七　匕部二百八十八　匕部二百八十九　从部二百九十　比部二百九十一　北部二百九十二

說文十五上　七

丘部二百九十三　㐺部二百九十四　𡈼部二百九十五　重部二百九十六　臥部二百九十七　身部二百九十八
㐆部二百九十九　衣部三百　裘部三百一　老部三百二　毛部三百三　毳部三百四
尸部三百五　尺部三百六　尾部三百七　履部三百八　舟部三百九　方部三百十
儿部三百十一　兄部三百十二　兂部三百十三　皃部三百十四　𠑹部三百十五　先部三百十六
禿部三百十七　見部三百十八　覞部三百十九　欠部三百二十　㱃部三百二十一　㳄部三百二十二
旡部三百二十三

說文解字弟九

頁部三百二十四　百部三百二十五　面部三百二十六　丏部三百二十七　首部三百二十八　県部三百二十九
須部三百三十　彡部三百三十一　彣部三百三十二　文部三百三十三　髟部三百三十四　后部三百三十五
司部三百三十六　卮部三百三十七　卩部三百三十八　印部三百三十九　色部三百四十　卯部三百四十一

部三百四十二　部三百四十三　部三百四十四　部三百四十五　部三百四十六　部三百四十七
部三百四十八　部三百四十九　部三百五十　部三百五十一　部三百五十二　部三百五十三
部三百五十四　部三百五十五　部三百五十六　部三百五十七　部三百五十八　部三百五十九
部三百六十　部三百六十一　部三百六十二　部三百六十三　部三百六十四　部三百六十五
部三百六十六　部三百六十七　部三百六十八　部三百六十九

說文解字弟十

部三百七十　部三百七十一　部三百七十二　部三百七十三　部三百七十四　部三百七十五
部三百七十六　部三百七十七　部三百七十八　部三百七十九　部三百八十　部三百八十一
部三百八十二　部三百八十三　部三百八十四　部三百八十五　部三百八十六　部三百八十七
部三百八十八　部三百八十九　部三百九十　部三百九十一　部三百九十二　部三百九十三

部三百九十四　部三百九十五　部三百九十六　部三百九十七　部三百九十八　部三百九十九
部四百　部四百一　部四百二　部四百三　部四百四　部四百五
部四百六　部四百七　部四百八　部四百九

說文解字弟十一

部四百十　部四百十一　部四百十二　部四百十三　部四百十四　部四百十五
部四百十六　部四百十七　部四百十八　部四百十九　部四百二十　部四百二十一
部四百二十二　部四百二十三　部四百二十四　部四百二十五　部四百二十六　部四百二十七
部四百二十八　部四百二十九　部四百三十

說文解字弟十二

部四百三十一　部四百三十二　部四百三十三　部四百三十四　部四百三十五　部四百三十六

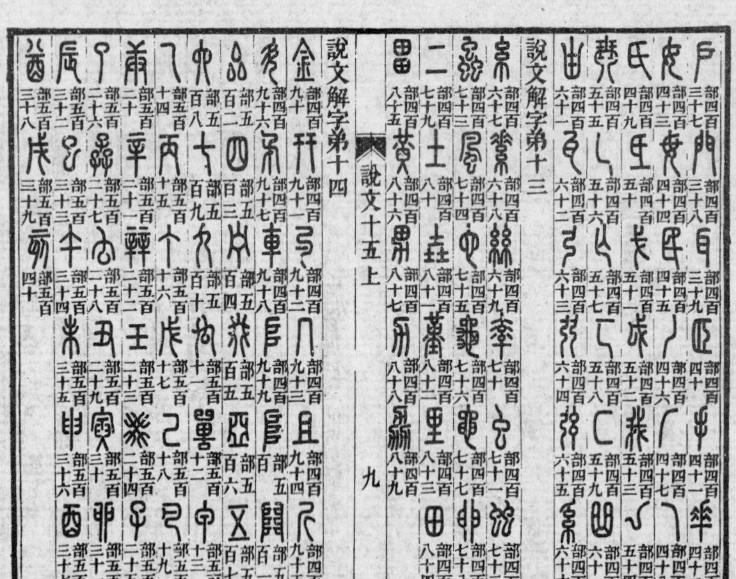

部四百三十七　部四百三十八　部四百三十九　部四百四十　部四百四十一　部四百四十二
部四百四十三　部四百四十四　部四百四十五　部四百四十六　部四百四十七　部四百四十八
部四百四十九　部四百五十　部四百五十一　部四百五十二　部四百五十三　部四百五十四
部四百五十五　部四百五十六　部四百五十七　部四百五十八　部四百五十九　部四百六十
部四百六十一　部四百六十二　部四百六十三　部四百六十四　部四百六十五　部四百六十六

說文解字弟十三

部四百六十七　部四百六十八　部四百六十九　部四百七十　部四百七十一　部四百七十二
部四百七十三　部四百七十四　部四百七十五　部四百七十六　部四百七十七　部四百七十八
部四百七十九　部四百八十　部四百八十一　部四百八十二　部四百八十三　部四百八十四
部四百八十五　部四百八十六　部四百八十七　部四百八十八　部四百八十九

說文解字弟十四

部四百九十　部四百九十一　部四百九十二　部四百九十三　部四百九十四　部四百九十五
部四百九十六　部四百九十七　部四百九十八　部四百九十九　部五百　部五百一
部五百二　部五百三　部五百四　部五百五　部五百六　部五百七
部五百八　部五百九　部五百十　部五百十一　部五百十二　部五百十三
部五百十四　部五百十五　部五百十六　部五百十七　部五百十八　部五百十九
部五百二十　部五百二十一　部五百二十二　部五百二十三　部五百二十四　部五百二十五
部五百二十六　部五百二十七　部五百二十八　部五百二十九　部五百三十　部五百三十一
部五百三十二　部五百三十三　部五百三十四　部五百三十五　部五百三十六　部五百三十七
部五百三十八　部五百三十九　部五百四十

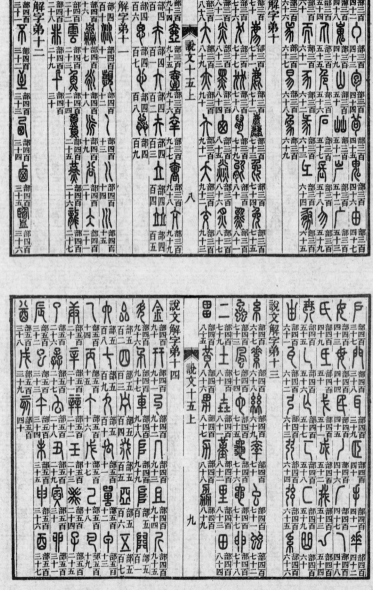

說文解字弟十五上

說文解字弟十五下

漢太尉祭酒許愼記

宋右散騎常侍徐鉉等校定

敘曰此十四篇五百四十部九千三百五十三文重一千一百六十三解說凡十三萬三千四百四十一字其建首也立一爲耑方以類聚物以羣分同牽條屬共理相貫雜而不越據形系聯引而申之以究萬原畢終於亥知化窮冥于時大漢聖德熙明承天稽唐敷崇殷中遐邇被澤渥衍沛滂廣業甄微學士知方探嘖索隱厥誼可傳粵在永元困頓之季徐鍇曰漢和帝永元十二季歲在庚子也孟陬之月朔日甲申曾

曾小子祖自炎神縉雲相黃共承高辛太岳佐夏呂叔作藩俾侯于許世祚遺靈自彼徂召宅此汝瀕竊卬景行敢涉聖門其弘如何節彼南山欲罷不能旣竭愚才惜道之味聞疑載疑演贊其志次列微辭知此者稀儻昭所尤庶有達者理而董之　召陵萬歲里公乘艸莽臣沖稽首再拜上書皇帝陛下臣伏見陛下神明盛德承遵聖業上考度於天下流化於民先天而天不違後天而　奉天時萬國咸寧神人以和猶復深惟五經之妙皆爲漢制博采幽遠窮理盡性以至於命先帝詔侍中騎都尉賈逵修理舊文殊藝異術王教一耑苟有可以加於國者靡不悉集易

曰窮神知化德之盛也書曰人之有能有爲使羞其行而國其昌臣父故太尉南閣祭酒愼本從逵受古學蓋聖人不空作皆有依據今五經之道昭炳光明而文字者其本所由生自周禮漢律皆當學六書貫通其意恐巧說衺辭使學者疑愼博問通人考之於逵作說文解字六藝羣書之詁皆訓其意而天地鬼神山川艸木鳥獸蚰蟲雜物奇怪王制禮儀世閒人事莫不畢載凡十五卷十三萬三千四百四十一字愼前以詔書校東觀敎小黃門孟生李喜等以文字未定未奏上今愼已病遣臣齎詣闕愼又學孝經孔氏古文說文古孝經者孝昭帝時魯國三老所獻建武時給事中議郎衛宏所校皆口傳官無其說謹撰具一篇并上臣沖誠惶誠恐頓首頓首死辠死辠臣䪻首再拜以聞皇帝陛下建光元年九月己亥朔二十日戊午上（徐鍇曰建光元年漢安帝之十五年歲在辛酉）

召上書者汝南許沖詣左掖門會令并齎所上書十月十九日中黃門饒喜以詔書賜召陵公乘許沖布四十匹即日受詔朱雀掖門　敕勿謝

銀青光祿大夫守右散騎常侍上柱國東海縣開國子食邑五百戶臣徐鉉奉直郎守祕書省著作郎直史館臣句中正翰林書學臣葛湍臣王惟恭等奉

詔校定許愼說文十四篇并序目一篇凡萬六百餘字聖

人之言蓋云備矣稽夫八卦既畫萬象既分則文字爲之大輅載籍爲之六轡先王敎化所以行於百代及物之功與造化均不可忽也雖復五帝之後改易殊體六國之世文字異形然猶存篆籀之迹不失形類之本及暴秦苛政散隸聿興便於末俗人競師法古文既絕譌僞日滋至漢宣帝時始命諸儒修倉頡之法亦不能復故光武時馬援上疏論文字之譌謬其言詳矣及和帝時申命賈逵修理舊文於是許愼采史籀李斯楊雄之書博訪通人考之於逵作說文解字至安帝十五年始奏上之而隸書行之已久習之益工加以行草八分紛然閒出返以篆籀爲奇怪之迹不復經心至於六籍舊文相承傳寫多求便俗漸失本原爾雅所載艸木魚鳥之名肆意增益不可觀矣諸儒傳釋亦非精究小學之徒莫能矯正唐大厤中李陽冰篆迹殊絕獨冠古今自云斯翁之後直至小生此言爲不妄矣於是刊定說文修正筆法學者師慕篆籀中興然頗排斥許氏自爲臆說夫以師心之見破先儒之祖述豈聖人之意乎今之爲字學者亦多從陽冰之新義所謂貴耳賤目也自唐末喪亂經籍道息

皇宋膺運

二聖繼明人文國典粲然光被興崇學校登進羣才以爲

文字者六藝之本固當率由古法乃
詔取許慎說文解字精加詳校垂憲百代臣等愚陋敢竭
所聞蓋篆書堙替爲日已久凡傳寫說文者皆非其人故
錯亂遺脫不可盡究今以集書正副本及羣臣家藏者備
加詳考有許慎注義序例中所載而諸部不見者審知漏
落悉從補録復有經典相承傳寫及時俗要用而說文不
載者承
詔皆附益之以廣篆籀之路亦皆形聲相從不違六書之
義者其閒說文具有正體而時俗譌變者則具於注中其
有義理乖舛違戾六書者竝序列於後俾夫學者無或致

疑大抵此書務援古以正今不徇今而違古若乃高文大
冊則宜以篆籀著之金石至於常行簡牘則艸隸足矣又
許慎注解詞簡義奥不可周知陽冰之後諸儒箋述有可
取者亦從附益猶有未盡則臣等粗爲訓釋以成一家之
書說文之時未有反切後人附益互有異同孫愐唐韻行
之已久今竝以孫愐音切爲定庶夫學者有所適從食時
而成既異淮南之敏縣金於市曾非呂氏之精塵瀆
聖明若臨冰谷謹上

新修字義

左文一十九說文闕載注義及序例偏旁有之今竝録於
諸部
詔　志　件　借　魋　綦　劚　𧶠　醆　趄
顥　璵　瘞　𣡕　緻　笑　迓　睆　峯

左文二十八俗書譌謬不合六書之體

疊 字書所無不知所从無以下筆易云定天下之亹亹當作娓　个 亦不見義無以下筆明堂左右个者明堂旁室也當作介　暮 本作莫日在茻中也　熟 本作孰亯丮以手進之　捧 本作奉从廾从手丰聲經典皆如此　遨 本作敖从出从放　徘徊 本作裴回寬衣也取其裴回之狀　迴 本作回象回轉之形　腰 本只作要說文象形借爲玄要之要後人加肉　鳴 本只作烏烏盱呼也以其名自呼故曰烏呼後人加口　慾 說文欲字注云貪欲也此後人加心　揀 本只作柬說文从柬八八柬之也後人加手　俸 本只作奉古爲之奉祿後人加人自暮巳下一十二字後人妄加偏傍失六書之義　鞦韆 案詞人高無際作鞦

韆賦序云漢武帝後庭之戲也本云千秋祝壽之詞也語譌轉爲秋千後人不本其意乃造此字非皮革所爲非車馬之用不合从革　影 案影者光景之類也合通用景非毛髮藻飾之事不當从彡　斌 本作彬或份文質備也从文配武過爲鄙淺復有从斌从貝者音額亦於義無取　悅 經典只作說　藝 本只作埶後人加艸云義無所取　著 本作箸說文陟慮切注云飯敧也借爲住箸之箸後人从艸　墅 經典只用野野亦音常句切　蓑 蓑字本作蘇禾切从衣象形借爲衰朽之衰　賾 周易疏義云深也案此亦假借之字當通用嘖　黌 學堂也从學省黃聲說文無學部　黈 充耳也从纊省主聲說文無纊部　矗 直皃經史所無說文無直部此三字皆無部類可附　麌 說文噳字注云麌鹿羣口相聚也詩麀鹿麌麌當用噳字　池 池沼之池當用沱沱江之別流也

篆文筆迹相承小異

尸尸 尸本作乃尸本从二从古文及左旁不當引筆下垂蓋前作筆勢如此後代因而不改

[篆]說文不从人直作[篆][篆]左旁亲从辛从木說文不省此二字李斯刻石文如此後人因之

[篆]从辛从口中畫不當上曲亦李斯刻石如此上曲則字形茂美人皆效之[篆]說文作[篆]彖二屬之形李斯筆迹小變不言爲異

[篆]說文作[篆]亦李斯小變其勢李陽冰乃云从開口形亦爲臆說

[篆]說文从屮而垂下於相出入也从入此字从屮下垂當只作[篆]畫相承多一畫[篆]如六切說文本作肉後人相承作[篆]與月字相類

[篆]說文作[篆]止史籀筆迹小異非別體[篆]此本蕃廡之廡李斯借爲有無之無後人尚其簡便故皆从之有無字本从亡李陽冰乃云不當加亡且蕃廡字从大从丗數之積也从林亦蕃多之義若不加亡何以得爲有無之無

[篆]或作畱亦止於筆迹小異[篆]說文作[篆]李斯筆迹小異

說文解字弟十五　下

說文十五下　六

銀青光祿大夫守右散騎常侍上柱國東海縣開國子食邑五百戶臣徐鉉等伏奉

聖旨校定許慎說文解字一部伏以振發人文興崇古道考遺編於魯壁緝蠹簡於羽陵載穆

皇風允符

昌運伏惟

應運統天睿文英武大聖至明廣孝皇帝陛下凝神緊表

降鑒機先聖靡不通　思無不及以爲經籍既正憲章具明非文字無以見聖人之心非篆籀無以究文字之義眷茲譌俗深惻

皇慈爰命討論以垂程式將懲宿弊宜屬通儒臣等寔媿謏聞猥承乏使徒窮懵學豈副

宸謨塵瀆

冕旒冰炭交集其書十五卷以編袟繁重每卷各分上下共三十卷謹詣

東上閤門進

上謹進

雍熙三年十一月　日翰林書學臣王惟恭臣葛湍等狀進

奉直郎守祕書省著作郎直史館臣句中正

銀青光祿大夫守右散騎常侍上柱國東海縣開國子食邑五百戶臣徐鉉

說文十五下　七

中書門下　牒徐鉉等

新校定說文解字

牒奉

敕許慎說文起於東漢歷代傳寫譌謬實多六書之蹤無所取法若不重加刊正漸恐失其原流爰命儒學之臣共詳篆籀之跡右散騎常侍徐鉉等深明舊史多識前言果能商推是非補正闕漏書成上奏克副朕心宜遣雕鐫用廣流布自　我朝之垂範俾永世以作程其書宜付史館仍令國子監雕爲印版依九經書例許人納紙墨價錢收贖兼委徐鉉等點檢書寫雕造無令差錯致誤後人牒至

準
敕故牒
雍熙三年十一月　日牒
給事中叅知政事辛仲甫
給事中叅知政事吕蒙正
中書侍郎兼工部尚書平章事李昉
李承緒篆
黎永椿校
王國瑞覆校
陳昌治校刊

粤東省城西湖街
富文齋刊印發兑

說文校字記

標目

只在冋前誤倒　皕誤作百又皕彼力切誤作百博陌切

豊盧啟切盧誤虘　乖古懷切懷誤侯

弟一上

玉部琫佩刀上飾上誤下

丨部中內也內誤而

弟一下

艸部䔲从艸从誤公　蕣从艸稄聲稄誤務　蒔時吏切

吏誤更

弟二上

牛部犓从牛芻芻亦聲脫一芻字又測愚切測誤側

口部嚨盧紅切盧誤虛　吾讀若櫱脫若字

吅部嚴一曰窒嚴窒誤窐

走部趣从走叡聲叡誤叡

止部疌从又从誤以

弟二下

辵部達引詩曰挑兮達兮脫一兮字　逭逃也逃誤兆

迩古文邇誤作䢋

彳部循詳遵切詳誤許

足部𣥡博蓋切博誤掠

弟三上

谷部西象形脫形字

弟三下

䰜部鬻重文䰞或从美鬻省誤作䰞鬻省誤鬻省又羹小

篆从羔从美誤作羹

弟四上

目部瞯徒弄切徒誤徙　瞀莫候切候誤侯　睼他計切

他誤也　看睎也也誤之

鼻部鼻父二切父誤入

羽部翰从羽軌聲軌誤幹　翭羽初生皃生誤三

隹部雊古候切候誤侯

羊部羥烏閑切烏誤鳥

鳥部鳳鸛顙鴛思顙誤鵷

弟四下

予部予余呂切呂誤臣

受部受讀若詩摽有梅摽誤標

奴部叡从奴从目从谷省誤作叡

筋部笏重文腱或从肉建脫肉字

角部觶鄉飲酒角也鄉誤饗

弟五上

竹部篗重文觿或从角从閒角誤竹　箠重文篓或从妾妾誤女　笭一曰笭籯也脫一字

弟五下

矣部矣語已詞也巳誤以

𣆪部厚重文垕从后土土誤士

弟六上

木部榦从木倝聲倝誤榦　柏耒耑也耒誤黍　柲兵媚切兵誤丘

弟六下

之部㞢下徐鍇曰妄生謂非所宜生妄誤反

禾部積从禾从支只聲脫支字

口部囷去倫切去誤南

邑部𨞰从邑蔽省聲蔽誤敝

弟七上

禾部穜引詩曰穜稚尗麥穜誤種　穊几利切脫几字

稷齋也齋誤齋　稬舂稟不漬也稟誤稟　穛从禾从米庚聲誤作䅘　稭古黠切黠誤點　秋从禾爂省聲爂誤龝

米部粱从米粱省聲粱誤粱

說文校字記　三

弟七下

宀部灾从宀久聲久誤人

疒部瘞从疒㘸聲㘸誤㘸

弟八上

人部佼下巧切巧誤功　偞与涉切涉誤步　何下臣鉉等曰今俗別作擔荷擔誤檐　傆魚怨切怨誤褔　僾一曰倡也脫一字　傳直戀切戀誤巒　御其虐切虐誤虛

匕部㐸引詩曰㐸彼織女㐸誤歧

衣部衮重文䘣籀文衮从𠄔衮誤表　褱下臣鉉等曰今俗作抱抱誤袍

弟八下

兜部兜从兒省皃象人頭也皃誤見

見部覲力玉切力玉誤王問

欠部歠从欠醽聲醽誤酥

弟九上

頁部顱頊顱首骨也頊誤項　願大頭也大頭誤八頑

顑从頁咸聲咸誤感

彡部修息流切息誤鳥

鬼部魃从鬼犮聲犮誤友　魃引韓詩傳曰鄭交甫逢二女魃服女誤久

說文校字記　四

厶部羑从厶从美厶誤多

第九下

山部屺引詩曰陟彼屺兮兮誤弓

屵部崖从屵圭聲屵誤戸

广部廡从广廡聲廡誤廥　庖薄交切薄誤簿

厂部厝七互切互誤玄　产秦謂之㮰秦誤泰

石部磬象縣虡之形虡誤虍　䂞周禮有䂞蔟氏有上衍

曰字蔟誤簇

豕部豣三歲豕肩相及者及誤反

第十上

馬部䮧从馬𠦝聲𠦝誤幹　騊从馬鞠聲鞠誤鞫

犬部玃母猴也猴誤候　㱿食母猴猴亦誤候

鼠部鼲皮可爲裘裘誤裏

火部閃从火𠕀省聲𠕀誤門　㷋重文𤍣㷋或从麥㷋誤

敖　㶾人久切久誤又　威引詩曰褒似威之威誤滅

熈从火𢀚聲𢀚誤熈　新附字爍从火樂聲脫火字

黑部黠胡八切胡誤切　黬羔裘之縫裘誤文

第十下

㚔部圉从㚔从口口誤曰

心部息从自自亦聲亦誤下　恬甛省聲甛誤宗　忯巨

支切支誤文　𢙐从心𡕒聲𡕒誤𢙐　惄从心叔聲从誤

以　㥏从心葡聲葡誤蒱

第十一上

水部灉水出廬江雩婁廬誤盧　洼从水𡍮聲𡍮誤圭

澐江水大波謂之澐澐誤薄　溯皮冰切皮誤戍　没莫

勃切莫誤黃　𣲖側出泉也側誤例　染下裴光遠云梔

茜之屬梔誤枕　𣸣从水𦯬𦯬誤草　新附字瀡𩞀省聲

𩞀誤瀡　潴从水豬聲豬誤瀦

第十一下

仌部冰重文凝俗冰从疑冰誤水

雨部雪丈甲切丈誤文

魚部鮥从魚各聲各誤名　鮐徒哀切徒誤徙

第十二上

至部臸讀若摯摯誤摯

門部閉所以歫門也以誤从　閱弋雪切雪誤垂

𠥓部𢀚重文𢀚古文𢀚从戶𢀚誤𢀚

手部捦从手金聲金誤今　拼从手幷聲幷誤井　拓之

石切之誤从　擂重文摍擂或从秀擂誤籀　攘引楚詞

曰朝攘批之木蘭木誤术　探他含切含誤合

第十二下

女部嬴从女嬴省聲嬴誤嬴　敄引商書曰無有作敄敄誤妞　頞引楚詞曰女頞之嬋媛嬋誤蟬　娶从女夗聲夗誤妃　孅鋭細也鋭誤兑　娋小小侵也也誤他　嫛娶也嫛誤陰　姅引漢律曰見姅變不得侍祠不誤又

嫋下臣鉉等曰當从㴱省㴱誤㴱

戈部戛从戈从百百誤首又古黠切黠誤點　戏殺也殺誤投

亡部望从亡朢省聲朢誤望

甾部𠤮重文𤮐籀文𠤮𠤮誤盧

瓦部甗从瓦鬳聲从下衍反字　瓴瓮似瓶也瓮誤兑

弟十三上

糸部緒口皆切口誤曰　紙都兮切都誤節　絓一曰以囊絮練也曰誤口　纇从糸頪聲頪誤類　緁讀若捷捷誤㨗　纆从糸㝏聲㝏誤㝏　綮一曰徽幟信也幟誤幟

緐重文緐緐或从𢍏緐誤緐

虫部蠏蠏嬴又引詩曰蠏嬴負之蠏竝誤蝙　蟜以胃鳴者以誤从　蠏从虫解聲从誤以

弟十三下

二部二从偶一脫一字

黃部𪏽一曰輕易人𪏽姁也人誤入

弟十四上

金部鑪洛胡切胡誤故　鋭重文厕籀文鋭从厂剡鋭誤說　鏄一曰田器田誤曰　錞矛戟柲下銅鐏也戟誤戰

鐦从金閒聲脫金字　新附字鉫待季切季誤季

斗部斝从吅从斗冂象形冂誤曰　斡从斗倝聲倝誤斡

斞引周禮曰泰三斞泰誤求　斟勺也勺誤勺

車部軝重文軝軝或从革軝誤紙　衛一曰衍省聲脫一字　轉从車專聲車誤甫

弟十四下

𨸏部隫讀若瀆脫瀆字

五部五下臣鉉等曰二天地也誤疊天字

辛部辛从一从辛辛辠也辛竝誤辛

子部子人以爲偁人誤入　㝅从子㱿聲㱿誤㝅

弟十五上

自敘漢興有艸書下徐鍇曰案書傳多云張竝作艸竝誤竝又今云漢興有艸興誤典　秦始皇帝使下杜人程邈所作也邈誤之

只部四十九㕯部五十誤倒　酉部一百六酉誤百

昌治重刊說文以陽湖孫氏所刊北宋本爲底本然孫氏欲傳古本故悉依舊式今欲尋求簡便改爲一篆一行不能復拘舊式每卷以徐氏銜名與許氏竝列不復題奉敕之字徐氏新附字降一字寫之以見區別孫刻篆文及解說之字小有譌誤葢北宋本如此孫氏傳刻古本固當仍而不改今則參校各本凡譌誤之顯然者皆已更正別爲校字記附於卷末昭其愼也其在疑似之閒者則不敢輕改也同治十二年閏六月番禺陳昌治謹識

新刻說文䟦　一

檢字

一　部首

【一畫】
一 一上　丨 一四下　丶 一〇五下　𡿨 二三九上　乚 二四六下　丿 二六五下　乀 二六五下　亅 二六七上　𠃊 二六七下　乙 三〇八下

【二畫】
丄 七上　八 二八上

凵 三五下　丩 五〇下　十 五〇下　又 六四上　ナ 六五上　𠘧 六六下　卜 六九下　刀 九一上　乃 一〇〇下　丂 一〇一上　凵 一〇四下　入 一〇九上　冂 一一〇下　𢎘 一四二下　冖 一五六下　人 一六一下

匕 一六八下　𠤎 一六八下　儿 一七六下　卩 一八六下　勹 一八七下　厶 一八九上　厂 一九三下　巜 二三九上　𠂆 二六五下　匸 二六七下　匚 二六八上　二 二八五下　力 二九一下　几 二九九下　七 三〇七下　九 三〇八上

丁 三〇八下　了 三一〇上

【三畫】
三 九下　士 一四下　屮 一五上　小 二八上　口 三〇下　彳 四一下　廴 四四上　干 五〇上　寸 六七上　幺 八三下　刃 九二上　丌 九九下

工 一〇〇上　亏 一〇一下　亼 一〇八下　夊 一一三上　夂 一一四上　久 一一四上　才 一二六下　乇 一二七下　囗 一二九上　夕 一四二上　宀 一五〇上　冃 一五六下　巾 一五八下　尸 一七四上　彡 一八四下　山 一九〇上

广 一九二上　丸 一九四上　彑 一九七下　大 二一三上　亣 二一五下　川 二三九上　卂 二四六上　女 二五八下　亾 二六七下　弓 二六九下　土 二八六上　勺 二九九上　己 三〇九上　子 三〇九下　巳 三一一上

【四畫】
王 九下

气 一四下　牛 二八下　止 三八上　牙 四五下　𠬞 五九上　𠬜 五九下　爪 六三上　丮 六三上　支 六五上　殳 六六上　攴 六七下　爻 七〇上　予 八四上　丯 九三上　曰 一〇〇下　兮 一〇一上　丹 一〇六上　井 一〇六上

木 一一四下　之 一二七上　帀 一二七上　𣎵 一二七下　日 一三七下　月 一四一上　毌 一四二下　片 一四三上　凶 一四八下　朩 一四九上　冃 一五六下　巿 一六〇下　从 一六九上　比 一六九上　𡈼 一六九下　毛 一七三下　尺 一七五下　方 一七六下

兂 一七七上　欠 一七九上　旡 一八一上　丏 一八四上　文 一八五上　勿 一九六上　冄 一九六下　犬 二〇三下　火 二〇七上　夨 二一三下　夭 二一四上　允 二一四上　亢 二一五上　夫 二一六上　心 二一七上　水 二三四下　仌 二四〇下　不 二四六下

戶 二四七下　手 二五〇下　毋 二六五上　氏 二六五下　戈 二六六上　斤 二九九下　斗 三〇〇上　五 三〇七下　六 三〇七下　禸 三〇八上　巴 三〇九上　壬 三〇九下　𠫓 三一〇下　丑 三一〇下　午 三一一上

【五畫】
示 七下

部首	頁
玉	一〇上
半	二八下
癶	三八上
正	三九上
疋	四八上
冊	四八下
只	五〇上
句	五〇上
古	五〇下
史	六五上
聿	六五上
皮	六七上
用	七〇上
目	七〇下
白	七四上
𦍌	七八下
玄	八四上
歺	八五上
左	九九下
甘	一〇〇上
可	一〇一上
号	一〇一下
皿	一〇四上
去	一〇四下
矢	一一〇上
出	一二七上
生	一二七下
禾	一二八上
旦	一四〇上
禾	一四四上
瓜	一四九下
穴	一五二上
疒	一五四上
白	一六〇下
北	一六九上
丘	一六九上
兄	一七七上
司	一八六下
卮	一八六下
卯	一八七下
包	一八八上
产	一九一下
后	一九四下
夲	二一五上
夰	二一五下
立	二一六上
永	二四〇上
民	二六五下
氐	二六六上
戉	二六六下
瓦	二六八下
它	二八五上
田	二九〇下
且	二九九下
矛	三〇〇下
四	三〇七上
宁	三〇七下
甲	三〇八下
丙	三〇八下
戊	三〇八下
卯	三一一上
未	三一一上
申	三一一下
【六畫】	
艸	一五上
吅	三五下
此	三八下
延	四四上
行	四四上
舌	四九下
𣎵	五一上
辛	五八下
共	五九下
聿	六五上
臣	六六上
自	七四上
羽	七四下
羊	七八上
𢆶	八四上
𠬪	八四下
死	八六上
冎	八六上
肉	八七上
㓞	九二上
耒	九三上
竹	九五上
冃	一〇一下
虍	一〇三上
血	一〇五上
缶	一〇九上
舛	一一三上
𣏟	一二七上
㫃	一四〇上
有	一四一下
多	一四二上
束	一四三上
米	一四七上
臼	一四八下
朩	一四九上
网	一五七上
襾	一五八上
㐺	一六九下
月	一七〇上
衣	一七〇上
老	一七三下
舟	一七六上
兆	一七七上
先	一七七上
后	一八六下
印	一八七上
色	一八七下
由	一八九上
屾	一九一下
危	一九四下
而	一九六下
亦	二一三下
交	二一四上
囟	二一六下
𠂢	二四〇上
至	二四七上
西	二四七上
耳	二四九下
𦣝	二五〇下
曲	二六八下
弜	二七〇上
糸	二七一上
虫	二七八下
劦	二九三上
幵	二九九上
自	三〇三下
厽	三〇七上
戌	三一四上
亥	三一四上
【七畫】	
釆	二八下
告	三〇上
走	三五下
步	三八下
辵	三九上
足	四五下
谷	五〇上
㕯	五〇上
言	五一上
𦥑	六〇上
𠦒	八三下
𣦼	八四下
角	九三下
巫	一〇〇上
豆	一〇二下
皀	一〇六下
𣆪	一一一上
弟	一一三下
東	一二八下
貝	一二九下
邑	一三一下
囧	一四二上
克	一四三下
呂	一五二上
㒳	一五七上
身	一七〇上
尾	一七五下
皃	一七七上
禿	一七七下
見	一七七下
次	一八〇下
𦣻	一八四上
彡	一八五上
豕	一九六下
豸	一九七下
囪	二一三下
赤	二一三下
谷	二四〇上
我	二六七上
系	二七〇下
卵	二八五下
里	二九〇下
男	二九一下
車	三〇一上
辛	三〇九上
辰	三一一上
酉	三一一下
【八畫】	
玨	一四上
隶	六五下
臤	六五下
效	七〇上
隹	七六上
叀	八四上
放	八四下
虎	一〇三下
青	一〇六上
京	一一一上
亩	一一一下
來	一一一下
東	一二六上
林	一二六上
明	一四一下

頮 三三九上

【二十一畫】

寥 一五三下

【二十二畫】

鱻 二四五下

【二十五畫】

雥 七九上
鹽 二四七上

【二十七畫】

灥 二三九下

【二十九畫】

爨 六〇上

【三十三畫】

麤 二〇三上

二　正文

【一畫】

一 一上
丨 一四下
乁 六四下
丶 一〇五下
く 二三九上
𠃉 二四二下
乚 二四六下
丿 二六五下
乀 二六五下
乁 二六五下
亅 二六七上
𠄌 二六七上
乚 二六七下
乙 三〇八下

【二畫】

丄 二上
丅 二下
八 二八上
凵 三五下
丩 五〇下
十 五〇下
又 六四上
𠂈 六四上
ナ 六五上
𠘧 六六下
卜 六九下
𠁣 六九下
𠃋 八五下
刀 九一上
乃 一〇〇下
丂 一〇一上
𠄎 一〇一上
凵 一〇四下
入 一〇九上
冂 一一〇下
马 一四二下
冖 一五八下
人 一六二下
匕 一六八下
𠤎 一六八下
儿 一七六下
卩 一八六下
勹 一八七下
厶 一八九上
厂 一九三下
巛 二三九上
乂 二六五下
𠂆 二六五下
匸 二六七下
匚 二六八上
𠃊 二六八下
二 二八五下
力 二九二下
几 二九九下
㐅 三〇七下
七 三〇七下
九 三〇八上
丁 三〇八下
了 三一〇上

【三畫】

上 二上
下 二下
三 九上
士 一四下
中 一五上
小 二八上
口 三〇下
彳 四二下
亍 四三下
廴 四四上
干 五〇上
丈 五〇下
千 五〇下
廾 六三上
叉 六四上
彐 六四下
寸 六七上
幺 八三下
刃 九三上
丌 九九下
工 一〇〇上
亏 一〇一下
亼 一〇八下
夊 一一三上
夂 一一四上
午 一一四上

久 一一四上　才 一二六下　乇 一二七下　口 一二九上　夕 一四二上　宀 一五〇上　冂 一五六下　巾 一五八下　尸 一七四上　兀 一七六下　彡 一八四下　卪 一八七上　山 一九〇上　广 一九二上　丸 一九四上　彑 一九七下　大 二一三上　亣 二一五下　川 二三九上　卂 二四六上

女 二五八下　弋 二六五下　也 二六五下　匸 二六七下　弓 二六九下　夂 二七三上　凡 二八六上　土 二八六上　勺 二九九上　与 二九九上　九 三〇八下　己 三〇九上　子 三〇九下　孑 三一〇上　孓 三一〇上　巳 三一一上

【四畫】

弌 七上　元 七上

天 七上　朩 八下　王 九下　气 一四下　中 一四下　屯 一五上　少 二八上　心 二八上　分 二八上　介 二八上　尒 二八上　公 二八下　牛 二八下　止 三八上　屮 三八上　与 四五下　协 五一上　廿 五一上　収 五九上　𠬞 五九下

爪 六三上　丮 六三上　厷 六四上　叉 六四上　父 六四上　夬 六四上　尹 六四上　及 六四下　反 六四下　𠬝 六四下　友 六五上　支 六五上　殳 六六上　攴 六七下　爻 七〇上　𠬪 八四上　予 八四上　幻 八四上　切 九一下　刈 九二上

办 九二上　丯 九三上　互 九七下　丂 一〇〇上　曰 一〇〇下　兮 一〇一上　丹 一〇六上　井 一〇六上　今 一〇八下　内 一〇九上　从 一〇九上　冘 一一〇下　𡕒 一二四上　木 一二四下　不 一三五上　出 一三五下　之 一三七上　帀 一三七上　市 一三七下　丰 一三七下

日 一三七下　囘 一三七下　月 一四一上　毌 一四二下　𢎘 一四二下　片 一四三上　凶 一四八下　朮 一四九上　殳 一五一下　冃 一五六下　巿 一六〇下　仁 一六一下　仍 一六四上　什 一六四下　仆 一六七上　仇 一六七上　弔 一六七下　化 一六八下　毕 一六八下　卬 一六八下

从 一六九上　比 一六九上　壬 一六九下　毛 一七三下　尺 一七五下　方 一七六下　允 一七六下　兂 一七七上　欠 一七九上　旡 一八一上　夬 一八一上　丏 一八四上　文 一八五上　卮 一八七上　卯 一八七上　匀 一八七下　勽 一八八上　勼 一八八上　仄 一九四上　厃 一九四上

丬 一九四下　勿 一九六上　冄 一九六下　犬 二〇三下　火 二〇七上　夨 二一三下　夭 二一四上　夰 二一四上　亢 二一五上　夫 二一六上　囟 二一六下　心 二一七上　水 二二四下　太 二三七上　巛 二三九下　川 二三九下　仌 二四〇下　云 二四二下　孔 二四六下　不 二四六下

戶 二四七下　手 二五〇下　毋 二六五上　刈 二六五下　氏 二六五下　戈 二六六上　无 二六七下　匹 二六七下　引 二七〇上　乡 二七一上　斤 二九九下　斗 三〇〇上　升 三〇〇下　亖 三〇七上　五 三〇七下　六 三〇七下　内 三〇八上　巴 三〇九上　壬 三〇九下　𠫓 三一〇下

丑 三一〇下　午 三一一上

【五畫】

丕 七上　示 七下　礼 七下　玊 九下　玉 一〇上　尒 二八上　必 二八下　乎 二八下　半 二八下　召 三三上　台 三三下　右 三三下　各 三三下　叱 三三下　叫 三四上　叴 三五上

舌 三四下	叩 三五下	此 三八下	正 三九上	延 四四上	行 四四上	舌 四九下	屰 五〇上	丙 五〇上	𣏟 五一上	辛 五八下	丞 五九上	异 五九上	共 五九下	舁 五九下	𢆶 六三上	聿 六五上	臣 六六上	㡀 六六下	寺 六七上
收 六九上	攷 六九上	兆 七〇上	用 七〇上	自 七四上	百 七四下	羽 七四下	羊 七八上	再 八三下	丝 八四上	𢆸 八四上	𠬪 八四下	歺 八五下	朽 八五下	死 八六上	冎 八六上	肉 八七上	肌 八七上	肋 八七下	肎 八八上
肍 八九下	肎 九〇下	列 九一下	刖 九二上	刓 九二下	刎 九二下	𥝌 九三上	耒 九三上	竹 九五上	杭 九七上	医 九七上	甘 九九上	𠤎 一〇〇上	式 一〇〇上	吁 一〇一下	旨 一〇一下	虍 一〇三上	血 一〇五上	㭉 一〇六上	合 一〇八下
全 一〇九上	仝 一〇九上	缶 一〇九上	囙 一一一下	𠂤 一一一下	姓 一一三上	夅 一一四上	朸 一一六下	机 一一八上	朱 一一八下	朴 一一八下	朵 一一九上	朻 一一九上	朸 一一九下	朾 一二五上	休 一二五下	亙 一二五下	叒 一二七上	回 一二九上	因 一二九下
邔 一三一下	邙 一三二上	邦 一三二上	郎 一三四下	邛 一三五上	邪 一三五下	邮 一三六下	号 一三六下	早 一三七下	旭 一三八上	旦 一三八下	㫃 一四〇上	有 一四一下	多 一四二上	朋 一四二上	束 一四三上	米 一四七上	臼 一四八下	兇 一四八下	尗 一四九上
宅 一五〇上	庀 一五〇上	宂 一五〇上	宇 一五〇上	安 一五〇下	守 一五一上	灾 一五一下	宄 一五三下	同 一五六下	冎 一五六下	网 一五七上	襾 一五八上	帆 一五八下	乑 一六一下	企 一六一下	伋 一六二上	伉 一六二上	仲 一六二上	伊 一六二上	仔 一六二上
伀 一六二上	份 一六二下	仿 一六三下	仰 一六四下	伍 一六四下	任 一六五上	价 一六五下	伎 一六六上	伏 一六七上	伐 一六七上	仳 一六七下	件 一六八上	伎 一六八下	艮 一六八下	似 一六九下	身 一七〇上	衣 一七〇上	老 一七三下	考 一七三下	㞋 一七四下
舟 一七五上	充 一七六下	兆 一七七上	先 一七七上	次 一八〇下	后 一八六下	即 一八七上	印 一八七上	归 一八七上	色 一八七下	旬 一八八上	匈 一八八上	甶 一八九上	屵 一九〇下	屾 一九二下	㫃 一九四上	危 一九四下	而 一九六下	犴 一九八上	而 二〇三上
灰 二〇八上	光 二一〇上	囟 二一一下	夸 二一二上	夷 二一三下	亦 二一三下	交 二一四上	尥 二一四下	尣 二一四下	囟 二一六下	忓 二一九下	忍 二二一下	忏 二二三上	忩 二二三下	忖 二二四上	江 二二四下	汝 二二五下	汈 二二八下	汲 二二九上	汗 二二九上
汎 二三〇上	汋 二三〇下	汜 二三一上	汕 二三二上	汙 二三三下	汓 二三三下	汔 二三五上	汙 二三五上	汏 二三五下	汛 二三七上	汗 二三七下	沈 二三八上	巟 二三九下	𢀚 二三九下	州 二三九下	𠂢 二四〇上	冰 二四〇下	至 二四七上	西 二四七上	耳 二四九下

匜 二五〇下　扛 二五四下　扤 二五五上　抗 二五六下　扚 二五六下　扦 二五七上　扜 二五七下　扣 二五七下　妊 二五八下　妁 二五九上　妃 二五九上　妣 二六〇上　改 二六〇下　[illegible] 二六〇下　好 二六一上　如 二六二上　妄 二六三上　奸 二六四下　奻 二六五上　毕 二六六上

戍 二六六上　匠 二六八上　匡 二六八上　曲 二六八下　甴 二六八下　弙 二七〇上　弛 二七〇上　[illegible] 二七〇上　弜 二七〇上　糸 二七一上　虫 二七八下　亘 二八六上　地 二八六上　圪 二八七上　在 二八七下　圾 二八八上　圮 二八八下　圭 二八九下　圯 二八九下　劣 二九二下

劦 二九三上　旪 二九三上　幵 二九九上　𠂤 三〇三下　阤 三〇五上　阮 三〇五下　阢 三〇七上　阡 三〇七上　厽 三〇七上　學 三〇九下　字 三一〇上　存 三一〇上　辰 三一一上　曳 三一一下　戌 三一四上　亥 三一四上

【七畫】

旁 七上　玒 一〇下

玖 一二下　玗 一三上　玓 一三上　玕 一三下　玘 一四上　壯 一四下　於 一四下　每 一五上　芬 一五上　芋 一五下　芊 一六上　芎 一六下　芃 一六下　芑 一七上　芇 一九下　芍 二〇下　芸 二一下　芄 二一下　折 二五下

芭 二六下　芊 二七下　余 二八下　米 二八下　牡 二九上　牢 二九下　物 三〇上　告 三〇上　吻 三〇下　吞 三〇下　芔 三〇下　吮 三一上　含 三一上　吸 三一下　吹 三一下　吾 三二上　君 三二上　听 三二上　启 三二下　呈 三二下

吺 三三下　吟 三四上　吪 三四上　吝 三四上　否 三四下　吠 三四下　局 三五上　呀 三五上　走 三五下　迟 三六下　步 三八下　辵 三九上　巡 三九下　迂 三九下　迅 四〇上　征 四〇下　彼 四〇下　迆 四一上　达 四一上　迋 四二上

迋 四二上　迄 四二下　彶 四三上　彷 四三下　徇 四三下　廷 四四上　延 四四上　延 四四上　足 四五下　谷 五〇上　冏 五〇上　言 五一上　弄 五九上　弃 五九上　戒 五九上　兵 五九上　臼 六〇上　弅 六三上　孚 六三上　巩 六三下

[illegible] 六三下　希 六五上　役 六六下　敂 六七下　孜 六八上　改 六八上　更 六八上　攸 六八下　𢼒 六八下　敀 六八下　攻 六九上　攺 六九下　卲 七〇上　甫 七〇上　甸 七三上　䀠 七三上　直 七四上　百 七四下　芇 七七下　芈 七八上

華 八三下　弆 八三下　[illegible] 八四上　夆 八四下　叔 八四下　尾 八六上　肎 八七上　肝 八七上　肘 八七下　肖 八八上　肤 八八下　肙 九〇下　冐 九〇下　肕 九一上　刨 九一上　利 九一上　初 九一上　刡 九一下　判 九一下　删 九二上

刺 九二上　刵 九二下　角 九三下　[illegible] 九九上　巨 九九下　巫 一〇〇上　旨 一〇〇下　㕣 一〇〇下　甹 一〇一上　亐 一〇一下　香 一〇一下　豆 一〇二下　彤 一〇五上　阱 一〇六上　皀 一〇六下　医 一一〇上　矣 一一〇上　旱 一一二上　良 一一二下　夋 一一三下

弟 一一三下	丰 一一三下	夆 一一四上	夅 一一四上	杏 一一四下	李 一一四下	杍 一一四下	杜 一一五上	杙 一一六上	杞 一一七下	杒 一一八上	杈 一一八下	朴 一一九上	杕 一一九下	材 一一九下	杗 一二一上	杇 一二一上	杝 一二一上	杠 一二一下	枕 一二二上
杓 一二三下	杖 一二三上	杘 一二三下	𣎵 一二七上	孛 一二七下	物 一二八上	束 一二八下	国 一二九上	困 一二九下	囮 一二九下	貝 一二九下	穷 一三一上	邑 一三一下	邦 一三一下	郏 一三三上	岐 一三三上	邠 一三三上	那 一三三下	郝 一三三下	邘 一三四上
邡 一三四下	挪 一三四下	郝 一三五上	邺 一三五上	祁 一三五上	邪 一三五下	邦 一三五下	邢 一三六上	郴 一三六下	鄙 一三六下	的 一三七下	旰 一三八上	旱 一三八下	昌 一三八下	旂 一四〇上	庯 一四一下	囧 一四二上	夙 一四二上	甹 一四二下	甬 一四二下
克 一四三下	秀 一四四上	私 一四四下	宏 一五〇上	完 一五〇下	宊 一五〇下	空 一五一上	宙 一五一上	宋 一五一下	宫 一五二上	究 一五三上	疔 一五四上	疕 一五四下	疫 一五四下	网 一五七上	罔 一五七上	希 一五八下	帗 一六〇上	帊 一六〇上	帛 一六〇下
忎 一六一下	伯 一六二上	佖 一六二下	伴 一六三上	伾 一六三上	㑊 一六三下	佛 一六三下	佗 一六三下	何 一六三下	位 一六三下	作 一六五上	佀 一六五上	伶 一六五下	伸 一六五下	伹 一六五下	佃 一六六上	伭 一六六上	佁 一六六下	伿 一六六下	佝 一六六下
佚 一六六下	侮 一六六下	但 一六七上	佋 一六七下	低 一六八上	伺 一六八上	佇 一六八下	身 一七〇上	求 一七三下	孝 一七三下	尾 一七五下	尿 一七五下	汸 一七六下	兌 一七六下	皃 一七七上	秃 一七七下	見 一七七下	吹 一七九上	欨 一七九上	欲 一七九上
吷 一八〇下	次 一八〇下	百 一八四上	夋 一八五上	卿 一八七上	卲 一八七上	抑 一八七上	岑 一九〇下	岌 一九一下	庉 一九二上	庌 一九二上	序 一九二下	庋 一九二下	庇 一九二上	底 一九三下	居 一九三下	丘 一九四上	長 一九六上	豕 一九六下	㣇 一九七下
兔 一九七下	豸 一九七下	兕 一九八下	金 二〇三下	尨 二〇三下	犷 二〇四下	狃 二〇四下	犺 二〇五上	狶 二〇五上	狂 二〇五下	狄 二〇五下	灰 二〇八上	灸 二〇九上	灼 二〇九上	灿 二〇九上	灾 二〇九上	秋 二〇九上	災 二〇九上	囱 二一一下	赤 二一一下
㚒 二一三上	夽 二一三下	夰 二一三下	奄 二一三下	夾 二一三下	吳 二一四上	尪 二一四上	尬 二一四下	志 二一七上	快 二一七上	忻 二一七下	忼 二一七下	忞 二一八上	忯 二一八上	忱 二一八下	忒 二二〇上	忮 二二〇上	忘 二二〇下	忨 二二一上	忌 二二一上
怖 二二一下	忧 二二一下	忦 二二一下	忡 二二二上	忑 二二二上	忍 二二二下	沅 二二五上	沔 二二五下	汾 二二五下	沁 二二五下	沈 二二六上	汨 二二六下	汳 二二七上	沂 二二七下	汥 二二七下	沛 二二八上	沇 二二八下	汭 二二九下	汪 二二九下	沖 二二九下

沄二三〇上 沆二三〇上 囦二三一上 沙二三二上 沘二三二上 汻二三二上 沚二三二上 汥二三二下 決二三三上 泠二三三下 沒二三三下 沈二三四上 泜二三四下 汙二三五上 泅二三五上 沐二三六下 汲二三七上 汩二三八上 巠二三九下 昗二三九下

谷二四〇上 〓二四〇下 冶二四〇下 冷二四〇下 冹二四〇下 否二四六下 至二四七上 卤二四七上 戾二四七下 耴二四九下 戹二五〇下 扶二五一下 〓二五二上 把二五二上 抪二五三上 迒二五三上 投二五三下 扴二五三下 抉二五三下 抎二五四上

拼二五四上 扮二五四下 抒二五四下 技二五六上 抈二五六下 扱二五六下 扺二五六下 抌二五七上 抗二五七上 妘二五八下 〓二五八下 妊二五九上 妣二五九下 〓二六〇上 〓二六一上 姘二六一上 妗二六一下 姘二六一下 妟二六二下 妓二六二下

妝二六二上 妢二六二上 妒二六二上 佞二六二上 妨二六二上 妜二六三下 毐二六五上 𢦏二六六下 我二六七上 〓二六七上 〓二六七下 医二六七下 匩二六八上 系二七〇下 卵二八五下 坙二八六上 均二八六下 坄二八六下 坐二八七下 坁二八七下

坒二八七下 坐二八七下 坎二八八上 圻二八八下 坋二八九上 坏二八九上 坊二九〇上 里二九〇下 町二九〇下 〓二九〇下 甸二九〇下 男二九一下 助二九二上 劭二九二上 劫二九二下 劻二九三上 車三〇一上 阪三〇四下 阮三〇五上 阬三〇五下

防三〇五下 阯三〇五下 址三〇五下 阭三〇六上 〓三〇八下 成三〇九上 辛三〇九上 孛三一〇上 㐬三一〇下 辰三一一上 酉三一一下 丣三一一下

【八畫】

帝七上 旁七上 祀八上 礿八下 社九上 玠一一上

玦一二下 珫一二上 玩一二上 玤一二下 玲一二下 珢一三上 玭一三上 玫一三下 玨一四上 氛一四下 〓一四下 芬一五上 芝一五下 荢一七上 茇一七上 茀一八上 芙一八上 芹一九上 芸一九上 芩一九下

芰一九下 芡二〇上 茄二〇上 苑二〇下 苠二一上 芫二一上 茈二一下 芽二二上 茉二二上 荓二二上 苪二三上 芼二三上 芳二四上 芟二四上 芥二五下 芴二六上 芺二七上 〓二八上 〓二八下 〓二九上

〓三〇上 物三〇上 呱三〇下 咀三一上 咽三一下 味三一下 呼三一下 命三二上 和三二上 呭三二上 咄三二上 〓三二下 周三三上 咈三三上 呧三三下 呰三三下 呶三三下 呻三四上 咆三四下 呢三四下

呦三五上 咍三五上 〓三八上 些三八下 疌三九上 征三九下 迹三九下 迋三九下 徂三九下 迪四〇上 迣四〇下 返四〇下 近四一下 岸四一下 迫四二上 迒四二下 迺四二下 往四三上 彼四三上 〓四三下

宒 一五〇上　宛 一五〇上　宖 一五〇下　定 一五〇下　宓 一五〇下　怨 一五二下　宕 一五二下　宗 一五二下　宔 一五二下　宙 一五二下　空 一五二下　穹 一五三上　穸 一五三下　疝 一五四下　疛 一五四下　兩 一五七上　罔 一五七七　帗 一五八下　帔 一五八下　帖 一五九上

帙 一五九上　帣 一五九下　帚 一五九下　帑 一六〇上　帒 一六〇上　帛 一六〇下　佾 一六一上　佼 一六一下　佩 一六一下　侚 一六二上　佳 一六二下　侅 一六二下　侗 一六二下　佶 一六二下　供 一六三下　倭 一六三下　佺 一六三下　侔 一六四上　侙 一六四上　依 一六四上

佽 一六四上　佴 一六四上　侍 一六四上　侒 一六四下　侐 一六四下　侊 一六四下　佰 一六四下　佸 一六四下　佮 一六四下　使 一六五下　侇 一六五下　侜 一六六上　佪 一六六上　侁 一六六上　佻 一六六上　侈 一六六上　侉 一六七上　例 一六七上　咎 一六七下　侂 一六七下

佾 一六八上　卓 一六八下　并 一六九上　芇 一六九上　垩 一六九上　垩 一六九下　臥 一六九下　衧 一七二下　充 一七二下　衦 一七二下　卒 一七三上　衫 一七三上　毟 一七三下　居 一七四下　屆 一七四下　屍 一七四下　尾 一七四下　屈 一七五下　舠 一七六上　服 一七六上

舧 一七六上　斻 一七六下　兒 一七六下　兓 一七七上　欣 一七九上　欦 一七九下　欪 一七九下　欥 一八〇下　余 一八〇下　卹 一八七上　卷 一八七上　卸 一八七上　匊 一八七下　匍 一八八上　肙 一八八上　匑 一八八上　匌 一八八上　畐 一八九上　岳 一九〇上　岱 一九〇上

岵 一九〇下　岨 一九〇下　岡 一九〇下　岫 一九〇下　岪 一九一上　岸 一九一下　府 一九二上　庖 一九二上　底 一九二下　庚 一九二下　庢 一九三上　厓 一九三下　長 一九六上　豕 一九七上　㣇 一九七上　彖 一九七下　易 一九八下　法 二〇二下　耏 二〇三上　兕 二〇三上

兔 二〇三下　狗 二〇三下　狌 二〇四上　狦 二〇四下　狋 二〇四下　狀 二〇四下　狎 二〇四下　㹤 二〇五上　怯 二〇五上　戾 二〇五上　狙 二〇五下　狛 二〇六上　狐 二〇六上　狘 二〇六上　炈 二〇六上　炊 二〇八下　炗 二一〇上　炅 二一〇上　炕 二一〇上　炎 二一〇下

炙 二一二下　泟 二一三上　奄 二一三上　夵 二一三上　奅 二一三下　奃 二一三下　𡗗 二一三下　𡗫 二一三下　吷 二一四上　尬 二一四上　尩 二一四上　幸 二一四下　臭 二一五下　㚘 二一六上　竝 二一六上　性 二一七上　忠 二一七上　念 二一七上　怡 二一八上　怙 二一八下

忞 二一九上　怞 二一九上　㤄 二一九上　怕 二一九下　怚 二二〇上　怪 二二〇上　怫 二二〇下　忿 二二〇下　忽 二二〇下　怳 二二〇下　怋 二二一上　怓 二二一上　忥 二二一上　忩 二二一下　怏 二二一下　怛 二二一上　怮 二二一下　怲 二二一下　怴 二二二上　怖 二二二上

忝 二二三下　怍 二二三下　怩 二二四上　怊 二二四上　河 二二四下　泑 二二四下　沱 二二四下　沫 二二五上　沮 二二五上　沾 二二六上　沿 二二六上　泲 二二六上　泠 二二六上　油 二二六下　泄 二二七上　泡 二二七上　泗 二二七下　沭 二二七下　治 二二七下　泜 二二八上

沽二二八上　泒二二八下　泥二二八下　泌二二九下　泫二二九下　泚二二九下　況二二九下　泬二三〇上　波二三〇上　泓二三〇下　𣶒二三一上　泙二三一上　泏二三一上　泆二三一下　沴二三一下　沸二三二上　沼二三二下　注二三三上　泭二三三上　沿二三三上

泝二三三上　泳二三三下　泛二三三下　泗二三三下　泱二三三下　泑二三四下　泧二三五下　泔二三六上　派二三六上　泂二三六下　沬二三七上　泣二三七下　泮二三七下　泯二三八上　沝二三九上　[illegible]二三九上　巠二三九下　侃二三九下　雨二四一上　侌二四二下

非二四五下　乳二四六下　到二四七上　卤二四七上　戾二四七下　房二四七下　門二四七下　拇二五〇下　抵二五一下　拉二五一下　拔二五一下　拜二五一下　拑二五一下　抪二五二上　抳二五二上　拈二五二上　拊二五二下　批二五二下　抱二五三上　承二五三上

招二五三上　抧二五三下　披二五四上　拚二五四下　抯二五五上　拓二五五上　抽二五五上　拔二五五上　抲二五五下　拙二五六上　抨二五六下　抶二五六下　抉二五六下　拂二五七上　抗二五七上　拕二五七上　抴二五七上　拗二五八上　拋二五八上　姓二五八下

妻二五九上　姁二五九下　姐二五九下　姑二五九下　姊二五九下　妹二五九下　妿二五九下　妭二六〇上　妸二六〇上　妵二六〇下　始二六〇下　妴二六一上　委二六一下　[illegible]二六一下　姂二六一下　侑二六二下　婓二六二下　[illegible]二六二下　妯二六三下　娍二六四上

姎二六四上　姍二六四下　姅二六四下　妲二六五上　氓二六五下　或二六六下　[illegible]二六六下　戕二六六下　[illegible]二六六下　武二六六下　戔二六六下　直二六七下　甾二六八下　瓨二六九上　弧二六九下　弨二六九下　弢二七〇上　弩二七〇上　[illegible]二七〇下　弦二七〇下

[illegible]二七五上　虭二八一下　凬二八四下　竺二八六上　坤二八六上　坶二八六上　坡二八六下　坪二八六下　坴二八六下　坺二八六下　坐二八七上　坫二八七上　[illegible]二八七下　[illegible]二八七下　坦二八七下　[illegible]二八七下　坻二八八上　坿二八八上　坷二八九上　坼二八九上

坱二八九上　坥二八九下　垂二八九下　坳二九〇上　毗二九一上　劼二九二上　劵二九二下　劾二九三上　協二九三上　金二九三下　[illegible]二九五下　凭二九九下　斧二九九下　斨二九九下　所三〇〇上　斦三〇〇上　軋三〇二下　官三〇四上　𠂤三〇四下　阿三〇四下

陂三〇四下　阻三〇四下　附三〇五下　阺三〇五下　阸三〇五下　[illegible]三〇六上　阽三〇六上　阼三〇六下　阹三〇六下　叕三〇七下　亞三〇七下　禼三〇八上　庚三〇九上　季三一〇上　孟三一〇上　孤三一〇上　育三一〇下　[illegible]三一〇下　[illegible]三一一下　臾三一一下

【九畫】

帝七上　祉七下　祗八上　祊八上　祓八上　祈八下　祆九下　皇一〇上　[illegible]一一上　珌一一下　珇一一下　玼一一下　珍一三上　玲一三上　珣一三下　珢一三下　珊一三下　珈一四上

姰 二六二下　姿 二六三上　[illegible] 二六三下　[illegible] 二六三下　姘 二六三下　娃 二六三下　姦 二六五上　姤 二六五上　𢨮 二六五下　咸 二六六上　匽 二六七下　匧 二六八上　匬 二六八上　柩 二六八上　瓬 二六八下　瓮 二六九上　瓴 二六九上　瓪 二六九下　弭 二六九下　[illegible] 二七〇上

紗 二七〇下　紇 二七一上　紀 二七一下　紆 二七二上　約 二七二下　紈 二七三上　紙 二七四上　紅 二七四上　紃 二七五上　紉 二七五下　紂 二七六上　累 二七七上　虺 二七九上　蚩 二八一上　虹 二八二下　虬 二八三上　虴 二八三上　風 二八四下　亟 二八六上　恒 二八六上

垓 二八六上　垣 二八七上　垛 二八七上　封 二八七下　型 二八七下　垎 二八八上　垐 二八八上　垍 二八八上　垠 二八八下　垑 二八八下　垝 二八八下　陒 二八八下　垔 二八八下　垢 二八九上　垤 二八九上　垗 二八九下　垚 二九〇上　畍 二九一上　畂 二九一上　勁 二九二上

勉 二九二上　劼 二九二下　勇 二九二下　勑 二九二下　勃 二九二下　協 二九三上　金 二九三下　俎 二九九下　斫 二九九下　斪 二九九下　料 三〇〇下　[illegible] 三〇〇下　矜 三〇〇下　[illegible] 三〇〇下　軍 三〇二下　軌 三〇二下　𨸏 三〇三下　限 三〇四下　降 三〇五上　陊 三〇五下

陝 三〇六上　陔 三〇六下　陘 三〇七上　禹 三〇八上　庚 三〇九上　巹 三〇九上　癸 三〇九下　孨 三一〇下　酊 三一三下　酋 三一三下

【十畫】

旁 七上　祜 七下　祐 七下　祗 七下　神 八上　祕 八上　祡 八上　祔 八上

祖 八上　祏 八上　祠 八下　祝 八下　祓 八下　祟 九下　祪 九下　祚 九下　皇 一〇上　珦 一〇下　珣 一〇下　珛 一〇下　珩 一一下　珥 一一下　珇 一二下　珢 一二下　瑰 一二下　珠 一三上　珕 一三下　珧 一三下

珝 一四上　珙 一四上　班 一四上　荅 一五下　荏 一五下　莒 一六下　蓈 一六下　茿 一六下　莟 一七上　莜 一七下　萸 一七下　莖 一八上　荾 一八下　茜 一九上　荿 一九下　菩 一九下　蔘 一九下　菅 二〇上　荊 二〇上　茥 二一上

荇 二一上　茱 二一下　茉 二一下　荆 二二上　茢 二二上　荄 二二下　茲 二二下　荏 二三上　荒 二三上　茷 二三下　莆 二三下　莱 二四上　荐 二四上　荻 二四下　荃 二四下　茜 二五上　茵 二五上　芻 二五上　芟 二五上　茹 二五上

菑 二五下　蒸 二五下　菥 二五下　荔 二六上　盍 二六下　茸 二七上　草 二七上　荀 二七上　莙 二七下　茯 二七下　寀 二八下　特 二九上　牷 二九下　厞 三〇上　哺 三一上　哲 三一上　唏 三一上　唉 三一下　唐 三二上　哯 三二上

哽 三二上　唊 三二下　唇 三二下　唬 三四上　唌 三四上　哨 三四上　唳 三四上　唁 三四下　哮 三四下　哦 三五上　哭 三五下　赳 三六下　起 三六下　趍 三七上　赶 三八上　峙 三八上　是 三九上　迹 三九上　速 三九上　迨 四〇上

嬰二六四下　娞二六四下　婡二六四下　娗二六五上　悍二六五上　娟二六五上　昳二六六下　[illegible]二六八上　匪二六八上　匽二六八上　瓵二六九上　瓷二六九上　瓴二六九上　弰二六九下　弢二七〇下　孫二七〇下　純二七一上　紝二七一下　納二七一下　紡二七一下

紆二七三上　紊二七三上　級二七三下　紑二七四上　紘二七四下　紞二七四下　紐二七四下　紟二七五上　衭二七六上　紛二七六上　紖二七六上　紙二七六下　紟二七七上　[illegible]二七七下　紕二七七下　素二七八上　絳二七八上　蚦二七八下　蚓二七八下　蚖二七九上

蚔二七九下　蚚二七九下　蚩二八〇下　蚈二八〇下　蚣二八〇下　蚗二八一上　蚵二八一上　蚑二八一上　蚌二八二上　蚨二八二上　蚤二八三下　蚊二八四上　蚍二八四上　垺二八六上　埒二八七上　垷二八七上　垸二八七下　城二八八上　埐二八八下　埂二八八下

埃二八九上　垐二八九上　埍二八九下　珪二八九下　埏二九〇上　垙二九〇上　茦二九〇下　畝二九〇下　畔二九一上　畛二九一上　畜二九一上　畕二九一下　勑二九二上　勍二九二上　釘二九四上　盟二九五上　釗三〇〇上　料三〇〇上　軒三〇一上　軓三〇一上

軕三〇一下　軔三〇一下　軎三〇三上　軑三〇三上　陗三〇五上　陖三〇五上　陋三〇五上　陝三〇五上　陟三〇五上　陛三〇五下　陘三〇五下　陜三〇六上　陪三〇六上　除三〇六下　陞三〇六下　院三〇七上　陙三〇七上　离三〇八上　㝃三一〇上　晉三一〇下

𨙸三一一上　辱三一一上　酒三一一下　酎三一二上　配三一二下　酐三一二下　酌三一二下　酏三一三上

【十一畫】

祥七下　祭八上　祪八上　祫八下　祰九上　祧九下　琁一〇下　球一〇下　珽一一上　理一二上

貦一三上　琂一三上　琅一三下　琕一三下　琊一三下　琀一三下　莊一五上　莆一五下　莓一五下　莠一五下　莧一六上　莒一六上　葱一七上　堇一七上　莞一七下　萑一八上　荸一八下　莃一八下　莣一九上　菝二〇上

茮二〇上　荷二〇下　莪二〇下　蔏二一上　莕二一上　莨二一下　莍二一下　莖二二上　莛二二上　莢二三下　茥二三下　荓二三下　莦二三上　莜二五上　萺二五上　菱二五上　莝二五上　莎二六上　菩二六下　茀二六下

荼二六下　菶二六下　莋二七上　莫二七下　悉二八下　牻二九上　悇二九上　捋二九上　牽二九下　牿二九下　牼三〇上　哾三一上　啜三一上　啗三一上　唾三一下　涶三一下　啍三一下　唫三一下　悊三二上　問三二上

唯三三上　唱三三上　啞三三上　唪三三下　啖三三上　啁三三上　啐三三下　唸三四上　詅三四上　啾三四下　啄三五上　唬三五上　啓三五上　售三五上　唳三五上　趑三六上　赹三六下　赽三七上　赾三七上　逝三九下

晵 一三八上　暘 一三八上　景 一三八上　晷 一三八上　晻 一三八下　暀 一三九上　腊 一三九上　普 一三九下　晬 一三九下　旐 一四〇上　游 一四〇下　晶 一四一上　曾 一四一下　期 一四一下　盟 一四二上　虜 一四二下　棗 一四三上　棘 一四三上　稀 一四四上　䅐 一四四下

稌 一四四下　稉 一四四下　稃 一四五下　稈 一四五下　稍 一四五下　稅 一四六上　稍 一四六上　程 一四六上　黍 一四六下　粟 一四七下　酋 一四八下　械 一四九上　家 一五〇上　窻 一五〇上　奐 一五〇上　寍 一五〇下　寔 一五〇下　寏 一五〇下　富 一五〇下　害 一五一上

寑 一五一上　寡 一五一上　寓 一五一下　庽 一五一下　寒 一五一下　寐 一五二下　窒 一五二下　窖 一五二下　窘 一五三上　痳 一五三下　病 一五三下　痛 一五四上　痡 一五四上　痒 一五四下　痟 一五四下　痤 一五五上　痙 一五五下　痎 一五六上　痞 一五六上　痕 一五六上

詎 一五六下　最 一五七上　罥 一五七上　罦 一五七下　罟 一五七下　胃 一五八上　幅 一五八下　幝 一五九上　幒 一五九上　𢄼 一五九上　㡏 一五九上　幡 一五九下　幃 一五九下　幡 一六〇上　務 一六〇上　敝 一六一上　㡀 一六一上　保 一六一下　傑 一六二上　側 一六二上

傛 一六二上　傀 一六二下　偏 一六三上　傅 一六四上　傆 一六四下　傍 一六五上　偓 一六六下　傞 一六六下　候 一六六下　傔 一六八上　扆 一六九下　量 一六九下　裖 一七〇上　裕 一七二下　裂 一七二下　補 一七二下　裎 一七二下　裋 一七三上　視 一七三上　褫 一七三上

毳 一七四上　屚 一七四下　屠 一七四下　屟 一七四下　臺 一七五上　兟 一七七上　視 一七七下　規 一七八上　覘 一七八上　覛 一七八上　覝 一七八上　覕 一七八下　欽 一七八下　歁 一七九上　款 一七九上　欻 一七九上　欲 一七九下　欹 一八〇上　欺 一八〇下　欸 一八〇下

盗 一八一上　頍 一八一上　頊 一八一下　項 一八二上　順 一八二下　頌 一八三下　須 一八四下　斐 一八五上　詞 一八六下　卿 一八七下　茍 一八八上　嵎 一九〇上　崵 一九〇下　嵒 一九一上　嵍 一九一上　嵏 一九一上　嵌 一九一下　嵐 一九一下　嵇 一九一下　庾 一九二下

廁 一九二下　庿 一九三上　𢉖 一九三上　庯 一九三下　厥 一九三下　厤 一九三下　厬 一九四上　硞 一九五上　硍 一九五上　硧 一九五上　硪 一九五上　碧 一九五下　硟 一九五下　硯 一九五下　镻 一九六上　豠 一九七上　豙 一九七下　彘 一九七下　貀 一九八上　貂 一九八上

貁 一九八下　舄 一九八下　象 一九八下　影 一九九上　馭 一九九上　馰 一九九下　馮 二〇〇下　逸 二〇三下　萈 二〇三下　獀 二〇三下　猲 二〇四上　猎 二〇四上　猩 二〇四上　猥 二〇四上　猌 二〇四下　㹜 二〇五上　猋 二〇五上　猶 二〇五下　猴 二〇六上　煸 二〇六上

焱 二〇六上　煇 二〇六上　㷇 二〇六上　尞 二〇七上　然 二〇七下　焛 二〇七下　敫 二〇八上　尉 二〇八下　焠 二〇九上　焦 二〇九上　焞 二〇九下　焯 二〇九下　焜 二〇九下　粦 二一〇下　黑 二一一上　窗 二一一下　㷋 二一一下　喬 二一四上　絞 二一四上　壺 二一四下

巽 九九上　𢀩 九九上　猒 一〇〇下　𠧪 一〇〇下　㥔 一〇一上　號 一〇一下　粵 一〇一下　鼓 一〇二上　愷 一〇二下　豋 一〇二下　豐 一〇二下　虘 一〇三上　虞 一〇三上　虜 一〇三上　琥 一〇三下　𠫨 一〇五上　飪 一〇七上　飯 一〇七上　餠 一〇七上　僉 一〇八下

會 一〇九上　瓶 一〇九下　矮 一一〇下　稟 一一一下　亶 一一一下　嗇 一一一下　愛 一一二下　𡕒 一一二下　[illegible] 一一三上　椉 一一三下　楳 一一四下　椒 一一五上　楷 一一五上　椲 一一五上　楢 一一五上　楕 一一五上　楑 一一五上　楀 一一五下　㮴 一一五下　楸 一一五下

榢 一一六下　椵 一一六下　楛 一一六下　楋 一一六下　楊 一一七上　楓 一一七上　楮 一一七下　楝 一一七下　楡 一一八上　楰 一一八上　喿 一一八下　楨 一一九下　極 一二〇上　楹 一二〇上　椿 一二〇上　椽 一二〇下　楣 一二〇下　楯 一二一上　椳 一二一上　楫 一二一上

楈 一二一上　楗 一二一上　楔 一二一上　楃 一二一下　楲 一二一下　鈶 一二二上　楎 一二二上　楮 一二二上　椷 一二二下　椱 一二三上　椶 一二三上　椯 一二三上　[illegible] 一二四上　楇 一二四上　棱 一二四下　楫 一二四下　楄 一二五上　楅 一二五上　椻 一二五下　楬 一二五下

椸 一二六上　楚 一二六下　楙 一二六下　麥 一二七上　華 一二八上　稽 一二八下　圖 一二九上　橐 一二九上　圓 一二九上　賄 一三〇上　資 一三〇上　賁 一三〇上　賂 一三〇上　賈 一三〇下　賃 一三一上　鄏 一三一下　鄍 一三二上　鄐 一三二上　鄞 一三二上　鄎 一三三下

鄗 一三三下　鄎 一三四上　鄒 一三四上　鄖 一三四下　郞 一三四下　鄑 一三五上　鄉 一三五上　戠 一三六上　鄱 一三六下　兜 一三六下　暏 一三七下　暘 一三八上　暉 一三八上　暆 一三八上　暗 一三八下　暇 一三八下　暍 一三九上　暑 一三九上　暈 一三九下　旐 一四〇下

盟 一四二上　㮚 一四二上　牖 一四二上　牒 一四三下　牑 一四三下　牏 一四三下　鼎 一四三下　稙 一四四上　稑 一四四上　稠 一四四上　稗 一四四下　稌 一四五上　稇 一四五下　稞 一四五下　康 一四五下　稔 一四六上　稘 一四六下　稕 一四六下　粱 一四七上　粲 一四七上

[illegible] 一五〇上　詸 一五〇下　[illegible] 一五一下　寘 一五二上　窠 一五二下　窨 一五二下　[illegible] 一五三上　窣 一五三上　痳 一五三下　瘀 一五四下　[illegible] 一五四下　瘁 一五五上　痱 一五五上　痳 一五五上　痿 一五五上　痹 一五五下　瘃 一五五下　瘍 一五六上　絻 一五七上　罷 一五七上

罩 一五七下　罪 一五七下　罧 一五七下　罬 一五七下　置 一五八上　罭 一五八上　幋 一五八下　𢄙 一五九上　幎 一五九上　嵰 一五九上　幏 一五九下　幐 一五九下　幏 一六〇上　晳 一六〇下　傲 一六三上　傪 一六三上　傭 一六三下　㥶 一六三下　備 一六三下　傾 一六四上

僅 一六五上　傳 一六五下　偋 一六五下　傿 一六六上　僄 一六六下　僖 一六六下　嫉 一六六下　傷 一六七上　催 一六七上　傴 一六七上　傁 一六七上　僇 一六七上　傮 一六七下　僊 一六七下　債 一六八上　敫 一六九下　裁 一七〇上　裹 一七〇下　[illegible] 一七〇下　裣 一七〇下

祺	[illegible]	禓	禍	瑱	瑵	瑳	瑮	瑲	瑣	[illegible]	瑦	碧	瑤	瑰	瑴	熏	蓏	蓈	[illegible]
九上	九上	九上	九上	一一下	一一下	一一下	一二上	一二上	一二上	一二下	一三上	一三上	一三上	一三下	一四上	一五上	一五上	一五下	一五下

蒩	[illegible]	营	蔆	蒢	蒲	蒻	蒚	[illegible]	蒐	[illegible]	蒹	蒯	菌	蓍	蓂	蒖	蒟	蒝	薇
一六上	一六上	一六下	一七上	一七下	一七下	一七下	一八上	一九上	一九上	二〇上	二〇上	二〇上	二〇上	二〇下	二二上	二二上	二二下	二三下	二三上

蓁	蒼	蒔	蓆	[illegible]	[illegible]	[illegible]	蒸	蔪	蒜	萑	蒙	[illegible]	蒿	蓄	蓉	蓀	蓴	[illegible]	葬
二三上	二三上	二三上	二四上	二四下	二四下	二五上	二五下	二五下	二五下	二五下	二六上	二六上	二六下	二七上	二七上	二七上	二七下	二七下	二七下

[illegible]	犗	犖	[illegible]	[illegible]	[illegible]	嘘	嗚	嘒	嘌	嘑	嘳	嘐	嗻	嘖	嗷	嘅	嘆	嗼	嗾
二八下	二九上	二九上	二九上	二九下	三一上	三一下	三二上	三二下	三二下	三二下	三二下	三三上	三三下	三四上	三四上	三四上	三四上	三四下	三四下

趚	[illegible]	趙	[illegible]	[illegible]	[illegible]	[illegible]	[illegible]	遘	遞	遜	遺	遲	[illegible]	[illegible]	遹	遠	[illegible]	遙	衝
三六下	三六下	三七上	三七下	三七下	三八上	三九下	四〇上	四〇上	四〇下	四〇下	四〇下	四〇下	四一上	四一下	四一下	四二上	四二下	四二下	四四上

跽	跾	踊	踄	[illegible]	[illegible]	[illegible]	[illegible]	[illegible]	舓	[illegible]	嘏	語	誦	誨	[illegible]	誠	誡	認	誥
四六上	四六上	四六下	四六下	四七上	四七上	四七下	四九下	四九下	四九下	五〇下	五〇下	五一上	五一下	五一下	五二上	五二下	五二下	五二下	五二下

誓	諫	說	議	誧	詧	[illegible]	誆	誙	誖	誤	誒	誋	誕	誤	[illegible]	愬	誚	誌	誩
五二下	五二下	五三上	五三上	五三下	五四上	五四上	五四下	五四下	五四下	五五上	五五上	五五下	五五下	五六上	五六下	五六下	五七上	五八上	五八上

韶	對	僕	[illegible]	[illegible]	與	晨	鞄	靶	鞀	鞃	[illegible]	鞁	鞊	鞅	[illegible]	敲	鬩	緊	臧
五八上	五八下	五八下	五九上	五九下	五九下	六〇上	六〇下	六〇下	六一上	六一上	六一上	六一下	六一下	六二上	六二上	六二上	六四上	六五下	六六上

[illegible]	[illegible]	[illegible]	[illegible]	[illegible]	[illegible]	肇	[illegible]	數	[illegible]	敵	[illegible]	爾	[illegible]	睴	[illegible]	睹	睽	睯	睼
六六上	六六上	六六下	六六下	六七上	六七上	六七下	六七下	六八上	六八下	六九上	六九下	七〇上	七一上	七一上	七一下	七二上	七二上	七二上	七二下

[illegible]	睃	瞂	[illegible]	鼻	翟	翡	翠	翣	雒	雁	雐	[illegible]	奪	[illegible]	羧	鳳	鳴	麽	疐
七三上	七三下	七四上	七四上	七四下	七五上	七五上	七五上	七五下	七六上	七六下	七六下	七七上	七七上	七七下	七八下	七九上	八二下	八三下	八四上

劃 六五下　豎 六五下　毆 六六上　毅 六六下　𢕟 六七上　徹 六七下　數 六八上　敹 六八上　隞 六八上　敵 六八下　戰 六九上　夐 七〇下　瞀 七二上　瞶 七二下　瞔 七二下　瞜 七二下　瞖 七二下　䁹 七二下　瞑 七二下　瞥 七二下

睳 七四上　奭 七四下　翫 七四下　翨 七五上　翦 七五上　翰 七五上　翭 七五上　翥 七五上　翬 七五上　翩 七五下　雓 七六上　䍿 七六下　鳸 七七上　蔑 七七下　𦍙 七八上　羭 七八上　羯 七八上　羥 七八下　鴝 八〇上　鴋 八〇上

鴈 八一上　鴇 八一上　鴒 八二上　鴉 八二下　鴛 八二下　殤 八五上　殣 八五下　骳 八六下　骴 八六下　膚 八七上　膢 八八下　膘 八九上　膝 八九上　膜 九〇上　膞 九〇上　膠 九〇下　劊 九一下　創 九一下　劌 九一下　劈 九二上

剽 九二上　劇 九二上　劍 九二上　耦 九二上　觬 九三下　觭 九三下　箭 九五上　篙 九五上　箬 九五上　節 九五下　篆 九五下　篇 九五下　篁 九五下　篥 九五下　箸 九六下　篃 九七上　篡 九七上　篷 九七上　箱 九七下　箴 九八上

箾 九八上　箟 九八下　箹 九八下　篎 九八下　篍 九八下　鞈 一〇二上　勴 一〇三下　虢 一〇三下　盡 一〇五上　餐 一〇七上　養 一〇七上　盧 一〇七下　餉 一〇七下　飲 一〇八上　韋 一一二上　管 一一二上　高 一一二上　亶 一一二上　嗇 一一二下　糇 一一三上

麩 一一三上　麪 一一三上　憂 一一三下　夒 一一三上　緞 一一三下　韏 一一三下　磔 一一四上　樝 一一四下　槢 一一五上　樕 一一五下　檽 一一五下　樲 一一五下　樗 一一五下　樣 一一六上　樿 一一六下　樵 一一七上　槫 一一七上　檄 一一七上　槭 一一七上　樠 一一八上

樅 一一八上　標 一一九上　樛 一一九上　槮 一一九下　槷 一一九下　築 一二〇上　模 一二〇上　樘 一二〇上　樀 一二〇下　樞 一二〇下　樓 一二〇下　槾 一二一上　槩 一二一上　槃 一二一上　槤 一二一下　槶 一二一上　槽 一二一下　樐 一二四上　樂 一二四上　槧 一二四上

櫟 一二四下　槱 一二五上　樽 一二五下　椿 一二六上　賣 一二七上　䊒 一二七下　稽 一二八上　賢 一三〇上　賚 一三〇下　賞 一三〇下　賜 一三〇下　質 一三〇下　賨 一三一上　賤 一三一上　賦 一三一上　賓 一三一上　賣 一三一上　鄰 一三一下　鄯 一三二上　鄭 一三二下

鄘 一三二下　鄣 一三三上　鄐 一三三上　鄨 一三三上　鄲 一三三下　鄉 一三三下　鄧 一三四上　鄱 一三四下　鄮 一三四下　鄶 一三五下　鄠 一三六上　鄒 一三六上　鄰 一三六下　暫 一三六下　暵 一三八下　暱 一三九上　替 一三九上　旚 一三九上　㮚 一四〇下　㮚 一四三上

牑 一四三下　鼐 一四三下　鼏 一四三下　稼 一四四上　稺 一四四上　稹 一四四上　稷 一四四下　稻 一四四下　稴 一四四下　稭 一四五下　稾 一四五下　䅭 一四六上　穀 一四六上　䅵 一四六上　䅰 一四六上　黎 一四七上　黏 一四七上　糕 一四七下　糈 一四七下　糉 一四八上

嵤 一四九下　窵 一五〇下　寫 一五一上　寬 一五一上　㝛 一五一下　窯 一五二上　窳 一五二下　窴 一五三上　衖 一五四上　瘣 一五四上　瘨 一五四上　瘼 一五四上　瘍 一五四下　瘚 一五五上　瘜 一五五上　瘟 一五五下　瘢 一五五下　瘜 一五六上　瘥 一五六上　瘯 一五六下

罶 一五七上　罬 一五七下　罷 一五八上　罵 一五八上　幣 一五八下　幡 一五九下　幝 一五九下　幠 一五九下　幢 一六〇上　幟 一六〇上　幞 一六〇下　韐 一六〇下　皠 一六一上　皚 一六一上　皛 一六一上　儇 一六二上　僷 一六二上　儌 一六三下　僾 一六三下　儋 一六三下

儃 一六四下　儀 一六五上　儉 一六五下　億 一六五下　僻 一六六上　儐 一六七上　僵 一六七上　儈 一六八上　價 一六八上　臮 一六九下　徵 一六九下　監 一七〇上　褎 一七一上　褫 一七二下　褭 一七三上　褷 一七四上　屢 一七四上　踞 一七四下　屑 一七五上　履 一七五下

艐 一七六上　艎 一七六下　覩 一七七下　覞 一七七下　親 一七七下　覣 一七八上　覢 一七八上　靚 一七八下　歔 一七九上　歑 一七九下　歎 一七九下　歐 一七九下　歔 一七九下　歗 一八〇下　㱃 一八〇下　頟 一八一下　頪 一八一下　頌 一八二上　頢 一八二下　頞 一八二下

頫 一八三上　頣 一八三上　頡 一八三上　頯 一八三上　頹 一八三下　頛 一八三下　頳 一八四上　髃 一八四下　髮 一八五上　髲 一八五下　髴 一八五下　髳 一八五下　髫 一八五下　髯 一八六上　髻 一八六上　髮 一八六下　雙 一八七下　魃 一八八下　魄 一八八下　魅 一八八下

魆 一八八下　魅 一八八下　醜 一九〇上　嶅 一九〇下　嶫 一九〇下　嶭 一九一上　嶢 一九一上　嶙 一九一下　嶠 一九一下　嶡 一九二上　廥 一九二上　廡 一九二上　廚 一九二上　廏 一九二下　廣 一九二下　廛 一九二下　廙 一九三上　廢 一九三上　廟 一九三上　廞 一九三上

厱 一九三下　厲 一九三下　厰 一九三下　𠪷 一九四上　磔 一九四下　磌 一九五上　磕 一九五上　磬 一九五上　䃈 一九五上　磑 一九五下　碥 一九五下　磊 一九五下　肆 一九六上　㬥 一九七下　彙 一九七下　蜎 一九七下　駒 一九九上　駓 一九九下　駉 二〇〇上　駜 二〇〇上

駕 二〇〇下　駟 二〇〇下　駙 二〇〇下　駊 二〇〇下　駁 二〇一上　駒 二〇一上　駛 二〇一上　駐 二〇一上　駗 二〇一下　駘 二〇一下　駔 二〇一下　駉 二〇一下　麃 二〇三上　毚 二〇三下　獢 二〇四上　獥 二〇四上　獖 二〇四下　獡 二〇四下　獒 二〇四下　獜 二〇五上

獠 二〇五下　獟 二〇五下　熑 二〇七上　熚 二〇七下　熯 二〇七下　熮 二〇七下　熲 二〇八上　熛 二〇八上　熬 二〇八下　熜 二〇九上　熭 二〇九上　熏 二〇九上　熠 二〇九下　熱 二一〇上　熨 二一〇上　燅 二一〇上　黖 二一〇上　奭 二一五下　竭 二一六下　普 二一六下

竪 二一六下　慮 二一七上　憕 二一七下　慧 二一七下　憭 二一七下　慸 二一八上　慶 二一八上　憮 二一九上　憖 二一九上　慰 二一九上　慕 二一九上　憪 二二〇上　憃 二二〇上　憀 二二〇下　憜 二二〇下　憧 二二〇下　憍 二二〇下　憸 二二一上　憒 二二一上　憯 二二一下

說文解字　檢字　正文　十五畫至十六畫

穌 一四六上
⿰黍日 一四七上
糗 一四七下
⿱般米 一四八上
糖 一四八上
毇 一四八下
辥 一四九上
⿰䍃瓜 一四九下
瓢 一五〇上
寰 一五二上
寯 一五二下
窺 一五三上
窱 一五三上
瘽 一五四上
瘵 一五四上
瘨 一五四上
瘲 一五四上
瘻 一五四下
癉 一五五下
癃 一五五下

瘢 一五六上
瘳 一五六下
⿱罒婁 一五七下
⿱罒鹿 一五七下
罻 一五七下
⿱罒組 一五八上
罿 一五八上
⿱罒鳥 一五八上
罹 一五八上
幩 一六〇上
幦 一六〇上
幧 一六〇上
錦 一六〇下
黺 一六一上
儒 一六二上
儐 一六三下
儕 一六四上
儗 一六六上
儔 一六六上
⿰亻尌 一六八上

冀 一六九上
⿰衤茲 一七〇下
褸 一七〇下
褻 一七〇下
褧 一七一上
褱 一七一上
褭 一七一上
褰 一七一下
襀 一七二下
⿰衤區 一七三上
褮 一七三上
[illegible] 一七三上
[illegible] 一七四上
氅 一七四上
頹 一七七上
覣 一七七下
⿺是見 一七八上
⿰甚見 一七八上
[illegible] 一七八上
覦 一七八下

親 一七八下
歕 一七九下
歙 一八〇上
歛 一八〇上
頭 一八一下
頯 一八二上
頰 一八二上
頤 一八二上
頸 一八二上
頟 一八二上
[illegible] 一八二下
頪 一八二下
頷 一八二下
靦 一八四上
[illegible] 一八四上
縣 一八四下
[illegible] 一八四下
髮 一八五下
髻 一八六上
髺 一八六上

[illegible] 一八六下
䏙 一八六下
[illegible] 一八七下
篡 一八九上
誦 一八九上
嶧 一九〇上
嶨 一九〇下
嶏 一九一上
[illegible] 一九一上
廧 一九二上
廦 一九二下
廥 一九二下
磧 一九四下
磛 一九五上
磬 一九五上
豬 一九六下
豭 一九七上
豯 一九七下
貐 一九八上
貒 一九八下

貓 一九八下
豫 一九八下
駱 一九九下
駰 一九九下
駢 二〇〇上
駫 二〇〇上
篤 二〇〇下
駑 二〇一上
駧 二〇一上
駭 二〇一上
駹 二〇一上
駪 二〇一下
駮 二〇一下
駷 二〇二上
駥 二〇二上
麇 二〇二下
麈 二〇三上
[illegible] 二〇三下
獪 二〇四上
獶 二〇四上

獫 二〇四上
默 二〇四上
獧 二〇五上
獨 二〇五上
獘 二〇五下
鼢 二〇六下
鼩 二〇六下
燔 二〇七下
燒 二〇七下
[illegible] 二〇七下
燋 二〇八上
燀 二〇八上
熹 二〇八下
[illegible] 二〇八下
燗 二〇八下
燓 二〇九上
燎 二〇九上
[illegible] 二〇九上
燂 二〇九下
燅 二一〇上

熾 二一〇上
燄 二一〇下
[illegible] 二一〇下
[illegible] 二一〇下
黗 二一一上
黔 二一一下
黕 二一一下
燊 二一二下
赬 二一三上
赭 二一三上
赮 二一三上
奯 二一三下
[illegible] 二一四上
尳 二一四下
[illegible] 二一五上
奰 二一五下
竱 二一六上
替 二一六下
憲 二一七下
瘱 二一七下

憖 二一八上
憙 二一八下
懇 二一九上
憺 二一九下
憸 二一九下
憃 二一九下
懁 二一九下
懈 二二〇下
憿 二二一上
憝 二二一下
憤 二二一下
懆 二二二上
[illegible] 二二二下
[illegible] 二二三上
[illegible] 二二三下
懌 二二四上
澮 二二五下
蕩 二二六上
澧 二二六下
濦 二二七上

濄 二二七上
澶 二二七下
濁 二二七下
澥 二二九上
潚 二二九下
激 二三〇下
澹 二三一上
濇 二三一下
澤 二三一下
濆 二三二上
澳 二三二下
澻 二三三上
濱 二三四上
濃 二三四下
濘 二三五下
澱 二三六上
濈 二三六下
澡 二三七上
[illegible] 二三七下
濊 二三八上

邁 二一下　養 二三上　薈 二三上　薉 二三上　薀 二三下　薄 二三下　薙 二四上　贊 二四上　藍 二四下　薪 二五下　薔 二六下　蕛 二六下　蘇 二六下　薌 二七下　薵 二七下　犟 二九下　嶷 三一上　嚌 三一上　趨 三五下　趬 三六下

蹇 三六下　趮 三六下　趫 三七下　趣 三七下　趠 三七下　壁 三八上　邁 三九下　還 四〇下　避 四一上　遂 四一下　遽 四二下　邂 四二下　徽 四三上　德 四三上　蹊 四三下　衛 四四上　齔 四四下　嗁 四六上　蹌 四六上　蹋 四六下

蹈 四六下　踏 四七上　䠛 四七上　蹪 四七上　蹐 四七下　蹲 四七下　蹇 四七下　蹉 四八上　龠 四八下　膝 五〇上　鬲 五〇上　謜 五一下　謘 五一下　謚 五三上　謙 五三上　謝 五三下　講 五三下　謄 五四上　謍 五四上　謗 五四下

譸 五六上　譽 五六上　謯 五六上　謮 五六下　謭 五六下　謑 五七下　謓 五七下　謐 五七下　謎 五八上　𢿣 六〇上　鞠 六一上　鞔 六一上　鞞 六一上　䩪 六一下　鞥 六一下　毅 六一下　鞕 六二上　鬳 六二上　鬴 六二下　燮 六四上

尋 六四下　智 六四下　隷 六五下　隸 六五下　豎 六五下　壓 六六上　徽 六七下　斂 六八上　數 六八下　斁 六八下　斀 六九上　閿 七〇下　瞦 七一上　瞵 七一上　瞴 七一下　瞤 七二上　瞚 七二下　瞫 七二下　瞥 七三上　瞯 七三上

斷 七四下　鼾 七四下　奭 七四下　翳 七五下　鵂 七七下　摯 七八上　積 七八下　䋙 七九上　鵃 七九下　鴿 七九下　雖 七九下　鵠 八〇下　鵒 八〇下　鴻 八〇下　搗 八〇下　鶇 八一下　鶂 八一下　鵁 八一下　䲹 八一下　鶩 八一下

雔 八二上　鵗 八二下　鴳 八二下　叡 八四下　殬 八五下　薨 八六上　薧 八六上　骾 八六下　膽 八七上　臆 八七下　臂 八七下　膻 八八上　膷 八九下　臊 八九下　臏 九〇上　膴 九〇上　膾 九〇上　觽 九三下　觲 九四上　觳 九四下

篸 九五下　簎 九五下　篰 九五下　簣 九六上　簁 九六下　篿 九六下　篗 九六下　簋 九七上　簏 九七上　篳 九七下　篽 九九上　穟 九九上　羲 九九上　虧 一〇一上　豐 一〇一下　虡 一〇二下　䖒 一〇三上　盧 一〇三下　盬 一〇四上　盪 一〇四下

膿 一〇五上　餳 一〇七上　餅 一〇七上　養 一〇七上　餱 一〇八上　餞 一〇八上　館 一〇八上　餧 一〇八下　餟 一〇八下　餕 一〇八下　罅 一〇九下　罄 一〇九下　矯 一一〇上　矰 一一〇上　就 一一一上　牆 一一一下　麰 一一三上　韓 一一三上　韔 一一三下　罽 一一三下

檔 一一五下　檍 一一五下　檟 一一五下　檆 一一六上　橿 一一七上　檗 一一七上　檉 一一七上　檀 一一七下　檶 一一七下　檜 一一八上　橚 一一九下　檥 一二〇上　檐 一二〇下　櫃 一二〇下　檈 一二三下　櫢 一二三下　檃 一二三下　檢 一二四上　檄 一二四上　橾 一二四上

構 一二四下　曄 一二八上　禕 一二八上　稽 一二八上　櫜 一二九上　賸 一三〇上　購 一三一上　賽 一三一下　賻 一三一下　鄾 一三三上　鄗 一三四下　鄉 一三四下　曙 一三八上　㬎 一三八下　旚 一四〇下　曐 一四一上　曑 一四一上　鹹 一四一下　穜 一四四上　穗 一四五上

穟 一四五上　穖 一四五上　黏 一四六下　黏 一四六下　糝 一四七下　糜 一四七下　糟 一四七下　糒 一四七下　糱 一四八上　糕 一四八上　韱 一四九下　寱 一五一上　營 一五二上　寰 一五二上　寮 一五二下　窻 一五二下　竅 一五三上　竉 一五三上　寱 一五三下　癇 一五四上

癈 一五四上　𤺊 一五四下　癄 一五四下　癅 一五五上　瘇 一五五下　瘴 一五五下　癃 一五六上　療 一五六上　癆 一五六上　𦋺 一五七上　罾 一五七下　罽 一五七下　罶 一五七下　罿 一五七下　幨 一五九上　幬 一五九上　皢 一六〇下　皤 一六〇下　黻 一六一上　儠 一六二下

儦 一六二下　儐 一六三下　儥 一六五上　償 一六五上　優 一六五上　儡 一六七下　臨 一七〇上　𦣝 一七〇上　襋 一七〇下　襣 一七一下　𧜵 一七一下　襘 一七一下　襧 一七一下　䙌 一七一下　褻 一七二上　襌 一七二上　襄 一七二上　襐 一七二上　褻 一七二上　襦 一七三下

毳 一七三下　氈 一七四上　屨 一七五下　覞 一七七下　覯 一七八上　覬 一七八上　覬 一七八上　覭 一七八上　覷 一七八下　歗 一七九上　謌 一七九下　歛 一七九下　歌 一八〇上　歙 一八〇上　顉 一八二上　頷 一八二下　顇 一八二下　顆 一八二下　頳 一八三上　頹 一八三上

顧 一八三下　頤 一八三下　顛 一八三下　額 一八三下　顏 一八三下　頫 一八四上　頊 一八四下　鬌 一八六上　髻 一八六上　髮 一八七下　醜 一八九上　嶽 一九〇上　嶷 一九〇上　嶫 一九一上　嶼 一九一下　嶺 一九一下　廯 一九二上　磺 一九四下　磿 一九五上　磽 一九五上

磻 一九五下　磯 一九六上　豰 一九六下　豯 一九六下　豲 一九七上　豪 一九七下　貔 一九八上　駽 一九九上　驉 一九九下　駿 二〇〇上　騀 二〇〇下　駸 二〇〇下　驅 二〇一上　騃 二〇一上　騁 二〇一上　駾 二〇一上　騂 二〇一上　縶 二〇一下　駼 二〇二上　薦 二〇二下

麗 二〇二下　麋 二〇二下　麐 二〇二下　麈 二〇三上　毚 二〇三上　獳 二〇四下　獲 二〇五下　獱 二〇六上　鼢 二〇六下　鼣 二〇六下　鼤 二〇六下　𤎥 二〇七上　燭 二〇九上　燠 二一〇上　燥 二一〇上　燦 二一〇下　燮 二一〇下　黖 二一一上　黝 二一一上　點 二一一上

黕 二一一上　黜 二一一下　黳 二一三上　斡 二一三上　盩 二一三上　臯 二一五上　奰 二一五下　顉 二一六下　竲 二一六下　應 二一七上　憼 二一八上　憲 二一九上　懋 二一九上　辬 二一九下　懦 二二〇上　懝 二二〇上　懜 二二一上　懇 二二四上　潬 二二六上　濦 二二七上

濮 二二七上　濕 二二七上　濰 二二七下　濟 二二八上　濡 二二八上　濱 二二九上　濞 二三〇上　濫 二三〇下　濔 二三一上　澤 二三一下　濘 二三二上　㴝 二三二下　澭 二三三上　濩 二三四上　濛 二三四上　潭 二三六下　濯 二三七上　濤 二三八上　谿 二四〇上　豁 二四〇上

【十八畫】

【二十二畫】

三　別體字

仗篆作杖 一二三上	凨篆作凬 一四三上	帆篆作颿 二〇一上	池篆作沱 二二四下	尖篆作鑯 二九五上	阜篆作草 二七上	佑篆作右 六四上	佐篆作左 九九下	杉篆作檆 一一六上
柎篆作部 一三六下	怏篆作駃 二〇一下	沉篆作沈 二三四上	妥篆作媠 二六〇下	抄篆作鈔 二九八下	坑篆作阬 三〇五下	炒篆作鬻 六三上	抱篆作袌 一七一上	炬篆作苣 二五下
愘篆作各 三三上	訃篆作赴 三五下	昝篆作朁 一〇〇下	炷篆作主 一〇五下	罘篆作罯 一五七下	亮篆作諒 一八二上	剃篆作鬄 一八六上	恪篆作愙 二一八下	洲篆作州 二三九下
拯篆作抍 二五四上	蛓篆作蟦 二七九上	茶篆作荼 二六下	眠篆作瞑 七二下	祚篆作胙 八九上	瘃篆作疾 一五五下	珮篆作佩 一六二下	航篆作斻 一七六下	俯篆作頫 一八三上
挼篆作捼 二五五下	鼌篆作鼂 二八五下	倦篆作劵 二九二下	針篆作鍼 二九五下	峽篆作陝 三〇五上	𦽁篆作毒 一五上	脞篆作睉 七三下	𦑋篆作䎂 三一下	紱篆作市 一六〇下

荷篆作何 一六三下
堆篆作自 三〇三下
腋篆作亦 二一三下
愈篆作瘉 一五六下
滸篆作汻 二三三上
鴉篆作雅 七六上
撤篆作徹 二九二上
撼篆作揻 二五五下
錫篆作鍚 二九八上
鐏篆作尊 三一四上

徘篆作裴 一七二上
喧篆作吅 三五下
替篆作普 二一六下
源篆作原 二三九下
廓篆作霩 二四三上
瘡篆作办 九三上
墮篆作陊 三〇五下
餅篆作麠 二八一下
鍪篆作廚 三〇〇下
簷篆作檐 一三〇下

掬篆作匊 一八七下
粥篆作鬻 六二下
婧篆作嫞 二六〇下
鉞篆作戉 二六六下
慳篆作掔 二五四上
璉篆作槤 一三三下
樽篆作橂 二三〇上
燈篆作鐙 二九五上
額篆作頟 一八一下
譚篆作䣝 一三六上

峥篆作崝 一九一上
胼篆作骿 八六下
椀篆作盌 二六九上
蔦篆作樢 八一下
嫩篆作嬾 二六四下
駞篆作佗 一六三下
艘篆作梭 二三四下
賽篆作塞 四七下
魏篆作巍 一八九下
躁篆作趮 三六上

毫篆作豪 一九七下
筱篆作篠 一三四下
毯篆作緂 二七四上
寨篆作柴 一一九下
揔篆作總 二七二下
髭篆作頾 一八四下
冪篆作冂 一五六下
瞬篆作瞚 七三下
燼篆作𦦨 二〇九上
懸篆作縣 一八四下

添篆作沾 二三六上
渤篆作郭 一三六上
狻篆作蝬 二八二下
膀篆作榜 二三三下
髧篆作紞 二七四下
膝篆作厀 一八七上
擔篆作儋 一六三下
鍔篆作鄂 九一上
霧篆作霚 二四二上
鯹篆作鮏 二四四下

擱篆作擢 二五二下
晴篆作姓 一四二上
鳴篆作鳥 八二下
墟篆作虛 一六九上
褓篆作緥 二七五上
確篆作确 一九五上
髵篆作而 一九六下
濱篆作瀕 三三九上
魍篆作蛧 二八二下
爐篆作鑪 二九五上

婆篆作嫛 二六二下
斌篆作份 一六二下
晉篆作晉 一〇四下
鬚篆作須 一八四下
蛛篆作螻 二八〇下
尉篆作叞 二〇八下
憑篆作馮 二〇〇下
繇篆作䌛 二七〇下
魎篆作蜽 二八二下
霶篆作滂 三三九下

絃篆作弦 二七〇下
湏篆作須 一八四下
斡篆作斡 一三〇上
寥篆作廖 一九三上
暢篆作暘 二九一下
澄篆作澂 二三一上
燃篆作然 二〇七下
蟀篆作䘁 二八〇上
蹤篆作縱 三〇二下
鑯篆作鍼 二九八上

絚篆作緪 二七三上
腑篆作府 一九二上
幌篆作㡘 一三三下
慊篆作忼 二二七下
嶇篆作嶇 三〇五上
憫篆作閔 二四九上
憩篆作愒 二一九下
蝨篆作蝨 二八〇下
隮篆作陸 三〇五下
蠹篆作蠹 二八一下

韈篆作韤 一一三下

釅篆作醶 三一三上